John Buchan

Mr. Standfast oder Im Westen was Neues

Roman

Aus dem Englischen von Günter Eichel

Mit Z

Diogenes

Titel der englischen Originalausgabe
›Mr. Standfast‹, London 1919
Die deutsche Erstausgabe
erschien 1972 im Diogenes Verlag
Umschlagzeichnung: Topor

Veröffentlicht als Diogenes Taschenbuch, 1980

80/88/29/3
ISBN 3 257 20772 7

WIDMUNG

Der hochgemuten Kumpanei
der Offiziere und Mannschaften
der Südafrikanischen Infanteriebrigade
an der Westfront

INHALT

ERSTER TEIL

ZWEITER TEIL

ERSTER TEIL

I

DIE TÜR

Das eine Drittel meiner Reise verbrachte ich damit, daß ich aus dem Fenster eines Wagens erster Klasse sah, das zweite in einem Automobil, das in einem sanften Tal dem Laufe eines Forellenbaches folgte, und das letzte, indem ich einen Hügelhang abwärts wanderte, um durch große Buchenwälder mein Nachtquartier zu erreichen. Während des ersten Teiles war ich mißlicher Laune gewesen; während des zweiten Teils war ich besorgt und verwirrt gewesen; aber das kühle Zwielicht des dritten Teils besänftigte und stärkte mich, und so erreichte ich das Tor von Fosse Manor mit einem gewaltigen Appetit und ruhigen Gemüts.

Während wir mit der Great Western das Themse-Tal hinauffuhren, hatte ich reumütig an die Dornen auf dem Pfad der Pflicht gedacht. Mehr als ein Jahr lang hatte ich ununterbrochen Uniform getragen – ausgenommen jene Monate, die ich im Lazarett gelegen hatte. Vor der Somme-Schlacht hatte man mir ein Bataillon gegeben, und nach den ersten großen Kämpfen im September kam ich aus jener anstrengenden Schlacht mit einem Riß im Kopf und einem Orden zurück. Für die Erzerum-Geschichte hatte ich ebenfalls einen Orden erhalten, so daß diese beiden mit den Auszeichnungen aus Matabele und Südafrika sowie der Ehrenlegion einen Brustschild bildeten, der dem eines Hohenpriesters ähnlich war. Im Januar kehrte ich zur Truppe zurück, und am Vorabend von Arras erhielt ich eine Brigade. Während der Kämpfe hatten wir unverschämtes Glück und nahmen so viele Deutsche gefangen, wie wir Infanteristen eingesetzt hatten. Danach wurden wir für einen Monat herausgezogen und später an einem unerfreulichen Abschnitt an der Scarpe eingesetzt, wobei uns bedeutet wurde, daß wir bald für einen größeren Vorstoß gebraucht würden. Plötzlich wurde ich dann in die Heimat zurückbeordert, um mich beim Kriegsministerium zu melden, und vom Ministerium wurde ich an Bullivant und dessen Männer weitergereicht. Deshalb saß ich jetzt in einem Eisenbahnwagen, in einen grauen Tweedanzug gekleidet und mit einem hübschen neuen Koffer im Gepäcknetz, der die Initialen C. B. trug. Diese Buchstaben waren die Abkürzung von Cornelius Brand, denn so hieß ich jetzt. Und ein alter Knabe in der Ecke stellte mir Fragen und wunderte sich hörbar, warum ich nicht Soldat sei, während ein junger Leutnant mit einem Verwundetenabzeichen mich verächtlich beobachtete.

Der alte Knabe gehörte zu jenem Menschentyp, der andere gern ins Kreuzverhör nimmt, und nachdem er sich meine Streichhölzer geliehen hatte, machte er sich daran, alle Einzelheiten meines Lebens zu erfragen. Der Mann war ein gewaltiger Aufschneider und daneben auch leicht pessimistisch über unsere langsamen Fortschritte im Westen. Ich erzählte ihm, ich käme aus Südafrika und wäre Bergwerksingenieur.

»Haben Sie mit Botha zusammen gefochten?« fragte er.

»Nein«, sagte ich. »Ich bin kein kämpferischer Typ.«

Der Leutnant rümpfte die Nase.

»Gibt es denn in Südafrika keine Wehrpflicht?«

»Nein, Gott sei Dank«, sagte ich, und der alte Knabe erlaubte sich, mir eine Menge unangenehmer Dinge zu sagen. Ich kannte diesen Typ und gab nicht viel darauf. Er gehörte zu jenen Menschen, die – soweit sie noch nicht 50 Jahre alt waren – vor dem Tribunal auf dem Bauch krochen, um nicht eingezogen zu werden, die jedoch nach Erreichung des fünfzigsten Lebensjahres sich sofort als Patriot aufspielten. Nicht gefallen tat mir das Grinsen des Leutnants, denn er schien ein ordentlicher Junge zu sein. Unentwegt starrte ich während der restlichen Fahrt aus dem Fenster, und es tat mir keineswegs leid, als der Zug meinen Bestimmungsort erreicht hatte.

Mit Bullivant und Macgillivray hatte ich ein äußerst merkwürdiges Gespräch gehabt. Als erstes fragten sie mich, ob ich bereit wäre, bei dem alten Spiel wieder mitzumachen, und ich sagte, das sei ich. Dabei hatte ich einen verdammt bitteren Geschmack im Munde, denn als Soldat saß ich fest im Sattel und hatte auch einigen Erfolg gehabt. Und jetzt war ich hier – ein Brigadegeneral und noch keine Vierzig; noch ein weiteres Jahr Krieg, und niemand würde sagen können, wo ich dann stehen würde. Zu Beginn war ich ohne jeden Ehrgeiz gewesen, ich hatte nur den großen Wunsch gehabt, alles zu tun, damit die Sache schnell ein Ende fände. Inzwischen hatte ich jedoch beruflich Interesse an der Geschichte gewonnen, führte eine ganz ausgezeichnete Brigade und hatte mich genauso an diese neue Art von Krieg gewöhnt wie jeder, der Sandhurst und Camberley absolviert hatte. Dann forderte man mich auf, alles, was ich gelernt hätte, zu vergessen und einen neuen Auftrag zu übernehmen. Diesem Wunsch mußte ich zustimmen, denn Disziplin ist Disziplin; aber in meinem Ärger hätte ich am liebsten die Köpfe der beiden kräftig gegeneinander gestoßen.

Schlimmer noch war, daß sie mir über das, was ich tun sollte, nichts sagen wollten oder konnten. Es war das alte Spiel, daß man mir Scheuklappen anlegte. Sie baten mich, ihnen völlig zu vertrauen und mich ihnen ohne jeden Vorbehalt zu überlassen. Meine Anweisungen würde ich später bekommen, sagten sie.

Ich fragte, ob es wichtig wäre.

Bullivant kniff die Augen zusammen. »Wenn es nicht wichtig wäre – glauben Sie etwa, wir hätten dem Kriegsministerium einen aktiven Brigadegeneral entrissen? Wir kamen uns vor, als müßten wir denen einen Zahn ziehen.«

»Ist die Sache gefährlich?« lautete meine nächste Frage.

»Auf die Dauer gesehen – verdammt gefährlich«, war die Antwort.

»Und mehr können Sie mir darüber nicht sagen?«

»Im Augenblick nicht. Sie werden Ihre Anweisungen noch rechtzeitig erhalten. Sie kennen uns beide, Hannay, und wissen, daß uns nichts daran gelegen ist, die Zeit eines guten Mannes zu vergeuden. Wir werden Sie allerdings um etwas bitten, was Ihrem Patriotismus bestimmt nicht entsprechen wird. Es handelt sich um eine schwierige und äußerst unangenehme Aufgabe, und möglicherweise werden Sie allerlei durchmachen müssen, bis Sie das

Ziel erreichen. Aber wir glauben, daß nur Sie es schaffen können – sonst niemand ... Sie kennen uns ziemlich gut. Überlassen Sie uns also die Beurteilung?«

Ich betrachtete Bullivants gerissenes und zugleich freundliches altes Gesicht sowie Macgillivrays festen Blick. Diese beiden Männer waren Freunde von mir und würden bestimmt nicht mit mir spielen.

»Einverstanden«, sagte ich. »Ich bin bereit. Wie sieht der erste Schritt aus?«

»Ziehen Sie Ihre Uniform aus und vergessen Sie, daß Sie jemals Soldat waren. Ändern Sie Ihren Namen. Ihr früherer, Cornelius Brandt, wird genügen, aber vielleicht schreiben Sie ihn diesmal am Ende ohne ›t‹. Vergessen Sie nicht, daß Sie ein Ingenieur sind, der gerade aus Südafrika zurückgekehrt ist, und daß der Krieg Sie nicht im geringsten interessiert. Sie können einfach nicht verstehen, warum diese Idioten miteinander kämpfen, sondern glauben vielmehr, daß wir sofort Frieden haben könnten, wenn man sich zu einer kurzen freundschaftlichen Besprechung zusammensetzen würde. Sie brauchen nicht pro-deutsch zu sein – wenn Sie wollen, kann Ihr Urteil über die verdammten Deutschen auch sehr hart sein. Aber die Geschichte mit einem schnellen Frieden muß Ihnen todernst sein.«

Wahrscheinlich verzogen meine Mundwinkel sich nach unten, denn Bullivant lachte plötzlich lauthals.

»Nehmen Sie es nicht so tragisch, Mann – so schwierig ist es nun auch wieder nicht. Manchmal möchte ich selbst auch so argumentieren, wenn das Abendbrot mir überhaupt nicht schmeckt. Es wird weniger schwierig sein, als quer durch das ganze deutsche Vaterland zu wandern und England zu beschimpfen, wie zum Beispiel bei Ihrem letzten Auftrag.«

»Meinetwegen kann es losgehen«, sagte ich. »Aber vorher möchte ich noch etwas Persönliches erledigen. Ich muß einen Kameraden aus meiner Brigade besuchen, der in den Cotswolds in einem Nervenkrankenhaus liegt. Isham heißt der Ort.«

Die beiden Männer warfen sich einen Blick zu. »Hier

scheint das Schicksal seine Hand im Spiel zu haben«, sagte Bullivant. »Fahren Sie auf jeden Fall nach Isham. Der Ort, wo Ihre Arbeit beginnt, liegt nur wenige Kilometer entfernt. Ich möchte, daß Sie den kommenden Dienstagabend als Gast von zwei unverheirateten Ladys verbringen, die Wymondham heißen und in Fosse Manor wohnen. Sie werden also als einsamer Südafrikaner hinfahren, der einen kranken Freund besucht hat. Die beiden sind gastfreundliche Seelen und bewirten häufig unauffällig Engel.«

»Und dort erhalte ich dann meine Befehle?«

»Sie erhalten Ihre Befehle und sind verpflichtet, sie auszuführen ...« Bullivant und Macgillivray sahen sich lächelnd an.

Ich zerbrach mir den Kopf über diese merkwürdige Unterhaltung in dem kleinen Ford, den ich mir telegraphisch für die Fahrt zum Gasthaus bestellt hatte und der mich vom Stadtrand der ländlichen Stadt durch das hügelige Land und die feuchten Wiesen fuhr. Es war ein prachtvoller Nachmittag, und an jedem Baum sah man die Blüten des frühen Juni. Aber ich hatte keinen Blick für Landschaft und Sommer, weil ich damit beschäftigt war, Bullivant und mein phantastisches Schicksal zu verfluchen. Ich verabscheute meine neue Rolle und erwartete nichts anderes als nackte Schande. Es ist schon schlimm genug, einen Pazifisten spielen zu müssen; aber für mich, der ich kräftig wie ein Stier und gebräunt wie ein Zigeuner war und keineswegs wie Vierzig aussah, war es ganz schlicht unerträglich. Nach Deutschland als antibritischer Afrikaner zu fahren, war ein wackeres Abenteuer; aber in der Heimat herumzulungern und Unsinn zu reden, war etwas völlig anderes. Allein bei dieser Vorstellung wurde mir übel, und beinahe hätte ich mich entschlossen, Bullivant ein Telegramm zu schicken und abzusagen. Es gibt Dinge, die einem Weißen aufzuerlegen niemand das Recht hat.

Als ich nach Isham kam und dort den armen Blaikie fand, fühlte ich mich keineswegs glücklicher. In Rhodesien hatte er zu meinen Freunden gehört, und nachdem die Deutschen aus Deutschsüdwest verjagt worden waren, war er nach Europa zu einem Füsilierbataillon versetzt worden, das bei Arras zu meiner Brigade gehörte. Kurz vor Erreichung unseres zweiten Zieles wurde er durch den Einschlag einer schweren Granate verschüttet und ohne jede Schramme wieder ausgegraben, wenn auch mit einem schweren Schock. Ich hatte gehört, daß er sich langsam erholte, und seiner Familie versprochen, ihn bei der ersten günstigen Gelegenheit zu besuchen. Als ich ihn wiedersah, saß er in einem Liegestuhl und starrte bewegungslos, wie ein Ausguck auf hoher See, vor sich hin. Er erkannte mich zwar, und für einen kurzen Augenblick merkte man ihm die Freude an, aber wenig später hatte er wieder seine alte Haltung eingenommen, und jeden Satz äußerte er in der sorgfältigen Sprache eines Betrunkenen. Ein Vogel flog aus einem Busch auf, und deutlich sah ich, wie Blaikie sich zusammennahm, um nicht loszuschreien. Ich konnte nicht mehr tun, als ihm die Hand auf die Schulter zu legen und ihn zu streicheln, wie man ein verängstigtes Pferd streichelt. Der Anblick des Preises, den mein alter Freund gezahlt hatte, steigerte keineswegs meinen Pazifismus.

Wir sprachen über Offizierskameraden und Südafrika, denn ich wollte seine Gedanken vom Krieg ablenken, aber er kehrte immer wieder dorthin zurück.

»Wie lange wird die verdammte Geschichte noch dauern?« fragte er.

»Ach, praktisch ist alles schon vorüber«, log ich fröhlich. »Für dich gibt es keine Kämpfe mehr, und für mich nur noch ganz selten. Der Boche ist ziemlich erledigt ... Dir, mein Freund, bleibt eigentlich nur noch übrig, von den vierundzwanzig Stunden des Tages vierzehn zu schlafen, und den Rest kannst du zur Hälfte damit verbringen, Forellen zu angeln. Im Herbst veranstalten wir eine Moorhuhnjagd und werden dazu ein paar alte Freunde einladen.«

Irgend jemand stellte ein Teetablett auf den Tisch neben uns, und als ich aufblickte, sah ich das hübscheste Mädchen, auf das mein Blick jemals gefallen war. Fast schien sie noch ein Kind zu sein, und vor Kriegsausbruch hätte man sie vermutlich noch zu den Backfischen gezählt. Sie trug das hübsche blaue Kleid und die Schürze einer Krankenschwester, und ihre weiße Haube saß auf einem Haar, das wie gesponnenes Gold glänzte. Sie lächelte ernst, als sie Geschirr und Besteck verteilte, und meiner Ansicht nach hatte ich in meinem ganzen Leben noch nie so fröhliche und zugleich so ernste Augen gesehen. Ich starrte ihr nach, als sie über den Rasen ging, und erinnere mich noch der Feststellung, daß sie sich mit der ungezwungenen Anmut eines jungen Athleten bewegte.

»Wer, um Himmels willen, ist das?« fragte ich Blaikie.

»Das? Das war eine von den Schwestern«, sagte er gleichgültig. »Davon wimmelt es hier nur so. Ich kann die eine von der anderen nicht unterscheiden.«

Nichts gab mir einen stärkeren Eindruck von der Krankheit meines Freundes als die Tatsache, daß er sich für so etwas Frisches und Fröhliches wie dieses Mädchen nicht interessierte. Wenig später war meine Zeit um, und ich mußte gehen, und als ich noch einmal zurückblickte, sah ich ihn wieder zusammengesunken in seinem Stuhl, den Blick ins Leere gerichtet, und seine Hände umklammerten seine Knie.

Der Gedanke an ihn deprimierte mich fürchterlich. Hier stand ich, verdammt zu einer blödsinnigen Possenrolle in ruhmloser Sicherheit, während das Salz der Erde, wie Blaikie, den gespenstischen Preis dafür bezahlt hatte. Von ihm wanderten meine Gedanken zu Peter Pienaar, und ich setzte mich auf eine kleine Mauer, die die Straße einsäumte, und las seinen letzten Brief. Fast hätte er mich zum Heulen gebracht.

Dazu muß man wissen, daß Peter im vergangenen Sommer, als wir von der Greenmantle-Geschichte zurückkamen, sich den Bart abrasiert hatte und in das Royal Flying Corps eingetreten war. Das war die einzige Art von Belohnung gewesen, die er sich gewünscht hatte, und obgleich er im Grunde viel zu alt dafür gewesen war, hatten die Behörden es erlaubt. Sie waren so klug gewesen, sich nicht an irgendwelche Vorschriften zu klammern, denn Peters Sehschärfe und Nerven waren genauso gut wie die irgendeines jungen Burschen von zwanzig Jahren. Ich wußte, daß er es schaffen würde, war jedoch nicht auf seinen sofortigen und einmaligen Erfolg vorbereitet gewesen. In Rekordzeit machte er seinen Pilotenschein und ging nach Frankreich; und wenig später hörten sogar wir Fußlatscher, die wir damit beschäftigt waren, unsere neuen Stellungen vor der Somme-Schlacht zu beziehen, die Gerüchte über seine Erfolge. Er war zu einem perfekten Genie für den Luftkampf geworden. Gewiß gab es viele Piloten, die bessere Tricks beherrschten, und auch viele, die mehr über die wissenschaftliche Seite des Spieles wußten, aber niemand kam ganz an Peters Genie für den tatsächlichen Kampf heran. Etliche Kilometer über der Erde entwickelte er Kunstgriffe wie seinerzeit zwischen den Klüften des Berg. Offenbar wußte er genau, wie man sich in der leeren Luft genauso klug versteckt wie im langen Gras der Lebombo Flats. Erstaunliche Geschichten liefen unter den Infanteristen über den neuen Jagdflieger um, der sich unter einem Flugzeug einer feindlichen Staffel versteckte, während alle übrigen nach ihm suchten. Ich erinnere mich, daß ich einmal mit den Südafrikanern über ihn sprach, als wir nach der blutigen Geschichte von Delville Wood nebeneinander ausruhten. Am Tag zuvor hatten wir in den Wolken einen guten Kampf beobachtet, bei dem das deutsche Flugzeug abstürzte, und ein Maschinengewehr-Offizier aus Transvaal hatte die Meldung gebracht, daß Pienaar der britische Pilot gewesen war. »Gut gemacht, der alte *takhaar*!« rief er und begann, über Peters Methoden zu sprechen. Anscheinend handelte Peter nach der Theorie, daß jeder Mensch in seinen Augen einen blinden Fleck hat, und er schien zu wissen, wo man diesen blinden Fleck in der Welt der Höhe finden konnte. Die beste Deckung, so behauptete er, wäre nicht eine Wolke oder ein Wolkenfetzen, sondern jene Stelle, die der Gegner mit seinen Augen nicht überblikken konnte. Und ich kam zu dem Schluß, daß diese Überlegung stimmen könnte. Ich war auch mit Peters Doktrin von der ›Atmosphäre‹, dem ›doppelten Bluff‹ und allen übrigen Grundsätzen einverstanden, die sein störrischer

Verstand aus seinem bisherigen lärmenden Leben gefolgert hatte.

Ende August jenen Jahres gehörte Peter zu den bekanntesten Männern des Flying Corps. Wenn die Meldungen Namen erwähnt hätten, wäre er zum Nationalhelden geworden; so aber war er lediglich ›Lieutenant Blank‹, und die Zeitungen, die sich über seine Taten ausließen, durften nicht den Mann, sondern nur das Flying Corps loben. Das war auch nur gerecht, denn zur Hälfte stammte der Reiz unseres Flying Corps aus der Tatsache, daß es nicht für sich zu werben brauchte. Die britische Armee wußte jedoch genau über ihn Bescheid, und die Männer in den Gräben sprachen über ihn wie über einen berühmten Fußballspieler. Es gab auch einen sehr bedeutenden deutschen Piloten namens Lensch, einen jener Männer, die eine Albatros flogen, und dieser Lensch behauptete gegen Ende August, zweiunddreißig alliierte Maschinen zerstört zu haben. Auf Peters Liste standen bisher nur *siebzehn* Maschinen, aber diese Zahl vergrößerte er sehr schnell. Lensch war ein kräftiger und tapferer Mann und auf seine Art auch ein guter Sportsmann. Erstaunlich war seine Schnelligkeit beim Manövrieren seiner Maschine während des eigentlichen Kampfes, während man von Peter annahm, daß es ihm eher gelang, dem Gegner seine Art des Kampfes aufzuzwingen. Wenn man so will, war Lensch der Taktiker und Peter der Stratege. Irgendwie hatten die beiden es aufeinander abgesehen. Es gab viele Kameraden, die in der ganzen Angelegenheit nicht einen Kampf zwischen Deutschen und Briten, sondern zwischen Lensch und Pienaar sahen.

Dann kam der 15. September, an dem ich verwundet wurde und in ein Lazarett kam. Als ich wieder Zeitung lesen und Briefe empfangen konnte, entdeckte ich zu meiner Verwirrung, daß Peter abgeschossen worden war. Passiert war es gegen Ende Oktober, als die Südweststürme unsere Flieger erheblich benachteiligten. Wenn unsere Bomber oder Aufklärer ihre Aufgaben hinter den feindlichen Linien erledigt hatten, konnten sie nicht im Gleitflug in die Sicherheit zurückkehren, sondern mußten sich ihren Heimflug gegen den Wind erkämpfen, und dabei waren sie der Flugzeugabwehr und den deutschen Flugzeugen ausgeliefert. Irgendwo östlich von Bapaume war Peter bei einem Rückflug auf Lensch gestoßen – zumindest behauptete die deutsche Presse, daß Lensch ihn aufgestöbert hätte. Sein Benzintank wurde zerfetzt, und so war er gezwungen, in einem Wald bei Morchies niederzugehen. »Pinner, der berühmte britische Pilot«, so hieß es in dem deutschen *Communiqué,* »geriet in Gefangenschaft.«

Erst zu Beginn des neuen Jahres, als ich mich auf meine Rückkehr nach Frankreich vorbereitete, erhielt ich einen Brief von ihm. Es war ein äußerst zufriedener Brief. Peter schien einigermaßen gut behandelt worden zu sein, obgleich der Komfort keineswegs dem entsprach, was er für sich beanspruchte. Aus dem Brief folgerte ich, daß die Deutschen den hervorragenden Piloten nicht mit jenem holländischen Schurken identifizierten, der ein Jahr zuvor aus einem deutschen Gefängnis ausgebrochen war. Peter hatte das Vergnügen des Lesens entdeckt und sich in einer Kunst vervollkommnet, die er früher einmal gleichgültig ausgeübt hatte. Irgendwie war er zu einem Exemplar des Buches *A Pilgrim's Progress* gekommen, aus dem er ungeheure Freude zu ziehen schien. Und am Ende des Briefes erwähnte er, ganz beiläufig, daß er schwer verwundet wäre und sein linkes Bein wohl nie mehr ganz verwendungsfähig würde.

Danach erhielt ich häufig Briefe, und ich selbst schrieb ihm jede Woche und schickte ihm jede Art von Päckchen, die ich mir ausdenken konnte. Seine Briefe waren für mich immer sowohl beschämend als auch beglückend. Früher hatte ich den alten Peter nie ganz ernst genommen; aber jetzt verhielt er sich wie ein früher christlicher Märtyrer – nie ein Wort der Klage und immer so fröhlich, als wäre es ein Wintermorgen auf dem Hohen Veld und wir beide wären zu Pferde unterwegs, um Springböcke zu jagen. Ich wußte, was der Verlust eines Beines für ihn bedeuten mußte, denn schon immer war er auf seine körperliche Fitness besonders stolz gewesen. Der Rest des

Lebens muß sich damals vor ihm öde und langweilig bis zum Grab ausgedehnt haben. Er aber schrieb, als wäre er in Höchstform, und bemitleidete mich wegen der Unbequemlichkeiten meiner Aufgabe. Das Bild jenes geduldigen und freundlichen Kameraden, der in seinem Zimmer herumhumpelt und sich den Kopf über *Pilgrim's Progress* zerbricht, nach fünf Monaten größten Ruhmes ein lebenslanger Krüppel, hätte auch einer Qualle das Rückgrat gestärkt.

Dieser letzte Brief war entsetzlich rührend, denn es war Sommer geworden, und der Duft des Waldes hinter dem Gefängnis erinnerte Peter an einen Platz im Woodbush, und in jedem Satz spürte man deutlich den Schmerz der Verbannung. Ich saß auf jener Steinmauer und überlegte, wie läppisch die verdorrten Blätter in meinem Lebensbett waren, verglichen mit den Dornen, auf denen Peter und Blaikie liegen mußten. Ich dachte an Sandy im fernen Mesopotamien und an den alten Blenkiron, der irgendwo in Amerika über seine Verdauungsbeschwerden stöhnte; und ich überlegte, daß sie jene Art von Kameraden waren, die ihre Pflicht taten, ohne zu klagen. Die Folge war, daß ich in mannhafterer Laune war, als ich aufstand, um weiterzugehen. Ich wollte meinen Freunden keine Schande bereiten oder mir meine Pflichten aussuchen. Vielmehr würde ich mich der Vorsehung überlassen, denn wie Blenkiron zu sagen pflegte: Die Vorsehung macht schon alles richtig, solange man ihr nicht ins Handwerk pfuscht.

Aber es war nicht nur Peters Brief, der mich zur Vernunft brachte und mich beruhigte. Isham ragte in einer Senke der Hügel, weit vom Haupttal entfernt, in die Höhe, und die Straße, die ich benutzte, führte über den Grat und zum Fluß zurück. Ich stieg durch ausgedehnte Buchenwälder, die in dem Zwielicht wie eine große grüne Landschaft weit unterhalb der Meeresoberfläche wirkte, und ging dann eine kurze Strecke über Weideland bis zum Rand des Tales. Überall lagen kleine Felder, mit Mauern aus grauem Stein gesäumt und voller dunkler Schafe. Unter mir lagen düstere Wälder, und in der Mitte schien Fosse Manor zu liegen, denn der große römische Fosse-

Weg führte, gerade wie eine Bogensehne, über die Hügel hinweg nach Süden und dort unten vorbei. Deutlich konnte ich erkennen, wie der Fluß sich zwischen den Wiesen hindurchwand, und hörte das Plätschern des Wehres. Ein winziges Dorf lag in der Senke des Hügels, und von seinem Kirchturm schlug es mit einem seltsam süßen Akkord sieben Mal. Sonst war kein Laut zu hören, ausgenommen das Zwitschern kleiner Vögel und der Abendwind in den Wipfeln der Buchen.

In jenem Augenblick erlebte ich eine Art Offenbarung. Ich hatte eine Vision dessen, für das ich gekämpft hatte, für das wir alle kämpfen. Es war der Friede, tiefer, heiliger und uralter Friede, älter als die ältesten Kriege, ein Friede, der auch dann noch andauern würde, wenn unsere Schwerter einmal zu Pflugscharen umgeschmiedet würden. Und es war mehr, denn in jener Stunde ergriff England zum erstenmal Besitz von mir. Bisher war Südafrika mein Vaterland gewesen, und wenn ich an die Heimat dachte, waren es immer die weiten sonnendurchglühten Flächen des Veld oder ein duftiges Tal des Berg gewesen. Jetzt aber erkannte ich, daß ich eine neue Heimat besaß. Ich begriff, wie kostbar dieses kleine England war, wie alt und freundlich und tröstlich, alles in allem wohl wert, daß man es erstrebte. Die Freiheit schon eines kleinen Stückchens seiner Erde war mit dem Blut der Besten von uns billig erkauft. Ich wußte, was es bedeutete, ein Dichter zu sein, obgleich ich nie in meinem Leben jemals eine einzige Verszeile schreiben konnte. Aber in jener Stunde hatte ich einen weiten Ausblick wie vom Gipfel eines Hügels, durch den die gegenwärtigen Schwierigkeiten des Weges unwichtig zu sein schienen. Ich sah nicht nur den Sieg nach dem Krieg, sondern eine neue und glücklichere Welt nach dem Sieg, und auch ich würde etwas von diesem englischen Frieden erhalten und mich darin bis an das Ende meiner Tage einhüllen.

Demütig und ruhig wie ein Mann, der durch einen Dom wandert, wanderte ich hügelabwärts zu dem Herrenhaus und kam an eine Tür in einer alten Ziegelfassade, die unter Magnolien fast verschwand, die in der Junidämmerung dufteten wie von der Sonne erhitzte Zitronen. Der Wagen des Gasthauses hatte mein Gepäck bereits abgeliefert, und wenig später kleidete ich mich in einem Zimmer um, dessen Fenster auf den Garten hinausgingen. Zum erstenmal seit mehr als einem Jahr zog ich ein gestärktes Hemd und ein Dinnerjackett an, und während ich mich ankleidete, hätte ich aus reiner Fröhlichkeit singen können. Zwar stand mir eine mühsame Aufgabe bevor, und irgendwann würde ich an diesem Abend meinen Marschbefehl erhalten. Irgend jemand – vielleicht Bullivant – würde plötzlich auftauchen und das Rätsel für mich lösen. Aber was immer es auch war: ich war bereit, denn mein ganzes Sein hatte einen neuen Sinn gefunden. Wenn man im Schützengraben liegt, geschieht es, daß der Horizont sich bis zur vordersten feindlichen Linie mit ihrem Stacheldrahtverhau auf der einen Seite und andererseits bis zum nächsten Ruhequartier verengt. Aber jetzt schien ich jenseits des Nebels auf ein glückliches Land zu blicken.

Schrille Stimmen begrüßten meine Ohren, als ich die breite Treppe hinunterging – Stimmen, die kaum mit den getäfelten Wänden und den strengen Familienbildern übereinstimmten; und als ich meine Gastgeberinnen in der Halle fand, glaubte ich, daß ihr Aussehen noch weniger zu dem Haus paßte. Beide Damen waren bereits über die Vierzig hinaus, aber ihre Kleidung war die junger Mädchen. Miss Doria Wymondham war groß und dünn, und hinzu kam eine Masse unbestimmbaren farblosen Haares, das von einem schwarzen Samtband zusammengehalten wurde. Miss Claire Wymondham war kleiner und gedrungener, und sie hatte ihr Möglichstes getan, durch falsch angewandte Kosmetika sich selbst so herauszuputzen, daß sie einer ausländischen *demimondaine* ähnelte. Beide begrüßten mich mit der freundlichen Beiläufigkeit, von der ich schon vor langer Zeit entdeckt hatte, daß sie die wahre englische Haltung gegenüber Gästen war; als wären diese Gäste gerade in das Haus gekommen und hätten dort ihr Quartier bezogen, und man war zwar einigermaßen froh, sie zu sehen, durfte sie jedoch nichts fragen, um sich keine

Schwierigkeiten zu schaffen. Im nächsten Augenblick gurrten sie wie Tauben um ein Gemälde, das ein junger Mann hoch in das Lampenlicht hielt.

Es war ein großer hagerer Bursche von zirka dreißig Jahren, der einen grauen Flanellanzug trug und dessen Schuhe von der Landstraße verstaubt waren. Sein hageres Gesicht war blaß, als käme er nie an die frische Luft, und auf seinem Schädel hatte er erheblich mehr Haare als die meisten Männer. Im Schein des Lichts waren seine Gesichtszüge sehr deutlich, und ich betrachtete sie mit Interesse, denn man darf nicht vergessen, daß ich damit rechnete, ein Fremder würde mir Befehle überbringen. Er hatte ein langes, ziemlich kräftiges Kinn und einen störrischen Mund mit mürrischen Linien an den Mundwinkeln. Das bemerkenswerteste Kennzeichen waren jedoch seine Augen. Am besten kann ich sie beschreiben, wenn ich sage, daß sie ›heiß‹ aussahen – nicht wütend oder ärgerlich, sondern so voller Unruhe, daß sie physisch zu schmerzen schienen und es am besten gewesen wäre, sie mit kaltem Wasser zu kühlen.

Sie beendeten ihre Unterhaltung über das Bild – die übrigens in einem Jargon geführt wurde, von dem ich nicht ein einziges Wort verstand –, und Miss Doria wandte sich an mich und den jungen Mann.

»Mein Vetter Launcelot Wake – Mr. Brand . . .«

Wir nickten förmlich, und Mr. Wake strich sich mit einer selbstbewußten Geste über das Haar, um es zu glätten.

»Hat Barnard schon zum Essen gebeten? Wo steckt übrigens Mary?«

»Sie ist vor fünf Minuten gekommen, und ich habe sie nach oben geschickt, damit sie sich umzieht«, sagte Miss Claire. »Ich möchte nicht, daß sie uns den Abend mit dieser scheußlichen Uniform verdirbt. Draußen mag sie sich meinetwegen maskieren, wenn sie will; in diesem Hause jedoch leben kultivierte Menschen.«

Der Butler erschien und murmelte irgend etwas. »Kommen Sie«, rief Miss Doria, »denn ich bin überzeugt, daß Sie am Verhungern sind, Mr. Brand. Und Launcelot ist zehn Meilen mit dem Fahrrad gefahren.«

Das Speisezimmer war der Halle keineswegs ähnlich. Die Holzvertäfelung war entfernt worden; Wände und Decke waren mit einer pechschwarzen Seidentapete bedeckt, auf der die ungeheuerlichsten Bilder in riesigen stumpfgoldenen Rahmen hingen. Nur verschwommen konnte ich sie erkennen, aber sie schienen ein bloßes Durcheinander häßlicher Farben zu sein. Mit einer Kopfbewegung deutete der junge Mann auf sie. »Wie ich sehe, habt ihr die Dégousses endlich aufgehängt«, sagte er.

»Wie hinreißend sie sind!« rief Miss Claire. »Wie subtil und offen und tapfer! Doria und ich wärmen unsere Seelen an ihrer Glut.«

Im Zimmer war irgendein aromatisches Holz verbrannt worden, so daß es von einem seltsamen, leicht Übelkeit erregenden Duft erfüllt war. Alles in diesem Zimmer war angespannt, unbequem und anomal – die Kerzenschatten auf dem Tisch, das Durcheinander der Porzellanfrüchte in der Schüssel, die prunkvolle Tapete und die Alptraum erregenden Wände. Aber das Essen war ausgezeichnet. Es war das beste, das ich seit 1914 zu mir genommen hatte.

»Sagen Sie, Mr. Brand«, sagte Miss Doria, das lange weiße Gesicht auf die mit vielen Ringen geschmückte Hand gestützt. »Gehören Sie auch zu uns? Revoltieren Sie auch gegen diesen verrückten Krieg?«

»Aber selbstverständlich«, sagte ich in Erinnerung an die mir aufgetragene Rolle. »Meiner Ansicht nach würde ein wenig Vernunft genügen, ihn sofort beizulegen.«

»Mit ein bißchen Vernunft hätte er gar nicht erst angefangen«, sagte Mr. Wake.

»Launcelot gehört nämlich auch zu den Kriegsgegnern«, sagte Miss Doria.

Im gleichen Augenblick setzte sich jemand auf den leeren Stuhl rechts neben mir. Ich wandte mich zur Seite und sah die Krankenschwester, die Blaikie nachmittags im Lazarett den Tee gebracht hatte.

»Er wurde aus seiner Abteilung hinausgeworfen«, fuhr die Lady fort, »denn er ist Beamter, und so hatte er auch nie die Möglichkeit, vor Gericht auszusagen; aber niemand hat für unsere Sache mehr getan. Er sitzt jetzt im Ausschuß, und selbst im Parlament sind seinetwegen schon Anfragen gestellt worden.«

Der Mann schien mit seiner Biographie nicht ganz einverstanden zu sein. Nervös sah er mich an und wollte gerade mit irgendeiner Art von Erklärung beginnen, als Miss Doria ihn unterbrach. »Vergiß nicht unsere Regel, Launcelot. Kein geschwollenes Gespräch über den Krieg innerhalb dieser Mauern.«

Ich war völlig ihrer Meinung. Der Krieg schien mit der Sommerlandschaft trotz ihrem Frieden eng verknüpft zu sein, aber auch mit den vornehmen alten Räumen des Herrenhauses. In diesem wahnsinnig modisch eingerichtetem Speisezimmer wirkte er jedoch einfach unpassend.

Dann sprach man von anderen Dingen. Meistens über Bilder und gemeinsame Freunde und gelegentlich auch über Bücher. Mich beachtete man nicht, was für mich von Glück war, denn von diesen Dingen verstand ich nichts, und außerdem begriff ich nur die Hälfte. Miss Doria versuchte allerdings einmal, mich in das Gespräch einzubeziehen. Man sprach über irgendeinen russischen Roman – einen Titel wie *Leprous Souls* –, und sie fragte mich, ob ich ihn gelesen hätte. Dank eines merkwürdigen Zufalls war dies der Fall. Irgendwie war ein Exemplar in unseren Schützengraben an der Scarpe geraten, und nachdem wir alle im zweiten Kapitel steckengeblieben waren, war er im Modder verschwunden, zu dem er wie selbstverständlich gehörte. Die Lady lobte ihn als ›scharf‹ und ›von ernster Schönheit‹. Ich stimmte ihr zu und gratulierte mir, zum zweitenmal entkommen zu sein – denn hätte man mich gefragt, hätte ich ihn als gottvergessenes Geschwätz bezeichnet.

Ich wandte mich dem Mädchen zu, das mich mit einem Lächeln begrüßte. In der Tracht einer Krankenschwester hatte ich sie für hübsch gehalten, aber jetzt, in einem glänzenden schwarzen Kleid, das Haar nicht mehr unter einer Haube verborgen, war sie das hinreißendste Geschöpf, das es überhaupt gab. Und ich bemerkte noch etwas anderes. Ihr junges Gesicht besaß mehr als nur normale Schönheit. Ihre breite flache Stirn und ihre lachenden Augen wirkten erstaunlich intelligent. Sie besaß eine unheimliche Fähigkeit, ihre Augen so zu verwandeln, daß sie plötzlich ernst und tief wirkten – wie ein glitzernder Fluß, der sich plötzlich zu einem See erweitert.

»Niemand wird uns beide einander vorstellen«, sagte sie, »deswegen möchte ich es selbst tun. Ich bin Mary Lamington, und das dort sind meine Tanten ... Gefällt *Leprous Souls* Ihnen wirklich?«

Sich mit ihr zu unterhalten, war ganz einfach. Und merkwürdigerweise nahm ihre bloße Gegenwart allen Druck von mir, den ich in jenem Zimmer empfand. Denn sie gehörte nach draußen und zu dem alten Haus und ganz allgemein zu der Welt. Sie gehörte zum Krieg und zu jener glücklichen Welt, die jenseits des Krieges lag – zu einer Welt, die nur dadurch zu gewinnen war, daß man die Kämpfe bestand, aber nicht dadurch, daß man ihnen auswich wie diese beiden albernen Damen.

Ich merkte, daß der Blick von Wake häufig auf dem Mädchen ruhte, während er sich aufspielte und geheimnisvoll tat und die beiden Misses Wymondham plapperten. Wenig später schien die Unterhaltung die blumigen Pfade der Kunst zu verlassen und verbotenen Themen gefährlich nahe zu kommen. Wake begann, unsere im Felde stehenden Generale zu beschimpfen. Mir blieb nichts anderes übrig, als zuzuhören. Die Augenbrauen von Miss Lamington waren leicht zusammengezogen, als mißbilligte sie dies, und in mir stieg Wut hoch.

Er verfügte über jede Art idiotischer Kritik – Unfähigkeit, Mutlosigkeit und Korruption. Wo er das alles her hatte, kann ich mir nicht vorstellen, denn selbst der schlechtestgelaunte britische Soldat, dessen Urlaub nicht genehmigt wurde, redete keinen derartigen Unsinn. Am schlimmsten war jedoch, daß er mich fragte, ob ich ihm zustimmte.

Ich mußte mich gewaltig zusammennehmen. »Ich verstehe nicht viel von diesen Dingen«, sagte ich, »aber draußen in Südafrika hörte ich bereits, daß die britische Führung der schwächste Punkt sei. Wahrscheinlich ist an dem, was Sie sagen, sehr viel Wahres.«

Vielleicht klingt es komisch, aber das Mädchen neben mir schien zu flüstern: »Gut gemacht!«

Wake und ich blieben, als die Damen gegangen waren, auch nicht mehr lange im Speisezimmer. Ich machte es absichtlich kurz, denn ich schwebte in der tödlichen Gefahr, meine Beherrschung zu verlieren und alles zu verderben. Ich erhob mich und lehnte mich mit dem Rücken gegen den Kaminsims, und zwar so lange, wie man benötigt, um eine Zigarette zu rauchen; dabei ließ ich ihn reden, während ich ihm unentwegt in das Gesicht starrte. Mittlerweile war mir völlig klargeworden, daß Wake nicht derjenige war, der mir meine Anweisungen geben sollte. Das, was er tat, war kein Spiel. Vielmehr war er ein völlig aufrichtiger Sonderling, wenn auch kein Fanatiker, denn er war seiner selbst nicht sicher. Irgendwie hatte er seine Selbstachtung eingebüßt und versuchte nun, sie durch Streitgespräche wiederzugewinnen. Er war keineswegs dumm, denn die Gründe, die er dafür nannte, daß er sich von den meisten seiner Landsleute unterschied, waren immerhin annehmbar. Wäre es nach mir gegangen, hätte ich es in einer Diskussion mit ihm aufgenommen. Wenn man mir vor einer Woche von einem derartigen Mann erzählt hätte, wäre mir schon bei dem Gedanken an ihn übel geworden. Jetzt empfand ich jedoch keinerlei Abneigung gegen ihn. Er langweilte mich lediglich, und außerdem tat er mir entsetzlich leid. Man merkte genau, daß er so unruhig wie eine Glucke war.

Als wir dann ebenfalls in die Halle gingen, gab er bekannt, daß er sich wieder auf den Weg machen müßte, und verlangte von Miss Lamington, ihm bei der Suche nach seinem Fahrrad zu helfen. Anscheinend wohnte er in einem Gasthaus, das rund ein Dutzend Meilen entfernt lag, um ein paar Tage zu fischen, und irgendwie gefiel er mir deswegen noch besser. Bald verabschiedeten sich dann auch die Damen des Hauses, um zu Bett zu gehen und ihren Schönheitsschlaf nicht zu versäumen, und damit blieb ich mir selbst überlassen.

Eine Zeitlang saß ich rauchend in der Halle und überlegte, wann der Bote eintreffen würde. Es wurde spät, und im Hause schienen keine Vorbereitungen getroffen zu sein, noch einen weiteren Gast zu empfangen. Der Butler erschien mit einem Tablett, auf dem Getränke standen, und ich fragte ihn danach. »Davon ist mir nichts bekannt, Sir«, lautete seine Antwort. »Soviel ich weiß, ist kein Telegramm eingetroffen, und ich habe auch keine Anweisungen erhalten.«

Ich zündete meine Pfeife an und las zwanzig Minuten lang in einer Wochenzeitung. Dann erhob ich mich und betrachtete die Familienportraits. Der Mondschein, der durch die Rolläden drang, lud mich nach draußen ein, als Besänftigung meiner Besorgnis. Es war nach elf, und immer noch wußte ich nichts über meinen nächsten Schritt. Es ist zum Wahnsinnigwerden, wenn man für eine unerfreuliche Aufgabe ausgesucht wurde und es einfach nicht vorwärts geht.

Hinter dem Haus, jenseits einer mit Fliesen ausgelegten Terrasse, fiel der Rasen leicht ab, fast weiß im Mondschein, bis zum Ufer des Flusses, der sich hier zu einem kleinen See ausgeweitet hatte. Am Rande des Wassers lag ein kleiner Garten mit einem Geländer aus grauen Steinen, die jetzt wie dunkler Marmor wirkten. Starke Duftwellen erhoben sich dort, denn nur der Flieder war gerade verblüht, während alles übrige in voller Blüte prangte. Aus dem Schatten dieser Büsche erklang plötzlich eine Stimme wie die einer Nachtigall.

Sie sang das alte Lied ›Cherry Ripe‹, ein sehr beliebtes Lied, das ich hauptsächlich von einer Drehorgel gespielt kannte. Aber in dem duftgeschwängerten Mondlicht schien es den ganzen sehnsüchtigen Zauber des alten England und dieser geheiligten Landschaft zu enthalten. Ich betrat den Garten und entdeckte den Kopf des Mädchens Mary.

Sie war sich meiner Anwesenheit bewußt, denn sie wandte sich mir zu.

»Ich habe Sie gesucht«, sagte sie, »da es im Haus ruhig ist. Ich habe Ihnen etwas mitzuteilen, General Hannay.«

Sie kannte meinen Namen und mußte irgendwie an der Sache beteiligt sein. Dieser Gedanke entzückte mich.

»Gott sei Dank kann ich offen mit Ihnen sprechen«, antwortete ich. »Wer und was sind Sie – die Sie in diesem Haus und in dieser Art von Gesellschaft leben?«

»Meine guten Tanten!« Sie lachte leise. »Sie reden so viel über ihre Seelen, aber in Wirklichkeit meinen sie ihre Nerven. Mein Gott, sie sind das, was man als Tarnung bezeichnet, und zwar eine sehr gute.«

»Und dieser blasse junge Fant?«

»Der arme Launcelot! Ja – auch er ist Tarnung, vielleicht sogar etwas mehr. Sie dürfen ihn nicht allzu streng beurteilen.«

»Aber – aber ...« Ich wußte nicht, wie ich es ausdrükken sollte, und stammelte daher in meinem Eifer. »Woher soll ich wissen, daß Sie die richtige Person sind, mit der ich sprechen soll? Sie wissen, daß ich Befehle zu befolgen habe, aber von Ihnen hat man mir nichts mitgeteilt.«

»Ich werde Ihnen den Beweis liefern«, sagte sie. »Vor drei Tagen gaben Sir Walter Bullivant und Mr. Mcgillivray Ihnen den Auftrag, heute abend hierher zu kommen und auf weitere Anweisungen zu warten. Sie trafen sich in dem kleinen Rauchzimmer hinter dem Rota Club. Man bat Sie, den Namen Cornelius Brand anzunehmen und sich von einem erfolgreichen General in einen pazifistischen südafrikanischen Ingenieur zu verwandeln. Ist das richtig?«

»Vollkommen.«

»Voller Unruhe haben Sie den ganzen Abend auf den Boten gewartet, der Ihnen Ihre Anweisungen überbringen soll. Beruhigen Sie sich. Ein Bote wird nicht kommen. Ihre Anweisungen erhalten Sie von mir.«

»Ich könnte sie aus keiner willkommeneren Quelle erhalten«, sagte ich.

»Sehr hübsch ausgedrückt. Sollten Sie weitere Beweise benötigen, kann ich Ihnen eine ganze Menge über das erzählen, was Sie in den vergangenen drei Jahren getan haben. Ich könnte Ihnen, der die Erklärung nicht braucht, jeden Schritt in der Angelegenheit des ›Schwarzen Steins‹ erläutern. Ich glaube, ich könnte eine ziemlich genaue Karte von Ihrer Reise nach Erzerum zeichnen. In Ihrer

Tasche steckt ein Brief von Peter Pienaar – seinen Inhalt kann ich Ihnen erzählen. Sind Sie jetzt bereit, mir zu vertrauen?«

»Von ganzem Herzen«, sagte ich.

»Gut. Dann wird mein erster Auftrag für Sie ziemlich schwierig sein. Denn ich habe keine Anordnungen, die ich Ihnen geben soll, ausgenommen die Bitte, daß Sie sich in eine ganz besondere Art von Leben stürzen. Ihre erste Aufgabe lautet, die ›Atmosphäre‹ kennenzulernen, wie Ihr Freund Peter zu sagen pflegte. Ich werde Ihnen schon sagen, wo Sie hingehen und wie Sie sich verhalten müssen. Aber zu mehr kann ich Sie nicht auffordern; Sie sollen lediglich mit offenen Augen und Ohren dahinleben, bis Sie ›das Gefühl‹ für die Situation haben.«

Sie verstummte und legte eine Hand auf meinen Arm.

»Es wird nicht einfach sein. Mich würde es wahnsinnig machen, und für einen Mann wie Sie wird es noch eine viel größere Belastung bedeuten. Sie müssen ganz im Leben jener unreifen Menschen versinken, jener Leute, die der Krieg entweder nicht berührt oder auf falsche Weise berührt hat, jener Leute, die ihr Leben mit Haarspaltereien verbringen und sich einzig und allein mit dem beschäftigen, was wir beide als egoistische Launen bezeichnen würden. Ja. Von Leuten wie meinen Tanten und Launcelot, nur gehören die meisten einer anderen Gesellschaftsschicht an. Sie werden nicht in einem alten Herrenhaus wie diesem leben, sondern in einem Haus, wie es sie zu Hunderten gibt. Sie werden erleben, daß man das belacht und verdammt, was Ihnen heilig ist, und werden jeder Art ekelhafter Dummheit zustimmen müssen, und dazu müssen Sie noch Ihren Mund halten und so tun, als wären Sie derselben Ansicht. Sie werden auch nichts zu tun haben – abgesehen davon, daß Sie dieses Leben in sich aufnehmen und, wie ich schon sagte, Augen und Ohren offenhalten.«

»Aber Sie müssen mir einen Hinweis darauf geben, was ich suchen soll.«

»Meine Anweisungen lauten, Ihnen überhaupt keinen Hinweis zu geben. Unsere Chefs – Ihre und meine –

möchten, daß Sie dort ohne jegliche *parti pris* hingehen. Vergessen Sie nicht, daß wir immer noch im Erkundungsstadium dieser Angelegenheit sind. Noch ist die Zeit nicht gekommen, irgend etwas zu planen oder gar zu unternehmen.«

»Dann beantworten Sie mir noch eine Frage«, sagte ich. »Handelt es sich wirklich um eine große Sache, hinter der wir her sind?«

»Wirklich um eine große Sache«, sagte sie langsam und sehr ernst. »Sie und ich und einige hundert andere jagen den gefährlichsten Mann auf dieser Welt. Bis wir Erfolg haben, kann Großbritannien nichts unternehmen, was nicht teilweise bereits zum Scheitern verurteilt ist. Wenn wir versagen oder der Erfolg zu spät kommt, besteht die Möglichkeit, daß die Alliierten nie den Sieg erringen, der ihr Recht ist. Aber ich will Ihnen noch eines sagen, um Sie aufzumuntern. In gewissem Sinne handelt es sich um ein Wettrennen gegen die Zeit – so daß Sie nicht allzu lange im Fegefeuer zu sitzen brauchen.«

Ich war verpflichtet zu gehorchen, und das wußte sie, denn sie setzte meine Bereitwilligkeit voraus.

Aus einer kleinen goldenen Handtasche nahm sie eine winzige Schachtel, und als sie sie öffnete, entnahm sie ihr so etwas wie eine purpurrote Oblate, auf der sich ein weißes Andreas-Kreuz befand.

»Welche Art von Uhr haben Sie? Oh, eine Jagduhr. Kleben Sie das hier auf die Innenseite des Deckels. Möglicherweise wird man Sie eines schönen Tages auffordern, es vorzuzeigen ... Und noch etwas. Besorgen Sie sich morgen ein Exemplar von *Pilgrim's Progress* und lesen Sie es gründlich. Irgendwann werden Sie Briefe und Mitteilungen erhalten, und möglicherweise hat die Art, in der unsere Freunde schreiben, eine gewisse Ähnlichkeit mit der von John Bunyan ... Der Wagen wird morgen vor der Tür stehen, um Sie zum Zug um zehn Uhr dreißig zu bringen, und ich werde Ihnen die Anschrift der Zimmer geben, die für Sie gemietet worden sind ... Mehr habe ich Ihnen nicht zu sagen – nur möchte ich Sie bitten, Ihre Rolle gut zu spielen und Ihr Temperament im

Zaum zu halten. Beim Abendessen ist es Ihnen schon sehr gut gelungen.«

Als wir uns in der Halle gute Nacht sagten, stellte ich eine letzte Frage. »Werde ich Sie wiedersehen?«

»Bald und häufig«, lautete die Antwort. »Vergessen Sie nicht, daß wir Kollegen sind.«

Als ich nach oben ging, fühlte ich mich äußerst beruhigt. Vor mir lag zwar eine wahrhaft scheußliche Zeit, aber jetzt war auch sie von dem Gedanken an jenes Mädchen umrahmt und verschönt, das im Garten ›Cherry Ripe‹ gesungen hatte. Ich lobte die Weisheit jener alten Schlange namens Bullivant, die diesen Mittelsmann ausgewählt hatte, denn ich will verdammt sein, wenn ich derartige Anweisungen von einem anderen angenommen hätte.

2

DAS DORF NAMENS MORAL

Oben auf dem Hohen Veld können unsere Flüsse nur aus einigen Tümpeln bestehen, die durch schlammige Rinnsale miteinander verbunden sind – und das ist manchmal alles, was man auf einer eintägigen Reise entdeckt. Wenig später erreichen sie jedoch den Rand der Hochebene, stürzen in donnernden Fällen in die Tiefe und strömen dann als vollwertige und rauschende Flüsse dem Meer zu. So ist es auch mit der Geschichte, die ich hier erzähle. Sie begann in ruhigen Abschnitten, in denen sie so träge wie das Wasser in einem Mühlteich dahinzog. Dennoch kam der Tag, an dem ich von der rasenden Strömung gepackt und von einem Schicksal, das ich nicht kontrollieren konnte, von Fels zu Fels geschleudert wurde. Im Augenblick befand ich mich jedoch noch in ruhigen Gewässern, nämlich in der Gartenstadt Biggleswick, wo Mr. Cornelius Brand, ein südafrikanischer Gentleman, der England in seinem Urlaub besuchte, zwei Zimmer im Haus von Mr. Tancred Jimson bewohnte.

Das Haus – oder ›Heim‹, wie man es in Biggleswick lieber nannte – war eines von mehr als zweihundert anderen, die eine erfreuliche Gemeinde im Midland einsäumte. Das Haus war schlecht gebaut und seltsam möbliert; das Bett war zu kurz, die Fensterflügel waren verzogen, und die Tür blieb nicht geschlossen. Aber immerhin war es so sauber, wie Wasser, Seife und Schrubber es möglich machten. Der kleine Garten diente in der Hauptsache dem Anbau von Kartoffeln, obgleich Mrs. Jimson unter dem Wohnzimmerfenster süßduftende Kräuter angepflanzt hatte, während das Spalier hoher Sonnenblumen den Weg einsäumte, der zur Haustür führte. Mrs. Jimson war es auch, die mich empfing, als ich aus der Droschke stieg: eine große Frau mit rötlicher Haut und Haaren, die dadurch gebleicht waren, daß sie ständig dem Wetter ausgesetzt waren; gekleidet war sie in ein Gewand, das sowohl in der Form als auch im Material aus einem Chintzvorhang gearbeitet zu sein schien. Sie war eine gute, freundliche Seele und auf ihr Haus unendlich stolz. »Wir führen hier ein einfaches Leben, Mr. Brand«, sagte sie. »Sie müssen uns so nehmen, wie wir sind.« Ich versicherte ihr, daß ich mir nichts Besseres wünschte, und als ich mein Gepäck in meinem sauberen kleinen Schlafzimmer auspackte und der Westwind durch das Fenster hereinblies, überlegte ich, daß ich schon schlechtere Unterkünfte kennengelernt hatte.

In London hatte ich mir eine ansehnliche Zahl von Büchern besorgt, denn ich war der Ansicht, daß ich bei so viel freier Zeit auch etwas für meine Bildung tun könnte. Meistens handelte es sich um englische Klassiker, deren Namen ich zwar kannte, von denen ich jedoch noch nichts gelesen hatte, und erschienen waren sie alle in einer Buchreihe zu einem Shilling pro Stück. Ich stellte sie auf eine Kommode, legte jedoch *Pilgrim's Progress* neben mein Bett, denn dieses Buch gehörte zu meinem Werkzeug, und ich mußte es genau kennenlernen. Mrs. Jimson, die während des Auspackens in das Zimmer kam, um zu sehen, ob ich zufrieden wäre, billigte meinen Geschmack. Während des Mittagessens wollte sie sich mit mir über Bücher unterhalten und war von ihrem eigenen Wissen so erfüllt, daß es mir gelang, meine Unwissenheit zu verbergen. »Wir alle arbeiten daran, unsere Persönlichkeit auszudrücken«, informierte sie mich. »Haben Sie Ihr Medium schon gefunden, Mr. Brand? Wird es die Feder oder der Zeichenstift sein? Oder ist es vielleicht die Musik? Sie haben die Stirn eines Künstlers!«

Ich erklärte ihr, zu dem Schluß gelangt zu sein, es mit der Literatur zu versuchen, aber bevor ich etwas schriebe, wollte ich noch etliches lesen.

Es war ein Sonnabend, so daß Jimson schon am frühen Nachmittag aus der Stadt zurückkehrte. Er war Verwaltungsangestellter in irgendeinem Reederei-Büro, aber seinem Aussehen nach wäre man nicht auf diesen Gedanken gekommen. Seine Stadtkleidung war ein locker sitzender dunkelgrauer Flanellanzug, ein Hemd mit weichem Kragen, eine orangefarbene Krawatte und ein weicher schwarzer Hut. Seine Frau ging ihm auf der Straße entgegen, und zurück kamen sie Hand in Hand, wobei sie ihre Arme wie zwei Schulkinder schwenkten. Er hatte einen schütteren roten Bart, der mit Grau durchsetzt war, und sanfte blaue Augen hinter starken Brillengläsern. Er war das freundlichste Geschöpf auf der Welt, voll von schnellen Fragen und bereit, alles zu tun, damit ich mich der Familie zugehörig fühlte. Später ging er in einem Tweed-Jackett in den Garten und begann dort zu arbeiten. Ich legte meine Jacke ab und half ihm, und wenn er sich von seiner Arbeit ausruhte, was alle fünf Minuten geschah, denn er war alles andere als kräftig, wischte er sich über die Stirn, putzte seine Brille und ließ sich über den guten Geruch der Erde und die Freude aus, der Natur so nahe zu sein.

Einmal blickte er beinahe sehnsüchtig auf meine großen braunen Hände und muskulösen Arme. »Sie gehören zu den Tätigen, Mr. Brand«, sagte er, »und deswegen beneide ich Sie von ganzem Herzen. In fernen Ländern haben Sie die Natur in ihren wilden Formen gesehen. Hoffentlich werden Sie uns eines Tages aus Ihrem Leben erzählen. Ich muß mich mit meinem kleinen Winkel begnügen, aber glücklicherweise gibt es für den Geist keine territorialen Grenzen. Diese bescheidene Wohnung ist ein Wachtturm, von dem aus ich die ganze Welt überblicke.«

Danach nahm er mich auf einen Spaziergang mit. Wir begegneten Gruppen heimkehrender Tennisspieler und gelegentlich auch einem Golfspieler. Junge Männer schien es hier im Überfluß zu geben, obgleich sie meistens hager aussahen, aber gelegentlich war auch ein gutgewachsener Bursche darunter, der eigentlich bei den Soldaten hätte sein müssen. Mit Ehrfurcht erwähnte Jimson den einen oder anderen Namen. Ein ungesund aussehender junger Mann war Aronson, der große Romancier; ein stämmiger, widerborstiger Kerl mit einem auffallenden Bart war Letchford, der berühmte Kritiker der Zeitschrift *Critic*. Verschiedene waren, wie ich erfuhr, Künstler, denen es besser ginge als den anderen, und ein riesiges, schwammiges Geschöpf wurde als Führer des neuen Orientalismus in England bezeichnet. Mir fiel auf, daß diese Leute – nach Jimson – alle ›großartig‹ waren und mit irgend etwas ›Neuem‹ zu tun hatten. Dazu kamen Unmengen junger Frauen, größtenteils schlecht gekleidet und sehr häufig mit unordentlichem Haar. Und schließlich gab es verschiedene ordentliche Ehepaare, die abends zum Luftschöpfen ins Freie gingen, wie überall auf der Welt. Die meisten der letztgenannten waren mit Jimson befreundet, der mich mit ihnen bekannt machte. Sie gehörten zu seiner eigenen Gesellschaftsschicht: bescheidene Leute, die für ihr prosaisches Stadtleben einen farbigen Hintergrund suchten und ihn in dieser seltsamen Siedlung gefunden hatten.

Während des Abendessens wurde ich in die besonderen Vorzüge von Biggleswick eingeweiht. »Es ist ein einziges großartiges Denklaboratorium«, sagte Mrs. Jimson. »Großartig ist auch das Gefühl, unter interessierten und vitalen Menschen zu leben, die an der Spitze der neuesten Bewegungen stehen, und daß die intellektuelle Geschichte Englands in unseren Arbeitszimmern und Gärten gemacht wird. Für uns ist der Krieg so etwas wie eine weit entfernte und zweitrangige Angelegenheit. Wie irgend jemand einmal sagte: Die großen Schlachten der Welt werden nur mit dem Geist ausgefochten.«

Ein schmerzliches Zucken huschte über das Gesicht ihres Mannes. »Ich wünschte, ich könnte auch das Gefühl haben, der Krieg sei fern. Schließlich, Ursula, ist es das Opfer der Jugend, dank dem Leute wie mir Muße und Frieden zum Denken finden. Unsere Pflicht ist es, unser Möglichstes zu tun, aber diese Pflicht ist armselig verglichen mit dem, was unsere jungen Soldaten uns geben! Vielleicht ist meine Ansicht über den Krieg völlig falsch ... Ich weiß, daß ich es mit Letchford nicht aufnehmen kann. Aber ich möchte auch nicht eine Überlegenheit vorspiegeln, die ich nicht empfinde.«

Zu Bett ging ich mit dem Gefühl, mit Jimson einen wirklich normalen Menschen angetroffen zu haben. Als ich die Kerzen auf meiner Kommode anzündete, fiel mir auf, daß der Stapel Silbermünzen, die ich aus meinen Taschen geholt hatte, als ich mich vor dem Abendessen wusch, verändert war. Zwei große Münzen lagen zuoberst, darunter Sixpences und Shillings. Nun gehört es zu meinen Eigenarten, daß ich seit meiner Kindheit die Münzen, die ich in der Tasche habe, immer symmetrisch aufbaue, so daß die kleinsten zuoberst liegen. Aufmerksam geworden, fiel mir auch noch etwas anderes auf. Die englischen Klassiker, die auf der Kommode standen, befanden sich nicht mehr in der Reihenfolge, in der ich sie aufgestellt hatte. Isaak Walton stand jetzt links von Sir Thomas Browne, und der Dichter Burns war mühsam zwischen zwei Bände von Hazlitt geschoben worden. Überdies steckte eine Quittung, die ich als Lesezeichen in *Pilgrim's Progress* gelegt hatte, jetzt an einer anderen Stelle. Irgend jemand hatte meine Sachen durchsucht.

Eine kurze Überlegung überzeugte mich, daß Mrs. Jimson es nicht gewesen sein konnte. Sie hatte kein Personal und machte alle Hausarbeit selbst, und meine Sachen waren unangetastet gewesen, als ich das Zimmer vor dem Abendessen verlassen hatte; und bevor ich nach unten ging, war sie erschienen, um bei mir aufzuräumen. Irgend jemand hatte also das Zimmer betreten, als wir beim Abendbrot saßen, und sorgfältig alles durchsucht, was ich besaß. Glücklicherweise hatte ich nur wenig Gepäck und keine Papiere, ausgenommen die neuen Bücher und eine oder zwei Rechnungen, die auf den Namen Cornelius Brand lauteten. Wer immer das Zimmer durchsucht haben mochte – gefunden hatte er nichts ... Der Vorfall bedeutete für mich erheblichen Trost. Es war schwer gewesen zu glauben, daß es an diesem Ort irgendein Geheimnis gab, wo die Menschen ungehemmt wohnten, ihr Herz auf der Zunge trugen und ihre Ansichten von den Giebeln der Häuser herunter verkündeten. Dennoch mußte ein Geheimnis existieren, denn sonst wäre ein harmloser Fremder mit einem Rucksack nicht mit derart merkwürdigen Aufmerksamkeiten empfangen worden. Danach machte ich es mir zur Gewohnheit, während des Schlafens meine Uhr unter das Kopfkissen zu legen, denn auf der Innenseite des Deckels klebte das Schildchen von Mary Lamington.

Dann begann eine Zeit angenehmer und müßiger Wahrnehmungen. Einmal in der Woche war es meine Angewohnheit, einen Tag lang nach London zu fahren, um Briefe und Anweisungen in Empfang zu nehmen, wenn irgendwelche eintreffen sollten. Meine Zimmer in der Park Lane hatte ich verlassen und unter meinem richtigen Namen weitervermietet, und statt dessen war ich in eine kleine Wohnung in Westminster gezogen, wo ich als Cornelius Brand lebte. Die an die Park Lane adressierten Briefe wurden an Sir Walter weitergeleitet, der sie dann unter falschem Absender an meine neue Adresse schickte. Im übrigen erledigte ich meine morgendliche Lektüre im Garten, und zum erstenmal entdeckte ich, welches Vergnügen man aus alten Büchern schöpfen kann. Immer wieder erinnerten sie mich an jene Offenbarung des unbezahlbaren Erbes, das England mir bedeutete, und erweiterten sie. Ich lernte sehr viel von Englands Geschichte kennen, aber besonders gefielen mir Schriftsteller wie Walton, der das Wesen der englischen Landschaft erkannt hatte. Bald auch stellte ich fest, daß die Lektüre von *Pilgrim's Progress* nicht nur eine Pflicht, sondern daneben ein Vergnügen war. Täglich entdeckte ich in der rechtschaffenen alten Geschichte neue Juwelen, und meine Briefe an Peter fingen an, genauso ausführlich darauf einzugehen, wie Peters eigene Episteln es taten. Außerdem liebte ich die Lieder aus der Zeit Elizabeths, denn sie erinnerten mich an jenes Mädchen, das mir in der Juninacht eines dieser Lieder vorgesungen hatte.

An den Nachmittagen machte ich mir Bewegung, auf langen Spaziergängen, die die guten staubigen Straßen Englands entlangführten. Von Biggleswick fiel das Gelände zu einer Ebene mit Wäldern und Weiden ab, während am Horizont niedrige Hügel sich erhoben. Die Gegend war mit Dörfern übersät, jedes mit seinen eigenen Bäumen, seinem Teich und seiner alten Kirche. Die meisten Dörfer hatten auch Gasthöfe, und dort trank ich so manches Glas Bier, denn das Gasthaus in Biggleswick war ein Reformlokal, das nur wässerigen Apfelmost ausschenkte. Oft, wenn ich in der Dämmerung nach Hause wanderte, liebte ich das Land so sehr, daß ich aus reiner Freude hätte singen können. Und abends, nachdem ich ein Bad genommen hatte, ging ich zum Abendbrot hinunter, wo ein ziemlich erschöpfter Jimson zwischen Schlaf und Hunger schwankte, während die Hausfrau, ein kunstvoll unordentliches Haargebilde auf dem Kopf, rücksichtslos über Kultur sprach.

Stück für Stück fand ich meinen Weg in die hiesige Gesellschaft. Dabei waren die Jimsons für mich von großer Hilfe, denn sie waren beliebt und grüßten sich mit den meisten Einwohnern. Mich hielten sie für einen lobenswerten Aspiranten für ein höheres Leben, und so wurde ich ihren Freunden mit der Andeutung vorgestellt, daß ich eine lebhafte, wenn auch philisterhafte Vergangenheit hätte. Besäße ich die Gabe der Schriftstellerei, würde ich ein Buch über die Einwohner von Biggleswick schreiben. Etwa die Hälfte waren geachtete Bürger, die wegen der Landluft und der niedrigen Mieten hierher gezogen waren, aber selbst sie besaßen einen Anflug von Seltsamkeit und hatten den Jargon der übrigen Mitbewohner übernommen. Die jüngeren Männer waren zumeist Regierungsangestellte, Schriftsteller oder Künstler. Hinzu kamen einige Witwen mit Scharen von Töchtern, und am Außenrand standen mehrere größere Häuser von zumeist der Art, die dort schon gestanden hatten, bevor die Gartenstadt entstanden war. Eines dieser Häuser jedoch war nagelneu, eine auffallende Villa, deren Holzverkleidung keineswegs so alt war, wie sie wirkte, und die auf einem Hügel inmitten eines Gartens lag. Sie gehörte einem Mann namens Moxon Ivery, der so etwas wie ein akademischer Pazifist und ein großer Gott in dieser Ansiedlung war. Ein anderes Haus, ein großes Herrenhaus, gehörte einem Londoner Verleger, einem glühenden Liberalen, dessen spezieller Geschäftszweig ihn zwang, in Verbindung mit den neuen Bewegungen zu bleiben. Ich sah ihn häufig, wenn er morgens zum Bahnhof eilte, eine kleine schwarze Tasche schwenkend, und abends mit dem Fisch für das Abendbrot heimkehrte.

Binnen kurzer Zeit kannte ich überraschend viele Menschen, und sie gehörten zu den seltsamsten Käuzen, die man sich vorstellen kann. Da waren zum Beispiel die Weekes, drei Mädchen, die mit ihrer Mutter in einem Haus lebten; dieses Haus war so verbaut, daß man sich den Schädel einstieß, wann immer man sich umdrehte. Der Sohn der Familie war ein Kriegsdienstverweigerer aus Gewissensgründen, der sich geweigert hatte, auch irgendwelche anderen Arbeiten auszuführen, und für seine Gewissensqualen eingesperrt worden war. Die übrige Familie war auf ihn unendlich stolz und pflegte seine Leiden in Dartmoor so genußvoll zu erzählen, daß ich es schon für ziemlich herzlos hielt. Kunst war ihr großes Thema, und ich fürchte, daß man mich ziemlich schwerfällig fand. Bei ihnen war es Mode, nichts zuzugeben, was offensichtlich schön war, etwa einen Sonnenuntergang oder eine hübsche Frau, aber überraschende Lieblichkeit in Dingen zu entdecken, die ich selbst für scheußlich hielt. Außerdem redeten sie in einer Sprache, die mir unverständlich blieb. Dabei kam es häufig zu folgender Unterhaltung:

MISS WEEKES: »Bewundern Sie nicht auch Ursula Jimson?« ICH: »Sehr!« MISS W.: »Sie ist in ihrem ganzen Wesen so John-esque.« ICH: »Genau!« MISS W.: »Und Tancred auch – er ist so voller *nuances*.« ICH: »Sehr!« MISS W.: »Er erinnert an Landsleute von Dégousse.« ICH: »Genau!«

Für Bücher hatten sie nicht viel Verwendung, ausgenommen einige russische, und in ihren Augen stieg ich im Ansehen, weil ich *Leprous Souls* gelesen hatte. Wenn man mit ihnen über die herrliche Landschaft sprach, stellte man fest, daß sie dafür überhaupt nichts übrig hatten und höchstens eine Meile aus dem Dorf hinausgekommen waren. Von ganzem Herzen bewunderten sie jedoch die düstere Wirkung eines Zuges, der an einem regnerischen Tag in den Bahnhof Marylebone einlief.

Die Männer waren es jedoch, die mich am meisten interessierten. Aronson, der Romancier, erwies sich bei näherer

Bekanntschaft als ausgemachter Schuft. In seinen eigenen Augen war er ein Genie, und das Land hatte die Verpflichtung, dieses Genie zu unterhalten; deswegen schmarotzte er bei seinen armen Verwandten und bei jedem, der ihm Geld lieh. Er redete ständig über seine Sünden, die ziemlich gemein waren. Am liebsten hätte ich ihn zu einigen guten altmodischen und vollblütigen Sündern aus meiner Bekanntschaft gebracht; sie hätten ihn erheblich erschreckt. Mir erzählte er, auf der Suche nach ›Realität‹ und ›Leben‹ und ›Wahrheit‹ zu sein; es fiel jedoch schwer zu erkennen, wieso er etwas über diese drei Dinge wußte, denn die eine Hälfte des Tages lag er im Bett und rauchte billige Zigaretten, und den übrigen Tag sonnte er sich in der Bewunderung alberner Mädchen. Geist und Körper dieses Menschen waren an Tuberkulose erkrankt, und der einzige Roman, den ich von ihm las, drehte mir fast den Magen um. Mr. Aronsons Stärke waren Scherze über den Krieg. Wenn er von irgendeinem Bekannten hörte, der einberufen war oder sogar für den Krieg arbeitete, kannte seine Scherzhaftigkeit keine Grenzen. Meine zuckenden Finger hätten diesem Wicht am liebsten die Ohren umgedreht.

Letchford dagegen war ein ganz anderer Typ. Er war ein Mann, um damit zu beginnen, und besaß nicht nur einen ausgezeichneten Verstand, sondern auch die schlechtesten Manieren, die man sich vorstellen kann. Er widersprach allem, was man sagte, und genoß jedes Streitgespräch so wie andere ihr Abendbrot. Er war ein mit Doppelmotoren ausgerüsteter, mit hoher Geschwindigkeit laufender Pazifist, weil er zu jener Art von scheinheiligen Burschen gehörte, die immer auf seiten der Minderheit stehen. Wäre England nicht in den Krieg eingetreten, wäre er mit Sicherheit ein wütender Militarist gewesen; aber da England sich nun einmal im Krieg befand, mußte er Gründe dafür finden, warum dies falsch war. Zudem entdeckte er verdammt gute Gründe. Selbst wenn ich es gewollt hätte, hätte ich seine Behauptungen nicht entkräften können; deshalb saß ich gelehrig zu seinen Füßen. In den Augen Letchfords war die ganze Welt verdreht, und

Gott hatte ihn mit zwei linken Händen erschaffen. Aber dennoch hatte dieser Mann seine Verdienste. Er hatte zwei fröhliche Kinder, die er anbetete, und sonntags begleitete er mich meilenweit und zitierte Gedichte über die Schönheit und Größe Englands. Er war fünfundvierzig Jahre alt; wäre er dreißig und in meinem Bataillon gewesen, hätte ich aus ihm einen guten Soldaten machen können.

Es gab noch Dutzende, deren Namen ich vergessen habe, aber alle besaßen ein gemeinsames Kennzeichen. Geistiger Stolz hatte sie aufgebläht, und es amüsierte mich immer wieder, ihre Originale in *Pilgrim's Progress* zu finden. Wenn ich versuchte, sie nach den Normen meines Freundes Peter zu beurteilen, kamen sie sehr schlecht weg. Sie verbannten den Krieg aus ihrem Leben, einige aus Angst, andere aus geistiger Unbesorgtheit, und einige, weil sie wirklich überzeugt waren, daß die Angelegenheit falsch war. Ich glaube, daß ich in meiner Rolle als Sucher nach der Wahrheit ziemlich beliebt wurde, denn ich galt als ehrlicher Mann aus den Kolonien, der instinktiv gegen den Krieg war und nach Anleitungen suchte. Man betrachtete mich als Überläufer aus einer fremden Welt der Tat, die man insgeheim fürchtete, obgleich man so tat, als verachtete man sie. Irgendwie redeten alle mir gegenüber sehr offen, und binnen kurzer Zeit kannte ich alle pazifistischen Argumente auswendig. Dabei stellte ich drei unterschiedliche Schulen fest. Die eine lehnte den Krieg insgesamt ab; aber mit Ausnahme von Aronson und Weekes, der zur Zeit in Dartmoor schmachtete, hatte sie nur wenige Anhänger. Die zweite war der Ansicht, daß die Sache der Alliierten mittlerweile besudelt worden war und England im gleichen Maße zu der Katastrophe beigetragen hatte wie Deutschland. Zu dieser Schule gehörten die Anhänger der LDA, der Liga der Demokraten gegen Aggression, eines sehr stolzen Vereins. Die dritte und bei weitem größte, der alle übrigen angehörten, meinte, daß wir lange genug gekämpft hätten und daß die Angelegenheit durch Verhandlungen geregelt werden könnte, da Deutschland eine Lektion erteilt worden wäre. Ich selbst war ein bescheidenes Mitglied der letztgenannten Schule, arbeitete mich jedoch langsam zur zweiten empor und hoffte, mich mit etwas Glück sogar für die erste zu qualifizieren. Meine Bekannten lobten meine Fortschritte. Letchford sagte, ich besäße in meinem trägen Wesen einen fanatischen Kern und würde eines Tages noch die rote Fahne schwenken.

Geistiger Hochmut und Eitelkeit lagen, wie ich schon sagte, der Einstellung meistens zugrunde, und obgleich ich alles nur Mögliche versuchte, gelang es mir nicht, irgend etwas Gefährliches darin zu entdecken. Das ärgerte mich, denn ich begann zu überlegen, ob der Auftrag, auf den ich mich so feierlich verpflichtet hatte, sich nicht doch noch als Fiasko herausstellen würde. Manchmal waren meine Besorgnisse so groß, daß sie kaum zu ertragen waren. Als die Nachrichten von der Schlacht bei Messina eintrafen, fanden sie bei niemandem das geringste Interesse, während ich am liebsten jede Einzelheit dieser großen Schlacht gewußt hätte. Und wenn die Leute über militärische Angelegenheiten sprachen, wie Letchford und andere es manchmal taten, fiel es mir schwer, nicht alle zum Teufel zu jagen, denn ihr amateurhaftes Selbstbewußtsein hätte selbst Hiob geärgert. Man mußte die Erinnerung an die Kameraden verdrängen, die an der Front standen und Blut schwitzten, damit diese Idioten in Ruhe leben konnten. Dennoch war es mir unmöglich, ihnen längere Zeit böse zu sein, weil sie so kindisch unschuldig waren. Tatsächlich mußte ich diese Dinge immer wieder in Verbindung miteinander bringen und entdeckte bei diesen Leuten sogar gewisse Qualitäten. Drei Jahre hatte ich unter Soldaten gelebt, und der britische Berufssoldat, mochte er auch ein noch so großartiger Kamerad sein, hatte seine Fehler. Seine Disziplin machte ihn zu einem Angsthasen gegenüber dem Bürokratismus und jeder Art höherer Autorität. Diese Menschen hier waren dagegen vollkommen ehrlich und in einer pervertierten Art mutig. Das galt zumindest für Letchford. Mir wäre es niemals möglich gewesen, mehr zu tun, als er getan hatte, von der Menge vom Rednerpult verjagt und von kreischenden Frauen auf der Straße verfolgt zu werden; dasselbe galt auch für seine Leitartikel.

Trotzdem war ich über meinen Auftrag deprimiert. Abgesehen von der Episode, daß man meine Sachen am ersten Abend durchsucht hatte, besaß ich weder die leiseste Andeutung noch irgendeinen Hinweis auf irgendein Geheimnis. Ortschaft und Menschen lagen so zugänglich vor mir wie ein Vereinshaus des CVJM. Eines Tages erhielt ich allerdings einen wirklich großen Trost. In einer Ecke von Letchfords Zeitung, der *Critic*, fand ich einen Brief, der zu den übelsten Beschimpfungen gehörte, die ich jemals gelesen hatte. Der Verfasser kläffte wie ein Köter über die Prostitution, wie er es bezeichnete, des amerikanischen Republikanismus gegenüber dem Laster der europäischen Aristokratie. Er erklärte, Senator La Follette wäre ein völlig mißverstandener Patriot, der sich ganz allein für die schwer arbeitenden Millionen einsetzte, die keinen anderen Freund besäßen. Er beschimpfte Präsident Wilson und sagte ein großes Erwachen voraus, wenn Uncle Sam in Europa gegen John Bull anträte und feststellte, daß dieser John Bull ein ausgemachter Reaktionär wäre. Unterzeichnet war der Brief mit »John S. Blenkiron«, und er trug das Datum »London, July 3rd«.

Der Gedanke, daß Blenkiron in England war, gab meinem Auftrag ein neues Aussehen. Ich vermutete, daß ich ihm bald begegnen würde, denn er gehörte nicht zu jenen, die mit den Händen im Schoß abwarteten. Vielmehr hatte er wieder jene Rolle übernommen, die er vor seiner Abfahrt im Dezember 1915 gespielt hatte, und das mit Recht, denn nicht mehr als ein halbes Dutzend Menschen wußten über die Erzerum-Affäre Bescheid, und in der britischen Öffentlichkeit war er lediglich der Mann, der wegen verräterischen Geredes aus dem Savoy hinausgeworfen worden war. Bisher hatte ich mich ein wenig einsam gefühlt; jetzt aber schrieb der beste Kampfgefährte innerhalb der vier Ecken der Insel, den Gott geschaffen hatte, einen derartigen Unsinn zusammen und lachte sich dabei ins Fäustchen.

In Biggleswick gab es eine Einrichtung, die erwähnt zu werden verdient. Am Südrand der Gemeinde, in der Nähe des Bahnhofes, stand ein rotes Ziegelgebäude, das als Moot Hall bezeichnet wurde, und dieses Gebäude war für die ausgesprochen unfrommen Einwohner eine Art Kirche. Unfromm im gewöhnlichen Sinne, meine ich damit, denn ich hatte bereits siebenundzwanzig verschiedene religiöse Gemeinschaften gezählt, darunter drei Buddhisten, einen Anhänger der Himmlischen Hierarchie, fünf Anhänger der Heiligen der letzten Tage und ungefähr zehn verschiedene Mystiker, an deren Namen ich mich nicht mehr erinnern kann. Die Halle war ein Geschenk jenes Verlegers, den ich bereits erwähnte, und zweimal in der Woche wurden dort Vorträge und Debatten veranstaltet. Verwaltet wurde das Gebäude von einem Ausschuß, und es war überraschend beliebt, denn auf diese Weise hatten alle brodelnden Intellektuellen die Chance, ihre Ansichten zu äußern. Wenn man fragte, wo irgend jemand gerade wäre, und zur Antwort erhielt, er wäre ›at Moot‹, wurde die Antwort in dem respektvollen Ton geäußert, in dem man auch von einem Sakrament spricht.

Ich ging regelmäßig hin, und auf diese Weise wurde mein Geist bis zum Äußersten erweitert. Sämtliche Stars der neuen Bewegungen traten dort auf. Dazu gehörte ein Dr. Chirk, der einen Vortrag über ›Gott‹ hielt, und soweit ich es verstand, war dies ein neuer Name, den er für sich selbst erfunden hatte. Es trat eine Frau auf, ein schreckliches Weib, die aus Rußland zurückgekehrt war mit dem, was sie als ›Heilsbotschaft‹ bezeichnete. Und zu meiner Freude erschien eines Abends ein großer, eingebildeter Neger, der eine Menge über ›Afrika den Afrikanern‹ zu sagen hatte. Später wechselte ich mit ihm einige Worte auf Sesutu und verdarb ihm den Aufenthalt dadurch ganz erheblich. Einige Leute waren außergewöhnlich gut, besonders ein fröhlicher alter Bursche, der über englische Volkslieder und Volkstänze sprach und wollte, daß wir einen Maibaum aufstellten. An den Debatten, die gewöhnlich folgten, begann ich mich zu beteiligen, zuerst ausgesprochen schüchtern, aber wenig später mit einigem

Selbstvertrauen. Wenn ich während meiner Zeit in Biggleswick sonst nichts gelernt habe, dann doch wenigstens, selbständig zu argumentieren.

Den ersten großen Versuch machte ich bei einer gesellschaftlichen Veranstaltung, als Launcelot Wake zu uns kam, um zu sprechen. Vorsitzender bei dieser Veranstaltung war Mr. Ivery – ich sah ihn dabei zum erstenmal –, ein untersetzter Mann mittleren Alters mit farblosem Gesicht und unauffälligen Zügen. Interessieren tat ich mich für ihn erst, als er zu sprechen begann; aber dann saß ich kerzengerade da und hörte genau zu. Denn er war eine echte ›Silberzunge‹, dem die Sätze so glatt wie Butter von den Lippen flossen und auch so präzise aufeinander folgten wie das Holz eines Parkettfußbodens. Er besaß die Manieren eines Mannes von Welt, behandelte seine Gegner mit herablassender Leutseligkeit, mißbilligte jegliche Leidenschaft und Übertreibung, und man hatte das Gefühl, daß seine höflichen Feststellungen richtig sein müßten, denn wenn er gewollt hätte, hätte er die Angelegenheit erheblich energischer behandeln können. Fasziniert beobachtete ich ihn und studierte sorgfältig sein Gesicht; besonders beeindruckte mich dabei, daß Gesicht und Gesichtszüge überhaupt nichts enthielten – nichts, wenn man so sagen will, das sich erfassen ließ. Sie waren lediglich unauffällig, so unbeschreiblich allgemein, daß sie allein durch diese Tatsache äußerst bemerkenswert wurden.

Wake sprach über die Enthüllungen im Prozeß gegen Suchomlinow in Rußland, der gezeigt hätte, daß Deutschland für den Krieg nicht verantwortlich sei. Er machte seine Sache sehr gut und legte den Fall so glatt dar wie ein erstklassiger Rechtsanwalt. Ich selbst hatte mich mühsam durch das Thema durchgearbeitet und kannte den allgemeinen Fall fast auswendig; als ich die Möglichkeit zum Reden bekam, hielt ich also eine längere Ansprache mit einigen guten Zitaten, die ich aus der *Vossischen Zeitung* abgeschrieben hatte, welche Letchford mir geborgt hatte. Ich spürte, daß es für mich jetzt an der Zeit war, besonders heftig aufzutreten, denn ich wollte Wake meinen Charakter deutlich machen, zumal er ein Freund von

Mary war und Mary wissen würde, daß ich nur meine Rolle in diesem Spiel spielte. Ich erhielt gewaltigen Applaus, weit mehr als der Hauptsprecher, und nach der Veranstaltung kam Wake mit seinen hitzigen Augen zu mir und drückte mir kräftig die Hand. »Sie haben sich gut herausgemacht, Brand«, sagte er, und dann machte er mich mit Mr. Ivery bekannt. »Hier ist ein zweiter und besserer Smuts«, sagte er.

Ivery ließ sich ein Stück des Heimwegs von mir begleiten. »Ihr Verständnis für diese schwierigen Probleme erstaunt mich, Mr. Brand«, sagte er dabei. »Ich könnte Ihnen eine ganze Menge erzählen, und möglicherweise könnten Sie unserer Sache einen großen Dienst erweisen.« Er fragte mich ausführlich nach meiner Vergangenheit, die ich leichthin mit Lügen beantwortete. Bevor wir uns trennten, ließ er sich von mir versprechen, irgendwann einmal zum Abendbrot zu ihm zu kommen.

Am folgenden Tag sah ich flüchtig Mary, aber zu meinem Kummer schnitt sie mich. Sie kam mit einer Schar barköpfiger Mädchen vorbei, die laut schnatterten, und obgleich sie mich ganz deutlich sah, wandte sie ihren Blick ab. Ich hatte auf mein Stichwort gewartet, so daß ich den Hut nicht abnahm, sondern an ihr vorüberging, als wären wir Fremde. Wahrscheinlich gehörte es zu unserem Spiel, aber dieses unbedeutende Ereignis ärgerte mich, und der Abend verlief für mich mit schlechter Laune.

Am folgenden Tag sah ich sie wieder, und diesmal ging sie ruhig neben Mr. Ivery, gekleidet in ein sehr hübsches Sommerkleid, dazu einen breitrandigen Strohhut, mit Blumen besetzt. Diesmal blieb sie mit strahlendem Lächeln stehen und streckte mir ihre Hand entgegen. »Mr. Brand, nicht wahr?« fragte sie mit leichtem Zögern. Und dann wandte sie sich an ihren Begleiter: »Das ist Mr. Brand. Vergangenen Monat besuchte er uns in Gloucestershire.«

Mr. Ivery verkündete, daß er und ich bereits miteinander bekannt wären. Im hellen Tageslicht war er ein ausgesprochen stattlicher Mann, ungefähr zwischen Fünfundvierzig und Fünfzig, mit der Figur eines Mannes mittleren Alters und einem auffallend jungen Gesicht. Besonders bemerkte ich, daß sein Gesicht kaum Falten hatte, sondern eher das Gesicht eines sehr klugen Kindes und nicht das eines Mannes war. Sein Lächeln wirkte ausgesprochen angenehm; Kinn und Wangen dehnten sich dabei wie Gummi. »Sie kommen zum Abendbrot zu mir, Mr. Brand«, rief er hinter mir her. »Am Dienstag, nach der Moot. Ich habe Ihnen bereits geschrieben.« Mary hatte er von mir weggezogen, und ich mußte mich damit begnügen, bewundernd ihre Figur zu betrachten, bis sie in einer Kurve des Weges verschwand.

Am nächsten Tag fand ich in London einen Brief von Peter vor. In letzter Zeit hatte er immer sehr ernst geschrieben und sich alter Zeiten erinnert, weil er zu dem Schluß gekommen war, daß sein aktives Leben vorüber wäre. Diesmal schrieb er jedoch in völlig anderer Stimmung. »Ich glaube«, schrieb er, »daß wir beide uns bald wiedersehen werden, mein lieber Freund. Erinnerst Du Dich noch, wie wir im Rooirand hinter dem großen Löwen mit der schwarzen Mähne her waren und seine Spur nicht fanden, und eines Morgens wachten wir beide auf und sagten, daß wir ihn heute erwischen würden? Und das taten wir auch, aber vorher hätte er Dich beinahe geschnappt. In den letzten Tagen hatte ich das Gefühl, daß wir beide wieder einmal in das Tal hinuntergehen, wo wir Appollyon treffen, und daß der Teufel uns das Leben zwar schwermachen wird – aber jedenfalls werden wir zusammen sein.«

Ich hatte dasselbe Gefühl, obgleich ich keine Ahnung hatte, wie Peter und ich uns begegnen könnten – es sei denn, ich ginge wieder an die Front, geriete in Gefangenschaft und würde in irgendein deutsches Gefangenenlager gesteckt. Mein Instinkt sagte mir auch, daß meine Zeit in Biggleswick langsam zu Ende ginge und ich mich bald in stürmischeren Gegenden wiederfinden würde. Ich empfand dem Ort gegenüber eine gewisse Zuneigung, und deswegen machte ich noch einmal meine Lieblingsspaziergänge und trank in den Dorfgasthöfen auf meine eigene Gesundheit, immer in dem Bewußtsein, mich von allem zu verabschieden. Außerdem beeilte ich mich, meine englischen Klassiker durchzulesen, denn ich war zu dem Schluß gekommen, daß ich in Zukunft wenig Zeit für eine vielseitige Lektüre haben würde.

Es kam der Dienstag, und abends brach ich ziemlich spät zur Moot Hall auf, denn nach einem langen und heißen Spaziergang mußte ich mich erst einmal anständig anziehen. Als ich die Hall erreichte, war sie ziemlich voll, so daß ich nur noch einen Platz auf den Hinterbänken finden konnte. Auf dem Podium saß Ivery, und neben ihm eine Gestalt, die jeden Zentimeter meines Körpers aus Zuneigung und ungestümer Erwartung erbeben ließ. »Ich habe nun die Ehre«, sagte der Vorsitzende, »Ihnen den Redner vorzustellen, den wir so herzlich willkommen heißen, unseren furchtlosen und unermüdlichen amerikanischen Freund, Mr. Blenkiron.«

Es war tatsächlich der alte Blenkiron, jedoch gewaltig verändert. Seine Stämmigkeit war verschwunden; er war so hager wie Abraham Lincoln. Statt des runden Gesichtes traten seine Wangenknochen und seine Kinnladen kräftig und deutlich hervor, und an die Stelle seiner früheren teigigen Gesichtsfarbe war jetzt die klare Rötung der Gesundheit getreten. Jetzt erst sah ich, daß er als Mann eine großartige Figur machte, und als er aufstand, hatten seine Bewegungen die Geschmeidigkeit eines durchtrainierten Athleten. In jenem Augenblick erkannte ich, daß der Ernst meines Auftrags begonnen hatte. Meine Sinne schienen plötzlich schneller zu reagieren, meine Nerven waren angespannter und mein Verstand aktiver. Das große Spiel hatte begonnen, und er und ich spielten dabei zusammen.

Ich beobachtete ihn mit gespannter Aufmerksamkeit. Es war eine komische Ansprache, nicht mit allzu guten Argumenten und schrecklich weitschweifig. Sein Hauptpunkt lautete, daß in Deutschland jetzt eine großartige demokratische Gesinnung herrsche und daß man es wieder in die brüderliche Partnerschaft aufnehmen könnte – daß Deutschland in Wirklichkeit niemals eine andere Gesinnung gehabt hätte, sondern durch die Verschwörungen seiner Gegner zu Gewalt gezwungen wurde. Ein großer Teil der Rede bedeutete meiner Ansicht nach eine unverblümte Herausforderung der Defence of the Realm Acts, aber hätte irgendein gescheiter Beamter von Scotland Yard hier zugehört, hätte er sie wegen ihrer Widersprüche vermutlich für harmlos gehalten. Sie war von einer erbitterten Ernsthaftigkeit erfüllt und zugleich voller Humor: voller ausführlicher amerikanischer Metaphern, bei denen das äußerst kritische Publikum vor Lachen dröhnte. Sie gehörte jedoch nicht zu dem, was man hier gewohnt war, und ich konnte mir ausmalen, was Wake dazu gesagt haben würde. Immer stärker wurde in mir die Überzeugung, daß Blenkiron alles tat, um sich als ehrenhafter Idiot hinzustellen. Wenn diese Überlegung stimmte, dann hatte er einen gewaltigen Erfolg. Er hinterließ den Eindruck eines sentimentalen Revolutionärs, der rücksichtslos mit dem Messer auf sein Opfer einsticht und dann an dessen Grab weint und betet.

Ganz zum Schluß schien er sich zusammenzunehmen und handfeste Gründe anzuführen. Besonders verwies er auf die österreichischen Sozialisten, die nach Stockholm führen, ungehindert und mit Genehmigung ihrer Regierung aus einem Land kamen, das von seinen Kritikern als Autokratie bezeichnet würde, während der demokratische Westen seine Leute nicht ausreisen ließe. »Ich gebe zu, daß ich keine tatsächlichen stichhaltigen Beweise besitze«, sagte er, »aber ich wette meinen letzten Dollar, daß der Einfluß, der die österreichische Regierung veranlaßte, diese Botschafter der Freiheit ausreisen zu lassen, der Einfluß Deutschlands war. Und das ist das Land, bei dem die alliierten Pharisäer ihre Mäntel hochheben, um ihre Kleidung nicht zu beschmutzen!«

Unter erheblichem Beifall setzte er sich wieder hin, denn die Zuhörer hatten sich nicht gelangweilt, obgleich ich deutlich erkannte, daß einige sein Lob Deutschlands für leicht übertrieben hielten. In Biggleswick fand man nichts dabei, den Nachweis zu führen, daß England im Unrecht war; etwas anderes war es jedoch, den Gegner zu loben. Über den Schluß seiner Rede war ich erstaunt, denn er stimmte mit dem übrigen nicht überein, und so versuchte ich, hinter den Sinn zu kommen. In seinen Schlußbemerkungen verwies der Vorsitzende darauf. »Ich bin in der Lage«, sagte er, »alles zu unterstreichen, was der Redner gesagt hat. Ich kann sogar noch weiter gehen. Ich kann Ihnen nach bestem Wissen und Gewissen versichern, daß seine Vermutung richtig ist und daß Wiens Entscheidung, Delegierte nach Stockholm zu schicken, zum größten Teil von Berlin aus diktiert worden ist. Dazu möchte ich erklären, daß diese Tatsache in den allerletzten Tagen von der österreichischen Presse zugegeben worden ist.«

Dann folgten die Dankesworte, und schließlich fand ich mich wieder, als ich Ivery die Hand schüttelte, während Blenkiron einen Meter entfernt stand und mit einer Miss Weekes sprach. Im nächsten Augenblick wurde ich vorgestellt. »Mr. Brand, sehr erfreut, Sie kennenzulernen«, sagte die Stimme, die ich so gut kannte. »Mr. Ivery hat mir bereits von Ihnen erzählt, und wahrscheinlich haben wir uns eine ganze Menge mitzuteilen. Wir stammen beide aus weit entfernten Ländern, und beide müssen wir den alten Nationen etwas Roßverstand beibringen.«

Der Wagen von Mr. Ivery – der einzige, der in der ganzen Umgebung übriggeblieben war – brachte uns zu seiner Villa, und wenig später saßen wir in einem hell erleuchteten Speisezimmer. Es war zwar kein hübsches Haus, besaß jedoch den Luxus eines teuren Hotels, und das Abendessen war nicht schlechter als in irgendeinem Londoner Restaurant. Vorbei waren die Zeiten, in denen es bloß Fisch, Toast und abgekochte Milch gegeben hatte. Blenkiron reckte die Schultern und bewies, daß er ein von Wind und Wetter gegerbter Mann war.

»Vor einem Jahr«, erzählte er unserem Gastgeber, »hatte ich übelste Magenbeschwerden. Die Liebe zur Gerechtigkeit trug ich zwar in meinem Herzen, aber in meinem Magen herrschte der Teufel. Dann hörte ich von den Gebrüdern Robson, den berühmten Chirurgen weit im Westen, in White Springs, Nebraska. Sie galten als die geschicktesten Leute, wenn es darum ging, einen Menschen aufzuschneiden und den Teufel aus den Eingeweiden herauszuholen. Vor Chirurgen habe ich immer ziemliche Angst gehabt, denn ich war der Ansicht, daß unser Schöpfer niemals beabsichtigte, daß sein Werk wie eine bankrotte Firma umgebaut wird. Damals fühlte ich mich jedoch so schlecht, daß ich jedem Geld gegeben hätte, wenn er mir eine Kugel durch den Kopf gejagt hätte. ›Es gibt keine andere Möglichkeit‹, sagte ich mir. ›Entweder vergißt du deinen Glauben und deine elende Dummheit und läßt dich aufschneiden, oder du befindest dich bald im Jenseits.‹ Also biß ich die Zähne zusammen und reiste nach White Springs, und die Gebrüder besahen sich meinen Zwölffingerdarm. Sie merkten, daß das verdammte Ding nicht funktionierte; deshalb bauten sie für meinen innerlichen Verkehr eine Umleitung. Es war die geschickteste Operation seit damals, als der Herr unserem Urvater eine Rippe entnahm. Außerdem hat man heutzutage eine großartige Art und Weise, Geld dafür zu verlangen, denn man nimmt fünf Prozent des Einkommens, und dabei ist es ganz egal, ob der Patient irgendein Fleischkönig oder ein Angestellter mit zwanzig Dollar pro Woche ist. Ich kann Ihnen versichern, daß es mich vergangenes Jahr ziemlich viel Mühe gekostet hat, ein ausgesprochen reicher Mann zu werden.«

Während der ganzen Mahlzeit saß ich wie betäubt da. Ich versuchte mich an den neuen Blenkiron zu gewöhnen und den Trost seiner so herrlich knarrenden Stimme in mich aufzunehmen, und zugleich zerbrach ich mir den Kopf über Ivery. Ich hatte die lächerliche Vorstellung, ihn schon einmal gesehen zu haben, aber ich konnte in meiner Erinnerung noch so sehr herumkramen – ich konnte ihn nirgends unterbringen. Er war die Inkarnation eines durchschnittlichen und behaglich lebenden sentimentalen Mannes der Mittelklasse, der den Pazifismus aus Eitelkeit unterstützt, jedoch sorgfältig darauf achtet, sich nicht zu sehr in die Angelegenheit zu verwickeln. Immer wieder dämpfte er Blenkirons vulkanische Äußerungen. »Natürlich hat die andere Seite, wie Sie wissen, ein Argument, dem zu begegnen meiner Ansicht nach ziemlich schwierig ist ...« »Ich sympathisiere mit dem Patriotismus und unter bestimmten Umständen sogar mit dem Chauvinismus, komme aber immer auf folgende Schwierigkeit zurück ...« »Unsere Gegner meinen es nicht einmal so schlecht, sondern fällen vielmehr ein falsches Urteil.« Das waren Sätze, wie er sie ständig einwarf. Und er strotzte von Zitaten aus privaten Unterhaltungen, die er mit allen möglichen Leuten geführt hatte – darunter Mitglieder der Regierung. Ich weiß noch, daß er seine große Bewunderung für Mr. Balfour äußerte.

Von dem ganzen Gerede erinnere ich mich deutlich nur an eine Sache, und erinnern tue ich mich nur, weil Blenkiron seinen ganzen Verstand zusammengenommen zu haben schien und zu argumentieren versuchte, wie er es am Ende seiner Rede getan hatte. Er erzählte von einer Geschichte, die er von irgend jemandem gehört hatte, der sie wiederum von einem anderen gehört hatte: daß Österreich in der letzten Woche des August 1914 Rußlands Vorschlag angenommen hätte, sich zurückzuhalten und zu verhandeln, und daß der Kaiser dem Zaren eine Botschaft geschickt hätte, daß auch er einverstanden wäre. Entsprechend dieser Geschichte war in Petersburg ein Telegramm eingetroffen und, wie Bismarcks Emser Depesche, umgeschrieben worden, bevor es dem Zaren vorgelegt wurde. Gleichzeitig brachte er jedoch zum Ausdruck, daß er diesem Gerücht mißtraute. »Wenn es wahr wäre«, sagte er, »wäre der richtige Text meiner Ansicht nach schon lange bekanntgeworden. In Berlin hat man sicher eine Abschrift behalten. Dennoch hörte ich vor einiger Zeit, daß eine Mitteilung ähnlicher Art in einer deutschen Zeitung veröffentlicht worden sei.«

Mr. Ivery machte ein allwissendes Gesicht. »Sie haben recht«, sagte er. »Zufällig weiß ich, daß der Text veröffentlicht wurde. Sie können ihn in der *Weser Zeitung* nachlesen.«

»Was Sie nicht sagen!« meinte Blenkiron. »Ich wünschte, ich könnte deutsch lesen. Aber selbst wenn ich es könnte, dürfte ich mir die Zeitung nicht kommen lassen.«

»Oh, doch.« Mr. Ivery lachte fröhlich. »In England gibt es immer noch eine ganze Menge Freiheit. Jede angesehene Person kann sich eine Erlaubnis beschaffen, die feindliche Presse einzuführen. Mich hält man zwar nicht für ganz so angesehen, denn die Behörden kennen nur eine sehr schmale Definition des Patriotismus; glücklicherweise besitze ich jedoch angesehene Freunde.«

Blenkiron blieb über Nacht, und ich verabschiedete mich, als die Uhr zwölf schlug. Beide begleiteten mich in die Halle, um mich zu verabschieden, und als ich mir noch einen Drink nahm und mein Gastgeber meinen Hut und meinen Stock holte, hörte ich plötzlich Blenkirons Flüstern an meinem Ohr. »London ... übermorgen«, sagte er. Dann verabschiedete er sich sehr förmlich von mir. »Mr. Brand, als amerikanischem Bürger war es mir eine Ehre, Ihre Bekanntschaft zu machen, Sir. Ich würde glücklich sein, wenn wir uns bald einmal wiedersähen. Ich wohne im Claridge's Hotel und hoffe auf die Ehre, Sie dort einmal begrüßen zu dürfen.«

3
DIE ERINNERUNGEN EINES GEHEILTEN MAGENKRANKEN

Fünfunddreißig Stunden später befand ich mich in meiner Wohnung in Westminster. Ich glaubte, dort vielleicht eine Mitteilung für mich vorzufinden, denn ich hatte nicht die Absicht, Blenkiron im Claridge's offen anzurufen, bevor ich meine Anweisungen hatte. Aber auch hier lag keine Mitteilung vor – nur ein kurzer Brief von Peter, der schrieb, daß er hoffte, in die Schweiz geschickt zu werden. Dadurch erkannte ich erst, wie schlimm es ihn erwischt haben mußte.

Wenig später läutete das Telefon. Am Apparat war Blenkiron. »Geh zu deinem Börsenmakler und sprich mit ihm über die Kriegsanleihe. Dort triffst du gegen zwölf Uhr ein und gehst erst nach oben, wenn du einen Freund getroffen hast. Am besten, du ißt in deinem Klub schnell zu Mittag und kommst dann um zwei in die Buchhandlung Traill am Haymarket. Mit dem Zug um 5.16 Uhr kannst du nach Biggleswick zurückfahren.«

Ich tat, wie mir gesagt worden war, und zwanzig Minuten später – nach einer Fahrt mit der U-Bahn, denn ein Taxi hatte ich nicht bekommen können – näherte ich mich dem Bürohaus in der Leadenhall Street, in dem jene angesehene Firma untergebracht war, die meine Investitionen verwaltete. Es war wenige Minuten vor zwölf, und während ich meinen Schritt verlangsamte, trat eine vertraute Gestalt aus der nebenan gelegenen Bank.

Als Ivery mich erkannte, strahlte er. »Auch unterwegs, Mr. Brand?« fragte er.

»Ich habe mit meinen Börsenmaklern zu verhandeln«, sagte ich, »möchte dann in meinen Klub die südafrikanischen Zeitungen lesen und fahre um 5.16 Uhr zurück. Besteht die Möglichkeit, daß wir gemeinsam zurückfahren?«

»Aber natürlich – mit demselben Zug fahre ich auch. *Au revoir.* Wir treffen uns dann auf dem Bahnsteig.« Er eilte davon und machte mit seinem eleganten Anzug und einer Rose im Knopfloch einen sehr flotten Eindruck.

Ungeduldig aß ich zu Mittag, und um zwei blätterte ich in der Buchhandlung Traill in einigen neuen Büchern, wobei ich die Eingangstür im Auge behielt. Für eine heimliche Verabredung schien es mir nicht der günstigste Ort zu sein. Ich war gerade dabei, mich in ein dickes illustriertes Buch über Blumengärten zu vertiefen, als ein Verkäufer erschien. »Der Direktor läßt grüßen, Sir, und glaubt, daß oben einige alte Reisebücher liegen, die Sie vielleicht interessieren.« Gehorsam folgte ich ihm in das obere Stockwerk, dessen Wände mit unzähligen Bänden bedeckt waren und auf dessen Tischen Karten und Stiche herumlagen. »Hier entlang, Sir«, sagte der junge Mann und öffnete eine Tür, die durch Buchattrappen verborgen gewesen war. Ich befand mich in einem kleinen Arbeitszimmer, und rauchend saß in einem Sessel Blenkiron.

Er erhob sich und schüttelte mir beide Hände. »Mein Gott, Dick, ist das schön, dich wiederzusehen. Ich bin über das, was du unternommen hast, seit wir uns vor einem Jahr auf der Werft in Liverpool trennten, genau informiert. Wir beide hatten mit unseren Aufträgen zu tun, und es gab keine Möglichkeit, dich über meine Unternehmen zu unterrichten, denn nachdem ich geglaubt hatte, ich wäre geheilt, ging in mir erst die Hölle los, und wie ich dir bereits erzählte, mußten die Ärzte in mir herumflikken. Danach war ich an einer ziemlich dunklen Sache beteiligt, mußte untertauchen und aus der anständigen Gesellschaft verschwinden. Aber bei Gott – ich bin ein völlig neuer Mensch. Früher habe ich meine Arbeit immer mit krankem Herzen und einem Geschmack im Mund verrichtet, der an einen Friedhof erinnerte; jetzt kann ich essen und trinken, was ich will, und mir alles erlauben. Jeden Morgen, wenn ich aufwache, pfeife ich vor mich hin und danke Gott, daß ich noch am Leben bin. Für den deutschen Kaiser war es ein schlechter Tag, als ich in den Zug nach White Springs stieg.«

»Das hier ist ein merkwürdiger Ort für eine Verabredung«, sagte ich, »und außerdem hast du mich einen ganz schönen Umweg machen lassen.«

Er grinste und bot mir eine Zigarre an.

»Dazu gab es Gründe. Es würde uns beiden schaden, wenn wir den Leuten auf der Straße zeigten, daß wir uns kennen. Und wegen der Buchhandlung – die hat mir fünf Jahre lang gehört. Ich habe eine Vorliebe für gute Lektüre, obgleich du es sicherlich nicht für möglich hältst, und es reizt mich, sie auch zu verkaufen ... Erst einmal möchte ich Einzelheiten über Biggleswick hören.«

»Darüber gibt es nicht viel zu berichten. Ein großer Teil Dummheit, ein ziemlich großer Anteil von Eitelkeit und eine Prise oder zwei verschrobener Aufrichtigkeit – das sind die Zutaten zu dem Kuchen. Viel Schaden läßt sich damit nicht anrichten. In Biggleswick leben ein oder zwei lausige literarische Herren, die eigentlich bei der Marine sein müßten, aber sie sind nicht gefährlicher als gelbe Kaffir-Köter. Ich habe eine Menge gelernt und kenne sämtliche Argumente auswendig; aber eine Gemeinde wie Biggleswick könnte man überall hin verpflanzen, und den Deutschen wäre damit nicht geholfen. Deshalb verstehe ich auch nicht, wo die Gefahr liegt. Diese Kerle verbreiten akademischen Anarchismus, aber das Eigentliche liegt irgendwo anders, und um es zu finden, muß man wahrscheinlich in den großen Industriegebieten suchen. In Biggleswick hört man nur ein schwaches Echo. Damit will ich sagen, daß die wirklich gefährlichen Kerle jene sind, die den Krieg sofort beenden wollen, um dann ihren Klassenkampf fortsetzen zu können, der die Nationen spaltet. Für Spione und ähnliches sind die Leute in Biggleswick viel zu unerfahren.«

»Ich verstehe«, sagte Blenkiron nachdenklich. »Sie haben nicht mehr Verstand, als Gott den Gänsen mitgab. Und du bist dir völlig sicher, daß du auf härteres Metall nicht gestoßen bist?«

»Ja. Es gibt da allerdings einen Mann namens Launcelot Wake, der einmal eine Rede hielt. Ich hatte ihn schon vorher kennengelernt. Er besitzt die Merkmale eines Fanatikers und ist vielleicht gefährlicher, weil man deutlich erkennt, daß er ein schlechtes Gewissen hat. Ich könnte mir vorstellen, daß er auf den Premierminister eine Bombe wirft, um seine eigenen Zweifel zu besänftigen.«

»Aha«, sagte Blenkiron. »Und sonst niemand?«

Ich überlegte. »Dann ist da noch Mr. Ivery, aber du kennst ihn besser als ich. Meiner Ansicht nach ist ihm zwar nicht sehr viel zuzutrauen, aber ganz sicher bin ich mir nicht, denn ich hatte keine Möglichkeit, ihn genauer kennenzulernen.«

»Ivery«, sagte Blenkiron überrascht. »Er besitzt eine Vorliebe für halbreife Jugendliche, wie andere reiche Leute eine Vorliebe für Orchideen oder Rennpferde pflegen. Folglich läßt er sich ziemlich leicht einordnen.«

»Das wäre möglich. Nur weiß ich nicht genug, um mir ganz sicher zu sein.«

Etwa eine Minute lang zog er schweigsam an seiner Zigarre. »Wenn ich dir erzählte, Dick, was ich getan habe, seit ich diese Ufer wieder erreichte, würdest du mich bestimmt für einen Aufschneider halten. Eine Zeitlang habe ich als Schwerarbeiter geschuftet. Auf der Barrow-Werft habe ich als ungelernter Hilfsarbeiter gearbeitet. Ich war Barmixer in einem Hotel in der Portsmouth Road und habe einen finsteren Monat lang in der Londoner City ein Taxi gefahren. Eine Zeitlang war ich akkreditierter Korrespondent des *New York Sentinel* und bin mit meinen übrigen Kollegen zu den Pressekonferenzen der Unterstaatssekretäre und der Generale des Kriegsministeriums gerannt. Meine Berichte wurden so scharf zensiert, daß meine Zeitung mich hinauswarf. Dann habe ich mich zu Fuß auf eine Wanderung durch England gemacht und saß vierzehn Tage auf einem kleinen Bauernhof in Suffolk. Langsam bin ich dann zum Claridge's und zu dieser Buchhandlung zurückgekehrt, denn den größten Teil dessen, was ich wissen wollte, hatte ich in Erfahrung gebracht.

Ich hatte erfahren«, fuhr er fort und richtete seinen neugierigen und sinnenden Blick auf mich, »daß der britische Arbeiter zu den vernünftigsten Geschöpfen gehört, die auf Gottes Erde herumlaufen. Er knurrt zwar gelegentlich und meckert hin und wieder, wenn er glaubt, daß die Regierung ihn schlecht behandelt, aber trotzdem hat er die Geduld eines Hiob und die Zähigkeit eines Kampfhahnes. Und Humor hat er auch. Von dieser Seite aus sind keine großen Schwierigkeiten zu erwarten, denn der Arbeiter ist es schließlich, der die Deutschen besiegt ... Aber abgesehen davon habe ich auch noch dieses und jenes aufgeschnappt.«

Er beugte sich vor und tippte leicht gegen mein Knie. »Ich habe wirklich alle Achtung vor dem British Intelligence Service. Bei diesen Leuten findet der Staub kaum Gelegenheit, sich irgendwo abzusetzen. Der Geheimdienst besitzt ein verdammt feines Netz, aber irgendwo in diesem Netz befindet sich ein Loch, und unsere Aufgabe ist es, dieses Loch zu stopfen. In diesem Spiel haben wir es mit einem hochintelligenten Kopf zu tun. Vor etlichen Jahren bin ich schon darauf gestoßen, als ich hinter Dumba und Albert her war, und damals glaubte ich, der Kopf des Ganzen säße in New York, was jedoch nicht stimmte. Im vergangenen Jahr bin ich zu Hause wieder auf diesen Kopf gestoßen und stellte dabei fest, daß das Hauptquartier in Europa sein muß. Deswegen habe ich es in der Schweiz und in Holland gesucht, bin dort aber nur auf Einzelheiten gestoßen. Der Mittelpunkt des Netzes, in dem die alte Spinne sitzt, befindet sich hier bei uns, in England, und seit sechs Monaten habe ich diese Spinne beschattet. Sie verfügt über eine ganze Gruppe, eine große Gruppe, eine kluge Gruppe und teilweise über eine unwissende Gruppe. Aber hinter allem steckt nur ein einziger Kopf, und um ihn zu finden, haben die Gebrüder Robson meinen Zwölffingerdarm repariert.«

Ich lauschte ihm mit immer schneller werdendem Puls, denn endlich erfuhr ich etwas über die Sache, die mit meinem Auftrag zusammenhing.

»Um was handelt es sich – um einen internationalen Sozialisten, einen Anarchisten oder was?« fragte ich.

»Um einen reinblütigen deutschen Agenten, aber den gefährlichsten, den man sich vorstellen kann – gefährlicher noch als Steinmeier oder Bismarcks Staubier. Gott sei Dank weiß ich jetzt, wo er steckt ... Vorher muß ich dir jedoch noch einiges erzählen.«

Er lehnte sich in dem abgewetzten Ledersessel zurück und erzählte zwanzig Minuten lang. Er berichtete mir, wie Scotland Yard bei Kriegsausbruch über ein ziemlich vollständiges Register der gegnerischen Spione verfügte und diese Spione ohne großes Aufheben einfach einsperrte. Nachdem dieser Kreis aufgebrochen war, handelte es sich nur noch darum, sich um die Einzelgänger zu kümmern. Das war nicht ganz so einfach gewesen. Überall hatte es von Verdächtigen, von Kommunisten, internationalen Anarchisten und – am schlimmsten – von internationalen Helfershelfern gewimmelt, aber zum großen Teil waren es doch nur gewöhnliche Gauner und Verbrecher gewesen, eher Werkzeug der deutschen Agenten als selbst Agenten. Mitte 1915 waren jedoch auch die meisten Einzelgänger festgesetzt gewesen. Natürlich blieben hier und dort Reste übrig, und gegen Ende vergangenen Jahres war irgend jemand damit beschäftigt gewesen, aus diesen losen Enden ein Netz zu knüpfen. Durch das Durchsickern lebenswichtiger Informationen kam es zu merkwürdigen Dingen. Schlimm wurde es etwa im Oktober 1916, als die deutschen U-Boote besondere Schwierigkeiten machten. Plötzlich schien der Gegner Dinge zu wissen, von denen wir annahmen, daß sie nur einem halben Dutzend Offizieren bekannt sein konnten. Blenkiron sagte, ihn hätte das Durchsickern von Informationen nicht überrascht, denn es gäbe immer eine Menge Leute, die Dinge hörten, welche nicht für ihre Ohren bestimmt sind. Überraschen tat ihn lediglich, daß die Informationen so schnell zum Gegner gelangten.

Dann, mit Ende des vergangenen Februar, als die deutschen U-Boote in erschreckendem Umfang eingesetzt wurden, wurde die Situation verzweifelt. Woche für Woche sickerten Informationen durch, und die ganze Geschichte wurde von Leuten geleitet, die genau Bescheid wußten, denn sie umgingen alle für sie gestellten Fallen, und als absichtlich falsche Nachrichten in Umlauf gebracht wurden,

wurden diese nicht weitergegeben. Ein Konvoi, dessen Existenz streng geheimgehalten worden war, wurde an der einzigen Stelle angegriffen, an der er hilflos war. Ein sorgfältig vorbereiteter Abwehrplan wurde hinfällig, bevor er erprobt werden konnte. Blenkiron sagte, es gäbe keinen Beweis dafür, daß ein einziger Kopf hinter dem Ganzen steckte, denn sämtliche Fälle besäßen keine Ähnlichkeit miteinander, aber er hätte die ganze Zeit den nachdrücklichen Eindruck gehabt, daß es die Arbeit eines einzigen Mannes gewesen war. Zwar wäre es uns gelungen, einige undichte Stellen abzudichten, aber an die großen wären wir nicht herangekommen.

»Inzwischen«, sagte er, »kam ich zu der Überzeugung, daß ich meine Methoden ändern müßte. Bisher hatte ich nach einer Methode gearbeitet, die von intelligenten Leuten als Induktion bezeichnet wird und bei der man versucht, von den Taten auf den Täter zu schließen. Jetzt versuchte ich eine neue Art, die darin bestand, von dem Täter auf die Taten zu schließen. Diese Methode bezeichnet man als Deduktion. Meiner Ansicht nach befand sich auf dieser Insel irgendwo ein Gentleman, den wir einmal Mr. X nennen wollen, und entsprechend dem, was er tat, mußte er bestimmte Eigenarten besitzen. Sehr sorgfältig überlegte ich, welche Art von Persönlichkeit er sein mußte. Ich hatte festgestellt, daß er offenbar den doppelten Bluff verwendete. Das soll heißen: wenn er zwei Möglichkeiten hatte, A und B, dann tat er so, als würde er B benutzen, so daß wir vermuteten, er würde A benutzen. Schließlich verwendete er dann jedoch B. Deshalb vermutete ich, daß seine Tarnung mit dieser kleinen Eigenart übereinstimmen müßte. Da er deutscher Agent war, würde er niemals vorgeben, ein aufrichtiger Patriot, ein ehrlicher und eingefleischter Konservativer zu sein. Dabei hätte es sich dann nur um den einfachen Bluff gehandelt. Vielmehr überlegte ich mir, daß er als Pazifist auftreten und so klug sein würde, sich immer innerhalb des Gesetzes zu bewegen, während die Polizei ihn trotzdem beobachtete. Er würde Bücher schreiben, deren Export verboten war. Er würde sich in den Massenblättern unbeliebt machen, aber sämtliche Wichtigtuer würden seinen moralischen Mut bewundern. Ich machte mir von diesem Mann, den ich finden wollte, ein wirklich großartiges Bild. Und dann begann ich mit der Suche nach ihm.«

Blenkirons Gesicht bekam den Ausdruck eines enttäuschten Kindes. »Ich hatte keinen Erfolg. Immer wieder kläffte ich den falschen Baum an und verzweifelte langsam, weil ich immer wieder auf Leute mit völlig weißer Weste stieß.«

»Aber trotzdem hast du ihn gefunden«, sagte ich, als plötzlich Mißtrauen meine Gedanken überschwemmte.

»Man hat ihn zwar gefunden«, sagte er betrübt, »aber das Verdienst daran trifft nicht John S. Blenkiron. Dieser Kindskopf rührte lediglich den modderigen Teich auf. Den großen Fisch an den Haken zu bekommen, blieb einer jungen Dame vorbehalten.«

»Ich weiß«, rief ich aufgeregt. »Sie heißt Miss Mary Lamington.«

Mißbilligend schüttelte er den Kopf. »Deine Vermutung ist zwar richtig, mein Sohn, aber du hast deine Manieren vergessen. Das hier ist ein rauhes Geschäft, und deshalb wollen wir nicht den unbefleckten Namen eines vornehm erzogenen Mädchens hineinziehen. Wenn wir überhaupt von ihr sprechen, bezeichnen wir sie mit ihrem Spitznamen aus *Pilgrim's Progress* ... Jedenfalls bekam sie den Fisch an den Haken, obgleich er noch nicht an Land gezogen ist. Wird dir jetzt einiges klar?«

»Ivery«, sagte ich atemlos.

»Ja – Ivery. Ein unauffälliger Mann, wie du meintest. Ein gewöhnlicher, teiggesichtiger und Golf spielender Intellektueller in den mittleren Jahren, den man in jede Sonntagsschule hineinlassen würde. Mit einem Hauch von einem Trommler, um zu zeigen, daß er mit unserer erschöpften Aristokratie nichts zu tun hat. Eine sanfte Silberzunge, den der Klang der eigenen Stimme verzückt. So mild und sanft wie Quark mit Sahne.«

Blenkiron stand auf und blieb vor mir stehen. »Aber eines sage ich dir, Dick: wenn ich an diesen Mann denke, läuft mir eine Gänsehaut den Rücken hinunter. In diesem

Kerl steckt nicht ein einziger Tropfen anständigen roten Blutes. Verglichen mit Moxon Ivery ist der übelste *apache* ein christlicher Gentleman. Er ist so grausam wie eine Schlange und so finster wie die Hölle. Aber, bei Gott, unter seinem Hut steckt ein Kopf. Zwar sitzt er jetzt am Haken, und wir spielen mit ihm, aber Gott allein weiß, ob wir ihn jemals an Land ziehen werden!«

»Warum setzt ihr ihn nicht einfach hinter Schloß und Riegel?« fragte ich.

»Wir haben keine Beweise – keine legalen Beweise, meine ich, denn andere besitzen wir körbeweise. Moralisch könnte ich eine Anklage zusammenbringen, die hieb- und stichfest ist, aber vor Gericht würde ich damit nicht durchkommen. Und im Parlament würde ein halbes Hundert Schafe aufstehen und wegen Verfolgung aus nichtigen Gründen zu blöken anfangen. Zu jeder Bande von Gaunern in England hat er Verbindung, und außerdem noch mit allen Gänsen Englands, die sich wegen der Freiheit des Menschen in die Brust werfen, obgleich die Deutschen die Welt versklaven wollen. No, Sir, dieses Spiel ist zu gefährlich! Abgesehen davon habe ich ein besseres in der Hand. Moxon Ivery gehört zu den angesehensten Bürgern dieses Staates. Sein *dossier* ist, abgesehen vom kleinen Notizbuch des buchführenden Engels, so vollkommen, wie es überhaupt möglich ist. Wir sind seinen Referenzen in jedem Winkel der Erde nachgegangen, und sie sind genauso echt wie sein Bankauszug. Nach allem scheint es, daß er seit seiner Kindheit ein würdiger Bürger ist. Aufgewachsen ist er in Norfolk, und dort leben Leute, die sich seines Vaters erinnern können. Zur Schule ging er in Melton, und sein Name steht im Schulregister. Geschäftlich hatte er in Valparaiso zu tun, und es gibt genügend Beweise dafür, um drei Bände über das harmlose Leben zu füllen, das er dort geführt hat. Zwei Jahre vor dem Krieg ist er mit einem bescheidenen Vermögen zurückgekehrt und steht seit dieser Zeit im Licht der Öffentlichkeit. Für einen Londoner Bezirk wurde er von den Liberalen sogar als Kandidat aufgestellt, und außerdem hat er das Direktorium jeder Institution geschmückt, das für die Besserstellung der Menschheit gegründet wurde. Er besitzt genügend Alibis, an denen eine Boa constrictor ersticken würde, und außerdem sind sie wasserecht und bruchsicher – aber dennoch größtenteils verdammte Lügen ... Mit diesem Trick kommt man nicht an ihn heran. Der Mann ist der hervorragendste Schauspieler, den man jemals auf Erden wandeln sah. Man sieht es seinem Gesicht an. Es ist kein Gesicht – es ist eine Maske. Wenn er will, kann er aussehen wie Shakespeare oder wie Julius Caesar oder Billy Sunday oder Brigadier-General Richard Hannay. Eine Persönlichkeit besitzt er ebenfalls nicht. Mittlerweile ist er Fünfzig geworden, und es gibt niemanden, zu dem er Bindungen hat. Wenn er dem Teufel eines Tages in die Hände gerät, vermute ich, daß der Teufel sich seine Klauen mit Sand einreiben muß, damit Ivery ihm nicht durchrutscht.«

Blenkiron setzte sich wieder in seinen Sessel, wobei er das eine Bein über die Lehne legte.

»In den letzten Monaten haben wir eine ganze Reihe seiner Kanäle verstopft. Nein, verdächtigen tut er mich nicht. Die Welt weiß von ihren größten Männern nichts, und für ihn bin ich nur ein Yankee, ein Frieden stiftender Sonderling, der verrückten Gesellschaften mit großen Beträgen hilft und hundert Meilen weit reist, um vor irgendwelchen Zuhörern Dampf abzulassen. Er hat mich im Claridge's aufgesucht, und ich habe dafür gesorgt, daß er mein bisheriges Leben genau kennenlernt. Diese Vergangenheit ist ziemlich miserabel, denn vor zwei Jahren war ich ein glühender Verfechter der Briten, bevor ich die Erlösung fand und aufgefordert wurde, England zu verlassen. Bei meinem letzten Heimataufenthalt war ich offiziell, wenn ich nicht gerade auf meinem Schmerzenslager lag, gegen den Krieg. Ernsthaftes Interesse an John S. Blenkiron kann Mr. Moxon Ivery gar nicht haben. Und während ich hier war, befand ich mich gesellschaftlich so tief unten und arbeitete auf so vielen irreführenden Gebieten, daß er eine Verbindung mit mir nicht herstellen kann ... Wie ich schon sagte, haben wir die meisten seiner Drähte durchgeschnitten, aber an den dicksten sind wir noch nicht herangekommen. Immer wieder sendet er seine Nachrichten nach drüben, und dabei handelt es sich um äußerst schädliche Dinge. Jetzt hör genau zu, Dick, denn jetzt kommen wir in die Nähe dessen, was du zu tun hast.«

Anscheinend hatte Blenkiron Grund zu der Vermutung, daß der immer noch nicht verstopfte Kanal etwas mit dem Norden zu tun hatte. Näher konnte er nicht heran, denn von seinen Leuten hatte er erfahren, daß in Glasgow ein gewisser Abel Gresson aus den Vereinigten Staaten aufgetaucht sei. Dieser Gresson war, wie er feststellte, jener Wrankester, der als Führer der Weltindustriearbeiterschaft in einige üble Fälle von Sabotage in Colorado verwickelt gewesen war. Diese Nachricht behielt er noch für sich, denn er wollte nicht, daß die Polizei sich einmischte, sondern wollte irgendwie Kontakt mit Gresson aufnehmen und ihn selbst beschatten. Der Mann war äußerst diskret, aber auch äußerst geheimnisvoll, und manchmal verschwand er eine ganze Woche lang, ohne eine Spur zu hinterlassen. Aus irgendeinem unbekannten Grund – warum, konnte Blenkiron nicht erklären – war er zu dem Schluß gekommen, daß Gresson in Verbindung mit Ivery stand, so daß er Experimente anstellte, um es zu beweisen.

»Ich wollte verschiedene Querverbindungen überprüfen, und das tat ich vorgestern abend. Mein Besuch in Biggleswick war erfolgreich.«

»Ich weiß zwar nicht, was das alles zu bedeuten hat«, sagte ich, »aber ich weiß, wann die Rede von den Querverbindungen war. Einmal in deiner Ansprache, als du von den österreichischen Sozialisten sprachst und Ivery den Faden sofort aufnahm. Das zweitemal war nach dem Abendessen, als er die *Weser Zeitung* zitierte.«

»Du bist kein Dummkopf, Dick«, sagte er mit seinem langsamen Lächeln. »Dein erster Schuß war bereits ein Volltreffer. Du kennst mich und konntest meinem Gedankengang bei diesen Bemerkungen folgen. Ivery, der mich weniger gut kennt und den Kopf voll von derartigen Argumenten hat, sah darin nichts Ungewöhnliches. Diese

Nachrichten wurden Gresson zugespielt, damit er sie weitergäbe. Und er hat sie tatsächlich weitergegeben – an Ivery. Das waren die letzten Glieder in meiner Kette.«

»Aber es waren doch ganz gewöhnliche Dinge, auf die er möglicherweise selbst gekommen sein konnte.«

»Nein, das waren sie eben nicht. Es waren wahre Leckerbissen politischer Nachrichten, hinter denen alle möglichen Gauner her sind.«

»In jedem Fall waren es Zitate aus deutschen Zeitungen. Vielleicht hat er die Zeitungen eher bekommen, als du glaubst.«

»Wieder falsch. Der Absatz ist niemals in der *Weser Zeitung* erschienen. Wir haben jedoch einen Teil dieser Zeitung gefälscht; es war eine saubere Arbeit, und Gresson, der eine Art Gelehrter ist, bekam sie zugespielt. Er gab sie weiter; Ivery zeigte sie mir vor zwei Tagen. Derartige Dinge haben die Artikel des deutschen Journalismus niemals beschmutzt. Nein, es war der vollkommene endgültige Beweis ... Jetzt, Dick, ist es an dir, dich an Gresson heranzumachen.«

»Gut«, sagte ich. »Ich bin verdammt froh, wieder arbeiten zu können. Aus Mangel an Bewegung werde ich nämlich langsam fett. Wahrscheinlich soll ich Gresson wegen irgendwelcher unflätigen Reden überführen und dafür sorgen, daß er und Ivery eingesperrt werden.«

»Gerade das möchte ich nicht«, sagte er sehr langsam und deutlich. »Du mußt dich sehr eng an deine Anweisungen halten. Ich liebe diese beiden Schönheiten, als wären es meine eigenen weißhaarigen Kinder. Um keinen Preis möchte ich mich in ihr behagliches Leben und ihre Freiheit einmischen. Vielmehr möchte ich, daß sie weiterhin mit ihren Freunden korrespondieren. Und dazu möchte ich ihnen jede Möglichkeit zuteil werden lassen.«

Mein verstörter Gesichtsausdruck rief bei ihm einen Lachanfall hervor.

»Hör zu, Dick. Wie wollen wir die Deutschen in Zukunft behandeln? Wir werden ihnen das Maul mit den gerissensten Lügen stopfen und dafür sorgen, daß sie dementsprechend handeln. Jetzt sitzt hier bei uns Moxon

Ivery, der ihnen immer zuverlässige Informationen gegeben hat. Sie vertrauen ihm restlos, und deshalb wäre es dumm von uns, ihr Vertrauen zu zerstören. Wenn wir Moxons Methoden herausbekommen können, können wir sie selbst benutzen und in seinem Namen Nachrichten weitergeben, die nicht ganz so echt sind. Jede Nachricht, die er weitergibt, landet unmittelbar beim großen Generalstab, so daß der alte Hindenburg und Ludendorff sich Handtücher um den Kopf wickeln und sie entziffern. Wir wollen sie ermutigen, weiter so zu verfahren. Wir werden ihnen echte Nachrichten zuspielen, die nicht so wichtig sind, damit sie Ivery weiter vertrauen, sowie ein paar ausgewählte falsche Nachrichten, die verdammt wichtig sind. Es ist ein Spiel, das man nicht in alle Ewigkeit fortsetzen kann, aber mit etwas Glück möchte ich es so lange spielen, bis wir die Pläne der Deutschen durcheinandergebracht haben.«

Sein Gesicht wurde ernst und erinnerte mich an unseren Korpskommandeur, wenn wir uns vor einem Angriff zum großen Palaver zusammensetzten.

»Ich habe nicht die Absicht, dir Anweisungen zu geben, denn du bist Manns genug, deine eigenen Entschlüsse zu treffen. Aber ich kann dir einen allgemeinen Hinweis auf die Entwicklung geben. Du erzählst Ivery, du führest nach Norden, um die industriellen Unruhen aus erster Hand kennenzulernen. Das dürfte in seinen Augen natürlich sein und deinem bisherigen Verhalten entsprechen. Er wird seinen Leuten mitteilen, daß du ein harmloser Brite aus den Kolonien bist, der sich über die Engländer ärgert und möglicherweise nützlich sein könnte. In Glasgow wirst du einen meiner Leute aufsuchen, einen hitzigen Agitator, der diese Tarnung gewählt hat, um für sein Land zu arbeiten. Es ist ein verdammt schwerer Weg und verdammt gefährlich. Durch ihn wirst du in Verbindung mit Gresson kommen und wirst dich in der Nähe dieses großartigen Bürgers aufhalten. Finde heraus, was er tut, und folge ihm nach Möglichkeit überall hin. Er darf jedoch nie Verdacht schöpfen, und dazu mußt du selbst immer am Rande des Gesetzes balancieren. Du fährst als furchtloser Pazifist nach oben und wirst dort mit Leuten zusammenleben, bei denen sich dir der Magen umdreht. Möglicherweise wirst du einige Gesetze der britischen Regierung verletzen müssen, die zur Selbstverteidigung beschlossen wurden, und dann liegt es bei dir, dich nicht erwischen zu lassen ... Vergiß nicht, daß du von mir keine Hilfe zu erwarten hast. Du mußt Gresson auf die Schliche kommen, obgleich die gesamte Macht der britischen Nation offiziell gegen dich ist. Wahrscheinlich ist es ein schwieriger Auftrag, aber du bist Manns genug, um ihn erfolgreich durchzuführen.«

Als wir uns die Hand gaben, fügte er noch ein letztes Wort hinzu. »Du mußt dir dabei Zeit lassen, denn es handelt sich nicht um einen Fall für Pfuscher. Aber an jedem Tag, der vergeht, sendet Ivery tödliches Gift nach drüben. Die Deutschen bereiten eine große Offensive vor, und außerdem wollen sie damit die Nerven unserer Zivilisten erschüttern und ihr Urteilsvermögen durcheinanderbringen. Alle Staaten sind kriegsmüde, und in Kürze werden wir den gefährlichen Punkt erreichen. Von dir, Dick, hängt deshalb sehr viel ab, denn die Dinge entwickeln sich möglicherweise bis zu einem heiklen Punkt.«

Im Laden kaufte ich mir einen neuen Roman und erreichte St. Pancras noch so rechtzeitig, daß ich am Büffet eine Tasse Tee trinken konnte. Ivery stand am Zeitungsstand und kaufte sich gerade eine Abendzeitung. Als wir im Wagen saßen, ergriff er meinen *Punch*, lachte laut und lenkte meine Aufmerksamkeit immer wieder auf die Karikaturen. Wenn ich ihn ansah, bot er meiner Ansicht nach das vollkommene Bild eines Bürgers, der auf dem Lande wohnt und abends zu seinem harmlosen Heim zurückkehrt. Alles stimmte: sein hübscher Anzug, seine leichten Schuhe, das gefleckte Halstuch und sein ganzes Auftreten.

Allerdings wagte ich nicht, ihn allzu oft anzublicken. Was ich erfahren hatte, hatte zwar in mir den Wunsch erweckt, sein Gesicht aufmerksam zu betrachten, aber ich wagte es nicht, ungewöhnliches Interesse zu zeigen. Bisher war ich ihm gegenüber immer ein wenig ungezwungen gewesen, denn gemocht hatte ich ihn nie, so daß ich ihn weiterhin genauso behandeln mußte. Er war glatt wie ein Aal, geschwätzig, freundlich und amüsant. Ich erinnere mich noch, wie er nach dem Buch griff, das ich am gleichen Vormittag mitgenommen hatte, um es im Zug zu lesen; es war der zweite Band der *Essays* von Hazlitt, das letzte Exemplar meiner englischen Klassiker, und er sprach sehr gescheit über Bücher, so daß ich den Wunsch verspürte, in Biggleswick mehr Zeit in seiner Gesellschaft verbracht zu haben. »Hazlitt war der akademische Radikale seiner Zeit«, sagte er. »Er erregt sich immer und gerät dann in einen Zustand theoretischer Wut über Dinge, die er persönlich nie kennengelernt hat. Menschen, die gegen Realitäten kämpfen, sparen ihre Kraft für Taten auf.«

Das war für mich das Stichwort, ihm von meiner Reise nach Norden zu erzählen. Ich sagte, ich hätte in Biggleswick eine Menge gelernt, wollte jedoch das industrielle Leben aus der Nähe kennenlernen. »Sonst werde ich möglicherweise so wie Hazlitt«, sagte ich.

Er war äußerst interessiert und stimmte mir zu.

»Das ist die richtige Art und Weise, sich mit den Dingen zu beschäftigen«, sagte er. »Wohin wollen Sie fahren?«

Ich erzählte ihm, daß ich eigentlich an Barrow gedacht hätte, mich dann jedoch entschlossen hätte, es in Glasgow zu versuchen, da der Clyde eine unruhige Gegend zu sein schien.

»Richtig«, sagte er. »Ich wünschte, ich könnte Sie begleiten. Sie werden eine Weile brauchen, bis Sie die Sprache dort verstehen. Unter den Arbeitern werden Sie eine ganze Menge sinnloser Kriegslüsternheit antreffen, denn sie wiederholen nur, was man ihnen über den Krieg vorgeplappert hat, wie sie auch immer nur das wiederholen, was man ihnen über die Arbeitspolitik vorplappert. Aber daneben gibt es eine ganze Menge gerissene Köpfe und gesunden Menschenverstand. Sie müssen mir schreiben und mitteilen, zu welchen Schlüssen Sie gekommen sind.«

Es war ein warmer Abend, und den letzten Teil der Fahrt döste er vor sich hin. Ich betrachtete ihn und wünschte, den Verstand erkennen zu können, der sich hinter diesem maskenhaften Gesicht verbarg. In seinen Augen war ich nichts wert, nicht einmal so viel, daß er mich zu seinem Werkzeug machen wollte, und ich ging nun daran, ihn zu meinem Werkzeug zu machen. Es sah nach einem Himmelfahrtskommando aus. Und die ganze Zeit irritierte mich ein beharrliches Gefühl des Wiedererkennens. Ich sagte mir selbst, daß es idiotisch sei, denn ein Mann mit einem derartigen Gesicht muß Züge an sich haben, die tausend anderen Gesichtern ähneln. Aber der Gedanke nagte an mir, bis wir unser Ziel erreichten.

Als wir vom Bahnhof in den goldenen Abend hinaustraten, sah ich Mary Lamington wieder. Sie war mit einem der Weekes-Mädchen zusammen, und entsprechend der in Biggleswick herrschenden Mode trug sie keinen Hut, so daß das Sonnenlicht in ihrem Haar funkelte. Mit einem großen Bogen zog Ivery den Hut und machte eine galante Bemerkung, während ich ihren festen Blick mit der Ausdruckslosigkeit eines Schauspielers ertrug, der auf der Bühne einen Verschwörer spielt.

»Ein bezauberndes Kind«, bemerkte er, als wir vorüber waren. »Aber nicht ohne einen Anflug von Ernsthaftigkeit, der sich eines Tages deutlicher zeigen wird.«

Während ich zu meinem letzten Abendbrot bei den Jimsons ging, überlegte ich, daß das besagte Kind sich für Mr. Moxon Ivery wahrscheinlich als genügend ernst erweisen würde, bevor das Spiel beendet war.

4
ANDREW AMOS

Drei Tage später nahm ich den Zug von King's Cross nach Edinburgh. Ich ging zum Pentland Hotel in der Princes' Street und hinterlegte dort einen Koffer mit frischer Wäsche und einem zweiten Anzug. Ich hatte mir alles genau überlegt und war zu dem Schluß gekommen, daß ich irgendwo eine Basis und etwas zum Umziehen haben müßte. In einem abgetragenen Tweedanzug und nur mit einer kleinen Leinentasche ausgerüstet, betrat ich dann das Stadtgebiet von Glasgow.

Vom Bahnhof ging ich zu jener Adresse, die Blenkiron mir genannt hatte. Es war ein heißer Sommerabend, und die Straßen waren mit hutlosen Frauen und müde aussehenden Arbeitern gefüllt. Während ich mich zur Dumbarton Road durchfragte, erstaunte mich die Zahl der körperlich tüchtig aussehenden Männer, wenn man bedenkt, daß man an keiner britischen Front eine Meile weit gehen kann, ohne auf ein Bataillon aus Glasgow zu stoßen. Dann fiel mir jedoch ein, daß es auch Dinge wie Munition und Schiffe gab, und daraufhin wunderte ich mich nicht mehr.

Eine stämmige Frau mit zerzauster Frisur, die am Hauseingang stand, wies mir den Weg zur Wohnung von Mr. Amos. »Zwei Treppen hoch. Andrew ist sicher zu Hause und trinkt Tee. Überstunden macht der nicht. Gewöhnlich ist er Schlag sechs zu Hause.« Ich stieg die Treppe hoch, und dabei sank mir der Mut, denn wie alle Südafrikaner hasse ich nichts mehr als Schmutz. Und das Haus war ziemlich dreckig, wenn auch auf jedem Treppenabsatz zwei Türen mit blankpolierten Griffen und Messingschildern zu sehen waren. Auf einem stand der Name Andrew Amos.

Ein Mann in Hemdsärmeln öffnete mir, ein kleiner Mann ohne Kragen und mit aufgeknöpfter Weste. Mehr konnte ich in dem dämmerigen Licht nicht erkennen; er streckte mir die Hand eines Gorillas hin und zog mich hinein.

Das Wohnzimmer, von dem aus man über viele Schornsteine hinweg auf einen blaßgelben Himmel blickte, von dem sich deutlich zwei Fabrikschornsteine abhoben, war hell genug, daß ich meinen Gastgeber genau betrachten konnte. Er war etwa 1,60 Meter groß, breitschultrig und mit einem Kopf, von dem das graue Haar in alle Richtungen abstand. Er trug eine Brille, und sein Gesicht ähnelte dem eines altmodischen schottischen Geistlichen, denn er besaß dichte Augenbrauen und Koteletten, die sich unter dem Kinn vereinigten, während das Kinn und die auffallend große Oberlippe glattrasiert waren. Die Augen waren stahlgrau und sehr ernst, aber voller schwelender Energie. Seine Stimme war gewaltig und hätte die Mauern erschüttert, hätte er nicht die Angewohnheit gehabt, mit halbgeschlossenen Lippen zu sprechen. In seinem Mund befand sich kein einziger gesunder Zahn mehr.

Eine gefüllte Teetasse und ein Teller, auf dem irgendwann Schinken und Eier gelegen hatten, standen auf dem Tisch. Mit einer Kopfbewegung wies er dort hin und fragte mich, ob ich schon gegessen hätte.

»Sie wollen nichts essen? Mein Gott, anderswo würde man Ihnen wahrscheinlich einen Schluck anbieten, aber in diesem Hause wohnen nur strenge Abstinenzler. Wenn Sie Durst haben, müssen Sie in das nächste Lokal gehen.«

Ich verneinte alle körperlichen Wünsche und zog meine Pfeife hervor, woraufhin er damit begann, eine alte Tonpfeife zu stopfen. »Sie heißen also Mr. Brand?« fragte er mit seiner gewaltigen Stimme. »Ich habe Sie schon erwartet, aber Sie haben sich ganz schön verspätet, Mann!«

Aus der Hosentasche zog er eine uralte silberne Uhr und betrachtete sie mißbilligend. »Das verdammte Ding ist schon wieder stehengeblieben. Wieviel Uhr haben Sie, Mr. Brand?«

Er begann, den Deckel seiner Uhr mit jenem Messer zu öffnen, mit dem er seinen Tabak geschnitten hatte, und während er das Uhrwerk betrachtete, hielt er mir die Innenseite des Deckels hin. Auf der Innenseite klebte rot und weiß ein Papier, wie Mary Lamington es mir gegeben hatte.

Ich hielt meine Uhr so, daß er dasselbe Zeichen sehen konnte. Seine aufmerksamen Augen, die sekundenlang hochgeblickt hatten, bemerkten es, und daraufhin klappte er den Deckel seiner eigenen Uhr wieder zu und steckte sie in die Tasche. Seine ganze Art verlor einen Teil ihrer Vorsicht und wurde beinahe heiter.

»Sie sind hergekommen, um sich Glasgow anzusehen, Mr. Brand? Da haben Sie viel vor; bewohnt wird Glasgow von ehrlichen Leuten, aber auch von anderen, die nicht so ehrlich sind. Man hat mir erzählt, Sie kämen aus Südafrika. Das ist verdammt weit weg, aber ein bißchen kenne ich mich in Südafrika aus, denn der Sohn eines Vetters von mir war wegen seiner Lungen dort. Gearbeitet hat er in Bloemfontein, in einem Laden in der Main Street. Peter Dobson hieß er. Vielleicht kennen Sie ihn sogar?«

Dann hielt er mir einen Vortrag über den Clyde. Er war, wie er mir erzählte, aus dem Grenzgebiet hier zugezogen; sein Geburtsort war die Stadt Galashiels oder, wie er es aussprach, ›Gawly‹. »Angefangen habe ich als Einsteller von Webstühlen in der Weberei Staverts. Dann starb mein Vater, und ich habe seine Töpferei übernommen. Aber heutzutage ist für kleine selbständige Geschäftsleute kein Blumentopf mehr zu gewinnen; deshalb kam ich zum Clyde und lernte als Schiffbauer. Ich kann wohl sagen, daß ich eine führende Stellung in der Gewerkschaft habe, auch wenn ich nicht in der richtigen Gewerkschaft bin und auch wohl nie drin sein werde. Es gibt aber keinen, dessen Wort mehr Gewicht hätte als meines. Und das weiß die Regierung, denn überall hat man mich in Kommissionen geschickt, die das Holz begutachten und einen Bericht darüber schreiben mußten. Die Leute denken nämlich immer gleich an Bestechung, aber Andrew Amos läßt sich nicht bestechen. Er sagt seine Meinung über jede Regierung auf der Welt und sagt den Leuten ins Gesicht, was er von ihnen hält. Und er kämpft für die Sache des Arbeiters gegen die Unterdrücker, ob das nun die Regierung oder die fetten Schweine sind, die sich Funktionäre der Gewerkschaft nennen. Von den Betriebsgewerkschaften und deren Vertretern haben Sie sicher schon gehört, Mr. Brand, oder?«

Ich gab es zu, denn Blenkiron hatte mich in die gegenwärtige Geschichte der industriellen Auseinandersetzungen genau eingewiesen.

»Well, ich bin so ein Vertreter der Betriebsgewerkschaft. Wir vertreten die Arbeiter gegenüber der Werksleitung, die das Vertrauen des Arbeiters verloren hat. Aber ich bin kein Sozialist, und ich denke auch nicht an solche Sachen. Ich gehöre bloß zu den alten Radikalen aus dem Grenzgebiet und werde mich wohl auch nicht mehr ändern. Ich bin für die Freiheit des einzelnen und für gleiche Rechte und Möglichkeiten für alle Menschen. Vor dem Vertreter einer Regierung verbeuge ich mich genausowenig wie vor einem der saft- und kraftlosen Gutsbesitzer. Aber ich muß meine Ansichten für mich behalten, denn die jungen Kerle sind doch alle ziemlich verrückt mit ihren blöden Büchern über das Kapital und den Kollektivismus und die anderen langen Wörter, mit denen ich meine Zunge gar nicht erst anstrenge. Die und ihr Sozialismus! Auf einer Seite von John Stuart Mill steht mehr als in dem ganzen ausländischen Quatsch. Aber, wie gesagt, ich kann darüber nicht reden, denn der Sozialismus breitet sich auf der Welt wie die Masern aus. Und schuld an allem ist die mangelhafte Erziehung.«

»Und was sagt ein Radikaler aus dem Grenzgebiet zum Krieg?« fragte ich.

Er nahm seine Brille ab und blickte mich mit hochgezogenen Augenbrauen an. »Das will ich Ihnen genau sagen, Mr. Brand. Seit ich in die klugen Jahre gekommen bin, habe ich mich mit allem herumgeschlagen, was schlecht war – mit Konservativen und Großgrundbesitzern und Fabrikanten und Gastwirten und was weiß ich –, mit allem, was schlecht war, sage ich, denn es gibt auch noch anständige Leute, selbst bei den Deutschen, die alles unterdrücken wollen. Als der Krieg anfing, habe ich drei Tage lang in aller Ruhe überlegt, und dann habe ich mir gesagt:

›Andrew Amos, jetzt hast du den Feind gefunden. Diejenigen, gegen die du bis jetzt gekämpft hast, waren in gewisser Weise nur fehlgeleitete Freunde. Diesmal, mein Freund, geht es um den Kaiser oder dich!‹«

Seine Augen hatten ihren Ernst verloren und funkelten statt dessen vor verhaltener Wut. »Jawoll, und ich habe nicht geschwankt. Schon frühzeitig sagte man mir, wie ich meinem Lande am besten dienen könnte. Die Sache ist nicht leicht, und es gibt bestimmt eine Menge Leute, die mir keinen schönen Namen anhängen würden. Man glaubt, ich brächte Unruhe unter die Leute in der Heimat und verriete die Sache derjenigen, die an der Front stehen. Mann, dabei stärke ich denen doch bloß das Rückgrat. Wenn ich für sie nicht wegen einer gesunden wirtschaftlichen Basis kämpfte, würden sie zu kurz kommen und auf die Gnade des ersten besten angewiesen sein, der Revolution predigt. Ich und Leute wie ich – wir sind Sicherheitsventile, wenn Sie mir folgen können. Und begehen Sie bloß keinen Fehler, Mr. Brand. Die Männer, die höhere Löhne fordern, sind nicht für den Frieden. Sie kämpfen für die Burschen in Übersee wie auch für sich selbst. Unter Tausenden ist nicht einer, der sich nicht totschuften würde, damit die Deutschen geschlagen werden. Die Regierung hat Fehler gemacht, und unsereiner muß dafür bezahlen. Wäre es nicht so, würden die Leute sich wie eine Maus in der Falle vorkommen, denn sie hätten keine Möglichkeit zu zeigen, wie ernst es ihnen ist. Warum sollen die Großen ihre Gewinne verdoppeln und der kleine Mann bei Schinken und Ei am Sabbatmorgen bleiben? Mehr bedeutet die Unruhe unter den Arbeitern, wie man es nennt, nicht, und ich behaupte, daß das eine gute Sache ist, denn wenn die Arbeiter sich nicht gelegentlich bemerkbar machen würden, würde das Feuer im Land ausgehen, und Hindenburg könnte uns ausquetschen wie einen verfaulten Apfel.«

Ich fragte ihn, ob er für die Mehrheit der Männer spräche.

»Wenn es zu einer Abstimmung kommt – für neunzig Prozent. Ich will nicht sagen, daß es darunter nicht auch Gesindel gibt, Versoffene und sogenannte Intellektuelle, die in der Zeitung blättern und dann das, was sie sich selbst denken, mit ausländischem Quatsch durcheinanderbringen. Aber der Durchschnittsmann am Clyde haßt, genauso wie der Durchschnittsmann woanders, drei Dinge, und das sind die Deutschen, die Kriegsgewinnler, wie sie genannt werden, und die Iren. Aber in erster Linie haßt er den Deutschen.«

»Auch die Iren?« sagte ich erstaunt.

»Ja, die Iren«, sagte der letzte Radikale aus dem Grenzgebiet. »In Glasgow stinkt es heutzutage nach zwei Sachen, nach Geld und Iren. Ich weiß noch den Tag, als ich für die Politik von Mr. Gladstone war und nichts gegen die edle, großzügige und warmherzige Schwesternation hatte, die unter fremder Gewalt litt. Mein Gott! Ich rede nicht von Ulster, das eine saure und schlechtgelaunte Gegend ist, aber trotzdem zu unserem Volk gehört. Die Männer aber, die keinen Handgriff tun, um uns im Krieg zu helfen, sondern die Möglichkeit ausnutzen, eine Rebellion anzuzetteln, sind für Gott und den Menschen hassenswert. Wir haben sie wie Schoßhunde behandelt, und das ist nun der Dank. Zu Tausenden kommen sie herüber, um die Posten der Leute einzunehmen, die ihre Pflicht tun. Letzte Woche habe ich mit einer Witwe gesprochen, die in der Dalmarnock Road einen winzigen Milchladen hat. Sie hat zwei Söhne, und beide sind in der Armee, der eine in Kamerun und der andere als Kriegsgefangener in Deutschland. Sie erzählte mir, daß sie ohne die Hilfe ihrer beiden Jungen den Laden nicht mehr weiterführen könnte, obgleich sie sich völlig abgearbeitet hätte. ›Bestimmt ist es grausam, Mr. Amos‹, sagt sie, ›daß die Regierung meine beiden Jungens eingezogen hat, und vielleicht werde ich sie nie wiedersehen, während die verdammten Iren frei herumlaufen und uns das Brot vom Munde wegnehmen. Bei den Gaswerken auf der anderen Straßenseite haben sie letzte Woche hundert Iren eingestellt, und alle sind so jung und so gesund, wie man es sich nur vorstellen kann. Und mein kleiner Davie, der in Deutschland ist, war schwach auf der Brust, während Jimmy es mit dem Magen hatte. Das ist doch bestimmt nicht gerecht!‹ . . .«

Er verstummte und zündete ein Streichholz an, indem er es über seinen Hosenboden strich. »Es wird Zeit, das Gaslicht anzumachen. Um halb zehn kommen ein paar Leute.«

Als das Gas in der Lampe zischte und flackerte, gab er mir eine kurze Beschreibung der erwarteten Gäste. »Da sind einmal Macnab und Niven, zwei Kollegen von mir. Und dann kommt noch Gilkison von den Kesselbauern und ein Mann namens Wilkie – Wilkie hat Schwindsucht und schreibt kleine Artikel für Zeitungen. Und dann kommt noch ein ganz komischer Kauz, Tombs – angeblich soll er in Cambridge gewesen sein und so was wie ein Professor sein; jedenfalls weiß er eine ganze Menge. Mir hat er erzählt, er wäre hier, um das Herz des Arbeiters kennenzulernen, und da habe ich ihm gesagt, daß er dann schon ein bißchen tiefer als in den Jackenärmel eines Arbeiters gucken müßte. Viel hat er nicht im Kopf, der arme Kerl. Dann kommt noch Tam Norie, das ist der, der unsere Wochenzeitung *Justice for All* herausgibt. Tam hat viel Humor und versteht auch viel von Robert Burns, aber er hat nicht die Ausgeglichenheit eines strengen Abstinenzlers . . . Sicher verstehen Sie, Mr. Brand, daß ich in solcher Gesellschaft meinen Mund halte und nicht mehr von meinen Ansichten verrate, als unbedingt nötig ist. Einiges kritisiere ich zwar, und deswegen behaupten die Leute, ich sei ein ganz vernünftiger Mann, aber trotzdem hüte ich meine Zunge. Die meisten der Leute, die heute abend kommen, sind keine richtigen Arbeiter – sie sind nur der Schaum im Topf, aber dieser Schaum wird für Ihre Sache sehr nützlich sein. Vergessen Sie nicht, daß ich denen schon gestern von Ihnen erzählt habe und daß Sie einen Ruf zu verlieren haben.«

»Kommt Mr. Abel Gresson auch?« fragte ich.

»Nein«, sagte er. »Heute nicht. Wir beide sind nämlich noch nicht so weit, daß wir uns besuchen. Aber die Männer, die nachher kommen, sind Freunde von Gresson, und bestimmt werden sie ihm von Ihnen erzählen. Das ist die beste Art, wie Sie mit ihm bekannt werden können.«

Es klopfte, und Mr. Amos ließ die ersten Ankömmlinge herein. Es waren Macnab und Wilkie: der eine ein ordentlicher Mann mittleren Alters mit frisch gewaschenem Gesicht und einem Zelluloidkragen, der andere ein rundschultriger junger Mann mit strähnigem Haar und den großen Augen sowie der durchsichtigen Haut, die für Schwindsucht kennzeichnend sind. »Jungens, das ist Mr. Brand aus Südafrika«, stellte Amos mich vor. Wenig später erschien Niven, ein bärtiger Riese, und Mr. Norie, der Herausgeber, ein fetter schmuddeliger Bursche, der eine starke Zigarre rauchte. Gilkison von den Kesselbauern erwies sich, als er eintraf, als ein angenehmer junger Mann mit Brille, der gebildet sprach und deutlich zu einer etwas anderen Gesellschaftsschicht gehörte. Zuletzt kam Tombs, der ›Professor‹ aus Cambridge, ein hagerer junger Mann mit mürrischem Mund und Augen, die mich an Launcelot Wake erinnerten.

»Sie sind sicher kein Großgrundbesitzer, Mr. Brand, auch wenn Sie aus Südafrika kommen«, sagte Mr. Norie und lachte schallend.

»Das stimmt. Ich bin nur Techniker«, sagte ich. »Mein Vater stammte aus Schottland, und jetzt bin ich zum erstenmal in meinem Geburtsland, wie mein Freund, Mr. Amos, Ihnen sicher bereits erzählt hat.«

Der Schwindsüchtige sah mich mißtrauisch an. »Wir haben zwei oder drei Genossen hier gehabt, die die kapitalistische Regierung aus Transvaal ausgewiesen hat. Wenn Sie so denken wie wir, kennen Sie die Leute vielleicht.«

Ich sagte, ich würde überglücklich sein, sie kennenzulernen, aber zur Zeit der fraglichen Ausschreitungen hätte ich in einem Bergwerk, tausend Meilen weiter nördlich, gearbeitet.

Dann folgte eine einstündige ungewöhnliche Unterhaltung. Tombs, der mit der singenden und abgeschmackten Stimme eines Dozenten sprach, interessierte sich vor allem für Informationen. Er stellte endlos Fragen, hauptsächlich an Gilkision, der der einzige war, der seine Sprache tatsächlich verstand. Ich fand, noch nie einen Menschen gesehen zu haben, der so flüssig und so nutzlos redete, und dennoch vibrierte in ihm eine leichte Heftigkeit, als wäre er ein wahnsinnig gewordenes Schaf. Seine Hauptaufgabe sah er darin, die Gesellschaft auf private und akademische Weise zu hassen, und meiner Ansicht nach gehörte er zu denjenigen, die ich bei einer Revolution persönlich zum nächsten Lampenmast führen würde. Und die ganze Zeit unterhielten Amos, Macnab und Niven sich, unberührt von dem Wirbel, der um sie herum stattfand, über die Angelegenheiten ihrer eigenen Gesellschaftsschicht.

Mr. Norie, der Herausgeber, war es, der mich in die Unterhaltung einbezog.

»Unser südafrikanischer Freund ist ausgesprochen wortkarg«, sagte er auf seine laute Weise. »Andrew, wenn ihr hier nicht so verdammt abstinent wärt und wir jeder einen anständigen Schluck bekommen könnten, gelänge es uns vielleicht, ihm die Zunge zu lockern. Ich möchte nämlich wissen, was er über den Krieg zu sagen hat. Heute vormittag hast du mir erzählt, daß er zuverlässig ist.«

»Das habe ich nie behauptet«, sagte Mr. Amos. »Du weißt ganz genau, Tam Norie, daß ich Zuverlässigkeit nicht nach dem beurteile, wie du es tust. Ich bin selbst für den Krieg, unter gewissen Bedingungen, wie ich oft genug gesagt habe. Von den Ansichten von Mr. Brand weiß ich nichts, ausgenommen, daß er ein guter Demokrat ist, und das ist mehr, als ich von einigen deiner Freunde sagen kann.«

»Jetzt sei mal still, Andrew«, sagte Mr. Norie lachend. »Er glaubt nämlich, daß der Inspektor in einem sozialistischen Staat so etwas wie ein Aristokrat sein würde. Mein Gott, vielleicht ist sogar etwas dran. Aber seine Ansichten über den Krieg sind falsch. Ihr kennt meine Meinung, Jungens. Dieser Krieg ist von den Kapitalisten angezettelt worden und wird von den Arbeitern durchgekämpft, und die Arbeiter müssen deshalb dafür sorgen, daß der Krieg zu Ende kommt. Dieser Tag ist gar nicht mehr so weit. Es gibt Leute, die den Krieg so lange fortsetzen wollen, bis die Arbeiterschaft so geschwächt ist, daß man sie für den Rest der Zeit in Ketten legen kann. Und gerade das wollen wir verhindern. Wir müssen die Deutschen zwar besiegen, aber nur der Arbeiter hat das Recht zu beurteilen, wann der Feind geschlagen ist, und nicht die Kapitalisten. Was meinen Sie dazu, Mr. Brand?«

Offenbar hatte Mr. Norie sein Glaubensbekenntnis verkündet; trotzdem gab er mir die Möglichkeit, auf die ich gewartet hatte. Mit großem Nachdruck redete ich über meine Ansichten, und diese Ansichten lauteten, daß der Krieg um der Demokratie willen beendet werden müßte. Ich schmeichle mir, meine Sache gut gemacht zu haben, denn ich hatte jedes wirkliche Argument benutzt, das ich kennengelernt hatte, und mir einen großen Teil aus dem Arsenal von Launcelot Wake geborgt. Aber ich drückte mich nicht allzu präzise aus, denn ich hatte eine sehr genaue Vorstellung von dem Eindruck, den ich machen wollte. Dieser Eindruck mußte ehrlich und ernst sein, vielleicht mit einem Schuß Fanatismus, aber sonst grundsätzlich der eines dickschädeligen Geschäftsmannes, der genau weiß, wann der Zeitpunkt gekommen ist, um ein Geschäft abzuschließen. Immer wieder unterbrach Tombs mich mit sinnlosen Fragen, und ich mußte ihm gut zureden. Schließlich klopfte Mr. Norie mit seiner Pfeife auf den Tisch.

»Was sagst du nun, Andrew? Ohne es zu wissen, hast du hier einen Engel herangezogen. Was sagst du dazu, Mann?«

Mr. Amos schüttelte den Kopf. »Ich will nicht leugnen, daß einiges dran ist. Ich bin aber nicht überzeugt, daß die Deutschen jetzt schon genügend Prügel gekriegt haben.« Macnab war einer Meinung mit ihm; die anderen stimmten mir zu. Norie war dafür, daß ich einen Artikel für sein Blatt schreiben sollte, und der Schwindsüchtige wünschte, daß ich auf einer Versammlung sprechen sollte.

»Würden Sie das morgen in unserem Saal in der Newmilns Street wiederholen? Wir veranstalten nämlich eine Gewerkschaftsversammlung der Industriearbeiter, und ich sorge dafür, daß Sie noch ins Programm kommen.« Wie ein kranker Hund starrte er mich mit seinen glänzenden

Augen an, und ich merkte, daß ich einen Bundesgenossen gefunden hatte. Ich erwiderte, daß ich eigentlich nach Glasgow gekommen wäre, um zu lernen, nicht aber, um Vorträge zu halten, daß ich mir aber die Gelegenheit, meine Ansichten zu vertreten, nicht entgehen lassen würde.

»So, Jungs, ich gehe zu Bett«, sagte Amos und klopfte die Asche aus seiner Pfeife. »Mr. Tombs, morgen begleite ich Sie durch die Brigend-Werke, aber für diesen Abend langt es mir jetzt. Ich gehöre zu den Leuten, die ihre acht Stunden Schlaf brauchen.«

Der alte Mann begleitete sie hinaus und kehrte dann mit dem Anflug eines Grinsens auf dem Gesicht zurück.

»Komische Leute, was, Mr. Brand? Macnab hat das, was Sie erzählten, gar nicht gefallen. Ein Freund von ihm ist nämlich in Gallipoli gefallen, und deswegen steht er nicht auf der Seite des Grabens, wo man Frieden haben will. In Glasgow ist er mein bester Freund. Er ist zwar Kirchenältester in Cowcaddens, und ich bin das, was man Freidenker nennt, aber über die Grundsätze sind wir restlos einer Meinung. Sie haben Ihre Sache gut gemacht – das muß ich zugeben. Gresson wird erfahren, was Sie gesagt haben, und Sie für einen möglichen Gesinnungsfreund halten.«

»Eine widerliche Geschichte«, sagte ich.

»Ja, das ist wirklich eine widerliche Geschichte. Oft habe ich das Gefühl, meinetwegen kotzen zu müssen. Aber wir dürfen uns nicht beklagen. In Frankreich stehen von uns tüchtige Männer, deren Aufgabe noch schwerer ist ... Ein Wort noch im Vertrauen, Mr. Brand. Könnten Sie nicht einen etwas dämlicheren Eindruck machen? Sie starren den Leuten unentwegt in die Augen, wie ein Sergeant-Major der Highlander in den Maryhill Barracks.« Und dabei zwinkerte er langsam und grotesk mit seinem linken Auge.

Dann marschierte er zu einem Büffet und holte eine schwarze Flasche sowie ein Glas heraus. »Ich bin zwar Abstinenzler, aber Sie werden sich vielleicht gern den Mund ausspülen wollen, um auf einen anderen Geschmack zu kommen ... Wie ich schon sagte, ist bei diesen Leuten nicht viel los. Tombs ist die reinste Beleidigung, aber Tyrannen gibt es überall auf der Welt. Eines Tages werden den Leuten wahrscheinlich die Haare wegen ihrer Industriearbeiter grau werden, und auch über den Krach, den die Burschen anstellen, aber in Clydeside bleibt das Holz nun einmal immer feucht. Die sollten es lieber in Irland versuchen.«

»Angenommen«, sagte ich, »es gäbe einen wirklich klugen Mann, der dem Gegner helfen möchte. Glauben Sie, daß es ihm gelingen könnte, in den Gewerkschaften hier Unruhe zu stiften?«

»Davon bin ich überzeugt.«

»Und wenn es ein gerissener Mann wäre, würde er bald darüber stolpern?«

»Ja.«

»Würde er also dennoch hier bleiben, würde er das Spiel in größerem Umfang aufziehen – irgendein wirklich gefährliches und verdammenswertes Spiel?«

Amos zog die Augenbrauen zusammen und blickte mir in das Gesicht. »Ich kapiere, was Sie wissen wollen. Ja! Zu diesem Schluß würde ich auch kommen. Zu diesem Schluß bin ich schon vor Wochen gekommen, und zwar über den Mann, den Sie vielleicht morgen abend kennenlernen.«

Dann holte er unter dem Bett einen Kasten hervor, aus dem er eine hübsche Flöte nahm. »Verzeihen Sie, Mr. Brand, aber ich spiele gern noch ein bißchen, bevor ich zu Bett gehe. Macnab spricht seine Gebete, und ich spiele Flöte, aber im Prinzip ist es dasselbe.«

So endete dieser einzigartige Abend mit Musik – mit den sehr süßen und echten Melodien aus dem Grenzgebiet wie ›My Peggy is a young thing‹ und ›When the kye come hame‹. Beim Einschlafen sah ich Amos vor mir, das Gesicht um den Mund in Falten gelegt und die Augen sentimental, als erinnerte er sich in seiner schmutzigen Welt der Gefühle eines Knaben.

Die Witwe von nebenan, die in diesem Haus Hausmeisterin, Köchin und Faktotum zugleich war, brachte mir am nächsten Morgen das Rasierwasser; auf ein Bad mußte ich allerdings verzichten. Als ich die Küche betrat, fand ich dort niemanden; aber während ich das unvermeidliche Frühstück aus Schinken und Eiern verzehrte, erschien auch Amos. Er brachte die Morgenzeitung mit.

»Der *Herald* schreibt, bei Ypern wäre es zu einer großen Schlacht gekommen«, verkündete er.

Ich schlug die Zeitung auf und las von dem großen Angriff am 31. Juli, der vom Wetter beeinträchtigt worden war. »Mein Gott!« sagte ich. »Sie haben St. Julien, die Hügelkette und noch mehr erobert. In dieser verdammten Gegend kenne ich jeden Zentimeter ...«

»Mr. Brand«, sagte eine warnende Stimme, »so geht es nicht. Wenn Ihre Freunde von gestern abend Sie eben gehört hätten, könnten Sie sofort den nächsten Zug nach London nehmen ... An den Arbeitsstätten redet man heute früh überall über Sie. Bei unserer Versammlung werden Sie heute abend einen guten Auftritt haben. Aber angeblich soll die Polizei einschreiten. Das könnte ziemlich schlimm werden, obgleich ich darauf vertraue, daß Sie klug sind, denn Sie werden keinem nutzen, wenn man Sie in der Duke Street einsperrt. Wie ich hörte, will Gresson eine brüderliche Botschaft seiner mondsüchtigen Freunde in Amerika verlesen ... Außerdem habe ich dafür gesorgt, daß Sie heute vormittag zu Tam Norie gehen und ihm bei seinem Drecksblatt helfen. Tam wird Ihnen alles über die westlichen Gebiete erzählen, und ich hoffe, daß Sie ihn dafür am Trinken hindern. Er behauptet nämlich immer, daß Schreiben und Trinken zusammengehörten, und zitiert Robert Burns, aber vor allem hat der Kerl eine Frau und fünf Kinder zu ernähren.«

Ich verbrachte einen phantastischen Tag. Zwei Stunden lang saß ich in Nories schmutzigem Zimmer, während er rauchte und redete, und als ihm plötzlich seine Arbeit wieder einfiel, stenographierte er meine Eindrücke von der Lage der südafrikanischen Arbeiter mit. Es waren ziemlich wenige Eindrücke, die auf fast völliger Unwissenheit beruhten, und hätte einer meiner südafrikanischen Freunde sie jemals in die Hände bekommen, hätte er sich vermutlich sehr über Cornelius Brand, den Verfasser, gewundert. Zu Mittag aß ich mit Norie in einem leidlichen Restaurant, das in einer Nebenstraße der Broomielaw lag, und danach tranken wir noch einen Schluck in einem Lokal, wo ich mit einigen seiner weniger angesehenen Freunde bekannt gemacht wurde.

Um die Teezeit kehrte ich zur Wohnung von Amos zurück und verbrachte etwa eine Stunde damit, einen langen Brief an Mr. Ivery zu schreiben. Ich schilderte ihm jeden, den ich kennengelernt hatte, gab ihm ein äußerst buntes Bild von dem Sprengstoff, der am Clyde lagerte, und bedauerte den Mangel an Klarheit innerhalb der fortschrittlichen Kräfte. Von Amos zeichnete ich ein genaues Bild und schloß daraus, daß die Radikalen vermutlich ein Hindernis für den wahren Fortschritt bedeuteten. »Sie haben ihre alten militanten Kräfte«, so schrieb ich, »für ein neues Ziel eingesetzt, denn für sie ist es eine Gewissensfrage, ihre militanten Kräfte zu bewahren.« Zum Schluß gab ich einige äußerst grobe Bemerkungen über die Wirtschaft wieder, die ich dem entnahm, was der kaum glaubhafte Tombs gesagt hatte. Es war einer jener Briefe, von denen ich hoffte, daß sie meinen Charakter als fleißiger und unwissender Mann unterstreichen würden.

Um sieben Uhr war ich in der Newmilns Street, wo ich mich mit Wilkie traf. Wilkie hatte anläßlich der Versammlung einen sauberen Kragen umgebunden und sein hageres Gesicht teilweise gewaschen. Der arme Kerl hatte einen Husten, der ihn wie die Mauern eines Kraftwerkes erschütterte, wenn die Turbinen in die Luft fliegen.

Für Amos fand er entschuldigende Worte. »Andrew gehört zu einer vergangenen Welt«, sagte er. »In seinen Kreisen hat er zwar einen guten Ruf, und er ist auch ein großartiger Kämpfer, aber er hat keine Visionen, wenn Sie mich verstehen. Er ist ein Anhänger des alten Gladstone, aber damit ist es in Schottland aus und vorbei. Er ist nicht so modern, Mr. Brand, wie Sie und ich. Aber heute abend werden Sie ein paar Leute kennenlernen, bei denen es sich lohnt. Möglicherweise werden Sie nicht so weit gehen wie die anderen, aber zumindest ist Ihr Weg derselbe. Ich warte sehnlichst auf den Tag, wenn wir im ganzen Land unsere Arbeiter- und Soldatenräte aufstellen und den Parasiten im Parlament unsere Bedingungen diktieren. Übrigens hat man mir erzählt, die Jungens in den Schützengräben kämen immer mehr auf unsere Seite.«

Durch eine rückwärtige Tür betraten wir den Saal, und in einem kleinen Raum wurde ich einigen Rednern vorgestellt. Wenn man diese Leute hier sah, machte die ganze Sache einen improvisierten Eindruck. Vorsitzender war der Vertreter einer Betriebsgewerkschaft, eine wütende kleine Ratte, der mit einem Cockney-Akzent sprach und mich mit ›Genosse‹ anredete. Aber einer erregte mein lebhaftestes Interesse. Ich hörte den Namen Gresson, und als ich mich umdrehte, sah ich einen Mann von etwa fünfunddreißig Jahren, ziemlich geckenhaft gekleidet und mit einer Blume im Knopfloch. »Mr. Brand«, sagte er mit seiner vollen amerikanischen Stimme, die mich an Blenkiron erinnerte. »Sehr angenehm, Sie kennenzulernen, Sir. Wir sind aus entlegenen Teilen der Welt zu dieser Versammlung zusammengekommen.« Ich bemerkte, daß er rötliches Haar und kleine helle Augen sowie die gebogene Nase eines polnischen Juden hatte.

Kaum hatten wir das Podium betreten, sah ich, daß es Schwierigkeiten geben würde. Der Saal war gestopft voll, und in der vorderen Hälfte saß jenes Publikum, das ich hier erwartet hatte: Arbeiter, die politisch interessiert waren und sich vor dem Krieg in Parteiversammlungen gedrängt hatten. Aber die Leute im Hintergrund waren nicht nur hierhergekommen, um zuzuhören. Teilweise waren es Leute, die nichts anderes zu tun hatten; andere sahen wie kleine Angestellte aus, und außerdem entdeckte ich sehr viel Khaki. Außerdem gehörten einige Gentlemen dazu, die nicht gerade nüchtern waren.

Der Vorsitzende begann, indem er mitten in das Thema hineinsprang. Er erklärte, wir wären heute abend hier zusammengekommen, um gegen die Fortsetzung des Krieges zu protestieren und einen neuen Zweig des britischen Arbeiter- und Soldatenrates zu bilden. In einer feinen

Mischung aus bildhaften Vergleichen sagte er, wir müßten die Zügel in die eigene Hand nehmen, denn bei den Männern, die den Krieg leiteten, wäre Sand in das Getriebe gekommen, und durch das Blut der Arbeiter wateten sie zur Sippenherrschaft. Er fügte hinzu, daß unser Streit mit Deutschland halb so schlimm wie der mit unseren eigenen Kapitalisten wäre. Er wartete auf den Tag, wenn die britischen Soldaten aus ihren Schützengräben steigen und den deutschen Genossen die Hand der Freundschaft entgegenstrecken würden.

»Ich nicht!« sagte eine tiefe Stimme. »Ich will keine Kugel in den Bauch kriegen!« Daraufhin ertönten Gelächter und Pfiffe.

Tombs sprach als nächster und machte alles nur noch schlimmer. Er war fest entschlossen, über Demokratie in seiner eigenen Sprache zu reden, wie er es wohl bezeichnet hätte, und sagte mehrmals »verdammt«, zwar laut, doch ohne Überzeugung. Wenig später rutschte er in die Art eines Professors, und das Publikum wurde unruhig. »Ich möchte mir selbst eine Frage stellen ...«, begann er, aber aus dem hinteren Teil des Saales ertönte eine Stimme: »Und dann kriegen wir eine verdammt alberne Antwort.« Damit war Tombs erledigt.

Mit äußerster Nervosität folgte ich, und zu meiner Überraschung hörte man mich an. Mir war wie einem räudigen Hund an einem kalten Morgen zumute, denn ich haßte es, vor Soldaten Unsinn zu reden – besonders vor einigen Royal Scots Fusiliers, die, soweit mir bekannt war, zu meiner eigenen Brigade gehören konnten. Ich spielte den offenen, praktischen und patriotischen Mann, der gerade aus den Kolonien gekommen ist, die Dinge unbeeinflußt sieht und deshalb andere Maßnahmen fordert. Ich hielt mich zwar zurück, aber um meinen Auftritt zu rechtfertigen, wurde ich einige Male ausfallend, und zwar durch leidenschaftliche Angriffe auf das Munitionsministerium. Damit vermischte ich sanftes Lob für die Deutschen, von denen ich erklärte, daß ich sie in der ganzen Welt als anständige Kerle kennengelernt hätte. Ich bekam nur wenig Applaus, dafür jedoch auch nicht die geringste

Kritik, und setzte mich voller tiefer Dankbarkeit wieder hin.

Der nächste Sprecher schlug dem Faß den Boden aus. Ich glaube, es war ein bekannter Agitator, der bereits einmal ausgewiesen worden war. Für ihn gab es keine lauwarmen Empfindungen, denn die eine Hälfte des Publikums jubelte laut, als er sich erhob, während die andere Hälfte zischte und pfiff. Er begann mit einer wüsten Beschimpfung der müßigen Reichen, dann der Mittelklasse (er nannte sie ›Lakaien der Reichen‹), und schließlich der Regierung. Das Publikum hörte ihm zu, denn es gehört zur Art der Engländer, auf jede Regierung zu schimpfen und sich dann doch nur ungern von ihr zu trennen. Dann nahm er sich die Soldaten vor und beschimpfte die Offiziere (als ›adelige Laffen‹ bezeichnete er sie) und die Generale, denen er Lässigkeit, Dummheit und Gewohnheitstrinkerei vorwarf. Er erklärte, unser eigen Fleisch und Blut würde in jeder Schlacht von den Führern geopfert, die nicht den Mut besäßen, sich an dem Risiko zu beteiligen. Die Scots Fusiliers machten einen betroffenen Eindruck, als verstünden sie die Bedeutung dieser Worte nicht. Dann erklärte er es noch deutlicher. »Gibt es einen Soldaten, der leugnet, daß die Männer nur dazu da sind, daß den Offizieren nicht die Haut geritzt wird?«

»Das ist eine verdammte Lüge«, sagte einer der Fusiliers.

Der Redner nahm die Unterbrechung nicht zur Kenntnis, da der Strom seiner eigenen Rede ihn mitgerissen hatte; aber er hatte nicht mit der Beharrlichkeit des Zwischenrufers gerechnet. Der Soldat stand langsam auf und gab bekannt, daß er Genugtuung verlange. »Wenn du dein dreckiges Maul aufmachst, um anständige Männer zu verleumden, komme ich aufs Podium und dreh dir den Hals um.«

Darauf entstand ein heftiges Durcheinander und Geschrei, während andere Beifall klatschten. Ein Kanadier begann im hinteren Teil des Saales, ein Lied anzustimmen, und die Menge fing an, nach vorn zu drängen. Der ganze Saal schien sich von hinten nach vorn in Bewegung zu setzen, und schon standen Männer in sämtlichen Gängen und rechts vom Podium. Mir gefiel der Ausdruck nicht, den diese Leute in den Augen hatten, und in der Menge entdeckte ich verschiedene Männer, die offensichtlich in Zivil gekleidete Polizisten waren.

Der Vorsitzende flüsterte dem Redner etwas zu, der fortfuhr, als der Lärm vorübergehend abgeebbt war. Er ließ die britische Armee in Ruhe und wandte sich wieder der Regierung zu, und was er heraussprudelte, war reiner Anarchismus. Dann aber verfiel er wieder in seinen alten Fehler und bezeichnete die irischen Sinn Feiner als Beispiele männlicher Unabhängigkeit. Daraufhin brach ein Sturm der Entrüstung los, und man ließ ihn nicht mehr zu Worte kommen. Im Saal kam es zu Schlägereien zwischen Zuhörern und tapferen Anhängern des Redners.

Daraufhin trat Gresson an den vorderen Rand des Podiums, um den Abend zu retten, aber vergeblich. Ich muß allerdings sagen, daß er sich ungewöhnlich gut aufführte. Ganz klar, daß er ein geübter Redner war, und für einen Augenblick hatte sein Appell – »Jungens, kühlt euch ein bißchen ab und seid vernünftig« – auch Erfolg. Aber das Unheil war bereits angerichtet, und die Menge drängte zu dem Podium, auf dem wir saßen. Abgesehen davon konnte ich deutlich erkennen, daß die Versammlung ihn, trotz seiner klugen Worte, nicht mochte. Er war so sanft wie eine Turteltaube, aber das rührte niemanden. Ein Geschoß flog an meiner Nase vorbei, und ich sah, wie ein verfaulter Kohlkopf auf dem kahlen Schädel des ehemaligen Ausgewiesenen zerplatzte. Irgend jemand schnappte sich einen Stuhl und riß Gresson damit die Beine weg. Dann ging das Licht plötzlich aus, und geordnet zogen wir uns durch die Podiumstür zurück, hinter uns die johlende Masse.

Hier kamen uns die in Zivil gekleideten Männer zupaß. Sie verteidigten die Tür, während der ehemalige Deportierte durch einen Seitenausgang hinausgeschmuggelt wurde. Die Polizisten würden bald nur noch dazu da sein, jenes Recht zu schützen, das er abschaffen wollte. Wir übrigen, die wir weniger zu fürchten hatten, durften langsam auf die Newmilns Street hinaus. Ich befand mich zufällig neben Gresson und ergriff seinen Arm. In seiner Jackentasche steckte irgend etwas Hartes.

Unglücklicherweise befand sich an der Stelle, an der wir auf die Straße hinaustraten, eine helle Lampe, und zu unserer Verwirrung stand dort der Fusilier mit einem Kameraden. Beide waren fest zum Kampf entschlossen und wollten Blut fließen sehen. Von mir nahmen sie keine Notiz; aber Gresson hatte geredet, nachdem ihr Zorn erregt worden war, und deswegen war er ihr erklärtes Opfer. Mit einem Freudengeheul stürzten sie sich auf ihn.

Ich spürte, wie seine Hand sich langsam zur Seitentasche tastete. »Lassen Sie das Ding stecken, Sie Idiot«, knurrte ich ihm ins Ohr.

»Wenn Sie meinen, Mister«, sagte er, und in der nächsten Sekunde waren wir mittendrin.

Es war wie bei vielen Straßenschlägereien, die ich erlebt habe – eine riesige Menge, die uns plötzlich einschloß und dennoch einen Kampfplatz frei ließ. Gresson und ich standen auf dem Bürgersteig, den Rücken zur Wand, und blickten die wütenden Soldaten an. Meine Absicht war, so wenig wie möglich zu tun, aber schon die erste Minute überzeugte mich, daß mein Begleiter keine Ahnung hatte, wie er seine Fäuste benutzen sollte; und ich schwebte in Todesangst, daß er die Pistole aus der Jackentasche ziehen könnte. Diese Angst war es, die mich in die Auseinandersetzung hineinzog. Die beiden Soldaten waren durch und durch trainierte Sportler, und nur einer begann die Auseinandersetzung. Er traf Gresson mit der Linken am Kinn, und ohne die Wand wäre Gresson lang hingeschlagen. Im Licht der Lampe sah ich das bösartige Funkeln in den Augen des Amerikaners und seine Hand, die sich wieder zu der Jackentasche tastete. Das veranlaßte mich zu dem Entschluß, mich einzumischen, und ich stellte mich vor ihn.

Daraufhin beteiligte sich auch der zweite an der Schlägerei. Es war ein breiter untersetzter Bursche von jenem bewundernswerten Typ, der krummbeinig und stämmig ist und den ich gesehen hatte, wie er bei Arras durch das

Eisenbahndreieck ging, als wäre es der harmloseste Spaziergang der Welt. Auch er hatte bestimmte Vorstellungen von einer Schlägerei und machte mir das Leben schwer, denn ich mußte den anderen von Gresson fernhalten.

»Scher dich nach Hause, du Idiot«, schrie ich. »Laß diesen Gentleman in Ruhe. Ich tue dir nichts.«

Die einzige Antwort war ein Haken, den ich gerade noch abwehren konnte, gefolgt von einer kräftigen Geraden mit der Rechten, der ich auswich, so daß er sich die Knöchel an der Mauer verletzte. Ich hörte einen Wutschrei und bemerkte, daß Gresson seinem Angreifer gegen das Schienbein getreten zu haben schien. Langsam sehnte ich mich nach der Polizei.

Dann fing die Menge an, in Bewegung zu geraten, was immer ein Zeichen dafür ist, daß die Vertreter von Gesetz und Ordnung im Anmarsch sind. Aber sie kamen zu spät, um die Schlägerei zu verhindern. Aus reiner Selbstverteidigung hatte ich meinen Gegner ernstgenommen und erwischte ihn mit einem Schlag, als er sich zu viel zugetraut und das Gleichgewicht verloren hatte. Nie in meinem Leben habe ich einen Menschen so widerwillig getroffen. Wie ein Ochse fiel er der Länge nach um und lag ausgestreckt auf dem Pflaster.

Wenig später merkte ich, wie ich den Polizisten höflich die Lage erklärte. »Diese Männer waren mit der Rede dieses Gentleman bei der Versammlung nicht zufrieden, und ich mußte eingreifen, um ihn zu schützen. Nein, nein! Ich möchte niemanden anzeigen. Alles war nur ein Mißverständnis.« Ich half dem am Boden liegenden Fusilier beim Aufstehen und bot ihm als Trost zehn Shilling an.

Verdrossen sah er mich an und spuckte aus. »Behalte dein dreckiges Geld«, sagte er. »Wir werden uns noch einmal wiedersehen, mein Freund – dich und den rothaarigen Schuft. Wenn ich dich das nächste Mal erblicke, werde ich mich sehr genau an dich erinnern.«

Mit einem seidenen Taschentuch wischte Gresson sich das Blut von der Backe. »Vermutlich stehe ich jetzt in Ihrer Schuld, Mr. Brand«, sagte er. »Verlassen Sie sich darauf, daß ich es nicht vergesse.«

Ich kehrte zu einem besorgten Amos zurück. Wortlos hörte er sich meinen Bericht an, und sein einziger Kommentar dazu war: »Gut gemacht, die Fusiliers!«

»Ich leugne nicht, daß es schlechter hätte ausgehen können«, fuhr er dann fort. »Sie haben damit gewisse Ansprüche gegenüber Gresson, die vielleicht gerade zurecht kommen ... Da wir schon über Gresson reden: ich habe Neuigkeiten für Sie. Am Freitag fährt er auf der *Tobermory* als Zahlmeister. Die *Tobermory* ist ein Schiff, das jeden Monat an der Westküste nach Norden bis Stornoway fährt. Ich habe schon alles erledigt, daß Sie mitfahren können, Mr. Brand.«

Ich nickte. »Wie haben Sie das herausbekommen?« fragte ich.

»Das war zwar nicht ganz einfach«, sagte er trocken, »aber ich habe so meine Mittel und Wege. Ich will Sie jetzt nicht mit Ratschlägen belästigen, denn Sie kennen Ihre Aufgabe genausogut wie ich meine. Aber morgen fahre ich selbst nach Norden, um mir in Ross-shire Holz anzusehen, und Telegramme erreichen mich in Kyle. Vergessen Sie das nicht. Vergessen Sie auch nicht, daß ich ein begeisterter Leser von *Pilgrim's Progress* bin und daß ein Vetter von mir Ochterlony heißt.«

5

IM WESTEN WAS NEUES

Die *Tobermory* war kein Schiff für Passagiere. Ihr Deck war mit hundert verschiedenen Dingen übersät, so daß man kaum einen Schritt tun konnte, ohne zu stolpern, und meine Koje war ein einfaches Brett in der muffigen kleinen Messe, wo der Geruch von Schinken und Eiern wie Nebel hing. In Greenock ging ich an Bord, und nach dem Tee machte ich mit dem Kapitän einen Rundgang an Deck, bei dem er mir die Namen der hohen blauen Hügel im Norden aufzählte. Er hatte ein gutgeschnittenes kupferfarbenes Gesicht und an den Seiten Koteletten wie ein Erzbischof, und da er seine Jahre damit verbracht hatte, in den westlichen Gewässern herumzulavieren, konnte er genauso viele Geschichten erzählen wie Peter.

»Auf diesem Schiff«, so erklärte er, »wissen wir nie, was der nächste Tag bringt. Möglicherweise laufe ich für zwei Stunden nach Colonsay ein und bleibe dann drei Tage da. In Oban kriege ich ein Telegramm, und sofort bin ich wieder unterwegs nach Barra. Schafe sind eine schwierige Ladung. Man hat sie eingefangen, um sie auf den Markt zu bringen, aber sie lassen sich nicht gern an Bord holen. Sie sehen also, Mr. Brand, daß es nicht gerade eine Vergnügungsreise ist.«

Das war es tatsächlich nicht, denn der verdammte Kahn wälzte sich wie eine fette Sau, als wir eine Landspitze umfahren hatten und die ganze Wucht des südwestlichen Windes uns traf. Nach meinen Absichten gefragt, erklärte ich, daß ich aus den Kolonien käme und schottischer Abstammung wäre, meinem Vaterland den ersten Besuch abstattete und die Schönheiten der West Highlands kennenlernen wollte. Ich ließ den Kapitän bei der Vermutung, daß ich mit irdischen Gütern nicht gesegnet wäre.

»Haben Sie einen Paß?« fragte er. »Ohne Paß läßt man Sie nämlich nicht in die Gegend nördlich von Fort William.«

Von Pässen hatte Amos nichts gesagt, so daß ich ein betroffenes Gesicht machte.

»Ich könnte Sie während der ganzen Reise an Bord behalten«, fuhr der Kapitän fort, »aber dann dürften Sie nicht an Land. Wenn Sie Abwechslung suchen, wäre es ziemlich übel, hier an Deck zu sitzen und die Werke Gottes zu bewundern und nicht einmal die Erlaubnis zu bekommen, den Pier zu betreten. Sie hätten sich an die militärischen Gentlemen in Glesca wenden sollen. Aber bevor wir Oban anlaufen, haben Sie noch reichlich Zeit, es sich zu überlegen. Wir haben nämlich eine Menge Aufträge für Mull und Islay.«

Der Zahlmeister trat zu uns, um sich meine Fahrkarte geben zu lassen, und begrüßte mich mit einem Grinsen.

»Also kennen Sie Mr. Gresson schon?« sagte der Kapitän. »*Well*, wir sind eine vergnügte kleine Reederei, und das ist das großartige an diesem Beruf.«

Zum Abendbrot aß ich wenig, denn aus dem Wind war mittlerweile ein halber Sturm geworden, und ich sah bereits stundenlanges Elend vor mir. Die Schwierigkeit bei mir ist, daß ich nicht richtig seekrank werden kann und die Angelegenheit damit erledigt wäre. Übelkeit und Kopfschmerzen quälen mich, und dann gibt es für mich nur die Zuflucht des Bettes. Ich stieg also in meine Koje, während Kapitän und Bootsmann, keine zwei Meter von mir entfernt, Pfeife rauchten, und fiel in einen unruhigen Schlaf.

Als ich aufwachte, war die Messe leer und roch übel nach abgestandenem Tabaksqualm und Käse. Meine hämmernden Schläfen machten jeden Schlaf unmöglich, und ich versuchte sie zu dämpfen, indem ich an Deck torkelte. Über mir sah ich einen klaren, windigen Himmel, auf dem jeder Stern wie eine glühende Kohle leuchtete, während Unmengen dunklen Wassers in Richtung der tintenschwarzen Hügel wogten. Dann erwischte mich sprühende Gischt und schickte mich wieder in meine Koje zurück, wo ich Stunden um Stunden lag und versuchte, einen Schlachtplan zu entwerfen.

Wenn Amos gewollt hätte, daß ich einen Paß mitnähme, folgerte ich, hätte er mir einen besorgt, so daß ich mir über diesen Punkt nicht den Kopf zu zerbrechen brauchte. Meine Aufgabe war es jedoch, immer in der Nähe Gressons zu bleiben, und wenn der Dampfer eine Woche in irgendeinem Hafen lag und Gresson an Land ging, mußte ich ihm folgen. Ohne Paß war ich gezwungen, ständig irgendwelchen Schwierigkeiten auszuweichen, die meine Schritte beeinträchtigen und mich aller Wahrscheinlichkeit nach verdächtiger machen würden, als ich mir wünschte. Ich vermutete, daß Amos mir den Paß aus dem einzigen Grunde vorenthalten hatte, weil er wollte, daß Gresson mich für harmlos hielte. Das gefährliche Gebiet würde demzufolge jenes Gebiet sein, in dem man einen Paß brauchte, also irgendwo nördlich von Fort William.

Um Gresson jedoch zu folgen, mußte ich Risiken eingehen und jenes Gebiet betreten. Sein Mißtrauen würde, wenn er überhaupt mißtrauisch war, eingelullt, wenn ich das Schiff in Oban verließ; bei mir lag es dann, ihm über Land nach Norden zu folgen und dort hinzugelangen, wo die *Tobermory* sich länger aufhielt. Der verdammte Kahn hatte keinen festen Reiseplan; er fuhr die West Highlands entlang und suchte neue Ladung in Gestalt von Schafen und anderen Dingen; und selbst der Kapitän konnte mir für seine Reise noch keinen Zeitplan nennen. Es war unvorstellbar, daß Gresson diese Schwierigkeiten auf sich nahm, wenn er nicht wußte, daß er irgendwo – am richtigen Ort – Zeit haben würde, einen kurzen Landurlaub zu verbringen. Aber danach konnte ich Gresson kaum fragen, obwohl ich entschlossen war, ihm einen Köder hinzuwerfen. Ungefähr kannte ich den Kurs der *Tobermory*: durch den Sound of Islay nach Colonsay, dann an der Ostküste von Mull nach Oban, dann durch den Sound of Mull zu den Inseln mit Namen, die wie Cocktails klangen – Rum, Eigg und Coll –, dann nach Skye und schließlich zu den Äußeren Hebriden. Letztere waren meiner Ansicht nach der geeignete Ort, und es schien Wahnsinn, das Schiff zu verlassen, denn nur der Himmel mochte wissen, wie ich den Minch überqueren sollte. Diese Überlegung machte meine Pläne wieder zunichte, und ich fiel in einen quälenden Schlaf, ohne zu einem Entschluß gekommen zu sein.

Der Morgen fand uns zwischen Jura und Islay, und gegen Mittag machten wir kurz in einem kleinen Hafen fest, wo wir einen Teil der Ladung an Land schafften und ein paar Schäfer an Bord nahmen, die nach Colonsay wollten. Der sanfte Nachmittag und der gute Geruch nach Salz und Heide beseitigten die Überreste meiner Übelkeit, und ich verbrachte eine gewinnbringende Stunde auf dem Pier mit einem Reiseführer, der den Titel *Baddelay's Scotland* trug, dazu einer Landkarte. Langsam stellte ich mir vor, daß Amos in der Lage sein könnte, mir etwas mitzuteilen, denn ein Gespräch mit dem Kapitän hatte darauf hingedeutet, daß die *Tobermory* nicht lange in der Nachbarschaft von Rum und Eigg herumtrödeln würde. Die Zeit der Viehauktionen war noch nicht gekommen, und Schafe für den Markt von Oban sollten erst auf der Rückreise an Bord genommen werden. In diesem Fall war Skye der erste Ort, an dem ich aufpassen mußte, und wenn ich herausbekommen konnte, daß irgendwo eine größere Ladung wartete, war ich in der Lage, einen Plan aufzustellen. Amos war irgendwo in der Nähe des Kyle, und das war jenseits der Meerengen von Skye. Bei einem Blick auf die Karte hatte ich den Eindruck, daß ich irgendwo, auch ohne Paß, durch Morvern und Arisaig bis auf die Breite von Skye gelangen könnte. Die Schwierigkeit würde darin bestehen, den Meeresstreifen zu überqueren, aber schließlich mußte es dort Boote zu borgen, zu leihen oder zu stehlen geben.

Grübelnd saß ich über dem Reiseführer, als Gresson sich neben mich setzte. Er war guter Laune und zum Reden aufgelegt, und zu meiner Überraschung sprach er nur über die Schönheiten der Landschaft. Über allem lag so etwas wie apfelgrünes Licht; die steilen Heidehügel ragten wie purpurrote Amethyste in den Himmel, während der westliche Ozean sich jenseits der Durchfahrten im Sonnenuntergang wie blasses geschmolzenes Gold erstreckte. Lyrisch verbreitete Gresson sich über dieses Bild. »Genau das geht mir immer durch und durch, Mr. Brand; ich muß einfach ziemlich häufig aus der öden Kleinstadt verschwinden, oder ich fange an, mich wie ein Kanarienvogel zu mausern. Als Mann fühlt man sich nur, wenn man irgendwohin kommt, wo es so gut wie hier riecht; warum, zum Teufel, sperrt man uns immer in diese Käfige aus Beton und Stein? Eines Tages werde ich mich wahrscheinlich auf den Weg zu einer sauberen Gegend machen, mich dort niederlassen und Gedichte schreiben. Dieser Ort hier könnte mich zufriedenstellen. Und dann kenne ich noch an der Küste von Kalifornien einen Fleck, auf den ich ein Auge geworfen habe.« Merkwürdig dabei war, daß ich annahm, er meinte es ernst. Sein häßliches Gesicht zeigte den Schimmer ehrlichen Entzückens.

Er erzählte mir, daß er diese Reise schon einmal gemacht hätte, so daß ich den Reiseführer hervorholte und ihn um Rat bat. »Ich kann nicht allzuviel Zeit auf diesen Urlaub verschwenden«, sagte ich, »und möchte doch alle schönen Gegenden kennenlernen. Aber die schönsten scheinen ausgerechnet in jenem Gebiet zu liegen, in das man auf Anordnung der dämlichen britischen Regierung ohne Paß nicht hineindarf. Wahrscheinlich werde ich Sie in Oban verlassen müssen.«

»Das ist schlimm«, sagte er mitfühlend. »*Well*, man hat mir erzählt, daß es in der Umgebung von Oban auch sehr hübsche Fleckchen gibt.« Dann blätterte er den Reiseführer durch und begann über Glencoe vorzulesen.

Ich sagte, das läge nicht in meiner Absicht, und erzählte ihm eine erfundene Geschichte über Prince Charlie und daß der Ururgroßvater meiner Mutter eine gewisse Rolle in dieser Angelegenheit gespielt hätte. Ich erzählte ihm, ich wollte mir die Stelle ansehen, wo der Prinz an Land gegangen und wo er sich nach Frankreich eingeschifft hätte. »Soweit ich mir vorstellen kann, wird man mich deswegen jedoch nicht in das Land hineinlassen; aber ich werde doch einige Fußwanderungen machen. Immerhin bin ich es gewohnt. Ich muß den Kapitän dazu bringen, mich in Morvern abzusetzen, und dann kann ich zu Fuß um die Spitze von Lochiel und über Appin nach Oban zurück. Wie finden Sie diesen Urlaubstreck?«

Er gab diesem Vorhaben seine Billigung. »Ich an Ihrer Stelle, Mr. Brand, würde mir allerdings einen Spaß daraus machen, unsere tapferen Polizisten an der Nase herumzuführen. Sie und ich halten nicht viel von Regierungen und ihren billigen Gesetzen, und es wäre doch einmal ein hübsches Spiel, zu sehen, wie weit man in das verbotene Land hineinkommen kann. Ein Mann wie Sie könnte diese Tölpel doch überlisten. Meinetwegen wette ich darauf ...«

»Nein«, sagte ich. »Ich suche Ruhe, nicht aber irgendwelchen Sport. Wenn etwas dabei herauskäme, würde ich es auf mich nehmen, mich bis zu den Orkney-Inseln durchzubluffen. Aber das ist eine anstrengende Aufgabe, und ich habe Besseres im Sinn.«

»Ach? *Well,* tun Sie, was Ihnen Spaß macht. Mir wird es leid tun, wenn Sie uns verlassen, denn ich schulde Ihnen noch etwas für jene Schlägerei, und abgesehen davon ist der alte Kapitän nicht gerade ein gesprächiger Gesellschafter.«

Am gleichen Abend erzählten Gresson und ich nach dem Abendbrot Geschichten, die von »Mein Gott!« und »Ist das möglich?« von Kapitän und Bootsmann begleitet waren. Nach einigen Gläsern schwachen Grogs ging ich zu Bett und versuchte, die vergangene schlaflose Nacht dadurch aufzuholen, daß ich in einen tiefen Schlaf fiel. Gepäck hatte ich nur sehr wenig bei mir – abgesehen von dem, was ich am Leibe trug und in meinen wasserdichten Taschen mitnehmen konnte; aber auf Rat von Amos hatte ich mir einen kleinen vernickelten Revolver gekauft. Tagsüber steckte er in meiner Gesäßtasche, und nachts legte ich ihn unter mein Kissen. Als ich jedoch am nächsten Morgen aufwachte und feststellte, daß wir in einer Bucht vor einer unwirtlichen flachen Hügelkette, die mir als die Insel Colonsay bekannt war, vor Anker gingen, konnte ich keine Spur des Revolvers entdecken. Jeden Zentimeter meiner Koje durchsuchte ich, aber aus dem muffigen Leinen schüttelte ich lediglich Federn. Ich erinnerte mich genau, das Ding unter meinen Kopf gelegt zu haben, bevor ich einschlief, und jetzt war es spurlos verschwunden. Natürlich konnte ich meinen Verlust nicht melden, und das machte mir auch nicht viel aus, denn meine Aufgabe gehörte zu jenen, bei denen ich wohl nicht oft zu schießen brauchte. Nachdenklich machte mich jedoch der Gedanke an Mr. Gresson. Verdacht konnte er nicht geschöpft haben; hatte er meinen Revolver tatsächlich eingesteckt, was ich mit ziemlicher Sicherheit annahm, mußte er den Wunsch gehabt haben, sich selbst zu bewaffnen, nicht jedoch, mich zu entwaffnen. Wie ich auch überlegte, kam ich doch immer zu demselben Schluß. In den Augen von Gresson mußte ich so harmlos wirken wie ein Kind.

Den größten Teil des Tages verbrachten wir vor Colonsay, und soweit seine Pflichten es erlaubten, blieb Gresson mir ständig auf den Fersen. Bevor ich an Land ging, schrieb ich den Text eines Telegramms an Amos auf. Eine hektische Stunde widmete ich *Pilgrim's Progress*, aber es gelang mir nicht, irgendeine verständliche Mitteilung zusammenzustellen, die auf den Text verwies. Wir alle besaßen dieselbe Ausgabe, so daß ich eine Art Chiffre hätte schicken können, die auf Zeile und Seite verwiesen hätte, aber dazu hätte ich wohl ein Dutzend Telegrammformulare benötigt, und das schien mir dem Zweck nicht zu entsprechen. Deshalb schickte ich folgende Mitteilung:

> »Ochterlony, Post Office, Kyle. Hoffe, einen Teil des Urlaubs in Ihrer Nähe zu verbringen und Sie zu besuchen, wenn Fahrplan des Schiffes es erlaubt. Wartet in Ihrer Umgebung irgendeine größere Ladung? Erbitte Antwort an Post Office Oban.«

Es war äußerst wichtig, daß Gresson diesen Text nicht sah, aber es war wiederum auch sehr schwer, ihn abzuschütteln. Nachmittags machte ich einen Spaziergang am Ufer und kam am Telegraphenbüro vorbei, aber die ganze Zeit begleitete dieser verdammte Kerl mich. Die einzige Möglichkeit bot sich kurz vor der Abfahrt, wenn er an Bord mußte, um die Ladung zu überprüfen. Da das Telegraphenbüro vom Schiff aus ungehindert zu sehen war, wagte ich mich nicht in seine Nähe. Hinter dem Hause entdeckte ich jedoch den Lehrer und überredete ihn, mir zu versprechen, das Telegramm abzusenden. Außerdem kaufte ich ihm zwei ziemlich zerlesene, in Pappe gebundene Romane ab.

Die Folge war, daß ich unsere Abfahrt für zehn Minuten hinauszögerte, und als ich an Bord ging, kam mir ein zorniger Gresson entgegen.

»Wo, zum Teufel, haben Sie gesteckt?« fragte er. »Der Wind wird kräftiger, und der Alte wird langsam verrückt. Haben Sie sich heute nachmittag die Beine immer noch nicht genügend vertreten?«

Bescheiden erklärte ich, daß ich noch beim Lehrer gewesen wäre, um mir Lesestoff zu holen, und zog dabei die abgewetzten roten Bücher hervor. Bei deren Anblick glättete sich seine Stirn. Deutlich konnte ich erkennen, daß sein Mißtrauen besänftigt war.

Abends gegen sechs verließen wir Colonsay, während hinter uns am Himmel Sturmwolken aufzogen und die Hügel von Jura an Steuerbord sich in ein ärgerliches Dunkelrot verwandelten. Colonsay war eine zu flache Insel, um vor einem Weststurm Schutz zu bieten, so daß das Wetter von Anfang an schlecht war. Wir liefen nach Nordost, und als wir das Ende der Insel passiert hatten, tauchte der Bug der *Tobermory* in tiefe Wellentäler, so daß der Dampfer Tonnen von Wasser übernahm und wie ein Büffel schaukelte. Von Schiffen verstehe ich soviel wie von ägyptischen Hieroglyphen, aber selbst die Augen einer Landratte erkannten deutlich, daß uns eine rauhe Nacht bevorstand. Ich war fest entschlossen, nicht wieder seekrank zu werden, aber als ich nach unten ging, wurde mir klar, daß der Geruch von Kaldaunen und Zwiebeln mein Vorhaben unmöglich machen würde; deshalb verspeiste ich zum Abendbrot einen Riegel Schokolade sowie einige Kekse, zog meine wasserdichte Bekleidung an und beschloß, an Deck zu bleiben.

Ich begab mich in die Nähe des Bugs, wo ich die öligen

Gerüche des Dampfers nicht mehr wahrnahm. Es war so frisch wie auf einem Berggipfel, wenn auch erbärmlich kalt und naß, denn der Wind peitschte Sprühregen vor sich her, und außerdem erwischte mich die Gischt der hohen Wellen. Während die Dämmerung hereinbrach, stand ich dort, mit der einen Hand mich an einem Seil festhaltend, das von dem kurzen Mast herunterführte. Mir fiel auf, daß es zwischen mir und der Bordwand nur eine dürftige Reling gab, aber diese Reling interessierte mich und half mir, die Übelkeit abzuwehren. Ich schwankte mit den Bewegungen des Schiffes, und obgleich mir jämmerlich kalt war, war es doch angenehmer als sonst irgendwo. Meine Absicht war, die aufkommende Übelkeit durch das Wetter aus mir herauszupeitschen, und sobald ich entsprechend müde war, wollte ich nach unten gehen und mich hinlegen.

Dort also stand ich, bis die Dunkelheit hereingebrochen war. Inzwischen war ich ein Automat, ähnlich einem Mann, der auf Posten steht, und mit Leichtigkeit hätte ich es bis zum Morgen aushalten können. Meine Gedanken wanderten über die Erde, begannen mit der Aufgabe, die mir gestellt worden war, und erreichten wenig später dank der Erinnerungen an Blenkiron und Peter jenen deutschen Wald, wo Fieber und der alte Stumm mich zu Weihnachten 1915 beinahe umgebracht hatten. Ich erinnerte mich der bitteren Kälte jenes wilden Wettlaufes und der Art, wie der Schnee wie Feuer zu brennen schien, als ich stolperte und der Länge nach hinschlug. Dabei fiel mir ein, daß Seekrankheit gegenüber einem anständigen Malaria-Anfall doch nur ein Kinderspiel ist.

Das Wetter wurde zunehmend schlechter, und immer stärker durchnäßte mich die Gischt der Wellen. Ich hakte meinen Arm um das Seil, denn meine Finger wurden taub. Dann verfiel ich wieder der Träumerei, wobei Fosse Manor und Mary Lamington die Hauptrolle spielten. Diese Erinnerungen entzückten mich so sehr, daß ich darüber nahezu einschlief. Ich versuchte gerade, jenes Bild zu rekonstruieren, wie ich sie am Bahnhof von Biggleswick zum letztenmal gesehen hatte ...

Ein schwerer Körper rammte mich und riß meinen Arm vom Seil. Ich rutschte über das Deck, von riesigen Wassermengen umspült. Ein Fuß erwischte eine Strebe der Reling, aber sie gab nach, so daß ich einen Augenblick lang mehr als zur Hälfte über Bord hing. Meine Finger suchten einen Halt und packten dann vermutlich die Glieder der Ankerkette. Die Kette hielt, obgleich das Gewicht einer Tonne an meinen Füßen zu hängen schien . . . Dann rollte der alte Kahn wieder zurück, das Wasser lief ab, und ich lag auf dem nassen Deck, atemlos und mit mehreren Litern Salzwasser in der Luftröhre.

Ich hörte den schrillen Aufschrei einer Stimme, und eine Hand half mir auf die Füße. Es war Gresson, und er wirkte aufgeregt.

»Mein Gott, Mr. Brand, das ist aber noch einmal gutgegangen! Ich suchte Sie, als dieses verdammte Schiff sich plötzlich auf die Seite legte. Wahrscheinlich bin ich dann wie eine Kanonenkugel gegen Sie geprallt, und als ich Sie in den Atlantik rutschen sah, machte ich mir bitterste Vorwürfe. Hätte ich nicht das Seil erwischt, wäre ich neben Ihnen gelandet. Sind Sie verletzt? Vielleicht ist es besser, wenn Sie mit nach unten kommen und sich ein Glas Rum hinter die Binde gießen. Sie sehen aus, als wären Sie so naß wie eine triefende Katze.«

Im Krieg zu sein, hat einen Vorteil: man nimmt das Glück hin, wenn es eintritt, und sorgt sich nicht darüber, was hätte passieren können. Ich dachte nicht mehr an den Vorfall, abgesehen davon, daß er mich davon geheilt hatte, jemals wieder den Wunsch nach Seekrankheit zu verspüren. Ich stieg in die von Qualm erfüllte Messe hinunter, ohne im Magen Übelkeit zu empfinden, und aß ein anständiges Abendbrot, dem ein Schluck Rum folgte. Dann streifte ich meine nassen Kleider ab und schlief in meiner Koje, bis wir an einem klaren blauen Morgen vor einem Ort der Insel Mull ankerten.

Vier Tage benötigten wir, um an der Küste entlang bis nach Oban zu kriechen, denn für jede Ansiedlung in dieser Gegend schienen wir ein schwimmendes Warenhaus zu sein. Gresson war von großer Freundlichkeit, als wollte

er dafür sühnen, daß er mich beinahe umgebracht hatte. Gelegentlich spielten wir Poker, und ich las die kleinen Bücher, die ich in Colonsay gekauft hatte, und schließlich fertigte ich eine Angelschnur an und fing nicht nur kleine Fische, sondern gelegentlich sogar einen großen Schellfisch. Meinem Empfinden nach verstrich die Zeit jedoch langsam, und so war ich froh, als wir eines Tages gegen Mittag in eine von Inseln umschlossene Bucht einliefen und eine kleine saubere Stadt vor uns sahen, die auf den Hügeln lag, sowie den Rauch einer Lokomotive.

Ich ging an Land und besorgte mir in einem Kleidergeschäft einen neuen Hut. Dann ging ich schnurstracks zum Postbüro und fragte nach Telegrammen. Eines wurde mir gegeben, und als ich es öffnete, merkte ich, daß Gresson neben mir stand.

Das Telegramm hatte folgenden Inhalt:

»Brand, Post Office, Oban. Seite 117, Absatz drei. Ochterlony.«

Mit reumütigem Gesicht reichte ich es Gresson.

»So etwas Dummes«, sagte ich. »Ich habe einen Vetter, der oben in Ross-shire presbyterianischer Geistlicher ist, und bevor ich diesen Unsinn mit dem Paß erfuhr, schrieb ich ihm, daß ich ihn gern besuchen würde. Ich schlug ihm vor, mir hierher zu telegraphieren, wenn es ihm paßte, aber der alte Dummkopf hat mir das falsche Telegramm geschickt. Dieses hier war wahrscheinlich für irgendeinen Amtsbruder bestimmt, der nun das für mich bestimmte Telegramm erhalten hat.«

»Wie heißt er denn?« fragte Gresson neugierig und versuchte, die Unterschrift zu lesen.

»Ochterlony. David Ochterlony. Er schreibt großartige Bücher, aber für irdische Dinge wie den Telegraphen hat er keine Verwendung. Das ist jetzt jedoch auch nicht mehr wichtig, nachdem ich ihn nun doch nicht besuchen kann.« Ich zerknüllte das rosafarbene Formular und ließ es zu Boden fallen. Gemeinsam kehrten Gresson und ich zur *Tobermory* zurück.

Am gleichen Nachmittag holte ich, als ich die Möglichkeit dazu hatte, mein *Pilgrim's Progress* hervor. Auf Seite 117, dritter Absatz, hieß es:

»Dann sah ich in meinem Traum, daß Demas (wie ein Gentleman) etwas abseits der Straße vor der Silbermine stand und den Fahrgästen zurief, zu ihm zu kommen und selbst zu sehen. Zu Christian und dessen Begleiter Ho sagte er, tretet hierher und ich will euch etwas zeigen.«

Beim Tee brachte ich das Gespräch auf mein eigenes bisheriges Leben. Ich erzählte von meinen Erfahrungen als Bergwerksingenieur und sagte, ich könnte es nie lassen, eine Landschaft mit den Augen des Prospektors zu betrachten. »Wenn dies hier Rhodesien wäre«, sagte ich, »würde ich beispielsweise behaupten, daß hier eine gute Möglichkeit bestünde, in den kleinen Kopjes oberhalb der Stadt Kupfer zu finden. Sie sind den Hügeln rund um die Messina-Mine nicht unähnlich.« Dem Kapitän erzählte ich, daß ich daran dächte, meine Aufmerksamkeit nach dem Krieg den West Highlands zu widmen und nach Mineralien zu suchen.

»Das lohnt sich nicht«, sagte der Kapitän. »Die Kosten sind zu hoch, selbst wenn Sie Minerale finden, denn die Arbeitskräfte müssen Sie importieren. Die Leute aus den West Highlands sind für schwere Arbeit nicht zu haben. Kennen Sie den Vers der Kleinbauern?

›Oh, daß der Torf sich selber stäche,
der Fisch von selbst ans Ufer spränge,
und daß ich stets im Bette läge,
von nun an bis in alle Ewigkeit!‹«

»Hat man es jemals versucht?« fragte ich.

»Oft. Es gibt hier verschiedene Steinbrüche für Marmor und Schiefer, und in Benbecula soll es Kohle geben. Und dann sind da noch die Eisenerzgruben bei Ranna.«

»Wo liegt das?« fragte ich.

»In der Gegend von Skye. Wir machen in Skye fest, und gewöhnlich bleiben wir dort eine Weile. Für Ranna haben wir sehr viel Ladung an Bord, und im allgemeinen kriegen wir für die Rückfahrt eine ganze Menge mit.

Aber wie gesagt, nur wenige Hochländer arbeiten dort. Meistens sind es Iren und Leute aus Fife und Falkirk.«

Ich verfolgte das Thema nicht weiter, denn ich hatte die Silbermine von Demas gefunden. Wenn die *Tobermory* eine Woche lang in Ranna lag, hatte Gresson Zeit genug, seine eigenen privaten Angelegenheiten zu erledigen. Ranna war nicht der Ort, denn die Insel lag, von der Welt abgeschnitten, in der Mitte eines vielbefahrenen Kanals. Aber Skye lag auf dem Weg, und als ich mir auf meiner Karte die großen, sich ständig verändernden Halbinseln ansah, kam ich zu dem Schluß, daß meine Vermutung stimmte und Skye der Ort war, den ich erreichen mußte.

In jener Nacht saß ich mit Gresson an Deck, und in einer wunderbaren, von Sternen erfüllten Stille beobachteten wir, wie die Lichter in den Häusern der Stadt erloschen, und sprachen über tausend Dinge. Ich bemerkte – was mir übrigens schon früher aufgefallen war –, daß mein Begleiter nicht zu den üblichen Leuten gehörte. Es gab Augenblicke, in denen er sich vergaß und wie ein gebildeter Gentleman sprach; dann fiel ihm seine Rolle jedoch wieder ein, und er verfiel sofort in den Dialekt von Leadville in Colorado. In meiner Art des listenreichen Neugierigen stellte ich ihm Fragen über Politik und Wirtschaft, und zwar in der Art, daß man annehmen mußte, ich hätte diese Dinge aus keineswegs gescheiten Büchern herausgelesen. Im allgemeinen antwortete er mit irgendeinem derben Schlagwort, aber gelegentlich interessierte er sich so, daß er seine Klugheit außer acht ließ und mich mit seiner Antwort wie einen gleichwertigen Mann behandelte. Außerdem entdeckte ich noch etwas anderes: daß er eine Vorliebe für Poesie und auf diesem Gebiet auch ein ungewöhnliches Gedächtnis hatte. Ich habe vergessen, wie wir auf das Thema kamen, erinnere mich jedoch, daß er irgendwelche seltsamen und quälenden Dinge zitierte, die seinen Worten nach von Swinburne stammten, und dazu noch Verse von Leuten, über die ich in Biggleswick von Letchford gehört hatte. An meinem Schweigen merkte er dann, daß er zu weit gegangen war, und fiel wieder in den Jargon des Westens zurück. Er wollte wissen, was ich vorhätte, und wir gingen nach unten in die Messe und beugten uns über die Karte. Ich erläuterte ihm meine Route, nach Morvern und um die Spitze von Lochiel sowie an der Ostseite des Loch Linnhe nach Oban zurück.

»Verstehe«, sagte er. »Sie haben einen ganz schönen Fußmarsch vor sich. Das kann mir nicht passieren, und vermutlich beneide ich Sie darum auch nicht. Und danach, Mr. Brand?«

»Zurück nach Glasgow, um für unsere Sache zu arbeiten«, sagte ich leichthin.

»Richtig«, sagte er mit einem Grinsen. »Ein großartiges Leben, wenn man nicht schwach wird.«

In der Dämmerung des nächsten Morgen dampften wir aus der Bucht, und gegen neun ging ich bei einem kleinen Ort namens Lochaline an Land. Mein Gepäck trug ich am Leibe, und meine wasserdichten Taschen waren mit Schokolade und Keksen vollgestopft, die ich in Oban besorgt hatte. Was der Kapitän sagte, war nicht gerade ermutigend. »Sie werden schon die Lust an den Hügeln des Hochlands verlieren, Mr. Brand, bevor Sie um die Spitze des Loch herum sind. Sie werden sich noch nach der *Tobermory* sehnen.« Gresson dagegen förderte meine Absichten und sagte, am liebsten ginge er mit mir. Er begleitete mich sogar die ersten hundert Meter und winkte mir mit dem Hut nach, bis ich hinter einer Straßenkurve verschwand.

Der erste Teil jener Wanderung war reine Freude. Ich war dankbar, das teuflische Schiff los zu sein, und die heißen sommerlichen Düfte, die die Hänge herunterkamen, waren ein Trost nach dem kalten salzigen Geruch des Meeres. Die Straße führte an einer kleinen Bucht entlang, an deren Spitze ein großes weißes Haus inmitten eines großen Gartens stand. Bald hatte ich die Küste hinter mir gelassen und befand mich in einer Schlucht, in der ein brauner Lachsfluß durch große, von Sumpfmyrten bestandene Flächen strömte. Seine Quelle war ein See, hinter dem der Berg steil anstieg – an jenem Vormittag im August war die Wasseroberfläche so glatt, daß jeder Einschnitt und jede Falte des Hügels sich genau und deutlich spiegelte. Danach überquerte ich einen flachen Paß zur Spitze eines anderen Sees, und der Karte folgend überstieg ich den Kamm eines großen Hügels und aß auf der anderen Seite mein Mittagessen, wobei ich einen herrlichen Blick auf die unter mir liegenden Wälder und Seen hatte.

Den ganzen Vormittag war ich sehr glücklich und dachte weder an Gresson noch an Ivery, sondern klärte meine Gedanken in jenen weiten Räumen, und meine Lungen füllten sich mit der kühlen Luft. Etwas Merkwürdiges bemerkte ich allerdings. Bei meinem letzten Besuch in Schottland, als ich pro Tag größere Strecken über die Heide gewandert war als irgendein Mensch seit Claverhouse, hatte mich die Landschaft fasziniert, und mir hatte es Freude gemacht, Pläne zu schmieden, nach denen ich mich dort ansiedeln wollte. Aber jetzt, nach drei Jahren Krieg und allgemeiner Unruhe, fühlte ich mich zu dieser Art von Landschaft weniger hingezogen. Ich brauchte eine Gegend, wo es grüner, friedlicher und wohnlicher war, und meine Gedanken wanderten voller Sehnsucht zu den Cotswolds.

Das alles irritierte mich ein wenig, bis ich erkannte, daß in meine Vorstellungen der Cotswolds eine Gestalt kam und ging – ein junges Mädchen mit einer Wolke goldener Haare sowie der kräftigen und schlanken Anmut eines Knaben, das in einem vom Mond beschienenen Garten ›Cherry Ripe‹ gesungen hatte. Auf der Höhe des Hügels begriff ich sehr deutlich, daß ich, der sich bisher aus Mädchen soviel gemacht hatte wie ein Mönch, mich ungestüm in ein Kind verliebt hatte, das nur halb so alt wie ich war. Unwillig gestand ich es mir ein, obgleich dieser Schluß sich mir schon seit Wochen aufgedrängt hatte. Nicht, daß ich in meinem Wahnsinn nicht etwa geschwelgt hätte, aber die Angelegenheit wirkte allzu hoffnungslos, und für einen ergebnislosen Flirt hatte ich keine Verwendung. Aber auf einem Fels sitzend und Schokolade und Kekse essend, sah ich der Tatsache ins Auge und beschloß, meinem Glück zu vertrauen. Schließlich waren wir beide Kameraden bei einer großen Aufgabe, und es lag bei mir, Manns genug zu sein, um sie zu gewinnen. Dieser Gedanke schien jenen Mut zu festigen, der in mir steckte. Keine Aufgabe schien zu schwer, um ihre Billigung zu erringen, zumal irgendwo im Hintergrund ihre Kameradschaft stand. Lange Zeit saß ich da, in einen glücklichen Traum versunken, und erinnerte mich an jene Augenblicke, in denen ich sie flüchtig erblickt hatte, und dabei summte ich ihr Lied vor einem Publikum, das aus einem schwarzgesichtigen Schaf bestand.

Auf der Landstraße, eine halbe Meile unter mir, sah ich eine Gestalt auf einem Fahrrad, die sich hügelaufwärts mühte und dann abstieg, um sich das Gesicht abzuwischen. Ich griff zu meinem Zeiss-Glas und beobachtete, daß es ein Landpolizist war. Er erblickte mich ebenfalls, starrte einen Augenblick zu mir herauf, legte sein Fahrrad an den Straßenrand und begann dann sehr langsam, den Hang zu ersteigen. Einmal blieb er stehen, winkte und rief irgend etwas, das ich nicht verstand. Ich beendete meine Mahlzeit, bis ich deutlich die Gesichtszüge eines dicken älteren Mannes erkennen konnte, der wie ein Wal schnaufte, die Mütze aus der Stirn geschoben und die Hosen an den Knöcheln mit einem Bindfaden zusammengebunden.

Neben mir entsprang eine Quelle, und ich hatte meine Feldflasche hervorgeholt, um damit meine Mahlzeit zu beschließen.

»Nehmen Sie einen Schluck«, sagte ich. Sein Blick erstrahlte, und ein Lächeln überzog sein feuchtes Gesicht.

»Danke, Sir. Es wird einem ziemlich warm, wenn man hier hochklettert.«

»Das sollten Sie bleibenlassen«, sagte ich. »So etwas sollten Sie wirklich bleibenlassen. Hügelaufwärts keuchen und dann noch einen Berg besteigen, ist für einen Mann in Ihrem Lebensabschnitt nicht gut.«

Er hob den Becher meiner Feldflasche und prostete mir feierlich zu: »Auf Ihre Gesundheit.« Dann schmatzte er mit den Lippen und trank mehrere Becher Wasser aus der Quelle.

»Sind Sie vielleicht aus Achranich gekommen?« sagte er in seinem sanften Singsang, nachdem er endlich wieder zu Atem gekommen war.

»Sehr richtig. Schönes Wetter für die Hühnerjagd, wenn jemand da wäre, der schießen könnte.«

»Das stimmt. Aber heutzutage wird nur noch selten geschossen, denn in Morvern ist keiner der Gentlemen mehr. Ich habe Sie eben gefragt, ob Sie aus Richtung Achranich kommen, falls Sie nämlich jemanden auf der Straße gesehen haben.«

Aus der Tasche holte er einen braunen Umschlag und ein zusammengefaltetes Telegrammformular. »Möchten Sie das mal lesen, Sir, denn ich habe meine Brille vergessen.«

Das Telegramm enthielt die Personalbeschreibung eines gewissen Brand, Südafrikaner und ziemlich verdächtig, den anzuhalten und nach Oban zurückzuschicken die Polizei angewiesen wurde. Die Personalbeschreibung war zwar nicht schlecht; es fehlte ihr jedoch jede deutliche Einzelheit. Es war klar, daß der Polizist mich für einen unschuldigen Wanderer hielt, wahrscheinlich für den Gast irgendeiner Jagdgesellschaft, besonders angesichts meines gebräunten Gesichts, des groben Tweed-Anzuges und der genagelten Stiefel.

Ich krauste die Stirn und überlegte einen Augenblick. »Etwa vor drei Meilen habe ich tatsächlich einen Mann hügelabwärts gesehen. Wo der Bach hereinkommt, steht eine Gastwirtschaft, und meiner Ansicht nach wollte er dorthin. Vielleicht war das Ihr Mann. In dem Telegramm steht ›Südafrikaner‹; jetzt erinnere ich mich, daß der Betreffende tatsächlich wie ein Mann aus den Kolonien aussah.«

Der Polizist seufzte. »Das ist er bestimmt. Vielleicht hat er sogar eine Pistole bei sich und schießt.«

»Der nicht«, sagte ich lachend. »Er wirkte ziemlich schäbig, und wenn er Sie sieht, wird er vor Angst seinen Verstand verlieren. Aber folgen Sie meinem Rat und nehmen Sie jemanden mit, bevor Sie ihn verhaften. Es ist immer besser, einen Zeugen zu haben.«

»Das stimmt«, sagte er strahlend. »Ach, sind das Zeiten! Früher gab es nichts zu tun, als die Türen der Blumenausstellungen zu bewachen und darauf zu achten, daß die Segelboote nicht die Seeforellen ausrotteten. Jetzt dagegen geht es immer um Spione und heißt es immer: ›Donald, steh auf und fahre zwanzig Meilen, um einen Deutschen zu suchen.‹ Ich wünschte, der Krieg wäre vorbei, und die Deutschen wären alle tot.«

»Hört, hört!« sagte ich, und im Vertrauen darauf ließ ich ihn noch einen Schluck nehmen.

Ich begleitete ihn zu der Straße hinunter und sah noch, daß er das Fahrrad bestieg und wie eine Schnepfe im Zickzack hügelabwärts in Richtung Achranich fuhr. Dann brach ich eilig nach Norden auf. Es war klar, daß ich am besten möglichst schnell verschwand.

Während ich dahinmarschierte, lobte ich widerwillig die Tüchtigkeit der schottischen Polizei. Ich überlegte, wie man mich so schnell gefunden hatte. Vielleicht lag es an der Versammlung in Glasgow, vielleicht an meiner Verbindung zu Ivery in Biggleswick. Jedenfalls war irgendwo irgend jemand sehr fleißig dabei, ein *dossier* über mich anzulegen. Wenn ich nicht nach Oban zurückgeschickt werden wollte, mußte ich möglichst schnell die Küste von Arisaig erreichen.

Wenig später führte die Straße zu einem funkelnden See hinab, der wie die blaue Klinge eines Schwertes zwischen dem Purpur der Hügel lag. An der Spitze entdeckte ich eine winzige Siedlung, die zwischen Birken und Ebereschen lag und wo ein gelblicher Bach in den See floß. Als ich die Siedlung betrat, war es etwa vier Uhr nachmittags, und wie ein Schleier lag Friede über dem Ganzen. Auf der breiten sonnigen Straße war kein Zeichen von Leben und kein Geräusch zu entdecken, ausgenommen die gluckenden Hühner und die Bienen, die zwischen den Rosen hin und her flogen. Ich sah das kleine graue Viereck einer Kirche und dicht neben der Brücke ein strohbedecktes Bauernhaus, an dem das Zeichen eines Post- und Telegraphenbüros angebracht war.

In der vergangenen Stunde hatte ich mir überlegt, daß es für mich besser wäre, mich auf gewisse Pannen vorzubereiten. Wenn die Polizei dieser Gegend gewarnt worden war, konnte die Geschichte für mich allzu schwierig werden, und dann hatte Gresson Gelegenheit, seinen Abstecher unbeobachtet durchzuführen. Als einziges blieb mir, Amos ein Telegramm zu schicken und ihm die Angelegenheit zu überlassen. Ob das möglich war oder nicht, hing von diesem abgelegenen Postamt ab.

Ich betrat den kleinen Raum und kam aus dem grellen Sonnenschein in ein Zwielicht, das nach Paraffin und schwarzgestreiften Pfefferminzkugeln roch. Eine alte Frau mit einer Haube auf dem Kopf saß hinter dem Schalter in einem Sessel. Über ihre Brille hinweg sah sie mich an und lächelte, und mir war sie sofort sympathisch. Sie besaß eines jener weisen Gesichter, die Gott so liebt.

Neben ihr bemerkte ich einen kleinen Stapel Bücher, zu dem auch eine Bibel gehörte. Aufgeschlagen in ihrem Schoß lag eine Zeitung, die *United Free Church Monthly*. Diese Einzelheiten nahm ich gierig in mich auf, denn ich mußte mich entschließen, welche Rolle ich zu spielen hatte.

»Ein warmer Tag, Mistress«, sagte ich, und meine Stimme verfiel dabei in den breiten Lowland-Dialekt, denn ich hatte das Gefühl, daß sie nicht aus den Highlands stammte.

Sie legte die Zeitung beiseite. »Das stimmt allerdings, Sir. Für den Herbst wäre es ein großartiges Wetter, aber noch haben wir nicht Ende September, und deswegen ist es bestenfalls zum Schwitzen gut.«

»In Annandale ist es ganz anders«, sagte ich.

Ihr Gesicht strahlte auf. »Sind Sie vielleicht aus Dumfries, Sir?«

»Nicht gerade aus Dumfries, aber ich kenne die Gegend gut.«

»Eine schönere Gegend gibt es nicht«, sagte sie aufgeregt. »Nicht, daß es hier nicht auch schön ist, und ich muß wirklich dankbar sein, daß John Sanderson – das war mein Mann – mich vor siebenundvierzig Jahren hierher gebracht hat, am Martinstag. Aber je älter ich werde, desto mehr denke ich an die Gegend, wo ich geboren bin. Das war zwei Meilen außerhalb von Wamphray, an der Straße nach Lockerbie, obwohl man mir gesagt hat, daß das Haus nur noch eine Ruine ist.«

»Ich hätte gern gewußt, Mistress, ob ich hier im Dorf irgendwo eine Tasse Tee bekommen kann.«

»Tee trinken Sie bei mir«, sagte sie. »Hier trifft man nämlich nur selten jemanden aus dem Grenzgebiet. Das Wasser muß gleich kochen.«

Ich bekam bei ihr Tee, Kuchen und Butter, schwarze Johannisbeermarmelade und Sirupplätzchen, die auf der Zunge zergingen. Und während wir aßen, sprachen wir über viele Dinge – hauptsächlich über den Krieg und die Schlechtigkeit der Welt.

»Hier gibt es keine jungen Leute mehr«, sagte sie. »Alle sind bei den Camerons, und die meisten sind in Frankreich gefallen. John und ich, wir beide hatten nie Söhne, sondern bloß eine Tochter, die mit Donald Frew, dem Spediteur, verheiratet ist. Früher hat mich das immer bekümmert, aber ich danke Gott, daß Er in Seiner Gnade mir Sorgen erspart hat. Andererseits hätte ich gern einen Sohn gehabt, der für sein Vaterland kämpft. Manchmal möchte ich katholisch sein und für die Männer beten, die jetzt tot sind. Sicherlich wäre es ein großer Trost.«

Ich zog *Pilgrim's Progress* aus der Tasche. »Für eine Zeit wie die unsrige ist dies ein großartiges Buch.«

»Ich kenne es«, sagte sie. »Als Mädchen bekam ich es als Preis in der Sonntagsschule.«

Ich blätterte in dem Buch. Dann las ich ihr den einen oder anderen Absatz vor, und dabei schien mir plötzlich etwas einzufallen.

»Das hier ist doch ein Telegraphenbüro, Mistress. Dürfte ich Ihnen die Mühe machen und ein Telegramm abschicken? Wissen Sie, ich habe in Ross-shire, am Kyle, einen Vetter; der ist Geistlicher, und wir beide schreiben uns häufig. Er schrieb mir kürzlich etwas über *Pilgrim's Progress*, und als Antwort sollte ich ihm vielleicht ein Telegramm schicken.«

»Ein Brief wäre billiger«, sagte sie.

»Das stimmt – aber ich bin auf Urlaub und komme nicht zum Schreiben.«

Sie gab mir ein Formular, und ich schrieb:

»Ochterlony, Post Office, Kyle. Demas wird binnen einer Woche bei seinem Bergwerk sein. Bemühe mich, ihn nicht aus den Augen zu verlieren, solange ich nicht schlappmache.«

»Sie sind mit Wörtern aber sehr verschwenderisch, Sir«, lautete ihr einziger Kommentar.

Wir trennten uns mit Bedauern, und fast kam es zu einem Streit, als ich versuchte, ihr für den Tee Geld zu geben. Dagegen bat sie mich, wenn ich das nächste Mal durch Wamphray käme, einen gewissen Davie Tudhope, Bauer in Nether Mirecleuch, zu grüßen.

Als ich das Dorf verließ, war alles so ruhig wie vorhin, als ich es betrat. Ich schlug den Weg über den Hügel ein, und dabei war mir leichter zumute, denn ich hatte das Telegramm abgeschickt und hoffte meine Spuren verwischt zu haben. Wenn gefragt, würde meine Freundin, die Postmistress, den südafrikanischen Verdächtigen kaum in dem offenen und anspruchslosen Wanderer wiedererkennen, der sich mit ihr über Annandale und *Pilgrim's Progress* unterhalten hatte.

Die maulbeerfarbene Dämmerung der Westküste fing an, sich auch über die Hügel zu legen. Vor Einbruch der Dunkelheit hoffte ich noch rund ein Dutzend Meilen bis zum nächsten Dorf auf der Karte zurückzulegen, wo ich vielleicht ein Quartier fand. Aber ich war noch nicht lange unterwegs, als ich hinter mir das Geräusch eines Motors hörte, und dann fuhr ein Wagen an mir vorüber, in dem drei Männer saßen. Der Fahrer bedachte mich mit einem scharfen Blick und trat auf die Bremse. Ich bemerkte, daß die beiden Männer im Fond Sportgewehre bei sich hatten.

»He, Sie, Sir«, rief der Fahrer. »Kommen Sie mal hierher.« Die beiden Gewehrträger – Knechte mit ernsten Gesichtern – brachten ihre Waffen in Anschlag.

»Bei Gott«, sagte der Fahrer, »das ist der Mann. Wie heißen Sie? Halte ihn in Schach, Angus.« Pflichtschuldig hielten die Knechte mich in Schach, und der Anblick ihrer schwankenden Gewehrmündungen gefiel mir nicht. Offenbar waren sie genauso überrascht wie ich.

Eine halbe Sekunde Zeit blieb mir, meine Pläne zu überlegen. Förmlich näherte ich mich dem Fahrer und fragte ihn, was zum Teufel er wolle. Der Lowland-Dialekt war hier nicht angebracht. Ich sprach in dem Ton, den der Adjutant eines Bataillons der Guards hat.

Der Fahrer, der mich ausfragte, war ein großgewachsener Mann in einem Ulster, einen grünen Filzhut auf dem schmalen Kopf. Er hatte ein hageres, gutgeschnittenes Gesicht und auffallend cholerische blaue Augen. Meiner Ansicht nach handelte es sich bei ihm um einen ehemaligen Soldaten, Highland-Regiment oder Kavallerie, alten Typs.

Wie der Polizist holte er ein Telegrammformular hervor.

»Mittelgroß – kräftig gebaut – grauer Tweedanzug – brauner Hut – spricht Kolonialakzent – auffallend gebräunt. Wie heißen Sie, Sir?«

Diesmal antwortete ich nicht im Kolonialakzent, sondern in der *hauteur* eines britischen Offiziers, der von einem französischen Posten angehalten wird. Wieder fragte ich ihn, was, zum Teufel, meine Angelegenheiten ihn angingen. Das machte ihn ärgerlich, und er begann zu stottern.

»Ich werde Ihnen schon zeigen, was ich mit Ihren Angelegenheiten zu tun habe. Ich bin stellvertretender Leiter dieses Kreises und habe von der Admiralität die Anweisung, die Küste zu bewachen. Verdammt noch mal, Sir, aber ich habe hier vom Chief Constable ein Telegramm mit Ihrer Personalbeschreibung. Sie sind Brand, ein sehr gefährlicher Mann, und wir möchten wissen, was zum Teufel Sie hier zu suchen haben.«

Während ich seine zornigen Augen und den hageren Schädel, der nicht allzuviel Gehirn zu enthalten schien, beobachtete, merkte ich, daß ich meinen Ton ändern mußte. Wenn ich ihn reizte, würde er unangenehm werden, mir nicht zuhören wollen und mich stundenlang aufhalten. Deswegen bekam meine Stimme einen respektvollen Klang.

»Ich bitte um Verzeihung, Sir, aber ich bin es nicht gewohnt, plötzlich angehalten und nach Beglaubigungen gefragt zu werden. Mein Name ist Blaikie – Captain

Robert Blaikie von den Scots Fusiliers. Ich verbringe einen dreiwöchigen Heimaturlaub, um nach den schweren Kämpfen wieder etwas Frieden zu finden. Erst vor fünf Tagen wurden wir herausgezogen.« Ich hoffte, daß mein alter Freund im Nervenkrankenhaus Isham es mir verzeihen würde, seinen Namen zu leihen.

Der Mann machte ein verdutztes Gesicht. »Wie, zum Teufel, kann ich mich damit zufriedengeben? Haben Sie irgendwelche Papiere bei sich, die Ihre Angaben bestätigen?«

»Aber nein. Auf einer Wanderung trage ich keinen Paß bei mir. Sie können jedoch telegraphisch beim Ausbildungslager oder bei meiner Londoner Adresse anfragen.«

Er zupfte an seinem gelben Schnurrbart. »Ich will mich hängen lassen, wenn ich wüßte, was ich tun soll. Zum Abendbrot möchte ich zu Hause sein. Ich mache Ihnen einen Vorschlag, Sir: ich werde Sie mitnehmen, und Sie können bei mir übernachten. Mein Sohn ist auf Genesungsurlaub zu Hause, und wenn er meint, Sie seien *pukka,* werde ich Sie um Verzeihung bitten und Ihnen eine verdammt gute Flasche Portwein schenken. Ihm vertraue ich, und Sie warne ich, daß mein Sohn ein gescheiter Kerl ist.«

Mir blieb nichts anderes übrig, als mich einverstanden zu erklären, und mit schlechtem Gewissen setzte ich mich neben ihn. Angenommen, der Sohn kannte den wirklichen Blaikie! Ich fragte nach dem Namen jenes Bataillons, dem sein Sohn angehörte, und erfuhr, daß es die 10th Seaforths wären. Das war keine erfreuliche Nachricht, denn dieses Bataillon hatte an der Somme mit uns eine Brigade gebildet. Aber Colonel Broadbury – denn er nannte mir auch seinen Namen – teilte mir unaufgefordert eine andere Nachricht mit, die meine Befürchtungen besänftigte. Sein Sohn war noch keine Zwanzig und nur etwa sieben Monate draußen gewesen. Bei Arras hatte er einen Schrapnellsplitter in den Oberschenkel bekommen, durch den der Ischiasnerv in Mitleidenschaft gezogen worden war, so daß der junge Mann immer noch auf Krücken gehen mußte.

Wir fuhren über Heidehügel, immer in Richtung Norden, und kamen schließlich zu einem hübschen gekalkten Haus dicht am Meer. Colonel Broadbury führte mich in eine Halle, in der ein kleines Torffeuer brannte, und daneben lag auf einem Sofa ein schlanker und blaßgesichtiger junger Mann. Inzwischen hatte der Colonel nicht mehr den Ton eines Polizisten an sich, sondern führte sich wie ein Gentleman auf. »Ted«, sagte er, »ich habe einen Freund mitgebracht, der über Nacht bleiben wird. Ich suchte nach einem Verdächtigen und fand einen britischen Offizier. Das hier ist Captain Blaikie von den Scots Fusiliers.«

Der Junge sah mich angenehm berührt an. »Es freut mich sehr, Sie kennenzulernen, Sir. Entschuldigen Sie bitte, daß ich nicht aufstehe, aber ich habe ein lahmes Bein.«

Äußerlich war er ein Abbild seines Vaters, aber im Gegensatz zu dem blonden Vater war er dunkel und blaß. Er hatte denselben schmalen Schädel, denselben störrischen Mund sowie aufrichtige und aufmerksame Augen. Er war jener Typ, aus dem Offiziere hervorgehen, die Auszeichnungen verdienen und alles in allem zu den Draufgängern gehören. Ich war immer anders. Ich gehörte zu der Schule der listigen Feiglinge.

In der halben Stunde vor dem Abendessen wurde der letzte Anflug von Mißtrauen aus den Gedanken meines Gastgebers verscheucht; denn Ted Broadbury und ich waren nach kurzer Zeit beim ›Fachsimpeln‹ gelandet. Die meisten seiner Vorgesetzten hatte ich irgendwann kennengelernt, und über ihre Taten bei Arras wußte ich genau Bescheid, denn seine Brigade hatte am jenseitigen Flußufer links von meiner gelegen. Wir fochten die Schlacht noch einmal durch, redeten über technische Einzelheiten und schimpften auf den Stab, wie junge Offiziere es immer tun, während der Vater Fragen einwarf, die zeigten, wie gewaltig stolz er auf seinen Sohn war. Vor dem Abendessen nahm ich noch ein Bad, und als der Colonel mich zum Badezimmer führte, entschuldigte er sich sehr großmütig für sein schlechtes Benehmen. »Daß Sie gekommen sind, ist für Ted ein Geschenk Gottes. Er ist hier nämlich schwermütig geworden. Und obgleich ich es vielleicht nicht aussprechen sollte – aber er ist ein verdammt anständiger Junge.«

Ich bekam die versprochene Flasche Portwein, und nach dem Abendessen spielte ich mit dem Vater eine Partie Billard. Dann machten wir es uns im Rauchzimmer gemütlich, und ich sah es als meine Aufgabe an, die beiden zu unterhalten. Die Folge war, daß sie mich eine Woche bei sich behalten wollten, aber ich sprach von der Kürze meines Urlaubs und sagte, ich müßte zur Eisenbahn und wegen meines Gepäcks nach Fort William zurück.

So verbrachte ich eine Nacht in sauberen Betten, bekam ein christliches Frühstück, und mein Gastgeber stellte mir seinen Wagen zur Verfügung, der mich irgendwo absetzen sollte. Nach einem halben Dutzend Meilen entließ ich den Wagen und wanderte, meiner Karte folgend, über die Hügel nach Westen. Gegen Mittag stand ich auf einem Hügelrücken und betrachtete den Sound of Sleat, der unter mir funkelte. Anderes gab es in der Landschaft nicht. Im Tal zu meiner Rechten schlängelte ein Güterzug sich in Richtung Mallaig. Und jenseits des Wasserstreifens ragten, wie eine Festung der alten Götter, dunkle Bastionen und die Bergkämme von Skye in den Himmel.

6

IM SCHATTEN DES COOLIN

Offenbar durfte ich der Eisenbahn nicht zu nahe kommen. Falls die Polizei mich in Morvern suchte, wurde die Eisenbahn überwacht, denn um weiter nach Norden zu gelangen, mußte ich eine Grenze überqueren. Der Karte entnahm ich, daß sie an der Küste entlanglief, und kam zu dem Schluß, daß der Ort, den ich erreichen mußte, das Ufer südlich dieser Krümmung sein müßte, wo der Himmel mir vielleicht etwas Glück in Gestalt eines Bootes schenkte. Denn ich war ziemlich überzeugt, daß jeder Gepäckträger und jeder Stationsvorsteher an dieser Strecke darauf aus war, mit meinem bescheidenen Ich nähere Bekanntschaft zu machen. Ich aß von den Broten, die die Broadburys mir mitgegeben hatten, und am strahlenden Nachmittag stieg ich hügelabwärts, überquerte unten einen kleinen Süßwasserbach und folgte dem Flüßchen durch ganze Wälder von Haselnußsträuchern, in denen es von Mücken wimmelte, bis zu der ins Meer führenden Mündung. Es war eine ziemlich schwierige Angelegenheit, aber auch sehr erfreulich, und meine Stimmung ähnelte wieder jener untätigen Zufriedenheit, die ich am vorangegangenen Morgen empfunden hatte. Nicht eine Menschenseele begegnete mir. Hin und wieder brach ein Reh aus dem Dickicht, oder eine alte Amsel erschreckte mich mit ihrem Geschimpfe. Die ganze Gegend leuchtete, denn die Heide stand in ihrer ersten Blüte und duftete lieblicher als die Myrrhen Arabiens. Es war ein gesegnetes Tal, und ich war glücklich wie ein König, bis ich Hunger verspürte und mir bewußt wurde, daß nur Gott allein wußte, wo ich eine Mahlzeit bekommen könnte. Zwar hatte ich noch etwas Schokolade und einige Kekse bei mir, aber ich brauchte etwas Handfesteres.

Die Entfernung war größer, als ich gedacht hatte, und so war das Zwielicht bereits hereingebrochen, als ich die Küste erreichte. Das Ufer war menschenleer und verwaist – große Bänke aus Kieselsteinen, zwischen denen Erlen und Haselnußsträucher aus dem Unterholz des Hügelhanges wuchsen. Aber als ich dann nordwärts marschierte und um eine kleine Landzunge herumkam, sah ich in einem Einschnitt der Bucht ein kleines Bauernhaus mit rauchendem Schornstein. Und mühsam am Rande des Wassers entlangtrottend, entdeckte ich die gebeugte Gestalt eines Mannes, beladen mit Netzen und Hummerkörben. Außerdem war ein Boot auf den Kies des Strandes gezogen.

Ich beschleunigte meine Schritte und holte den Fischer ein. Es war ein alter Mann mit zerzaustem grauem Bart, und seine Bekleidung bestand aus Gummistiefeln und einem vielfach gestopften blauen Pullover. Er war schwerhörig und hörte mich nicht, als ich ihn anrief. Und als er mich erblickte, blieb er auch nicht stehen, obgleich er meinen Gruß ausgesprochen feierlich erwiderte. Ich hielt mich neben ihm, und in seiner stummen Begleitung erreichte ich das Häuschen.

Vor der Tür blieb er stehen und ließ seine Last zu Boden gleiten. Das Häuschen war ein Gebäude mit zwei Zimmern und einem Strohdach, und von oben bis unten waren die Wände von einer gelbblühenden Kletterpflanze bewachsen. Als er sich aufgerichtet hatte, blickte er auf das Meer hinaus und zum Himmel, als wollte er nach dem Wetter sehen. Dann richtete er seine freundlichen unergründlichen Augen auf mich. »Das war ein schöner Tag, Sir. Suchen Sie einen Weg irgendwohin?«

»Ich suche nach einer Möglichkeit zum Übernachten«, sagte ich. »Ich habe eine lange Wanderung über die Hügel gemacht und wäre froh, wenn ich die Möglichkeit hätte, nicht noch weiter gehen zu müssen.«

»Für einen Gentleman ist es bei uns nicht bequem genug«, sagte er ernst.

»Ich kann auf dem Fußboden schlafen, wenn Sie mir eine Decke und etwas zum Abendbrot geben können.«

»Das kommt nicht in Frage«, sagte er leise lächelnd. »Aber ich werde meine Frau fragen. Mary, komm doch mal her!«

Daraufhin erschien eine alte Frau – eine Frau, deren Gesicht so alt war, daß sie seine Mutter sein konnte. Im Hochland altert das eine Geschlecht schneller als das andere.

»Dieser Gentleman würde gern über Nacht bleiben. Ich habe ihm gesagt, daß wir nur ein armseliges kleines Haus besitzen, aber er meint, das mache ihm nichts aus.«

Sie blickte mich mit jener bescheidenen Höflichkeit an, die man nur noch in einsamen Gegenden antrifft.

»Wir werden unser Bestes tun, Sir. Der Gentleman kann unter dem Dach in Colins Bett schlafen, muß sich aber mit einer einfachen Mahlzeit begnügen. Das Abendbrot ist fertig, wenn ihr jetzt hereinkommen wollt.«

Mit einem Stück gelber Seife wusch ich mich in einem nahe gelegenen Tümpel und betrat dann eine Küche, die vom blauen Qualm des Torfes erfüllt war. Die Mahlzeit bestand aus gekochtem Fisch, Haferkuchen und Magermilchkäse, dazu einige Tassen starken Tees, um alles hinunterzuspülen. Die alten Leute benahmen sich wie Fürsten. Immer wieder drängten sie mich zum Essen und stellten mir keine einzige Frage, bis ich um des Anstands willen eine Geschichte erfinden mußte und von mir erzählte.

Wie sich herausstellte, hatten sie einen Sohn bei der Army und einen jüngeren bei der Navy. Aber sie schienen nicht bereit, über die beiden Jungen oder den Krieg zu sprechen. Durch einen bloßen Zufall stieß ich auf das, was den alten Mann glühend interessierte. Seine ganze Vorliebe galt dem flachen Land. Er hatte an langvergessenen Unruhen teilgenommen und war, weiter nördlich, von irgendeinem früheren Großgrundbesitzer vertrieben worden. Wenig später schüttete er mir den ganzen Kummer eines Kleinbauern aus – Kummer, der so vorsintflutlich und vergessen wirkte, daß ich ihm wie einem alten Lied zuhörte. »Sie kommen aus einem neuen Land und werden von all dem noch nicht einmal die Hälfte gehört haben«, wiederholte er immer wieder, aber ein Ausgleich für meine mangelhafte Erziehung war die Tatsache, daß ich in dem Qualm des Torffeuers durchhielt. Er erzählte mir von Vertreibungen im Jahre eins irgendwo in Sutherland und von unwahrscheinlichen Begebenheiten auf den Äußeren Hebriden. Es war weit mehr als politischer Kummer. Es war die Klage des Konservativen über vergangene Zeiten und Gewohnheiten. »Drüben in Skye war gutes Land für schwarzes Vieh, und auf den Hügeln hatte jeder seine kleine Herde. Aber die Großgrundbesitzer meinten, für Schafe sei das Land besser, und dann sagten sie, für Schafe sei es auch nicht gut, sondern nur für Rotwild, und jetzt gibt es in Skye überhaupt kein schwarzes Vieh mehr.« Dem alten Mann zuzuhören war, als lauschte man der traurigen Musik der Dudelsäcke. Der Krieg und alle übrigen modernen Dinge bedeuteten ihm nichts; er lebte inmitten der Tragödien seiner Jugend und seiner blühenden Mannesjahre.

Ich bin selbst konservativ und so etwas wie ein Landreformer, so daß wir uns gut verstanden – so gut, daß ich bekam, was ich mir gewünscht hatte, ohne deswegen bitten zu müssen. Ich erzählte ihm, ich wollte nach Skye, und er bot mir an, mich am kommenden Morgen mit seinem Boot überzusetzen. »Schwierigkeiten gibt es nicht. Wirklich nicht. Ich muß selbst zum Fischen hinüber.«

Ich erzählte ihm, daß jeder Quadratmeter britischen Bodens nach dem Krieg jenen Männern zugeteilt würde, die sich ein Anrecht darauf erworben hätten. Aber das tröstete ihn nicht. Er dachte nicht an das Land selbst, sondern an jene Männer, die vor fünfzig Jahren dort vertrieben worden waren. Sein Wunsch war nicht irgendeine Reform, sondern die Wiederherstellung früherer Verhältnisse, und das überstieg die Macht jeder Regierung. Betrübt und nachdenklich ging ich unter dem Dach zu Bett und überlegte, daß unser neumodischer Pflug eine Vielzahl von Maulwurfshügeln zerstören wird und wie wünschenswert und unwiederbringlich das Leben der Maulwürfe war.

Bei strahlendem Wetter, mit einem Wind aus Südosten, legten wir am nächsten Morgen ab. Vor uns lag eine braune Linie von nebligen Hügeln und dahinter, etwas weiter nördlich, jener schwarze Berg, der einem Kamm ähnlich war und den ich am Tag zuvor von der Hügelkuppe bei Arisaig bereits gesehen hatte.

»Das ist der Coolin«, sagte der Fischer. »Es ist eine schlechte Gegend, in die sich selbst Rehwild nicht einmal traut. Aber der Rest von Skye war großartiges Land für schwarzes Vieh.«

Als wir uns der Küste näherten, zeigte er mir verschiedene Stellen. »Sehen Sie da, Sir, das Tal. Ich habe selbst erlebt, daß da die Schornsteine von sechs Häusern rauchten, und jetzt ist nicht eines mehr da. Drei Männer meines Namens besaßen dahinter, auf den *machars*, Land, und wenn Sie jetzt hinkommen, finden Sie nur noch die Reste ihrer kleinen Gärten. Erkennen werden Sie die Stelle an verwilderten Obstbäumen.«

Als er mich in einer sandigen Bucht an Land setzte, war er immer noch in der Vergangenheit. Ich überredete ihn, ein Pfund anzunehmen – für die Überfahrt und nicht für die Gastfreundschaft der vergangenen Nacht, denn sicherlich hätte er mich mit dem Bootsriemen erschlagen, wenn ich davon gesprochen hätte.

Zum letzenmal sah ich ihn, als ich mich auf dem Hügel umdrehte: immer noch hatte er das Segel nicht hochgezogen, sondern starrte zu dem Landstrich hinüber, der einmal von menschlichem Leben erfüllt und jetzt verwaist war.

Eine Zeitlang hielt ich mich auf dem Kamm auf, den Sound of Sleat zu meiner Rechten und dahinter die hohen Hügel von Knoydart und Kintail. Ich suchte die *Tobermory*, konnte aber nirgends ein Zeichen von ihr entdekken. Aus Mallaig lief ein Dampfer aus, mehrere Schlepper krochen durch den Kanal, und einmal sah ich sogar die britische Kriegsflagge, als ein Zerstörer nach Norden lief und eine schwarze Rauchwolke hinter sich herzog. Nachdem ich auf der Karte nachgeschaut hatte, ging ich querfeldein, zwar immer noch auf höherem Boden, aber doch so, daß ich bis auf kurze Augenblicke von See aus nicht zu erkennen war. Ich war zu dem Schluß gekommen, daß meine Aufgabe darin bestand, ohne Zeitvergeudung die Höhe von Ranna zu erreichen.

Kaum hatte ich meine Richtung geändert, leistete der Coolin mir Gesellschaft. Berge sind schon immer eine

Schwäche von mir gewesen, und die Schwärze sowie das Geheimnis dieser grimmigen Gipfel stieg mir zu Kopf. Fosse Manor und die Cotswolds gerieten in Vergessenheit. Auch vergaß ich, was seit dem Verlassen Glasgows hauptsächlich mein Gefühl bestimmt hatte: das Gefühl der Absurdität meines Auftrags. Alles hatte bisher den Eindruck gemacht, allzuweit hergeholt und wunderlich gewesen zu sein. Offensichtlich ging ich kein großes persönliches Risiko ein, und daneben hatte ich die unerfreuliche Befürchtung, daß Blenkiron vielleicht allzu gescheit war und die ganze Sache sich als Schwindel herausstellen konnte. Aber das dunkle Bergmassiv änderte meine Ansichten. Plötzlich hatte ich das seltsame Gefühl, daß das hier die richtige Gegend war, daß hier irgend etwas verborgen sein konnte – irgend etwas wahrhaft Verdammenswertes. Ich erinnere mich, daß ich eine halbe Stunde auf einer Kuppe saß und die Berge mit meinem Fernglas absuchte. Deutlich erkannte ich gräßliche Abgründe und Schluchten, die sich in urweltlicher Dunkelheit verloren. Als die Sonne sie beschien – immerhin war es ein strahlender Tag –, leuchteten dort keine Farben auf; es waren nur verschiedene Schattierungen. Kein Gebirge, das ich bisher gesehen hatte – weder der Drakensberg noch die roten Kopjes von Damaraland oder die kalten weißen Gipfel um Erzerum – hatte so unirdisch und unheimlich ausgesehen.

Merkwürdig war auch, daß der Anblick des Bergmassivs mich veranlaßte, über Ivery nachzudenken. Zwischen einem eleganten und seßhaften Wesen, das sich in Villen und Vortragssälen aufhielt, und jenem rauhen Durcheinander von Abgründen schien es keine Verbindung zu geben. Aber ich fühlte, daß eine Verbindung bestand, denn langsam fing ich an, die Größe meines Gegners zu erkennen. Blenkiron hatte gesagt, Ivery spönne an einem großen Netz. Dieses Netz war für die halbausgegorene Jugend von Biggleswick, die pazifistischen Gesellschaften oder auch für die Raufbolde von Clyde einigermaßen verständlich. Ich konnte ihn mir in diesem Bild genau vorstellen. Daß er sein Spiel aber auch zwischen diesen geheimnisvollen Felsklüften spielte, schien ihn größer und verzweifelter zu machen, alles in allem zu einem völlig anderen Vorhaben. Genaugenommen mißfiel dieser Gedanke mir nicht, denn mein Widerwille war in den vergangenen Wochen der gewesen, daß ich nicht mehr in einer entsprechenden Tätigkeit beschäftigt war, während dies hier dem entsprach, was ich mir vorstellte. Immer hatte ich das Gefühl, einen guten Banditen, nicht aber einen guten Kriminalisten abzugeben. Aber in meine Befriedigung mischte sich auch so etwas wie Scheu. Ivery spielte in meinen Gefühlen fast dieselbe Rolle wie die drei Teufel des ›Schwarzen Steins‹, die mich vor dem Krieg gejagt hatten, und die sonst kein anderer Deutscher in meinem Leben spielte. Die Männer, gegen die wir an der Front kämpften, und jene Männer, mit denen ich in der Greenmantle-Affäre zu tun hatte, selbst der alte Stumm, waren menschliche Schurken gewesen. Sie waren hassenswert, aber immerhin konnte man ihre Fähigkeiten einschätzen und berechnen. Dieser Ivery dagegen war wie ein Giftgas, das in der Luft hängt, das durch unerwartete Ritzen dringt und das man auf anständige Art und Weise nicht bekämpfen kann. Trotz des Ernstes, den Blenkiron gezeigt hatte, war Ivery in meinen Augen bisher lediglich ein Problem gewesen. Jetzt aber wurde er zu einem vertrauten und allgegenwärtigen Feind, dazu ungreifbar wie das Entsetzen in einem Gespensterhaus. Hoch oben auf dem Hang des Hügels, vom Meereswind umspielt, während die Vögel kreischten, lief mir ein Schauer den Rücken hinunter, als ich an ihn dachte.

Ich schäme mich, es einzugestehen, aber außerdem hatte ich fürchterlichen Hunger. Der Krieg hatte irgend etwas an sich, das mich gefräßig werden ließ, und je geringer die Möglichkeit war, etwas zu essen zu bekommen, desto miserabler fühlte ich mich. Wäre ich in London gewesen und hätten mir zwanzig Lokale zur Auswahl gestanden, hätte ich aller Wahrscheinlichkeit nach überhaupt keinen Hunger verspürt. Das war die Boshaftigkeit meines Magens. Allerdings besaß ich noch etwas Schokolade und aß als Mittagessen die kleinen Kuchen, die der Fischer mir mitgegeben hatte; aber schon lange vor Anbruch des

Abends beschäftigten meine Gedanken sich mit meinem leeren Innenleben.

Jene Nacht verbrachte ich in dem winzigen Häuschen eines Schäfers, meilenweit von allem entfernt. Der Mann hieß Macmorran und stammte aus Galloway, wo Schafe sehr gefragt waren. Er wirkte wie eine sehr gute Imitation eines Wilden und war ein kleiner Kerl mit rotem Haar und geröteten Augen, der an einen Straßenräuber erinnerte. Er lebte mit einer Tochter zusammen, die früher einmal in Glasgow im Dienst gewesen war, eine dicke junge Frau mit einem völlig von Sommersprossen bedeckten Gesicht und einem Gesichtsausdruck ständiger Unzufriedenheit. Kein Wunder, denn ihre Unterkunft war ein ziemlich übler Bau. Der Torfqualm war so dicht, daß Kehle und Augen ständig schmerzten. Schlecht gebaut war es auch, und bei einem Regenguß troff es bestimmt überall durch. Der Vater war ein säuerlicher Mann, dessen Unterhaltung lediglich aus ausführlichen Äußerungen bestand, in denen er die Welt, die hohen Preise, die Schwierigkeit, seine Schafe zu weiden, die Gemeinheiten seines Herrn und den gottverlassenen Charakter von Skye beklagte. »Seit einem Monat habe ich hier kein Bäckerbrot mehr zu sehen gekriegt, und als Gesellschaft kommen immer bloß ein paar dämliche Hochländer her, die dann auch noch gälisch sprechen. Wenn ich nur wieder in den Glenkens wäre! An dem Tag, an dem man mir bezahlt, was man mir schuldet, verschwinde ich.«

Allerdings lud er mich zum Abendbrot ein, das aus ranzigem Schinken und Haferbrot bestand, und die Reste der Mahlzeit kaufte ich ihm ab, um für den folgenden Tag Verpflegung bei mir zu haben. Seinen Decken traute ich nicht, so daß ich die Nacht am Feuer in den Überresten eines Sessels schlief und bei Anbruch der Dämmerung mit einem schlechten Geschmack im Mund aufwachte. Ein Bad im Bach erfrischte mich, und nach einer Schüssel Porridge machte ich mich wieder auf den Weg. Denn ich wollte unbedingt einen Hügel erklimmen, von dem aus Ranna zu überblicken war.

Noch vor Mittag befand ich mich dicht an der Ostseite

des Coolin auf einer Straße, die mehr eine Geröllawine als ein Weg war. Wenig später entdeckte ich vor mir ein großes Haus, das mich an eine Gastwirtschaft erinnerte, so daß ich einen Umweg machte und auf die Landstraße stieß, die etwas weiter nördlich entlangführte. Dann bog ich nach Osten ab und wollte gerade einen Hügel ersteigen, der meiner Ansicht nach zwischen mir und dem Meer lag, als ich auf der Straße das Geräusch von Rädern hörte und zurückblickte.

Es war ein leichter Bauernwagen, in dem ein einzelner Mann saß. Ich war etwa eine halbe Meile entfernt, aber irgend etwas an der Erscheinung des Mannes kam mir bekannt vor. Ich richtete mein Doppelglas auf ihn und sah eine untersetzte, stämmige Gestalt in einem Regenmantel, einen Wollschal um den Hals geschlungen. Während ich den Wagen weiter beobachtete, machte die Gestalt eine Bewegung, als riebe sie sich die Nase am Ärmel. Das aber war der Lieblingstrick nur eines einzigen Mannes, den ich kannte. Unauffällig kroch ich durch das hohe Heidekraut, um die Landstraße noch vor dem Wagen zu erreichen. Als ich am Straßenrand wie ein Gespenst auftauchte, erschreckte ich zwar das Pferd, nicht aber den Fahrer.

»Da sind Sie also«, sagte die Stimme von Amos. »Ich habe Neuigkeiten für Sie. Die *Tobermory* muß inzwischen in Ranna sein; vor zwei Stunden hat sie Broadford passiert. Als ich sie entdeckte, spannte ich dieses Untier an und fuhr her, um Sie vielleicht noch zu erwischen.«

»Woher wußten Sie denn, daß ich hier sein würde?« fragte ich überrascht.

»Ach, Ihrem Telegramm habe ich angemerkt, wie Ihr Verstand arbeitet. Deswegen sagte ich mir – dieser Brand, sagte ich mir, ist so leicht nicht aufzuhalten. Allerdings hatte ich Angst, daß Sie einen Tag zu spät kommen würden; deswegen fuhr ich her, um die Stellung zu halten. Menschenskind, freue ich mich, Sie zu sehen. Sie sind jünger und geschickter als ich, und dieser Gresson ist ein gewitzter Bursche.«

»Einen Gefallen müssen Sie mir noch tun«, sagte ich.

»Gastwirtschaften und Läden kann ich nicht betreten, und ohne Lebensmittel komme ich nicht durch. Auf der Karte habe ich gesehen, daß etwa sechs Meilen von hier eine Stadt liegt. Fahren Sie hin und besorgen Sie mir alle möglichen Konserven, Kekse, Rinderzunge und Sardinen und dazu zwei Flaschen Whisky, wenn es geht. Möglicherweise dauert diese Sache hier länger – also kaufen Sie genügend ein.«

»Wo soll ich das Zeug hinbringen?« war seine einzige Frage.

Wir bestimmten dazu eine Höhle, hundert Meter von der Landstraße entfernt an einer Stelle, wo zwei Hügelkämme die Sicht versperrten, so daß nur ein kleines Stück zu sehen war. »Ich fahre nach Kyle zurück«, erklärte er. »Dort kennt jeder Andrew Amos, falls Sie eine Möglichkeit finden, mir eine Mitteilung zu schicken oder selbst zu erscheinen. Ach ja, und dann soll ich Ihnen noch etwas von einer Lady bestellen, die wir beide kennen. Sie meint, je eher Sie wieder in Vanity Fair zurück wären, desto mehr würde sie sich freuen – immer vorausgesetzt, daß Sie den Berg von Schwierigkeiten überwinden.«

Ein Lächeln wanderte über sein altes Gesicht, und zum Abschied winkte er mit der Peitsche. Ich deutete Marys Botschaft als Ansporn zur Schnelligkeit, aber an mir lag es nicht, das Tempo zu bestimmen. Das war allein Gressons Angelegenheit. Wahrscheinlich ärgerte ich mich auch ein wenig, bis mich eine andere Deutung wieder in bessere Laune brachte. Vielleicht war sie um meine Sicherheit besorgt, vielleicht wollte sie mich wiedersehen – die bloße Tatsache, daß sie mir etwas ausrichten ließ, bewies doch, daß ich nicht in Vergessenheit geraten war. In erfreuter Stimmung bestieg ich den Hügel, wobei ich mich vorsichtig in der Deckung der vielen Rinnen hielt. Auf dem Kamm angekommen, sah ich auf Ranna und Meer hinunter.

Dort lag die *Tobermory*, und aller Wahrscheinlichkeit nach wollte man sie demnächst entladen. Zweifellos würde noch eine ganze Weile verstreichen, bevor Gresson das Schiff verlassen konnte. Im Kanal war bisher noch kein

Ruderboot zu entdecken, und möglicherweise mußte ich Stunden warten. Deshalb machte ich es mir zwischen zwei Felsen bequem, wo man mich zwar nicht sehen konnte, von wo aus ich jedoch einen ungestörten Überblick über das Meer und den Strand hatte. Wenig später merkte ich, daß ich hohes Heidekraut brauchte, um mir eine bequeme Liegestatt zu bauen, und wollte mein Versteck verlassen. Aber ich hatte meinen Kopf noch nicht einmal eine Sekunde aus der Deckung geschoben, als ich mich wieder hinwarf. Denn auf dem Hügelkamm hatte ich Gesellschaft.

Der Mann war etwa zweihundert Meter von mir entfernt, erreichte gerade den Kamm, und im Gegensatz zu mir ging er aufrecht und weithin sichtbar. Sein Blick war auf Ranna gerichtet, so daß er mich nicht bemerkte, während ich aus meinem Versteck die Gestalt sehr genau betrachtete. Anscheinend handelte es sich um einen völlig unauffälligen Mann vom Lande, der schlecht geschnittene und ausgebeulte Knickerbocker trug, wie Knechte sie bevorzugen. Ein Gesicht hatte er wie ein portugiesischer Jude, aber diesen Typ hatte ich auch früher schon unter Leuten mit Namen entdeckt, die aus dem Hochland stammten; mochten es Juden sein oder nicht – jedenfalls konnten sie Gälisch sprechen. Bald darauf verschwand er. Er war meinem Beispiel gefolgt und hatte sich ein Versteck gesucht.

Es war ein heißer, klarer Tag, an dieser luftigen Stelle jedoch äußerst angenehm. Vom Meer stiegen wohlriechende Düfte hoch, die Heide war warm und duftete ebenfalls, Bienen summten um mich herum, und vereinzelt segelten Möwen dicht über den Kamm des Hügels hinweg. Hin und wieder blickte ich zu meinem Nachbarn hinüber, aber er saß tief in seinem Versteck. Die meiste Zeit hatte ich das Doppelglas auf Ranna gerichtet und beobachtete, was sich auf der *Tobermory* tat. Sie hatte am Pier festgemacht, aber mit dem Entladen schien man es nicht eilig zu haben. Ich beobachtete, wie der Kapitän von Bord und zu einem Haus ging, das am Hügel lag. Dann kamen Müßiggänger zum Schiff geschlendert und blieben, redend und rauchend, dicht davor stehen. Der Kapitän kehrte zurück und verließ das Schiff dann wieder. Ein Mann mit Papieren in der Hand erschien, dazu eine Frau mit einem Zettel, der wie ein Telegramm aussah. In seinen besten Sachen ging auch der Bootsmann von Bord. Schließlich, lange nach Mittag, erschien Gresson. Er gesellte sich zu dem Kapitän im Büro des Hafenmeisters und erschien wenig später auf der anderen Seite des Piers, wo einige kleine Boote auf den Strand gezogen waren. Als Antwort auf seinen Ruf verließ ein Mann die *Tobermory*, ein Boot wurde ins Wasser geschoben und fuhr langsam in den Kanal. Gresson saß am Heck und verspeiste gelassen sein Mittagessen.

Jede Einzelheit dieser Überfahrt beobachtete ich mit einer gewissen Genugtuung, denn meine Voraussage erwies sich als richtig. Auf halbem Wege ergriff Gresson die Riemen, übergab sie wenig später jedoch wieder dem Mann von der *Tobermory* und zündete sich eine Pfeife an. Dann holte er ein Doppelglas hervor und suchte sorgfältig meinen Hügel ab. Ich versuchte zu sehen, ob mein Nachbar ihm irgendein Zeichen gab, aber alles blieb ruhig. Wenig später verschwand das Boot hinter einem Hügelvorsprung aus meinem Blickfeld, und ich hörte, wie es kratzend auf den Strand aufsetzte.

Gresson war es, im Gegensatz zu meinem Nachbarn, nicht gewohnt, über Hügel zu wandern. Weit mehr als eine halbe Stunde brauchte er, um den Kamm zu erreichen, und da stand er an einem Punkt, der keine zwei Meter von meinem Versteck entfernt war. An seinem schweren Atmen merkte ich, daß er sehr erschöpft war. Er überquerte den Kamm, bis er von Ranna aus nicht mehr zu sehen war, und ließ sich zu Boden fallen. Jetzt war er etwa fünfzig Meter von mir entfernt, und ich wechselte mein Versteck, um die Entfernung zu verringern. An der Nordseite des Hügels verlief ein mit Gras überwucherter Graben, tief und vom Heidekraut verdeckt. Ich schlängelte mich hier entlang, bis ich auf etwa zwölf Meter herangekommen war, wo ich bleiben mußte, da der Graben aufgehört hatte. Als ich aus meinem Versteck lugte, sah ich, daß der andere Mann zu Gresson gekommen war, und die Idioten hatten nichts anderes zu tun, als sich zu umarmen. Keinen Zentimeter wagte ich mich näher heran, und da sie mit gedämpfter Stimme sprachen, konnte ich nichts von dem verstehen, was sie sagten. Nichts – ausgenommen einen Satz, den der Fremde zweimal äußerst nachdrücklich wiederholte. »Morgen abend«, sagte er, und mir fiel auf, daß seine Stimme nicht den Tonfall eines Hochländers hatte, den ich erwartet hatte. Gresson nickte und blickte auf seine Uhr, und dann stiegen die beiden hügelabwärts in Richtung jener Straße, die ich am Vormittag benutzt hatte.

Ich folgte ihnen, so gut ich konnte, und benutzte dabei einen flachen ausgetrockneten Wasserlauf, den Schafe zu einem Weg festgetrampelt hatten und der erheblich tiefer als die Heide lag. Er führte mich hügelabwärts, aber in einiger Entfernung von dem Weg, den die beiden nahmen, und häufig mußte ich mich aufrichten, um ihre Bewegungen zu beobachten. Immer noch waren sie etwa eine Viertelmeile von der Straße entfernt, als sie stehenblieben und angestrengt nach unten starrten, und ich starrte ebenfalls. Auf jener einsamen Straße waren Verkehrsteilnehmer so selten wie Straßenbauarbeiter, und was ihren Blick auf sich zog, war ein leichter Bauernwagen, gefahren von einem untersetzten älteren Mann mit einem Wollschal um den Hals.

Einen Augenblick verschlug es mir den Atem, denn ich sagte mir, daß Gresson, falls er Amos erkannte, es wahrscheinlich mit der Angst zu tun bekommen würde. Vielleicht dachte der Kutscher des Wagens dasselbe, denn er wirkte völlig betrunken. Er fuchtelte mit der Peitsche, verhedderte sich in den Zügeln und versuchte zu singen. Dann sah er die beiden Gestalten auf dem Hügelhang und schrie ihnen irgend etwas zu. Nur um Haaresbreite entging der Wagen dem Straßengraben, und zu meiner Erleichterung ging dann das Pferd durch. Schwankend wie ein Schiff im Sturm, verschwand die Erscheinung hinter einem Hügelvorsprung, an dem meine Höhle lag. Wenn Amos das Tier parieren und meine Lebensmittel dort abliefern konnte, hatte er ein wahres Meisterstück als Schauspieler geliefert.

Die beiden Männer lachten über das, was sie gesehen hatten, und trennten sich dann. Gresson stieg wieder den Hügel hoch. Der andere – in Gedanken nannte ich ihn den portugiesischen Juden – machte sich mit schnellen Schritten nach Westen davon, überquerte die Straße und eine große sumpfige Stelle in Richtung des nördlichen Ausläufers des Coolin. Er hatte irgendeinen Auftrag, der Gresson bekannt war, und beeilte sich, ihn auszuführen. Unmißverständlich war es meine Aufgabe, ihm zu folgen.

Ich erlebte einen anstrengenden Nachmittag. Der Kerl lief die Meilen über Heide und Moor wie ein Hirsch, und unter der glühenden Sonne quälte ich mich ab, ihm auf der Spur zu bleiben. Dabei mußte ich ein ganzes Stück zurückbleiben und möglichst immer in Deckung bleiben, falls er sich umblickte; und das bedeutete, daß ich – sobald er einen Kamm überquert hatte – mein Tempo verdoppeln mußte, um ihn nicht allzuweit vorausgehen zu lassen; auf freien Flächen dagegen mußte ich weite Umwege machen, um nicht gesehen zu werden. Wir stießen auf eine Straße, die einen niedrigen Paß überquerte und dann am Fuß der Berge entlangführte, und ihr folgten wir, bis wir auf der Westseite und in Sichtweite des Meeres waren. Das Wetter war großartig, und über dem blauen Wasser sah ich Segel, die dahinglitten, während kleine Böen die ruhige Oberfläche aufrauhten und ich selbst wie ein Backofen glühte. Glücklicherweise war ich in durchtrainierter Form, und das kam mir zupaß. Mit durchschnittlich sechs Meilen in der Stunde schien der portugiesische Jude sich über den abscheulichen Boden zu bewegen.

Gegen fünf kamen wir an einen Punkt, wo ich ihm nicht mehr zu folgen wagte. Die Straße verlief eben am Strand, so daß sie mehrere Meilen weit gut überschaubar war. Außerdem hatte der Mann angefangen, sich alle paar Minuten umzusehen. Er näherte sich irgendeinem Ziel und wollte sichergehen, daß niemand in der Nähe war. Dementsprechend verließ ich die Straße und stieg hügelaufwärts, wo sich zu meinem Pech Geröll-Lawinen und Felsbrocken türmten. Ich sah ihn über eine Erhebung verschwinden, die den Rand einer kleinen Bucht zu markieren schien, in der ein Steilhang des Berges auslief. Sicherlich war es eine gute halbe Stunde später, bevor ich in meiner größeren Höhe und auf dem mühseligeren Weg dieselbe Erhöhung erreichte. Ich blickte in die Schlucht hinunter, aber der Mann war verschwunden.

Durchqueren konnte ich die Schlucht nicht, denn sie war breiter, als ich gedacht hatte. Ein Kreis schwarzer Abgründe führte, eine halbe Meile vom Strand entfernt, nach unten, und zwischen ihnen verlief ein großer Fluß – langgezogene flache Tümpel an der Mündung und darüber eine ganze Kette von Wasserfällen. Irgendwo war der Mann wie ein Dachs in seinem Bau verschwunden, und ich wagte mich nicht zu rühren, falls er mich, hinter einem Felsblock verborgen, beobachten sollte.

Aber als ich noch zögerte, tauchte er wieder auf, durchwatete den Fluß und verschwand in Richtung der Straße, die wir gekommen waren. Was immer auch sein Auftrag gewesen war – er hatte ihn ausgeführt und eilte jetzt zu seinem Herrn und Meister zurück. Einen Augenblick überlegte ich, ob ich ihm folgen sollte, aber ein anderer Instinkt herrschte vor. Wegen der Landschaft war er bestimmt nicht in diese wilde Gegend gekommen. Irgendwo in diesem wilden Tal war irgendwer oder irgend etwas, das den Schlüssel zu dem Geheimnis enthielt. Meine Aufgabe war es, hier zu bleiben, bis ich es aufgedeckt hatte. Abgesehen davon blieben bis zum Einbruch der Dunkelheit nur noch zwei Stunden, und meine Fußmärsche an diesem Tag genügten mir.

Ich ging zum Ufer des Flusses hinunter und trank mich satt. Der Fels hinter mir wurde von der im Westen stehenden Sonne beschienen, und die kahlen Klippen waren in rosafarbenes und goldenes Licht getaucht. Auf beiden Seiten des Flusses erstreckte die Heide sich wie ein Rasen, vielleicht hundert Meter weit, und dann folgte ein Durcheinander aus hohem Heidekraut und Felsbrocken, das sich bis zum Fuß der Felsen erstreckte. Einen köstlicheren Abend hatte ich noch nie erlebt, aber dank meiner

Besorgnis wegen des portugiesischen Juden konnte ich seinen Frieden nicht genießen. Der Mann war höchstens eine halbe Stunde hier gewesen, gerade genug für einen Mann, um bis zum ersten Hügel jenseits des Flusses und zurück zu gehen. Dennoch hatte er genügend Zeit gehabt, seine Angelegenheit zu erledigen. Vielleicht hatte er an einer vorbereiteten Stelle einen Brief hinterlassen – in diesem Fall mußte ich bleiben, bis der Mann, dem der Brief galt, auftauchte. Vielleicht aber hatte er auch irgend jemanden getroffen, obgleich ich es nicht für möglich hielt. Während ich die Fläche der unebenen Heide sorgsam absuchte und dann auf das Meer hinausblickte, das leise klatschend auf den grauen Sand auflief, hatte ich das Gefühl, daß ein verwickeltes Problem vor mir lag. Es war zu dunkel, um den Versuch zu machen, die Spuren des Mannes zu verfolgen. Das blieb dem nächsten Morgen vorbehalten, und ich flehte, daß es nachts nicht regnen würde.

Zum Abendbrot aß ich den größten Teil des Schinkens und des Haferbrotes, das ich Macmorran abgekauft hatte. Da ich einen gewaltigen Hunger hatte, war ein Großteil Selbstverleugnung erforderlich, um noch einen Rest für das Frühstück am kommenden Morgen aufzubewahren. Dann rupfte ich Heidekraut und Farnkraut und machte mir im Schutz eines Felsens, der oberhalb des Flusses auf einem Hügel stand, mein Lager. Mein Schlafzimmer war gut versteckt, aber sollte jemand in der frühen Morgendämmerung auftauchen, hatte ich doch gleichzeitig einen guten Überblick. In meinem wasserdichten Zeug war mir warm genug, und nachdem ich zwei Pfeifen geraucht hatte, schlief ich ein.

Meine Nachtruhe wurde gestört. Das erstemal war es ein Fuchs, der mir ins Ohr bellte und mich in einer pechschwarzen Nacht, in der fast kein Stern leuchtete, aufweckte. Das nächstemal war es nur ein leiser Wind, der von den Hügeln herunterstrich; aber ich setzte mich auf, lauschte und glaubte, in der Nähe des Strandes vorübergehend ein Licht entdeckt zu haben. Alles dauerte nur eine Sekunde, aber es beunruhigte mich. Ich verließ mein Versteck und kletterte auf den Felsen, aber bis auf das leise Klatschen der Wellen und das Krächzen irgendeines Nachtvogels zwischen den Klippen war alles ruhig. Das drittemal war ich plötzlich hellwach, und zwar ohne jeden Anlaß, denn ich hatte nicht einmal geträumt. Nun habe ich viele hundertmal auf dem Veld neben meinem Pferd geschlafen, und als Grund für ein derartig plötzliches Erwachen kannte ich nur eine Erklärung: daß in meiner Nähe irgendein menschliches Geschöpf aufgetaucht war. Ein Mann, der die Einsamkeit gewohnt ist, entwickelt diesen besonderen Sinn, der wie eine Alarmuhr die Annäherung eines Wesens seiner Art bekanntgibt.

Aber ich konnte nichts hören. Auf dem Moor war zwar ein Kratzen und Rascheln, aber diese Geräusche stammten lediglich vom Wind und von den kleinen wilden Tieren, die auf den Hügelhängen lebten. Vielleicht von einem Fuchs oder einem aufgestörten Hasen. Meine Vernunft konnte ich zwar überzeugen, nicht aber meine Sinne, und lange Zeit lag ich wach, angestrengt lauschend und jeden Nerv angespannt. Dann schlief ich ein und erwachte erst wieder beim ersten Dämmerlicht.

Die Sonne stand hinter dem Coolin, und die Hügel waren tintenschwarz, aber weit im Westen lag auf dem Meer ein breites goldenes Band. Ich erhob mich und ging zum Ufer hinunter. Die Flußmündung war zwar flach, aber als ich nach Süden ging, kam ich an eine Stelle, wo zwei schmale Landzungen eine Insel einschlossen. Wahrscheinlich war es eine Verwerfung des vulkanischen Gesteins, denn die Tiefe war hier gewaltig. Ich entledigte mich meiner Kleider und tauchte tief in den kalten Abgrund, ohne seinen Boden zu erreichen. Ziemlich atemlos kam ich wieder an die Oberfläche und schwamm ins Meer hinaus, wo ich mich auf dem Rücken treiben ließ und den riesigen Felsenwall betrachtete. Ich sah, daß die Stelle, an der ich die Nacht verbracht hatte, nur eine kleine grüne Oase am Fuß einer der kahlsten Klippen war, von denen die Vorstellung sich ein Bild machen kann. Die Klippe war so öde wie Damaraland. Außerdem fiel mir auf, wie steil die Klippen in die Höhe ragten. Zwar gab es Kamine und Rinnen, durch die ein Mann vielleicht die Spitze erreichen konnte, aber dazu mußte man schon ein erfahrener Bergsteiger sein.

Nachdem Schmutz und Schweiß von mir abgespült waren, fühlte ich mich wieder wohler und trocknete mich dadurch ab, daß ich durch das Heidekraut hin und her rannte. Dann fiel mir etwas auf. Am Rande eines tiefen Mündungsarmes waren deutlich die Abdrücke menschlicher Füße zu erkennen, die nicht von mir stammten, denn sie befanden sich auf der anderen Seite. Das kurze Seegras war an mehreren Stellen niedergetrampelt, und außerdem sah ich verschiedene umgeknickte Farne. Wahrscheinlich, so dachte ich mir, ist hier ein Fischer an Land gegangen, um sich die Beine zu vertreten.

Plötzlich kam ich jedoch auf den portugiesischen Juden. Nachdem ich zum Frühstück meine letzten Essensreste verzehrt hatte, machte ich mich daran, seine Spur von der Stelle aus zu verfolgen, wo wir das Tal betreten hatten. Um die Richtung wiederzufinden, ging ich noch einmal über die Straße, die ich selbst entlanggekommen war, und nach einiger Mühe entdeckte ich seine Spur. Sie war fast so deutlich wie ein Fluß, denn er war über den Boden mit seinen vielen kiesigen Stellen gegangen oder vielmehr gelaufen. Danach wurde es schwierig, und endgültig verlor ich sie in dem Heidekraut unterhalb der Klippen. Mit Sicherheit hatte ich lediglich herausgefunden, daß er den Fluß durchquert hatte und sein Auftrag, was immer es war, ihn in die weiter entfernt liegende Wildnis unter den Steilhängen geführt hatte.

Dort verbrachte ich einen geschäftigen Vormittag, fand jedoch lediglich das Skelett eines Schafes, das von Raben säuberlich abgefressen worden war. Ich hatte das unangenehme Gefühl, auf der falschen Spur zu sein und meine Zeit zu vergeuden. Von ganzem Herzen wünschte ich, der alte Peter wäre hier. Wie ein Buschmann konnte er Spuren lesen, und er hätte die Spur des portugiesischen Juden selbst in einem dichten Dschungel gefunden. Ich dagegen hatte dieses Spiel nie gelernt, denn in früherer Zeit hatte ich es immer den Eingeborenen überlassen.

Folglich gab ich den Versuch auf, lag betrübt auf einem warmen Grasflecken, rauchte und dachte an Peter. Hauptsächlich kreisten meine Gedanken jedoch darum, daß ich um fünf gefrühstückt hatte, daß es jetzt elf war, daß ich unerträglichen Hunger hatte, daß selbst für einen Grashüpfer nichts Eßbares da war und daß ich verhungern würde, wenn nicht bald Nachschub käme.

Bis zu meiner Höhle war es ein langer Weg, aber eine andere Möglichkeit gab es nicht. Meine einzige Hoffnung war, im Tal zu bleiben, und mochte es Tage dauern. Um aber so lange zu warten, brauchte ich Lebensmittel, und obgleich es bedeutete, meinen Posten für sechs Stunden zu verlassen, mußte ich dieses Risiko auf mich nehmen. Äußerst deprimiert machte ich mich mit schnellen Schritten auf den Weg.

Nach der Karte schien es eine Abkürzung zu geben, die über einen nahegelegenen Paß führte. Ich beschloß, diese Abkürzung einzuschlagen, aber wie meistens lag auf ihm kein Segen. Über die Schwierigkeiten des Marsches will ich mich nicht lange auslassen. Ich rutschte zwischen Farnen, kletterte steile Wände empor und balancierte gefährlich auf scharfen Graten entlang. Die teuflischen Felsen zerfetzten nahezu die Schuhe, die ich an den Füßen trug, und sämtliche Steine waren punktiert, als gäbe es geologische Pocken. Als ich schließlich die Wasserscheide überquerte, war es für mich fürchterlich schwer, zu einem Felseinschnitt hinunterzugelangen, wo jeder Schritt aus glatten Felsplatten bestand. Schließlich aber befand ich mich wieder in der Heide an der Ostseite und erreichte jene Stelle neben der Straße, wo ich meine Höhle eingerichtet hatte.

Der zuverlässige Amos hatte mich nicht enttäuscht. Dort lagen die Vorräte: zwei kleine Brotlaibe, ein Dutzend Konservendosen und eine Flasche Whisky. Ich verpackte alles, so gut ich konnte, hängte den Beutel über den Stock und machte mich auf den Rückmarsch, wobei ich daran dachte, daß ich sehr dem Bild eines Christen auf der Titelseite von *Pilgrim's Progress* ähneln mußte.

Einem Christen noch ähnlicher war ich, als ich mein

Ziel erreichte. Der vormittägliche Marsch war schon schlimm gewesen, aber nachmittags war es noch ärger, denn ich wollte um jeden Preis möglichst schnell zurück sein, und da ich von den Hügeln genug hatte, wählte ich die längere Strecke, die ich bereits am Tag zuvor gegangen war. Tödliche Angst hatte ich davor, gesehen zu werden, denn ich bot ein äußerst merkwürdiges Bild; deswegen mied ich die Straße, sobald ich nicht weit genug voraussehen konnte. Viele ermüdende Umwege machte ich durch Heidebruch, Farnwälder und felsige Durchlässe, durch die der Fluß strömte. Aber schließlich kam ich hin, und fast mit einem Gefühl der Befriedigung warf ich mein Gepäck dorthin, wo ich die Nacht verbracht hatte.

Ich machte mir eine ausgiebige Mahlzeit, zündete meine Pfeife an und verfiel jenem Gleichmut, der sich einstellt, wenn die Anstrengung beendet und der Hunger gestillt ist. Die Sonne stand im Westen, und ihr Schein fiel auf die Felswand oberhalb der Stelle, wo ich meine Spurensuche abgebrochen hatte.

Während ich müßig hinüberstarrte, entdeckte ich etwas Merkwürdiges.

Die Wand schien gespalten zu sein, und dazwischen drang das Sonnenlicht hindurch. Daran konnte es keinen Zweifel geben. Ich sah, daß das Sonnenlicht dahinter auf die Heide fiel, während alles übrige im Schatten lag. Ich rieb mir die Augen und holte mein Fernglas hervor. Dann fiel mir so etwas wie eine Erklärung ein. Dicht vor dem größten Steilhang ragte ein hoher Fels empor, nicht zu unterscheiden von seiner Umgebung, wenn man ihn direkt ansah. Nur wenn die Sonne schräg stand, konnte man ihn entdecken. Und zwischen Felsen und Klippe mußte es einen großen Hohlraum geben.

Die Entdeckung brachte mich auf die Füße, und ich rannte in Richtung des Sonnenlichts, das auf die Heide fiel. Dann kletterte ich einige Meter hoch, und dabei hatte ich Schwierigkeiten, als ich an sehr glatte Stellen kam, wo nur die Reibung zwischen Stoff und Gestein mir einen Halt gab. Langsam arbeitete ich mich zu dem Sonnenlicht empor, bis ich einen Halt fand und mich in den Spalt schwang. Auf der einen Seite war die Felswand, auf der anderen ein Fels, der etwa 28 Meter hochragte, und zwischen ihnen klaffte ein langer Spalt, der zwischen einem und drei Metern breit war. Dahinter zeigte sich ein schmaler Ausschnitt des Meeres.

Aber das war noch nicht alles, denn an der Stelle, an der ich eingedrungen war, befand sich ein Überhang, der eine großartige Höhle bildete, mit niedrigem Eingang, aber innen über drei Meter hoch, und außerdem so trokken wie Zunder. Meiner Ansicht nach hatte ich das vollkommene Versteck entdeckt. Bevor ich weiterging, beschloß ich, zu meinem Versteck zurückzukehren und Lebensmittel zu holen. Der Abstieg war nicht leicht, und schließlich rutschte ich die letzten sechs Meter ab, bis ich rücklings in einem weichen Farnpolster landete. Am Flußufer füllte ich meine Feldflasche aus der Whiskyflasche und steckte einen halben Brotlaib, eine Büchse Sardinen, eine Büchse mit Zunge und eine Tafel Schokolade in meine Taschen. Beladen wie ich war, brauchte ich für den Aufstieg eine ganze Weile, aber schließlich hatte ich es geschafft und verstaute meine Habseligkeiten in einer Ecke der Höhle. Dann machte ich mich daran, den übrigen Spalt zu erkunden.

Er senkte sich langsam und stieg dann wieder bis zu einer kleinen Plattform hoch. Danach fiel er in bequemen Stufen zu der Heide unterhalb des Felsens ab. Wenn der portugiesische Jude hier gewesen war, dann war dies der Weg, den er gegangen war, denn für die Art meines Aufstiegs hatte er nicht genügend Zeit gehabt. Äußerst vorsichtig ging ich weiter, denn ich hatte das Gefühl, am Vorabend einer großen Entdeckung zu stehen. Von meinem Ende des Spaltes aus war die Plattform teilweise durch einen Felsvorsprung verborgen, und von der anderen Seite wurde sie mehr oder weniger von vorragendem Gestein verdeckt. Der Boden war mit feinem puderigem Staub bedeckt – genauso wie die Stufen. Aufgeregt kniete ich mich hin und untersuchte die Staubschicht.

Zweifellos hatte ich eine Spur entdeckt. Die Fußabdrükke des portugiesischen Juden kannte ich genau, und ich konnte sie deutlich erkennen, besonders in einer Ecke. Außerdem entdeckte ich jedoch auch noch völlig andere Fußabdrücke. Der eine zeigte die Nägel eines groben Stiefels, die anderen stammten von ungenagelten Sohlen. Der Mann, dem ich gefolgt war, war hier gewesen, jedoch nicht lange geblieben. Irgend jemand anderes war, wahrscheinlich später, hierher gekommen, denn die glatten Fußabdrücke überdeckten die genagelten. Möglicherweise hatte der erste Mann eine Mitteilung für den zweiten hinterlassen. Vielleicht war der zweite jenes Wesen, dessen Nähe mir nachts dunkel bewußt geworden war.

Sorgfältig verwischte ich alle Spuren meiner eigenen Fußabdrücke und zog mich in meine Höhle zurück. In meinem Kopf summte es von meiner Entdeckung. Ich erinnerte mich der Worte, die Gresson zu seinem Freund geäußert hatte: »Morgen abend.« Meiner Ansicht nach hatte der portugiesische Jude eine Mitteilung Gressons zu einem anderen gebracht, und dieser andere war von irgendwo hierher gekommen und hatte sie an sich genommen. Die Mitteilung enthielt den Treffpunkt für diesen Abend. Ich hatte einen Beobachtungspunkt gefunden, denn wahrscheinlich würde niemand in die Nähe meiner Höhle kommen, die von der Heide aus nur durch mühsame Kletterei zu erreichen war. Dort würde ich also bleiben und abwarten, was die Dunkelheit mit sich brachte. Ich erinnere mich, über das erstaunliche Glück nachgedacht zu haben, das mich bisher begleitet hatte. Als ich von meinem Standort beobachtete, wie der blaue Schleier des Zwielichts sich über das Wasser legte, merkte ich, daß mein Puls sich vor wilder Erwartung beschleunigte.

Dann hörte ich unter mir ein Geräusch und verrenkte mir den Hals, um am Felsen hinuntersehen zu können. Über den gleichen Weg, den ich gekommen war, kam ein Mann heraufgeklettert.

7
ICH HÖRE VON WILDVÖGELN

Ich sah einen alten grünen Filzhut und darunter hagere, tweedbekleidete Schultern. Dann sah ich einen Tornister mit durchgestecktem Stock, während der Besitzer sich drehte und wand, um einen Felsvorsprung zu erreichen. Bald danach wandte er sein Gesicht aufwärts, um die verbleibende Entfernung zu beurteilen. Es war das Gesicht eines jungen Mannes, ein blasses und eckiges Gesicht, das jetzt, nach einem Tag in der Sonne und durch die Mühe des Kletterns, leicht gerötet war. Es war ein Gesicht, das ich zum erstenmal in Fosse Manor gesehen hatte.

Plötzlich war mir übel und elend. Warum, weiß ich nicht, denn die Intellektuellen von Biggleswick hatte ich im Grunde nie mit einer Angelegenheit wie dieser in Verbindung gebracht. Keinen, ausgenommen Ivery, aber er war anders. Sie waren albern und eingebildet gewesen aber nicht mehr – das hätte ich auf meinen Eid genommen. Dennoch war hier einer von ihnen in finsteren Verrat gegenüber seinem Geburtsland verwickelt. Irgend etwas begann, in meinen Schläfen zu hämmern, als ich mich erinnerte, daß Mary und dieser Mann befreundet gewesen waren, daß er ihre Hand gehalten und sie mit ihrem Vornamen angeredet hatte. Mein erster Impuls war, zu warten, bis er nach oben gekommen war, um ihn dann zwischen die Felsblöcke hinunterstürzen zu lassen; sollten seine deutschen Komplicen sich den Kopf über sein gebrochenes Genick zerbrechen.

Mit Mühe hielt ich die in mir aufwallende Wut in Zaum. Ich mußte meine Pflicht tun, und dazu gehörte, auch mit diesem Mann auszukommen. Ich mußte ihn überzeugen, daß ich ebenfalls ein Komplice war, und das war möglicherweise nicht leicht. Ich beugte mich über die Kante, und als seine Füße festen Halt gefunden hatten, pfiff ich leise, so daß er mir das Gesicht zuwandte.

»Hallo, Wake«, sagte ich.

Er fuhr zusammen, starrte mich eine Sekunde lang an und erkannte mich dann. Allzu erfreut, mich zu erblikken, schien er nicht. »Brand!« rief er. »Wie sind Sie hierher gekommen?« Er schwang sich neben mich, richtete sich auf und hakte seinen Tornister los. »Ich dachte immer, das hier sei mein ganz privater Zufluchtsort und niemand kenne ihn außer mir. Haben Sie auch die Höhle entdeckt? Sie ist das beste Schlafzimmer in Skye.« Wie üblich klang seine Stimme ziemlich beißend.

Immer noch pochte der kleine Hammer in meinem Kopf. Am liebsten hätte ich ihn an der Kehle gepackt und den finsteren Verrat in ihm erstickt. Aber ich richtete meine Gedanken allein auf ein Ziel: ihn davon zu überzeugen, daß ich sein Geheimnis kannte und auf seiner Seite stand. Seine ungezwungene Selbstbeherrschung schien nur die kluge Kulisse eines überraschten Verschwörers zu sein, der verzweifelt nach einem Ausweg suchte.

Wir betraten die Höhle, und er warf seine Sachen in eine Ecke. »Als ich zum letztenmal hier war«, sagte er, »habe ich den Boden mit Heidekraut bedeckt. Wenn wir weich schlafen wollen, müssen wir noch mehr Heidekraut holen.« Im Zwielicht war er eine undeutlich erkennbare Gestalt, schien jedoch ein ganz anderer Mann als jener zu sein, den ich zum letztenmal in der Moot Hall von Biggleswick gesehen hatte. Sein Körper schien von zäher Energie erfüllt zu sein, während Entschlossenheit auf seinem Gesicht lag. Welch ein Tor war ich gewesen, in ihm nicht mehr als einen eingebildeten *flâneur* zu sehen!

Er trat wieder an den Felsrand hinaus und sog die frische Abendluft ein. Im Westen verbreitete sich ein wunderbarer roter Himmel, aber in den Felsspalt waren die Schatten gefallen, und nur die hellen Flecken am oberen und am unteren Ende verrieten den Sonnenuntergang.

»Wake«, sagte ich, »wir beide müssen uns richtig verstehen. Ich bin ein Freund Iverys und kenne die Bedeutung dieser Höhle. Entdeckt habe ich sie zufällig, aber ich möchte, daß Sie wissen, daß ich mit ganzem Herzen und ganzer Seele auf Ihrer Seite stehe. Heute nacht können Sie mir vertrauen, als wäre ich Ivery persönlich. Ich ...«

Er fuhr herum und blickte mich scharf an. Seine Augen waren hitzig, und ich erinnerte mich, daß sie es auch bei unserer ersten Begegnung gewesen waren.

»Was wollen Sie damit sagen? Wieviel wissen Sie?«

Der Hammer dröhnte in meiner Stirn, und ich mußte mich zusammennehmen, um seine Frage zu beantworten.

»Ich weiß, daß in der vergangenen Nacht am Ende dieses Felsspaltes eine Mitteilung hinterlegt wurde und daß irgend jemand vom Meer kam und sie abholte. Dieser Jemand kehrt zurück, wenn die Dunkelheit einbricht, und dann wird dort eine neue Mitteilung liegen.«

Er hatte den Kopf abgewandt. »Sie reden Unsinn. Kein U-Boot kann in die Nähe der Küste kommen.«

Ich merkte, daß er mich auf die Probe zu stellen versuchte.

»Heute früh«, sagte ich, »schwamm ich unter uns in der Bucht. Sie ist der vollkommenste U-Boot-Schutz in ganz England.«

Immer noch hielt er das Gesicht abgewandt und blickte dorthin, wo er hergekommen war. Einen Augenblick lang schwieg er, und dann sprach er in jener verbitterten und lässigen Art, die mich schon in Fosse Manor geärgert hatte.

»Wie vereinbaren Sie diese Angelegenheit mit Ihren Prinzipien, Mr. Brand? Ich erinnere mich, daß Sie ein Patriot waren, obgleich Sie mit der Regierung nicht immer einverstanden waren.«

Es war nicht ganz das, was ich erwartet hatte, und darauf war ich nicht vorbereitet. In meiner Antwort stotterte ich leicht. »Der Grund ist, daß ich ein Patriot bin, der Frieden will. Ich finde, daß ... Ich meine ...«

»Deswegen sind Sie bereit, dem Feind zum Sieg zu verhelfen?«

»Der Feind hat bereits gesiegt. Ich will nur, daß diese Tatsache anerkannt und schnell ein Ende herbeigeführt wird.« Langsam klärten sich meine Gedanken, und ich sprach wieder zusammenhängender. »Je länger der Krieg dauert, desto größer sind die Zerstörungen in diesem Land. Wir müssen dafür sorgen, daß das Volk die Wahrheit erkennt, und ...«

Plötzlich fuhr er herum, und seine Augen funkelten.

»Sie Lump!« schrie er, »Sie verdammter Lump!« Und wie eine Wildkatze stürzte er sich auf mich.

Ich hatte meine Antwort bekommen. Er glaubte mir nicht, er hielt mich nach wie vor für einen Spion und war entschlossen, mich zu erledigen. Mit klugen Gedanken war es jetzt vorbei; wir waren wieder bei dem alten barbarischen Spiel gelandet: es ging wie immer um Leben oder Tod. Als wir gegeneinanderprallten, klopfte der Hammer wütend in meinem Kopf, und mein Herz wurde von wütender Befriedigung überschwemmt.

Er besaß nie die geringste Chance, denn obgleich er in guter Form war und die leichte sehnige Gestalt eines Bergsteigers hatte, besaß er doch nicht ein Viertel meiner Muskelkraft. Abgesehen davon stand er falsch, denn hinter ihm führte der Weg ins Freie. Hätte er an meiner Stelle gestanden, hätte er mich durch seinen plötzlichen Angriff vielleicht hinunterstoßen können. So aber packte ich ihn und zwang ihn zu Boden, wobei ich ihm die Luft aus dem Körper preßte. Bestimmt hatte ich ihm dabei beträchtlich weh getan, aber er gab keinen Laut von sich. Mit einigen Schwierigkeiten fesselte ich ihm die Hände mit dem Gürtel meines Regenmantels auf den Rücken, trug ihn in die Höhle und legte ihn in die hinterste Ecke. Mit dem Gurt seines eigenen Tornisters fesselte ich ihm dann die Füße. Knebeln mußte ich ihn zwar auch, aber das hatte noch Zeit.

Immer noch mußte ich mir einen Plan für die kommende Nacht ausdenken, denn ich wußte nicht, welche Rolle er dabei eigentlich zu spielen hatte. Vielleicht war er statt des portugiesischen Juden als Bote gekommen; in diesem Fall mußte er irgendwelche Papiere bei sich haben. Wenn er die Höhle kannte, konnte sie auch anderen bekannt sein, und bevor diese anderen kamen, war es besser, ihn wegzuschaffen. Ich blickte auf meine Armbanduhr, und an den Leuchtziffern sah ich, daß es halb zehn war.

Dann merkte ich, daß das in der Ecke liegende Bündel schluchzte.

Es war ein fürchterliches Geräusch, und es bereitete mir Sorgen. Ich besaß eine kleine elektrische Taschenlampe und ließ ihren Schein auf Wakes Gesicht fallen. Wenn er weinte, dann tat er es ohne Tränen.

»Was werden Sie mit mir anfangen?« fragte er.

»Das kommt darauf an«, sagte ich grimmig.

»*Well,* ich bin bereit. Vielleicht bin ich nur eine armselige Kreatur, aber ich will verdammt sein, wenn ich vor Ihnen oder anderen Angst habe.« Das zu sagen war von ihm sehr tapfer, denn es war eine Lüge; er klapperte mit den Zähnen.

»Ich bin bereit, ein Geschäft mit Ihnen zu machen«, sagte ich.

»Damit werden Sie kein Glück haben«, lautete seine Antwort. »Wenn Sie wollen, schneiden Sie mir die Kehle durch, aber beleidigen Sie mich nicht ... Mir wird übel, wenn ich an Sie denke. Sie sind zu uns gekommen, wir haben Sie willkommen geheißen und Sie in unseren Häusern aufgenommen und Ihnen unsere innersten Gedanken verraten, und die ganze Zeit waren Sie ein gemeiner Verräter. Sie wollen uns an Deutschland verkaufen. Vielleicht gelingt Ihnen das im Augenblick, aber bei Gott – auch Ihre Zeit wird kommen! Das ist das letzte, was ich Ihnen zu sagen habe ... Sie Schwein!«

Der Hammer in meinem Kopf hörte auf zu klopfen. Plötzlich sah ich mich als blinden, lächerlichen Toren. Ich trat zu Wake, und er schloß die Augen, als erwartete er, geschlagen zu werden. Statt dessen knotete ich die Fesseln an seinen Armen und Beinen auf.

»Wake, alter Freund«, sagte ich, »ich bin der größte Idiot, den es gibt. Sie können mit mir machen, was Sie wollen – ich werde mich nicht wehren. Nur im Augenblick noch nicht. Im Augenblick haben wir anderes zu tun. Mann, wir beide stehen auf derselben Seite, und ich habe es nie gemerkt. Entschuldigungen dafür kann es nicht geben, aber wenn es Sie tröstet: im Augenblick fühle ich mich wie der gemeinste Hund in ganz Europa.«

Er setzte sich auf und rieb sich die geschundenen Schultern. »Was wollen Sie damit sagen?« fragte er heiser.

»Damit will ich sagen, daß Sie und ich Verbündete sind. Ich heiße nicht Brand. Ich bin Soldat – bin General, wenn Sie es genau wissen wollen. Nach Biggleswick bin ich auf Befehl gekommen, und hier bin ich mit derselben Aufgabe. Ivery ist der größte deutsche Agent in England, und hinter ihm bin ich her. Ich habe seine Verbindungen verfolgt, und so Gott will, werde ich heute nacht den letzten Hinweis auf das Rätsel erhalten. Beide haben wir mit dieser Angelegenheit zu tun, und Sie müssen mir dabei helfen.«

Kurz erzählte ich ihm die Geschichte von Gresson und wie ich die Spur dieses Mannes hierher verfolgt hatte. Während ich berichtete, verzehrten wir unser Abendbrot, und ich wünsche, ich hätte Wakes Gesicht beobachten können. Er stellte Fragen, denn so schnell war er nicht zu überzeugen. Meiner Ansicht nach war es die Erwähnung Mary Lamingtons, die endlich zum Erfolg führte. Warum, weiß ich nicht, aber es schien ihn zu befriedigen. So leicht gab er allerdings noch nicht nach.

»Sie können auf mich zählen«, sagte er, »denn hier handelt es sich um ganz gemeinen Verrat. Aber Sie kennen meine politischen Ansichten, und ich habe nicht die Absicht, sie deswegen zu ändern. Mehr als je zuvor bin ich gegen Ihren verdammten Krieg, nachdem ich jetzt weiß, was alles zum Krieg gehört.«

»Gut«, sagte ich, »denn ich selbst bin ebenfalls Pazifist. Von mir werden Sie nie heldenhafte Geschichten aus dem Krieg hören. Ich bin für Frieden, aber zuerst müssen wir diese Teufel ausschalten.«

Für keinen von uns war es sicher, in jener Höhle zu bleiben, so daß wir alle Spuren, die wir hinterlassen hatten, verwischten und unser Gepäck in einem tiefen Felsspalt versteckten. Wake gab seine Absicht bekannt, auf die Spitze der Klippe zu klettern, solange noch ein Schimmer von Licht herrschte. »Oben ist sie ziemlich breit, und ich kann Wache halten und das Meer beobachten, falls irgendwelche Lichter auftauchen. Ich bin schon früher oben gewesen. Den Weg dorthin habe ich vor zwei Jahren entdeckt. Nein, ich werde schon nicht einschlafen und abstürzen. Den größten Teil des Nachmittags habe ich auf der Spitze des Sgurr Vhiconnich geschlafen und bin jetzt munter wie eine Fledermaus.«

Ich beobachtete ihn, wie er die Klippe erstieg, und bewunderte ehrlich die Geschwindigkeit und Gewandtheit, mit der er es tat. Dann folgte ich der Felsspalte in südlicher Richtung bis zu der Ausbuchtung unmittelbar unterhalb der Plattform, wo ich die Fußabdrücke gefunden hatte. Dort lag ein großer Fels, der die Sicht aus der Richtung unserer Höhle teilweise versperrte. Für meinen Zweck war diese Stelle hervorragend geeignet, denn zwischen dem Felsblock und der Felswand befand sich ein schmaler Spalt, durch den ich alles hören konnte, was auf der Plattform geschah. Ich fand eine Mulde, wo ich mich behaglich ausstrecken und durch den Spalt im Auge behalten konnte, was jenseits geschah.

Auf der Plattform lag noch ein schwacher Schimmer, aber wenig später verschwand auch er, und finstere Dunkelheit legte sich über die Felsen. Es war Neumond, und wie in der Nacht zuvor wehten dünne Wolkenschleier über den Himmel und verdeckten die Sterne. Es war äußerst ruhig, obgleich von den Klippen hin und wieder der Schrei eines Vogels drang, der dort nistete, oder vom Strand das Pfeifen einer Seeschwalbe oder eines Austernfischers ertönte. Von irgendwoher erklang der Schrei einer Eule. Da ich annahm, daß Wake diesen Schrei ausgestoßen hatte, antwortete ich ihm, und daraufhin bekam ich ebenfalls Antwort.

Ich nahm meine Armbanduhr ab und steckte sie in die Tasche, damit das Leuchtzifferblatt mich nicht verraten konnte; und dabei stellte ich fest, daß es kurz vor elf war. Die Schuhe hatte ich bereits ausgezogen, und mein Jackett war bis zum Hals zugeknöpft, um das Hemd zu verbergen. Ich glaubte nicht, daß der erwartete Besucher sich die Mühe machen würde, den hinter der Plattform liegenden Felsspalt zu untersuchen, wollte jedoch auf jeden Fall vorbereitet sein.

Dann folgte eine Stunde des Wartens. Ich fühlte mich herrlich erhoben und erheitert, denn Wake hatte mein Vertrauen in das menschliche Wesen wiederhergestellt. An jenem unheimlichen Ort waren wir von Geheimnissen wie von einem Nebel umgeben. Irgendeine unbekannte Gestalt würde von See her kommen, der Abgesandte jener Macht, mit der wir seit drei Jahren kämpften. Es war, als hätte der Krieg in diesem Augenblick unser Ufer erreicht, und nie zuvor, nicht einmal damals, als ich allein in dem süddeutschen Wald gewesen war, hatte ich mich so stark als Spielball eines wandelbaren Schicksals gefühlt. Ich hatte nur den Wunsch, daß Peter bei mir sein könnte. Und deshalb wanderten meine Gedanken zu Peter in dem Gefangenenlager, und ich sehnte mich, meinen alten Freund noch einmal wiederzusehen, wie ein Mädchen sich nach ihrem Liebhaber sehnt.

Dann hörte ich den Schrei einer Eule, und wenig später drang das Geräusch vorsichtiger Schritte in mein Ohr. Sehen konnte ich nichts, aber ich vermutete, daß es der portugiesische Jude war, denn deutlich konnte ich das Knirschen der genagelten Stiefel auf dem kiesigen Gestein hören.

Die Gestalt blieb sehr ruhig. Sie schien sich hinzusetzen, und dann erhob sie sich und tastete an der Felswand gerade unterhalb des Felsbrockens herum, in dessen Schutz ich mich befand. Sie schien einen Stein wegzunehmen und ihn dann wieder an seine alte Stelle zu legen. Danach folgte Stille, und schließlich ertönte wieder der Schrei einer Eule. Auf der Felsentreppe waren Schritte zu vernehmen, die Schritte eines Mannes, der den Weg nicht allzugut kannte und deshalb ab und zu stolperte. Außerdem waren es die Schritte eines Unbekannten, dessen Schuhe keine genagelten Sohlen hatten.

Sie erreichten die Plattform, und irgend jemand sprach. Es war der portugiesische Jude, und er sprach ein gutes Deutsch.

»Die Vögelein schweigen im Walde«, sagte er.

Die Antwort stammte von einer deutlichen, herrischen Stimme.

»Warte nur, balde ruhest du auch.«

Ganz offenbar irgendeine Art von Parole, denn vernünftige Männer unterhalten sich in einer derartigen Situation nicht über Vögel. Meiner Ansicht nach klang es wie aus einem leidlichen Gedicht.

Dann folgte eine Unterhaltung mit gedämpften Stimmen, von der ich nur merkwürdige Sätze mitbekam. Ich hörte zwei Namen: *Chelius* und einen, der wie ein holländisches Wort klang: *Bommaerts.* Zu meiner Freude verstand ich dann das Wort *Elfenbein*, und danach schien ein Auflachen zu folgen. Ich verstand auch einen Satz, der mehrfach wiederholt wurde und in meinen Ohren wie reines Kauderwelsch klang: *Die Stubenvögel verstehen.* Gesprochen wurde dieser Satz von dem Mann, der vom Meer her gekommen war. Und dann hörte ich das Wort *Wildvögel.* Die beiden schienen sich ungeheuer für Vögel zu interessieren.

Sekundenlang leuchtete eine elektrische Taschenlampe im Schutz des Felsens auf, und ich erkannte ein gebräuntes bärtiges Gesicht, das irgendwelche Papiere betrachtete. Das Licht verschwand, und wieder machte der portugiesische Jude sich an den Steinen am Fuße des Felsbrockens zu schaffen. Zu meiner Freude stand er dabei dicht neben meinem Versteck, und so konnte ich jedes Wort verstehen. »Sie können nicht allzuoft herkommen«, sagte er, »und es kann schwierig werden, ein Treffen zu vereinbaren. Sehen Sie sich deshalb die Stelle an, die ich vorbereitet habe, um das *Vogelfutter* zu verstecken. Wenn ich eine Möglichkeit finde, werde ich herkommen, und Sie werden ebenfalls kommen, wenn Sie dazu in der Lage sind. Häufig wird nichts da sein, aber manchmal wird viel da sein.«

Unmißverständlich war, daß ich Glück hatte, und meine Freude machte mich sorglos. Ein Stein, auf dem ein Fuß ruhte, rutschte weg, und obgleich ich mich sofort zusammennahm, rollte das verdammte Ding mit auffallendem Geräusch hinunter. Ich drückte mich an die Wand des Felsbrockens und wartete mit pochendem Herzen. Um mich herum war es pechschwarz, aber die beiden besaßen eine elektrische Taschenlampe, und wenn sie mich damit nur ein einziges Mal anleuchteten, war ich verraten und verkauft. Ich hörte, wie sie die Plattform verließen und in meine Richtung kletterten. Dann blieben sie lauschend stehen, während ich den Atem anhielt. Schließlich hörte ich: *»Nichts, mein Freund.«* Die beiden gingen wieder zurück, wobei die Schuhe des Marineoffiziers auf dem Geröll ausrutschten.

Die Plattform verließen sie nicht gemeinsam. Der Mann, der vom Meer her gekommen war, verabschiedete sich kurz von dem portugiesischen Juden und lauschte meiner Ansicht nach ungeduldig auf dessen abschließende Mitteilung, als wollte er möglichst schnell verschwinden. Eine gute halbe Stunde verstrich, bevor der portugiesische Jude ebenfalls verschwand, und ich hörte, wie das Geräusch seiner genagelten Stiefel erstarb, als er das Heideland erreicht hatte.

Ich wartete noch etwas und kroch dann zu der Höhle zurück. Die Eule schrie, und wenig später landete Wake leichtfüßig neben mir; jeden Griff und jeden Halt mußte er auswendig gekannt haben, um in der tintenschwarzen Dunkelheit herunterkommen zu können. Ich erinnere mich, daß er mich nichts fragte, aber über die Männer, die vorhin in dem großen Felsspalt gewesen waren, in einer Sprache redete, die man bei einem Kriegsdienstverweigerer selten findet. Wir, die wir vier Stunden zuvor auf Leben und Tod miteinander gerungen hatten, rollten uns jetzt wie zwei müde Hunde auf dem harten Boden zusammen und fielen in einen gesunden Schlaf.

Als ich aufwachte, befand Wake sich in ungewöhnlich schlechter Laune. Aus der vergangenen Nacht erinnerte er sich am genauesten an unser Handgemenge und die üble Art und Weise, wie ich ihn beleidigt hatte. Das konnte ich verstehen, denn wenn man mich für einen deutschen Spion gehalten hätte, wäre ich ebenfalls blutrünstig geworden, und es hatte keinen Sinn, ihm zu erklären, daß er mir Veranlassung zu meinem Argwohn gegeben hatte. Hinsichtlich seiner geheiligten Prinzipien war er so empfindlich wie eine alte Jungfer hinsichtlich ihres Alters. Ich selbst kam mir ausgesprochen stolz vor, und das verbesserte die Situation keinesfalls. Sein Gesicht ähnelte einem Wasserspeier, als wir zum Baden an den Strand hinuntergingen; deshalb hielt ich den Mund. Sein verletzter Stolz nagte an ihm.

Das Salzwasser spülte jedoch die Reste seines Unmuts weg. Man konnte nicht verdrossen bleiben, wenn man in diesem wunderbaren leuchtenden Wasser badete. Um die Wette schwammen wir auf das Meer hinaus, das von einer Morgenbrise gekräuselt wurde. Dann zurück zu den mit Heidekraut bedeckten Hügeln, als die ersten Sonnenstrahlen über den Coolin hinweg schienen und unsere Haut trockneten. Mit angezogenen Beinen hockte er da und starrte auf die Felsen, während ich die abfallenden Hänge beobachtete. Draußen im Minch liefen zwei Zerstörer mit hoher Geschwindigkeit nach Süden, und ich hätte nur allzugern gewußt, wo in dieser blauen Wüste jenes Schiff steckte, das während der Nachtwache hier gewesen war.

Die Spur des Mannes, der vom Meer gekommen war, entdeckte ich, ziemlich frisch, auf einem Kiesstreifen oberhalb der Flutmarkierung.

»Das hier ist unser Freund aus der vergangenen Nacht«, sagte ich.

»Meiner Ansicht nach war das Ganze nur Einbildung«, sagte Wake, den Blick auf die Hänge des Sgurr Dearg gerichtet. »Es waren nur zwei Hiesige – Wilddiebe vielleicht oder Kesselflicker.«

»In dieser Gegend spricht man aber nicht deutsch.«

»Vielleicht war es Gälisch.«

»Wie erklären Sie sich dann folgendes!« Und dann zitierte ich den Unsinn über Vögel, mit dem die beiden sich begrüßt hatten.

Wake machte ein interessiertes Gesicht. »Das stammt aus *Über allen Gipfeln ist Ruh'*. Haben Sie jemals Goethe gelesen?«

»Nicht eine Zeile. Und was sagen Sie dazu?« Ich deutete auf einen flachen Stein unterhalb der Flutmarkierung, der mit Seegras bewachsen war. Es war ein weicherer Stein als die des vor uns aufragenden Felsens, und mit irgendeinem harten Gegenstand war die Hälfte des Seegrases abgeschabt und an der Seite ein Spalt eingeritzt worden. »Das stammt nicht von gestern vormittag, denn da habe ich hier gebadet.«

Wake stand auf und blickte sich prüfend um. Er witterte in Richtung jener Steine, die die kleine Bucht einfaßten, und ging dann ins Wasser, um genauer nachzusehen. Als er wieder zu mir kam, lächelte er. »Ich muß mich für meine Skepsis entschuldigen«, sagte er. »In der vergangenen Nacht muß irgendein Fahrzeug hier gewesen sein, das von einem Motor angetrieben wurde. Ich rieche es genau, denn ich habe eine Nase wie ein Jagdhund. Fast möchte ich sagen, daß Sie auf der richtigen Spur sind. Da Sie nur wenig Deutsch können, können Sie kaum unsterbliche Verse erfinden.«

Wir brachten unsere Habseligkeiten zu einer grünen Windung des Baches und frühstückten ausgiebig. Wake hatte lediglich Kekse und Rosinen bei sich, denn das, so sagte er, wäre bei der Bergsteigerei sein Proviant; allerdings hatte er nichts dagegen, von dem Inhalt meiner Konservendosen zu probieren. Hier, angesichts der Berge, war er ein ganz anderer Mensch als der anämische Intellektuelle in Biggleswick. Er hatte seine verdammte Selbstsicherheit vergessen und sprach voller ernsthafter Leidenschaft über sein Hobby. Anscheinend war er überall in Europa, vom Kaukasus bis zu den Pyrenäen, herumgeklettert. Man merkte ihm an, daß er ein guter Bergsteiger war, denn er prahlte nicht mit seinen Erfolgen. Die Berge waren es, die er liebte, nicht die Tatsache, mühsam an ihnen emporzuklettern. Der Coolin, sagte er, gehörte zu seinen Lieblingsbergen, weil einige Felswände sechshundert Meter hoch ragten. Wir richteten unsere Ferngläser auf die Wand des Sgurr Alasdair, und er zeigte mir verschiedene Wege, den schwierigen Gipfel zu erklimmen. Den Coolin und die Dolomiten liebte er besonders, denn der *aiguilles* von Chamonix war er überdrüssig geworden. Ich erinnere mich, wie er mit gewaltigem Vergnügen die Schönheit einer Morgendämmerung in Tirol schilderte, wenn man durch von Blumen übersäte

Wiesen zu einem Fels aufsteigt, der wie ein Zahn in den klaren blauen Himmel ragt. Außerdem sprach er auch von den Gipfeln des bayerischen Wettersteingebirges und von einem Bergführer, auf den er dort gestoßen war und der ihn ausgebildet hatte.

»Er hieß Sebastian Buchwieser. Er war der vergnügteste Kerl, den man sich vorstellen kann, und am Berg so gewandt wie eine Gemse. Wahrscheinlich ist er jetzt tot, gefallen in einem der üblen Jägerbataillone. Das sind wieder Sie und Ihr verdammter Krieg.«

»Dann müssen wir alles tun, ihn auf die richtige Art und Weise zu beenden«, sagte ich. »Und Sie, mein Freund, müssen mir dabei helfen.«

Er war ein guter Zeichner, und mit seiner Hilfe entwarf ich eine grobe Skizze des Felsspaltes, wo wir übernachtet hatten, wobei ich besonders auf den richtigen Maßstab gegenüber dem Fluß und dem Meer achtete. Dann schrieb ich sehr ausführlich über Gresson und den portugiesischen Juden und schilderte letzteren in allen Einzelheiten. Außerdem schilderte ich sehr genau die Höhle, wo die Mitteilungen abgeholt werden sollten. Damit war mein Papiervorrat erschöpft; den Bericht über die Merkwürdigkeiten der Unterhaltung, die ich mitgehört hatte, überließ ich daher einem späteren Zeitpunkt. Das Ganze steckte ich in ein altes ledernes Zigarrenetui, das ich bei mir hatte, und gab es Wake.

»Sie müssen jetzt direkt nach Kyle und dürfen unterwegs keine Zeit vergeuden. Sie werden von niemandem verdächtigt, so daß Sie Ihr Ziel erreichen können, auf welche Weise Sie wollen. Wenn Sie dort sind, fragen Sie nach Mr. Andrew Amos, der in der Gegend irgendeinen Regierungsauftrag erledigt. Geben Sie ihm diese Papiere. Er wird schon wissen, was er damit anfangen muß. Sagen Sie ihm ferner, daß ich vor übermorgen mittag dort sein werde. Ich muß meine Spuren ein wenig verwischen, so daß ich Sie nicht begleiten kann, möchte aber, daß er diese Dinge bekommt, so schnell Ihre Beine Sie tragen. Sollte irgend jemand versuchen, Ihnen die Papiere zu stehlen, schlucken Sie sie um Himmels willen herunter. Sie haben sicherlich selbst gemerkt, daß sie verdammt wichtig sind.«

»In drei Tagen werde ich wieder in England sein«, sagte er. »Kann ich irgendwelchen Freunden irgend etwas ausrichten?«

»Vergessen Sie mich. Sie haben mich hier nie gesehen. Ich bin immer noch Brand, der liebenswürdige Kolonialengländer, der soziale Bewegungen studiert. Sollten Sie Ivery begegnen, dann sagen Sie ihm, Sie hätten gehört, daß ich am Clyde in irgendwelche Dinge verwickelt sei. Sollten Sie allerdings Miss Lamington treffen, können Sie ihr sagen, ich hätte den schwierigen Berg hinter mir. Ich komme zurück, sobald Gott es zuläßt, und werde mich dann wieder unter die Menschen von Biggleswick stürzen. Nur werde ich diesmal in meinen Ansichten etwas fortschrittlicher sein ... Sie brauchen nicht einzuschnappen. Ich sage nichts gegen Ihre Prinzipien. Hauptsache ist doch, daß wir beide gemeinen Verrat hassen.«

Er steckte das Etui in seine Westentasche. »Ich gehe über Garsbheinn«, sagte er, »und Camasunary. Lange vor Abend werde ich am Kyle sein. Schlafen werde ich, wie ich hoffe, in Broadford ... Also dann, Brand, auf Wiedersehen; Ihren richtigen Namen habe ich vergessen. Sie sind kein übler Kerl, haben mich aber zum erstenmal in meinem Leben in ein Melodrama gestürzt. Und zwar grolle ich Ihnen, weil Sie den Coolin in einen billigen Kriminalroman einbezogen haben. Seine Einmaligkeit haben Sie damit besudelt.«

»Von der Romantik haben Sie falsche Vorstellungen«, sagte ich. »Menschenskind, in der vergangenen Nacht standen Sie eine Stunde lang in vorderster Linie – an dem Fleck, wo die feindlichen Stellungen sich dicht gegenüberliegen. Sie waren sogar noch darüber hinaus – im Niemandsland.«

Er lachte. »So kann man es auch sehen.« Und dann stakste er davon, und ich beobachtete seine hagere Gestalt, bis sie hinter einem Felsvorsprung verschwand.

Den ganzen Vormittag rauchte ich friedlich am Bach vor mich hin und ließ meine Gedanken noch einmal die ganze Angelegenheit durchgehen. Ich hatte genau das herausgefunden, was Blenkiron wissen wollte: den Briefkasten für den Feind. Erforderlich war jetzt, sorgsam vorzugehen, und ich sah schon, wie die saftigsten Lügen auf diesem Weg das Große Hauptquartier der Deutschen erreichten. Dennoch hatte ich ein komisches Gefühl im Hinterkopf, daß alles zu einfach gegangen und Ivery nicht der Mann war, den man auf diese Weise lange Zeit an der Nase herumführen könnte. Damit kamen meine Gedanken wieder zu dem äußerst merkwürdigen Gespräch in der Höhle. Die Verse waren meiner Ansicht nach eine gewöhnliche Losung, die vermutlich jedesmal geändert wurde. Wer aber waren *Chelius* und *Bommaerts,* und was, um Himmels willen, war der Unterschied zwischen Wildvögeln und zahmen Vögeln? Zweimal hatte ich in den vergangenen drei Jahren derartige Rätsel lösen müssen: das Gekritzel von Scudder in dem Taschenbuch und die drei Worte von Harry Bullivant. Ich erinnerte mich, daß ich auf ihre Bedeutung nur gekommen war, indem ich mich ständig mit ihnen beschäftigt hatte, und hätte liebend gern gewußt, ob das Schicksal auch dieses Rätsel eines Tages erklären würde.

Mittlerweile mußte ich so unauffällig, wie ich gekommen war, wieder nach London zurück. Wahrscheinlich war es nicht ganz einfach, denn die Polizei, die in Morvern auf der Hut gewesen war, konnte mir immer noch auf der Spur sein, und es war wichtig, daß ich nicht in irgendwelche Schwierigkeiten geriet, so daß Gresson und dessen Freunde nicht erfuhren, daß ich so weit im Norden gewesen war. Hierbei allerdings mußte Amos mir helfen, und gegen Mittag ergriff ich meinen Wettermantel mit den vollgestopften Taschen und machte mich auf den langen Umweg, der an der Küste entlangführte. Den ganzen Tag über begegnete mir kaum eine Menschenseele. Ich kam an einer Schnapsbrennerei vorbei, in der es ruhig zuzugehen schien, und abends kam ich in eine kleine Stadt am Meer, wo ich in einem besseren Gasthaus ein Bett und mein Abendessen bekam.

Am nächsten Tag brach ich wieder an der Küste nach

Süden auf und hatte dabei zwei interessante Erlebnisse. Ich hatte einen sehr guten Blick auf Ranna, und dabei fiel mir auf, daß die *Tobermory* nicht mehr im Hafen lag. Gresson hatte also nur gewartet, bis er seinen Auftrag erfüllt hatte; der alte Kapitän war vermutlich Wachs in seinen Händen. Das zweite war, daß ich vor der Tür einer Dorfschmiede den Rücken des portugiesischen Juden erkannte. Diesmal sprach er gälisch – offenbar ein gutes Gälisch, und in dieser Gruppe von Müßiggängern hätte jeder ihn für einen ganz gewöhnlichen Knecht gehalten.

Er sah mich nicht, und ich hatte nicht den Wunsch, ihm diese Möglichkeit zu geben, denn ich hatte das merkwürdige Gefühl, daß der Tag kommen könnte, an dem es gut sein würde, wenn wir beide uns als Fremde begegneten.

An jenem Abend betrat ich frech das Gasthaus von Broadford, wo man mir eine frische Seeforelle vorsetzte und ich zum erstenmal einen ausgezeichneten Likör trank, der aus Honig und Whisky bestand. Am nächsten Morgen war ich schon zeitig unterwegs, und lange vor Mittag tauchten die Engen von Kyle sowie die beiden kleinen Steinmolen auf, die sich an diesem Wasserstreifen genau gegenüberliegen.

Etwa zwei Meilen von dieser Stelle entfernt stieß ich an einer Straßenbiegung auf einen Bauernwagen, der am Wegrand stand, während das Pferd das Gras am Rand der Heide abweidete. Auf dem Kutschbock saß rauchend ein Mann, die Zügel über den linken Arm gelegt. Es war ein älterer Mann von untersetzter, vierschrötiger Gestalt, einen wollenen Schal um den Hals gewickelt.

8

DIE ABENTEUER EINES HANDLUNGSREISENDEN

Sie sind verdammt pünktlich, Mr. Brand«, sagte die Stimme von Amos. »Menschenskind, was haben Sie denn mit Ihren Hosen gemacht? Und mit Ihren Schuhen? Ihr Äußeres wirkt nicht allzu vertrauenerweckend.«

Das stimmte. Die verdammten Felsen des Coolin hatten ihre Spuren an meinen Schuhen hinterlassen, die zudem seit einer Woche nicht geputzt worden waren, und dieselben Felsen hatten mein Jackett an den Schultern zerschlissen, meine Hose oberhalb des rechten Knies zerfetzt und meine gesamte Kleidung mit Staub und Pflanzenteilen übersät.

Ich ließ mich neben Amos auf den Kutschbock fallen und zündete meine Pfeife an. »Haben Sie meine Mitteilung bekommen?« fragte ich.

»Ja. Sie ist bereits auf sicherem Wege zu dem uns bekannten Bestimmungsort. Ihr Arbeit war gut, Mr. Brand, aber dennoch wäre es mir lieber, wenn Sie schon wieder in London wären.« Er zog an seiner Pfeife, und die buschigen Augenbrauen waren so zusammengezogen, als wollte er hinter ihnen seine bedächtigen Augen verbergen. Dann fuhr er fort, laut zu denken.

»Über Mallaig können Sie nicht fahren. Warum, weiß ich auch nicht, aber auf dieser Strecke sucht man Sie. Es ist schon eine verdrießliche Sache, daß Ihre Freunde, womit ich die Polizei meine, alles tun, um Ihre Pläne zu durchkreuzen, und Sie die Leute nicht einweihen können. Dem Chief Constable könnte ich zwar eine Nachricht zukommen lassen, so daß Sie London wie eine Ladung Fisch aus Aberdeen ohne Aufenthalt erreichen könnten, aber damit wäre alles verdorben, was Sie so mühsam aufgebaut haben. Nein, nein! Sie müssen das Risiko auf sich nehmen und ohne Papiere über Muirtown fahren.«

»Sehr gefährlich dürfte es wohl nicht sein«, warf ich ein.

»Dessen bin ich mir gar nicht so sicher. Gresson ist nicht mehr auf der *Tobermory*. Gestern kam er hier mit dem Dampfer nach Mallaig vorbei, und bei ihm war ein undurchsichtiger Zwerg, der am Kyle von Bord ging. Er ist immer noch da und wohnt im Hotel. Linklater soll er heißen und in Whisky reisen. Sein Aussehen gefällt mir gar nicht.«

»Aber mich verdächtigt Gresson nicht?«

»Vielleicht nicht. Aber Spaß machen würde es Ihnen wohl nicht, wenn Sie ihn hier träfen. Ihr großen Leute überlaßt nichts dem Schicksal. Dafür können Sie überzeugt sein, daß jeder Mann von Gressons Bande genau über Sie Bescheid weiß und Ihre Personalbeschreibung in der Tasche trägt – einschließlich des Muttermals an Ihrem Kinn.«

»Dann haben die Leute die falsche Beschreibung«, erwiderte ich.

»Das war nur bildlich gesprochen«, sagte Amos. »Gestern habe ich fast den ganzen Tag über Ihren Fall nachgedacht, und was ich für Sie tun konnte, liegt hinten im Wagen. Lieber wäre mir schon, Sie wären anständiger angezogen, aber ein guter Mantel wird die Schäden verdecken.«

Hinter dem Kutschbock des Wagens holte er einen abgegriffenen Koffer hervor und zeigte mir seinen Inhalt. Er enthielt eine Melone von der gewöhnlichen und antiquierten Art, dazu einen Übermantel aus dunklem Stoff, wie man ihn von der Stange kauft und Angestellte ihn auf dem Weg zum Büro tragen, ferner ein Paar sogenannte Röllchen aus Zelluloid und schließlich eine Hemdenbrust und einen Kragen aus Leinen. Außerdem enthielt der Koffer eine kleine Tasche, wie Handelsvertreter sie auf ihren Reisen bei sich führen.

»Das ist Ihr Gepäck«, sagte Amos voller Stolz. »Die kleine Tasche enthält die Muster. Weil ich damals in Glasgow so vorsichtig war und Ihnen Maß nahm, dürfte alles passen. Sie haben übrigens einen neuen Namen, Mr. Brand, und auf diesen Namen habe ich im Hotel ein Zimmer für Sie bestellt. Sie heißen jetzt Archibald McCaskie und reisen für die Firma *Todd, Sons & Brothers* in Edinburgh. Kennen Sie die Leute? Die verlegen religiöse Broschüren, und Sie haben versucht, diese kleinen Bücher an die Geistlichen der Free Kirk in Skye als Preise für die Sabbatschule zu verkaufen.«

Diese Vorstellung amüsierte Amos, und er verfiel in jenes unterdrückte Glucksen, das bei ihm die Aufgabe eines lauten Gelächters hatte.

Ich legte Hut und Regenmantel in den Koffer und bekleidete mich mit dem steifen Hut und dem Mantel. Beides paßte einigermaßen. Genauso war es mit den Röllchen und dem Kragen, obgleich ich hier Schwierigkeiten hatte, weil ich meine eigene Halsbinde irgendwo am Coolin verloren hatte, so daß Amos die altmodische schwarze Halsbinde, die ihn schmückte, mir übergeben mußte. Es war eine seltsame Verkleidung, und genauso seltsam kam ich mir auch vor, aber Amos war zufrieden.

»Mr. McCaskie«, sagte er, »Sir, Sie sind das Muster eines Verlagsreisenden. Am besten sollten Sie jetzt ein paar biographische Einzelheiten auswendig lernen, die Sie vielleicht vergessen haben. Sie wohnen jetzt in Edinburgh, waren jedoch einige Jahre in London, was die Art Ihrer Sprache erklärt. Sie wohnen in 6 Russell Street, hinter den Meadows, und sind Kirchenältester der Nethergate U. F. Kirk. Haben Sie irgendwelche speziellen Vorlieben, falls man Sie in eine Unterhaltung verwickelt?«

Ich schlug die englischen Klassiker vor.

»Das ist ausgezeichnet. Auch über Politik können Sie reden. Sie sind ein Free-trader, der von Lloyd George bekehrt worden ist. Das kommt häufig vor, und Sie werden es nötig haben, möglichst nicht aufzufallen ... An Ihrer Stelle würde ich hier noch eine Weile bleiben und erst nach Einbruch der Dunkelheit bei Ihrem Hotel eintreffen. Dann können Sie Abendbrot essen und ins Bett gehen. Der Zug nach Muirtown fährt morgen um halb acht ... Nein, Sie müssen schon hier bleiben. Es wäre nicht gut, wenn man uns beide zusammen sähe. Sollte ich Ihnen auf der Straße begegnen, würde ich Sie auch nicht kennen.«

Amos kletterte wieder auf den Kutschbock und fuhr

zurück. Ich ging zum Strand hinunter, setzte mich zwischen die Felsen, und um die Teezeit aß ich die Reste meiner Vorräte. In der sanften Dämmerung schlenderte ich zu der kleinen Mole und bekam auch ein Boot, das mich zum Gasthaus übersetzte. Dieses Gasthaus erwies sich als ein behaglicher Ort mit einer mütterlichen alten Wirtin, die mich in mein Zimmer führte und mir zum Abendbrot Schinken, Eier und kalten Lachs versprach. Nachdem ich mich gründlich gewaschen hatte, was dringend notwendig war, und nach dem ehrlichen Versuch, meine Kleidungsstücke vorzeigbar zu machen, ging ich in das Gastzimmer hinunter, das nur von einer einzigen Paraffinlampe erhellt wurde.

Das Essen war ausgezeichnet, und während der Mahlzeit stieg meine Laune. In zwei Tagen würde ich wieder in London bei Blenkiron sein, von Mary nur noch eine Tagesreise entfernt. Im Augenblick konnte ich mir nichts ausmalen, wo sie nicht auch eine Rolle spielte. Um ihretwillen fand ich Biggleswick erträglich, weil ich sie dort gesehen hatte. Ob es Liebe war, wußte ich nicht genau; jedenfalls war es etwas, von dem ich bisher nicht einmal geträumt hatte, etwas, an das meine Gedanken sich jetzt klammerten. Die ganze Erde wurde dadurch rosig und golden für mich, und das Leben so lebenswert, daß ich mir angesichts der kommenden Tage wie ein Geizhals vorkam.

Ich war noch nicht ganz mit dem Abendbrot fertig, als ein weiterer Gast sich zu mir setzte. Im Schein jener jammervollen Lampe wirkte er wie ein gewitzter Zwerg mit buschigem schwarzem Bart und schwarzem, in der Mitte gescheiteltem Haar. Er hatte bereits gegessen und schien nur noch auf menschliche Gesellschaft Appetit zu haben.

Binnen drei Minuten hatte er mir erzählt, daß er aus Portree käme und auf dem Wege nach Leith wäre. Eine Minute später hatte er eine Visitenkarte hervorgezogen, auf der ich den Namen »J. J. Linklater« und in der Ecke den der Firma, *Hatherwick Brothers,* las. Sein Akzent verriet, daß er aus dem Westen stammte.

»Ich bin mal wieder bei den Brennereien gewesen«, informierte er mich. »Die Schnapsbrennerei ist heutzutage ein schlechtes Geschäft, solange die Abstinenzler über die Schande der Nation und die Art und Weise heulen, wie wir den Krieg verlieren. Ich gehöre selbst zu den Temperenzlern, aber in meinen Augen ist es auch eine Schande, das Geschäft anständiger Leute kaputtzumachen. Wenn die Regierung will, daß kein Alkohol mehr getrunken wird, soll sie unsere Vorräte aufkaufen. Man hat uns erlaubt, gutes Geld in dieses Gewerbe zu stecken; dann muß man uns auch erlauben, es wieder herauszuholen. Sonst zerstört man nur die allgemeine Glaubwürdigkeit. Das ist wenigstens meine Meinung. Angenommen, irgendeine Labour-Regierung greift den Vorschlag auf, daß Seife für den Staat schlecht sei? Wird man dann etwa Port Sunlight schließen? Oder anständige Kleidung? Oder Strohhüte? Wenn die Leute einmal damit anfangen, gibt es kein Ende mehr. Gewerbe ist Gewerbe, finde ich, und es liegt wirklich nicht im öffentlichen Interesse, irgendein Gewerbe der Gnade gemeiner Gauner auszuliefern. Finden Sie nicht auch, Sir? Übrigens kenne ich Ihren Namen noch nicht.«

Ich nannte ihm meinen Namen, und er redete sofort weiter.

»Wir mischen Whisky und handeln nur mit hochklassigen Erzeugnissen, die größtenteils exportiert werden. Der Krieg hat unseren Export natürlich ziemlich kaputtgemacht, aber so schlecht wie anderen geht es uns noch nicht. Was tun Sie, Mr. McCaskie?«

Als er es erfuhr, war er äußerst interessiert.

»Wirklich? Sie arbeiten für *Todd's*! Mann, ich war selbst einmal im Buchhandel, bis ich mir dann etwas Lukrativeres suchte. Drei Jahre bin ich für *Andrew Matheson* unterwegs gewesen. Sie kennen sicher den Namen – Paternoster Row – die Nummer habe ich vergessen. Früher einmal war ich so ehrgeizig, selbst einen Buchladen aufzumachen, um Linklater aus Paisley zu einem im Buchhandel angesehenen Namen zu machen. Aber dann kriegte ich das Angebot von *Hatherwick's*, und weil ich heiraten wollte, siegte die verdammte Habgier. Aber leid tut es mir nicht. Wäre dieser Krieg nicht dazwischengekommen, würde ich heute mit meinen Verkäufen und Kommissionen vierstellige Summen verdienen ... Meine Pfeife ist ausgegangen. Haben Sie vielleicht diese seltene und wertvolle Rarität, die man Feuer nennt, Mr. McCaskie?«

Er war ein komischer kleiner Kauz und redete weiter, bis ich meine Absicht bekanntgab, zu Bett zu gehen. Wenn das hier der Mann war, von dem Amos gesprochen hatte und der in Begleitung Gressons gesehen worden war, verstand ich, wie unfruchtbar die Verdächtigung eines klugen Mannes sein konnte. Wahrscheinlich war er mit Gresson lediglich zufällig auf dem Dampfer zusammengetroffen und hatte dessen traurige Seele mit seinem Gekrächz ermüdet.

Zeitig stand ich auf, bezahlte die Rechnung, aß mein Frühstück, das aus Porridge und frischem Schellfisch bestand, und ging dann die wenigen hundert Meter zum Bahnhof. Es war ein warmer, bedeckter Morgen, bei dem die Sonne unsichtbar blieb, während die Berge von Skye bis zum Fuß von Dunst verhüllt waren. Die drei Waggons des kurzen Zuges waren fast voll, als ich mir eine Fahrkarte besorgt hatte, und ich suchte mir in einem Wagen dritter Klasse ein Raucherabteil aus, in welchem vier Soldaten saßen, deren Urlaub abgelaufen war.

Der Zug fuhr bereits an, als ein verspäteter Fahrgast über den Bahnsteig gerannt kam und ebenfalls noch in das Abteil kletterte. Ein heiteres »Morgen, Mr. McCaskie« zeigte, daß es der andere Gast des Hotels war.

Von der Küste fuhren wir durch ein breites Tal langsam hoch und kamen dann auf ein weites Moor, während im Norden die Berggipfel aufragten. Es war ein ermüdender Tag, und in der Atmosphäre aus Tabakrauch und gedrängt nebeneinander sitzenden Menschen spürte ich, wie mir die Augen zufielen. Ich schlief kurze Zeit, und als ich wieder aufwachte, entdeckte ich, daß Mr. Linklater seinen Platz gewechselt hatte und jetzt neben mir saß.

»Den *Scotsman* kriegen wir erst in Muirtown«, sagte er.

»Haben Sie vielleicht unter Ihren Mustern irgend etwas, das Sie mir zu lesen geben können?«

Die Muster hatte ich ganz vergessen. Ich öffnete die Tasche und fand die merkwürdigste Kollektion von Broschüren, alle mit bunten Einbänden. Einige waren religiöser Art und hatten Titel wie *Dew of Hermon* und *Cool Siloam,* andere waren einfältige Erzählungen: *How Tommy saved his Pennies, A Missionary Child in China* und *Little Susie and her Uncle.* Dann war da noch das Buch *Life of David Livingstone*, ein Kinderbuch über Meeresmuscheln und ein reichvergoldeter Gedichtband eines gewissen James Montgomery. Diese Auswahl bot ich Mr. Linklater an, der grinste und dann das *Missionary Child* nahm. »Nicht, daß ich das Lesen nicht gewohnt bin«, sagte er. »Aber ich liebe kräftige Kost – Hall Caine und Jack London. Was würden übrigens die Buchhändler dazu sagen, daß Sie mir dieses Buch geben? Als ich für *Matheson's* arbeitete, gab es immer Ärger, wenn wir mit den Lesern direkt verhandelten.«

Der verdammte Bursche fing an, über Einzelheiten des Buchhandels zu sprechen, von denen ich nichts wußte. Er wollte wissen, zu welchen Bedingungen wir ›Jugendbücher‹ verkauften, welchen Rabatt wir dem Großhandel einräumten und welche Art von Büchern wir nur ›in Kommission‹ gäben. Nicht ein einziges Wort verstand ich von dem, was er sagte, und ich muß ein ziemlich dummes Gesicht gemacht haben, denn er fragte mich nach Verlagen, von denen ich noch nie etwas gehört hatte, und irgendwie mußte ich ihm darauf antworten. Dabei sagte ich mir, daß der Esel harmlos wäre und seine Meinung über mich nichts zu bedeuten hätte; aber sobald es mir möglich war, tat ich, als wäre ich in *Pilgrim's Progress* versunken, denn unter den Mustern befand sich auch eine Prachtausgabe dieses Buches. Ich schlug es bei der Episode mit dem Christen und Hoffnungsvollen auf dem verzauberten Boden auf, und wenig später folgte ich in dem stickigen Abteil dem Beispiel des Achtlosen und allzu Kühnen und fiel in einen gesunden Schlaf.

Wecken tat mich, daß der Zug rumpelnd über die Weichen eines Knotenpunkts im Moor ratterte. In angenehme Lethargie versunken, saß ich mit geschlossenen Augen da und warf dann verstohlen einen Blick auf meinen Begleiter. Er hatte das *Missionary Child* weggelegt und las in einem kleinen dunkelbraunen Buch, wobei er einzelne Absätze mit einem Bleistift anstrich. Er war völlig versunken, und sein Gesicht hatte sich völlig verändert; es hatte nicht mehr den leeren gutmütigen Ausdruck des geschwätzigen Handelsreisenden, sondern wirkte irgendwie gerissen, zielstrebig und schrecklich. Ich blieb zusammengesunken sitzen, als schliefe ich noch, und versuchte zu erkennen, was für ein Buch er las. Aber obgleich meine Augen ausgezeichnet sind, konnten sie weder etwas vom Text noch den Titel ausmachen, ausgenommen lediglich, daß ich den nachdrücklichen Eindruck hatte, das Buch wäre nicht in englischer Sprache geschrieben.

Unvermittelt wachte ich auf und beugte mich zu ihm. Blitzschnell ließ er seinen Bleistift im Ärmel verschwinden und wandte sich mir mit einem albernen Lächeln zu.

»Was ist das Ihrer Ansicht nach, Mr. McCaskie? Dieses kleine Buch habe ich vor einiger Zeit mit fünfzig anderen gekauft. Fünf Shilling habe ich für alle bezahlt. Anscheinend ist es in Deutsch geschrieben, aber in meiner Jugend hat man uns noch keine Fremdsprachen gelehrt.«

Ich nahm das Ding und blätterte es durch, und dabei versuchte ich, jedes Anzeichen von Intelligenz aus meinem Gesicht zu verbannen. Das Buch war tatsächlich in deutscher Sprache geschrieben, offenbar eine Art Handbuch über Hydrographie und ohne Nennung eines Verlages. Aussehen tat es wie die Anweisung eines Ministeriums, die an die Beamten verteilt wird.

Ich reichte es ihm zurück. »Entweder ist es Deutsch oder Holländisch. Ich bin auch kein Gelehrter, trotz des bißchen Französisch und des Lateins, das ich in der Schule mitbekam ... Ein gräßlich langsamer Zug, Mr. Linklater.«

Die Soldaten dösten vor sich hin, und der Handelsvertreter schlug mir ein Kartenspiel vor. Rechtzeitig erinnerte ich mich, daß ich Kirchenältester der Nethergate

U. F. Church war, und weigerte mich mit verhaltener Entrüstung. Danach schloß ich wieder die Augen, denn ich wollte über dieses neue Phänomen nachdenken.

Der Bursche konnte Deutsch – das war klar. Außerdem war er mit Gresson zusammen gesehen worden. Ich glaubte nicht, daß er mich verdächtigte, obgleich ich ihn äußerst verdächtig fand. Meine Aufgabe war es, mich streng an meine Rolle zu halten und ihm keinen Anlaß zu irgendwelchen Zweifeln zu geben. Deutlich war, daß er seine eigene Rolle mir gegenüber spielte, und ich mußte so tun, als glaubte ich ihm alles. Deswegen wachte ich wenig später wieder auf und verwickelte ihn in ein Streitgespräch über die Moral des Verkaufs von Alkohol. Bereitwillig ging er darauf ein und vertrat die Sache des Alkohols mit viel Nachdruck und Heftigkeit. Das Gespräch interessierte die Soldaten, und um zu zeigen, daß er auf Linklaters Seite stünde, zog einer eine Schnapsflasche hervor und bot sie dem Handelsvertreter an. Ich beschloß das Thema, indem ich mürrisch bemerkte, das der Reisende besser getan hätte, wenn er weiterhin Bücher für Alexander Matheson verkauft hätte, und damit war die Angelegenheit erledigt.

Der Zug übertraf alles. Er hielt auf jedem Bahnhof, und nachmittags war er plötzlich so müde, daß er inmitten eines Moores einfach stehenblieb und eine Stunde lang sinnierte. Hin und wieder steckte ich den Kopf aus dem Fenster und spürte deutlich den Modergeruch des Moores, und als wir auf einer Brücke hielten, beobachtete ich die Forellen in dem braunen Flüßchen. Dann schlief und rauchte ich abwechselnd und begann, einen erbärmlichen Hunger zu bekommen.

Einmal wachte ich auf und hörte, daß die Soldaten sich über den Krieg unterhielten. Es war ein Streit zwischen einem Gefreiten der Camerons und einem einfachen Pionier über irgendeinen belanglosen Vorfall an der Somme.

»Ich will dir mal was sagen – ich war selbst da«, sagte der Cameron. »Wir sollten abends ablösen, aber die Deutschen beschossen die Straße, und erst um ein Uhr morgens kamen wir in die Stellung. Vom Frickout Circus bis zum Südende des High Wood sind es genau fünf Meilen.«

»Nicht mehr als drei«, sagte der Pionier bestimmt.

»Mann, ich bin die Strecke doch selbst gelaufen.«

»Ich auch. Eine Woche lang habe ich Nacht für Nacht Strippe ziehen müssen.«

Verdrossen sah der Cameron sich um. »Wenn doch bloß jemand hier wäre, der die Gegend kennt. Der würde bestätigen, was ich gesagt habe. Diese jungen Burschen können es nicht, denn die sind erst später hingekommen. Ich bleibe dabei: es sind fünf Meilen.«

»Drei«, sagte der Pionier.

Langsam wurden die beiden wütend, denn jeder hatte das Gefühl, daß seine Glaubwürdigkeit bestritten würde. Für einen Streit aber war es zu heiß, und ich war so müde, daß ich achtlos wurde.

»Haltet die Klappe, ihr Idioten«, sagte ich. »Es sind genau sechs Kilometer – also habt ihr beide unrecht.«

»Was ist ein Kilometer, Mr. McCaskie?« fragte Linklater sanft.

»Mit fünf multipliziert und durch acht geteilt, das ergibt die Meilen.«

Ich war wieder auf der Hut und erzählte eine lange Geschichte von einem Neffen, der an der Somme gefallen wäre, und daß ich seinetwegen mit dem Kriegsministerium korrespondiert hatte. »Abgesehen davon«, sagte ich, »bin ich ein gründlicher Zeitungsleser und habe sämtliche Bücher über den Krieg gelesen. Für uns alle ist diese Zeit schwer, und wenn man sich für den Krieg ernsthaft interessiert, hilft man sich damit sehr viel weiter. Ich meine, wenn man die Orte auf einer Karte einträgt und die Meldungen vom Kriegsschauplatz gründlich studiert.«

»Stimmt genau«, sagte Linklater trocken, und ich fand, daß er mich mit einem merkwürdigen Ausdruck in seinen Augen beobachtete.

Eine neue Idee ergriff von mir Besitz. Dieser Mann war mit Gresson zusammengewesen, konnte Deutsch, und offenbar war er im Grunde etwas ganz anderes als das, was zu sein er vorgab. Was war aber, wenn er im Dienst unseres eigenen Secret Service stand? Am Kyle war ich plötzlich aus dem Nichts aufgetaucht, und als Handelsreisender hatte ich einen schlechten Eindruck gemacht, da ich über mein Gewerbe nichts wußte. Ich befand mich in einem Gebiet, das für gewöhnliche Sterbliche verboten war, und damit hatte er allen Grund, meine Schritte mißtrauisch zu beobachten. Er fuhr nach Süden, und ich auch; ganz klar, daß wir irgendwie zusammenblieben.

»In Muirtown steigen wir um, nicht?« fragte ich. »Wann fährt der Zug nach Süden ab?«

Er blätterte in einem Taschenfahrplan. »Zehn Uhr dreiunddreißig. Gewöhnlich hat man vier Stunden Aufenthalt, denn unser Zug trifft planmäßig um sechs Uhr fünfzehn ein. Aber dieser Trauerzug muß schon Glück haben, wenn er um neun da ist.«

Seine Voraussage traf zu. Aus den Bergen kamen wir auf das Hochland hinaus und erblickten vorübergehend die Nordsee. Dann standen wir eine Zeitlang auf einem Nebengleis, während ein langer Güterzug uns überholte. Es war schon beinahe dunkel, als wir schließlich in den Bahnhof von Muirtown schlichen und der Zug seine Ladung aus erhitzten und müden Soldaten absetzte.

Auffällig verabschiedete ich mich von Linklater. »Es hat mich sehr gefreut, Sie kennenzulernen. Vielleicht sehen wir uns später im Zug nach Edinburgh. Jetzt muß ich mir erst einmal die Beine vertreten und irgendwo etwas essen.« Ich war fest entschlossen, daß der Zug, der um zehn Uhr dreißig in Richtung Süden abfuhr, es ohne mich tun sollte.

Ich hatte die Absicht, in einem abgelegenen Gasthaus ein Zimmer zu nehmen und zu essen, und am nächsten Morgen wollte ich mit irgendeinem Personenzug weiterfahren. Linklater war zwischen den Soldaten verschwunden, um sein Gepäck zu holen, während die Soldaten auf ihren Tornistern saßen und so absolut und endgültig verloren und vernachlässigt wirkten, wie es für einen britischen Soldaten auf einer Reise typisch ist. Ich gab meine Fahrkarte ab, und da ich mit dem Zug aus dem Norden gekommen war, ging ich ungehindert in die Stadt.

Es war Markttag, und die Straßen waren bevölkert. Matrosen, Bauern vom Lande und Angehörige aller Waffengattungen drängten sich auf den Bürgersteigen. Fischhändler riefen ihre Ware aus, und irgendwo saß ein zerlumpter Betrunkener an einer Ecke und schlief. Nach mühsamer Suche entdeckte ich schließlich in einer Nebenstraße ein bescheiden wirkendes Gasthaus. Als ich mich nach einem Zimmer erkundigte, fand ich niemanden, der mir Auskunft geben konnte; lediglich ein schlampiges Mädchen meinte, es wäre noch ein Bett frei, und in der Gaststube könnte ich Schinken mit Ei bekommen. Nachdem ich mit dem Kopf heftig gegen einen Deckenbalken gestoßen war, stolperte ich also einige Stufen hinunter und betrat eine muffige kleine Gaststube, in der es nach abgestandenem Bier und Tabaksqualm roch.

Schinken mit Ei waren, wie sich herausstellte, nicht greifbar – an jenem Abend waren in Muirtown keine Eier zu bekommen; statt dessen setzte man mir kaltes Hammelfleisch und ein Glas leidliches Bier vor. Mit Ausnahme von zwei Bauern, die heißen Whisky mit Wasser tranken und sich ernsthaft über die Preiserhöhung des Mastfutters unterhielten, war niemand da. Ich aß mein Abendbrot und wollte gerade nachfragen, wie es nun mit meinem Bett stünde, als ein Dutzend Soldaten das Lokal durch die Straßentür betrat.

Im Handumdrehen wurde aus dem ruhigen Lokal ein Babel. Die Männer waren zwar stocknüchtern, aber zugleich in jener freundschaftlichen Stimmung, die irgendein Trankopfer erfordert. Einer von ihnen war bereit, die Runde zu zahlen; er war der Anführer, und man wollte das Ende seines Urlaubs feiern. Deswegen fühlte er sich verpflichtet, seine Kameraden zu unterhalten. Von meinem Platz aus konnte ich ihn zwar nicht sehen, aber seine Stimme tönte immer wieder durch. »Was willst du, Jock? Für dich ein Bier, Andrew? Für mich ein Bier und einen Klaren. Das hier ist besser als die Kantinen, wo wir draußen sitzen, was, Davie? Mensch, in so einer Kantine kriege ich manchmal richtig Sehnsucht nach einer anständigen schottischen Kneipe.«

Die Stimme klang vertraut. Ich verschob meinen Stuhl, um den Sprecher sehen zu können, und zog mich dann eilends wieder zurück. Es war der Scots Fusilier, den ich nach der Versammlung in Glasgow niedergeschlagen hatte, als ich Gresson verteidigte.

Aber durch ein seltsames Verhängnis hatte auch er mich erblickt.

»Wer sitzt denn da in der Ecke?« schrie er, verließ die Theke und starrte mich an. Nun ist es tatsächlich komisch, aber wenn man sich ein einziges Mal mit einem Mann geprügelt hat, und wenn es nur Sekunden dauerte, vergißt man dessen Gesicht nicht, und die Schlägerei in Glasgow hatte zudem unter einer Straßenlaterne stattgefunden. Der Jock erkannte mich natürlich sofort.

»Bei Gott!« schrie er, »wenn das kein glücklicher Zufall ist! Jungs, hier ist der Mann, mit dem ich mich in Glasgow geschlagen habe. Wißt ihr noch, daß ich es euch erzählt habe? Er schlug mich zu Boden, aber jetzt bin ich an der Reihe. Keine Ahnung habe ich gehabt, daß es heute abend noch so schön wird. Niemand darf Geordie Hamilton verprügeln, ohne daß Geordie ihn eines Tages ebenfalls verprügelt. Steh auf, Mann, denn jetzt schlage ich dir den Schädel ein.«

Pflichtschuldigst erhob ich mich, und in der besten Haltung, die mir möglich war, blickte ich ihm ins Gesicht.

»Sie irren sich, mein Freund. Ich habe Sie noch nie gesehen, und in meinem ganzen Leben war ich noch nie in Glasgow.«

»Das ist gelogen«, sagte der Fusilier. »Du bist es, und wenn du es nicht bist, bist du ihm so ähnlich, daß du dafür Prügel verdienst!«

»Hören Sie endlich mit dem Unsinn auf!« sagte ich. »Ich streite mich nicht mit Ihnen und habe Besseres zu tun, als mich in einem Lokal mit einem Fremden zu schlagen.«

»Wirklich? Also gut, dann werde ich es dir eben zeigen. Ich hau einfach zu, und dann mußt du dich wehren, ob du willst oder nicht. Tom, halt mal mein Jackett und paß auf, daß niemand mein Bier austrinkt.«

Es war ein teuflischer Zwischenfall, denn wenn es hier zu einer Schlägerei kam, würde die Polizei kommen, und meine zweifelhafte Situation würde dargelegt werden. Ich dachte schon daran, den Kampf aufzunehmen, denn ich war überzeugt, daß ich den Mann auch zum zweitenmal niederschlagen könnte; das schlimmste dabei war jedoch, daß ich keine Ahnung hatte, wo alles enden würde. Vielleicht mußte ich mich dann der anderen erwehren, und das bedeutete eine handfeste allgemeine Prügelei. Ich tat mein Bestes, meinen Gegner zur Vernunft zu bringen. Ich sagte, wir alle wären doch gute Freunde, und bot an, eine Runde auszugeben. Aber das Blut des Fusiliers kochte, und er sehnte sich nach einer Schlägerei, angefeuert von seinen Kameraden. Inzwischen hatte er seine Jacke ausgezogen und stellte sich mit angewinkelten Armen vor mich hin.

Ich tat das einzige, was mir unter diesen Umständen einfiel. Ich saß dicht neben der Treppe, die in den anderen Teil der Gastwirtschaft führte. Ich packte meinen Hut, raste die Treppe hoch, und bevor die anderen erkannten, was los war, hatte ich die Tür hinter mir verriegelt. Deutlich hörte ich, wie in der Gaststube der Lärm losbrach.

Ich rannte durch einen dunklen Gang und kam auf einen anderen, der rechtwinklig verlief und die Straßentür der Gastwirtschaft mit dem Hinterhof zu verbinden schien. In der Nähe des Eingangs hörte ich bereits Stimmen und blieb stehen.

Eine der Stimmen gehörte Linklater, aber er sprach jetzt nicht so, wie Linklater geredet hatte. Er sprach ein gebildetes Englisch. Außerdem hörte ich noch eine andere mit schottischem Akzent, die wie die eines Constables klang, kurz und knapp. Von Linklater verstand ich außerdem noch einen Satz: »Er nennt sich McCaskie.« Dann gingen die Stimmen unter, denn der Lärm hatte die vordere Tür erreicht. Der Fusilier und seine Freunde suchten mich in der Nähe des Eingangs.

Da die Aufmerksamkeit der Männer abgelenkt war, hatte ich eine Chance. Mir blieb nichts anderes als die Hintertür. Durch sie schlüpfte ich auf den Hof hinaus und stolperte beinahe über ein gefülltes Wasserfaß. Dieses Faß stellte ich so hin, daß jeder, der denselben Weg nahm, hineinfallen mußte. Eine Tür führte dann in einen leeren Stall, und von dort gelangte ich in eine Gasse. Es war alles so fürchterlich einfach, aber als ich die Gasse entlangrannte, hörte ich ein gewaltiges Geschrei und den Klang wütender Stimmen. Irgend jemand war in das Wasserfaß gefallen, und ich hoffte nur, daß Linklater es gewesen war. Zu dem Fusilier dagegen hatte ich eine gewisse Zuneigung gefaßt.

Irgendwo stand die dünne Mondsichel am Himmel, aber in der Gasse war es stockfinster. Ich rannte nach links, denn rechts sah es wie eine Sackgasse aus. Auf diese Weise kam ich auf eine Straße mit zweistöckigen Häusern, die zu einer beleuchteten Straße führte. Deswegen lief ich in die andere Richtung, denn ich hatte keine Lust, daß die gesamte Bevölkerung von Muirtown sich an der Jagd auf mich beteiligte. Ich stieß auf eine Landstraße, zugleich aber auch auf die Vorhut meiner Verfolger, die eine Abkürzung genommen haben mußte. Die Leute brüllten, als sie mich sahen, aber immer noch hatte ich einen kleinen Vorsprung und rannte die Straße in dem Glauben entlang, daß sie auf freies Feld führte.

Das aber war ein Irrtum. Die Straße brachte mich lediglich auf die andere Seite der Stadt, und als ich gerade glaubte, eine Chance zu haben, sah ich vor mir die Lichter einer Signallaterne und etwas weiter links die Lichter des Bahnhofs. In einer halben Stunde sollte der Zug nach Edinburgh abfahren, aber das war für mich unmöglich. Hinter mir konnte ich bereits meine Verfolger hören, die wie junge Hunde kläfften, denn auch einige ziemlich betrunkene Gentlemen hatten sich der Jagd angeschlossen.

Ich war noch unentschlossen, wohin ich mich wenden sollte, als ich außerhalb des Bahnhofs eine lange Reihe gedämpfter Lichter erkannte, und das konnte nur ein Zug sein, dessen Fenstervorhänge zugezogen waren. Vor dem Zug stand bereits eine Lokomotive, und anscheinend wartete man nur darauf, bis zwei Waggons angekuppelt waren. Ich kroch über einen Streifen kahlen Bodens, dann eine Aufschüttung hoch und stand plötzlich auf Schienen. Ich duckte mich unter einer Kupplung hindurch und gelangte somit auf die andere, meinen Verfolgern abgewandte Seite des Zuges.

Dann passierte gleichzeitig zweierlei. Ich hörte das Brüllen meiner Verfolger, nur wenige Meter von mir entfernt, und im selben Augenblick setzte der Zug sich ruckartig in Bewegung. Ich sprang auf das Trittbrett und blickte durch ein geöffnetes Fenster. Das Abteil war mit Soldaten besetzt: je sechs auf den Bänken und zwei auf dem Fußboden, und die Tür war versperrt. Kopfüber ließ ich mich durch das Fenster hineinfallen und landete auf dem Buckel eines müden Kriegers, der gerade am Einschlafen gewesen war.

Während ich mich noch fallen ließ, überlegte ich, wie ich mich aufführen sollte. Ich mußte den Betrunkenen spielen, denn ich kannte das unendliche Mitgefühl des britischen Soldaten gegenüber jenen, die sich übernommen hatten. Man stellte mich auf die Füße, und der Mann, auf dem ich gelandet war, rieb sich den Schädel und verlangte fluchend eine Erklärung.

»Gentlemen«, sagte ich mit einem Schluckauf, »Entschuldigung. Ich habe diesen ver-verdammten Zug fast verpaßt und muß morgen in Edinburgh sein, oder ich fliege raus. Entschuldigung. Sollte ich meinem Freund weh getan haben, werde ich seinen Schädel küssen, und alles ist wieder gut.«

Darauf ertönte lautes Gelächter. »Nimm die Entschuldigung lieber an, Piet«, sagte jemand. »Zum erstenmal hat sich jemand angeboten, deinen gräßlichen Schädel zu küssen.«

Einer fragte mich, wer ich wäre, und ich tat, als suchte ich nach meiner Brieftasche.

»Weg«, ächzte ich. »Weg, auch mein ganzes Gepäck, und mein Hut ist zum Teufel. Ich sehe sicher schrecklich aus, Gentlemen – eine Warnung für alle, sich nicht zu verspäten. Ich heiße John Johnstone und bin Angestellter bei *Messrs. Watters, Brown and Elphenstone*, 923 Charlotte Street in Edinburgh. Ich war im Norden, um meine Mama zu besuchen.«

»Eigentlich sollten Sie in Frankreich sein«, sagte einer.

»Das wünschte ich auch, aber niemand wollte mich haben. ›Mr. Johnstone‹, hieß es, ›Sie taugen nichts. Sie haben Krampfadern und einen Herzfehler‹, hieß es. Da habe ich gesagt: ›Auf Wiedersehen, Gentlemen. Aber behaupten Sie nachher nicht, ich sei am Untergang des Vaterlandes schuld.‹ Das habe ich gesagt.«

Mittlerweile hatte ich den einzigen freien Platz auf dem Fußboden mit Beschlag belegt. Mit der Philosophie ihrer Rasse hatten die Männer meine Anwesenheit hingenommen und wandten sich wieder ihren eigenen Gesprächen zu. Der Zug vergrößerte seine Geschwindigkeit, und da es sich meiner Ansicht nach um einen Sonderzug handelte, rechnete ich mit nur wenigen Aufenthalten. Überdies hatten die Wagen an der Seite keinen Gang, sondern waren von der altmodischen Art, so daß ich eine Weile vor der unwillkommenen Aufmerksamkeit der Schaffner sicher war. Ich streckte meine Beine unter die Bank, legte meinen Kopf gegen die Knie eines muskulösen Kanoniers, und beschloß, aus allem das Beste zu machen.

Meine Überlegungen waren keineswegs erfreulich. Ich war zu tief unter die Oberfläche gedrungen und hatte ein leicht verletzbares Gefühl, wie in einem Traum, wenn man glaubt, im Nachthemd zu einer Theateraufführung gegangen zu sein. Binnen zwei Tagen hatte ich drei Namen und genauso viele Charaktere gehabt. Ich hatte das Gefühl, nirgends eine Heimat oder einen Rückhalt zu besitzen, sondern lediglich ein streunender Hund zu sein, der von jedem geschlagen und getreten werden konnte. Es war ein gräßliches Gefühl, und gemildert wurde es auch nicht durch akute Angst oder das Bewußtsein, an irgendeinem verzweifelten Drama beteiligt zu sein. Ich wußte, daß ich bequem nach Edinburgh fahren konnte, und sollte die Polizei Schwierigkeiten machen, wie mit Sicherheit anzunehmen war, würde ein Telegramm an Scotland Yard die Angelegenheit binnen Stunden klären. Es war nicht das Bewußtsein, einer körperlichen Gefahr ausgesetzt zu sein, das meine Würde wiederherstellte. Das Schlimmste, was passieren konnte, würde sein, daß Ivery erführe, ich wäre mit den Behörden befreundet, denn dann würde die Rolle, die ich übernommen hatte, unmöglich werden. Mit Sicherheit würde er es erfahren. Für seinen Spionagedienst empfand ich größte Hochachtung.

Dennoch stand die Angelegenheit äußerst schlecht. Bisher hatte ich gut gearbeitet. Ich hatte Gresson von meiner Spur abgelenkt. Ich hatte herausgefunden, was Blenkiron wissen wollte, und ich brauchte lediglich unauffällig nach London zurückkehren, um das Spiel zu gewinnen. Das alles sagte ich mir selbst, aber es verbesserte meine Laune nicht. Ich kam mir gemein und gejagt vor, und außerdem hatte ich kalte Füße.

Aber ich besitze eine ganze Portion Hartnäckigkeit, die nicht zuläßt, daß ich eine Sache aufgebe, ehe ich endgültig abgeschüttelt worden bin. Die Situation war für mich alles andere als günstig. Die schottische Polizei interessierte sich sehr für alles, was ich tat, und würde mich am Ende dieser Fahrt höchstwahrscheinlich bereits in Empfang nehmen. Ich hatte meinen Hut ruiniert, und wie Amos bereits gesagt hatte, war meine Kleidung nicht mehr vorzeigbar. Am Abend zuvor war ich zwar meinen viertägigen Bart losgeworden, aber dabei hatte ich mich erheblich geschnitten, und mit meinem vom Wetter gegerbten Gesicht und dem zerzausten Haar ähnelte ich eher einem Zigeuner als einem anständigen Handelsreisenden. Mit Sehnsucht dachte ich an meinen Koffer im Pentland Hotel in Edinburgh, an den hübschen blauen Anzug und die frische Wäsche, die er enthielt. Es war kein geistvolles Spiel mehr, denn ich hatte keine Karten mehr in der Hand. Dennoch war ich entschlossen, nicht eher aufzugeben, als ich dazu gezwungen war. Sollte der Zug irgendwo halten, würde ich verschwinden und mich für den Rest des Unternehmens auf meine eigene Geschicklichkeit und das dauerhafte Glück der britischen Armee verlassen.

Diese Chance erhielt ich kurz nach Einbruch der Morgendämmerung, als wir auf einem kleinen Bahnhof hielten. Gähnend stand ich auf und versuchte, die Tür zu öffnen, bis mir einfiel, daß sie abgeschlossen war. Daraufhin streckte ich die Beine aus dem Fenster, und zwar auf der Seite, die dem Bahnsteig abgewandt war, aber sofort packte mich ein schläfriger Seaforth, der glaubte, ich wollte Selbstmord begehen.

»Laß mich los«, sagte ich. »Ich bin gleich wieder zurück.«

»Laß ihn doch, Jock«, sagte eine andere Stimme. »Du weißt doch selbst, wie es ist, wenn man einen zuviel getrunken hat. An der kalten Luft wird er sicher schnell nüchtern.«

Man ließ mich los; nach einigen Verrenkungen landete ich auf den Schienen und ging den Zug entlang bis zum letzten Waggon. Als ich hinter ihm auf den Bahnsteig kletterte, begann der Zug anzufahren, und aus einem der hinteren Waggons blickte ein Gesicht. Es war Linklater, und er erkannte mich. Er versuchte auszusteigen, aber sofort wurde die Tür von einem wütenden Gepäckträger wieder zugeschlagen. Ich hörte seinen Protest, und er steckte den Kopf aus dem Fenster, bis der Zug in einer Kurve verschwand. Ganz wohl war mir nicht, denn vom nächsten Bahnhof aus würde er die Polizei informieren.

Mittlerweile stand auf dem sauberen, menschenleeren und eisigen Bahnhof nur ein einziger Reisender. Es war ein schlanker junger Mann mit einem Köfferchen und einer Gewehrtasche. Seine Kleidung war gepflegt; er trug einen grünen Homburger, dazu einen eleganten grünen Mantel und Schuhe, die wie Roßkastanien funkelten. Ich sah sein Profil, als er seine Fahrkarte abgab, und zu meinem Erstaunen erkannte ich ihn wieder.

Der Stationsvorsteher sah mich merkwürdig an, als ich mich, verkommen und zerzaust, seinem amtlichen Blick darbot. Ich versuchte, in herrischem Ton zu sprechen.

»Wer ist der Mann, der gerade eben durchgegangen ist?«

»Wo ist Ihre Fahrkarte?«

»In Muirtown hatte ich keine Zeit, mir eine zu besorgen, und wie Sie sehen, habe ich selbst mein Gepäck zurückgelassen. Verrechnen Sie das Fahrgeld mit diesem Pfund; den Rest hole ich mir nachher ab. Ich möchte lediglich wissen, ob das Sir Archibald Roylance war.«

Mißtrauisch betrachtete er den Geldschein. »Ich glaube, so heißt er. Er ist Captain an der Pilotenschule. Was wollen Sie von ihm?«

Ich rannte durch den Bahnhof und entdeckte den Mann, als er gerade einen großen grauen Wagen besteigen wollte.

»Archie!« rief ich und schlug ihm auf die Schulter.

Er fuhr herum. »Was . . .! Wer sind Sie?« Und dann sah ich seinem Gesicht an, daß er mich langsam wiedererkannte, was ihn sichtlich freute. »Du lieber Himmel! Der General, als Charlie Chaplin verkleidet! Kann ich Sie irgendwohin mitnehmen, Sir?«

9
MIT DEN SCHWINGEN EINER TAUBE

»Fahren Sie mich irgendwohin, wo ich frühstücken kann, Archie«, sagte ich, »denn ich vergehe vor Hunger.«

Wir stiegen in den Wagen, und der Fahrer brachte ihn schwungvoll von der Bahnhofstraße auf eine lange Steigung. Sir Archie hatte bei den Lennox Highlanders zu meinen Untergebenen gehört und uns noch vor der Somme verlassen, um in das Flying Corps einzutreten. Ich hatte gehört, daß er das Pilotenabzeichen gemacht und über Arras Erfolge gehabt hatte, und jetzt bildete er in der Heimat Piloten aus. Er war damals ein fröhlicher junger Mann gewesen, der sich von mir wegen seiner Versäumnisse ziemlich viel hatte sagen lassen müssen. Jetzt aber gehörte er genau zu denen, die ich brauchte.

Ich merkte, daß er mir wegen meines Äußeren verstohlen amüsierte Blicke zuwarf.

»Anscheinend haben Sie einiges vom Leben zu sehen bekommen, Sir«, sagte er respektvoll.

»Ich werde von der Polizei gejagt«, sagte ich.

»Diese dreckigen Hunde. Aber machen Sie sich keine Gedanken, Sir; wir werden Sie schon wegbringen. Ich habe selbst einmal in einer derartigen Klemme gesteckt. Sie können sich in meiner kleinen Blockhütte verbergen, denn der alte Gibbons hält bestimmt den Mund. Oder etwas anderes: ich habe eine Tante, die hier in der Nähe wohnt, und der würde die Geschichte sicherlich Spaß machen. Auf ihrem von Wasser umgebenen Bauernhof können Sie sich verstecken, bis die Polizei der Sache müde wird.«

Wahrscheinlich war es die ruhige Art, in der Archie meine Situation als natürlich und passend betrachtete, die meine gute Laune wiederherstellte. Er war zu gut erzogen, um zu fragen, welches Verbrechen ich begangen hatte, und ich hatte nicht die Absicht, ihm allzuviel mitzuteilen. Als wir jedoch in die Heidestraße einbogen, verriet ich ihm, daß ich im Dienst der Regierung stünde, daß es jedoch notwendig wäre, daß niemand davon erführe, und daß ich der Polizei aus diesem Grunde auswiche. Er pfiff anerkennend.

»Ein ganz schön schwieriges Spiel. Also eine Art Tarnung? Aus eigener Erfahrung weiß ich, daß man dabei des Guten leicht zu viel tut. Als ich in Misieux war, tarnten die Franzosen die Wagen, in denen sie ihre Brieftauben hielten, so gut, daß die armen kleinen Viecher sie nicht wiederfanden und die ganze Nacht im Freien bleiben mußten.«

Wir fuhren durch die weißen Tore eines großen Flugplatzes, der von einem Wald von Zelten und Hütten umgeben war, und hielten dann vor einer Blockhütte am jenseitigen Ende des Platzes. Es war genau halb fünf, und die Welt schlief noch. Mit einer Kopfbewegung deutete Archie auf die Hangars, und aus einem ragten Motor und Propeller einer Maschine heraus.

»Morgen muß ich diese Kiste nach Farnton fliegen«, meinte er. »Es ist eine neue Shark-Gladas. Sie hat einen riesigen Propeller.«

Dabei kam mir plötzlich eine Idee.

»Sie fliegen schon heute früh«, sagte ich.

»Woher wissen Sie das?« rief er aus. »Eigentlich sollte ich nämlich heute fliegen, aber die Leute in Caithness wollten so gern noch einmal auf die Jagd gehen, daß ich beschloß, einen Tag Urlaub anzuhängen. Man kann von einem Mann nicht verlangen, in den Süden Englands zu fliegen, wenn er gerade einmal anständig Urlaub gemacht hat.«

»Trotzdem werden Sie sich zusammenreißen und in zwei Stunden starten. Und mich nehmen Sie dabei mit.«

Verständnislos starrte er mich an und brach dann in schallendes Gelächter aus. »Sie sind der richtige Mann für eine Tigerjagd. Was aber wird mein Chef dazu sagen? Er ist kein schlechter Kerl, kann aber Haare auf den Zähnen haben. Und diesen Spaß wird er nicht einfach hinnehmen.«

»Er braucht es gar nicht zu wissen. Er darf es nicht wissen. Bis alles zu Ende ist, handelt es sich um eine Angelegenheit zwischen Ihnen und mir. Und ich verspreche Ihnen, daß ich die Angelegenheit mit dem Flying Corps schon regeln werde. Bringen Sie mich bis zum Abend nach Farnton, und Sie werden dem Land einen Dienst erwiesen haben.«

»In Ordnung! Aber erst wollen wir baden und anständig frühstücken, und dann stehe ich Ihnen zur Verfügung. Ich sage nur schnell Bescheid, daß die Maschine startklar gemacht wird.«

In Archies Schlafzimmer wusch und rasierte ich mich und lieh mir eine grüne Tuchmütze sowie einen nagelneuen Wettermantel. Letzterer verdeckte die Beschädigungen meiner Kleidung, und als ich dann noch ein Paar Handschuhe requirierte, kam ich mir fast ansehnlich vor. Gibbons, der ein Mädchen für alles zu sein schien, bereitete uns Schinken und ein Omelett, und während Archie aß, erzählte er. Im Bataillon hatten seine Gespräche sich meistens mit Pferderennen und den vergangenen Freuden der Stadt beschäftigt; jetzt dagegen hatte er das alles vergessen, und wie jeder gute Pilot, den ich kenne, ›fachsimpelte‹ er begeistert. Für das Flying Corps empfinde ich tiefen Respekt, aber trotzdem wechselt es jeden Monat seinen Jargon, so daß er für einen Laien schwer verständlich bleibt. Archie war völlig versessen darauf, wieder aktiv am Krieg teilzunehmen, den er lediglich vom Standpunkt des Fliegers aus sah. Für ihn war Arras vorüber gewesen, bevor die Infanterie die vordersten Gräben überhaupt verlassen hatte, und der kritische Punkt bei der Sommeschlacht hatte für ihn im Oktober und nicht im September gelegen. Seiner Ansicht nach war es bisher noch nie zu großen Luftkämpfen gekommen, und deswegen hoffte er, rechtzeitig wieder nach Frankreich zu dürfen, um an ihnen teilzunehmen. Wie alle guten Piloten sprach er ferner nur sehr zurückhaltend über sich selbst.

»Früher bin ich Jagden geritten, und für Pferde habe ich eine gute Hand, so daß ich auch mit einem Flugzeug gut zurechtkomme. Wissen Sie, bei allem geht es darum, die richtige Hand dafür zu haben. Für uns ist das Risiko nicht halb so groß wie für die Infanteristen unter uns;

dafür ist der Spaß millionenmal größer. Ich bin froh, Sir, daß ich damals zum Flying Corps gegangen bin.«

Wir sprachen von Peter, und Archie hielt ihn für den besten Jagdflieger. Voss war seiner Ansicht nach der einzige Deutsche, der mit Peter verglichen werden konnte, denn über Lensch hatte er sich noch keine Meinung gebildet. Den Franzosen Guynemer stufte er hoch ein, wenn auch auf andere Weise. Ich erinnere mich, daß er für Richthofen und dessen berühmten Zirkus nicht viel Respekt empfand.

Punkt sechs waren wir startbereit. Zwei Mechaniker hatten die Maschine hinausgeschoben, und Archie zog seinen Übermantel an und die Handschuhe über und kletterte dann in den Pilotensitz, während ich mich hinter ihm in den Sitz des Beobachters klemmte. Langsam erwachte der Flugplatz, aber Offiziere konnte ich nirgends erkennen. Kaum saßen wir in der Maschine, als Gibbons unsere Aufmerksamkeit auf einen Kraftwagen lenkte, der sich noch auf der Straße befand, und wenig später hörten wir einen Ruf und sahen Männer, die in unsere Richtung winkten.

»Es wäre besser, wenn wir starteten«, sagte ich. »Dem Aussehen nach könnten es meine Freunde sein.«

Der Motor sprang an, und die Mechaniker traten zurück. Während wir über den Rasen rollten, blickte ich nach hinten und sah, daß mehrere Gestalten in unsere Richtung liefen. In der nächsten Sekunde hatten wir die holperige Erde verlassen und befanden uns auf der glatten Bahn der Luft.

Ich war schon vorher mehrere Dutzend Male geflogen, meistens über den feindlichen Linien, wenn ich mir selbst einen Überblick über die Umgebung verschaffen wollte. Dann waren wir immer tief geflogen, und die deutsche Flugzeugabwehr hatte uns ganz schön eingedeckt, nicht zu sprechen von dem gelegentlichen Feuer der Maschinengewehre. Bis zu jener Stunde hatte ich jedoch noch nicht die Freude eines Geradeausfluges in einem schnellen Flugzeug bei vollkommenem Wetter erlebt. Archie verlor keine Zeit. Bald wirkten die hinter uns zurückbleibenden Hangars wie

Kinderspielzeug, und die Welt blieb unter uns zurück, bis man glaubte, sie wäre eine große goldene Schüssel, über deren Ränder die Quintessenz des Lichtes quoll. Die Luft war kalt, und meine Hände wurden gefühllos, aber ich spürte es nicht. Während wir donnernd nach Süden flogen, gelegentlich in Luftwirbel gerieten oder auch völlig gleichmäßig in einem regungslosen Luftstrom dahinschwebten, wurden Kopf und Herz bei mir so leicht wie die eines Knaben. Ich vergaß sämtliche Sorgen meines Auftrags und sah lediglich die lustige Komödie. Fast glaubte ich, daß nichts auf Erden mir jemals wieder Kummer machen könnte. Weit links sah ich einen silbernen Streifen und daneben eine Gruppe von Spielzeughäusern: das mußte Edinburgh sein, wo mein Koffer lag und die tüchtigsten Polizisten jetzt nach mir suchten. Bei dieser Vorstellung lachte ich so laut auf, daß Archie mich gehört haben mußte. Er drehte sich um, sah mein grinsendes Gesicht und grinste ebenfalls. Dann gab er mir ein Zeichen, mich anzuschnallen. Ich gehorchte, und er begann mit Kunstflugübungen – mit einem Looping, Abtrudeln und anderen Figuren, deren Bezeichnung ich nicht kannte. Es war ein großartiger Spaß, und er behandelte seine Maschine wie ein guter Reiter sein nervöses Pferd, um es über ein steiles Hindernis zu bringen. Er besaß dieses Unsagbare, das den Piloten ausmacht.

Wenig später überzog das Schachbrett aus grünen und braunen Feldern sich mit einem tiefen Purpurrot und kaum erkennbaren silbrigen Streifen, die wie Adern im Gestein wirkten. Wir überquerten die Grenzgebirge, jene Gegend, wo ich tagelang mühsam herumgelaufen war, als ich an der Sache mit dem ›Schwarzen Stein‹ beteiligt war. Welch wunderbares Element war die Luft, die einen hoch über die Strapazen der Menschheit hinaushob! Archie hatte richtig gehandelt, als er zum Flying Corps überwechselte. Peter war weise gewesen. Für meinen alten Freund, der jetzt im Hof eines deutschen Gefangenenlagers herumhumpelte, nachdem er früher wie ein Falke geflogen war, empfand ich tiefstes Mitgefühl. Ich überlegte, daß ich mein Leben bisher vergeudet hätte. Aber dann erinnerte ich mich auch, daß all dies nur im Krieg Verwendung fand und dem verdreckten britischen Infanteristen half, seinen deutschen Gegner niederzuringen. Der britische Infanterist war schließlich immer noch derjenige, der die Schlachten entschied, und dieser Gedanke tröstete mich.

Große Heiterkeit ist häufig der Vorgänger des Unheils, und bei mir war es ein völlig überraschender Sturz. Es war fast Mittag, und wir waren bereits tief in England – nach den Flüssen, die wir überflogen hatten, zu schließen, mußten wir uns irgendwo im Norden von Yorkshire befinden –, als der Motor merkwürdige Geräusche von sich gab und wir auch bei völlig ruhiger Luft durchsackten. Wir stiegen dann zwar wieder hoch, aber der verdammte Motor hörte nicht auf zu lärmen. Archie reichte mir einen Zettel nach hinten, auf den er gekritzelt hatte: »Motor setzt aus. Muß in Micklegill landen. Tut mir sehr leid.« Deswegen flogen wir in geringerer Höhe, wo wir deutlich die Häuser und Straßen und die sanften Wellen des Heidelandes erkennen konnten. Ich selbst hätte mich nie zurechtgefunden, aber Archies geübtes Auge erkannte jedes Kennzeichen. Sehr niedrig flogen wir jetzt langsam dahin, und selbst ich konnte wenig später die Hangars eines großen Flugplatzes sehen.

Wir schafften es bis Micklegill, aber nur um Haaresbreite. Wir waren so niedrig, daß die qualmenden Schornsteine von Bradfield, sieben Meilen weiter östlich, von einer sanften Bodenwelle fast verdeckt wurden. Archie gelang es, die Maschine im Windschatten eines Tannengehölzes aufzusetzen, und als er ausstieg, verwünschte er lauthals den Gladas-Motor. »Ich gehe jetzt zum Lager und erstatte Meldung«, sagte er, »und dann schicke ich Mechaniker her, die das verdammte Grammophon reparieren. Vielleicht ist es besser, wenn Sie ein Stück spazierengehen, Sir. Ich möchte nämlich keine Fragen nach Ihnen beantworten, bis wir wieder startklar sind. Wahrscheinlich wird es etwa eine Stunde dauern.«

Die Fröhlichkeit, die ich hoch oben in der Luft gewonnen hatte, erfüllt mich noch immer. Ich setzte mich in einen Graben, glücklich wie ein kleiner Junge im Sandkasten, und zündete meine Pfeife an. Ein jungenhafter Abenteuergeist hatte von mir Besitz ergriffen, und mit angenehmer Freude wartete ich auf die nächste Drehung des Glücksrades.

Diese Drehung ließ nicht lange auf sich warten. Ziemlich atemlos tauchte Archie plötzlich auf.

»Hören Sie, Sir, da hinten ist der Teufel los. Man hat Ihretwegen überallhin telegraphiert und weiß, daß Sie bei mir sind. Man hat die Polizei geholt und wird Sie in fünf Minuten geschnappt haben, wenn Sie nicht machen, daß Sie wegkommen. Ich habe zwar das Blaue vom Himmel herunter gelogen und gesagt, ich hätte noch nie etwas von Ihnen gehört, aber die Leute wollen hier selbst nachsehen. Um Himmels willen, verschwinden Sie ... Vielleicht verstecken Sie sich lieber da hinten in der Senke, jenseits der Baumgruppe. Ich bleibe hier und versuche die Leute zu beruhigen. Auf jeden Fall wird man mir eine Strafe verpassen ... Hoffentlich können Sie mir aus der Klemme helfen, Sir.«

»Machen Sie sich darüber keine Gedanken«, sagte ich. »Sobald ich in London bin, werde ich es schon einrenken. Ich gehe nach Bradfield, denn diese Gegend ist zu übersichtlich. Auf Wiedersehen, Archie. Sie sind ein anständiger Kerl, und ich werde dafür sorgen, daß Ihnen nichts passiert.«

Ich rannte durch eine Senke des Heidelandes, und mangels irgendeiner Strategie versuchte ich, ein schnelles Tempo einzuschlagen, denn niemand konnte genau sagen, wie weit meine Verfolger das Gelände von einer höheren Stelle aus überblicken konnten. Man mußte mich jedoch gesehen haben, denn ich hörte Pfiffe und Rufe. Ich stieß auf eine Straße, überquerte sie und kam auf einen Hügelkamm, von dem aus ich das sechs Meilen entfernte Bradfield sehen konnte. Und während ich rannte, begann ich zu überlegen, daß diese Art von Jagd nicht lange dauern könnte. Wenn ich sie nicht in die Irre führen konnte, mußte man mich in der nächsten halben Stunde eingekreist haben. Aber in dieser kahlen grünen Ebene gab es keine Deckung, und es sah so aus, als ähnelten meine Chancen denen eines Hasen, der von einem guten Jagdhund auf kahler Heide gehetzt wird.

Plötzlich ertönte unmittelbar vor mir ein vertrautes Geräusch. Es war das Dröhnen von Kanonen – das Knallen von Feldgeschützen und das Donnern kleiner Haubitzen. Ich überlegte schon, ob ich vielleicht irre geworden wäre. Während ich mich weiter mühte, kam das Rattern von Maschinengewehren hinzu, und jenseits des Hügels sah ich vor mir den Staub und den Qualm detonierender Granaten. Daraus schloß ich, daß ich nicht verrückt war und daß daher die Deutschen gelandet sein mußten. Ich kroch den letzten Hang hoch und vergaß völlig meine Verfolger hinter mir.

Und dann blieb mir das Herz stehen, denn ich sah ein wahrhaftiges Gefecht.

Ich erkannte zwei Gräben mit Stacheldraht und allem Drum und Dran, und der eine Schützengraben war voller Soldaten, der andere dagegen leer. In der Nähe des leeren Grabens detonierten die Granaten, obwohl nirgends ein Lebenszeichen zu entdecken war. Das vor mir befindliche Grabensystem schien fast zwei Brigaden zu enthalten, und der vorderste Graben strotzte von Bajonetten. Mein erster Gedanke war, daß die Home Forces verrückt geworden waren, denn diese Art von Schauspiel hatte für eine Ausbildung nicht den geringsten Wert. Dann aber erkannte ich noch anderes – Kameras und Kameramänner, die auf Gestellen an den beiden Flanken standen, und dahinter Männer mit Megaphonen auf Holzgerüsten. Eines der Megaphone ertönte ständig mit voller Lautstärke.

Endlich erkannte ich die Bedeutung der Vorführung. Irgendein Filmproduzent hatte mit der Regierung ein Geschäft gemacht, und so waren ihm Truppen zur Verfügung gestellt worden, um einen Kriegsfilm zu drehen. Dabei fiel mir ein, daß ich unter diesen vielen Menschen jenen Schutz finden konnte, den ich suchte. Hügelabwärts rannte ich zum nächsten Kameramann.

Während des Laufens stieg die erste Welle aus dem vordersten Graben. Die Soldaten machten ihre Sache ungewöhnlich gut, denn sie hatten den Geist des Unternehmens verstanden und erhoben sich mit verbissenen Gesichtern und jenem langsamen und zielstrebigen Schritt, den ich bei meinen eigenen Kameraden vor Arras beobachtet hatte. Rauchgranaten explodierten zwischen ihnen, und gelegentlich fiel einer der findigen Statisten zu Boden. Alles in allem war es das beste Schauspiel, das ich jemals gesehen habe. Die Kameras surrten, die Kanonen dröhnten, im Hintergrund klatschte eine Gruppe von Pfadfindern heftig Beifall, und der Staub stieg in Wolken gen Himmel.

Aber trotzdem war irgend etwas falsch. Ich konnte mir vorstellen, daß derartige Dinge vom Standpunkt des Filmproduzenten aus sehr viel Planung erforderten, denn seine Absicht war nicht die eines kommandierenden Offiziers. Man weiß, daß ein Fotograf seine Modelle hin und her schiebt und mit einer Pose unzufrieden ist, die dem Modell richtig zu sein scheint. Meiner Ansicht nach genügte das Schauspiel, um jedes Kinopublikum von den Stühlen zu reißen, aber der Mann, der in meiner Nähe auf einem Holzgerüst stand, war völlig anderer Ansicht. Er ließ sein Megaphon so dröhnen, als wäre es der Schwanengesang eines sterbenden Büffels. Er wollte irgend etwas ändern und hatte keine Ahnung, wie er es anstellen sollte. Er hüpfte auf einem Bein, nahm das Megaphon vom Mund, um laut zu fluchen, wedelte mit ihm wie mit einer Fahne herum und brüllte seinem Gegenüber auf der anderen Seite irgend etwas zu. Und dann verließ ihn die Geduld: er kletterte eilends die Leiter hinunter, ließ das Megaphon fallen und rannte an den Kameraleuten vorbei auf das Schlachtfeld.

Das war sein Verderben. Er geriet vor die zweite Welle und wurde von ihr, wie ein Blatt von einem Fluß, hinweggeschwemmt. Einen Augenblick sah ich noch ein rotes Gesicht und einen grell gemusterten Anzug; der Rest war Schweigen. Er wurde über den Hügel geschwemmt oder in einen feindlichen Schützengraben gerollt – jedenfalls war er aus meinem Blickfeld verschwunden.

Ich ergriff sein Megaphon und stieg schnell die Leiter

zum Gerüst hoch. Endlich sah ich die Chance einer erstklassigen Deckung, denn mit Archies Mantel und Mütze ähnelte ich äußerlich beinahe einem Filmproduzenten. Zwei Wellen waren bereits aus dem vordersten Graben gestiegen, und die Filmleute, die wie Berserker arbeiteten, hatten alles auf ihren Film gebannt. Aber übrig blieb immer noch eine ganze Menge Soldaten, mit denen etwas anzufangen war, und ich war fest entschlossen, diese Truppe so durcheinander zu bringen, daß die Kerle, die hinter mir her waren, Besseres zu tun haben würden, als an mich zu denken.

Von Vorteil war dabei für mich, daß ich wußte, wie man Befehle an Soldaten erteilt. Deutlich sah ich, daß mein Gegenüber mit dem Megaphon hilflos herumhantierte, denn der Fehler, durch den mein Vorgänger in einen Granattrichter geschwemmt worden war, hatte ihn zur Bedeutungslosigkeit verurteilt. Die Soldaten schienen hauptsächlich unter dem Befehl von Unteroffizieren zu stehen – ich konnte mir auch nicht vorstellen, daß Offiziere sich an einer derartigen Angelegenheit beteiligten –, und der Unteroffizier ist das pedantischste Wesen, das es auf Erden gibt. Deswegen begann ich mit meinem Megaphon die Schlachtordnung zu ändern.

Ich brachte die dritte Welle in die vordersten Gräben. Binnen drei Minuten hatten die Männer den professionellen Ton meiner Stimme erkannt und gehorchten meinen Befehlen. Ihrer Ansicht nach gehörten sie zu dem Schauspiel, und gehorsam nahmen die Kameras alles auf, was sich in ihrem Bereich abspielte. Mein Ziel war, die Soldaten in möglichst geringer Breite aus den Gräben steigen zu lassen, so daß sie zwangsläufig ausschwärmten, und damit mußte ich mich beeilen, denn ich hatte keine Ahnung, wann der glücklose Filmproduzent vom Schlachtfeld zurückkehren und meine Autorität in Frage stellen würde.

Es dauert lange, eine Sache zu entwirren, aber nur sehr kurz, sie zu verwirren – besonders dann, wenn es sich um eine so empfindliche Maschinerie wie disziplinierte Soldaten handelt. Nach etwa acht Minuten hatte ich das

Chaos hergestellt. Die Flanken fächerten nach beiden Seiten aus, trotz aller Bemühungen der Unteroffiziere, sie zusammenzuhalten, und die äußersten Ränder umspülten die Kameramänner. Wie Kegel kippten die Kameras auf ihren kleinen Plattformen um. Sehenswert war das verblüffte Gesicht eines Kameramanns, der unvermittelt hinweggeschwemmt wurde und sich gegen die zielbewußt anmarschierenden Infanteristen wehrte, bevor er verschwand und seine Stimme erstarb.

Es war nicht der Ort, an dem ich länger verweilen konnte; deshalb warf ich das Megaphon weg und mischte mich unter die Nachzügler der dritten Welle. Ich wurde mitgeschwemmt und ging vor den feindlichen Schützengräben vor Anker, wo ich – wie erwartet – meinen ziemlich atemlosen Vorgänger, den Filmproduzenten, vorfand. Allerdings hatte ich ihm nicht viel zu sagen, so daß ich mich durch den Graben verdrückte, bis dieser an einem Hügelhang endete.

Auf jener Flanke stand, vor Begeisterung verzückt, eine Gruppe Pfadfinder. Meine Aufgabe war es, Bradfield so schnell zu erreichen, wie meine Beine mich trugen, und so unauffällig, wie die Götter es zuließen. Unglücklicherweise war ich für den Kindergarten zukünftiger Helden äußerst interessant. Jeder Pfadfinder ist ein Amateurkriminalist und äußerst wissensdurstig. Mehrere folgten mir, plagten mich mit ihren Fragen, und ich antwortete, ich müßte nach Bradfield, um einen Teil der benötigten Soldaten heranzuholen. Das klang zwar ziemlich lahm, denn alles, was für den Film benötigt wurde, war bereits vollzählig vorhanden.

Wir erreichten die Straße, und an einer Steinmauer lehnten mehrere Räder. Ich suchte mir eines aus und wollte gerade aufsteigen.

»Das Rad gehört Mr. Emmott«, sagte einer der Jungen scharf. »Er hat mir aufgetragen, auf sein Rad aufzupassen.«

»Ich muß es mir leihen, mein Sohn«, sagte ich. »Mr. Emmott ist ein sehr guter Freund von mir und hat sicherlich nichts dagegen.«

Von der Stelle, an der wir standen, überblickte ich den Hintergrund des Schlachtfeldes und konnte eine besorgte Gruppe von Offizieren erkennen. Auch andere Leute entdeckte ich, deren Auftauchen mir nicht gefiel. Als ich vorhin mit dem Megaphon hantierte, waren sie noch nicht da gewesen. Sie mußten den Hügel vom Flugplatz heruntergekommen sein, und aller Wahrscheinlichkeit nach handelte es sich um die Verfolger, denen ich entgangen war. Die Heiterkeit, die ich während des Fluges gewonnen hatte und die mich in die Torheit der vergangenen halben Stunde getrieben hatte, ebbte langsam ab. Wieder hatte ich das Gefühl, gejagt zu sein, fühlte ich mich alt und wurde ich vorsichtig. Der Tag hatte für mich erhebliche Schwierigkeiten gebracht, und außerdem hatte ich nicht nur Archie Schwierigkeiten bereitet, sondern auch offizielle Filmaufnahmen gestört – und nichts davon gehört zu den Aufgaben eines Brigadegenerals. Abgesehen davon mußte ich nach London.

Keine zweihundert Meter war ich auf der Straße entlanggefahren, als ein mächtig in die Pedale tretender Pfadfinder mich einholte.

»Colonel Edgeworth möchte Sie sprechen«, keuchte er. »Sie sollen sofort zurückkommen.«

»Sag ihm, daß es jetzt nicht geht«, sagte ich. »In einer Stunde werde ich ihm meine Aufwartung machen.«

»Er hat gesagt, Sie sollten sofort kommen«, meinte der pflichtbewußte Bote. »Ihretwegen ist er schlechter Laune, und außerdem ist Polizei bei ihm.«

Ich legte an Tempo zu und ließ den Jungen hinter mir zurück. Meiner Vermutung nach hatte ich etwa zwei Meilen Vorsprung und konnte nur von einem Motorfahrzeug eingeholt werden. Sicherlich verfügten meine Feinde jedoch über Kraftwagen, so daß es für mich besser war, die Straße so schnell wie möglich zu verlassen. Ich raste einen langen Abhang bis zu einer Brücke hinunter, die einen kleinen verfärbten Fluß überspannte, der sich durch ein bewaldetes Tal wand. Auf dem Hügel hinter mir war im Augenblick niemand, so daß ich in dieser Deckung verschwand, das Fahrrad unter die Brücke schob und Archies

Wettermantel in einem Brombeerdickicht versteckte. Jetzt befand ich mich wieder in meinen unansehnlichen Lumpen und hoffte, daß meine Verfolger durch mein völlig verändertes Aussehen irritiert würden, falls sie mich einholen sollten. Das aber wollte ich auf jeden Fall verhindern. Ich ging flußabwärts und kam dann auf einen Weg, der zu den Gärtnereien führte, die vor der Stadt lagen. Ich dankte dem Himmel, daß ich den Wettermantel losgeworden war, denn der Augustnachmittag war warm und mein Tempo alles andere als langsam. Solange ich mich auf sicherem Boden befand, rannte ich, aber wenn jemand in Sicht war, spazierte ich flott dahin.

Dabei überlegte ich, daß meine Abenteuer in Bradfield vermutlich enden würden. Die Polizei wußte, daß ich dort war, würde die Bahnhöfe bewachen und mich festnehmen, wenn ich mich dort länger aufhielt. Ich kannte niemanden in der Stadt und hatte auch keine Möglichkeit, mir irgendeine wirksame Verkleidung zu besorgen. Tatsächlich begann ich schon bald zu überlegen, ob ich die Stadt überhaupt betreten sollte. Denn kaum saß ich auf der Ladefläche eines Wagens, der einem Fischhändler gehörte, und war ich von der flatternden Plane verdeckt, kamen zwei Gestalten auf Motorrädern vorbei, und die eine war der neugierige Pfadfinder. Die Hauptstraße vom Flugplatz zur Stadt wurde inzwischen wahrscheinlich von Kraftwagen abgesucht. Allem Anschein nach würde es zu einer demütigenden Verhaftung in einem Vorort kommen.

Mit Hilfe einer halben Krone, die ich dem Fahrer gab, nahm der Fischwagen mich durch Straßen mit Arbeiterhäusern bis zu schmalen, mit Kopfsteinen gepflasterten Straßen und nahe liegenden großen Fabriken mit. Kaum sah ich, daß die Straßen bevölkert waren, stieg ich aus und ging zu Fuß weiter. Meine zerrissenen Kleidungsstücke mußten mir das Aussehen eines zweitklassigen Buchmachers oder eines schäbigen Pferdehändlers geben. Das einzig Beachtenswerte an meiner Erscheinung war die goldene Taschenuhr. Ich ließ den Deckel aufspringen und stellte fest, daß es halb sechs war.

Ich wollte etwas essen und suchte gerade nach einem Lokal, als ich das Knattern eines Motorrades hörte und auf der anderen Straßenseite den klugen Pfadfinder erkannte. Er sah mich ebenfalls und bremste mit aller Gewalt, so daß er ins Schleudern und fast unter die Räder eines Lastwagens geriet. Das gab mir Zeit, mich dadurch in ein Nichts aufzulösen, daß ich in einer Seitenstraße verschwand. Ich hatte das unangenehme Gefühl, daß ich bald in der Falle sitzen würde, denn in einem Ort, der mir unbekannt war, hatte ich keine Möglichkeit, meinen Verstand zu benutzen.

Ich erinnere mich, fieberhaft den Versuch gemacht zu haben, gründlich nachzudenken, und wahrscheinlich war ich dadurch vorübergehend unaufmerksam. Ich befand mich mittlerweile in einem wahrhaften Elendsviertel, und als ich meine Hand in die Westentasche steckte, merkte ich, daß meine Uhr verschwunden war.

Das war die Krönung meiner Depression. Die Reaktion auf die ungestüme Heiterkeit des Vormittags war, daß ich kalte Füße bekam. Wieder war ich auf dem Weg in die Unterwelt, und es bestand keine Möglichkeit, daß ein zweiter Archie Roylance auftauchte, um mich zu retten. Dennoch erinnere ich mich des säuerlichen Geruchs der Fabriken und des Qualms, der den Abend verdunkelte. Wenn ich diesem Geruch später wieder begegnete, war die Folge immer, daß meine Stimmung schlecht wurde.

Bald kam ich auf einen Marktplatz. Sirenen ertönten, und aus den Fabriken strömten eilends die Menschen. Die Menge gab mir vorübergehend das Gefühl von Sicherheit, und gerade wollte ich mich zum Bahnhof durchfragen, als irgend jemand mich am Arm zupfte.

Ein ungehobelt aussehender Kerl in der Kleidung eines Mechanikers ging neben mir. »Kamerad«, flüsterte er, »ich habe hier was für Sie.« Und zu meinem Erstaunen schob er mir meine Taschenuhr in die Hand.

»Daß sie geklaut wurde, war ein Irrtum. Wir sind Freunde von Ihnen. Wenn Sie tun, was ich sage, passiert Ihnen nichts. Drüben steht ein Polizist, der Sie im Auge behält. Kommen Sie mit, ich bringe Sie weg.«

Das Aussehen des Mannes gefiel mir keineswegs, aber mir blieb keine Wahl, und außerdem hatte er mir meine Uhr zurückgegeben. Er verschwand in einer Gasse zwischen hohen Häusern, und ich eilte ihm nach. Dann rannte er los und führte mich auf einem gewundenen Weg durch übelriechende Höfe zu einer Gerberei und über eine schmale Gasse zu den Höfen einer Fabrik. Zweimal gingen wir denselben Weg wieder zurück, und einmal kletterten wir über eine Mauer und folgten dem Lauf eines blauschwarzen Flusses, auf dem schmutziger Schaum schwamm. Dann kamen wir in ein äußerst armseliges Stadtviertel und landeten in einem winzigen Garten, in dem Konservendosen und zerbrochene Blumentöpfe lagen. Durch eine Hintertür betraten wir eines der Häuser, und mein Begleiter schloß sorgfältig hinter mir ab.

Er zündete die Gaslampe an und zog in dem kleinen Wohnzimmer die Vorhänge vor, und dann betrachtete er mich lange und fragend. Jetzt sprach er ein gebildetes Englisch. »Ich stelle keine Fragen«, sagte er, »aber zu meinen Aufgaben gehört es, Ihnen meine Dienste zur Verfügung zu stellen. Sie haben das Kennzeichen bei sich.«

Ich starrte ihn an, und er zog seine Taschenuhr hervor und zeigte mir im hinteren Deckel ein weißrotes Kreuz.

»Ich verteidige keineswegs alle Leute, die wir beschäftigen«, sagte er grinsend. »Die Moral des Menschen entspricht nicht immer seinem Patriotismus. Einer stahl Ihre Uhr, aber als er sah, was innen eingeklebt war, meldete er es mir. Wir kamen Ihnen schnell auf die Spur und merkten, daß Sie Schwierigkeiten hatten. Wie gesagt, stelle ich keine Fragen. Was können wir für Sie tun?«

»Ich möchte, ohne daß irgendwelche Fragen gestellt werden, nach London. In meiner gegenwärtigen Aufmachung werde ich gesucht, so daß ich mich umziehen muß.«

»Das ist sehr einfach«, sagte er. »Machen Sie es sich eine Weile bequem; ich werde alles für Sie erledigen. Der Nachtzug geht um halb zwölf ... Im Regal finden Sie Zigarren, und auf dem Tisch liegt die *Critic* von dieser Woche. Wenn Sie sich für solche Dinge interessieren: diesmal steht ein guter Artikel über Conrad drin.«

Ich nahm mir eine Zigarre und verbrachte eine nützliche halbe Stunde damit, daß ich mich über die Fehler der britischen Regierung informierte. Dann kehrte mein Gastgeber zurück und bat mich nach oben in sein Schlafzimmer. »Sie sind Private Henry Tomkins von den 12th Gloucesters, und die Sachen liegen für Sie bereit. Wenn Sie mir die Adresse nennen, schicke ich Ihnen Ihre anderen Sachen nach.«

Ich tat wie mir geheißen und erschien wenig später in der Uniform eines gemeinen britischen Soldaten, vollständig bis zu den formlosen Stiefeln und den wasserziehenden Gamaschen. Dann nahm mein Freund sich meiner an und beendete die Verwandlung. Mit einer Schere machte er sich über mein Haar her, so daß schließlich eine Locke übrigblieb, die – kräftig geölt – mir in die Stirn hing. Meine Hände waren hart und rauh, so daß an den Fingernägeln nur etwas Schmutz und einige Risse erforderlich waren, damit sie allen Anforderungen entsprachen. Mit schräg aufgesetzter Feldmütze, einen Tornister auf dem Rücken, das Gewehr in der Hand und die Taschen vollgestopft mit billigen Bildheften, war ich förmlich das Muster des britischen Soldaten, der aus dem Urlaub kommt. Außerdem hatte ich ein Päckchen Woodbine-Zigaretten sowie ein Stück Käse und ein Stück Brot für die Reise bei mir. Und ich besaß einen auf meinen neuen Namen ausgestellten Marschbefehl nach London.

Dann setzte mein Freund mir das Abendbrot vor: Brot, kaltes Fleisch und eine Flasche Bier, und alles verschlang ich heißhungrig, denn seit dem Frühstück hatte ich nichts gegessen. Es war ein merkwürdiger Bursche, diskret wie ein Grabstein, aber jederzeit bereit, über allgemeine Themen zu sprechen, wobei er nicht ein einziges Mal in die Nähe der Angelegenheit kam, die ihn mit mir und vielleicht noch vielen anderen dank eines kleinen rotweißen Kreuzes im Uhrdeckel verband. Ich erinnere mich noch, daß wir über jene Dinge sprachen, die auch in Biggleswick Interesse erregt hatten. Er vertrat wie Amos die Ansicht vom gesunden Menschenverstand des britischen Arbeiters, sagte allerdings etwas, das mich zum Nachdenken veranlaßte. Er war überzeugt, daß die Deutschen in England sehr viel spionierten, daß aber die meisten Beteiligten unschuldig wären. »Der gewöhnliche Brite übt nicht Verrat, aber er ist auch nicht sehr klug. In diesem Spiel kann ein kluger Mann einen Toren besser verwenden als einen Schuft.«

Als er mich verabschiedete, gab er mir noch einen Rat. »Sobald Sie London erreichen, ziehen Sie diese Sachen aus. Der Private Tomkins wird Sie zwar ungehindert aus Bradfield hinausbringen, aber in der Hauptstadt ist er möglicherweise nicht ganz das richtige.«

Um halb zwölf saß ich sicher im Zug und schwatzte in der Sprache des vom Urlaub zurückkehrenden Soldaten mit einem halben Dutzend Kameraden in einem verräucherten Abteil dritter Klasse. Bei meiner Flucht hatte ich Glück gehabt, denn am Eingang des Bahnhofs und auf dem Bahnsteig waren mir mehrere Männer aufgefallen, die wie in unauffälliges Zivil gekleidete Polizisten aussahen. Außerdem – aber das kann möglicherweise auch reine Phantasie gewesen sein – glaubte ich, in der Menge einen Augenblick jenen Handelsreisenden entdeckt zu haben, der sich Linklater genannt hatte.

10

DIE VORZÜGE EINES LUFTANGRIFFES

Der Zug hatte scheußlich viel Verspätung. Planmäßig sollte er um acht Uhr siebenundzwanzig eintreffen, aber als wir St. Pancras erreichten, war es fast zehn. Ich hatte mich entschlossen, direkt meine Zimmer in Westminster aufzusuchen und mir unterwegs eine Mütze und einen Wettermantel zu kaufen, um meine Uniform zu verbergen, falls irgend jemand bei meiner Ankunft in der Nähe des Eingangs sein sollte. Dann wollte ich Blenkiron anrufen und ihm meine gesamten Erlebnisse berichten. In einem Café frühstückte ich, ließ mein Gepäck und das Gewehr in der Toilette stehen und trat in den klaren sonnigen Morgen hinaus.

Ich war mit mir äußerst zufrieden. Ein Rückblick auf meine tolle Reise zeigte, daß ich anscheinend eine erstaunliche Glückssträhne gehabt hatte, wenn ich mir auch ein gewisses Verdienst daran selbst zuschreiben konnte. Ich sagte mir, daß Beharrlichkeit sich immer auszahlt und daß man erst geschlagen ist, wenn man tot ist. Sämtliche Anweisungen Blenkirons hatte ich getreulich ausgeführt. Ich hatte Iverys Briefkasten gefunden, hatte die Drähte unserer eigenen speziellen Verbindung mit dem Gegner gelegt, und soweit ich es übersehen konnte, hatte ich keine noch so geringe Spur hinterlassen. Ivery und Gresson hielten mich für einen wohlmeinenden Einfaltspinsel. Es stimmte, daß ich in den Herzen der schottischen Polizei größten Argwohn erweckt hatte. Aber das zählte nicht, denn Cornelius Brand, der Verdächtige, würde bald verschwinden, und gegen den aufstrebenden Brigadegeneral Richard Hannay, der bald auf dem Weg nach Frankreich sein würde, lag nichts vor. Schließlich war das ganze Unternehmen keineswegs allzu unerfreulich gewesen. Ich lachte, als ich mich an meine üblen Ahnungen in Gloucestershire erinnerte. Bullivant hatte gesagt, auf die Dauer würde die Angelegenheit verdammt gefährlich sein, aber jetzt stand ich vor dem Abschluß und hatte mich nie in einer größeren Gefahr als der befunden, mich selbst zum Narren zu machen.

Ich erinnere mich, daß ich, als ich Bloomsbury durchquerte, nicht so sehr an den triumphierenden Bericht dachte, den ich Blenkiron erstatten würde, sondern viel mehr an meine möglichst schnelle Rückkehr an die Front. Bald würde ich wieder bei meiner geliebten Brigade sein. Messines war mir entgangen, und auch der erste Teil der dritten Schlacht bei Ypern, aber sie dauerte noch an, und deshalb bestand für mich weiterhin eine Chance. Vielleicht gab man mir sogar eine Division, denn davon war bereits die Rede gewesen, bevor ich abfuhr. Ich wußte, daß der Kommandierende General eine ganze Menge von mir hielt. Aber insgesamt hoffte ich doch, man würde mir die Brigade lassen. Schließlich war ich Amateursoldat und nicht überzeugt, ob meine Fähigkeiten auch für ein höheres Kommando ausreichten.

In der Charing Cross Road dachte ich an Mary, und die Brigade verlor plötzlich an Reiz. Ich hoffte, der Krieg würde nicht mehr allzu lange dauern; obgleich Rußland geradenwegs in den Abgrund steuerte, wußte ich nicht, wie der Krieg bald aufhören sollte. Ich war entschlossen, Mary vor meiner Abreise zu sprechen, und dafür hatte ich auch einen guten Vorwand, denn meine Befehle hatte ich schließlich von ihr bekommen. Diese Aussicht entzückte mich, und so trottete ich in einem glücklichen Traum dahin, als ich heftig mit einem aufgeregten Bürger zusammenstieß.

Da erst merkte ich, daß etwas äußerst Merkwürdiges vorging.

Ich hörte ein dumpfes Geräusch, ähnlich dem Knallen, wenn man Flaschen mit warmem Sodawasser entkorkt. Dazu kam ein Summen hoch vom Himmel. Die Leute auf der Straße starrten entweder nach oben oder rannten, um Schutz zu suchen. Vor mir leerte ein Autobus seinen Inhalt im Handumdrehen, ein Taxi kam quietschend zum Stehen, Fahrer und Fahrgast verschwanden in einem

Buchantiquariat. Ich selbst brauchte vielleicht einen oder zwei Augenblicke, um die Bedeutung des Ganzen zu erkennen, und kaum war dies geschehen, erhielt ich auch schon einen sehr handgreiflichen Beweis. Hundert Meter entfernt fiel eine Bombe auf eine Straßeninsel, so daß in einem weiten Umkreis sämtliche Fenster zersplitterten, während mir Steinsplitter um den Kopf flogen. Ich tat das, was ich schon hundertmal zuvor an der Front getan hatte, und warf mich bäuchlings hin.

Wer behauptet, Bomben oder Granaten machten ihm nichts aus, ist entweder ein Lügner oder ein Wahnsinniger. Dieser Luftangriff auf London schien mir eine einmalig unerfreuliche Angelegenheit zu sein. Wahrscheinlich war es der Anblick des geruhsamen zivilisierten Lebens in meiner Umgebung und der sauberen Straßen, denn was in einem Trümmerhaufen wie Ypern oder Arras völlig natürlich wirkt, war hier abscheulich. Ich erinnere mich, daß wir einmal in einem flandrischen Dorf in Quartier lagen, wo ich das Haus des Maire bewohnte und in einem Zimmer saß, dessen Polstermöbel mit Samt bezogen waren, während Wachsblumen auf dem Kaminsims standen und die Ölbilder von drei Generationen an den Wänden hingen. Die Deutschen hatten es sich in den Kopf gesetzt, ausgerechnet unser Dorf mit einem weitreichenden Schiffsgeschütz zu beschießen, und das gefiel mir nicht. Es war abscheulich, daß Staub und Splitter in das saubere und gemütliche Zimmer drangen; wäre ich in der Ruine einer Scheune gewesen, wäre es mir völlig egal gewesen. In derselben Weise wirkten die Bomben, die auf die Stadtmitte von London fielen, grotesk und unanständig. Mit Widerwillen sah ich unbeholfene Bürger mit aufgerissenen Augen, Kindermädchen mit erschrockenen Kindern und verängstigte Frauen, die sich wie Kaninchen in einem Gehege drängten.

Das Summen wurde lauter, und als ich hochblickte, sah ich die feindlichen Flugzeuge in tadelloser Formation, anscheinend sehr langsam fliegend, und London war ihnen hilflos ausgeliefert. Eine weitere Bombe fiel rechts von mir, und wenig später prasselten Splitter unserer eigenen

Schrapnells bösartig um mich herum. Ich fand es an der Zeit, Deckung zu suchen, und ohne mich zu schämen, rannte ich zu der am besten geeigneten Stelle, die ich entdecken konnte, und das war der Bahnhof der U-Bahn. Fünf Minuten vorher war die Straße noch bevölkert gewesen; jetzt ließ ich eine Wüstenei hinter mir, auf der lediglich ein Autobus und drei leere Taxis herumstanden.

Der Eingang zum U-Bahnhof war, wie ich feststellte, mit erregten Menschen vollgestopft. Eine wackere Dame war in Ohnmacht gefallen, und ein Mädchen war hysterisch geworden, aber insgesamt betrugen die Leute sich gut. Merkwürdigerweise schienen sie nicht den Wunsch zu verspüren, die Treppen zur vollständigen Sicherheit des Untergrundes hinabzugehen, sondern zogen es vor, dort zu bleiben, wo sie einen Blick auf die Oberwelt werfen konnten, als wären sie zwischen der Angst um ihr Leben und dem Interesse an dem Schauspiel hin und her gerissen. Durch diese Leute bekam ich erheblichen Respekt vor meinen Landsleuten. Mehrere waren jedoch erheblich beunruhigt, und ein Mann, der in einiger Entfernung von mir stand und mir den Rücken zuwandte, zuckte mit den Schultern, als hätte er Krämpfe.

Neugierig beobachtete ich ihn, und durch eine Bewegung der Menschenmenge wurde er so gedreht, daß ich sein Profil erkannte. Verblüfft schnappte ich nach Luft, denn ich erkannte Ivery.

Und dennoch war es nicht Ivery. Ich sah zwar die vertrauten unbestimmten Gesichtszüge, die Ausdruckslosigkeit, das runde Gesicht, aber von allem nur die Überreste, wenn man so sagen kann. Der Mann befand sich in tödlicher Angst. Seine Züge schienen sich vor meinen Augen zu verändern. Das Gesicht wurde schärfer, schmäler, in gewisser Weise jünger, und alles zeigte einen Mann, der sich nicht in der Hand hatte, eine formlose Kreatur während der Verwandlung. Er war bis auf seine Grundzüge reduziert. Unter dem Druck panischer Angst wurde er zu einem neuen Menschen.

Und das Verrückte dabei war, daß ich den neuen Menschen besser kannte als den alten.

Durch die Menge wurden mir die Arme fest an die Seiten gepreßt; ich konnte kaum meinen Kopf drehen, und es war im Grunde auch nicht der richtige Anlaß, den Gesichtsausdruck des Nachbarn zu beobachten. Wäre dies der Fall gewesen, wären meine eigenen Gesichtszüge sicherlich eine Studie wert gewesen. Meine Gedanken waren von Luftangriffen weit entfernt, waren in jenem heißen Sommer 1914 ... Ich sah eine Reihe von Villen über dem Meer auf einer Landzunge stehen. Im Garten eines dieser Häuser spielten zwei Männer Tennis, während ich hinter einem benachbarten Busch kauerte. Einer der Tennisspieler war ein untersetzter junger Mann, der sich einen bunten Gürtel um die Taille geschnallt hatte und ständig über sein Handikap beim Golf redete ... Das nächstemal sah ich ihn im Speisezimmer der Villa, im Dinnerjackett, und er lispelte ein wenig ... Beim Bridge saß ich ihm gegenüber, ich ließ ihn von zwei Männern Mcgillivrays festhalten, als sein Kamerad zu den neununddreißig Stufen rannte, die zum Meer hinunterführten ... Ich sah auch das Wohnzimmer meiner früheren Wohnung am Portland Place und hörte die schnelle und ängstliche Stimme des kleinen Scudder, der von den drei Männern erzählte, die er auf Erden am meisten fürchtete und von denen einer lispelte. Ich hatte geglaubt, alle drei wären schon vor langer Zeit unter den Rasen gebettet worden ...

Er blickte nicht in meine Richtung, und so konnte ich sein Gesicht ungehindert in mich aufnehmen. Es bestand nicht der leiseste Schatten eines Zweifels. Für mich war er immer der erstaunlichste Schauspieler auf Erden gewesen, denn hatte er nicht die Rolle des Großadmirals gespielt und jene Offizierskameraden an der Nase herumgeführt, die mit dem Großadmiral täglich zusammen waren? Aber er konnte weit mehr als jeder menschliche Schauspieler, denn er konnte eine neue Persönlichkeit annehmen, zugleich mit ihr ein neues Aussehen, und mit beiden leben, als wäre er mit ihnen geboren ... Mein Gedächtnis war leer, und so konnte ich nur blindlings nach Folgerungen tasten ... Wie war er dem Tod als Spion und Mörder entgangen, denn zum letztenmal hatte ich ihn in den Händen der Justiz gesehen? ... Natürlich hatte er mich bereits an jenem Tag erkannt, an dem ich in Biggleswick eintraf ... Ich hatte geglaubt, mit ihm zu spielen; dabei hatte er höchst gerissen und verdammenswert mit mir gespielt. In jener schwitzenden Sardinendose von Schutzsuchenden erschauerte ich in der Verbitterung meines Ärgers.

Und dann merkte ich, daß er das Gesicht mir zugewandt hatte, und wußte, daß er mich erkannt hatte.

Außerdem wußte ich genau, daß er gemerkt hatte, daß ich ihn ebenfalls erkannt hatte – nicht als Ivery, sondern als jenen anderen. Seine Augen hatten plötzlich den seltsamen Ausdruck des Begreifens, das vorübergehend stärker war als seine Angst.

Meine Vernunft war so groß, daß ich merkte, daß damit der Vorhang gefallen war. Andererseits bestand noch die Möglichkeit, daß er mich für blind hielt. Sollte er jedoch auf den Gedanken gekommen sein, daß ich die Wahrheit kannte, würde er uns durch die Maschen gehen und wie Nebel verschwinden.

Mein erster Gedanke war, mich zu ihm durchzudrängen, ihn festzuhalten und alle Umstehenden zu bitten, mir zu helfen, indem ich ihnen erklärte, um was es ginge. Dann aber sah ich, daß es unmöglich war. Ich war ein einfacher Soldat in geliehener Uniform, und für ihn würde es einfach sein, den Spieß einfach umzudrehen. Ich mußte Waffen verwenden, die sicherer waren. Ich mußte zu Bullivant und Mcgillivray, damit diese ihre große Maschinerie in Gang setzten. Vor allem aber mußte ich zu Blenkiron.

Ich begann mich durch die Menschen zum Ausgang zu drängen, denn Luftangriffe schienen jetzt viel zu belanglos, um auf sie auch nur einen Gedanken zu verschwenden. Überdies hatten die Kanonen aufgehört zu schießen, aber die menschliche Natur ähnelt der eines Schafes so sehr, daß die Menschen immer noch beisammen blieben, und gut fünfzehn Minuten brauchte ich, bis ich ins Freie gelangte. Dort stellte ich fest, daß alles vorbei war und die Straße ihr übliches Aussehen wieder angenommen hatte.

Autobusse und Taxis fuhren, und die Menschen standen in größeren Gruppen zusammen, um ihre Erlebnisse auszutauschen. Ich machte mich auf den Weg zu Blenkirons Buchhandlung, dem nächstgelegenen Nothafen.

Am Piccadilly Circus wurde ich jedoch von einem Militärpolizisten angehalten. Er fragte mich nach Name und Einheit, und ich antwortete ihm, während sein mißtrauischer Blick meine Gestalt betrachtete. Ich besaß weder Gepäck noch Gewehr, und das Gedränge im U-Bahnhof hatte mein Aussehen nicht gerade verbessert. Ich erklärte, daß ich noch am gleichen Abend nach Frankreich zurückführe, und er fragte nach meinem Marschbefehl. Wahrscheinlich machte meine Befangenheit mich so nervös, daß ich schlecht log. Ich sagte, ich hätte ihn mit meinen Sachen im Haus meiner verheirateten Schwester gelassen, stotterte jedoch, als ich ihm die Adresse nennen sollte. Deutlich merkte ich, daß der Kerl kein Wort von dem glaubte, was ich sagte.

In diesem Augenblick erschien auch noch ein Offizier der Militärpolizei. Es war ein anmaßender Kerl, vermutlich ein einberufener Reservist, sehr stolz auf seine Abzeichen und wahrscheinlich auch darauf, gerade eben im Feuer gestanden zu haben. Jedenfalls war er darauf aus, den strengen Pfad der Pflicht zu gehen.

»Tomkins?« sagte er. »Tomkins! Ein Bursche dieses Namens steht auf unseren Listen. Bringen Sie ihn mit, Wilson.«

»Aber Sir«, sagte ich, »ich muß – ich muß mich mit meinem Freund treffen. Es ist dringend, und ich versichere Ihnen, daß mit mir alles in Ordnung ist; wenn Sie mir nicht glauben, hole ich ein Taxi, und wir fahren zu Scotland Yard, und ich werde mich dem unterwerfen, was man dort sagt.«

Seine Stirn verfinsterte sich vor Zorn. »Was ist das nur für ein kindischer Unsinn! Scotland Yard! Was, zum Teufel, hat Scotland Yard damit zu tun? Sie sind ein Betrüger. Das sehe ich Ihrem Gesicht an. Ich werde bei Ihrer Ausbildungseinheit anrufen, und die paar Stunden werden Sie in Gewahrsam bleiben. Wenn ich einen Deserteur sehe, erkenne ich ihn sofort. Nehmen Sie ihn mit, Wilson. Sie wissen, was Sie zu tun haben, wenn er zu fliehen versucht.«

Einen Augenblick dachte ich daran, einfach wegzurennen, kam dann jedoch zu dem Schluß, daß ich dabei nur den kürzeren ziehen würde. Kochend vor Ungeduld folgte ich dem Offizier zu seinem Büro, das in einer Seitenstraße im ersten Stock lag. Die kostbaren Minuten verstrichen; Ivery, der jetzt gewarnt war, hatte damit Gelegenheit zur Flucht, und ich, der einzige Mitwisser eines tödlichen Geheimnisses, trottete in dieser sinnlosen Prozession dahin.

Der Offizier erteilte seine Befehle. Er gab Anweisung, meine frühere Kaserne anzurufen, und forderte Wilson auf, mich dort hinzubringen, was er als Wachstube bezeichnete. Dann setzte er sich an seinen Schreibtisch und beschäftigte sich mit Unmengen von Papieren.

In meiner Verzweiflung erneuerte ich meine Bitte. »Ich flehe Sie an, Mr. Mcgillivray bei Scotland Yard anzurufen. Es geht um Leben und Tod, Sir. Wenn Sie nicht anrufen, nehmen Sie eine sehr große Verantwortung auf sich.«

Aber zu sehr hatte ich seine empfindsame Würde beleidigt. »Noch mehr Unverschämtheiten, und ich werde Ihnen Handschellen anlegen. Wenn es Sie tröstet – ich werde mich schon bald um Sie kümmern. Verschwinden Sie, bis ich Sie holen lasse.«

Als ich ihm in das törichte und reizbare Gesicht sah, merkte ich, daß ich nichts ausrichten konnte. Abgesehen von einem tätlichen Angriff auf alle Anwesenden war ich gezwungen, ihm zu gehorchen. Respektvoll salutierte ich und wurde hinausgeführt.

Die Stunden, die ich in jenem kahlen Wachzimmer verbrachte, ähneln in meiner Erinnerung einem Alptraum. Ein Sergeant saß an einem Tisch und beschäftigte sich ebenfalls mit Papieren, und neben einem Telefon saß eine Ordonnanz auf einem Stuhl und wartete. Ich blickte auf meine Uhr und stellte fest, daß es eins war. Wenig später gab das Knallen einer Tür bekannt, daß der Offizier zum

Essen gegangen war. Ich versuchte, mit dem dicken Sergeant eine Unterhaltung zu beginnen, aber er verbot mir ziemlich bald den Mund. So saß ich zusammengesunken auf der Holzbank und beschäftigte mich immer wieder mit meinem Ärger.

Mit Bitterkeit dachte ich an die Befriedigung, die mich noch heute vormittag erfüllt hatte. Ich hatte mir vorgestellt, ein großartiger Kerl zu sein, und war doch nichts anderes als ein Versager. Die Abenteuer der vergangenen Tage wirkten lediglich kindisch. Ich hatte Lügen erzählt, war durch halb England gereist und hatte geglaubt, an einem großen Spiel beteiligt zu sein, und dabei hatte ich mich doch nur wie ein Schuljunge aufgeführt. Bei derartigen Gelegenheiten ist man sich selbst gegenüber nur selten gerecht, und die Intensität, mit der ich mich selbst beschimpfte, hätte meinen ärgsten Feind zufriedengestellt. Es tröstete mich nicht, daß die Fruchtlosigkeit des ganzen Unternehmens nicht meine Schuld war. Ich suchte keine Entschuldigungen. Tatsachen waren es, die gegen mich sprachen, und den Tatsachen entsprechend war ich ein idiotischer Versager gewesen.

Denn natürlich hatte Ivery mit mir gespielt, hatte seit meinem ersten Tag in Biggleswick mit mir gespielt. Er hatte meinen Reden applaudiert und mir geschmeichelt und mir den Rat gegeben, in die Gegend des Clyde zu fahren, und die ganze Zeit hatte er über mich gelacht. Auch Gresson hatte Bescheid gewußt. Jetzt sah ich alles ganz deutlich. Auf der Fahrt zwischen Colonsay und Mull hatte er versucht, mich zu ertränken. Gresson war es gewesen, der in Morvern die Polizei auf mich gehetzt hatte. Der Handlungsreisende Linklater war eine Kreatur Gressons gewesen. Der einzige magere Trost war, daß die Bande mich für so gefährlich gehalten hatte, daß sie versucht hatte, mich zu ermorden, und daß niemand etwas über meine Tätigkeit in Skye wußte. Davon war ich überzeugt. Man war mir zwar immer gefolgt, aber einige Tage lang war ich doch aus ihrem Gesichtskreis verschwunden gewesen.

Während ich sämtliche Vorfälle noch einmal durchging,

fragte ich mich, ob denn wirklich alles verloren wäre. Es war mir nicht gelungen, Ivery zu täuschen; aber immerhin hatte ich seinen Briefkasten entdeckt, und wenn er glaubte, ich hätte in ihm nicht den Schurken der Affäre mit dem ›Schwarzen Stein‹ erkannt, würde er genauso weitermachen und damit Blenkiron die Arbeit erleichtern. Ja, ich hatte ihn nackt gesehen, wenn man so sagen will, und das wußte er. Übrig blieb nur noch, ihm an den Kragen zu gehen, bevor er das Land verließ, denn jetzt waren genügend Beweise vorhanden, um ihn zu hängen. Das Gesetz mußte seinen langen Arm ausstrecken, ihn, Gresson und den portugiesischen Juden ergreifen, sie vor Gericht stellen und sie dann auch tatsächlich unter den Rasen betten.

Aber inzwischen war er seit mehr als einer Stunde gewarnt, und ich hatte mich in diesem verdammten Büro der Militärpolizei mit dem Amtsschimmel festgefahren. Dieser Gedanke machte mich wahnsinnig, und ich stand auf und wanderte hin und her. Mir fiel auf, daß die Ordonnanz ein ängstliches Gesicht machte und bereit war, jeden Augenblick auf den Alarmknopf zu drücken, und ferner bemerkte ich, daß auch der dicke Sergeant zum Essen gegangen war.

»Hör mal, Kamerad«, sagte ich, »hast du nicht Lust, einem armen Kerl einen Gefallen zu tun? Ich weiß, daß ich hier mit Recht sitze, und werde alles wie ein Lamm über mich ergehen lassen. Aber ich möchte ganz dringend mit jemandem telefonieren.«

»Das ist nicht erlaubt«, war die Antwort. »Der Alte würde mich ganz schön fertigmachen.«

»Aber er ist doch nicht da«, drängte ich. »Ich möchte auch nicht, daß du etwas Unrechtes tust, Kamerad. Meinetwegen kannst du selbst telefonieren, wenn du nur durchsagst, was ich dir sage. Geld habe ich genug, und meinetwegen gebe ich dir dafür ein ganzes Pfund.«

Die Ordonnanz war ein hageres kleines Männchen mit fliehendem Kinn, und offensichtlich geriet er ins Schwanken.

»Wen willst du anrufen?« fragte er.

»Scotland Yard«, sagte ich, »die Zentrale der Polizei. Mein Gott, das schadet doch niemandem. Du brauchst Scotland Yard nur anzurufen – die Nummer gebe ich dir – und einen Mr. Mcgillivray verlangen. Er ist der Boss aller Polizisten.«

»Das klingt nicht nach Unrecht«, sagte er. »Der Alte ist erst in einer halben Stunde zurück, und der Sergeant kommt auch nicht eher. Zeig mir aber erst mal den Geldschein.«

Ich legte eine Pfundnote neben mich auf die Bank. »Sie gehört dir, Kamerad, wenn du Scotland Yard anrufst und genau das durchgibst, was ich dir sage.«

Er ging zum Apparat hinüber. »Was soll ich dem Kerl mit dem langen Namen nun sagen?«

»Sage ihm, daß Richard Hannay im Büro der Militärpolizei in der Claxon Street festgehalten wird. Sage ihm, daß Hannay wichtige Nachrichten hat – sage: dringende und geheime Nachrichten –, und bitte Mr. Mcgillivray, sofort irgend etwas zu unternehmen.«

»Aber vorhin hast du einen anderen Namen genannt.«

»Mein Gott – ja! Hast du noch nie gehört, daß es Leute gibt, die sich einen anderen Namen zulegen? Jedenfalls möchte ich, daß du das den Leuten sagst.«

»Aber wenn dieser Mac Sowieso hier aufkreuzt, weiß jeder, daß er angerufen worden ist, und dann habe ich den Alten am Hals.«

Zehn Minuten und eine zweite Pfundnote waren erforderlich, um ihn auch über diese Hürde hinwegzubringen. Nach und nach nahm er allen Mut zusammen und rief bei der Nummer an. Mit einiger Nervosität hörte ich zu, wie er meine Mitteilung durchgab – er hatte sie vorher zweimal wiederholen müssen –, und wartete gespannt auf seine nächsten Worte.

»Nein, Sir«, hörte ich ihn sagen, »er möchte nicht, daß Sie hierher kommen. Er glaubt nämlich – ich wollte sagen, er möchte . . .«

Ich machte einen langen Schritt und riß ihm den Hörer aus der Hand.

»Mcgillivray«, sagte ich, »sind Sie da? Hier Richard

Hannay! Um Himmels willen, kommen Sie sofort her und entreißen Sie mich den Klauen eines idiotischen Militärpolizisten. Ich habe die gefährlichsten Nachrichten. Wir dürfen keine Sekunde vergeuden. Um Himmels willen – kommen Sie schnell!« Dann fügte ich noch hinzu: »Sagen Sie Ihren Leuten, sie sollten sofort Ivery verhaften. Sie kennen doch seine Schlupfwinkel.«

Ich hängte den Hörer ein und sah mich einer blassen, unwilligen Ordonnanz gegenüber. »Die Sache geht schon in Ordnung«, sagte ich. »Ich verspreche Ihnen, daß Sie meinetwegen keine Schwierigkeiten bekommen werden. Und da sind Ihre zwei Pfund.«

Die Tür im angrenzenden Zimmer öffnete und schloß sich. Der Offizier war vom Essen zurück ...

Zehn Minuten später öffnete die Tür sich erneut. Ich hörte Mcgillivrays Stimme, und sie sprach nicht gerade in sanften Tönen. Er war auf einen kleinen Beamten gestoßen und machte Kleinholz aus ihm.

Ich war wieder mein eigener Herr, und deswegen verließ ich die Gesellschaft der Ordonnanz. Ich fand einen höchst verlegenen Offizier vor, der verzweifelt versuchte, einzelne Bruchstücke seiner Würde zu retten, sowie die furchterregende Gestalt Mcgillivrays, der ihm Manieren beibrachte.

»Ich freue mich, Sie zu sehen, Dick«, sagte er. »Das hier ist General Hannay, Sir. Vielleicht tröstet es Sie zu wissen, daß Ihre Dämlichkeit genau den Unterschied zwischen Sieg und Niederlage unseres Landes ausmachen kann. Mit Ihren Vorgesetzten werde ich noch sprechen.«

Das war nicht ganz gerecht. Ich mußte ein Wort für den alten Knaben einlegen, dessen Rangabzeichen plötzlich winzig geworden zu sein schienen.

»Es war meine Schuld, daß ich diese Uniform trug. Bezeichnen wir das Ganze als ein Mißverständnis und vergessen wir es. Aber ich möchte doch vorschlagen, daß eine gewisse Höflichkeit auch einem armen Teufel gegenüber nicht vergeudet ist, selbst wenn es sich nur um einen einfachen Soldaten handelt, der sich einmal vergessen hat.«

Als wir in Mcgillivrays Wagen saßen, erstattete ich

ihm ausführlich Bericht. »Sagen Sie mir, daß es ein Alptraum ist«, sagte ich. »Bestätigen Sie mir, daß die drei Männer, die wir am Ruff einfingen, schon vor langer Zeit erschossen wurden.«

»Nur zwei«, erwiderte er, »denn einer entkam. Der Himmel weiß, wie es ihm gelang, aber er verschwand spurlos.«

»Der Dicke, der immer lispelte?«

Mcgillivray nickte.

»Dann stecken wir diesmal aber ganz schön in der Patsche. Haben Sie Anweisungen ausgegeben?«

»Ja. Mit etwas Glück dürften wir ihn binnen einer Stunde haben. Wir haben unser Netz um seine sämtlichen Schlupfwinkel gelegt.«

»Aber die zwei Stunden Vorsprung! Das ist ein großes Handikap, denn Sie haben es mit einem Genie zu tun.«

»Dennoch glaube ich, daß wir Erfolg haben. Wo wollen Sie hin?«

Ich nannte ihm meine Adresse in Westminster und dann die meiner Wohnung in der Park Lane. »Die Zeit der Maskierung ist vorbei. In einer halben Stunde bin ich wieder Richard Hannay. Es wird tröstlich sein, wieder Uniform zu tragen. Dann werde ich Blenkiron besuchen.«

Er grinste. »Ich vermute, daß Sie eine anstrengende Zeit hinter sich haben. Aus dem Norden erhielten wir eine ganze Reihe besorgter Mitteilungen über einen gewissen Mr. Brand. Irgendwelche Ratschläge konnte ich unseren Leuten nicht geben, denn ich dachte mir, das würde Ihnen das ganze Spiel verderben. Gestern abend erfuhr ich, daß man den Kontakt mit Ihnen in Bradfield verloren hätte, so daß ich damit rechnete, Sie heute wiederzusehen. Tüchtige Leute, die schottische Polizei.«

»Besonders dann, wenn ihr von verschiedenen begeisterten Amateuren geholfen wird.«

»Ach?« sagte er. »Richtig, natürlich. Das stimmt. Aber ich hoffe, Ihnen bald zum Erfolg Ihres Auftrags gratulieren zu können.«

»Ich wette fünfundzwanzig Pfund, daß Sie es nicht können«, sagte ich.

»Auf berufliche Dinge wette ich nie. Warum dieser Pessimismus?«

»Ich kenne diesen Herrn besser als Sie. Zweimal hatte ich bisher mit ihm zu tun. Er gehört zu jenen bösartigen Menschen, die so lange Ärger verursachen, bis sie mausetot sind. Und selbst dann möchte ich dafür sorgen, daß die Leiche verbrannt, die Asche mit einem Schiff mitten auf den Ozean gebracht und dort verstreut wird. Ich habe nämlich das Gefühl, daß er der schwierigste Fall ist, mit dem Sie oder ich jemals zu tun hatten.«

11
DAS TAL DER DEMÜTIGUNG

In meinen Zimmern in Westminster raffte ich einige Sachen und einen Stapel gerade eingetroffener Briefe zusammen und fuhr mit einem Taxi zu meiner Wohnung in der Park Lane. Gewöhnlich war ich dorthin immer mit einem erhebenden Gefühl des Trostes zurückgekehrt, ähnlich einem Jungen, der aus dem Internat nach Hause kommt, sein Zimmer durchstöbert und seine Schätze in Augenschein nimmt. Ich dagegen pflegte meine an der Wand hängenden Jagdtrophäen zu betrachten und mich in meinen Sessel fallen zu lassen. Diesmal fand ich daran allerdings kein Vergnügen. Ich nahm ein Bad, zog meine Uniform an, und damit hatte ich bereits das Gefühl, in besserer Verfassung zu sein. Allerdings litt ich an der ehrlichen Überzeugung, ein gemeiner Versager zu sein, und konnte Mcgillivrays Optimismus nicht teilen. Die Furcht, die mir die Bande vor drei Jahren eingeflößt hatte, als es um den ›Schwarzen Stein‹ ging, war tausendfach wiederaufgelebt. Persönliche Demütigung war noch der geringste Teil meiner Schwierigkeiten. Sorgen machte mir vielmehr das Gefühl, es mit jemandem zu tun zu haben, der unmenschlich fürchterlich, klug und stark war. Ich glaube, daß ich damals bereit war, meine Niederlage hinzunehmen und das Spiel aufzugeben.

Unter den ungeöffneten Briefen war einer von Peter, ein sehr dicker, mit dem ich mich hinsetzte, um ihn in Ruhe zu lesen. Es war ein merkwürdiger Brief, bei weitem der längste, den er mir je geschrieben hatte, und sein Umfang ließ mich seine Einsamkeit verstehen. Er war immer noch in seinem deutschen Kriegsgefangenenlager, rechnete jedoch jeden Tag damit, in die Schweiz zu fahren. Er schrieb, er könnte auch nach England oder nach Südafrika zurück, wenn er wollte, denn man war sich darüber klar, daß er nie wieder eingesetzt werden konnte; er glaubte jedoch, lieber in der Schweiz bleiben zu sollen, denn in England würde er sich doch nur unglücklich fühlen, da sämtliche Freunde an der Front wären. Wie üblich klagte er nicht und schien für jede noch so geringe Kleinigkeit dankbar zu sein. Im Lager war ein Arzt, der freundlich zu ihm war, und unter den Gefangenen gab es ein paar nette Kerle.

Peters Brief bestand jedoch hauptsächlich aus Erinnerungen. Er war schon immer so etwas wie ein Philosoph gewesen, und jetzt, in seiner Einsamkeit, hatte er angefangen, über alles nachzudenken, und die Ergebnisse schickte er mir auf den dünnen Bögen in seiner unbeholfenen Handschrift. Zwischen den Zeilen konnte ich lesen, daß er erbittert mit sich rang. Er versuchte angesichts der schwersten Prüfung, die ihm bevorstand – im Alter ein Krüppel zu sein –, den Mut zu behalten. In der Bibel hatte er sich schon immer gut ausgekannt, und sie sowie *Pilgrim's Progress* waren bei der Erinnerung seine Hauptstützen. Beide Bücher nahm er fast buchstäblich, als wären es Zeitungsberichte von tatsächlichen früheren Ereignissen.

Er erwähnte, daß er nach gründlicher Überlegung zu dem Schluß gekommen wäre, die drei größten Männer, von denen er jemals gehört oder die er jemals kennengelernt hätte, wären Mr. Valiant-for-Truth, der Apostel Paulus und ein gewisser Billy Strang, mit dem er 1892 in Mashonaland gewesen war. Über Billy wußte ich Bescheid; er war Peters Heros und Vorbild gewesen, bis ein Löwe ihn am Blaauwberg erwischte. Valiant-for-Truth war Peter lieber als Mr. Greatheart, vermutlich wegen seines größeren Temperaments, denn da Peter selbst von großer Freundlichkeit war, hatte er eine Vorliebe für kühne Redner. Danach war er in eine Art Selbstprüfung verfallen. Er bedauerte, an keinen der drei jemals heranreichen zu können. Seiner Ansicht nach konnte es ihm möglicherweise gelingen, Mr. Standfast zu ähneln, denn wie dieser machte es ihm nicht viel aus, wachsam zu bleiben, und auch er war genauso ›arm wie eine Eule‹ und machte sich nichts aus Frauen. Er hoffte nur, daß er, wie Mr. Standfast, ein gutes Ende finden würde.

Dann folgten einige Bemerkungen Peters über die Tapferkeit, die mir in meinem Londoner Zimmer so vorkamen, als spräche er selbst mit mir. Nie habe ich einen Mann gekannt, der so tapfer war, instinktiv so tapfer, oder einen Menschen, der es so sehr haßte, daß man es ihm sagte. Es war fast das einzige, was ihn ärgerlich machen konnte. Sein ganzes Leben hatte er dem Tod ins Auge geblickt, und Gefahren waren für ihn so natürlich wie das morgendliche Aufstehen und das Frühstück. Jetzt hatte er jedoch begonnen, über jene Dinge nachzudenken, die er früher einfach hingenommen hatte, und deshalb folgt jetzt ein Auszug aus seinen Folgerungen.

»Es ist leicht, tapfer zu sein, wenn man sich wohl fühlt und genug zu essen hat. Und allzu schwierig ist es selbst dann nicht, wenn das Essen knapp und man selbst unpäßlich ist, denn dann ist man leicht geneigt zu spielen. Mit Tapferkeit meine ich, das Spiel entsprechend seinen Regeln zu spielen, ohne sich Gedanken darüber zu machen, daß man dabei sehr schnell einen Schlag vor den Kopf bekommen kann. Es ist die klügste Art, mit heiler Haut davonzukommen. Es genügt nicht, an den Tod zu denken, wenn man einem angreifenden Löwen gegenübersteht oder versucht, eine Gruppe Wilder zu bluffen. Wenn man daran denkt, schafft man es nicht; wenn man nicht daran denkt, spricht alles dafür, daß man es schafft. Diese Art von Tapferkeit besteht lediglich aus guten Nerven und Erfahrung ... Mut ist größtenteils Erfahrung. Die meisten Menschen haben vor unbekannten Dingen Angst ...

Man braucht ein stärkeres Herz, um einer Gefahr ins Auge zu sehen, die man gesucht hat und die nicht auf die übliche Art und Weise entsteht. Trotzdem handelt es sich auch hier größtenteils um dasselbe – um gute Nerven und gute Gesundheit sowie eine natürliche Vorliebe für Händel. Verstehst Du, Dick, derartige Spiele machen eine Menge Spaß. Sie enthalten Erregung und den Spaß, den eigenen Verstand und die eigene Geschicklichkeit einzusetzen, und kommt eine Pechsträhne, dann weiß man, daß sie nicht lange dauern kann. Als Arcoll mich zum Kraal von Makapan schickte, hatte ich von diesem Auftrag überhaupt keine Vorstellung, aber zumindest machte er mir sehr viel Spaß, und ich war so aufgeregt, daß ich an das Risiko erst dachte, als alles vorüber war.

Aber wirklicher Mut ist kaltblütig, von jener Art, die auch dann nicht verschwindet, wenn man sich innerlich leer fühlt, wenn das Blut dünn geworden ist und nichts darauf hindeutet, daß dadurch Spaß oder Gewinn zu erreichen sind und die Schwierigkeiten nicht binnen wenigen Stunden vorüber sind, sondern Monate und Jahre anhalten. Hier sprach einer der Männer von dieser Art, und er nannte sie ›Seelenstärke‹. Meiner Ansicht nach ist Seelenstärke das größte, was ein Mann besitzen kann – einfach weiter durchzuhalten, wenn man vollkommen leer und ausgepumpt ist. Billy besaß sie, als er völlig allein von Garungoze zum Limpopo treckte, mit Fieber und einem gebrochenen Arm, nur um den Portugiesen zu zeigen, daß er sich von ihnen nicht unterkriegen ließe. Der größte Mann in diesem Zusammenhang war jedoch der Apostel Paulus . . .«

Peter schrieb zu seinem eigenen Trost, denn Seelenstärke war alles, was ihm jetzt noch geblieben war. Trotzdem trafen seine Worte mich unmittelbar, und ich las sie immer wieder, denn ich brauchte diese Lehre. Hier saß ich, verzagt, weil ich in der ersten Runde versagt hatte und mein Stolz einen Stoß bekommen hatte. Ich schämte mich ehrlich vor mir selbst, und dadurch wurde ich wieder sehr viel glücklicher. Es kam überhaupt nicht in Frage, die Angelegenheit fallenzulassen, mochten die Schwierigkeiten auch noch so groß sein. Ich hatte ein seltsames, gläubiges Gefühl, daß die Schicksale von Ivery und mir miteinander verquickt waren und ich sie auch beim besten Willen von mir aus nicht trennen konnte. Ich hatte ihn bereits vor dem Krieg kennengelernt und gesiegt; dann war ich ihm wieder begegnet und hatte verloren. Beim dritten- oder beim zwanzigstenmal würden wir zu einer endgültigen Entscheidung gelangen. Bisher hatte die ganze Angelegenheit auf mich einen etwas irrealen Eindruck gemacht; zumindest galt dies für meine eigene Beteiligung. Gehorsam hatte ich Befehle ausgeführt, aber mein eigentliches

Ich hatte unbeteiligt daneben gestanden und mit einer gewissen Zurückhaltung beobachtet, was ich unternahm. Jene Stunde im U-Bahnhof hatte mich jedoch mitten hineingestoßen, und jetzt war es nicht mehr eine Angelegenheit von Bullivant oder Blenkiron, sondern meine eigene. Bis jetzt hatte ich mich danach gesehnt, an die Front zurückzukehren; jetzt wollte ich Ivery auf die Spur, obgleich dieser Weg mich durch einen Abgrund führen konnte. Peter hatte recht: Seelenstärke war das, was ein Mann besitzen muß, um seine Seele zu retten.

Die Zeit verstrich, und wie erwartet, hörte ich von Mcgillivray nichts. Um sieben aß ich Abendbrot, was ich mir heraufschicken ließ, und gegen acht dachte ich daran, Blenkiron aufzusuchen. In diesem Augenblick kam ein Anruf, in dem ich gebeten wurde, Sir Walter Bullivant in seinem Haus in der Queen Anne's Gate aufzusuchen.

Zehn Minuten später läutete ich, und geöffnet wurde die Tür von demselben teilnahmslosen Butler, der mich vor drei Jahren in jener berühmten Nacht eingelassen hatte. In der angenehmen, grün ausgeschlagenen Halle hatte sich nichts verändert; die Nische war noch genauso wie damals, als ich von dort aus den Abgang jenes Mannes beobachtet hatte, der sich jetzt Ivery nannte. Das Telefonbuch lag an derselben Stelle, von der ich es weggenommen hatte, um den Großadmiral anzurufen. Und im rückwärtigen Zimmer, wo in jener Nacht vier besorgte Beamte konferiert hatten, fand ich jetzt Sir Walter und Blenkiron.

Beide sahen beunruhigt aus – bei dem Amerikaner war es eine fieberhafte Unruhe. Er wanderte auf dem Kaminvorleger hin und her und zog an einer nicht angezündeten schwarzen Zigarre.

»Menschenskind, Dick«, sagte er, »das ist eine ganz schön schwierige Geschichte. Ihre Schuld war es nicht. Sie haben großartig gearbeitet. Der Fehler liegt vielmehr bei uns – ich, Sir Walter und Mr. Mcgillivray haben diesmal versagt.«

»Gibt es irgendwelche Nachrichten?« fragte ich.

»Bisher war alles ergebnislos«, antwortete Sir Walter.

»Es muß wahrhaftig mit dem Teufel zugegangen sein, daß unser Freund heute in Ihre Richtung blickte. Glauben Sie denn tatsächlich, er hat gemerkt, daß Sie ihn erkannten?«

»Absolut. Genauso sicher, wie er wußte, daß ich ihn hier in der Halle vor drei Jahren erkannte, als er als Lord Alloa auftrat.«

»Ja«, sagte Blenkiron bekümmert, »dieses winzige Flakkern des Erkennens ist wahrscheinlich das einzige, bei dem kein Irrtum möglich ist. Menschenskind! Ich wünschte, Mr. Mcgillivray käme.«

Es läutete, und die Tür öffnete sich, aber es war nicht Mcgillivray. Es war ein junges Mädchen in einem weißen Ballkleid, einen Strauß blauer Kornblumen am Ausschnitt. Ihr Anblick riß Sir Walter so plötzlich aus seinem Sessel, daß er seine Kaffeetasse umstieß.

»Mary, mein Liebes, wie hast du das geschafft? Ich habe dich erst mit dem Spätzug erwartet.«

»Ich war gerade in London, und man hat mir dein Telegramm telefonisch durchgegeben. Ich wohne bei Tante Doria und habe ihr den Theaterbesuch vergällt. Sie glaubt, ich sei zum Tanzen bei den Shandwicks, so daß ich erst morgen früh nach Hause brauche ... Guten Abend, General Hannay. Den Berg der Schwierigkeiten haben Sie hinter sich.«

»Das nächste Stadium ist das Tal der Demütigung«, erwiderte ich.

»So scheint es«, sagte sie ernst und setzte sich sehr ruhig auf die Lehne des Sessels, während sie ihre kleine kühle Hand auf der von Sir Walter liegenließ.

In meinen Erinnerungen hatte ich sie mir immer als sehr jung und strahlend ausgemalt, ein tanzendes zartes Kind. Jetzt allerdings revidierte ich dieses Bild. Die kristallklare Morgenfrische war zwar immer noch da, aber jetzt sah ich, wie tief das Wasser war. Mich begeisterte die saubere Schönheit und Stärke. Ich hielt sie nicht einmal für hübsch, genausowenig wie ein Mann einen verehrten Freund für gutaussehend hält.

Wir warteten, fast ohne ein Wort zu sprechen, bis

Mcgillivray erschien. Der erste Blick auf sein Gesicht verriet alles.

»Weg?« fragte Blenkiron scharf. Seine lethargische Ruhe schien ihn vollständig verlassen zu haben.

»Weg«, antwortete der Neuankömmling. »Wir sind ihm auf der Spur gewesen. Er hat alles äußerst geschickt gemacht. In keinem seiner Schlupfwinkel ein Zeichen von Unordnung. Das Abendbrot in Biggleswick war bestellt, und verschiedene Leute sind über das Wochenende zu ihm eingeladen – darunter ein Mitglied der Regierung. Zwei Versammlungen, auf denen er sprechen wollte, waren für die kommende Woche angesetzt. Am frühen Nachmittag ist er als Passagier einer der neuen Maschinen nach Frankreich geflogen. Seit Monaten hat er sich mit den Leuten vom Air Board getroffen – natürlich als ein anderer Mann mit einem anderen Gesicht. Das entdeckte Miss Lamington zu spät. Die Maschine ist vom Kurs abgewichen und in der Normandie gelandet. Im Augenblick dürfte unser Mann in Paris oder noch weiter sein.«

Sir Walter nahm seine große Hornbrille ab und legte sie sorgfältig auf den Tisch.

»Eine feine Geschichte«, sagte er. »Das ist unser Austerlitz, Mary, mein Liebes, ich komme mir sehr alt vor.«

Mcgillivray hatte das eingefallene Gesicht eines bitter enttäuschten Menschen. Blenkiron war auffallend rot geworden, und ich merkte, daß er stumm vor sich hinfluchte. Marys Augen waren ruhig und ernst. Immer noch streichelte sie die Hand von Sir Walter. Das Gefühl eines großen drohenden Unheils lastete schwer auf mir, und um den Bann zu brechen, erkundigte ich mich nach Einzelheiten.

»Erzählen Sie doch einmal, wie groß der Schaden ist«, sagte ich. »Unser hübscher Plan, die Deutschen an der Nase herumzuführen, ist geplatzt. Das ist schlimm. Ein gefährlicher Spion befindet sich jetzt außerhalb unseres Bereichs. Das ist schlimmer. Sagen Sie – gibt es irgend etwas, das am schlimmsten ist? Wo liegt die Grenze des Unheils, das er anrichten kann?«

Sir Walter war aufgestanden und hatte sich neben Blenkiron auf den Kaminvorleger gestellt. Seine Stirn war gefurcht, und sein Mund war verkniffen, als litte er irgendwelche Schmerzen.

»Es gibt keine Grenze«, sagte er. »Wenigstens kann ich keine erkennen, ausgenommen die Langmut Gottes. Sie kennen den Mann als Ivery, und Sie kennen ihn ferner als jenen anderen, von dem Sie annahmen, er sei eines Sommermorgens erschossen und anständig beigesetzt worden. Am größten war Ihre Furcht vor dem zweiten – wenn nicht Ihre, dann zumindest meine. Sie erkannten, daß wir Ivery fürchteten, und wußten genügend über ihn, um seine teuflische Klugheit zu erkennen. *Well*, wir müssen diese beiden Männer zu einem einzigen Mann kombinieren. Ivery war der beste Kopf, dem Mcgillivray und ich jemals begegnet sind, der gerissenste, der geduldigste und der am weitesten vorausschauende. Werfen Sie ihn mit dem anderen in einen Topf, mit jenem Chamäleon, das sich seiner Umgebung völlig anpaßt und genauso viele Persönlichkeiten besitzt, wie es Typen und Charaktere auf Erden gibt. Was für ein Feind ist es, gegen den wir kämpfen müssen?«

»Ich gebe zu, daß alles sehr schwierig ist. Aber schließlich – wieviel kann er denn schon anrichten? Der Tätigkeit selbst des klügsten Spions sind ziemlich enge Grenzen gesteckt.«

»Da gebe ich Ihnen recht. Aber dieser Mann ist kein Spion, der eine Handvoll lumpiger Untergebener kauft und ein Dutzend Privatbriefe stiehlt. Er ist ein Genie, das als Teil unseres englischen Lebens gelebt hat. Es gibt nichts, was er nicht gesehen hat. Mit allen möglichen Politikern stand er auf vertrautem Fuß. Das wissen wir. Und das alles tat er als Ivery. Man mochte ihn, denn er war klug und schmeichelte jedem, und die Leute haben ihm sehr viel erzählt. Gott allein weiß jedoch, was er in den anderen Masken gesehen und gehört hat. Soviel ich weiß, ist es sogar möglich, daß er mit einem Einführungsbrief von Präsident Wilson in der Downing Street gefrühstückt oder als angesehener Ausländer die Grand Fleet besichtigt hat. Und denken Sie nur an die Frauen – wieviel sie erzählen.

Wir sind die durchlässigste Gesellschaft auf Erden und schützen uns dadurch, daß wir gefährliche Leute von ihr fernhalten. Wir vertrauen unserer äußeren Sperre. Aber derjenige, der tatsächlich in unsere Gesellschaft hineingeschlüpft ist, besitzt unzählige Chancen. Und vergessen Sie ferner nicht, daß es sich hier um einen Mann unter zehn Millionen handelt, um einen Mann, dessen Verstand keinen Augenblick Ruhe gibt, der die leiseste Andeutung sofort begreift und einen Plan aus Bruchstücken von Gesprächen zusammensetzen kann. Es ist – es ist so, als wäre der Chef unserer Spionageabwehr plötzlich zum Feind übergelaufen ... Der gewöhnliche Spion kennt nur Bruchstücke zusammenhangloser Tatsachen. Dieser Mann kennt unser Leben, unsere Denkweise und alles von uns.«

»Eine Abhandlung über das englische Leben in Kriegszeiten dürfte den Deutschen nicht viel nutzen.«

Sir Walter schüttelte den Kopf. »Erkennen Sie denn nicht den Sprengstoff, der darin verborgen liegt? Ivery weiß genug, um dafür zu sorgen, daß die nächste deutsche Friedensoffensive tatsächlich tödlich ist – nicht so ungeschickt wie die derzeitige, sondern eine Angelegenheit, die uns an unseren schwachen Stellen trifft. Er weiß genug, um unsere Feldzugpläne zunichte zu machen. Und das Schreckliche dabei ist, daß wir nicht wissen, was er weiß oder beabsichtigt. Dieser Krieg ist ein ganzes Paket von Überraschungen. Beide Seiten kämpfen um Spielraum, um den Bruchteil von Vorteilen, und bei sonst gleichwertigen Gegnern ist es gerade dieses winzige Atom von rechtzeitigem Wissen, das entscheidet.«

»Dann müssen wir sofort los und hinter ihm her«, sagte ich fröhlich.

»Was wollen Sie denn unternehmen?« fragte Mcgillivray. »Wenn es sich lediglich darum handelte, eine Organisation zu vernichten, könnte es gelingen, denn eine Organisation bietet eine breite Front. Hier aber geht es darum, diesen einen Mann zu vernichten, und seine Front ist so schmal wie eine Rasierklinge. Wie wollen Sie ihn finden? Genausogut könnte man eine Nadel in einem Heuhaufen suchen, und was für eine Nadel! Eine Nadel, die sich, wenn sie will, in einen Grashalm oder in eine Heftzwecke verwandeln kann!«

»Trotzdem müssen wir es tun«, sagte ich und erinnerte mich Peters Lehre von der Seelenstärke, obgleich ich nicht behaupten kann, daß ich mir sehr beherzt vorkam.

Sir Walter ließ sich müde in einen Sessel fallen. »Ich wünschte, ich könnte Optimist sein«, sagte er, »aber so, wie es aussieht, müssen wir uns mit der Niederlage abfinden. Seit zwanzig Jahren arbeite ich an dieser Sache, und obgleich ich häufig den kürzeren zog, hatte ich bei dem Spiel doch immer wenigstens einige Trümpfe in der Hand. Verdammt will ich sein, wenn ich jetzt auch nur einen einzigen besitze. Es sieht aus, Hannay, als hätte man uns endgültig niedergeschlagen. Es hat keinen Sinn, sich selbst täuschen zu wollen. Wir sind Manns genug, auch Tatsachen ins Auge zu blicken und uns an die Wahrheit zu halten. Ich selbst sehe in dieser Angelegenheit auch nicht den leisesten Schimmer von Licht mehr. Wir haben unser Ziel um Haaresbreite verfehlt, und das ist genauso, als hätten wir meilenweit danebengeschossen.«

Ich erinnere mich, daß er Mary dabei ansah, als sollte sie es bestätigen, aber weder lächelte sie, noch nickte sie. Ihr Gesicht war sehr ernst, und ihre Augen blickten ihn unverwandt an. Dann begegneten sich ihre und meine Blicke, und ihre Augen schienen mir meinen Marschbefehl zu geben.

»Sir Walter«, sagte ich, »vor drei Jahren saßen Sie und ich ebenfalls in diesem Zimmer. Wir glaubten restlos erledigt zu sein, wie wir es auch heute glauben. Damals besaßen wir nur einen einzigen kläglichen Hinweis, an den wir uns klammerten – ein Dutzend Wörter, von einem Toten in ein Notizbuch gekritzelt. Sie hielten mich für verrückt, als ich nach Scudders Notizbuch fragte, aber dann machten wir uns an die Arbeit, und binnen vierundzwanzig Stunden hatten wir es geschafft. Denken Sie außerdem daran, daß wir damals ein Rennen gegen die Zeit führten. Heute haben wir einigermaßen viel Zeit. Damals hatten wir nichts außer einem unverständlichen Satz. Heute wissen wir eine ganze Menge, denn wie eine alte Henne hatte Blenkiron über Ivery gebrütet, und er kennt seine Arbeitsweise wie auch die Art seiner Komplicen. Heute besitzen wir etwas, mit dem wir anfangen können. Wollen Sie etwa sagen, daß Sie alles hinwerfen wollen, wo so viel auf dem Spiel steht?«

Mcgillivray hob den Kopf. »Über Ivery wissen wir tatsächlich eine ganze Menge, aber Ivery ist tot. Von dem Mann dagegen, der heute abend in der Normandie zum Leben erweckt worden ist, wissen wir nichts.«

»O doch, wir wissen einiges. Dieser Mann hat zwar viele Gesichter, aber nur einen Verstand, und über diesen Verstand wissen Sie sehr viel.«

»Das würde mich interessieren«, sagte Sir Walter. »Wie kann man einen Verstand kennen, der mit Ausnahme der Tatsache, daß er äußerst fähig ist, keine besonderen Kennzeichen besitzt? Bloße Geisteskräfte geben uns keinen Anhalt. Wir müssen den Charakter kennen, der hinter sämtlichen Persönlichkeiten steckt. Vor allem müssen wir seine Schwächen kennen. Wenn wir nur die Andeutung einer Schwäche besäßen, könnten wir wenigstens einen Plan entwerfen.«

»Dann wollen wir einmal feststellen, was wir genau wissen«, sagte ich, denn je mehr ich argumentierte, desto interessierter wurde ich. In allen Einzelheiten erzählte ich die Geschichte jener Nacht am Coolin und was ich dort gehört hatte.

»Es fielen zwei Namen, *Chelius* und *Bommaerts.* Der Mann nannte sie im gleichen Atemzug mit *Elfenbein*, so daß sie in irgendeiner Beziehung zu Iverys Bande stehen müssen. Sie müssen den gesamten Geheimdienst der Alliierten einsetzen, damit die Bedeutung dieser beiden Wörter festgestellt wird. Ich bin überzeugt, daß man irgend etwas finden wird! Vergessen Sie dabei nicht, daß diese Namen nicht zu der Seite gehören, die hinter Ivery steht, sondern zu dem großen Spiel hinter den verschiedenen Maskierungen ... Dann war da das Gespräch über Wildvögel und Stubenvögel. Ich habe keine Ahnung, was es bedeutet. Aber es bezieht sich auf irgendeine teuflische Bande, und in Ihren Archiven muß sich irgendein Hinweis befinden. Setzen Sie die Spionagedienste der beiden Hemisphären auf diese Aufgabe an. Sie besitzen die nötigen Mittel, und meiner Erfahrung nach entdeckt selbst ein einzelner irgend etwas, wenn er sich mit einem Problem lange genug herumschlägt.«

Meine Begeisterung begann Mcgillivray anzustecken. Statt verzagt, wirkte er jetzt nachdenklich.

»Daran könnte etwas sein«, sagte er, »wenn es auch eine sehr geringe Chance ist.«

»Natürlich ist es eine geringe Chance, aber mehr werden wir von Ivery nie bekommen. Früher jedoch sah es noch viel schlechter aus, und trotzdem haben wir gewonnen ... Dann haben Sie ferner alles, was Sie über Ivery wissen. Gehen Sie sein *dossier* sehr gründlich durch, und ich wette, daß Sie irgend etwas finden, mit dem sich etwas anfangen läßt. Blenkiron, Sie sind ein Mann mit kühlem Kopf. Sie müssen doch zugeben, daß wir eine Chance haben.«

»Sicherlich, Dick. Er hat über seine Spur zwar Stolperdrähte gespannt, aber irgendwie werden wir schon klarkommen. Soweit John S. Blenkiron betroffen ist, wird er eines bestimmt tun: er wird diesem üblen Hund so lange folgen, bis er ihn endgültig geschnappt hat. Ich habe mit ihm noch mehrere persönliche Hühnchen zu rupfen. Ich war für ihn ein leichter Sieg, und er ist nicht gerade respektvoll zu mir gewesen. Auf mich können Sie rechnen, Dick.«

»Dann sind wir *einer* Meinung«, sagte ich. »*Well, Gentlemen,* bei Ihnen liegt es jetzt, das erste Stadium vorzubereiten. Jetzt handelt es sich um solide Stabsarbeit, bevor wir uns auf die Suche begeben können.«

»Und Sie?« fragte Sir Walter.

»Ich kehre zu meiner Brigade zurück. Ich brauche Ruhe und Abwechslung. Abgesehen davon besteht das erste Stadium aus reiner Büroarbeit, und dabei kann ich nicht viel tun. Ich werde jedoch warten, bis ich gerufen werde, und sobald Sie mich brauchen, bin ich wieder da. In dieser Angelegenheit habe ich so etwas wie eine Vorahnung. Ich weiß, daß sie ein Ende finden wird und ich dabei beteiligt sein werde, und ich glaube, daß es außerdem eine verzweifelte und blutige Angelegenheit sein wird.«

Ich merkte, daß Marys Augen auf mich gerichtet waren, und in ihnen las ich denselben Gedanken. Nicht ein einziges Wort hatte sie gesagt, sondern hatte nur auf der Lehne des Sessels gesessen und mit dem einen Fuß gewippt, während die eine Hand mit einem Elfenbeinfächer spielte. Damals hatte sie mir die Befehle gegeben, und so sah ich sie an, um von ihr die Bestätigung für die neuen zu erhalten.

»Miss Lamington, Sie sind von uns allen die Klügste. Was meinen Sie dazu?«

Sie lächelte – jenes scheue kameradschaftliche Lächeln, das ich mir auf meinen Wanderungen des vergangenen Monats so oft ausgemalt hatte.

»Ich glaube, daß Sie recht haben. Wir haben noch einen langen Weg vor uns, denn in *Pilgrim's Progress* kommt das Tal der Demütigung erst in der Mitte. Das nächste Stadium war der Jahrmarkt der Eitelkeit. Glauben Sie nicht, daß ich dort von Nutzen sein könnte?«

Ich erinnere mich der Art, wie sie lachte und den Kopf dabei, wie ein tapferer Junge, zurückwarf.

»Der Fehler«, sagte sie, »den wir alle begangen haben, war, daß unsere Methoden allzu *terre-à-terre* sind. Wir haben es mit einem Dichter zu tun, mit einem großen Dichter, und müssen unsere Phantasie anstrengen, um es mit ihm aufnehmen zu können. Seine Stärke ist das Unerwartete, und wir werden ihn nicht schlagen können, wenn wir uns lediglich mühen. Meiner Ansicht nach ist der unverständlichste Kurs der klügste, denn bei ihm besteht die größte Wahrscheinlichkeit, daß er Iverys Kurs kreuzt ... Wer von uns ist der Dichter?«

»Peter«, sagte ich. »Aber er sitzt mit einem verkrüppelten Bein in Deutschland fest. Trotzdem müssen wir ihn mit einbeziehen.«

Mittlerweile war bei uns allen die Stimmung besser geworden, denn es ist wunderbar, welche Aufmunterung die Aussicht auf späteres Handeln bedeutet. Der Butler brachte Tee, den Bullivant abends nach dem Essen zu trinken pflegte. Ich fand es phantastisch, ein junges Mädchen zu beobachten, wie es zwei ergrauten und hervorragenden Staatsdienern sowie einem mitgenommenen Soldaten – also einer sehr dekorativen Familiengruppe, wie man sie sich schöner nicht vorstellen kann – Tee eingoß, und zugleich daran zu denken, daß alle vier an einem Unternehmen beteiligt waren, bei dem ein Menschenleben fast nichts bedeutete.

Danach gingen wir nach oben in einen sehr vornehm eingerichteten Salon, wo Mary uns vorspielte. Für Musik, bei der nur ein Instrument gespielt wird, habe ich wenig übrig – es sei denn, es handele sich um die Dudelsackpfeifen einer Regimentskapelle –, aber die menschliche Stimme liebe ich über alles. Sie wollte jedoch nicht singen, denn meiner Ansicht nach war der Gesang für sie etwas, das man nicht befehlen konnte, sondern das nur wie der Vogelgesang ertönt, wenn die Stimmung danach ist. Ich wollte es außerdem auch nicht. Ich war es zufrieden, daß ›Cherry Ripe‹ das einzige Lied blieb, das in meiner Erinnerung mit ihr verbunden war.

Mcgillivray war es dann, der uns zu den beruflichen Dingen zurückbrachte.

»Ich wünschte bei Gott, es gäbe eine Denkgewohnheit, die sich endgültig mit ihm und sonst niemandem in Verbindung bringen ließe.« (In diesem Augenblick hatte ›er‹ für uns alle nur eine Bedeutung.)

»Mit seinem Verstand kann man nichts anfangen«, knurrte Blenkiron. »Man kann die Verbindung zum Orion nicht verlieren oder den Leviathan mit einem Haken festhalten. Vermutlich bin ich derjenige, der seine Tricks am genauesten kennt und erkennt. Ich glaubte einmal, ihn mit dem doppelten Bluff festgenagelt zu haben, aber er ging mir durch die Lappen und setzte den dreifachen Bluff dagegen. Auf diesem Gebiet ist nichts zu machen.«

Dabei fiel mir eine Erinnerung an Peter ein.

»Wie wäre es mit dem ›blinden Fleck‹?« fragte ich und erzählte Peters Lieblingsgeschichte. »Jeder Mensch, den Gott erschaffen hat, hat irgendwo eine schwache Stelle, irgendeinen Fleck auf seinem Charakter, der in seinem

Gehirn eine trübe Stelle hinterläßt. Sie müssen wir finden, und ich glaube fast, den Anfang bereits gemacht zu haben.«

Mit scharfer Stimme fragte Mcgillivray mich nach der Bedeutung meiner Worte.

»Er hat panische Angst ... wovor, weiß ich nicht. Das soll allerdings nicht bedeuten, daß er ein Feigling ist. Ein Mann seines Gewerbes braucht Nerven wie ein Büffel. Auf dem Gebiet der Tapferkeit könnte er uns alle übertrumpfen. Ich meine lediglich, daß er nicht durch und durch fleckenlos ist. Irgendwo in ihm sind gelbe Streifen ... Über Tapferkeit habe ich eine ganze Menge nachgedacht, denn selbst besitze ich nicht allzuviel davon. Nicht soviel wie Peter, meine ich. In mir gibt es eine Unzahl schwacher Stellen. Beispielsweise fürchte ich mich vor dem Ertrinken oder davor, daß mir die Augen ausgeschossen werden. Ivery fürchtet sich vor Bomben – jedenfalls vor Bomben in einer großen Stadt. Ich habe einmal ein Buch gelesen, das sich mit der sogenannten *Agoraphobie* beschäftigte. Vielleicht ist es das ... Wenn wir diesen schwachen Punkt kennten, würde es uns vielleicht weiterhelfen. Es gibt Orte, die er nicht aufsuchen wird, und es gibt gewisse Dinge, die er nicht tun kann – zumindest nicht gut tun kann. Das dürfte meiner Ansicht nach doch nützlich sein.«

»Möglich«, sagte Mcgillivray, »vielleicht. Aber es ist auch nicht gerade das, was man als leuchtendes Fanal bezeichnen würde.«

»Seine Rüstung hat noch eine andere verwundbare Stelle«, fuhr ich fort. »Es gibt einen einzigen Menschen, auf den seine Verwandlungen nicht wirken, und das bin ich. Ich werde ihn immer wieder erkennen, auch wenn er als Sir Douglas Haig auftritt. Den Grund kann ich zwar nicht erklären, aber dieses bestimmte Gefühl steckt mir in den Knochen. Bisher habe ich ihn nicht erkannt, denn ich glaubte, er sei tot, und der Nerv, der in meinem Gehirn für ihn zuständig war, funktionierte deswegen nicht. Jetzt aber bin ich auf der Hut, und jener Nerv ist voll aktionsfähig. Wann immer, wo immer und wie immer wir uns auf dieser Erde wiedersehen, werde ich ihn fast mit Sicherheit sofort wiedererkennen.«

»Das ist schon besser«, sagte Mcgillivray. »Sollten wir nur etwas Glück haben, Hannay, dürfte es nicht lange dauern, bis wir Sie wieder aus den Streitkräften Seiner Britischen Majestät abziehen.«

Mary stand vom Piano auf und setzte sich auf die Lehne des Sessels, in dem Sir Walter saß.

»Es gibt noch eine weitere schwache Stelle, die Sie nicht erwähnt haben.« Obgleich es ein kühler Abend war, fiel mir auf, daß ihre Wangen plötzlich gerötet waren.

»Letzte Woche hat Mr. Ivery um meine Hand angehalten«, sagte sie.

ZWEITER TEIL

12

WIEDER AN DER FRONT

Am 13. September kehrte ich nach Frankreich zurück und übernahm am 19. desselben Monats meine alte Brigade. Am 26. wurden wir am Polygon Wood eingesetzt und waren nach vier Tagen so schwer angeschlagen, daß wir herausgezogen wurden, um aufgefüllt zu werden. Am 7. Oktober erhielt ich, zu meiner großen Überraschung, den Befehl über eine Division und war in den ersten Novembertagen am Rande an den Kämpfen bei Ypern beteiligt. Von jenem Frontabschnitt wurden wir zur Verstärkung nach Cambrai geschickt, trafen dort jedoch nur ein, um noch die letzten Aufregungen dieser einmaligen Schlacht mitzuerleben. Bis kurz vor Weihnachten hielten wir ein Stück des Abschnitts bei St. Quentin und bezogen dann Quartier hinter der Front; dieser Zeitraum dauerte, soweit er mich betraf, bis Anfang Januar, wo ich jenen Auftrag erhielt, von dem ich nachher berichten werde.

Das war eine kurze Zusammenfassung meiner militärischen Tätigkeit im letzten Drittel des Jahres 1917. Über die Kämpfe möchte ich mich nicht auslassen. Abgesehen von den Tagen am Polygon Wood waren sie weder sehr schwer, noch unterschieden sie sich von anderen, und Einzelheiten kann man in den Geschichtsbüchern nachschlagen. Berichten möchte ich hier nur von meiner eigenen persönlichen Suche, denn die ganze Zeit beschäftigten meine Gedanken sich in zwei Richtungen. In den Sümpfen der Haanebeek-Ebenen, auf den verschlammten Nachschubwegen bei Zonnebeke, auf dem gequälten Hochland um Flesquièrès und an vielen anderen seltsamen Stätten beschäftigte ich mich ständig mit meinem privaten Rätsel. Nachts lag ich wach und dachte darüber nach, oft stolperte ich versehentlich in Granattrichter, und häufig trat ich neben die Planken eines Pfades, weil meine Augen sich mit einer völlig anderen Landschaft beschäftigten. Es gibt niemanden, der jemals ein paar verdammte Hinweise so gründlich durchgekaut hat, wie ich es während jener öden Monate in Flandern und in der Picardie tat.

Denn ich hatte das Gefühl, daß die Angelegenheit verzweifelt ernst war, ernster als das Gefecht, das mir bevorstand. Rußland war kopfüber dem Teufel verfallen, Italien war schwer angeschlagen und stand nur sehr unsicher auf den Beinen, und unsere eigenen Aussichten waren alles andere als glänzend. Die Deutschen bekamen Oberwasser, und das auch zu Recht, und ich sah eine schwierige Zeit voraus, bis Amerika uns auf dem Schlachtfeld zu Hilfe eilen würde. Das war die Chance für die Wildvögel, und häufig wachte ich schweißgebadet auf, um zu überlegen, welche Teufelei Ivery wieder ausgeheckt haben könnte. Zwar glaube ich, daß ich meine damaligen Aufgaben einigermaßen gut erfüllte, aber meine wildesten Gedanken kreisten doch um die andere Geschichte. Ich erinnere mich, wie ich jede Stunde jedes einzelnen Tages, von jener Juninacht in den Cotswolds bis zu meiner letzten Begegnung mit Bullivant in London, durchging, um vielleicht doch noch eine neue Bedeutung zu entdecken. Wahrscheinlich hätte ich noch Gehirnhautentzündung bekommen, hätte ich nicht den größten Teil meiner Tage und Nächte damit verbracht, schwere Kämpfe mit den sehr aufmerksamen Deutschen auszufechten. Auf diese Weise blieb mein Verstand im Gleichgewicht, und fast möchte ich behaupten, daß er dadurch noch geschärft wurde, denn während dieser Monate hatte ich das Glück, zufällig auf eine bessere Fährte zu stoßen als Bullivant, Mcgillivray und Blenkiron, die in ihren Londoner Büros an tausend Fäden zogen.

Die verschiedenen Ereignisse bei meinen privaten Nachforschungen will ich jedoch in ihrer zeitlichen Reihenfolge berichten. Das erste war meine Begegnung mit Geordie Hamilton. Es passierte kurz nach meiner Rückkehr zur Brigade, als ich hinfuhr, um mir unser Bataillon der Scots Fusiliers anzusehen. Am 31. Juli war die alte Brigade schwer mitgenommen worden und mußte, um ihre alte Stärke nahezu wieder zu erreichen, erheblich aufgefüllt werden. Besonders die Fusiliers waren zum größten Teil neu und aus den Resten unseres Bataillons sowie den Resten des Bataillons einer anderen Division zusammengestellt, wozu noch rund ein Dutzend Offiziere aus den Ausbildungseinheiten in der Heimat kam.

Ich inspizierte die Männer, und dabei entdeckten meine Augen ein bekanntes Gesicht. Ich fragte nach dem Namen, und der Colonel ließ ihn sich vom Sergeant-Major sagen. Es war der Lance-Corporal Geordie Hamilton.

Nun brauchte ich einen neuen Burschen, und an Ort und Stelle entschloß ich mich, meinen alten Gegner zu nehmen. Am gleichen Nachmittag meldete er sich im Gefechtsstand der Brigade bei mir. Als ich die stämmige krummbeinige Gestalt betrachtete, die starr wie die Schaufensterfigur eines Tabakhändlers stand, das häßliche Gesicht wie aus braunem Eichenholz geschnitzt, dazu der ehrliche mürrische Mund, während die blauen Augen unverwandt ins Leere starrten, wußte ich, daß ich den Mann bekommen hatte, den ich wollte.

»Hamilton«, sagte ich, »Sie und ich sind uns früher schon einmal begegnet.«

»Sir?« lautete die verwirrte Antwort.

»Sehen Sie mich an, Mann, und sagen Sie, ob Sie mich wiedererkennen.«

Seine Augen bewegten sich kaum; der respektvolle Blick blieb.

»Sir, ich kann mich nicht erinnern.«

»*Well*, dann will ich Ihr Gedächtnis auffrischen. Erinnern Sie sich an den Saal in der Newmilns Street und an die Versammlung dort? Draußen prügelten Sie sich mit einem Mann und gingen zu Boden.«

Er antwortete zwar nicht, aber seine Gesichtsfarbe wurde dunkler.

»Und vierzehn Tage später sahen Sie in einer Gastwirtschaft in Muirtown denselben Mann, der um sein Leben rennen mußte.«

Deutlich sah ich den verkniffenen Mund, denn bestimmt dachte er jetzt an die Strafen, die die Vorschriften für Schlägereien mit einem Offizier vorsehen. Aber er rührte sich nicht.

»Sehen Sie mir ins Gesicht, Mann«, sagte ich. »Erinnern Sie sich jetzt?«

Er tat, wie befohlen.

»Sir, ich erinnere mich.«

»Und mehr haben Sie nicht zu sagen?«

Er räusperte sich. »Sir, ich hatte keine Ahnung, daß Sie Offizier waren.«

»Natürlich hatten Sie das nicht. Sie hatten vollkommen recht, und wäre der Krieg vorbei und wir beide freie Menschen, würde ich Ihnen die Chance geben, mich hier und jetzt niederzuschlagen. Aber das muß noch warten. Als Sie mich zum letztenmal sahen, diente ich meinem Land, obgleich Sie es nicht wußten. Jetzt dienen wir gemeinsam, und Sie müssen Ihre Rachegelüste an den Deutschen auslassen. Ich werde Sie zu meinem Burschen ernennen, denn zwischen uns beiden existiert eine ziemlich enge Bindung. Was meinen Sie dazu?«

Diesmal sah der Mann mir offen ins Gesicht. Sein besorgter Blick schätzte mich ab und war befriedigt. »Ich bin stolz, Ihr Bursche zu sein, Sir«, sagte er. Dann drang aus seiner Brust ein ersticktes Lachen, und er vergaß jegliche Disziplin. »Mensch, Sie sind großartig!« Sofort nahm er sich jedoch wieder zusammen, salutierte und marschierte ab.

Die zweite Episode ereignete sich während unserer kurzen Ruhepause nach dem Polygon Wood, als ich eines Nachmittags die Stellung entlanggeritten war, um einen Freund bei der schweren Artillerie zu besuchen. Im abendlichen Nieselregen kehrte ich zurück, und wir klapperten über den kiesigen *pavé* zwischen den Trauerpappeln dahin, als ich auf eine Arbeitskompanie stieß, die die Schäden eines deutschen Störfeuers vom gleichen Vormittag ausbesserte. Ich war meines Weges nicht ganz sicher und fragte einen der Arbeiter. Er richtete sich auf und salutierte, und unter einer unansehnlichen Mütze erkannte ich die Gesichtszüge jenes Mannes, der mit mir am Coolin gewesen war.

Ich wechselte ein paar Worte mit seinem Sergeant, der

einverstanden war, und so begleitete er mich ein Stück meines Weges.

»Großer Schotte, Wake, was hat denn Sie hierher verschlagen?« fragte ich.

»Dasselbe wie Sie. Dieser verdammte Krieg.«

Ich war abgestiegen und ging neben ihm, und dabei stellte ich fest, daß sein hageres Gesicht die Blässe verloren hatte und seine Augen weniger hitzig wirkten als früher.

»Sie scheinen dabei zu gedeihen«, sagte ich, denn ich wußte nicht, was ich sonst hätte sagen sollen. Plötzlich hatte eine gewisse Scheu mich ergriffen. Wake mußte heftige Gefühlsstürme durchgemacht haben, bevor es dazu gekommen war. Er merkte, was ich dachte, und lachte auf seine scharfe ironische Art.

»Bilden Sie sich nur nicht ein, Sie hätten mich bekehrt. Ich denke noch genauso wie früher. Allerdings bin ich zu dem Schluß gekommen, daß ich – da das Schicksal mich doch schon zu einem Regierungsangestellten gemacht hat – meine Arbeit genausogut auch dort verrichten könnte, wo ich weniger gepolstert als in einem Sessel des Innenministeriums sitze ... O nein, es ging dabei nicht um das Prinzip. Eine Arbeit ist so gut wie die andere, nur bin ich als Erdarbeiter nicht so gut wie als Angestellter. Bei mir handelt es sich um eine Art Selbstbefriedigung: ich wollte an die frische Luft und brauchte Bewegung!«

Ich sah ihn an – verschlammt bis an die Hüften, die Hände dank der ungewohnten Arbeit mit Blasen und Rissen übersät. Ich konnte mir vorstellen, was seine Kameraden für ihn bedeuteten und wie er sich an der unbeholfenen Ausdrucksweise der Unteroffiziere ergötzte.

»Sie sind ein verdammter Schwindler«, sagte ich. »Warum sind Sie denn, um Himmels willen, nicht in ein Ausbildungslager für Offiziere gegangen und haben dort das Offizierspatent erworben? Das ist doch wirklich nicht schwer.«

»Sie mißverstehen meinen Fall«, sagte er bitter. »Man hat mich nicht plötzlich zur Gerechtigkeit des Krieges bekehrt. Ich stehe immer noch da, wo ich immer stand. Ich bin Nichtkombattant, wollte jedoch als Zivilist etwas anderes tun ... Nein, mich hat kein idiotisches Gericht hierher geschickt. Ich bin aus eigenem freiem Willen hergekommen, und es macht mir wirklich Spaß.«

»Für einen Mann wie Sie ist die Arbeit schwer«, sagte ich.

»Nicht so schwer wie die der Kameraden in den Schützengräben. Ich habe heute ein Bataillon beobachtet, das zurückkam, und die Männer sahen wie Gespenster aus, die jahrelang in schlammigen Gräbern gelegen hatten. Weiße Gesichter, trübe Augen und bleierne Füße. Meine Arbeit dagegen ist leicht. Am besten gefällt sie mir, wenn das Wetter schlecht ist. Dann kann ich mir nämlich einbilden, meine Pflicht zu erfüllen.«

Mit einer Kopfbewegung deutete ich auf einen frischen Granattrichter. »Kommt das häufig vor?«

»Ab und zu. Heute morgen hat man uns ganz schön eingeheizt. Ich kann zwar nicht behaupten, daß es mir Spaß macht, wenn geschossen wird, aber darauf zurück blicke ich gern. Es ist eine Art moralischer Schmerztablette.«

»Ich hätte gern gewußt, was die anderen von Ihnen halten?«

»Nichts. Für besondere *bonhomie* bin ich nicht berühmt. Man hält mich für einen Pedanten – und das zu Recht. Es macht mir keinen Spaß, über Bier oder Frauen zu reden oder Grammophonmusik zu hören oder über das letzte Essen zu mäkeln. Aber ich bin ganz zufrieden – vielen Dank. Manchmal erwische ich in der Hütte des CVJM einen Platz und lese. Meine Hauptsorge ist der Feldgeistliche. Er war zu meiner Zeit im Keble, und wie einer meiner Kollegen es ausdrückt, ist er ›widerlich hilfsbereit‹ ... Was machen Sie, Hannay? Wie ich sehe, sind Sie General. In dieser Gegend sieht man selten welche.«

»Ich bin eine Art General. Als Soldat an der Front zu sein, gehört nicht gerade zum Bequemsten, aber ich glaube nicht, daß es so schwer ist wie Ihre Tätigkeit. Wissen Sie, Wake, am liebsten hätte ich Sie in meiner Brigade. Ob ausgebildet oder nicht, Sie sind ein verdammt tapferer Kerl.«

Er lachte, und sein Lachen war nicht so beißend wie sonst. »Fast bekehren Sie mich zum Soldaten. Nein, vielen Dank. Mir fehlt der Mut, und abgesehen davon habe ich auch noch meine komischen alten Prinzipien. Trotzdem würde ich gern in Ihrer Nähe sein. Sie sind ein guter Kamerad, und außerdem hatte ich die Ehre, bei Ihrer Schulbildung behilflich zu sein ... Ich muß jetzt zurück, sonst denkt der Sergeant, ich sei abgehauen.«

Wir gaben uns die Hand, und das letzte, was ich von ihm sah, war eine Gestalt, die in strammer Haltung im feuchten Zwielicht salutierte.

Der dritte Vorfall war zwar belanglos, in seinen Folgen jedoch bedeutsam. Kurz bevor ich die Division bekam, hatte ich einen Malaria-Anfall. Wir waren an der Front als Verstärkung eingesetzt, und zwar in sehr unbequemen Gräben hinter Wieltje, und drei Tage lag ich in meinem Unterstand fest. Draußen peitschte der Regen, und gelegentlich schoß das Wasser die Stiegen herunter durch den Gasvorhang und stand dann in Pfützen um die Füße meines Bettes. Zur Genesung war es zwar nicht der geeignete Ort, aber ich war damals verdammt zäh, und am dritten Tag fing ich an, mich aufzusetzen und zu langweilen.

Ich las meine englischen Zeitungen zweimal und dazu einen Stapel deutscher Zeitungen, die mir ein Freund von der Spionageabwehr im Generalhauptquartier schickte, da er wußte, daß ich gern verfolgte, was die Deutschen sagten. Während ich in der Art und Weise, wie ein Mensch es nach einem Fieberanfall tut, vor mich hindöste und grübelte, fiel mir plötzlich der gewaltige Aufwand einer Anzeige in der englischen Presse auf. Es handelte sich dabei um das ›Gussiter's Deepbreathing System‹, das entsprechend der Anzeige eine Kur für sämtliche Krankheiten war, an denen ein Mensch leiden kann, seien sie nun geistiger, moralischer oder physischer Art. Politiker, Generale, Admirale und Musiker bezeugten, daß ein neues Leben sich ihnen eröffnet hatte. Ich erinnere mich noch, daß ich überlegte, was diese Sportsleute für ihre Aussagen bekämen, und daran dachte, aus Spaß einen Brief an diesen Gussiter zu schicken.

Dann griff ich nach den deutschen Zeitungen, und plötzlich fiel mein Blick auf eine Anzeige derselben Art in der *Frankfurter Zeitung*. Diesmal war es nicht Gussiter, sondern ein gewisser Weißmann; aber das Spiel war dasselbe – ›Tiefes Atmen‹. Der deutsche Text unterschied sich allerdings vom englischen und sprach von der Göttin der Gesundheit, von Bergnymphen und enthielt zwei Zitate von Schiller. Aber der Grundgedanke war derselbe. Das veranlaßte mich zu gewissen Überlegungen, und sorgfältig ging ich den ganzen Zeitungsstapel durch. Die Anzeige fand ich in der *Frankfurter* und in einigen obskuren Blättern wie der *Volksstimme* und der *Volkszeitung*. Außerdem fand ich sie in *Der Große Krieg*, der offiziellen deutschen Propaganda-Illustrierten. Alle hatten denselben Text, mit einer Ausnahme, und diese Ausnahme enthielt eine auffallende Variation, denn sie brachte vier Sätze, die auch in der englischen Anzeige verwendet worden waren. Das kam mir verdächtig vor, und ich begann, Mcgillivray einen Brief zu schreiben, in dem ich darauf verwies, was scheinbar ein Handel mit dem Gegner zu sein schien; gleichzeitig gab ich ihm den Rat, sich doch um den finanziellen Hintergrund dieses Mr. Gussiter zu kümmern. Meiner Ansicht nach bestand die Möglichkeit, daß hinter Mr. Gussiter ein deutsches Syndikat steckte. Aber dann kam mir eine andere Idee, die mich veranlaßte, meinen Brief neu zu schreiben.

Wieder sah ich die Zeitungen durch. Die englischen, die die Anzeige enthielten, waren gute, solide und den Krieg befürwortende Blätter – jene Art von Zeitung also, bei der die Zensur nichts dagegen hatte, wenn sie ins Ausland geschickt wurde. Außerdem hatte ich einen kleinen Stapel pazifistischer Blätter vor mir, die diese Anzeige jedoch nicht brachten. Der Grund war möglicherweise die Höhe der Auflage, vielleicht aber auch nicht.

Die deutschen Zeitungen waren entweder radikale oder sozialistische Veröffentlichungen, genau das Gegenteil der englischen, ausgenommen *Der Große Krieg*. Nun haben wir eine freie Presse, die Deutschland strenggenommen nicht hat. Alle journalistischen Indiskretionen der deutschen Presse sind berechnet. Deswegen haben die Deutschen nichts dagegen, daß ihre Zeitungen in das feindliche Ausland gelangen. Sie wollen es sogar. Es paßt ihnen, wenn ihre Zeitungen in Artikeln mit der Schlagzeile »Durch die deutsche Brille« zitiert werden und aus dem Text hervorgeht, wie gute Demokraten die Deutschen geworden sind.

Nachdem ich eine Weile überlegt hatte, formten verschiedene Schlußfolgerungen sich in meinen Gedanken. Die vier identischen Sätze schienen darauf hinzudeuten, daß die ›Tiefatmung‹ eine deutsche Vaterschaft hatte. Hier bestand die Möglichkeit, mit dem Gegner eine Verbindung aufzunehmen, die den argusäugigen Gentlemen entging, welche die Post prüften. Was hinderte Mr. A. am einen Ende daran, eine Anzeige mit einem gut verschlüsselten Text aufzugeben, wenn die Zeitung binnen drei Tagen über Holland nach Deutschland gelangte? Herr B. am anderen Ende antwortete in der *Frankfurter,* und wenige Tage später lasen kluge Redakteure und peinlich genaue Abwehroffiziere – sowie Mr. A. – sie in London, obgleich nur Mr. A. ihre wahre Bedeutung kannte.

In meinen Augen war dies eine glänzende Idee und so einfach, daß kluge Leute gar nicht auf den Gedanken kamen und Deutsche nur selten. Ich wünschte, nicht mitten in einer Schlacht zu stecken, denn am liebsten hätte ich versucht, den chiffrierten Text selbst zu entziffern. Ich schrieb Mcgillivray einen ausführlichen Brief, in dem ich meine Überlegungen darlegte, und ging dann schlafen. Als ich aufwachte, war ich der Ansicht, daß der Beweis auf ziemlich schwachen Füßen stünde, und am liebsten hätte ich den Brief zerrissen; aber die Verpflegungstrupps hatten ihn bereits mitgenommen.

Danach ereigneten sich die Dinge in ausgesprochen langsamer Folge. Das erste Ereignis trat ein, als Hamilton, der zum Einkaufen für die Messe nach Boulogne gefahren war, mit der verblüffenden Nachricht zurückkehrte, Gresson gesehen zu haben. Seinen Namen hatte er zwar nicht gehört, aber in dramatischer Weise beschrieb er ihn mir als jenen »winzigen rothaarigen Teufel, der Ecky Brockie in Glasgow gegen das Schienbein trat, Sir«. An dieser Schilderung erkannte ich ihn.

Allem Anschein nach befand Gresson sich auf einer Vergnügungsreise. Er gehörte zu einer Gruppe von Labour-Delegierten, die von zwei Offizieren empfangen und in *chars-à-bancs* weggefahren worden waren. Hamilton berichtete, aus Anfragen bei seinen Freunden erfahren zu haben, daß diese Art von Besuchern allwöchentlich kämen. Ich hielt es für äußerst vernünftig, daß die Regierung so etwas tat, hätte jedoch gern gewußt, wieso gerade Gresson ausgewählt worden war. Ich hatte gehofft, daß Mcgillivray ihn vor Wochen hatte verhaften lassen. Vielleicht genügten aber die Beweise nicht, um ihn aufzuhängen; immerhin gehörte er zu den am meisten Verdächtigten und hätte zumindest eingesperrt werden sollen.

Eine Woche später hatte ich Gelegenheit, das Generalhauptquartier in einer Angelegenheit aufzusuchen, die mit meiner Division zusammenhing. Meine Freunde von der Spionageabwehr erlaubten mir, die direkte Verbindung mit London zu benutzen, und ich rief Mcgillivray an. Zehn Minuten lang führte ich ein aufregendes Gespräch, denn von dieser Seite hatte ich seit meiner Abreise aus England nichts erfahren. Ich hörte, daß der portugiesische Jude entkommen war – verschwunden aus seinem Heideland, als man ihn dort abholen wollte. Man hatte ihn als deutschen Professor für keltische Sprachen identifiziert, der einen Lehrstuhl an einem Waliser College innehatte – ein gefährlicher Bursche, denn er war ein aufrechter, hochfliegender und begeisterter Fanatiker. Gegen Gresson lag überhaupt nichts vor; dennoch wurde er streng überwacht. Als ich mich nach Gressons Besuch in Frankreich erkundigte, erwiderte Mcgillivray, dieser Besuch gehörte zu seinem Plan. Ich fragte, ob der Besuch irgendwelche Hinweise ergeben hätte, bekam darauf jedoch nie eine Antwort, denn in diesem Moment mußte die Leitung für das Kriegsministerium freigemacht werden.

Ich suchte jenen Mann auf, der die Labour-Besucher

betreut hatte, und freundete mich mit ihm an. Gresson, so sagte er, wäre ein ruhiger, gesitteter und liebenswerter Gast gewesen. An der Vimy Bridge hätte er Tränen vergossen, und entgegen jedem Befehl hätte er vor Soldaten, denen er auf der Straße nach Arras begegnete, eine Ansprache gehalten: daß die britische Labour-Partei die britische Armee in ihre Gebete einschlösse und Blut schwitze, um Waffen zu produzieren. Am letzten Tag erlitt er ein Mißgeschick, denn unterwegs wurde er krank – irgendeine Nierengeschichte, die das Gerüttel des Wagens nicht vertrug –, und so mußte er in einem Dorf zurückgelassen werden, wo er von der Besuchergruppe auf dem Rückweg wieder abgeholt wurde. Es ging ihm zwar besser, aber er war immer noch schwach. Ich verhörte jenen Offizier, der bei diesem Aufenthalt dabeigewesen war, und erfuhr, daß man Gresson in einem Bauernhaus allein zurückgelassen hätte, denn er hätte gesagt, er brauche sich lediglich eine Weile hinzulegen. Der Name der Ortschaft war Eaucourt Sainte-Anne.

Wochenlang ging mir dieser Name durch den Kopf. Er hatte einen angenehm fremdartigen Klang, und ich überlegte, was Gresson wohl während der Stunden seines Aufenthalts getan hatte. Ich suchte den Ort auf der Karte und nahm mir fest vor, ihn mir anzusehen, sobald wir in Quartier kamen. Aber dann vergaß ich alles wieder, bis ich den Namen noch einmal hörte. Am 23. Oktober hatte ich während eines Aufenthaltes in den vordersten Gräben das Pech, einen kleinen Granatsplitter mit meinem Kopf aufzuhalten. Es war ein schwüler nebliger Tag, und ich hatte gerade meinen Stahlhelm abgenommen, um mir die Stirn abzuwischen, als es passierte. Es war eine lange flache Schädelwunde, die ungefährlich war, jedoch stark blutete, und da keine großen Dinge bevorstanden, schickte der Truppenarzt mich zum Hauptverbandsplatz, wo ich behandelt werden sollte. Drei Tage war ich dort, und da ich mich äußerst wohl fühlte, hatte ich genügend Muße, mich umzusehen und nachzudenken, so daß diese Zeit mir in der Erinnerung als eine seltsame und ruhige Unterbrechung des infernalischen Kriegstrubels vorkommt. Dennoch erinnere ich mich, wie ein Sturm an meinem letzten Abend die Lampen schwingen und flackern ließ, während die graugrünen Zeltbahnwände zu einem Durcheinander gesprenkelter Schatten wurden. Durch die vielen Leute, die ständig Verwundete von der Front hereingebracht hatten, war die Leinwand des Bodens verdreckt. In meinem Zelt lag damals niemand, dem es sehr schlecht ging, ausgenommen ein Junge, dessen Schulter von einer Granate zur Hälfte weggerissen war; ihm hatte man jedoch Medikamente gegeben, so daß er am anderen Ende des Zeltes in tiefem Schlaf lag. Meistens handelte es sich um Grippe, Bronchitis und Grabenfieber – und die Männer warteten darauf, in die Etappe gebracht zu werden, oder waren wieder genesen und standen vor ihrer Rückkehr zu den Einheiten.

Eine kleine Gruppe von uns aß das aus eingemachten Hühnchen, gedämpftem Obst und Käse bestehende Abendbrot, in einem Kreis um den qualmenden Ofen sitzend, wo zwei Wandschirme aus Pappkarton etwas Schutz vor dem Zug gewährten, der wie kleine Tornados durch das Zelt fegte. Einer der Männer hatte ein Buch mit dem Titel *Ghost Stories of an Antiquary* gelesen, und das Gespräch wandte sich den unerklärlichen Dingen zu, die jeder ein oder zweimal im Leben erlebt. Ich trug mit einer Geschichte über jene Männer bei, die auf die Suche nach dem Schatz von Krüger ins Buschveld gegangen und von einer grünen Kuhantilope verjagt worden waren. Es ist eine gute Erzählung, und eines Tages werde ich sie sicher niederschreiben. Ein hochgewachsener Hochländer, der seine mit Pampuschen bekleideten Füße ständig auf den Ofen gelegt hatte und dessen Kostüm aus einem Kilt, einem britischen Pullover, einem grauen Lazarettmantel und vier Paar Socken bestand, erzählte die Geschichte von den Camerons während der ersten Schlacht um Ypern und von dem aus dem Lowland stammenden Unteroffizier, der nicht Gälisch konnte und plötzlich merkte, daß er seine Männer mit irgendwelchen uralten Redensarten aus dem Highland anfeuerte. Der arme Kerl hatte einen quälenden Bronchialhusten, der darauf hindeutete, daß sein Land ihn genausogut auf irgendeinem wärmeren Schlachtfeld als gerade Flandern hätte verwenden können. Er schien so etwas wie ein Gelehrter zu sein und erläuterte die Geschichte von den Camerons mit einer Menge langatmiger Wörter.

Ich erinnere mich, wie das Gespräch langsam versiegte, wie es immer geschieht, wenn die Menschen nichts zu tun haben und an den kommenden Tag denken. Ich achtete nicht besonders darauf, denn ich dachte an einen Wechsel, den ich bei meinen Bataillonskommandeuren vornehmen wollte, als eine neue Stimme laut wurde. Sie gehörte einem kanadischen Captain aus Winnipeg, einem ausgesprochen stillen Mann, der Shagtabak rauchte.

»In diesem verdammten Land gibt es eine ganze Menge Geister«, sagte er. Dann begann er, von dem zu erzählen, was er erlebt hatte, als seine Division zum letztenmal in Ruhequartieren lag. Er war beim Stab und mit dem Divisionskommando in einem alten französischen Château untergebracht. Das Haus bewohnten sie nur zu einem kleinen Teil; der Rest war zwar versperrt, aber die Gänge waren so gewunden, daß es schwierig war, den nicht besetzten Teil nicht zu betreten. Eines Nachts, so erzählte er, wachte er mit einem mächtigen Durst auf, und da er sich durch das Wasser in seinem Schlafzimmer keine Cholera holen wollte, machte er sich auf den Weg zu jenem Raum, der als Messe eingerichtet worden war, um sich einen Whisky mit Soda zu holen. Den Raum konnte er nicht finden, obgleich er den Weg wie im Schlaf kannte. Er gab zu, daß er möglicherweise an der falschen Stelle abgebogen war, glaubte es jedoch nicht. Jedenfalls landete er in einem Gang, den er bisher noch nie gesehen hatte, und da er keine Kerze bei sich hatte, versuchte er, den Weg zurück in sein Zimmer zu finden. Wieder ging er in die Irre und tastete sich weiter, bis er einen Lichtschimmer sah, von dem er glaubte, daß er aus dem Zimmer des Generalstabsoffiziers kam, eines guten Freundes von ihm. Also torkelte er hinein und fand sich in einem großen, kaum erleuchteten Salon, in dem zwei Gestalten saßen, zwischen denen eine Lampe brannte, und das ganze Zimmer war von einem seltsamen, unerfreulichen Geruch erfüllt. Er machte einen Schritt nach vorn, und dann sah er, daß die Gestalten keine Gesichter hatten. Das erschreckte ihn zutiefst, und er stieß einen Schrei aus. Eine der beiden Gestalten rannte auf ihn zu, die Lampe ging aus, und der dickliche Geruch schnürte ihm plötzlich die Kehle zu. Danach erinnerte er sich an nichts mehr, bis er am folgenden Morgen mit fürchterlichen Kopfschmerzen in seinem eigenen Bett aufwachte. Er sagte, er hätte die Erlaubnis des Generals erhalten und den ganzen unbesetzten Teil des Hauses durchsucht, hätte das Zimmer jedoch nicht finden können. Alles wäre mit einer dicken Staubschicht bedeckt gewesen, und nirgends hätte sich ein Zeichen dafür gefunden, daß kürzlich Menschen dort gewesen wären.

Ich gebe die Geschichte so wieder, wie er sie mit seiner lässigen Stimme erzählte. »Wahrscheinlich war das ein echtes Erlebnis mit Gespenstern. Sie glauben mir nicht und nehmen an, ich wäre betrunken gewesen? Das war ich nicht. Bisher hat man noch nichts zusammenbrauen können, das mich so umschmeißen würde. Ich bin wahrscheinlich bloß in irgendeinen Spalt des alten Universums geraten und habe meinen Kopf hindurchgesteckt. Euch kann es jeden Tag genauso ergehen.«

Der Hochländer begann sich mit ihm zu streiten, und ich verlor das Interesse an dem Gespräch. Aber ein Satz rief meine Aufmerksamkeit wieder auf den Plan. »Ich werde Ihnen den Namen des verdammten Ortes aufschreiben, und sollten Sie das nächstemal in der Nähe sein, können Sie selbst nachsehen. Das Schloß ist das Château von Eaucourt Sainte-Anne und liegt rund sieben Kilometer von Douvecourt entfernt. Wenn ich mir in diesem Land ein Grundstück kaufte, dann bestimmt nicht in dieser Gegend ...«

Danach folgte für mich ein grimmiger Monat, der aus dem Ende der dritten Schlacht bei Ypern und der Verlegung nach Cambrai bestand. Bis Mitte Dezember waren

wir zwar ziemlich angeschlagen, aber die Stellung, die meine Division hielt, hatten wir uns nicht ausgesucht, und ständig mußten wir aufmerksam beobachten, was die Deutschen anstellten. Es war eine ermüdende Angelegenheit, und ich hatte keine Zeit, an etwas anderes als die militärische Art der Spionage zu denken: an die Feststellung der uns gegenüberliegenden Einheiten durch Aussagen von Gefangenen, die Organisation kleiner Vorstöße und schließlich Meldungen an das Royal Flying Corps, damit es ebenfalls beschäftigt war. Besonders letzteres beschäftigte mich, und zusammen mit Archie Roylance, dem sein Herzenswunsch erfüllt worden war und der dank einem Zufall der genau hinter uns liegenden Staffel angehörte, flog ich selbst mehrmals über die Stellungen. Reden tat ich darüber so wenig wie möglich, denn das Generalhauptquartier sah es nicht gern, wenn Divisionsgenerale derartige Methoden praktizierten, obgleich es einen berühmten Armeekommandeur gab, dessen Steckenpferd die Verwendung des Flugzeugs war. Auf einem meiner Flüge ereignete sich jedoch ein Vorfall, der die Zeitspanne, in der ich auf das größere Spiel wartete, zu einem schnelleren Ende brachte.

An einem langweiligen Dezembertag, kurz nach Mittag, starteten Archie und ich zur Aufklärung. Allgemein bekannt ist, daß der Nebel in der Picardie plötzlich aus dem Boden zu steigen scheint und die Hänge wie mit einem Tuch bedeckt. Das war diesmal unser Glück. Wir hatten die Front überquert, flogen in sehr großer Höhe und wurden in der üblichen Weise von der deutschen Flugzeugabwehr empfangen. Nach etwa einer oder zwei Meilen schien der Boden zu uns hochzusteigen, obgleich wir nicht niedriger gegangen waren, und plötzlich befanden wir uns inmitten des kalten klebrigen Nebels. Wir gingen mehrere tausend Fuß steil hinunter, aber der verdammte Nebel wurde immer dichter, und nirgends war irgendein Erkennungsmerkmal zu finden. Wenn wir in dieser Höhe weiterfliegen, so überlegte ich, rammen wir noch einen Baum oder einen Kirchturm und sind für den Feind eine leichte Beute.

Derselbe Gedanke muß Archie gekommen sein, denn er zog die Maschine wieder hoch. Wir kamen in eine mörderisch kalte Zone, aber klarer wurde es nicht. Deswegen faßte er den Entschluß zum Rückflug und bat mich auf einem Zettel, auf der Karte den Kompaßkurs einzuzeichnen. Das war leichter gesagt als getan, aber ich hatte doch eine ungefähre Vorstellung von der Geschwindigkeit, mit der er geflogen war, seit wir die Front überquert hatten, und kannte unsere ursprüngliche Richtung, so daß ich mein Bestes tat. Eine Zeitlang flogen wir weiter, und dann kamen mir plötzlich Zweifel. Archie übrigens auch. Wir gingen tiefer, konnten aber nichts von dem hören, was auf beiden Seiten der Front etwa eine Meile tief vor sich geht. Die Welt war ausgesprochen unheimlich und totenstill – so still, daß Archie und ich uns durch das Sprachrohr verständigen konnten.

»Wir haben das verdammte Schlachtfeld verfehlt«, schrie er.

»Ich glaube, Ihr verdammter alter Kompaß hat uns im Stich gelassen«, erwiderte ich. Wir kamen zu dem Schluß, daß es sinnlos war, die Richtung zu ändern, und blieben daher auf demselben Kurs. Langsam wurde ich nervös wie ein junger Hund, hauptsächlich wegen der Stille. Sie ist nicht das, was man auf einem Schlachtfeld erwartet ... Sorgfältig beobachtete ich den Kompaß und sah, daß er tatsächlich verrückt geworden war. Vermutlich hatte Archie ihn auf einem früheren Flug beschädigt und vergessen, ihn auszuwechseln.

Er machte ein verstörtes Gesicht, als ich ihn darauf hinwies.

»Großer Gott!« krächzte er, denn er litt an einer fürchterlichen Erkältung, »dann können wir über Calais oder in der Nähe von Paris oder meilenweit hinter den deutschen Stellungen sein. Was, zum Teufel, tun wir jetzt?«

Und um dem Ganzen die Krone aufzusetzen, machte der Motor plötzlich nicht mehr mit. Es war genauso wie über der Heide von Yorkshire und schien eine Spezialität des Shark-Gladas-Motors zu sein. Diesmal kam das Ende jedoch schnell. Im Sturzflug gingen wir nach unten, und an der Art, wie Archie den Knüppel umklammerte, merkte ich, daß er seine Glanzleistung vollbrachte, damit wir uns nicht den Hals brächen. Das taten wir dann auch nicht, aber viel hatte nicht gefehlt, denn wir rumpelten am Rande eines gepflügten Feldes entlang, begleitet von einer Serie von Stößen, die mir beinahe die Zähne in den Kiefer trieben. Hier unten herrschte derselbe dichte tröpfelnde Nebel, und wir zwängten uns aus der Kiste und stürzten wie zwei gehetzte Kaninchen in Deckung.

Unser Zufluchtsort war der Windschatten eines dichten Unterholzes.

»Meiner Ansicht nach«, sagte Archie ernst, »befinden wir uns in der Nähe von Le Cateau. Während des Rückzugs ging Tam Wilbraham hier verloren, und er brauchte neun Monate, um die holländische Grenze zu erreichen. Keine schöne Aussicht, Sir.«

Ich machte mich an die Erkundung. Auf der anderen Seite des Unterholzes führte eine Straße entlang, aber der Nebel erstickte jegliches Geräusch, so daß ich den Mann erst hörte, als ich sein Gesicht erkannte. Bei der ersten Begegnung ließ ich mich sofort flach auf den Boden fallen ... Denn es war ein deutscher Soldat, feldgrau, Brotbeutel, Ordensband und alles, und auf der Schulter trug er eine Spitzhacke.

Beim zweiten Überlegen kam mir der Gedanke, daß diese Begegnung noch kein endgültiger Beweis zu sein brauchte. Möglicherweise gehörte der Mann zu unseren Gefangenen. Aber hier war nicht der Ort, irgend etwas dem Zufall zu überlassen. Ich kehrte zu Archie zurück, und gemeinsam überquerten wir das gepflügte Feld und stießen in einiger Entfernung auf die Straße. Dort sahen wir einen Bauernwagen mit einer Frau und einem Kind. Dem Aussehen nach waren es Franzosen, und zwar melancholische Franzosen, also genau wie man sich Bewohner eines vom Feinde besetzten Landstriches vorstellt.

Dann stießen wir auf die Parkmauer eines großen Hauses und erkannten verschwommen die Umrisse eines Bauernhauses. Hier würden wir früher oder später den Beweis dafür finden, wo wir uns befanden; deswegen legten wir uns zwischen die am Straßenrand stehenden Pappeln und froren. An jenem Nachmittag schien niemand unterwegs zu sein. Eine Viertelstunde lang war es so still wie auf einem Friedhof. Dann hörten wir Pfeifen und gedämpfte Schritte.

»Das ist ein Engländer«, sagte Archie voller Freude. »Kein Deutscher würde so einen scheußlichen Lärm machen.«

Er hatte recht. Die Gestalt eines Soldaten des Army Service Corps erschien aus dem Nebel, die Feldmütze aus der Stirn geschoben, die Hände in den Taschen und sein Gang der eines freien Menschen. Niemals habe ich einen erfreulicheren Anblick erlebt als den dieses Nachschubsoldaten. Wir standen auf und begrüßten ihn. »Wo sind wir hier?« schrie ich.

Mit seiner schmutzigen Hand fuhr er sich über die Stirn. »Eaucourt Sainte-Anne, Sir«, sagte er. »Verzeihung, Sir, aber sind Sie verletzt, Sir?«

Zehn Minuten später tranken wir in der Messe einer Werkstatt Tee, während Archie zu der nächsten Dienststelle der Nachrichtentruppe gegangen war, um einen Wagen kommen zu lassen und Anweisungen für die Bergung seiner kostbaren Kiste zu geben. Es war zwar fast dunkel, aber ich stürzte den Tee hinunter und eilte in die dichte Dämmerung hinaus. Denn ich wollte mir das Château ansehen.

Ich fand das große Einfahrtstor mit hohen Steinsäulen, aber die eisernen Flügel waren verschlossen und sahen aus, als hätten sie sich seit Menschengedenken nicht geöffnet. Da ich mich in derartigen Anlagen auskenne, suchte ich den Seiteneingang und stieß auf eine verschlammte Straße, die zur Rückseite des Hauses führte. Die Vorderseite lag offenbar in einer Art Park; hinten befanden sich mehrere Nebengebäude und der Teil eines Grabens, der im winterlichen Zwielicht sehr tief und schwarz wirkte. Überquert wurde er von einer Steinbrücke, an deren Ende sich eine Tür befand.

Es war offensichtlich, daß das Château nicht als Quartier verwendet wurde. Nirgends waren britische Soldaten zu sehen; nirgends war überhaupt ein menschliches Wesen zu sehen. Möglichst geräuschlos schlich ich durch den Nebel, als ginge ich auf Samt, und hatte nicht einmal die Gesellschaft meiner eigenen Schritte. Ich erinnerte mich der Gespenstergeschichte des Kanadiers und kam zu dem Schluß, daß ich mir wahrscheinlich dasselbe einbilden würde, wenn ich in einem derartigen Haus wohnen müßte.

Die Tür war verriegelt und abgeschlossen. Ich ging am Ufer des Grabens entlang und hoffte, so zur Vorderseite des Hauses zu gelangen, die wahrscheinlich modern war und sich eines zivilisierten Eingangs rühmen konnte. Irgend jemand mußte hier wohnen, denn ein Schornstein rauchte. Wenig später hörte der Graben auf und wurde von einem gepflasterten Dammweg ersetzt, aber eine Mauer, die im rechten Winkel zum Haus verlief, beendete meinen Weg. Ich überlegte schon, ob ich umkehren und an die Tür hämmern sollte, aber dann fiel mir ein, daß Generale verlassene Châteaus nachts ohne vernünftigen Grund nicht zu besuchen pflegen. In den Augen eines alten *concierge* würde ich wie ein Tor dastehen. Das Tageslicht war fast geschwunden, und ich hatte nicht den Wunsch, mit einer Kerze um das Haus herumzuschleichen.

Aber ich wollte doch sehen, was sich jenseits der Mauer befand – es war eine jener Launen, die auch den nüchternsten Menschen überkommen. Ich rollte ein beschädigtes Wasserfaß an den Fuß der Mauer und balancierte behutsam auf den verfaulten Dauben. Auf diese Weise erreichte ich mit den Händen die flache Oberkante der Mauer und zog mich hinauf. Ich blickte in einen kleinen Hof hinunter, der von einer weiteren Mauer eingeschlossen war, die jegliche Sicht auf den Park versperrte. Rechts lag das Château, links lagen weitere Nebengebäude; der ganze Hof war nicht größer als etwa zwanzig Meter im Quadrat. Gerade wollte ich mich auf demselben Wege, den ich gekommen war, wieder zurückziehen, denn trotz meines Pelzmantels war es auf der Mauer ungewöhnlich kalt, als ich hörte, daß ein Schlüssel sich in der Tür drehte, die sich unmittelbar unter mir in der Mauer des Châteaus befand.

Eine Laterne warf ihren Lichtschimmer in die neblige Dunkelheit. Ich sah, daß sie von einer Frau gehalten wurde, von einer älteren Frau mit runden Schultern, wie die meisten französischen Bauern sie haben. In der einen Hand trug sie eine Ledertasche, und sie bewegte sich so geräuschlos, daß sie sicherlich Gummistiefel angezogen hatte. Die Lampe befand sich in Höhe ihres Kopfes und beleuchtete ihr Gesicht. Es war der schlimmste Anblick, den ich je gesehen habe, denn eine fürchterliche Narbe entstellte ihre Stirn und reichte bis zu den Augenbrauen, so daß ihr Gesicht einer diabolischen chinesischen Maske ähnelte.

Langsam stapfte sie über den Hof und trug die Tasche dabei so vorsichtig, als befände sich ein Kind darin. Vor der Tür eines der Nebengebäude blieb sie stehen und setzte die Laterne wie auch die Tasche auf dem Boden ab. Aus ihrer Schürze zog sie etwas, das einer Gasmaske ähnelte, und streifte es sich über den Kopf. Außerdem zog sie lange Stulpenhandschuhe über. Dann sperrte sie die Tür auf, griff nach der Laterne und verschwand. Ich hörte, wie sie hinter sich abschloß.

Auf der Mauer kauernd, spürte ich, wie ein ausgesprochen unangenehmer Schauer mir den Rücken hinunterlief. Ich hatte einen Blick auf das geworfen, was der Kanadier möglicherweise für ein Gespenst gehalten hatte. Dieses alte Weib, verhüllt wie eine Giftschlange, war für meinen Magen zuviel. Ich ließ mich von der Mauer fallen und rannte los – ja, ich rannte, bis ich die Straße erreicht hatte und die hellen Scheinwerfer eines Lastwagens sah, und dann hörte ich auch schon erleichtert die Stimme eines britischen Soldaten. Dadurch kam ich wieder zu Sinnen, und ich hatte das Gefühl, mich wie ein Tölpel aufgeführt zu haben.

Als ich mit Archie an die Front zurückfuhr, schämte ich mich ehrlich meiner Angst. Ich sagte mir, daß ich doch lediglich eine alte Bäuerin gesehen hätte, die ihre Hühner füttern wollte. Ich überzeugte meine Vernunft, nicht jedoch mein ganzes Ich. Eine unvernünftige Scheu vor dem Château hüllte mich ein, und meine Selbstachtung konnte ich nur wiedergewinnen, wenn ich mich zur Umkehr entschloß und jeden Winkel durchsuchte.

13

DAS SCHLOSS IN DER PICARDIE

Auf der Karte sah ich mir Eaucourt Sainte-Anne an, und je mehr ich seine Lage betrachtete, desto weniger gefiel sie mir. Hier war der Knotenpunkt, von dem unsere sämtlichen Hauptstraßen an die Picardie-Front führten. Wenn die Deutschen bei uns durchbrachen, war das der Ort, den Hindenburg erreichen wollte. Stunde für Stunde kamen Truppen und Transportzüge durch den sonst bedeutungslosen Ort. Wichtige Generale und ihre Stäbe fuhren täglich in Sichtweite des Châteaus vorbei. Für Bataillone, die von der Front zurückkehrten, war es der geeignete Ruheplatz.

Angenommen, so überlegte ich, unsere Feinde brauchten eine Schlüsselstellung für einen Angriff auf die Moral, die Disziplin oder die Gesundheit der britischen Armee, dann konnten sie nichts Geeigneteres als Eaucourt Sainte-Anne finden. Es war das ideale Spionagezentrum. Als ich darüber jedoch andeutungsweise mit meinen Freunden von der Abwehr sprach, schien man sich dort keine Gedanken darüber zu machen.

Immerhin bekam ich durch sie Verbindung zu den lokalen französischen Behörden, und kaum waren wir gegen Ende Dezember aus der Front herausgezogen, machte ich mich sofort auf den Weg nach Douvecourt. Das Glück hatte es mit sich gebracht, daß das Hauptquartier der Division fast in unmittelbarer Nähe lag. Ich sprach mit einem schrecklichen Stutzer in schwarzer Uniform und schwarzen Lederhandschuhen, der mich leutselig empfing und mir seine Archive und Registraturen zur Verfügung stellte. Inzwischen sprach ich einigermaßen gut Französisch, da ich eine natürliche Begabung für Sprachen habe, aber von dem, was der *sous-préfet* in seinem rasend schnellen Französisch sagte, ging mir doch die Hälfte verloren. Dann ließ er mich mit den Papieren und einem

Angestellten allein, und ich machte mich daran, die Geschichte des Châteaus auszugraben.

Schon lange vor Agincourt hatte es dem Hause d'Eaucourt gehört, das jetzt von einer uralten Marquise vertreten wurde, welche in Biarritz wohnte. Sie hatte das Château nie bewohnt, das vor etwa einem Dutzend Jahren verfallen war; dann hatte jedoch ein reicher Amerikaner es gepachtet und teilweise wiederaufgebaut. Wenig später war er des Ganzen jedoch überdrüssig geworden, denn seine Tochter hatte einen üblen französischen Kavallerieoffizier geheiratet, mit dem er sich nach allem, was der Angestellte erzählte, zerstritt, und seitdem hatte es mehrere Pächter gegeben. Mich verwunderte, daß ein so reizloses Haus so leicht zu verpachten war, aber der Angestellte meinte, der Grund wäre die Rebhuhnjagd. Sie gehörte zu den besten in ganz Frankreich, und 1912 hätte es eine Rekordstrecke gegeben.

Vor mir lag die Liste der Pächter. Es waren ein weiterer Amerikaner, ein Engländer namens Halford, ein jüdischer Bankier aus Paris und ein ägyptischer Prinz. Der Platz für 1913 war jedoch leer, und ich fragte den Angestellten. Er erzählte, es wäre von einem Wollfabrikanten aus Lille gepachtet worden, der aber nie Rebhühner geschossen hätte, obgleich er gelegentlich einige Nächte im Haus verbracht hätte. Er hätte einen Fünf-Jahres-Vertrag und zahlte die Pacht immer noch an die Marquise. Ich fragte nach dem Namen, aber der Angestellte hatte ihn vergessen. »Er muß dort stehen«, sagte er.

»Er steht nicht hier«, sagte ich. »Irgend jemand muß über diesem Register eingeschlafen sein. Nach 1912 ist nichts eingetragen.«

Er sah selbst nach und blinzelte mit den Augen. »Da muß tatsächlich jemand geschlafen haben. Sicher war es der junge Louis, der jetzt mit der Artillerie in der Champagne ist. Der Name steht jedoch bestimmt in der Liste beim Kommissariat. Soviel ich weiß, ist es ein flämischer Name.«

Er hinkte weg und kehrte nach fünf Minuten zurück.

»Bommaerts«, sagte er, »Jacques Bommaerts. Ein junger

Mann ohne Frau, aber mit Geld – *Dieu de Dieu*, Berge von Geld!«

Der Angestellte erhielt fünfundzwanzig Francs, und das war noch billig. Mit einem Gefühl des Entsetzens kehrte ich zu meiner Division zurück. Es war ein wunderbares Schicksal, das mich auf seltsamen Wegen in diesen abgelegenen Winkel geführt hatte. Zuerst der Zufall, daß Gresson von Hamilton gesehen worden war, dann der Abend im Feldlazarett und schließlich das Mißgeschick, daß Archies Maschine im Nebel niedergehen mußte. Dreimal hatte ich Anlaß zu Mißtrauen: Gressons plötzliche Erkrankung, das Gespenst des Kanadiers und jenes schreckliche alte Weib in der Abenddämmerung. Und jetzt besaß ich eine erschreckende Tatsache: das Haus war an einen Mann namens Bommaerts verpachtet, und dieser Name gehörte zu den beiden, die der Fremde, der von See her gekommen war, in jener weit entfernten Kluft des Coolin geflüstert hatte.

Ein vernünftiger Mann wäre jetzt zu den Leuten von den der *contre-espionage* gegangen und hätte denen alles erzählt. Das konnte ich nicht; ich hatte das Gefühl, daß es sich um meinen eigenen privaten Fund handelte und ich ihn selbst untersuchen müßte. Jeden Moment der Muße zerbrach ich mir den Kopf über diese Geschichte. An einem frostkalten Morgen ritt ich um das Château und prüfte sämtliche Zugänge. Das Haupttor war das an der großen Allee mit den verschlossenen Flügeln. Die Auffahrt führte unmittelbar zur Vorderseite des Hauses, wo die Terrasse lag – man kann es auch als Rückseite bezeichnen, denn der Haupteingang lag auf der anderen Seite. Jedenfalls führte die Auffahrt dicht an der Terrasse vorbei und gabelte sich dann: der eine Teil führte an den Nebengebäuden vorbei, wo ich die alte Frau gesehen hatte, zu den Ställen, der andere rund um das Haus, am Rande des Grabens entlang und stieß dann unmittelbar vor der Brücke auf die rückwärtige Straße. Wäre ich an jenem ersten Abend, als ich mit Archie zusammen hergekommen war, nach rechts statt nach links gegangen, hätte ich ohne Schwierigkeiten einmal um das Haus herumgehen können.

Im frischen Morgenlicht wirkte das Haus völlig unauffällig. Teilweise war es so alt wie Noah, der größte Teil wirkte jedoch neuer und unsolide gebaut, ähnelte also jener Art von flachbrüstigen französischen Châteaus, die nur aus Vorderfront bestehen und keine Tiefe besitzen und deren Dächer mit Abzügen und verrußten Schornsteinen bestückt sind. Vielleicht hätte ich hineingehen und alles durchsuchen sollen, aber ich wußte, daß ich nichts finden würde. Mir war völlig klar, daß das Haus nur nach Anbruch des Abends interessant war und daß ich, wie Nikodemus, nachts kommen müßte. Abgesehen davon hatte ich mit meinem Gewissen noch eine private Rechnung zu begleichen. Im nebligen Zwielicht hatte das Gebäude mir Angst eingejagt, und es ging nicht, daß ich es dabei beließ. Der Mut eines Mannes ähnelt einem Pferd, das ein Hindernis verweigert; man muß es am Zügel nehmen und es zwingen, das Hindernis zu überspringen. Tut man es nicht, wird es das Hindernis beim nächsten Mal wieder verweigern. Ich besaß nicht genügend Mut, dieses Problem dem Zufall zu überlassen, und obgleich ich viele Dinge fürchte, fürchte ich doch am meisten die Angst

Eine Möglichkeit dazu ergab sich erst am Heiligen Abend. Am Tag zuvor war Schnee gefallen, aber dann hatte Frost eingesetzt, und der Nachmittag war mit einem grünen Sonnenuntergang zu Ende gegangen, während der Boden wie Haifischhaut knirschte und knackte. Ich aß frühzeitig zu Abend und nahm Geordie Hamilton mit, der neben seinen vielen Fertigkeiten auch Auto fahren konnte. Er war in den britischen Expeditionsstreitkräften der einzige, der etwas von dem Spiel ahnte, an dem ich beteiligt war, und ich wußte, daß er so verschwiegen wie ein Grabstein war. Ich stülpte mir meine älteste Feldmütze über, zog die ältesten Hosen und die Stiefel mit den Kreppsohlen an, die ich sonst abends anzuziehen pflegte. Daneben besaß ich eine sehr nützliche kleine Taschenlampe, die in meiner Tasche steckte, und von ihr führte ein Kabel mit einem Schalter zu einer kleinen Glühbirne, die ich an meinen Gurt hängen konnte. Im

Notfall hatte ich damit beide Hände frei. Ähnlich befestigte ich meine Pistole.

In der Ortschaft Eaucourt Sainte-Anne herrschte in jener Nacht nur wenig Verkehr. Einige Wagen befanden sich auf der Straße, und die militärische Reparaturwerkstatt schien, dem Lärm nach zu urteilen, mit einem privaten Zechgelage beschäftigt zu sein. Es war gegen neun Uhr, als wir in die Abzweigung einbogen, und am Eingang sah ich eine stämmige Gestalt in Khaki, die neben zwei Fahrrädern stand und Haltung annahm. Irgend etwas an der Bewegung des Mannes, als er salutierte, kam mir bekannt vor, aber ich hatte keine Zeit, in meiner Erinnerung nach unwichtigen Dingen zu kramen. Kurz vor der Brücke verließ ich den Wagen und ging den Weg entlang, der mich zur Terrasse des Hauses führte.

Nachdem ich um das Château herumgegangen war und im weißen Mondlicht die lange gespenstische Fassade sah, fühlte ich mich weniger zuversichtlich. Die Öde des Hauses packte mich. In jener stillen schneeweißen Welt ragte das Gebäude gewaltig vor mir auf, geheimnisvoll mit den Fensterreihen, deren Läden geschlossen waren, und mit jener Atmosphäre leerer Häuser, die eine wilde Geschichte zu verbergen scheinen. Am liebsten hätte ich Peter bei mir gehabt, denn er war der richtige Mann für diese Art von Unternehmen. Ich hatte gehört, daß er in die Schweiz gebracht worden war, und so stellte ich ihn mir in irgendeinem Gebirgsdorf vor, wo der Schnee meterhoch lag. Sehr viel hätte ich darum gegeben, hätte Peter mit gesundem Bein bei mir sein können.

Auf der Terrasse blieb ich stehen und lauschte. Nirgends war auch nur ein einziger Laut zu vernehmen, nicht einmal das ferne Rumpeln eines Wagens. Die Hausfront ragte wie ein Mausoleum vor mir auf, und ich überlegte, daß man gute Nerven benötigte, um in ein leeres Haus einzubrechen. Spaß dagegen machte es sicherlich, in eine Wohnung einzudringen, in der es laut zuging, und die silbernen Bestecke zu stehlen, während die Bewohner beim Essen saßen; aber in Leere und Stille einzubrechen, bedeutete einen Kampf mit dem Entsetzen in der menschlichen Seele. In meinem Fall war es noch schlimmer, denn mich beflügelte nicht die Aussicht auf Beute. Ich wollte hauptsächlich deswegen in das Haus eindringen, um mein Gewissen zu beruhigen.

Daß ich eine Möglichkeit finden würde, in das Haus einzudringen, bereitete mir kaum Zweifel, denn drei Kriegsjahre und die häufige Anwesenheit von unachtsamen Stäben hatte mit Sicherheit die Türangeln in den meisten Häusern der Picardie gelockert. Im allgemeinen findet man immer ein Fenster, das nicht ganz schließt, oder eine Tür, die nicht fest einklinkt. Aber ohne den geringsten Erfolg versuchte ich Fenster für Fenster an der Terrasse. Die schweren grünen Fensterläden waren vor jedem Fenster geschlossen, und als ich an einem Fenster die Scharniere abbrach, befand sich dahinter eine Eisenstange, die die Läden an ihrem Platz hielt. Ich dachte schon daran, eine Regenrinne hochzuklettern und es im ersten Stock zu probieren, als ein Laden, an dem ich rüttelte, plötzlich nachgab. Er war nicht geschlossen gewesen, und nachdem ich meine Stiefel vom Schnee gesäubert hatte, kletterte ich in den Raum.

Ein Schimmer des Mondlichts folgte mir, und ich sah, daß ich mich in einem großen Salon mit poliertem Holzfußboden befand, dessen Möbel mit Tüchern bedeckt waren und riesigen Anhäufungen ähnelten. Ich knipste die Lampe an meinem Gurt an, und der kleine Lichtkreis beschien ein Zimmer, das jahrelang nicht bewohnt worden war. An der jenseitigen Wand befand sich eine weitere Tür, und als ich auf Zehenspitzen hinschlich, fiel mir auf dem Parkett etwas auf. Es war ein Stück frischen Schnees, wie er sich am Absatz eines Stiefels festsetzt. Von mir stammte er nicht. Irgendein Besucher hatte denselben Weg genommen, und zwar vor noch gar nicht langer Zeit.

Sehr vorsichtig öffnete ich die Tür und schlüpfte in das anliegende Zimmer. Vor mir stapelten sich Möbel, die eine Art Wand bildeten, und hinter ihr blieb ich stehen und lauschte. Irgend jemand war im Zimmer. Ich hörte das Geräusch menschlichen Atmens und vorsichtiger Bewegungen. Wer immer es war – der andere befand sich in der anderen Hälfte des Raumes, und obgleich ein Schimmer des Mondlichts durch einen beschädigten Fensterladen hereindrang, konnte ich nicht erkennen, was er suchte. Langsam begann die Angelegenheit mir Spaß zu machen. Ich wußte, daß der andere da war, während er von mir nichts ahnte, und genau das ist es, was jede Pirsch so spannend macht.

Eine unbedachte Bewegung meiner Hand verursachte ein Knacken der Möbel. Sofort hörten die Bewegungen auf, und es herrschte äußerste Stille. Ich hielt den Atem an, aber nach wenigen Sekunden ertönten die kaum hörbaren Geräusche erneut. Obgleich meine Augen es nicht bestätigen konnten, hatte ich das Gefühl, daß der andere an der Arbeit war und eine sehr kleine abgedunkelte Lampe benutzte. Denn an der jenseitigen Wand bewegte sich ein kaum erkennbarer Schein, obgleich er auch von dem hereindringenden Mondlicht stammen konnte.

Offenbar hatte der andere sich wieder beruhigt, denn seine Bewegungen wurden deutlicher. Ich hörte ein Scharren, als würde ein Tisch verschoben. Wieder herrschte Stille, und ich hörte nur seinen Atem. Ich habe ein sehr gutes Gehör, und daher hatte ich den Eindruck, daß der andere beunruhigt war. Sein Atem kam schnell und ängstlich.

Plötzlich veränderte er sich und ähnelte einem leisen Pfeifen – jenem Geräusch, das man mit Lippen und Zähnen von sich gibt, ohne daß dabei ein klarer Ton entsteht. Jeder macht es, wenn er in Gedanken versunken ist, etwa beim Rasieren, beim Schreiben eines Briefes oder beim Lesen der Zeitung. Meiner Ansicht nach war der andere jedoch keineswegs in Gedanken verloren. Er pfiff leise vor sich hin, um seine aufgeregten Nerven zu beruhigen.

Plötzlich erkannte ich die Melodie. Es war ›Cherry Ripe‹.

Nachdem ich bis jetzt völlig ruhig gewesen war, packte mich im nächsten Augenblick Nervosität. Ich hatte mit dem Unsichtbaren Verstecken gespielt, und jetzt waren die Rollen vertauscht. Wie ein Hammer klopfte mein

Herz gegen meine Rippen. Ich scharrte mit den Füßen, und wieder herrschte gespannte Stille.

»Mary«, sagte ich, und das Wort schien in der Stille wie eine Bombe zu explodieren, »Mary! Ich bin es – Dick Hannay.«

Die einzige Antwort waren ein Aufschluchzen und das Geräusch eines ängstlichen Schrittes.

Ich machte vier Schritte in die Dunkelheit und hielt ein zitterndes Mädchen in meinen Armen ...

In den letzten Monaten hatte ich mir häufig jene Szene ausgemalt, die der Höhepunkt meines Lebens sein würde. Sobald unsere Arbeit abgeschlossen und der Krieg in Vergessenheit geraten war, wollte ich irgendwo – vielleicht auf einer grünen Wiese der Cotswolds oder in einem Zimmer eines alten Herrenhauses – mit Mary sprechen. Bis dahin hätten wir uns besser gekannt, und ich hätte meine Scheu verloren. Ich hätte versucht, ihr zu sagen, daß ich sie liebte, aber wann immer ich daran dachte, was ich ihr sagen sollte, sank mein Mut, denn ich wußte, daß ich mich töricht benehmen würde. Man kann meine Art von Leben nicht vierzig Jahre lang ausschließlich unter Männern verbringen und dann Frauen irgendwelche galanten Sachen sagen. Ich wußte, daß ich stottern und rot werden würde, und verzweifelt versuchte ich, mir unmögliche Situationen vorzustellen, wo ich ihr meine Liebe ohne Worte, sondern durch irgendein melodramatisches Opfer deutlich machen könnte.

Das freundliche Schicksal ersparte mir jedoch diese Schwierigkeiten. Abgesehen davon, daß wir in jener gespenstischen Dunkelheit unsere Vornamen stammelten, waren wir ohne jede Silbe zu einem vollständigen Verständnis gekommen. Unsichtbar waren die Feen an der Arbeit gewesen, und unsere Gedanken hatten sich aufeinander zu bewegt, bis die Liebe in der Dunkelheit wie eine Saat aufgegangen war. Als ich sie in meinen Armen hielt, streichelte ich ihr Haar und flüsterte Dinge, die aus irgendeinem ererbten Wortschatz zu stammen schienen. Fest stand, daß meine Lippen so etwas noch nie gesagt hatten, daß meine Gedanken sich so etwas noch nie ausgemalt hatten ... Langsam legte sie ihre Arme um meinen Hals, und mit einem leisen Aufschluchzen drängte sie sich an mich. Sie zitterte immer noch.

»Dick«, sagte sie, und diesen Namen aus ihrem Munde zu hören, war das Süßeste, was ich je kennengelernt hatte. »Dick, bist du es wirklich? Sage mir, daß ich nicht träume.«

»Ich bin es, ganz bestimmt, liebste Mary. Und nachdem ich dich jetzt gefunden habe, werde ich dich nie mehr loslassen. Aber, mein liebstes Kind, wie um Himmels willen bist du hierher gekommen?«

Sie löste sich von mir und ließ den Schein ihrer kleinen Taschenlampe über meine derbe Bekleidung wandern.

»Du siehst wie ein gewaltiger Krieger aus, Dick. So habe ich dich noch nie gesehen. Ich war in Doubting Castle und fürchtete mich so vor der Giant Despair, bis du kamst.«

»Ich finde, man sollte es lieber Interpreter's House nennen«, sagte ich.

»Es ist das Haus eines Mannes, den wir beide kennen«, fuhr sie fort. »Hier nennt er sich Bommaerts. Das war einer jener beiden Namen – weißt du noch? Seitdem habe ich ihn in Paris gesehen. Ach, das ist eine lange Geschichte, und bald wirst du alles erfahren. Ich wußte, daß er manchmal hierher kam, und deswegen bin ich ebenfalls hierher gekommen. Die letzten vierzehn Tage war ich als Krankenschwester im Douvecourt Hospital, nur vier Meilen entfernt.«

»Aber wieso bist du nachts allein hergekommen?«

»Aus Verrücktheit, glaube ich. Und auch aus Eitelkeit. Weißt du, ich hatte eine ganze Menge herausgefunden und wollte nun auch den entscheidenden Punkt herausfinden, der Mr. Blenkiron noch irritierte. Ich sagte mir zwar selbst, daß es töricht wäre, konnte es jedoch nicht lassen. Und dann verließ mein Mut mich, und ehe du kamst, hätte ich beim geringsten Geräusch am liebsten laut geschrien. Hätte ich nicht vor mich hingepfiffen, hätte ich angefangen zu weinen.«

»Aber warum allein und um diese Zeit?«

»Tagsüber konnte ich nicht weg. Und es war am sichersten, allein zu kommen. Weißt du, er hat sich in mich verliebt, und als er hörte, daß ich nach Douvecourt käme, vergaß er alle Vorsicht und schlug mir vor, sich hier mit mir zu treffen. Er sagte, er müßte eine längere Reise machen und wollte sich verabschieden. Hätte er mich hier allein entdeckt – *well*, er hätte sich verabschiedet. Wäre aber noch jemand bei mir gewesen, hätte er Verdacht geschöpft, und ausgerechnet mich durfte er nicht verdächtigen. Mr. Blenkiron meint, das würde seinen großen Plan zerstören. Er glaubt, ich sei wie meine Tanten und ich hielte ihn für einen Friedensapostel, der auf eigene Art und Weise gegen die Dummheit und Bösartigkeit sämtlicher Regierungen arbeitet. Über Deutschland spricht er verbitterter als über England. Er hat mir erzählt, daß er sich tarnen und bei seiner Arbeit viele Rollen spielen müsse, und natürlich habe ich ihm zugestimmt. Oh, für mich war es ein schwieriger Herbst.«

»Mary«, unterbrach ich sie, »sage mir, daß du ihn haßt.«

»Nein«, erwiderte sie ruhig, »ich hasse ihn nicht. Das bewahre ich mir für später auf. Entsetzliche Angst habe ich vor ihm. Eines Tages, wenn wir ihn endgültig unschädlich gemacht haben, werde ich ihn hassen und jegliche Erinnerung an ihn wie etwas Unreines aus meiner Erinnerung vertreiben. Bis dahin werde ich jedoch meine Kraft nicht auf Haß verschwenden. Wir brauchen jedes Atom unserer Kraft für die Aufgabe, ihn unschädlich zu machen.«

Sie hatte ihre Haltung wiedergewonnen, und ich schaltete meine Lampe ein, um sie zu betrachten. Sie war in Schwesterntracht, und ich fand, daß ihre Augen müde blickten. Das kostbare Geschenk, das mir so überraschend zugefallen war, hatte jegliche Erinnerung an meinen eigenen Auftrag verdrängt. Für mich war Ivery nur noch ein möglicher Liebhaber Marys, und den Fabrikanten aus Lille, der dieses Haus wegen der Rebhuhnjagd gepachtet hatte, hatte ich völlig vergessen.

»Und du, Dick?« fragte sie. »Gehört es zu den Aufgaben eines Generals, nachts leerstehende Häuser zu besichtigen?«

»Ich bin hierher gekommen, um Spuren von Monsieur Bommaerts zu entdecken. Auch ich bin ihm auf einem anderen Weg auf die Schliche gekommen, aber das erzähle ich dir später.«

»Hast du gesehen, daß er heute hier gewesen ist?«

Sie deutete auf Zigarettenasche, die am Rand der Tischplatte heruntergefallen war, sowie auf eine Stelle, wo der Staub von der Platte weggewischt war. »In einem Haus wie diesem legt der Staub sich in wenigen Stunden wieder auf alles, während diese Stelle völlig sauber ist. Meiner Ansicht nach muß er kurz nach dem Mittagessen hier gewesen sein.«

»Großer Schotte!« sagte ich, »da haben wir uns nur knapp verfehlt! Wenn er mir jetzt vor Augen käme, könnte ich ihn erschießen. Du sagst, du hättest ihn in Paris gesehen und kenntest seinen Unterschlupf. Das müßte doch ausreichen, um ihm an den Kragen zu gehen.«

Sie schüttelte den Kopf. »Mr. Blenkiron – er ist ebenfalls in Paris – wollte davon nichts hören. Der Fall sei ihm noch nicht ganz klar, meint er. Wir haben einen der von dir genannten Namen identifiziert, aber wer hinter Chelius steckt, wissen wir immer noch nicht.«

»Ach, dieser Chelius! Jetzt verstehe ich. Wir müssen den Fall abgeschlossen haben, bevor wir zuschlagen. Hat Blenkiron wenigstens Glück gehabt?«

»Deine Vermutung über die Anzeige der Atmungsschule war sehr gescheit, Dick. Sie stimmte, und vielleicht kommen wir darüber an Chelius heran. Alles Nähere wird Mr. Blenkiron dir selbst erzählen. Schwierig ist folgendes: wir wissen einiges über das Verhalten eines Mannes, der Chelius sein könnte, können aber keine Verbindung zu Ivery herstellen. Wir wissen, daß Ivery und Bommaerts identisch sind, und unsere Hoffnung liegt darin, eine Verbindung zwischen Bommaerts und Chelius herzustellen. Und deswegen bin ich hier. Wie ein Amateur habe ich versucht, diesen Schreibtisch aufzubrechen. Er ist imitiertes Empire und verdiente, zu Kleinholz gemacht zu werden.«

Ich merkte, daß Mary darauf aus war, meine Gedanken wieder zu dem eigentlichen Fall zurückzuführen, und mit einigen Schwierigkeiten gelang es mir auch, von den lockenden Höhen herabzusteigen. Der Rausch dessen, was ich erlebt hatte, steckte immer noch in mir: die Winternacht, der kreisrunde Lichtschein in dem öden Zimmer, das plötzliche Zusammentreffen zweier Seelen aus entgegengesetzten Enden der Welt, die Verwirklichung meiner kühnsten Hoffnungen sowie die Vergoldung und Verherrlichung der ganzen Zukunft. Aber sie besaß immer doppelt soviel Weisheit wie ich, und wir befanden uns mitten in einem Unternehmen, das keine Verwendung für Phantastereien hatte. Ich wandte meine Aufmerksamkeit dem Schreibtisch zu.

Es war ein flacher Tisch mit Schubladen, und der Aufsatz bestand ebenfalls aus Schubladen und einem Fach in der Mitte. Ich kippte ihn hoch, und die meisten Schubläden rutschten heraus, bis auf Staub völlig leer. Zwei öffnete ich gewaltsam mit meinem Messer, aber sie enthielten nur leere Zigarrenkisten. Damit blieb nur noch das Fach, das abgeschlossen zu sein schien. Ich zwängte einen jener Schlüssel, die ich bei mir hatte, in das Schlüsselloch, aber das Schloß rührte sich nicht.

»Es hat keinen Sinn«, sagte ich. »Das, was für ihn von Wert ist, hat er hier bestimmt nicht versteckt. Diese Kerle gehen kein Risiko ein. Wenn er etwas verstecken will, gibt es in diesem Château hundert Winkel, die selbst der beste Kriminalist nicht finden dürfte.«

»Kannst du es nicht öffnen?« fragte sie. »Dieser Schreibtisch kommt mir irgendwie komisch vor. Heute nachmittag hat er hier gesessen, und vielleicht kommt er noch einmal zurück.«

Ich löste das Problem, indem ich den Schreibtisch umkippte und die Tür des Faches mit dem Knie einstieß. Heraus fiel eine kleine dunkelgrüne Aktentasche.

»Jetzt wird es ernst«, sagte Mary. »Ist sie abgeschlossen?«

Sie war es, aber ich nahm mein Messer, schnitt das

Schloß heraus und schüttete den Inhalt auf die Tischplatte. Es handelte sich um einige Papiere, einige Zeitungen und einen kleinen Beutel, der mit einer schwarzen Schnur verschnürt war. Letzteren öffnete ich, während Mary mir dabei über die Schulter blickte. Er enthielt ein feines gelbliches Pulver.

»Zurück«, sagte ich barsch. »Um Gottes willen, zurück und nicht atmen.«

Mit zitternden Händen verschnürte ich den Beutel wieder, rollte ihn in eine Zeitung und stopfte ihn in meine Tasche. Denn ich erinnerte mich des Tages, als ein deutsches Flugzeug nachts die Front in der Nähe von Péronne überflogen und kleine Beutel wie diesen abgeworfen hatte. Glücklicherweise wurden alle eingesammelt, und die Männer, die die Beutel gefunden hatten, waren so klug, sie zum nächstgelegenen Laboratorium zu bringen. Es zeigte sich, daß sie Milzbranderreger enthielten . . .

Ich erinnerte mich, daß Eaucourt Sainte-Anne am Schnittpunkt eines Dutzends Straßen stand, wo den ganzen Tag hindurch Truppen nach und von der Front durchkamen. An einer derart günstigen Stelle konnte der Gegner die Gesundheit einer ganzen Armee zugrunde richten . . .

Ich erinnerte mich der Frau, die ich in der trüben Dämmerung im Hof dieses Hauses gesehen hatte, und wußte jetzt, warum sie eine Gasmaske aufgesetzt hatte.

Diese Entdeckung versetzte mir einen fürchterlichen Schock. Mit einem Schlag war ich von meinen hohen Gefühlen herunter und stand etwas Irdischem und Teuflischem gegenüber. Die Gemeinheit der Deutschen war ich zwar gewohnt, aber das hier schien insgesamt verdammenswert zu sein. Am liebsten wäre ich Ivery an die Kehle gesprungen und hätte ihm das Zeug gewaltsam eingeflößt, und dann hätte ich beobachtet, wie er langsam in jenem Entsetzen verging, das er für anständige Menschen geplant hatte.

»Wir wollen dieses teuflische Haus lieber verlassen«, sagte ich.

Aber Mary hörte mich nicht. Sie hatte eine der Zeitungen ergriffen und überflog sie. Ich sah hin und merkte, daß sie die Seite aufgeschlagen hatte, auf der sich eine Anzeige von Weißmanns Atmungssystem befand.

»Oh, sieh mal, Dick«, sagte sie atemlos.

Innerhalb des Textes waren kleine Punkte, die mit roter Tinte gemacht worden waren, unter bestimmten Wörtern erkennbar.

»Das ist es«, flüsterte sie, »das ist der Code – ich bin fast überzeugt, daß es der Code ist!«

»Wenn jemand ihn kennen sollte, dann bestimmt doch er.«

»Aber siehst du denn nicht, daß es der Code ist, den Chelius verwendet – der Mann in der Schweiz? Ach, ich kann es dir jetzt nicht erklären, denn das dauerte zu lange, aber ich glaube – ich glaube, ich habe herausgefunden, was wir alle wissen wollten. Chelius ...«

»Pst!« sagte ich. »Was war das?«

Ein merkwürdiges Geräusch drang von draußen herein, als ob plötzlich ein Wind in der ruhigen Nacht wehte.

»Es ist nur ein Wagen auf der Hauptstraße«, sagte Mary.

»Wie bist du hereingekommen?« fragte ich.

»Durch das kaputte Fenster nebenan. Ich bin eines Vormittags mit dem Fahrrad hergekommen, bin um das Haus gegangen und habe den kaputten Fensterladen entdeckt.«

»Vielleicht ist er absichtlich aufgelassen worden. Vielleicht ist das der Weg, auf dem M. Bommaerts sein Landhaus betritt ... Wir wollen lieber gehen, Mary, denn auf diesem Haus liegt ein Fluch. Es verdiente, daß Feuer vom Himmel fiele.«

Ich schob den Inhalt des Aktenköfferchens in meine Taschen. »Ich werde dich zurückfahren«, sagte ich. »Mein Wagen steht draußen.«

»Dann mußt du mein Fahrrad und meinen Diener ebenfalls mitnehmen. Es ist ein alter Freund von dir – ein gewisser Andrew Amos.«

»Wie, um Himmels willen, ist Andrew denn hierher gekommen?«

»Er gehört zu uns«, sagte Mary und lachte über meine

Überraschung. »Ein höchst nützliches Mitglied unserer Gruppe, im Augenblick als *infirmier* im Lady Manorwater's Hospital in Douvecourt getarnt. Er lernt Französisch und ...«

»Pst!« flüsterte ich. »Nebenan ist jemand.«

Ich schob sie hinter die aufgestapelten Möbel und starrte gebannt auf den Lichtstreifen unter der Tür. Der Türgriff bewegte sich, und die Schatten flohen vor einer großen elektrischen Lampe, wie man sie in Ställen verwendet. Den Träger konnte ich nicht erkennen, vermutete jedoch, daß es die alte Frau war.

Hinter ihr stand ein Mann. Ein energischer Schritt ertönte auf dem Parkett, und eine Gestalt schob sich an ihr vorbei. Sie trug die blaue Uniform eines französischen Offiziers, sehr elegant mit jenen französischen Reitstiefeln, die die Form des Beines betonen, darüber einen eleganten pelzbesetzten Umhang. Ich hätte ihn als jungen Mann bezeichnet, nicht älter als fünfunddreißig. Das Gesicht war braungebrannt und glattrasiert, die Augen leuchteten und blickten herrisch ... Dennoch konnte er mich nicht täuschen. Nicht umsonst hatte ich mich Sir Walter gegenüber gerühmt, als ich sagte, daß es einen einzigen lebenden Menschen gäbe, der sich von ihm nie wieder irreführen ließe.

Ich hatte meine Hand an der Pistole, während ich Mary mit einer Bewegung weiter in den Schatten drängte. Eine Sekunde lang hätte ich fast geschossen. Das Ziel war deutlich zu erkennen, so daß ich ihm mit äußerster Gewißheit eine Kugel durch den Kopf hätte schießen können. Und ich glaube, daß ich wahrscheinlich geschossen hätte, wäre ich allein gewesen. Vielleicht auch nicht. Jedenfalls konnte ich es jetzt nicht. Es schien, als wollte ich auf ein ruhig dasitzendes Kaninchen schießen. Obgleich er mein erbittertster Gegner war, fühlte ich mich verpflichtet, ihm eine Chance zu geben, während meine nüchternen Sinne mich als Toren bezeichneten.

Ich trat in den Lichtschein.

»Hallo, Mr. Ivery«, sagte ich. »Ein etwas seltsamer Treffpunkt für ein Wiedersehen!«

In seiner Verblüffung wich er einen Schritt zurück, während seine gierigen Augen mir ins Gesicht starrten. Es bestand kein Zweifel daran, daß er mich wiedererkannte. Ich entdeckte etwas, das mir bisher bei ihm entgangen war, und das war Angst. Das Licht erlosch, und mit einem Satz war er an der Tür.

Ich schoß in die Dunkelheit, aber der Schuß muß zu hoch gewesen sein. Im gleichen Augenblick hörte ich, daß er auf dem glatten Parkett ausrutschte, und dann klirrte Glas, als der Fensterflügel aufgerissen wurde. Schnell überlegte ich, daß sein Wagen an jenem Ende der Terrasse stehen mußte, das zum Graben hinzeigte, und deshalb mußte er draußen an diesem Zimmer vorbei. Ich packte den beschädigten Schreibtisch, benutzte ihn als Rammbock und schob ihn zum nächstgelegenen Fenster. Fensterläden und Fensterscheiben gaben krachend nach, denn ich hatte das ganze Fenster aus dem verfaulten Rahmen gestoßen. In der nächsten Sekunde stand ich auf dem mondbeschienenen Schnee.

Ich brachte auch einen Schuß auf ihn an, als er über die Terrasse rannte, verfehlte ihn jedoch wieder. Mit einer Pistole habe ich nie sehr gut geschossen. Dennoch glaubte ich, ihn überrumpelt zu haben, denn der unten wartende Wagen mußte am Graben entlang hier vorbei, um die Landstraße zu erreichen. Aber ich hatte die großen versperrten Torgatter vergessen. Irgendwie waren sie geöffnet worden, denn kaum fuhr der Wagen an, bewegte er sich in Richtung der großen Allee. Ich versuchte, mehrere Schüsse auf den Wagen abzugeben, und einer mußte entweder Ivery oder seinen Chauffeur getroffen haben, denn ich hörte einen Aufschrei.

Zutiefst verärgert drehte ich mich um und sah, daß Mary neben mir stand. Sie schüttelte sich vor Lachen.

»Warst du jemals Darsteller in einem Film, Dick? Die letzten beiden Minuten waren wirklich eine erstklassige darstellerische Leistung. ›In der Hauptrolle Mary Lamington.‹ Wie geht es weiter?«

»Ich hätte ihn umlegen sollen, als er eintrat«, sagte ich reuevoll.

»Ich weiß«, sagte sie in ernsterem Ton. »Nur konntest du es natürlich nicht ... Abgesehen davon möchte Mr. Blenkiron es nicht – noch nicht.«

Sie legte ihre Hand auf meinen Arm. »Mache dir darüber keine Gedanken. Es war noch nicht soweit. Das wäre viel zu einfach gewesen. Wir haben noch einen weiten Weg vor uns, bevor wir den Wildvögeln die Flügel beschneiden können.«

»Sieh mal«, sagte ich aufgeregt. »Das Feuer vom Himmel!«

Rote Flammen schossen am anderen Ende aus den Nebengebäuden an jener Stelle, an der ich die Frau zum erstenmal gesehen hatte. Alles schien nach Plan abzulaufen, und Ivery vernichtete alle Spuren seines teuflischen gelben Pulvers. Bestimmt eilte die *concierge* mit ihren wenigen Habseligkeiten bereits zu irgendeinem Unterschlupf im Dorf.

In der windstillen .trockenen Nacht leckten die Flammen hoch, denn das Haus schien dafür vorbereitet zu sein, schnell niederzubrennen. Als ich mit Mary um den Graben lief, sah ich, daß ein Teil des Hauptgebäudes bereits Feuer gefangen hatte. Das Dorf erwachte, und bevor wir die Landstraße erreichten, rannten bereits verschlafene britische Soldaten zum Schauplatz, während der Bürgermeister seine Feuerwehr heranführte. Ich wußte, daß Ivery alles sorgfältig vorausgeplant hatte und niemand eine Chance hatte – daß lange vor Einbruch der Morgendämmerung das Château von Eaucourt Sainte-Anne nur noch ein Aschenhaufen sein würde, und in wenigen Tagen würden die Anwälte der betagten Marquise in Biarritz sich mit der Versicherungsgesellschaft herumschlagen.

An der Ecke stand Amos neben zwei Fahrrädern, unerschütterlich wie ein Grabmal. Mit breitem Grinsen, das sein lückenhaftes Gebiß zeigte, erkannte er mich.

»Eine kalte Nacht, General, aber das Feuer wärmt. So ein schönes Feuer habe ich schon lange nicht mehr gesehen.«

Wir packten die Fahrräder und alle in meinen Wagen; Amos quetschte sich in den engen Sitz neben Hamilton.

Als er einen Landsmann erkannte, bedankte er sich besonders wortreich. »Denn«, sagte er, »mit einem Fahrrad kann ich nicht gerade gut umgehen, und meine Füße sind im Schnee fast erfroren.«

Was mich anbelangt, so vergingen die Meilen bis Douvecourt wie in einem seligen Augenblick. Ich hüllte Mary in eine Pelzdecke, und danach sprachen wir kein Wort mehr miteinander. Ich hatte plötzlich einen wunderbaren Besitz erhalten, und die Freude darüber verwirrte mich.

14

MR. BLENKIRON SPRICHT ÜBER LIEBE UND KRIEG

Drei Tage später erhielt ich Befehl, mich für einen Sonderauftrag in Paris zu melden. Er kam nicht überraschend, denn über jede Stunde, die ungenutzt verstrich, hatte ich mich geärgert. Jeder meiner Gedanken war allein auf das Spiel gerichtet, das wir gegen Ivery spielten. Er war der große Gegner, mit dem verglichen der gewöhnliche Deutsche in den Schützengräben unschuldig und freundlich war. Fast hatte ich jegliches Interesse an meiner Division verloren, denn ich wußte, daß die eigentliche Front für mich nicht in der Picardie verlief und meine Aufgabe nicht nur darin bestand, einen bestimmten Frontabschnitt zu halten. Außerdem sehnte ich mich danach, mit Mary zusammenzuarbeiten.

Ich erinnere mich, daß ich am Morgen nach der Nacht im Château in meinem Quartier mit dem Gefühl aufwachte, ungewöhnlich reich geworden zu sein. Außerdem war ich voller Demut, und aller Welt gegenüber empfand ich nur freundschaftliche Gefühle – sogar gegenüber den Deutschen, obgleich ich auch nicht behaupten kann, sie jemals erbittert gehaßt zu haben. Haß findet man eher bei den Journalisten und Politikern in der Heimat als unter Frontsoldaten. Ich wünschte, in Ruhe und allein gelassen zu werden, um nachdenken zu können; da das jedoch unmöglich war, machte ich mich in glücklicher Zerstreutheit an meine Arbeit. Ich versuchte, nicht in die Zukunft zu blicken, sondern nur in der Gegenwart zu leben, denn ich wußte, daß der Krieg weiterging, daß vor mir eine verzweifelte und gefährliche Aufgabe lag und daß meine Hoffnungen an einem dünnen Faden hingen. Dennoch ließ ich meiner Phantasie gelegentlich freien Lauf und schwelgte in köstlichen Träumen.

Allerdings gab es einen Gedanken, der mich immer wieder auf die Erde zurückbrachte, und das war Ivery. Ich glaube, daß ich auf der Welt nur ihn allein haßte. Sein Verhältnis zu Mary war es, das mich schmerzte. Mit seiner schleimigen Vergangenheit hatte er die Unverschämtheit besessen, sich in dieses reine und strahlende Mädchen zu verlieben. Ich hatte das Gefühl, daß wir beide Todfeinde waren, und dieser Gedanke freute mich, denn er half mir, meine Aufgabe mit einem gewissen Abscheu zu erfüllen. Außerdem wollte ich als Sieger hervorgehen. Zweimal hatte ich zwar versagt, aber das drittemal würde ich der Sieger sein. Bisher war es so gewesen, als schösse ich mich mit einem Geschütz auf ein bestimmtes Ziel ein: der erste Schuß zu kurz, der zweite zu weit, und ich schwor mir, daß der dritte ein Volltreffer werden sollte.

Man hatte mich ins Generalhauptquartier befohlen, wo ich eine halbe Stunde mit dem bedeutendsten britischen Kommandeur sprach. Noch heute sehe ich sein geduldiges, freundliches Gesicht und den offenen Blick vor mir, den auch kein Wechselfall des Schicksals trüben konnte. Er besaß einen umfassenden Überblick, denn er war nicht nur Soldat, sondern zugleich Staatsmann und wußte, daß die ganze Welt ein Schlachtfeld war, daß jeder Mann und jede Frau der kämpfenden Nationen an der Front standen. Das menschliche Wesen ist so widersprüchlich, daß dieses Gespräch in mir einen Augenblick lang das Verlangen erweckte, zu bleiben, wo ich war. Ich hatte den Wunsch, weiter unter diesem Mann zu dienen. Plötzlich erkannte ich, wie sehr ich meine Tätigkeit liebte, und als ich an jenem Abend in mein Quartier zurückkehrte und meine Männer sah, die gerade von einem Übungsmarsch zurückkehrten, hätte ich bei dem Gedanken, sie bald verlassen zu müssen, wie eine Eule heulen können. Obgleich ich es eigentlich nicht sagen dürfte: in der gesamten britischen Armee gab es keine bessere Division.

Wenige Tage später holte ich Mary eines Vormittags in Amiens ab. Die Stadt hatte mir schon immer gefallen, denn nach dem Dreck an der Somme war es ein Trost, diese Stadt zu besuchen, ein Bad zu nehmen und eine reichliche Mahlzeit zu verzehren, und außerdem besaß sie die schönste Kirche, die die Hand des Menschen jemals zu Ehren Gottes erbaut hat. Es war ein klarer Vormittag, als wir vom Boulevard neben dem Bahnhof abfuhren; die Luft roch nach gereinigten Straßen und frischem Kaffee, Frauen gingen zum Markt, und klingelnd fuhren die kleinen Straßenbahnwagen vorbei – wie in einer Stadt, die weit vom Geschützdonner entfernt war. Khakifarbene oder blaue Uniformen waren nur sehr selten zu sehen, und ich erinnere mich, wie ich daran dachte, daß Amiens wieder völlig außerhalb des Kampfgebietes lag. Zwei Monate später sah es dort allerdings ganz anders aus.

Alles in allem rechne ich diesen Tag zu den glücklichsten meines Lebens. Frühling lag in der Luft, obgleich Bäume und Felder noch die Färbung des Winters hatten. Tausend angenehme Düfte strömten aus der Erde, und die Lerchen stiegen über den frisch umgepflügten Feldern empor. Ich erinnere mich, daß wir durch ein kleines Tal fuhren, in dem ein Fluß zwischen Weiden kleine Tümpel bildete, während die Bäume, die die Straße einfaßten, voller Misteln waren. Auf der Hochebene jenseits der Somme schien die Sonne wie im April. In Beauvais aßen wir ausgesprochen schlecht in einem Gasthaus – schlecht gilt nur für das Essen, nicht aber für den ausgezeichneten Burgunder, der pro Flasche zwei Francs kostete. Später kamen wir durch kleine, flachbrüstige Städte und erreichten die Seine, und am späten Nachmittag fuhren wir durch den Wald von St. Germain. Die weiten grünen Flächen zwischen den Bäumen lenkten meine Gedanken zu jener hinreißend schönen englischen Landschaft, wo Mary und ich uns eines Tages niederlassen würden. Während der ganzen Fahrt war sie bester Laune gewesen, aber als ich die Cotswolds erwähnte, wurde ihr Gesicht ernst.

»Sprechen wir noch nicht davon, Dick«, sagte sie. »Das Glück ist zu groß, und ich habe das Gefühl, daß es dahinschmilzt, wenn wir es berühren. Ich zwinge mich immer wieder, nicht an Frieden und Heimat zu denken, weil ich sonst zu starkes Heimweh bekomme ... Ich glaube, daß wir, du und ich, eines Tages dort leben werden ... Aber bis zu den Delectable Mountains ist es ein weiter Weg, und wie du weißt, mußte Faithful vorher sterben ... Alles hat eben seinen Preis.«

Diese Worte ernüchterten mich.

»Wer ist unser Faithful?« fragte ich.

»Das weiß ich nicht. Aber er war der beste aller Pilger.«

Dann aber, als wäre ein Schleier weggezogen worden, änderte sich ihre Stimmung, und als wir durch die Vororte von Paris fuhren und in die Champs Elysées einbogen, war sie in Ferienstimmung. In der blauen Dämmerung des Januartages funkelten die Lichter, und der warme Atem der Stadt kam uns entgegen und begrüßte uns. Paris kannte ich kaum, denn ich war nur ein einziges Mal während eines viertägigen Urlaubs dort gewesen; auf mich hatte die Stadt jedoch den Eindruck gemacht, dort am besten leben zu können, und jetzt, vom Schlachtfeld kommend und Mary neben mir, wirkte sie wie das glückliche Ende eines Traums.

Ich setzte Mary vor dem Haus ihrer Verwandten nahe der Rue St. Honoré ab und stieg, entsprechend meinen Anweisungen, selbst im Hôtel Louis Quinze ab. Dort genoß ich ein heißes Bad und zog die Zivilkleider an, die man von London hergeschickt hatte. Sie gaben mir das Gefühl, mich von meiner Division diesmal endgültig verabschiedet zu haben.

Blenkiron bewohnte unter anderem Namen ein Zimmer, und dort sollten wir zu Abend essen; ein wundervolleres Durcheinander aus Büchern und Zigarrenkisten habe ich nie gesehen, denn für Ordnung hatte er überhaupt keinen Sinn. Ich hörte ihn im Badezimmer, neben dem Schlafzimmer, knurren und stellte fest, daß der Tisch für drei Personen gedeckt war. Ich ging nach unten, um mir eine Zeitung zu besorgen, und unterwegs stieß ich auf Launcelot Wake.

Er war nicht mehr einfacher Soldat in einem Arbeitsbataillon. Unter seinem Mantel war ein Abendanzug erkennbar.

»Hallo, Wake, sind Sie auch dabei?«

»Wahrscheinlich«, sagte er, und sein Benehmen war

keineswegs herzlich. »Jedenfalls bekam ich Befehl, mich hier zu melden. Meine Aufgabe ist es, Befehle auszuführen.«

»Kommen Sie zum Abendessen?« fragte ich.

»Nein. Ich esse mit einigen Freunden im Crillon.«

Dann sah er mir ins Gesicht, und seine Augen waren wieder so hitzig wie damals, als ich ihn kennengelernt hatte. »Wie ich hörte, muß man Ihnen gratulieren, Hannay.« Und er hielt mir seine schlaffe Hand hin.

Nie habe ich größere Feindseligkeit bei einem Menschen erlebt.

»Paßt es Ihnen nicht?« sagte ich, denn ich vermutete, was er meinte.

»Wie, zum Teufel, kann es mir passen?« sagte er ärgerlich. »Mein Gott, Menschenskind, Sie werden ihre Seele umbringen. Sie sind ein gewöhnlicher, einfältiger und erfolgreicher Mann, und sie – sie ist das Kostbarste, das Gott je geschaffen hat. Nicht den Bruchteil ihrer Kostbarkeit werden Sie jemals begreifen, sondern werden ihr lediglich die Flügel beschneiden. Dann wird sie nie mehr fliegen können ...«

Am Fuß der Treppe und in Hörweite einer älteren französischen Witwe mit einem Pudel überschüttete er mich mit seinen hysterischen Worten. Ärgerlich machte es mich allerdings nicht, denn dazu war ich viel zu glücklich.

»Lassen Sie das, Wake«, sagte ich. »Wir alle stehen uns viel zu nahe, um uns zu streiten. Ich bin nicht würdig, Mary die Schuhe zu putzen. Sie können mich gar nicht zu gering und Mary zu hoch einschätzen. Aber ich besitze wenigstens soviel Verstand, daß ich es weiß. Demütiger, als ich mich fühle, kann man nicht sein.«

Er zuckte mit den Schultern, als er auf die Straße hinaustrat. »Ihr infernalischer Großmut verdirbt jedem die Laune ...«

Ich ging wieder nach oben, und gewaschen und rasiert bewunderte Blenkiron gerade seine Lackschuhe.

»Mein Gott, Dick, wie sehnlich habe ich mir gewünscht, Sie wiederzusehen. Die Vorstellung, Sie könnten zum eigenen Ruhm in die Luft gesprengt werden, machte mich nervös, denn über Ihre Schlachten habe ich in den Zeitungen schreckliche Dinge gelesen. Die Kriegskorrespondenten beunruhigen mich so, daß mir beim Frühstück der Appetit vergeht.«

Er mixte Cocktails und stieß mit seinem Glas gegen meines. »Auf die junge Dame. Ich habe versucht, ein hübsches kleines Sonett für sie zu schreiben, aber die verdammten Reime paßten nicht. Wenn wir mit dem Abendessen fertig sind, habe ich Ihnen eine Menge zu erzählen.«

In das Zimmer trat Mary, die Wangen vom Wetter gerötet, und sofort wurde Blenkiron verlegen. Aber sie besaß die richtige Art, seine Schüchternheit zu überwinden, denn als er anfing, stotternd seine Glückwünsche hervorzubringen, legte sie ihm die Arme um den Hals und küßte ihn. Merkwürdigerweise wurde er sofort völlig ruhig.

Es war erfreulich, wieder einmal von einem weißen Tischtuch und Porzellan zu essen, erfreulich, das gütige Gesicht Blenkirons und die Art und Weise zu sehen, wie er mit großem Appetit aß; aber köstlich war es für mich, Mary am Tisch gegenüberzusitzen. Dadurch hatte ich das Gefühl, daß sie wirklich mir gehörte und nicht eine Fee war, die plötzlich wieder verschwand. Blenkiron gegenüber spielte sie die liebevolle, wenn auch eigensinnige Tochter, während seine verzweifelt guten Manieren, die er immer dann zeigte, wenn es um Frauen ging, zu dem verschmolzen, was seinem alltäglichen Ich ähnlicher war. Den größten Teil der Unterhaltung bestritten die beiden, und ich erinnere mich, daß er aus irgendeinem geheimnisvollen Versteck eine große Schachtel Pralinés holte, die es in Paris eigentlich nicht mehr zu kaufen gab, und wie verwöhnte Kinder machten die beiden sich darüber her. Ich hatte zum Reden keine Lust, denn für mich war es reines Glück, nichts weiter als zuzusehen. Ich genoß es, sie zu beobachten, als wir drei endlich in Ruhe gelassen wurden, während sie die Ellenbogen wie ein Schuljunge auf den Tisch stützte, das krause Haar leicht zerzaust, und mit Begeisterung Walnüsse knackte – wie ein Kind, dem man erlaubt hatte, noch bis zum Nachtisch aufzubleiben, und das fest entschlossen war, diese Gelegenheit zu nutzen.

Mit der ersten Zigarre kam Blenkiron dann zur Sache.

»Sie wollen sicherlich über die Stabsarbeit informiert werden, mit der wir uns zu Hause beschäftigt haben. *Well*, sie ist jetzt abgeschlossen, und zwar dank Ihnen, Dick. Wir kamen nur sehr langsam voran, bis Sie auf Ihrem Krankenlager die Zeitungen durchblätterten und uns den Hinweis auf die ›Atmungs‹-Anzeigen gaben.«

»Dann steckte also doch etwas dahinter?« fragte ich.

»Der Teufel steckte dahinter. Einen Gussiter gab es zwar nicht, dafür jedoch ein sehr tüchtiges Syndikat von Gangstern, hinter denen dieser Gresson stand. Es dauerte eine ganze Weile, aber es gibt auf Erden keinen Code, den man nicht irgendwie entschlüsseln kann, wenn man weiß, daß er existiert, und in diesem Fall halfen uns die Antworten in den deutschen Zeitungen sehr viel ... Es war wirklich schlimm, was wir da lasen, und erklärte auch das verdammte Durchsickern von wichtigen Nachrichten, das wir verhindern wollen. Zuerst dachte ich daran, die Sache laufen zu lassen und Gussiter in eine Körperschaft umzuändern, mit John S. Blenkiron als Präsidenten. Aber das schien nicht zu klappen, denn als wir uns das erstemal vorsichtig in die Verbindungen einschalteten, geriet der ganze Laden aus den Fugen und gab SOS. Deshalb pflückten wir sorgfältig die Blumen.«

»Gresson auch?« fragte ich.

Er nickte. »Vermutlich liegt Ihr seefahrender Begleiter inzwischen unter der Erde. Wir hatten genügend Beweise gesammelt, um ihn zehnmal an den Galgen zu bringen ... Aber er war ein kleiner Fisch. Denn Ihr Code, Dick, brachte uns in Verbindung mit Ivery.«

Ich fragte wie, und Blenkiron erzählte mir die Geschichte. Er besaß mehr als ein Dutzend Überprüfungen, die bewiesen, daß die Sache mit der Organisation der ›Tiefenatmung‹ ihre Zentrale in der Schweiz hatte. Von Anfang an verdächtigte er Ivery, aber der Mann war aus seinem Gesichtskreis verschwunden; deshalb begann er, die Sache vom anderen Ende her aufzuspulen. Statt des Versuches, Ivery mit der Schweizer Zentrale in Verbindung zu bringen, versuchte er, eine Verbindung von der

Schweiz zu Ivery zu finden. Dazu fuhr er nach Bern und benahm sich wochenlang in der Öffentlichkeit unübersehbar wie ein Tor. Er bezeichnete sich selbst als Agenten der amerikanischen Propaganda, ließ Anzeigen in schweizerische Zeitungen einrücken und veröffentlichte schwülstige Annoncen über seinen Auftrag – mit dem Ergebnis, daß die schweizerische Regierung mit seiner Ausweisung drohte, falls er die Neutralität der Schweiz nicht strikt beachte. Außerdem schrieb er in Genfer Zeitungen eine Menge Unsinn, dessen Druck er bezahlte und in dem er erklärte, wieso er Pazifist war und versuchte, Deutschland durch ›inspirationelle Bekanntgabe ehrlicher Kriegsziele‹ zum Frieden zu bekehren. Das alles entsprach dem Ruf, den er in England hatte, und damit wollte er sich Ivery als Köder anbieten.

Aber Ivery biß nicht an, und obgleich ein Dutzend Agenten im stillen für ihn arbeiteten, erfuhr Blenkiron nie etwas über den Namen Chelius. Dabei handelte es sich seiner Vermutung nach um einen äußerst geheimen und speziellen Namen unter den Wildvögeln. Allerdings erfuhr er eine ganze Menge über die schweizerische Seite des ›Tiefatmungs‹-Geschäfts. Dazu war eine ganze Menge Arbeit erforderlich, und es kostete ihn eine beträchtliche Summe. Seine besten Leute waren ein Mädchen, das in einem Modegeschäft in Lyon als *mannequin* arbeitete, sowie ein *concierge* in einem großen Hotel in St. Moritz. Seine wichtigste Entdeckung war, daß es bei den Antworten aus der Schweiz einen zweiten Code gab, der sich von jenem unterschied, den die Gussiter-Leute in England benutzten. Er entschlüsselte auch diesen Code, aber obgleich er ihn lesen konnte, gelang es ihm nicht, irgend etwas daraus zu machen. So kam er zu dem Schluß, daß es sich um eine äußerst geheime Verbindung zwischen dem inneren Kreis der Wildvögel handelte und Ivery dahinterstecken müßte ... Trotzdem war er noch weit davon entfernt, irgend etwas zu entdecken, das von Bedeutung war.

Dann änderte sich die gesamte Situation, denn Mary bekam Kontakt mit Ivery. Ich muß sagen, daß sie sich nahezu schamlos aufführte, denn sie schrieb ihm häufig an eine Adresse, die er ihr einmal in Paris gegeben hatte, und plötzlich erhielt sie Antwort. Sie war selbst in Paris, half in einer Bahnhofskantine und wohnte bei ihren französischen Verwandten namens de Mezières. Eines schönen Tages besuchte Ivery sie. Das bewies die Kühnheit des Mannes und seine Klugheit, denn die ganze Geheimpolizei Frankreichs war hinter ihm her, ohne ihn jemals zu Gesicht zu bekommen oder etwas von ihm zu hören. Trotzdem tauchte er eines Nachmittags unverblümt auf, um mit einem englischen Mädchen Tee zu trinken. Diese Tatsache bewies noch etwas anderes, das mich gotteslästerlich fluchen ließ. Ein Mann, der bei der Lösung seiner Aufgabe so entschlossen und rücksichtslos vorging, mußte sich schon sehr stark verliebt haben, um ein derartiges Risiko auf sich zu nehmen.

Wenigstens erschien er und nannte sich Capitaine Bommaerts, mit Transportaufgaben beim Stab des französischen Generalhauptquartiers beauftragt. Daß er beim Stab war, stimmte tatsächlich. Mary sagte, daß sie nahezu in Ohnmacht gefallen wäre, als sie seinen Namen hörte. Ihr gegenüber war er vollkommen offen, und sie war es auch. Beide waren Friedensstifter und bereit, um ihrer großen Ideale willen die Gesetze sämtlicher Länder zu verletzen. Gott allein weiß, was die beiden für Unsinn geredet haben. Mary meinte, bis zu ihrem Tode würde sie erröten, wenn sie daran dächte, und daraus schließe ich, daß es auf ihrer Seite eine Mischung aus Launcelot Wake in seinen pedantischsten Zeiten und mädchenhafter Albernheit war.

Er kam wieder, und sie trafen sich häufig, ohne daß die unschuldige Madame de Mezières etwas wußte. Zusammen gingen sie im Bois de Boulogne spazieren, und einmal fuhr sie mit ihm, klopfenden Herzens, in einem Auto zum Mittagessen nach Auteuil. Er sprach von seinem Haus in der Picardie, und vermutlich gab es auch Augenblicke, wo er ihr seine Liebe erklärte, die allerdings mit mädchenhafter Scheu zurückgewiesen wurde. Wenig später wurde der Boden jedoch zu heiß, und nach einem peinlichen Streit mit Bullivant während eines Ferngespräches fuhr sie zum Lady Manorwater's Hospital in Doucourt. Das tat sie, um ihm zu entkommen; meiner Ansicht nach wollte sie sich jedoch hauptsächlich, wenn auch am ganzen Leibe zitternd, das Château von Eaucourt Sainte-Anne genau ansehen.

Ich brauchte nur an Mary zu denken, um genau zu wissen, wie Johanna von Orléans war. Kein Mann hätte so etwas tun können. Es war nicht Rücksichtslosigkeit. Es war reine berechnende Tapferkeit.

Dann erzählte Blenkiron weiter. Die Zeitungen, die wir am Heiligabend im Château fanden, waren von ungeheurer Bedeutung, denn Bommaerts hatte in der Anzeige tatsächlich den zweiten Code der Wildvögel angezeichnet. Das bewies, daß Ivery auch hinter der schweizerischen Seite stand. Blenkiron wollte sich jedoch doppelt vergewissern.

»Ich überlegte, daß die Zeit gekommen wäre, um einen hohen Preis für wertvolle Nachrichten zu zahlen«, sagte er. »Deshalb verkaufte ich dem Gegner eine sehr hübsche Erfindung. Sollten Sie, Dick, sich jemals mit Codes und Geheimkorrespondenz beschäftigt haben, wüßten Sie, daß es ein einziges Dokument gibt, auf dem man mit unsichtbarer Tinte nicht schreiben kann, und das ist Hochglanzpapier, wie es von den Illustrierten verwendet wird. Sobald Feuchtigkeit auf dieses Papier kommt, wellt die Oberfläche sich, und mit einem Mikroskop kann man genau feststellen, ob das Papier präpariert worden ist. *Well*, wir hatten das Glück, gerade rechtzeitig eine Möglichkeit zu finden, diese kleine Schwierigkeit zu überwinden – auf Hochglanzpapier mit einer Flüssigkeit zu schreiben, die auch bei genauester Untersuchung nicht festzustellen war, und ferner eine Möglichkeit, die Schrift selbst festzustellen. Ich kam zu dem Schluß, diese Erfindung zu opfern, um für das Brot, mit dem ich Enten fütterte, eines Tages vielleicht eine anständige Bäckerei zu bekommen ... Ich ließ sie also an den Gegner verkaufen. Dabei mußte sehr vorsichtig vorgegangen werden, aber der zehnte Mann von mir – ein österreichischer Jude – schaffte es und kassierte dafür fünfzigtausend Dollar. Dann wartete ich ab, was mein Freund mit dieser Erwerbung anstellen würde, und tatsächlich dauerte es nicht lange.«

Aus seiner Tasche zog er eine gefaltete Seite der Zeitschrift *L'Illustration*. Über einer Abbildung waren in großer Handschrift einige Worte geschrieben, wie mit einem Pinsel.

»Diese Seite erhielt ich gestern«, sagte er. »Es ist ein unauffälliges Bild von General Pétain, der Orden verteilt. Auf seiner Oberfläche waren weder Kratzer noch winzige Wellen zu entdecken. Aber ich nahm mich der Sache an, und sehen Sie hier!«

Er deutete auf zwei Namen. Der Text bestand aus einer Reihe von Schlüsselwörtern, die wir nicht kannten, aber zwei Namen, die ich nur allzugut kannte, fielen auf. Sie lauteten ›Bommaerts‹ und ›Chelius‹.

»Mein Gott!« rief ich, »das ist unheimlich. Wo steckt Ivery eigentlich? Wissen wir heute mehr über ihn als im Sommer? Mary, was für einen Landsmann spielte er vor dir?«

»Engländer.« Mary sprach in sachlichstem Ton, als wäre es völlig üblich, einen Spion zu lieben, aber gerade das besänftigte meinen Ärger. »Als er um meine Hand anhielt, machte er den Vorschlag, mit mir in ein Landhaus in Devonshire zu ziehen. Außerdem glaube ich, daß er auch in Schottland ein Haus besitzt. In Wirklichkeit ist er natürlich Deutscher.«

»Ja«, sagte Blenkiron langsam, »ich habe seine Vergangenheit zusammentragen lassen, und es ist keine hübsche Geschichte. Es dauerte zwar seine Zeit, aber jetzt habe ich alle Verbindungen überprüfen lassen ... Er ist Deutscher und in Deutschland ein angesehener Adliger. Haben Sie jemals etwas von dem Grafen Schwabing gehört?«

Ich schüttelte den Kopf.

»Ich glaube, Onkel Charlie hat einmal etwas von ihm erzählt«, sagte Mary und krauste die Stirn. »Auf die Jagd ging er immer mit einer Pytchley.«

»Richtig, das ist er. Aber in den letzten acht Jahren hat er die Pytchley in Ruhe gelassen. Es gab eine Zeit, wo er am deutschen Hof im Mittelpunkt stand: Gardeoffizier, uralte Familie, reich, verdammt gescheit – eben alles, was dazu gehört. Der Kaiser mochte ihn, und der Grund ist verständlich. Wahrscheinlich war ein Mann, der so viele Persönlichkeiten besitzt wie der Graf, nach einem Diner ein äußerst amüsanter Gesellschafter. Besonders bei den Deutschen, die meiner Erfahrung nach nicht gerade leichtblütig sind. Jedenfalls war er der Liebling Kaiser Wilhelms, und es gab praktisch keine Mutter, die nicht versuchte, den Grafen für ihre Tochter einzufangen. In London und New York war es fast genauso beliebt – übrigens auch in Paris. Fragen Sie Sir Walter danach, Dick. Er meint, der Graf wäre doppelt so klug wie Kuhlmann und hätte weitaus bessere Manieren als jener Österreicher, von dem er immer erzählt ... Eines Tages kam es nun zu einem ungeheuerlichen Hofskandal, und dem Grafen wurde der Boden unter den Füßen weggezogen. Es war eine ziemlich üble Geschichte, und ich glaube gar nicht einmal, daß der Graf so tief drin steckte wie andere. Schwierig war jedoch, daß diese anderen um jeden Preis geschützt werden mußten, und so wurde Graf Schwabing zum Sündenbock gemacht. Sein Name erschien nicht mehr in der Presse, und er mußte ...«

»Wie hieß der Fall?« fragte ich.

Blenkiron erwähnte einen Namen, und da wußte ich, warum der Name Schwabing mir bekannt war. Vor langen Jahren hatte ich die Geschichte in Rhodesien verfolgt.

»Es kam zum Krach«, fuhr Blenkiron fort. »Er wurde aus der Garde ausgestoßen, aus den Klubs ausgestoßen und des Landes verwiesen ... Was hätten Sie empfunden, Dick, wenn Sie an Stelle des Grafen gewesen wären? Ihr Leben, Ihre Arbeit und Ihr Glück zerstört, und das alles nur, um irgendeinen schäbigen Prinzen zu schützen. ›Verbitternd‹, meinen Sie? Gierig nach einer Chance, es jenen heimzuzahlen, von denen Sie davongejagt wurden? Sie hätten keine Ruhe gegeben, bis der Kaiser schluchzend auf den Knien gelegen und um Gnade gebeten hätte, und Sie hätten nicht daran gedacht, sie ihm zu gewähren?

So empfinden Sie, aber nicht der Graf, und was noch wichtiger ist: so empfindet kein Deutscher. Er ging ins Exil, haßte die gesamte Menschheit, das Herz voller Gift und Galle, aber dennoch voller Sehnsucht, einmal zurückkehren zu können. Und den Grund will ich Ihnen nennen. Der Grund ist, daß diese Art von Deutschen auf dieser Erde keine andere Heimat besitzen. O ja, ich weiß, daß Hunderte von Deutschen in unser Land gekommen sind, sich dort niedergelassen haben und anständige Amerikaner geworden sind. Wenn sie noch jung sind und man ihnen die Unabhängigkeitserklärung gründlich beibringt und sie zwingt, unsere Sonntagszeitungen zu lesen, kann man eine Menge mit ihnen anfangen. Allerdings läßt sich nicht leugnen, daß alle Deutschen etwas Komisches an sich haben, bevor sie zivilisiert sind. Es sind sonderbare Leute, verdammt sonderbare Leute, denn sonst würden sie nicht die niedrigen und unschicklichen Berufe ergreifen, wie sie es tun. Diese Besonderheit, die beim arbeitenden Deutschen nur dicht unter die Haut reicht, steckt jedoch dem Adel in den Knochen. Die deutsche Aristokratie kann auf gleicher Ebene nicht mit den Oberen Zehntausend anderer Völker verkehren. Sie prahlen und bluffen überall in der Welt, wissen jedoch genau, daß diese Welt über sie nur grinst. Sie ähneln einem Boss aus Salt Creek Gully, der viel Geld gemacht hat, sich einen Abendanzug kauft und in Newport auf einer Abendparty erscheint. Er weiß nicht, wo er mit den Händen bleiben soll, und kann die Füße nicht ruhig halten ... Der uralte englische Adel muß sich zusammennehmen, um sie als ebenbürtig zu behandeln, statt sie in die Räume der Dienerschaft zu schicken. Die Art, wie die deutschen Adligen sich kleiden, zeigt überdeutlich, was für ewig währende Dummköpfe sie sind. Gentlemen können sie nicht sein, weil sie ihrer selbst nicht sicher sind. Die Welt lacht über sie, und sie wissen es und ärgern sich darüber schwarz ... Das ist auch der Grund, daß ein aus seinem Vaterland verstoßener Graf irgendwie zurückzuschleichen versucht oder aber den Rest seines Lebens dem Ewigen Juden gleicht.«

Blenkiron zündete sich eine neue Zigarre an und betrachtete mich mit seinen nachdenklichen Augen.

»Acht Jahre lang hat dieser Mann sich körperlich und seelisch abgeplagt, und zwar für jene, die ihn degradiert haben. Er hat sich seine Rehabilitierung verdient, und ich wage zu behaupten, daß er sie bereits in der Tasche hat. Würden Verdienste belohnt, wäre er mit Eisernen Kreuzen und Roten Adlerorden übersät ... Für seine Arbeit war er großartig vorbereitet. Er kannte andere Länder und hatte eine ausgesprochene Sprachbegabung. Überdies besaß er die ungewöhnliche Gabe, in einer Rolle zu leben. Das ist wahrhaft genial, Dick, wenn es sich auch gegen uns richtet. Vor allem aber besaß er einen erstklassigen Kopf. Ich kann wirklich nicht behaupten, auf einen besseren gestoßen zu sein, obgleich ich in meinem Leben einige tüchtige Leute kennengelernt habe ... Und jetzt wird er es endgültig schaffen, wenn wir uns nicht an die Arbeit machen.«

Es klopfte an der Tür, und herein trat die stämmige Figur von Andrew Amos.

»Zeit, um nach Hause zu gehen, Miss Mary. Als ich raufkam, schlug es genau halb elf. Außerdem wird es bald regnen; deshalb habe ich einen Schirm mitgebracht.«

»Nur noch ein Wort«, sagte ich. »Wie alt ist der Mann?«

»Gerade sechsunddreißig geworden«, erwiderte Blenkiron.

Ich wandte mich an Mary, die nickte. »Jünger als du, Dick«, sagte sie boshaft, als sie in ihren Mantel schlüpfte.

»Ich bringe dich nach Hause«, sagte ich.

»Das ist nicht erlaubt. Für heute hast du meine Gesellschaft reichlich genossen. Andrew begleitet mich nach Hause.«

Blenkiron sah ihr nach, als die Tür sich schloß.

»Meiner Meinung nach haben Sie das beste Mädchen der Welt bekommen.«

»Derselben Ansicht ist Ivery«, sagte ich verbittert, denn meine Verachtung für den Mann, der sich in Mary verliebt hatte, erstickte mich beinahe.

»Der Grund dürfte doch wohl klar sein. Auf der einen

Seite dieser degenerierte Abkömmling einer in sich vermoderten Schicht, verweichlicht und verzärtelt und übersättigt mit den leichten Freuden des Lebens. An Frauen kennt er nur die minderwertigen sowie die überfütterten Exemplare seines eigenen Landes. Es widerstrebt mir, Frauen gegenüber unhöflich zu sein, aber in meinen Augen hat die deutsche Spielart irgend etwas von Kühen an sich. Er hat verzweifelte Jahre hinter sich, in denen es immer um Intrigen und Gefahr ging, und sein Verkehr bestand nur aus allen möglichen Schurken. Vergessen Sie nicht, daß er ein großer Mann und ein Dichter ist, mit einem Kopf und einer Phantasie, die jedes Hindernis unbeirrt überwindet. Plötzlich begegnet er einem Menschen, der so frisch und lieblich wie eine Frühlingsblume ist, außerdem über Verstand verfügt, dazu den stählernsten Mut, und dennoch ist alles nur Jugend und Vergnügtheit. Das ist für ihn ein völlig neues Erlebnis, eine Art von Offenbarung, und er besitzt immerhin die Größe, sie so einzuschätzen, wie sie eingeschätzt werden sollte ... Nein, Dick, ich kann zwar verstehen, daß Sie mißmutig sind, aber wahrscheinlich ist das etwas, das für Ivery spricht.«

»Trotzdem dürfte es seine schwache Stelle sein«, sagte ich.

»Seine schwache Stelle«, wiederholte Blenkiron ernst, »und gebe Gott, daß wir immer daran denken.«

Am folgenden Vormittag fuhr Blenkiron mich bei miserablem Wetter durch Paris. In Montmartre stiegen wir fünf Treppen zu einer Wohnung hoch, wo ein dicker Mann mit Brille und langsamer Stimme sich mit mir unterhielt und mir verschiedene Dinge berichtete, die mich sehr interessierten. Im Boulevard St. Germain betrat ich ein Zimmer mit einem kleinen Nebenraum, wo man mir Papiere, Karten und Zahlen auf einem Bogen zeigte, die mir die Augen öffneten. Zu Mittag aßen wir in einem bescheidenen Café, das hinter dem Palais Royal versteckt war, und unsere Begleiter waren zwei Elsässer, die Deutsch besser als jeder Deutsche sprachen und keine Namen, sondern nur Nummern hatten. Nachmittags betrat ich ein flaches Gebäude neben dem Invalidendom und sah mich einer Reihe von Generalen gegenüber, darunter mehr als einer, dessen Gesicht in der ganzen Welt bekannt war. Ihnen erzählte ich alles über mich und wurde wie ein Sträfling ins Kreuzverhör genommen, und dabei wurden alle Besonderheiten meines Auftretens und meiner Sprechweise in einem Buch vermerkt. Damit wollte man mir für den Notfall den Weg in der riesigen Armee jener bereiten, die im Untergrund arbeiten und zwar ihren Chef, nicht aber sich gegenseitig kennen.

Noch vor dem Abend hörte der Regen auf, und Blenkiron und ich gingen durch die zitronenfarbige Dämmerung, die man im französischen Winter häufig erlebt, zum Hotel zurück. Dabei kamen wir an einer Kompagnie amerikanischer Soldaten vorbei, und Blenkiron blieb stehen und betrachtete sie. Deutlich merkte ich, daß er stolzgeschwellt war, obgleich er es nicht zeigte.

»Was halten Sie von diesen Leuten?« fragte er.

»Erstklassig«, sagte ich.

»Die Männer sind in Ordnung«, knurrte er kritisch. »Aber die Offiziere sind manchmal ziemlich aufgedunsen. Sie müßten abnehmen.«

»Das dürfte nicht lange auf sich warten lassen. In diesem Krieg behält man sein Gewicht nicht lange.«

»Sagen Sie, Dick«, fragte er scheu, »was halten Sie eigentlich in Wirklichkeit von uns Amerikanern? Sie haben eine ganze Menge kennengelernt, und auf Ihre Ansicht lege ich daher besonderen Wert.« Sein Ton war der eines verschämten Dichters, der um ein Urteil über sein erstes Buch bittet.

»Ich will Ihnen gern sagen, was ich glaube. Ihr baut eine große Armee aus der Mittelschicht auf, und das ist die fürchterlichste Kriegsmaschine, die es gibt. Der jetzige Krieg erfordert keine Berserker, sondern vielmehr den ruhigen Normalbürger mit ausgebildetem Verstand und einem Ziel, für das er kämpft. Die amerikanischen Reihen sind mit allen möglichen Leuten gefüllt, vom Viehtreiber bis zum College-Boy, aber meistens mit anständigen Kerlen, die im Leben gute Aussichten haben und nur Soldat sind, weil sie sich dazu verpflichtet fühlen – nicht, weil es ihnen Spaß macht. Dieselben Leute haben damals Ihren Bürgerkrieg entschieden. Wir haben ebenfalls eine Division, die nur aus Angehörigen der Mittelschicht besteht – die Scottish Territorials, größtenteils Angestellte, Arbeiter, Techniker und Bauernsöhne. Als ich sie zum erstenmal kennenlernte, war ich der Ansicht, daß die Offiziere nicht viel besser als die Mannschaften wären. Das stimmt auch heute noch, aber die Mannschaften sind weit über dem Durchschnitt, und dementsprechend sind die Offiziere. Die alte Vorstellung, daß ein Regiment aus lauter Gaunern besteht, die von Herzögen befehligt werden, verschwindet immer mehr. Vielleicht stimmte sie noch zu der Zeit, als man mit wehender Fahne in die Schlacht zog, aber zu Sprenggranaten, ein paar Millionen Mann auf jeder Seite und einer Schlachtfront von fünfhundert Meilen paßt sie nicht mehr. Der Held dieses Krieges ist der einfache Mann aus der Mittelschicht, der möglichst schnell wieder nach Hause möchte und deswegen seinen ganzen Witz und Verstand dazu benutzt, die Angelegenheit möglichst schnell hinter sich zu bringen.«

»Das klingt richtig«, sagte Blenkiron nachdenklich. »Und es freut mich auch, denn wie Sie vielleicht vermuten, habe ich vor der britischen Armee erheblichen Respekt. Wen bewerten Sie am höchsten?«

»Alle sind gut. Die Franzosen urteilen sehr scharf, und sie setzen Schotten und Australier an die Spitze. Ich selbst finde, das Rückgrat der britischen Armee sind die alten englischen Regimenter vom Lande, die kaum genannt werden ... Auch wenn ich es nicht genau weiß, würde ich, wenn ich die Wahl hätte, die Südafrikaner nennen. Von ihnen ist zwar nur eine Brigade hier, aber im Kampf sind sie nicht zu übertreffen. Vielleicht sagen Sie jetzt, daß ich befangen bin.«

»Well«, knurrte Blenkiron, »Ihr seid heute ein mächtiges Empire. Ich bin in diesem Empire ziemlich viel herumgereist und kann mir jetzt vorstellen, wie die klugen Leute auf Ihrer Insel früher dieses Empire erbaut haben. Aber ein Geheimnis will ich Ihnen doch verraten, Dick. Heute früh habe ich in einer Zeitung gelesen, daß eine

natürliche Verwandtschaft zwischen Amerikanern und den Menschen aus den britischen Dominions bestünde. Glauben Sie mir: das stimmt nicht – zumindest nicht bei Amerika. Ich verstehe zwar nicht viel davon, aber wenn ich eure hageren großen Australier sehe, in deren Augen sich die Sonne spiegelt, sehe ich Menschen von einem anderen Stern. Abgesehen von Ihnen und Peter habe ich noch keinen Südafrikaner näher kennengelernt. Die Kanadier sind zwar nur durch eine Grenze von uns getrennt, aber wenn man einen Kanadier mit einem Yankee in einen Topf wirft, kann es schlimm ausgehen ... Wir, die meisten Amerikaner, hängen an Großbritannien. Auch anderen Teilen des Empire gegenüber empfinden wir gewaltigen Respekt, aber über England reden wir doch immer nur Gutes. Wissen Sie, wir kennen England gut, und wir lieben England, und deswegen können wir es offen aussprechen.

Es ist so«, schloß er, als wir das Hotel erreichten, »es ist so, als gäbe es auf dieser Welt eine Menge junger Bengel, die gegenseitig ein bißchen eifersüchtig und zurückhaltend sind. Vertraut aber sind sie alle mit dem alten Mann, der ihnen früher den Hintern versohlt hat, obgleich sie ihn manchmal voreilig als reaktionär bezeichnet haben.«

An jenem Abend redeten wir nach dem Abendessen nur über berufliche Dinge – Blenkiron, ich und ein junger französischer Colonel von der IIIme Section des französischen Generalhauptquartiers. Blenkiron war, wie ich mich erinnere, sehr verletzt, als der Franzose ihn als Geschäftsmann bezeichnete, während der Colonel ihm damit nur ein Kompliment machen wollte.

»Hören Sie damit auf«, sagte er. »Das ist ein Wort, das ich nicht vertragen kann. Es gibt immer nur zwei Arten von Menschen, diejenigen mit Verstand und diejenigen ohne Verstand. Ein großer Prozentsatz von uns Amerikanern verdient sein Geld zwar durch Geschäfte, aber deswegen glauben wir noch lange nicht, daß ein guter Geschäftsmann oder ein Mann, der viel Geld verdient hat, auf jedem Posten gut ist. Wir haben einen College-Professor zum amerikanischen Präsidenten gemacht und tun, was er sagt, als wären wir Kinder, obgleich er nicht mehr verdient als ein Teil unserer Manager. Ihr Engländer habt Geschäftsleute an der Spitze und glaubt, ein Mann ist auch in der Regierung erstklassig, wenn er zufällig an der Börse ein Vermögen zusammengerafft hat. Das widert mich an. Ihr seid zwar die besten Geschäftsleute auf Erden, aber, um Himmels willen, fangt nur nicht an, darüber zu reden, denn dann verliert ihr eure Macht. Und bringt das Geschäftliche nur nicht mit der ordinären Begabung durcheinander, Dollars zusammenzuraffen. Jeder Mann mit Verstand kann Geld verdienen, wenn er will – aber vielleicht will er gar nicht. Vielleicht zieht er den Spaß vor, den sein Beruf ihm macht, und überläßt das Geldverdienen anderen Leuten. Die größte Sache auf der Erde ist meiner Ansicht nach heutzutage die Arbeit hinter der Front und die Art und Weise, wie man eine Armee ernährt, mit Nachschub versorgt und hin und her transportiert. Demgegenüber ist etwa die Steel Corporation oder Standard Oil nur ein Dreck. Der Mann an der Spitze des Ganzen verdient nämlich nicht mehr als tausend Dollar pro Monat ... Ihr Volk, Dick, fängt langsam an, den Mammon anzubeten. Reden wir nicht davon. Innerhalb der Menschheit gibt es nur einen einzigen Unterschied – Verstand oder Unverstand, und höchstwahrscheinlich findet man bei demjenigen, der durch den Verkauf von Obligationen eine Milliarde verdient, nicht mehr Verstand als bei seinem Bruder Tim, der in einer Bretterbude wohnt und Maiskolben verkauft. Ich rede nicht aus sündhaftem Neid, denn es gab eine Zeit, wo ich als Eisenbahnkönig galt und mit einem größeren Vermögen aufhörte, als Könige besitzen, wenn sie zurücktreten. Dabei habe ich nicht einmal soviel Verstand wie der alte Peter, der in seinem ganzen Leben kein Bankkonto besessen hat ... Und Vernunft ist dasjenige, was diesen Krieg entscheidet.«

Der Colonel, der gut englisch sprach, fragte nach einer Rede, die irgendein Politiker gehalten hatte.

»An der Spitze herrscht nicht so viel Vernunft, wie ich es gern sehen würde«, sagte Blenkiron. »Die Leute haben eine großartige Art, glatte Worte zu finden. Das wäre nicht wichtig, wären ihre Gedanken nicht ebenso glatt. Was halten Sie davon, Dick?«

»Meiner Ansicht nach war die Rede das Schlimmste, was seit der ersten Schlacht bei Ypern passiert ist«, sagte ich. »Jeder jubelt, aber den Grund kennt Gott allein.«

»Den Grund kennt Gott allein«, wiederholte Blenkiron. »Wahrscheinlich ist es einfach Berechnung, und man kann so etwas genausowenig bestreiten wie ein mathematisches Gesetz. Rußland ist ausgezählt. Mehrere Monate werden verstreichen, bis die Deutschen Lebensmittel aus den russischen Gebieten bekommen, aber sie können jetzt Soldaten abziehen, und das tun sie bereits. Sie kämpfen nur noch an einer Front und können daher Soldaten und Kanonen nach Westen bringen, und auf diese Weise sind sie auf dem Papier genauso stark wie die Alliierten. In Wirklichkeit sind sie jedoch stärker. Sie verfügen im Hinterland über ein besseres Eisenbahnnetz, kämpfen auf den Innenlinien und können an jedem Abschnitt unserer Front schnell Truppen zusammenziehen. Ich bin zwar kein Soldat, aber ist es nicht so, Dick?«

Der Franzose lächelte und schüttelte den Kopf. »Trotzdem werden die Deutschen nicht durchbrechen. 1914 schafften sie es nicht, als das Verhältnis zwei zu eins war, und jetzt werden sie es auch nicht schaffen. Wenn wir Alliierten im vergangenen Jahr den Durchbruch nicht schafften, als wir zahlenmäßig weit überlegen waren – wie wollen die Deutschen es schaffen, wenn sie uns zahlenmäßig nur gleich sind?«

Blenkirons Gesichtsausdruck war keineswegs überzeugt. »Genau das behauptet jeder. Vergangene Woche habe ich mit einem General über die bevorstehende Offensive gesprochen, und er sagte, er betete, daß sie möglichst schnell käme, denn seiner Ansicht nach würden die Deutschen dann das Fürchten lernen. Das ist möglicherweise ein guter Geist, aber ich glaube nicht, daß es den Tatsachen entspricht. Wir haben zwei verdammt große Armeen großartiger Soldaten, aber da wir zwei Oberkommandos haben, laufen die Dinge zwangsläufig nicht immer parallel. Die Deutschen haben nur eine einzige Armee und vierzig Jahre straffer Tradition, und was noch wichtiger ist: diesmal werden sie alles auf eine Karte setzen. Sie werden unsere Front zerschlagen, bevor Amerika in den Krieg eintritt, oder bei dem Versuch zugrunde gehen ... Warum ist wohl das ganze Friedensgerede in Deutschland plötzlich verstummt; warum fordern genau dieselben Männer, die im Sommer noch von Demokratie redeten, jetzt Kampf bis zum Ende? Ich will es Ihnen sagen. Weil der alte Ludendorff ihnen für dieses Frühjahr den vollständigen Sieg versprochen hat, wenn genügend Männer an die Front gebracht werden, und die Deutschen sind gute Spieler und riskieren auch etwas. Einem lokalen Angriff haben wir diesmal nichts entgegenzusetzen. Wir stehen einem großen Volk gegenüber, das auf jeden Fall die Entscheidung erzwingen will. Unterliegen wir, dann muß Amerika eines Tages einen neuen Krieg führen, sobald es dazu bereit ist, während die Deutschen Zeit haben, Rußland zu ihrer Kornkammer auszubauen und die Blockade dadurch zu umgehen. Damit wäre der Krieg um weitere fünf, vielleicht auch um weitere zehn Jahre verlängert. Sollen wir freien und unabhängigen Völker so viel erdulden? ... Glauben Sie mir, noch vor Ostern wird die Entscheidung fallen.«

Er wandte sich an mich, und ich nickte zustimmend.

»Das ist mehr oder weniger auch meine Ansicht«, sagte ich. »Wir müssen durchhalten, aber das können wir nur mit Zähnen und Krallen. Die nächsten sechs Monate haben wir bei unserem Kampf nicht den geringsten Spielraum mehr.«

»Aber meine Freunde, Sie nehmen das alles viel zu ernst«, sagte der Franzose. »Vielleicht erzielen die Deutschen Bodengewinne von einer Meile oder zwei – möglicherweise. Aber ernsthafte Gefahren sind unmöglich. Bei Verdun standen ihre Chancen sehr viel besser, und trotzdem schafften sie es nicht. Warum sollten sie jetzt Erfolg haben?«

»Weil sie alles auf eine Karte setzen«, erwiderte Blenkiron. »Was jetzt kommt, ist der letzte Verzweiflungskampf eines verwundeten Tieres, und dabei geht manchmal der Jäger drauf. Dick hat recht. Wir besitzen nur noch einen verschwindend geringen Spielraum, und dabei wird in Zukunft jeder Millimeter zählen. Der Kampf findet zwar an der Front statt, aber genauso in jedem Winkel aller alliierten Länder. Das ist der Grund, warum wir in den nächsten beiden Monaten mit den Wildvögeln abrechnen müssen.«

Der französische Colonel – sein Name war de Vallière – lächelte bei dieser Bezeichnung, und Blenkiron beantwortete meine unausgesprochene Frage.

»Einen Teil Ihrer Neugierde will ich gern befriedigen, Dick, denn ich habe inzwischen sehr viele Nachrichten über diese Menagerie zusammengetragen. Außerhalb seiner Grenzen verfügt Deutschland über eine große Armee von Spionen. Gelegentlich erwischen wir zwar den einen oder anderen, aber der Rest arbeitet wie wahnsinnig weiter und richtet erhebliche Schäden an. Sie sind großartig organisiert, auch wenn sie nicht über so gutes Menschenmaterial verfügen wie wir, und meiner Schätzung nach richten sie mit einem Dollar Anstrengung nur für zehn Cent Schaden an. Jedenfalls gibt es sie. Hauptsächlich sind es Spionage-Offiziere, und ihre Aufgabe ist es, Nachrichten weiterzuleiten. Sie sind die Vögel im Käfig, die – wie hat Ihr Freund sie genannt?«

»Die Stubenvögel«, sagte ich.

»Richtig, aber nicht alle Vögel sitzen im Käfig. Ein paar befinden sich außerhalb der Gitter, und sie sammeln nicht Nachrichten. Sie handeln. Wenn irgendeine Angelegenheit verzweifelt steht, werden sie darauf angesetzt, und sie können sofort, ohne auf Anweisungen aus der Heimat zu warten, handeln. Ich bin dieser Sache nachgegangen, bis mir der Schädel platzte, habe jedoch nicht mehr als ein halbes Dutzend festgestellt, von denen ich mit Sicherheit sagen kann, daß sie dazugehören. Einer dieser Leute ist Ihr Freund, Dick, der portugiesische Jude. Dann gibt es in Genua eine Frau, eine Prinzessin, die mit einem griechischen Finanzmann verheiratet ist. Ein weiterer ist Herausgeber einer pro-alliierten Zeitung im Landesinnern von Argentinien. Einer spielt in Colorado einen Baptistenpriester. Einer war in der zaristischen Regierung Polizeispion und lebt jetzt als glühender Revolutionär im Kaukasus. Und der Größte ist natürlich Moxon Ivery, in glücklicheren Zeiten Graf Schwabing. Knapp hundert Menschen auf der Welt wissen von der Existenz dieser Leute, und von ihnen werden sie als Wildvögel bezeichnet.«

»Arbeiten sie zusammen?« fragte ich.

»Ja. Jeder hat zwar seine eigenen Aufgaben, aber wenn es sich um eine große Teufelei handelt, arbeiten sie auch zusammen. Vor einem Jahr, vor der Schlacht an der Aisne, waren vier dieser Leute in Frankreich, und fast gelang es ihnen, die französische Armee kampfunfähig zu machen. Stimmt es, Colonel?«

Der Soldat nickte verbissen. »Sie verführten unsere erschöpften Truppen und kauften mehrere Politiker. Fast hatten sie damit Erfolg – aber doch nicht ganz. Jetzt ist die Nation wieder bei Sinnen, und gelegentlich werden Verschwörer verurteilt und erschossen. Die eigentlichen Hintermänner dagegen haben wir nie erwischt.«

»Sie haben es gehört, Dick«, sagte Blenkiron. »Sind Sie nun überzeugt, daß es sich nicht um Phantastereien eines alten melodramatischen Yankees handelt? Ich will Ihnen noch etwas erzählen. Sie wissen, wie Ivery die Sache mit den U-Booten von England aus aufzog. Ferner waren es die Wildvögel, die Rußland zur Strecke brachten. Ivery war es, der den Bolschewisten Geld gab, damit sie die Armee verführten; aber die Bolschewisten verwendeten das Geld zu eigenen Zwecken, weil sie glaubten, sie spielten um ihre eigene Sache, während er die ganze Zeit wie ein Teufel grinste, denn es war immer sein Spiel. Ivery oder irgendein anderer aus dieser Gruppe war es, der jene Brigaden ausschaltete, die bei Caporetto versagten. Wenn ich begönne, Ihnen die Geschichte dieser Leute zu erzählen, würden Sie nicht zu Bett kommen, und wenn Sie ins Bett kämen, könnten Sie nicht einschlafen ... So sieht es also aus. Jede zu Ende geführte Teufelei, die die

Deutschen seit August 1914 unter den Alliierten ausgeheckt haben, war das Werk der Wildvögel und mehr oder weniger von Ivery organisiert. Diese Leute sind für Ludendorff so viel wie ein halbes Dutzend Armeecorps wert. Sie sind die einflußreichsten Giftmischer, die es je gegeben hat, und haben Nerven wie Drahtseile ...«

»Ich weiß nicht«, unterbrach ich ihn. »Ivery hat eine schwache Stelle. Ich habe ihn im U-Bahnhof beobachtet.«

»Das mag sein, aber dennoch besitzt er jene Art von Nerven, die erforderlich ist. Und jetzt nehme ich an, daß er seine Leute zusammenholt.«

Blenkiron schlug in einem Notizbuch nach. »Pavia – das ist der Argentinier – fuhr im vergangenen Monat nach Europa. Auf den Westindischen Inseln verließ er den Küstendampfer, und vorübergehend haben wir seine Spur verloren, aber fest steht, daß er seine Jagdgründe verlassen hat. Was bedeutet das Ihrer Ansicht nach?

Es bedeutet«, fuhr Blenkiron ernst fort, »daß das Spiel nach Meinung Iverys nahezu beendet ist. Die ganze Sache treibt jetzt ihrem Höhepunkt zu ... Und dieser Höhepunkt bedeutet für die Alliierten den Zusammenbruch, wenn wir uns nicht einschalten.«

»Richtig«, sagte ich. »Deswegen bin ich hier. Was also soll geschehen?«

»Die Wildvögel dürfen ihre Heimat nicht erreichen, und der Mann, der sich Ivery, Bommaerts oder Chelius nennt, muß sterben. Das ist ein kaltblütiger Vorschlag, aber wenn er nicht verschwindet, bricht die Welt zusammen. Bevor er jedoch von der Erdoberfläche verschwindet, müssen wir noch einiges über seine Pläne herausbekommen, und das bedeutet, daß wir ihn nicht einfach mit einer Pistole umlegen können. Außerdem müssen wir ihn erst einmal finden. Wir vermuten, daß er sich in der Schweiz aufhält, und in der Schweiz ist es einfach, irgendwo unterzutauchen ... Dennoch nehme ich an, daß wir ihn finden werden. Dabei handelt es sich jedoch um eine Angelegenheit, die genauso sorgfältig wie eine Schlacht geplant werden muß. Ich werde in meiner alten Verkleidung nach Bern zurückkehren und die Sache leiten, und die Befehle erteile ich. Sie sind das gehorsame Kind, Dick; ich rechne also nicht damit, daß es hier irgendwelche Schwierigkeiten gibt.«

Dann tat Blenkiron etwas Ominöses. Er zog sich einen kleinen Tisch heran und begann eine Patience zu legen. Seit sein Zwölffingerdarm wieder in Ordnung war, schien er diese Angewohnheit fallengelassen zu haben, und als er sie jetzt wiederaufnahm, schloß ich daraus, daß ihm nicht ganz wohl war. Ich sehe das Bild noch vor mir, als wäre es gestern gewesen: der französische Colonel in einem Sessel, eine Zigarette rauchend, die in einer langen Bernsteinspitze steckte, während Blenkiron aufrecht auf der Vorderkante der mit gelber Seide bezogenen Ottomane saß, die Karten auslegte und mich schuldbewußt ansah.

»Peter wird Ihnen Gesellschaft leisten«, sagte er. »Peter ist ein deprimierter Mann, besitzt aber ein großes Herz, und mir hat er bereits sehr große Dienste geleistet. In allernächster Zeit soll er nach England gebracht werden. Die Behörden fürchten ihn, denn er braust sehr schnell auf, und seine Gesundheit ist schuld daran, daß er den Briten gegenüber kritisch eingestellt ist. Aber auf dieser Welt herrscht sehr viel Bürokratismus, und die Befehle für seine Rückführung werden noch auf sich warten lassen.« Sehr langsam und bewußt zwinkerte Blenkiron mit seinem linken Auge.

Ich fragte, ob ich mit Peter zusammensein würde – eine Aussicht, die ich sehr begrüßte.

»Natürlich. Sie und Peter übernehmen bei dieser Angelegenheit die Deckung. Das eigentliche Spiel findet jedoch ohne Sie statt.«

Ich hatte eine Ahnung, daß noch irgend etwas käme, irgend etwas Besorgniserregendes und Unerfreuliches.

»Ist Mary beteiligt?« fragte ich.

Er nickte und schien sich zusammenzunehmen, um eine Erklärung zu geben. »Hören Sie zu, Dick. Unsere Hauptaufgabe besteht darin, Ivery auf alliierten Boden zurückzuholen, damit wir ihn in die Zange nehmen können. Und es gibt nur einen einzigen Magneten, der das tun könnte. Das wollen Sie doch wohl nicht leugnen.«

Ich spürte, wie mein Gesicht dunkelrot wurde, und in meinem Kopf begann der gräßliche Hammer zu klopfen. Zwei ernste, geduldige Augen erwiderten meinen Blick.

»Verdammt will ich sein, wenn ich so etwas erlaube!« rief ich. »In dieser Angelegenheit habe ich auch das Recht, ein Wort mitzureden. Ich erlaube nicht, daß Mary den Köder spielt. Das wäre erniedrigend für sie.«

»Es ist nicht schön, aber der ganze Krieg ist nicht schön, und das, was wir tun, ebenfalls nicht. Als ich noch jung und unschuldig war, wäre ich wie eine Rose errötet, hätte ich mir ausgemalt, was ich in den letzten drei Jahren alles getan habe. Aber sehen Sie eine andere Möglichkeit, Dick? Ich bin nicht stolz und werde den Plan sofort fallenlassen, wenn Sie mir eine andere Möglichkeit zeigen ... Nacht für Nacht habe ich die Sache ausgearbeitet, und eine bessere Möglichkeit finde ich nicht ... Menschenskind, Dick, das sieht Ihnen so gar nicht ähnlich!« Und dabei grinste er reumütig. »Sie sind Junggeselle, spielen sich hier so auf – und das in Kriegszeiten. Wie sagt doch der Dichter?

Weiße Hände umklammern den Zügel,
während der Sporn vom Absatz rutscht!«

Ich war wütend, merkte jedoch genau, daß es keinen Sinn hatte. Blenkiron hörte mit seiner Patience auf, wischte die Karten vom Tisch und stellte sich breitbeinig auf den Kaminvorleger.

»Sie sind nie ein richtiger Spieler gewesen. Was aber bedeutet Pflicht, wenn man sie nicht über alles setzt? Was hat es für einen Sinn, dauernd über sein Land zu reden, wenn man Vorbehalte hat, sobald dieses Land von einem alles verlangt? Was hat es für einen Sinn, den Krieg zu gewinnen, wenn man nicht alles, was man besitzt, einzusetzen bereit ist? Sie erinnern mich an die Leute in den englischen Romanen, die die Hände ringen und sagen, alles läge bei Gott, und das Ganze dann als ›Durchhalten‹ bezeichnen ... Nein, Dick, diese Art von Pflichterfüllung verdient keinen Segen. Man darf nichts zurückhalten, wenn man seine Seele retten will.

Abgesehen davon«, fuhr er fort, »was ist das für ein Mädchen! Sie hat vor nichts Angst, und nichts kann sie berühren. Sie ist weißglühende Jugend und Unschuld, und sie nimmt genausowenig Schaden wie blinkender Stahl in einem Misthaufen.«

Ich wußte, daß ich im Unrecht war, aber mein Stolz war verletzt.

»Ich werde meine Zustimmung erst geben, wenn ich mit Mary gesprochen habe.«

»Miss Mary hat sich bereits einverstanden erklärt«, sagte er ruhig. »Der Plan stammt von ihr.«

Am nächsten Tag fuhr ich Mary bei klarem blauem Himmel, wie man ihn sonst erst im Mai antrifft, nach Fontainebleau. Zu Mittag aßen wir in dem Gasthaus an der Brücke, und dann wanderten wir durch den Wald. Ich hatte nicht viel geschlafen, denn mich quälte das, was ich für Sorge um sie hielt, was aber in Wirklichkeit Eifersucht auf Ivery war. Ich glaube nicht, daß ich mich gewehrt hätte, wenn sie ihr Leben riskiert hätte, denn das gehörte zu dem Spiel, an dem wir beide beteiligt waren; ich scheute jedoch die Vorstellung, daß Ivery wieder in ihrer Nähe sein könnte. Immer wieder sagte ich mir, es wäre ehrenhafter Stolz, aber tief im Innern wußte ich, daß es nur Eifersucht war.

Ich fragte sie, ob sie Blenkirons Plan akzeptiert hätte, und sie sah mich schelmisch an.

»Ich wußte, daß du mir eine Szene machen würdest, Dick. Das habe ich Blenkiron bereits gesagt ... Natürlich war ich einverstanden. Ich habe sogar nicht einmal allzu große Angst. Ich gehöre zu euch und muß meine Rolle spielen. Die Arbeit eines Mannes kann ich nicht tun; desto mehr Grund besteht dazu, das zu leisten, was ich leisten kann.«

»Aber das ist doch so ...«, stammelte ich. »Es ist so degradierend für ein Kind wie dich. Ich kann es nicht ertragen ... Wenn ich daran denke, werde ich wahnsinnig.«

Ihre Antwort war ein glückliches Lachen.

»Du bist ein richtiger Haremswächter, Dick. Noch hast du Cape Turk nicht umschifft, und um Seraglio Point bist du meiner Ansicht nach auch noch nicht herum. Frauen sind nicht so zerbrechlich, wie die Männer immer glauben. Das waren sie nie, und durch diesen Krieg sind sie noch viel zäher geworden. Mein Gott, Liebster, wir sind heute das zähere Geschlecht. Wir müssen warten und dulden, und auf dem Amboß der Geduld hat man so auf uns eingehämmert, daß wir sämtliche Schwermut verloren haben.«

Sie legte ihre Hände auf meine Schultern und blickte mir in die Augen.

»Sieh mich an, Dick, sieh deine zukünftige angetraute Heilige an. Nächsten August werde ich neunzehn. Vor dem Krieg hätte ich jetzt lediglich mein Haar hochgesteckt. Ich hätte zu jenen bebenden Debütantinnen gehört, die erröten, wenn man sie anspricht, und über das Leben hätte ich mir fürchterlich alberne Gedanken gemacht ... In den letzten beiden Jahren habe ich jedoch mitten im Leben und in der Nähe des Todes gestanden. Ich habe Sterbende gepflegt. Ich habe Menschenseelen im Todeskampf und im Triumph erlebt. England hat mir erlaubt, ihm so zu dienen, wie seine Söhne ihm dienen. Nein, ich bin heute eine robuste junge Frau, und außerdem bin ich überzeugt, daß die Frauen schon immer robuster als die Männer waren ... Dick, lieber Dick, wir lieben uns, aber wir sind auch Kameraden – immer Kameraden, und Kameraden haben Vertrauen zueinander.«

Dazu konnte ich nichts sagen, sondern konnte nur Zerknirschung zeigen, denn sie hatte mir eine Lektion erteilt. In meinen Gedanken war ich dem Ernst unserer Aufgabe davongelaufen, und Mary hatte mich wieder zu ihr zurückgeführt. Ich erinnere mich noch, daß wir auf unserem Spaziergang durch die Waldung an eine Stelle kamen, an der nichts auf den Krieg hinwies. Überall sonst waren Männer dabei, Bäume zu fällen, standen Flugzeugabwehrgeschütze und gelegentlich ein Lastwagen, und in der Ferne waren in der nachmittäglichen Dämmerung die Dächer eines alten Wohnhauses zu erkennen, das in einem großen Garten stand.

Mary hakte sich bei mir ein, während wir den Frieden dieses Bildes in uns aufnahmen.

»Genau das wartet am Ende der Straße auf uns, Dick«, sagte sie sanft.

Und während sie sich umsah, spürte ich, wie ihr Körper bebte. Sie kehrte zu der seltsamen Vorstellung zurück, die sie vor drei Tagen im Wald von St. Germain erlebt hatte.

»Irgendwo wartet es auf uns, und mit Sicherheit werden wir es finden ... Aber vorher müssen wir noch durch das Tal der Schatten ... Und ein Opfer wird von uns verlangt ... das Beste von uns.«

15

ST. ANTON

Zehn Tage später verließ der Dienstmann Josef Zimmer aus Arosa – mit einer derben und unförmigen Hose bekleidet, wie es seinem Stand entsprach, dazu eine alte sportliche Manchesterjacke, die ein früherer deutscher Herr ihm vermacht hatte – den kleinen Bahnhof von St. Anton und blinzelte in den eisigen Sonnenschein. Er sprach im gutturalen Graubündener Tonfall, und seine Habseligkeiten befanden sich in einem einzigen großen Rucksack. Er blickte auf das alte Dorf neben dem zugefrorenen See hinunter, aber sein eigentliches Ziel war das neue Dorf aus Hotels und Villen, das in den letzten zehn Jahren südlich des Bahnhofs entstanden war. Verschiedentlich blieb er stehen und fragte das Bahnhofspersonal, bis ein draußen wartender Droschkenkutscher ihm endgültig jene Richtung wies, die er suchte: das Häuschen der Witwe Summermatter, wo ein englischer *interné*, ein gewisser Peter Pienaar, wohnte.

Der Dienstmann Josef Zimmer hatte eine lange und umständliche Reise hinter sich. Vierzehn Tage zuvor hatte er noch die Uniform eines britischen Generalmajors getragen. Als solcher hatte er in einem teuren Pariser Hotel gewohnt, bis er eines Morgens, im grauen Tweed-Anzug und leicht humpelnd, den Paris–Mittelmeer-Expreß mit einem Marschbefehl für das Offiziers-Erholungsheim in Cannes bestiegen hatte. Danach war er auf der gesellschaftlichen Skala abgestiegen. In Dijon war er zwar immer noch Engländer gewesen, aber in Pontarlier war er zu einem amerikanischen Handelsreisenden schweizerischer Abstammung geworden, der in die Heimat zurückkehrte, um den Nachlaß seines Vaters aufzulösen. In Bern hatte er auffällig gehumpelt, und in Zürich hatte er sich, in einem kleinen abgelegenen Hotel, endgültig in einen Bauern verwandelt. Denn dort hatte er einen Freund getroffen, von dem er Kleidungsstücke mit jenem seltsamen starken Geruch erwarb, der viel stärker als Harris-Tweed riecht und die Kleidung der meisten schweizerischen Fremdenführer und sämtlicher schweizerischer Dienstmänner kennzeichnet. Außerdem bekam er einen neuen Namen und eine alte Tante, die ihn wenig später mit offenen Armen empfing und ihren Freunden gegenüber erklärte, er wäre der Sohn ihres Bruders in Arosa, der sich vor drei Wintern das Bein beim Holzfällen verletzt hätte und deswegen von der Einberufung verschont geblieben wäre.

Ein freundlicher schweizerischer Herr hatte, wie der Zufall es wollte, von dem verdienten Josef gehört und sich darum gekümmert, eine Beschäftigung für ihn zu finden. Dieser Menschenfreund hatte es sich zur Aufgabe gemacht, sich der französischen und britischen Gefangenen anzunehmen, die aus Deutschland zurückkehrten, und er hatte an einen Offizier, einen mürrischen Südafrikaner mit einer Beinverwundung, gedacht, der einen Diener benötigte. Anscheinend handelte es sich um einen mißlaunigen Burschen, der allein untergebracht war, und da er deutsch sprechen konnte, nahm man an, daß ein gebürtiger Schweizer ihn glücklich machen würde. Josef versuchte noch, den Lohn in die Höhe zu treiben, aber auf Rat seiner Tante nahm er die Stelle an, und mit vollzähligen Papieren sowie einem Vorrat vorbereiteter Erinnerungen (er hatte einige Zeit gebraucht, die Namen der Berge und Pässe zu lernen, die er bestiegen hatte), brach er nach St. Anton auf, nachdem er vorher einen von Fehlern strotzenden Brief aufgegeben hatte, der seine Ankunft ankündigte. Er konnte kaum lesen und schreiben, war jedoch gut im Kartenlesen, was er gründlich gelernt hatte, und mit Befriedigung stellte er fest, daß man durch das Tal von St. Anton leicht nach Italien gelangen konnte.

Während seiner Reise nach Süden hätten die Gedanken dieses Dienstmannes seine Mitreisenden in dem stickigen Abteil dritter Klasse sicherlich überrascht. Er dachte an eine Unterhaltung, die er einige Tage vorher mit einem jungen Engländer, der nach Modane wollte, in einem Café in Dijon gehabt hatte ...

Zufällig waren wir aufeinandergeprallt, wie es gelegentlich geschieht, wenn man zu verschiedener Zeit zu verschiedenen Zielen reist und nicht fragt, was der andere vorhat. Wake hatte mich ziemlich beschämt begrüßt und vorgeschlagen, daß wir gemeinsam zu Abend äßen.

Es ist mir peinlich, Entschuldigungen entgegenzunehmen, und Wakes Entschuldigungen brachten mich mehr in Verlegenheit als ihn. »Gelegentlich führe ich mich wie ein Flegel auf«, sagte er. »Sie wissen, daß ich ein umgänglicherer Mann bin, als es an jenem Abend schien, Hannay.«

Ich murmelte, er sollte keinen Unsinn reden – also das übliche. Sorge bereitete mir, daß der Mann litt. Man sah es seinen Augen an. An jenem Abend kam ich Wake jedoch näher als je zuvor, und wir wurden wahre Freunde, denn er legte seine Seele vor mir bloß. Das war es, was ihn bedrückte, daß er seine Seele bloßlegen konnte, denn normale gesunde Leute analysieren ihre Gefühle nicht. Wake tat es, und meiner Ansicht nach erleichterte es ihn.

»Glauben Sie bitte nicht, daß ich jemals Ihr Rivale war. Ich hätte Mary genausowenig einen Heiratsantrag gemacht, wie ich eine ihrer Tanten geheiratet hätte. Sie war ihrer selbst so sicher und in ihrer Aufrichtigkeit so glücklich, daß sie mich dadurch erschreckte. Männer meines Typs sind für die Ehe nicht geeignet, denn Frauen müssen immer im Mittelpunkt des Lebens stehen, während wir im Hintergrund bleiben und zusehen. Es ist schon verdammt schwer, als unbeholfener Mann auf die Welt gekommen zu sein.«

»Die Schwierigkeit bei Ihnen, lieber Freund«, sagte ich, »liegt darin, daß man es Ihnen nur selten recht machen kann.«

»So kann man es auch nennen. Ich würde es derber ausdrücken. Ich hasse mehr, als ich liebe. Bei uns Menschenfreunden und Pazifisten ist Haß die Haupttriebfeder. Merkwürdig, nicht wahr, bei Leuten, die Bruderliebe predigen? Aber es stimmt. Wir sind von Haß erfüllt gegenüber allem, was mit unseren Vorstellungen nicht übereinstimmt, was uns auf die so empfindlichen Nerven geht. Männer wie Sie sind in eine Sache so verliebt, daß sie weder Zeit noch Neigung haben, das zu verabscheuen, was sie plagt. Wir dagegen haben keine Sache, sondern nur Negativa, und das bedeutet Haß, Selbstquälerei und eine von üblem Neid erfüllte Seele.«

In diesem Moment wußte ich, daß Wakes Fehler nicht geistiger Hochmut war, wie ich in Biggleswick angenommen hatte. Der Mann war von Demut gedemütigt.

»Ich sehe mehr als andere Menschen«, fuhr er fort, »und ich empfinde mehr. Das ist der Fluch, der auf mir liegt. Sie sind ein glücklicher Mann und vollbringen Dinge, weil Sie immer nur die eine Seite der Angelegenheit sehen, immer nur ein Ding zu seiner Zeit. Was würden Sie wohl sagen, wenn tausend Drähte ständig an Ihnen zerrten, wenn Sie sähen, daß alles die Opferung bezaubernder und wünschenswerter Dinge und manchmal sogar die Zerstörung dessen bedeutet, was – wie Sie genau wissen – unersetzbar ist? Ich bin aus dem Stoff, aus dem Dichter geschaffen sind, besitze jedoch nicht die Gaben des Dichters, und so stolpere ich unbeholfen durch die Welt ... Nehmen Sie zum Beispiel den Krieg. Kämpfen zu müssen – das wäre für mich schlimmer als für andere, weglaufen zu müssen. Im Grunde meines Herzens glaube ich, daß der Krieg nicht notwendig gewesen wäre, daß er nur eine geißelnde Gemeinheit ist. Und dennoch hat der Glaube mit Tugend sehr wenig zu tun. Als Mensch bin ich nicht so gut wie Sie, Hannay, der Sie in Ihrem Leben nie etwas zu Ende gedacht haben. Meine Zeit im Arbeitsbataillon hat mich etwas gelehrt. Ich weiß, daß ich trotz meines großartigen Strebens als Mann weniger wert war als jene Kerle, deren Gespräche aus albernen Flüchen bestanden und die sich um ihre Seele nicht die geringsten Sorgen machten.«

Ich erinnere mich, daß ich ihn mit plötzlichem Verständnis ansah. »Ich glaube, ich verstehe Sie. Sie gehören zu den Menschen, die für ihr Land nicht kämpfen wollen, weil sie nicht überzeugt sein können, daß ihr Land auch völlig im Recht ist. Aber ob Recht oder Unrecht – sterben würden Sie für Ihr Land freudig.«

Sein Gesicht entspannte sich zu einem leisen Lächeln.

»Merkwürdig, daß ausgerechnet Sie so etwas sagen. Ich glaube, daß es der Wahrheit ziemlich nahe kommt. Männer wie ich fürchten sich nicht vor dem Tod, haben aber auch nicht genügend Mut zum Leben. Jeder müßte eigentlich, wie Sie, bei den Soldaten glücklich sein, wo er Befehlen gehorcht. Aber ich könnte es nicht. Mir fehlt der Sinn für Verehrung. Ich kann Dinge nicht hinnehmen, nur weil man es mir befohlen hat. Leute meiner Art reden immer über Dienst, haben aber zum Dienen nicht das richtige Temperament. Alles, was ich habe, würde ich dafür geben, wenn ich ein einfaches Rädchen im Getriebe sein könnte; statt dessen bin ich dazu verdammt, draußen zu stehen und den Fehler im Getriebe zu suchen ... Nehmen Sie einen kräftigen und aktiven Mann wie Sie. Sie können sich aufgeben, bis Sie nur noch ein Name und eine Nummer sind. Ich könnte es nicht, auch wenn ich es versuchte. Außerdem bin ich mir nicht sicher, ob ich es überhaupt wollte. Ich klammer mich an jene Kleinigkeiten, die mir gehören.«

»Ich wünschte, ich hätte Sie vor einem Jahr in meinem Bataillon gehabt«, sagte ich.

»Lieber nicht. Mit mir hätten Sie nur Ärger gehabt. Seit Oxford gehöre ich zwar zu den Fabiern, aber Sie sind ein besserer Sozialist als ich. Ich bin ein längst überfälliger Individualist.«

»Ihre Meinung über den Krieg muß sich aber geändert haben«, sagte ich.

»Nicht die Spur. Ich fordere immer noch die Köpfe jener Politiker, die ihn begonnen haben und ihn fortsetzen. Aber ich möchte meinem Lande helfen. Ehrlich, Hannay, ich liebe mein Land. Mehr, glaube ich, als mich selbst, und das bedeutet wirklich eine ganze Menge. Kämpfen möchte ich nicht, denn das wäre für mich eine Sünde wider den Heiligen Geist, aber sonst bin ich zu allem bereit. Und vergessen Sie nicht, daß ich es nicht gewöhnt bin, mit anderen zusammenzuarbeiten. Und sollte ich mich danebenbenehmen, hauen Sie mir eine um die Ohren.«

Seine Stimme klang fast sehnsüchtig, und ich mochte ihn sehr.

»Blenkiron wird sich darum kümmern«, sagte ich. »Wir werden Ihnen den Sattel schon auflegen, Wake, und dann werden Sie ein glücklicher Mensch sein. Beschäftigen Sie sich nur noch mit der Aufgabe und nicht mehr mit sich selbst. Das ist die Art, wie man ein störrisches Pferd zähmt.«

Während ich nach St. Anton reiste, dachte ich sehr viel an dieses Gespräch. Was Mary anging, die ihn nie geheiratet hätte, war er völlig im Recht. Ein Mensch mit einer so kantigen Seele paßt nicht zu einem anderen. Und dann sagte ich mir, daß der wichtigste Punkt bei Mary ihre ernste Sicherheit war. Ihre Augen hatten jenen gesammelten glücklichen Ausdruck, den gesehen zu haben ich mich nur bei einem anderen Menschen erinnerte, und zwar bei Peter ... Gern hätte ich gewußt, ob Peters Augen sich verändert hatten.

Ich fand das Häuschen, ein kleines Holzhaus, das man auf seinem Hügel stehen gelassen hatte, als in der Umgebung die großen Hotels entstanden. Vorne hatte es einen Zaun, aber nach hinten war es bis zum Hang offen. Am Tor stand eine gebeugte alte Frau mit einem Gesicht wie ein Apfel. Meine Aufmachung muß gut gewesen sein, denn sie akzeptierte mich, bevor ich mich vorgestellt hatte.

»Gott sei Dank, daß Sie gekommen sind«, sagte sie. »Der arme Leutnant braucht jemanden, der ihm Gesellschaft leistet. Er schläft gerade, wie jeden Nachmittag, denn nachts macht sein Bein ihm zu schaffen ... Aber er ist tapfer wie ein Soldat ... Kommen Sie, ich zeige Ihnen das Haus, denn ab jetzt werden Sie beide allein sein.«

Vorsichtig auftretend, ging sie voraus in das Haus und deutete zu dem kleinen Schlafzimmer hinüber, in dem Peter schlief. In der Küche entdeckte ich einen großen Herd und einen derben Holzfußboden, der mit schlechtgegerbten Fellen bedeckt war. Dahinter lag eine Art Speisekammer mit einem Bett für mich. Sie zeigte mir Töpfe und Pfannen sowie die Vorräte, die sie mitgebracht hatte, und wo Wasser und Holz zu finden waren. »Die täglichen Einkäufe mach ich«, sagte sie, »und wenn Sie mich brauchen – ich wohne einige hundert Meter weiter, hinter der neuen Kirche. Gott schütze Sie, junger Mann, und seien Sie nett zu dem Verwundeten.«

Als die Witwe Summermatter gegangen war, setzte ich mich in Peters Sessel und sah mich um. Es war ruhig, einfach und gemütlich, und durch das Fenster drang das Funkeln des Schnees von den verschneiten Bergen. Auf dem Tisch neben dem Herd lagen die Habseligkeiten, die Peter am Herzen lagen: der Beutel aus Wildleder, die Pfeife, die Jannie Grobelaar ihm in St. Helena geschnitzt hatte, ein Zündholzbehälter aus Aluminium, den ich ihm geschenkt hatte, eine billige Bibel mit großem Druck, wie Geistliche sie gläubigen Soldaten schenken, und ein altes zerlesenes Exemplar von *Pilgrim's Progress* mit bunten Illustrationen. Das Bild, bei dem ich das Buch aufschlug, zeigte Faithful, der aus dem Feuer des Vanity Fair wie eine aufgestöberte Schnepfe gen Himmel steigt. Alles in dem Zimmer war auffallend sauber, und ich wußte, daß dies das Verdienst Peters und nicht der Witwe Summermatter war. An einem Haken hinter der Tür hing sein vielgeflickter Mantel, und aus einer Tasche ragte ein Bogen einer meiner Briefe. In einer Ecke stand etwas, das ich völlig vergessen hatte: ein Rollstuhl.

Der Anblick von Peters schlichten kleinen Habseligkeiten erweckte in mir ein feierliches Gefühl. Ich überlegte, ob seine Augen jetzt denen Marys ähnelten, denn ich konnte mir nicht vorstellen, was das Leben als Krüppel für ihn bedeutete. Äußerst vorsichtig öffnete ich die Schlafzimmertür und schlüpfte hinein.

Er lag auf einem Feldbett, und eine jener gestreiften schweizerischen Decken hatte er bis zu den Ohren hochgezogen und schlief fest. Es war der alte Peter, daran bestand kein Zweifel. Er besaß die Gabe des Jägers, gleichmäßig durch die Nase zu atmen, und die weiße Narbe auf der tiefgebräunten Stirn war mir ebenfalls noch genau in Erinnerung. Die einzige Veränderung, seit ich ihn zuletzt gesehen hatte, bestand darin, daß er sich wieder einen Bart hatte wachsen lassen, und dieser Bart war grau.

Während ich ihn betrachtete, kehrte die Erinnerung an

all das, was wir gemeinsam erlebt hatten, zu mir zurück, und aus Freude, wieder bei ihm zu sein, hätte ich schreien können. Frauen – Gott segne ihre Herzen – können einfach nicht wissen, was Männern eine lange Kameradschaft bedeutet; es gehört nicht zu ihrem Leben, gehört lediglich in jene wilde ungezähmte Welt, der wir abschwören, wenn wir die richtige Frau für uns gefunden haben. Selbst Mary verstand davon nur sehr wenig. Ich hatte gerade ihre Liebe gewonnen, das Größte, was mir jemals begegnete, aber wäre sie in diesem Augenblick eingetreten, hätte ich wohl nicht einmal den Kopf gedreht. Ich war wieder im alten Leben und dachte nicht an das neue.

Plötzlich merkte ich, daß Peter wach war und mich ansah.

»Dick«, sagte er flüsternd, »Dick, mein alter Freund.«

Die Decke wurde weggeschleudert, und seine langen hageren Arme streckten sich mir entgegen. Ich ergriff seine Hände, und eine Zeitlang sprachen wir nicht. Dann sah ich, wie schrecklich er sich verändert hatte. Sein linkes Bein war mager, und vom Knie abwärts war es nur noch so dünn wie ein Rohr. In wachem Zustand zeigte sein Gesicht die Linien großer Leiden, und er schien gut zehn Zentimeter kleiner geworden zu sein. Aber seine Augen ähnelten tatsächlich denen Marys. Allerdings schienen sie geduldiger und friedfertiger als zu jener Zeit, wo er neben mir auf dem Jagdwagen gesessen und das Jagdveld beobachtet hatte.

Ich hob ihn hoch – er war nicht schwerer als Mary – und trug ihn zu seinem Sessel neben dem Herd. Dann setzte ich Wasser auf und bereitete uns Tee, wie wir es so oft zusammen getan hatten.

»Peter, alter Freund«, sagte ich, »wir sind wieder auf einem Treck, und das hier ist ein sehr gemütliches kleines *rondavel.* Viele gute Geschichten haben wir uns bisher erzählt, aber das wird die beste. Vor allem – wie steht es mit deiner Gesundheit?«

»Gut. Ich bin wieder kräftig, wenn auch langsam wie ein Nilpferd. Manchmal war ich einsam, aber das ist jetzt vorbei. Erzähle von deinen großen Schlachten.«

Seine Erlebnisse dagegen interessierten mich viel mehr, und ich fragte ihn danach. Über seine Behandlung klagte er nicht, abgesehen davon, daß er die Deutschen nicht mochte. Die Ärzte im Lazarett wären tüchtig gewesen, sagte er, und hätten in seinem Fall ihr Bestes getan, aber Nerven, Sehnen und Gelenke wären so zerstört gewesen, daß auch sie sein Bein nicht flicken konnten, während Peter – wie jeder Bure – eine Amputation verabscheute. Einer der Ärzte war früher in Damaraland gewesen und sprach mit ihm über die ausgedörrten, von der Sonne verbrannten Flächen, so daß er Heimweh bekam. Aber immer wieder kehrte er zu der Abneigung zurück, die er für die Deutschen empfand. Er hatte erlebt, daß sie unsere Soldaten wie Herdenvieh zusammentrieben, und der Lagerkommandant hatte ein Gesicht wie Stumm und ein ausgeprägtes Kinn, das zu einem Kinnhaken förmlich reizte. Eine Ausnahme machte Peter bei Lensch, dem großen Piloten, der ihn abgeschossen hatte.

»Er ist ein anständiger Kerl, der einzige«, sagte er. »Er hat mich im Lazarett besucht und mir sehr viel erzählt. Meiner Ansicht nach hat er dafür gesorgt, daß ich gut behandelt wurde. Er ist ein großer Mann, Dick, gegen den ich nicht ankomme, und er hat ein rundes fröhliches Gesicht und helle Augen wie Frickie Celliers, der einen Cojoten auf zweihundert Meter mit einem Kopfschuß erlegte. Er sagte, es täte ihm leid, daß mein Bein nicht wieder in Ordnung käme, denn er hätte gehofft, noch weitere Kämpfe mit mir auszufechten. Irgendeine Wahrsagerin hätte gesagt, ich würde sein Tod sein, aber er glaubte, sie hätte es verkehrt herum gesehen. Hoffentlich übersteht er diesen Krieg, denn er ist ein guter Mann, wenn auch ein Deutscher ... Aber die übrigen! Sie sind wie der Tor in der Bibel, fett und häßlich im Glück, stolz und boshaft, wenn das Glück sie verläßt. Es sind keine Leute, mit denen man glücklich sein kann.«

Dann erzählte er mir, daß er sich, um nicht schwermütig zu werden, ein Spiel ausgedacht hatte. Voller Stolz hatte er immer angegeben, Bure zu sein, und von den Briten abfällig gesprochen. Vermutlich hatte er außerdem einiges erfunden, was die Deutschen irritieren sollte. So hatte er Deutschland mit einer guten Beurteilung verlassen, und in der Schweiz hatte er sich, auf Rat Blenkirons, der ihn aufgesucht hatte, nachdem er kaum die Grenze überquert hatte, von den übrigen britischen Verwundeten ferngehalten. Wahrscheinlich war Blenkiron es gewesen, der ihn nach St. Anton geschickt hatte, und als mißgelaunter Bure hatte er sich in dieser Zeit viel mit Deutschen abgegeben. Sie hatten ihn nach der britischen Luftwaffe ausgefragt, und Peter hatte ihnen viele geschickte Lügen aufgetischt und dafür merkwürdige Dinge erfahren.

»Sie arbeiten schwer, Dick«, sagte er. »Vergiß das nie. Die Deutschen sind ein zäher Gegner, und wenn wir ihnen mit einer Maschine überlegen sind, geben sie keine Ruhe, bis sie selbst eine neue entwickelt haben. Sie besitzen großartige Piloten, aber nicht so gute wie wir, und ich glaube nicht, daß sie uns im gewöhnlichen Kampf jemals schlagen können. Aber auf Lensch muß man achtgeben, denn ihn fürchte ich. Wie ich hörte, hat er eine neue Maschine mit starkem Motor und kurzer Flügelspannweite, und die Tragflächen sind so geschwungen, daß die Maschine sehr schnell steigen kann. Sie soll für uns überraschend eingesetzt werden. Du brauchst nicht zu betonen, daß wir wenig später eine bessere besitzen werden. Das nehme ich als sicher an, aber wenn sie zu einem Zeitpunkt eingesetzt wird, zu dem wir schwer bedrängt werden, könnte sie den kleinen Unterschied bedeuten, der verlorene Schlachten ausmacht.«

»Du meinst«, sagte ich, »daß Lensch und sein Zirkus, wenn wir vor einem großen Angriff stehen und sämtliche deutschen Flugzeuge von der Front verjagt hätten, trotzdem auftauchen und unsere Absichten entdecken könnte?«

»Ja«, sagte er ernst. »Oder wenn wir angegriffen werden und haben irgendwo eine schwache Stelle, könnte Lensch den Deutschen sagen, wo sie durchbrechen müßten. Ich glaube nicht, daß wir in nächster Zeit angreifen werden; ich bin aber ziemlich überzeugt, daß Deutschland jeden Mann gegen uns werfen wird. Wenigstens reden so meine Freunde, und sie bluffen nicht.«

An jenem Abend bereitete ich uns ein bescheidenes Abendbrot, und wir rauchten unsere Pfeifen, während die Herdtür offen stand und der gute Geruch brennenden Holzes uns in die Nase stieg. Ich erzählte ihm von meinen Taten, von den Wildvögeln, von Ivery und der Aufgabe, mit der wir gerade beschäftigt waren. Blenkirons Anweisungen lauteten, daß wir beide unauffällig bleiben, aber Augen und Ohren offenhalten sollten, denn wir stünden außerhalb jeglichen Verdachts – der mürrische lahme Bure und dessen einfältiger Diener aus Arosa. Irgendwo hatten die Deutschen in diesem Dorf einen Treffpunkt, und dorthin kam auch Chelius mit seinen finsteren Aufträgen.

Peter nickte weise mit dem Kopf. »Ich kann mir schon denken, wo es ist. Die Tochter der alten Frau schob mich manchmal zum Dorf hinunter, und ich habe in billigen Gasthöfen gesessen und mit den Dienstleuten geredet. In der Gegend befindet sich ein Frischwasser-Reservoir, und daneben steht ein großes Haus, das sie das Rosa Chalet nennen. Viel weiß ich darüber nicht, ausgenommen, daß reiche Leute in dem Haus wohnen; aber die übrigen Häuser kenne ich, und sie sind harmlos. Auch die großen Hotels, in denen es zu kalt ist und wo Fremde sich unbeobachtet nicht treffen können.«

Ich brachte Peter zu Bett, und für mich war es eine Freude, ihn zu versorgen, ihm seine Mittel zu geben und die Wärmeflasche vorzubereiten, die seine Neuralgie linderte. Sein Verhalten war das eines fügsamen Kindes, und nie verlor er seine heitere Stimmung, obgleich ich merkte, daß das Bein ihn sehr schmerzte. Man hatte es mit Massagen versucht, es jedoch wieder aufgegeben, und so blieb ihm nichts anderes übrig, als zu leiden, bis die Natur und seine zähe körperliche Verfassung die gepeinigten Nerven wieder besänftigten. Ich holte mein Bett aus der Speisekammer und schlief ebenfalls in seinem Zimmer, und als ich nachts aufwachte, wie man es in einem fremden Zimmer nun einmal tut, merkte ich an seinem Atem, daß er wach war und Schmerzen hatte.

Am nächsten Tag war ein Rollstuhl zu beobachten, in

dem ein ergrauter Krüppel saß und der von einem hinkenden Bauern den langen Hang zum Dorf hinuntergeschoben wurde. Es herrschte klares Frostwetter, das die Wangen prickeln ließ, und ich fühlte mich so wohl, daß es mir schwerfiel, das Humpeln nicht zu vergessen. Im Osten war das Tal von gewaltigen Fels- und Gletschermassen eingeschlossen, die zu einem Berg gehörten, dessen Gipfel unsichtbar blieb. Aber im Süden, oberhalb der verschneiten Tannenwälder, waren die zarten Umrisse eines Berges sichtbar, dessen Gipfel einer Nadel ähnelte. Mit Interesse betrachtete ich ihn, denn dahinter lag das Tal, das zum Staubpaß führte, und dahinter lag Italien – und wartete Mary.

Durch das alte St. Anton führte eine lange schmale Straße, die im rechten Winkel zu einer Brücke abbog, welche den aus dem See kommenden Fluß überspannte. Von dort an stieg die Straße steil hoch, während das andere Ende der Straße eben am Ufer entlangführte, eingesäumt von spielzeugähnlichen Pensionen, die jetzt zugesperrt waren, und einigen Villen, die in kleinen Gärten standen. Weit entfernt, kurz bevor die Straße in einem Tannenwald verschwand, ragte ein Felsvorsprung fast bis zum See, ließ jedoch zwischen Straße und Wasser noch einen breiten Streifen. Das war die Gegend wohlhabenderer Bewohner, die mehr Komfort liebten; in den Gärten standen schneebedeckte Lorbeerbäume und Rhododendren sowie ein oder zwei größere Bäume. Und unmittelbar am Ufer stand jenes Haus, das das Rosa Chalet genannt wurde.

Ich schob Peter über den knirschenden Schnee der Straße am Eingang vorüber. Durch die Lücken der vorne stehenden Bäume betrachtet, wirkte das Gebäude neu; aber der rückwärtige Teil schien schon etliche Jahre alt zu sein, denn ich entdeckte hohe Mauern, von nur wenigen Fenstern unterbrochen, die über das Wasser hinausragten. Das Haus war weniger ein Chalet als vielmehr ein Berghof, aber den Namen hatte es vermutlich zu Ehren einer hölzernen Galerie über der Haustür erhalten. Das Ganze war in einem häßlichen Rosa gestrichen. Außerdem gab es noch einige Nebengebäude, Garagen oder Ställe, zwischen den Bäumen und an der Einfahrt waren die ziemlich frischen Spuren eines Kraftwagens zu erkennen.

Auf unserem Heimweg tranken wir schlechtes Bier in einem Café und freundeten uns mit der Frau an, der das Café gehörte. Peter mußte ihr seine Geschichte erzählen, ich führte meine Tante in Zürich vor, und schließlich erfuhren wir, was sie bekümmerte. Sie war eine echte Schweizerin, ärgerlich über den Kriegslärm, der ihr den Lebensunterhalt genommen hatte, und am meisten haßte sie Deutschland, das sie auch am meisten fürchtete. Kaffee, Tee, Holz, Brot und sogar Milch und Käse wären schwer zu bekommen und kosteten Unsummen. Jahre würde das Land brauchen, um sich wieder zu erholen, und Touristen würde es wohl nie mehr geben, denn dazu hätte die Welt kein Geld mehr. Ich warf eine Frage nach dem Rosa Chalet ein und erhielt zur Antwort, daß es einem gewissen Schweigler gehörte, einem Professor in Bern, einem alten Mann, der im Sommer manchmal für einige Tage erschien. Häufig war es vermietet, aber nicht jetzt. Auf die Frage, ob es bewohnt wäre, meinte sie, daß Freunde der Schweiglers – reiche Leute aus Basel – zum Winterurlaub gekommen wären. »Sie kommen und gehen in großen Wagen«, sagte sie verbittert, »und ihre Lebensmittel bringen sie aus der Stadt mit. In diesem armen Dorf geben sie kein Geld aus.«

Bald hatten Peter und ich unser Leben so geregelt, als hätten wir schon immer zusammen gehaust. Vormittags fuhr er mit seinem Rollstuhl nach draußen, und nachmittags humpelte ich mit irgendwelchen Aufträgen herum. Wir rückten immer mehr in den Hintergrund und paßten uns ihm an, und ein weniger auffälliges Paar hatte das Auge des Mißtrauens wohl nie erblickt. Einmal in der Woche stattete ein junger schweizerischer Beamter, dessen Aufgabe es war, sich um die britischen Verwundeten zu kümmern, uns einen eiligen Besuch ab. Ich bekam ständig Briefe von meiner Tante in Zürich, die manchmal in Arosa abgestempelt waren, und gelegentlich enthielten diese Briefe merkwürdig formulierte Ratschläge oder Anweisungen jenes Mannes, den meine Tante ›den freundlichen Patron‹ nannte. Allgemein hieß es für mich, Geduld zu haben. Manchmal hörte ich etwas über die Gesundheit »meiner kleinen Cousine jenseits der Berge«. Einmal wurde ich gebeten, einen Freund des Patron zu erwarten, jenen weisen Arzt, von dem er so oft gesprochen hätte, aber obgleich ich danach das Rosa Chalet zwei Tage lang beobachtete, erschien kein Arzt.

Meine Nachforschungen blieben ergebnislos. Nachmittags pflegte ich ins Dorf hinunterzugehen und in einem abgelegenen Café zu sitzen, wo ich in langsamem Deutsch mit Bauern und Gepäckträgern der Hotels sprach, aber zu erfahren gab es nur wenig. Was es über das Rosa Chalet zu erzählen gab, wußte ich, aber es war gleich Null. Ein junger Skiläufer hatte sich dort drei Nächte aufgehalten und die Tage in den Bergen oberhalb der Tannenwälder verbracht. Eine Gruppe von vier Leuten, darunter zwei Frauen, hatte angeblich dort übernachtet, alles Angehörige der reichen Familie aus Basel. Ich studierte das Haus vom See her, auf dem man sehr gut hätte Schlittschuh laufen können, wäre seine Oberfläche gefegt gewesen; aber wegen mangelnder Besucher war der Schnee dicht zusammengeweht. Die hohen alten Mauern des rückwärtigen Hausteils ragten unmittelbar am Ufer auf. Ich erinnere mich, als Abkürzung zur Landstraße durch den Garten gegangen zu sein, wobei mir ein lächelnder deutscher Diener freundlich einen guten Tag wünschte. Auf diese und jene Weise folgerte ich, daß es in dem Haus eine ganze Menge Personal gab – zu viele für die seltenen Gäste. Aber darüber hinaus entdeckte ich nichts.

Nicht, daß ich mich langweilte, denn immerhin konnte ich mich mit Peter beschäftigen. Er dachte sehr viel an Südafrika, und am meisten Spaß machte es ihm, mit mir jede Einzelheit unserer früheren Expeditionen durchzugehen. Sie gehörten zu einem Leben, an das er jetzt ohne Schmerz denken konnte, während der Krieg für ihn noch zu nahe und bitter war. Nach Einbruch der Dunkelheit humpelte er gern hinaus und betrachtete seine alten

Freunde, die Sterne. Er nannte sie mit Namen, wie man sie auf dem Veld gebraucht, und den ersten Morgenstern nannte er *voorlooper* – wie jenen kleinen Jungen, der die Ochsen lenkt: ein Name, den ich zwanzig Jahre lang nicht gehört hatte. An den langen Abenden spannen wir so manches Garn, aber immer ging ich mit betrübtem Herzen zu Bett. Die Sehnsucht in seinen Augen war zu drängend, eine Sehnsucht nicht nach vergangenen Zeiten oder fernen Ländern, sondern nach Gesundheit und Kraft, die einmal sein Stolz gewesen waren.

Eines Abends erzählte ich ihm von Mary.

»Sie ist sicher eine glückliche *mysie*«, sagte er, »aber du wirst ihr gegenüber sehr klug sein müssen, denn Frauen können merkwürdig sein, und wir beide kennen uns bei ihnen nicht aus. Man hat mir erzählt, daß Engländerinnen nicht kochen und nicht Kleider wie unsere *vrouws* machen; was also wird sie anfangen? Ich bezweifle, daß eine untätige Frau einem mit Kleie gefütterten Pferd ähnelt.«

Es hatte keinen Sinn, ihm zu erklären, von welcher Art Mary war, denn diese Welt lag vollständig außerhalb seines Gesichtskreises. Ich merkte jedoch, daß er sich nach meinem Bericht einsamer fühlte als je zuvor. Deswegen erzählte ich ihm von dem Haus, das ich mir in England kaufen wollte, sobald der Krieg vorüber wäre: ein altes Haus in einer grünen Hügellandschaft, mit Feldern, Kühen, Gräben mit klarem Wasser und Obstgärten mit Pflaumen und Äpfeln. »Und du wirst immer bei uns bleiben«, sagte ich. »Du bekommst deine eigenen Zimmer und deinen eigenen Diener, der sich um dich kümmert, und du hilfst mir auf dem Hof, und dann angeln wir zusammen und schießen Wildenten, wenn sie abends von den Tümpeln heimfliegen. Ich habe eine schönere Landschaft als den Houtbosch gefunden, wo wir beide uns eine Farm anlegen wollten. England ist ein glückliches und gesegnetes Land.«

Er schüttelte den Kopf. »Das alles ist sehr freundlich von dir gemeint, Dick, aber deine hübsche *mysie* wird keine Lust haben, daß ein häßlicher alter Kerl wie ich ständig um ihr Haus herumhumpelt ... Ich glaube zwar nicht, daß ich nach Afrika zurückkehren werde, denn in der Sonne werde ich wahrscheinlich traurig werden. Ich werde mir aber in England ein Häuschen suchen, und eines schönen Tages werde ich dich besuchen, alter Freund.«

In jener Nacht schien sein Stoizismus ihn zum erstenmal zu verlassen. Lange Zeit schwieg er und ging dann frühzeitig zu Bett, und ich gehe jede Wette ein, daß er nicht schlief. Aber im Laufe der Nacht muß er viel nachgedacht haben, denn morgens hatte er sich wieder in der Hand und war so fröhlich wie ein kleiner Junge.

Verblüfft beobachtete ich seine Philosophie. Sie lag weit jenseits dessen, was ich mir selbst zurechtlegen konnte. Er war so zerbrechlich und so arm, denn nie hatte er etwas anderes als seine körperliche Gesundheit besessen, und die hatte er jetzt verloren. Und man darf nicht vergessen, daß er sie nach Monaten strahlenden Glücks verloren hatte, denn mit der Luft hatte er jenes Element gefunden, für das er geboren war. Manchmal ließ er einen Hinweis auf jene Zeit fallen, wo er in den Wolken gelebt und eine neue Art von Krieg erfunden hatte, und dann wurde seine Stimme immer heiser. Deutlich merkte ich, daß er sich schmerzlich in diese Zeit zurücksehnte. Und dennoch äußerte er nie ein Wort der Klage. Das war das Ritual, das er für sich entwickelt hatte, darein setzte er seine Ehre, und der Zukunft blickte er mit derselben Tapferkeit entgegen, mit der er sich mit einem wilden Tier oder mit Lensch herumgeschlagen hatte. Nur benötigte er dazu sehr viel mehr Mut.

Hinzu kam, daß er gläubig geworden war. Ich zweifle, ob es richtig ist, es so auszudrücken, denn geglaubt hatte er immer. Menschen, die in der Wildnis leben, wissen, daß sie sich in der Hand Gottes befinden. Aber damals waren es bei ihm nur Bruchstücke gewesen, eine Art heidnischer Aberglaube, obgleich er immer demütig gewesen war. Inzwischen hatte er sich jedoch darangemacht, die Bibel zu lesen und in seinen einsamen Nächten nachzudenken, und so hatte er sich einen eigenen Glauben geschaffen. Ich wage zu behaupten, daß es ein unbeholfener Glaube war, und bin überzeugt, daß er unorthodox war; aber wenn der Glaube sich dadurch beweist, daß er einem Menschen in schlechten Zeiten Halt gewährt, dann war Peters Glaube echt. Er las in der Bibel und in *Pilgrim's Progress* – beide waren seiner Ansicht nach gleich inspiriert –, um Texte zu finden, die er auf seine Weise auslegte, damit sie auf seinen Fall zuträfen. Alles nahm er buchstäblich. Was vor dreitausend Jahren in Palästina passiert war, konnte seiner Ansicht nach in unmittelbarer Nachbarschaft geschehen sein. Ich neckte ihn häufig deswegen und erklärte ihm, daß er dem deutschen Kaiser ähnelte, dem es auch ausgezeichnet gelänge, die Bibel seinen eigenen Zwecken anzupassen, aber seine Überzeugung war so vollkommen, daß er lediglich lächelte. Ich erinnere mich einer Nacht, als er über die Zeit nachgedacht hatte, in der er selbst geflogen war, und da hatte er in den Thessalonicherbriefen eine Stelle über die Toten gefunden, die wieder auferstehen, »dem Herrn entgegen in der Luft«, und das gab ihm neuen Mut. Wie ich deutlich merkte, hatte Peter die Vorstellung, daß seine Zeit auf Erden nicht allzu lange dauern würde, und deshalb glaubte er, daß er wieder das frühere Entzücken finden würde, wenn er erlöst wäre.

Als ich einmal etwas über seine Geduld sagte, meinte er, er hätte versucht, genau so zu werden wie Mr. Standfast. Er hatte sich fest vorgenommen, auch so zu werden, obgleich er Mr. Valiant-for-Truth vorgezogen hätte, wenn er sich für gut genug gehalten hätte. Über Mr. Standfast sprach er immer in seiner merkwürdigen Weise, als wäre dieser ein Freund von uns beiden, wie Blenkiron ... Ich kann nur sagen, daß der Anblick Peters, der so klaglos, so freundlich und weise war, mich zutiefst erschütterte. Selbst der Allmächtige hätte aus ihm keinen Tugendhelden machen können, und von selbst ist er wohl nie auf den Gedanken gekommen zu beten. Nur ein einziges Mal gab er mir einen Rat. Ich hatte schon immer eine Vorliebe für Abkürzungen, und auf Grund meiner langen Untätigkeit wurde ich etwas unruhig. Eines Tages, als ich über meine Gedanken zu diesen Dingen sprach, stand Peter auf und las mir aus *Pilgrim's Progress* vor: »Einige haben auch gewünscht, daß der nächste Weg zum Hause ihres Vaters hier wäre, daß sie keine Schwierigkeiten mehr mit dem Überqueren von Hügeln oder Bergen hätten, aber Weg ist Weg, und jeder hat ein Ende.«

Als wir in den März kamen und nichts geschah, machte ich mir dennoch erhebliche Sorgen. Blenkiron hatte gesagt, daß es ein Rennen gegen die Zeit wäre, und inzwischen verstrich Woche für Woche. Gelegentlich kamen Briefe von ihm, immer in Form einer Mitteilung von meiner Tante. In einem hieß es, ich würde bald ohne Stellung sein, denn Peters Rückführung stünde unmittelbar bevor und er könnte täglich seinen Marschbefehl erhalten. Ein anderer Brief sprach von meiner kleinen Cousine jenseits der Berge und daß sie hoffte, bald nach Santa Chiara im Val Saluzzana zu fahren. Eilends holte ich die Karte hervor und maß die Entfernung von dort nach St. Anton; und dann grübelte ich über die beiden Wege nach, die dorthin führten, über den kürzeren, der über den Staubpaß führte, und den längeren über den Marjolana. Diese Briefe erweckten bei mir den Eindruck, daß die Dinge dem Höhepunkt zutrieben, aber dennoch kamen keine Anweisungen. In meinen eigenen Mitteilungen hatte ich nichts zu berichten; im Rosa Chalet hatte ich lediglich untätige Bedienstete entdeckt. Ich war mir nicht einmal sicher, ob das Rosa Chalet nicht eine harmlose Villa wäre, und war weit davon entfernt, den Aufenthalt von Chelius herauszufinden. Meine Versuche, Peters Stoizismus nachzuahmen, bewahrten mich nicht davor, gelegentlich unruhig und verzagt zu sein.

Als einziges blieb mir, mich körperlich in Form zu halten, denn ich stellte mir vor, daß ich eines Tages meine ganzen körperlichen Kräfte benötigen könnte. Tagsüber mußte ich weiterhin so tun, als hätte ich ein lahmes Bein; deshalb benutzte ich die Nacht zu meiner körperlichen Ertüchtigung. Nachmittags, wenn Peter seine Siesta hielt, schlief ich ebenfalls, aber abends gegen zehn, wenn ich ihn zu Bett gebracht hatte, schlüpfte ich aus dem Hause und machte mich auf eine Wanderung von vier oder fünf Stunden. Wunderbar waren diese mitternächtlichen Wanderungen. Zwischen tiefverschneiten Tannen hindurch erreichte ich den Grat, wo der Schnee in dicken Wehen und in Kuhlen lag, bis ich auf dem Kamm stand, eine frostklirrende Welt zu meinen Füßen, über mir unzählige funkelnde Sterne. Einmal erreichte ich in einer Vollmondnacht den Gletscher am Talende und stieg über die Moräne bis dorthin, wo das Eis begann; besorgt lugte ich in die gespenstischen Spalten. In solchen Stunden hatte ich die ganze Welt für mich allein, denn man hörte kein Geräusch – ausgenommen das Knirschen, wenn gelegentlich eine Schneelast von den Bäumen rutschte, oder das Knakken und Rascheln, das mich daran erinnerte, daß jeder Gletscher ein fließender Strom ist. Der Krieg schien weit entfernt, und ich spürte die Geringfügigkeit unserer menschlichen Auseinandersetzungen, bis ich an Peter dachte, der sich hin und her warf, um in dem Häuschen unter mir Schlaf zu finden. Dann erkannte ich, daß der menschliche Geist in dieser weiträumigen Welt das Größte ist ... Gegen drei oder vier kehrte ich dann zurück, nahm ein Bad, da das Wasser sich während meiner Abwesenheit erwärmt hatte, und ging zu Bett, wobei ich mich fast schämte, zwei gesunde Beine zu besitzen, während ein Besserer als ich, der nur einen Meter von mir entfernt lag, lediglich ein gesundes Bein hatte.

Merkwürdigerweise schien um diese Zeit im Rosa Chalet mehr Leben zu herrschen als am Tage. Als ich einmal, lange nach Mitternacht, den See überquerte, sah ich an der Seeseite Licht in Fenstern, die sonst dunkel und deren Läden geschlossen waren. Bei einer derartigen Gelegenheit bog ein großer Wagen, unbeleuchtet, in die Auffahrt, und an der Tür hörte ich gedämpfte Stimmen. Ein anderes Mal rannte ein Mann eilig an mir vorüber und betrat das Haus durch eine kleine Tür an der Ostseite, die mir bis dahin gar nicht aufgefallen war ... Langsam begann in mir die Überzeugung zu wachsen, daß wir uns nicht geirrt hatten, als wir das Haus verdächtigten, daß in diesem Haus Dinge vor sich gingen, deren Entdeckung für uns äußerst wichtig war. Aber ich konnte mir nicht vorstellen, wie es geschehen sollte. Ich konnte zwar einbrechen, aber nach allem, was ich wußte, würden Blenkirons Pläne dadurch gestört, denn er hatte mir keine entsprechenden Anweisungen gegeben. Das alles beunruhigte mich stärker als je zuvor. Ich fing an, wach im Bett zu liegen und Pläne zu schmieden, wie ich in das Haus gelangen könnte ... Ich würde als Bauer aus dem Nachbartal auftreten, der sich den Knöchel verstaucht hatte ... Ich würde tun, als wollte ich unter den Bediensteten einen angeblichen Vetter besuchen ... Ich würde das Haus anzünden, so daß eifrige Nachbarn die Türen aufrissen ...

Und dann erhielt ich plötzlich in einem Brief Blenkirons Anweisungen.

Der Brief lag in einem Päckchen mit warmen Socken, das meine freundliche Tante mir geschickt hatte. Aber der Brief stammte nicht von ihr. Er war in Blenkirons großer und weiträumiger Handschrift geschrieben, und es war auch sein Stil. Er schrieb mir, er wäre mit seiner Aufgabe fast fertig. Er hätte eine Verbindung zu Chelius, bei dem es sich um den erwarteten Vogel handelte, und dieser Vogel würde bald aus Gründen, die mir bekannt wären, südwärts über die Berge fliegen.

»Wir sind ein mächtiges Stück vorangekommen«, schrieb er, »und in der nächsten Woche wird es auch für Sie zu tun geben. Alles läuft besser, als ich je hoffte.« Etwas bliebe jedoch noch zu erledigen. Er wäre auf einen Landsmann gestoßen, einen gewissen Clarence Donne, Journalist aus Kansas City, den er als Mitarbeiter zu sich genommen hätte. Er beschrieb ihn als ›großartigen Kerl‹ und empfahl ihn meiner Hochachtung. Donne käme nach St. Anton, denn zu Füßen des Rosa Chalet fände ein Spiel statt, über das er mich informieren würde. Ich sollte ihn am folgenden Abend um neun Uhr fünfzehn an der kleinen Tür in der Ostseite des Hauses treffen. »Um Himmels willen, Dick«, schloß der Brief, »seien Sie pünktlich und tun Sie, was Clarence sagt, als wäre ich es. Die Angelegenheit ist äußerst verzwickt, aber Sie und er besitzen genügend Fähigkeit, sie durchzuführen. Um Ihre kleine Cousine machen Sie sich keine Sorgen. Sie ist in Sicherheit und hat mit der Angelegenheit nichts mehr zu tun.«

Mein erstes Gefühl war das unendlicher Erleichterung, besonders wegen der letzten Worte. Ich las den Brief ein dutzendmal, um sicherzugehen, daß ich ihn verstanden hatte. Flüchtig kam mir der Verdacht, daß es sich um eine Fälschung handeln könnte, zumal Peter mit keinem Wort erwähnt wurde, der in den übrigen Schreiben eine große Rolle gespielt hatte. Aber warum sollte Peter erwähnt werden, wenn er nicht beteiligt war? Die Unterschrift überzeugte mich dann. Gewöhnlich unterschrieb Blenkiron mit seinem vollständigen Namen, dem ein ausholender Schnörkel angehängt war. Als ich jedoch an der Front war, hatte er es sich angewöhnt, aus seinem Namen so etwas wie Hieroglyphen zu machen und die Abkürzung J. S. in Klammern anzufügen. So war auch dieser Brief unterzeichnet, und das war ein sicherer Beweis für seine Echtheit.

Diesen und den nächsten Tag verbrachte ich mit wilden Phantasien. Peter merkte, was los war, obgleich ich ihm nichts erzählte, weil ich fürchtete, er könnte neidisch werden. Ich mußte besonders freundlich zu ihm sein, denn ich merkte genau, daß er sich danach sehnte, in der Angelegenheit helfen zu können. Tatsächlich fragte er mich scheu, ob ich ihn nicht mitnehmen könnte, und ich mußte lügen und sagen, daß es sich lediglich wieder nur um ziellose Umkreisungen des Rosa Chalet handelte.

»Versuche doch, ob du nicht irgend etwas findest, bei dem ich behilflich sein kann«, bat er. »Ich bin immer noch ziemlich kräftig, auch wenn ich lahm bin, und schießen kann ich auch einigermaßen.«

Ich erklärte, daß er rechtzeitig eingesetzt würde, daß Blenkiron versprochen hätte, ihn einzusetzen, obwohl ich mir beim besten Willen nicht vorstellen konnte, wie es geschehen sollte.

Um neun Uhr war ich an dem festgesetzten Abend auf dem See gegenüber dem Haus, dicht unter dem Ufer und auf dem Weg zum Treffpunkt. Es war eine pechschwarze Nacht, denn obgleich der Himmel klar war, leuchteten die Sterne nur schwach, und der Mond war noch nicht aufgegangen. Da ich irgendwie ahnte, länger nicht zu Eßbarem zu kommen, hatte ich einige Tafeln Schokolade mitgenommen, während Pistole und Taschenlampe in meiner Tasche steckten. Es war zwar bitterkalt, aber ich hatte aufgehört, mich um das Wetter zu kümmern, und trug meinen einzigen Anzug, jedoch keinen Mantel.

Der Stille nach ähnelte das Haus einem Grabmal. Nirgends war ein Lichtschimmer zu entdecken, und es roch auch nicht nach Rauch oder Mahlzeiten, was auf irgendwelche Bewohner schließen läßt. Unheimlich war es, das steile Ostufer an der Stelle zu erklettern, wo der ebene Garten begann, und das in einer so großen Dunkelheit, daß ich mich wie ein Blinder vorantasten mußte.

Indem ich mich am Haus entlangbewegte, fand ich die kleine Tür. Dann trat ich in ein daneben befindliches Lorbeergebüsch, um auf meinen Begleiter zu warten. Aber er war bereits dort.

»Sagen Sie«, hörte ich eine volle Stimme im Dialekt des mittleren Westens flüstern, »sind Sie Josef Zimmer? Ich will hier keine Namen in die Gegend brüllen, vermute jedoch, daß Sie derjenige sind, den ich hier treffen soll.«

»Mr. Donne?« erwiderte ich flüsternd.

»Derselbe«, antwortete er. »Geben Sie mir Ihre Hand.«

Ich ergriff eine behandschuhte Hand, die mich zur Tür zog.

16
EIN HARTES LAGER

Der Journalist aus Kansas City war ein Mann der Tat. Er vergeudete keine Worte, um sich vorzustellen oder seinen Schlachtplan zu erläutern. »Sie folgen mir, Mister, und weichen keinen Millimeter von meiner Spur ab. Erklären tue ich alles später. In dieser Bruchbude passiert heute abend eine ganze Menge.« Fast geräuschlos schloß er die kleine Tür auf, strich sich den Schnee von den Stiefeln und betrat vor mir einen Gang, in dem es so dunkel wie in einem Keller war. Ebenso geräuschlos fiel die Tür hinter uns zu, und nach der scharfen Luft im Freien roch es hier muffig wie in einem Speiseschrank.

Eine Hand griff nach mir, um sich zu vergewissern, daß ich auch folgte. Wir schienen uns in einem gefliesten Gang unter der Hauptetage des Hauses zu befinden. Meine genagelten Stiefel rutschten auf dem Boden aus, und ich stützte mich an der Wand ab, die aus unverputztem Stein zu bestehen schien. Mr. Donne bewegte sich leise und sicher, denn er trug für diese Aufgabe geeigneteres Schuhwerk als ich, und ständig griff seine Hand nach hinten, um festzustellen, wo ich war.

Ich erinnere mich, genau dasselbe Gefühl wie in jener Augustnacht gehabt zu haben, in der ich die Felsspalte im Coolin untersucht hatte – dasselbe Gefühl, daß irgend etwas Seltsames passieren würde, dieselbe Unbekümmertheit und Zufriedenheit. Ungeheuer vorsichtig einen Fuß vor den andern setzend, kamen wir an eine nach rechts führende Biegung. Zwei flache Stufen führten zu einem anderen Gang, und dann stießen meine tastenden Hände gegen eine Wand. Der Amerikaner stand neben mir, und sein Mund befand sich dicht neben meinem Ohr.

»Wir müssen jetzt kriechen«, flüsterte er. »Sie zuerst, Mister, denn ich muß erst meinen Mantel ausziehen. Zweieinhalb Meter auf dem Bauch, und dann aufrichten.«

Ich wand mich durch einen niedrigen Tunnel, der zwar

so breit war, daß drei Menschen nebeneinander liegen konnten, aber nur gut einen halben Meter hoch. Auf halbem Wege hatte ich das Gefühl, ersticken zu müssen, denn Höhlen habe ich nie gemocht, und vorübergehend kam mir der Gedanke, was wir mit dieser Kellerwanderung eigentlich erreichen wollten. Wenig später roch ich jedoch frische Luft und kniete mich hin.

»In Ordnung, Mister?« kam ein Flüstern von hinten. Mein Begleiter schien zu warten, bis ich durch war, bevor er folgte.

»In Ordnung«, antwortete ich, und äußerst vorsichtig stand ich auf.

Dann passierte irgend etwas hinter mir. Ich hörte ein Poltern und Dröhnen, als wäre die Decke des Tunnels eingestürzt. Ich fuhr herum und tastete nach der Mündung des Tunnels. Mit dem Fuß stieß ich gegen einen Felsblock.

»Donne«, sagte ich, so laut ich es riskieren konnte, »sind Sie verletzt? Wo stecken Sie?«

Aber keine Antwort kam.

Selbst dann dachte ich noch an einen Unfall. Irgend etwas war mißlungen, und ich war im Keller eines unfreundlichen Hauses von jenem Mann abgeschnitten, der den Weg kannte und in seinem Kopf einen Plan hatte. Ich war weniger verstört als verbittert. Von der Mündung des Tunnels wandte ich mich ab und tastete in die Dunkelheit vor mir. Dabei konnte ich mir genau vorstellen, in welche Art von Gefängnis ich hineingestolpert war.

Ich machte drei Schritte – nicht mehr. Plötzlich schienen meine Füße unter mir weg und nach oben gerissen zu werden. Das alles kam so plötzlich, daß ich wie ein Klotz der Länge nach hinschlug und mein Schädel mit einem Krachen auf den Fußboden prallte, daß ich einen Augenblick das Bewußtsein verlor. Verschwommen wurde ich gewahr, daß irgend etwas auf mich fiel und meinen Brustkorb unerträglich belastete. Ich rang nach Luft und merkte, daß nicht nur Arme und Beine, sondern mein ganzer Körper von einer Art hölzernem Schraubstock am Boden festgehalten wurde. Die Erschütterung in meinem Kopf verursachte mir Übelkeit, und mir blieb nur übrig, nach Luft zu ringen und die Übelkeit zurückzudrängen. Ein Riß an meinem Hinterkopf blutete ungehindert, und das half mir, meinen Verstand wiederzufinden, denn eine Minute oder zwei hatte ich nur dagelegen, unfähig zu denken. Ich kniff die Augen zu, wie man es tut, wenn man mit einer Ohnmacht ringt.

Als ich sie wieder öffnete, war es hell. Das Licht kam von der linken Seite des Kellers, und es war der grelle Schein einer starken elektrischen Taschenlampe. Einfältig beobachtete ich ihn, aber dadurch erhielt ich den benötigten Anstoß, um die abgerissenen Fäden wiederaufzunehmen. Ich erinnerte mich des Tunnels und des Journalisten aus Kansas. Dann sah ich hinter dem Lichtschein ein Gesicht, das mich völlig wieder zu mir brachte.

Ich erkannte den schweren Ulster und die Mütze, die ich draußen zwischen den dunklen Büschen zwar gespürt, aber nicht deutlich gesehen hatte. Sie gehörten Clarence Donne, dem Journalisten und vertrauenswürdigen Boten Blenkirons. Aber jetzt sah ich sein Gesicht, und es war jenes, durch das ich mich, wie ich mich Blenkiron gegenüber gerühmt hatte, nicht mehr täuschen lassen würde. Jetzt war kein Irrtum möglich, und ich erinnere mich, die schwache Befriedigung empfunden zu haben, daß ich mein Wort gehalten hatte. Das Gesicht hatte mich nicht täuschen können, denn ich hatte bis zu diesem Augenblick überhaupt keine Möglichkeit gehabt, es zu sehen. Mit beißender Klarheit sah ich den gemeinsamen Nenner aller Maskierungen – jenen jungen Mann in der Villa am Meer, der lispelte, den wackeren Menschenfreund aus Biggleswick, den verstörten und von Panik geschüttelten Mann im U-Bahnhof und den schlanken französischen Stabsoffizier im Schloß in der Picardie ... Ich sah aber noch mehr, nämlich hinter die Notwendigkeit, sich zu maskieren. Vor mir stand der Graf Schwabing, der Emigrant, der für Deutschland mehr als jeder Armeekommandeur getan hatte ... Marys Worte fielen mir wieder ein: »Der gefährlichste Mann auf der Welt.« Angst hatte ich nicht, und durch mein Versagen war ich auch nicht niedergeschlagen oder ärgerlich – noch nicht, denn dazu war ich viel zu betäubt und erschrocken. Ich sah ihn an, wie man vielleicht eine völlige Umwälzung der Natur betrachtet, die einen ganzen Kontinent verwüstet hat.

Das Gesicht lächelte.

»Ich bin glücklich, Ihnen endlich Gastfreundschaft gewähren zu können«, sagte es.

Ich nahm meinen Verstand zusammen, um ihm zuzuhören. Das Querholz auf meiner Brust drückte weniger, und ich konnte leichter atmen. Als ich jedoch zu sprechen versuchte, brachte ich kein Wort heraus.

»Wir sind alte Freunde«, fuhr er fort. »Seit vier Jahren kennen wir uns jetzt schon ziemlich gut, und das ist im Kriege eine lange Zeit. Ich habe mich für Sie interessiert, denn Sie besitzen eine Art unreifer Intelligenz, und außerdem haben Sie mich gezwungen, Sie ernst zu nehmen. Wären Sie klüger, würden Sie dieses Kompliment würdigen. Aber Sie waren so dumm und glaubten mich besiegen zu können, und dafür müssen Sie bestraft werden. O nein, Sie brauchen sich nicht damit zu schmeicheln, daß Sie mir gefährlich waren. Sie waren lediglich ärgerlich und lästig, wie eine Mücke, die man mit einer Handbewegung verscheucht.«

Er lehnte sich gegen die schwere Tür. Mit einem goldenen Feuerzeug zündete er sich eine Zigarre an und betrachtete mich mit amüsierten Augen.

»Da Sie jetzt ausreichend Zeit zum Überlegen haben, möchte ich Sie in einigen Punkten aufklären. Sie sind ein guter Beobachter von Kleinigkeiten. Stimmt es? Haben Sie jemals eine Katze beobachtet, die mit einer Maus spielt? Die Maus rennt hin und her, versteckt und verkriecht sich und glaubt, ihr eigenes Spiel zu treiben. Aber in jedem Augenblick kann die Katze mit der Pfote ausholen und allem ein Ende bereiten. Sie sind die Maus, mein armer General – denn ich glaube, Sie gehören auch zu jenen merkwürdigen Amateuren, die die Engländer als General bezeichnen. In jedem Augenblick der letzten neun Monate hätte ich Ihnen mit einer Kopfbewegung ein Ende bereiten können.«

Meine Übelkeit war gewichen, und ich konnte genau verstehen, was er sagte, obwohl mir noch die Kraft zum Antworten fehlte.

»Ich will es Ihnen erklären«, fuhr er fort. »Amüsiert habe ich Ihre Luftsprünge in Biggleswick beobachtet. Meine Augen folgten Ihnen, als Sie zum Clyde fuhren und während Ihrer törichten Verrenkungen in Schottland. Ich ließ Ihnen Luft, weil Sie keine Gefahr darstellten, und außerdem hatte ich mich um wichtigere Dinge zu kümmern. Ich erlaubte Ihnen, sich an der britischen Front mit kindischen Nachforschungen zu amüsieren und in Paris den Toren zu spielen. Jeden Schritt Ihres Weges in der Schweiz habe ich verfolgt, und ferner habe ich Ihrem idiotischen Yankee-Freund geholfen, ein Komplott gegen mich selbst zu schmieden. Während Sie glaubten, Ihr Netz um mich zusammenzuziehen, zog ich meines um Sie zusammen. Ich versichere Ihnen, daß es eine reizende Erholung von den ernsten Aufgaben war.«

Ich wußte, daß der Mann log. Zum Teil stimmte es, denn es war klar, daß er Blenkiron zum Narren gehalten hatte; aber ich erinnerte mich zugleich seiner überstürzten Flucht aus Biggleswick und Eaucourt Sainte-Anne, als das Spiel gegen ihn stand. Er hatte dafür gesorgt, daß ich ihm ausgeliefert war, und rächte seine verletzte Eitelkeit an mir. Dadurch wurde er in meinen Augen kleiner, und meine bisherige Scheu begann zu schwinden.

»Sie wissen sicher, daß ich für Haß nie etwas übriggehabt habe«, sagte er. »Bei meiner Tätigkeit ist es albern, sich zu ärgern, weil es doch nur Kraft kostet. Aber Unverschämtheit, mein lieber General, nehme ich nicht hin. Mein Land hat die Angewohnheit, auch seinen Feinden Gerechtigkeit angedeihen zu lassen. Vielleicht interessiert es Sie, daß das Ende nicht mehr weit ist. Deutschland ist einer neidischen Welt in Waffen gegenübergetreten und wird jetzt seinen großen Mut rechtfertigen. Stück für Stück hat es die schwerfällige Organisation seiner Gegner zerbrochen. Wo ist Rußland, die Dampfwalze, die uns zermalmen sollte, geblieben? Wo ist das arme betrogene Rumänien? Wo ist die Stärke Italiens, das einmal Wunder für das verrichten wollte, was es Freiheit nannte? Alles dahin. Ich habe dabei meine Rolle gespielt, aber diese Notwendigkeit ist jetzt beendet. Durch nichts behindert, wird mein Land nun euren bewaffneten Pöbel in die Flucht jagen und in den Atlantik treiben. Dann werden wir uns mit den zerfetzten Resten Frankreichs und der Handvoll lärmender Amerikaner beschäftigen. Im Hochsommer wird wieder Friede sein, diktiert von einem siegreichen Deutschland.«

»Bei Gott, das wird nicht der Fall sein!« Endlich hatte ich meine Stimme wiedergefunden.

»Bei Gott, so wird es sein!« sagte er freundlich. »Es handelt sich um das, was man als mathematische Gewißheit bezeichnet. Zweifellos werden Sie tapfer sterben, wie die wilden Stämme, die Ihr Empire stets besiegte. Aber wir haben die größere Disziplin, den stärkeren Geist und das größere Hirn. Stupidität wird letzten Endes immer bestraft, und Sie sind eine stupide Rasse. Glauben Sie nicht, daß Ihre Verwandten jenseits des Atlantik Sie retten werden. Es sind Kaufleute, und Sie sind ihrer keineswegs sicher. Nachdem sie eine Weile getobt haben, werden sie Mittel und Wege finden, um ihr Gesicht zu retten. Ihr komischer Präsident wird ein paar Reden halten und uns eine feierliche Note schreiben, und wir werden mit der ernsthaften Rhetorik antworten, die er so liebt, und dann werden wir uns umarmen und Freunde sein. Tief im Innern wissen Sie genau, daß alles so ablaufen wird.«

Eine große Apathie schien sich in mir auszubreiten. Seine Prahlerei machte mich nicht ärgerlich, und ich hatte auch nicht mehr den Wunsch, ihm zu widersprechen. Vielleicht war es die Folge des Sturzes, aber mein Verstand hatte aufgehört zu arbeiten. Ich hörte seine Stimme, wie man beiläufig das Ticken einer Uhr hört.

»Und noch etwas möchte ich Ihnen verraten«, sagte er gerade. »Heute haben wir den Abend des 18. Tages im Monat März. Ihre Generale in Frankreich erwarten einen Angriff, wissen jedoch nicht genau, wo er stattfinden wird. Einige glauben, er werde in der Champagne oder an der Aisne, andere bei Ypern und wieder andere bei St. Quentin erfolgen. Mein lieber General, Sie allein will ich ins Vertrauen ziehen. Am Morgen des 21., also heute in drei Tagen, werden wir den rechten Flügel der britischen Armee angreifen. Zwei Tage später werden wir Amiens erreichen. Am dritten werden wir einen Keil bis zur Küste vorgetrieben haben. Etwa eine Woche später werden wir Ihre Armee von rechts aufgerollt haben und wenig später in Boulogne und Calais stehen. Danach fällt Paris, und dann ist Friede.«

Ich gab keine Antwort. Das Wort ›Amiens‹ erinnerte mich an Mary, und ich versuchte, mir jenen Januartag ins Gedächtnis zurückzurufen, an dem sie und ich mit dem Auto von dieser Stadt in südlicher Richtung gefahren waren.

»Warum ich Ihnen das alles erzähle? Ihre Intelligenz – denn Sie sind nicht ganz dumm – wird Ihnen die Antwort bereits gegeben haben. Der Grund ist, daß Ihr Leben vorüber ist. Wie Ihr Shakespeare sagt: Der Rest ist Schweigen ... Nein, ich werde Sie nicht töten. Das wäre roh, und ich hasse Roheiten. Ich mache jetzt eine kleine Reise, und in vierundzwanzig Stunden, wenn ich zurück bin, werden Sie mich begleiten. Sie, mein lieber General, werden Deutschland einen Besuch abstatten.«

Das machte mich wieder hellwach, und er merkte es, denn mit Vergnügen fuhr er fort.

»Haben Sie schon etwas von der Untergrundbahn gehört? Nein? Und Sie rühmen sich Ihres Spionagedienstes! Dennoch wird Ihre Unwissenheit von Ihrem gesamten Generalstab geteilt. Die Untergrundbahn ist eine kleine Organisation, die ich selbst aufgezogen habe. Mit ihr können wir unwillige und gefährliche Leute auf unser Gebiet bringen, wo wir sie nach unserem Belieben behandeln. Einige stammen aus England und viele aus Frankreich. Offiziell gelten sie, wie ich glaube, als ›vermißt‹, aber sie haben sich nicht auf einem Schlachtfeld verirrt. Sie sind abgeholt worden – aus ihren Wohnungen, aus Hotels und Büros oder selbst von belebten Straßen. Ich will Ihnen nicht verheimlichen, daß der Fahrplan unserer Untergrundbahn von England und Frankreich aus etwas unregelmäßig ist. Aber von der Schweiz läuft der Verkehr so glatt wie auf jeder Hauptstrecke. An der Grenze gibt es immer unbewachte Stellen, unter der Grenzwache haben wir unsere Agenten, und Pässe bereiten uns keine Schwierigkeiten. Es ist eine hübsche kleine Organisation, und bald werden Sie das Vorrecht genießen, ihr Funktionieren zu beobachten ... In Deutschland kann ich Ihnen irgendwelchen Komfort nicht versprechen; allerdings glaube ich nicht, daß das Leben für Sie langweilig sein wird.«

Während er dies sagte, veränderte sein höfliches Lächeln sich zu einem Grinsen gnomenhafter Bosheit. Selbst in meiner Betäubung spürte ich seine Boshaftigkeit und zitterte.

»Bei meiner Rückkehr werde ich noch einen Begleiter mitbringen.« Seine Stimme klang wieder honigsüß. »Es handelt sich um eine bestimmte hübsche Dame, die der Köder sein sollte, um mich nach Italien zu locken. Stimmt das? Nun, ich habe auf den Köder angebissen. Ich habe alles vorbereitet, daß sie sich heute nacht mit mir in einem Gebirgsgasthof auf italienischer Seite trifft. Ferner habe ich dafür gesorgt, daß sie allein sein wird. Sie ist ein unschuldiges Kind, und ich glaube nicht, daß sie in den unbeholfenen Händen Ihrer Freunde mehr als ein Werkzeug war. Wenn ich sie auffordere, wird sie mich begleiten, und wir werden eine vergnügte Reisegesellschaft auf der Untergrundbahn sein.«

Meine Apathie verschwand, und jeder Nerv wurde bei diesen Worten wieder lebendig.

»Sie Schuft!« rief ich. »Sie verabscheut Ihren Anblick. Nicht einmal mit einem Stock würde sie Sie anrühren.«

Er stäubte die Asche von seiner Zigarre. »Meiner Ansicht nach irren Sie. Ich kann sehr überzeugend sein, und gegenüber einer Frau wende ich ungern Zwang an. Aber freiwillig oder nicht – sie wird mich begleiten. Ich habe schwer gearbeitet und daher ein Anrecht auf mein Vergnügen, und diese kleine Dame habe ich mir nun einmal in den Kopf gesetzt.«

Irgend etwas in seinem Tonfall – Gemeinheit, Schmierigkeit, Sicherheit, Verachtung – brachte mein Blut zum

Sieden. Mich hatte er zwar ziemlich ausgeschaltet, aber in meinem Kopf pochte heftig der Hammer. Aus bloßer Wut hätte ich heulen können, und ich nahm allen Mut zusammen, um den Mund zu halten, denn ich war fest entschlossen, seinen Triumph nicht zu vergrößern.

Er blickte auf seine Uhr. »Die Zeit vergeht«, sagte er. »Ich muß nun zu meiner charmanten Verabredung. Die Dame werde ich von Ihnen grüßen. Verzeihen Sie, daß ich mich um Ihre Bequemlichkeit erst kümmern kann, wenn ich zurück bin. Ihre körperliche Verfassung ist jedoch derart, daß Sie nicht darunter leiden wird, wenn Sie einen Tag fasten. Um Ihre Gedanken zu beruhigen, möchte ich Ihnen noch sagen, daß jede Flucht unmöglich ist. Dieser Mechanismus ist zu häufig erprobt, und könnten Sie dennoch freikommen, würden meine Bediensteten sich Ihrer annehmen. Außerdem muß ich Ihnen noch zur Vorsicht raten. Der Fußboden unter Ihnen verdeckt einen Schacht, der zum See hinunterführt. Wird eine bestimmte Feder ausgelöst, rutschen Sie sofort in das Wasser, unterhalb des Eises, wo Ihr Leichnam bis zum Frühling verwest ... Diese Alternative steht Ihnen natürlich offen, falls Sie keine Lust haben, auf meine Rückkehr zu warten.«

Er zündete eine neue Zigarre an, winkte mit der Hand und verschwand durch die Tür. Als er sie hinter sich schloß, erstarb sofort das Geräusch seiner Schritte. Die Mauern mußten so dick wie die eines Gefängnisses sein.

Ich war das, was man in Büchern ›betäubt‹ nennt. Die Erleuchtungen während der letzten Minuten waren so überraschend, daß mein Verstand mit ihnen nicht fertig werden konnte. Sehr deutlich erinnere ich mich, daß ich nicht an das entsetzliche Versagen unseres Planes oder an die deutschen Pläne dachte, die in unverschämter Weise vor mir, der für die Welt bereits tot war, ausgebreitet wurden. Ich sah lediglich ein einziges Bild – eine Gastwirtschaft in einem verschneiten Tal (in meinen Augen war es ein kleines Häuschen wie Peters), ein einsames Mädchen, diesen lächelnden Teufel, der mich gerade verlassen hatte, und dann das unbekannte Entsetzen der Untergrundbahn. Ich glaube, daß mein Mut eine Zeitlang völlig verschwand, und ich schrie aus Schwäche und Wut. Der Hammer in meinem Kopf hatte aufgehört, denn er hämmerte nur, wenn ich ärgerlich war. Jetzt lag ich jedoch wie festgenagelt; sämtliche Kraft war aus meinen Muskeln entwichen, und hätte Ivery noch in der Tür gestanden, hätte ich vielleicht um Gnade gewinselt. Vielleicht hätte ich ihm mein ganzes Wissen angeboten, wenn er mir versprochen hätte, Mary in Ruhe zu lassen.

Glücklicherweise stand er nicht mehr dort, und so gab es keinen Zeugen meiner Dummheit. Glücklicherweise ist es ferner schwierig, längere Zeit ein Dummkopf oder ein Held zu sein. Was Blenkiron über Mary gesagt hatte, richtete mich wieder auf: daß sie keine Furcht kannte und durch nichts befleckt würde. Nein, bei Gott, das war nicht möglich. Ich konnte ihr mehr vertrauen als mir selbst. Vor Sorge war ich zwar krank, aber langsam bekam ich wieder Gewalt über mich. Ich saß zwar fest, aber triumphieren würde Ivery niemals über mich. Entweder würde ich vorher unter dem Eis verschwinden, oder ich würde eine Möglichkeit finden, mir eine Kugel in den Kopf zu jagen, bevor ich jene Grenze überquerte. Wenn ich schon sonst nichts tun konnte, wollte ich wenigstens auf anständige Weise verschwinden ... Und dann lachte ich und wußte plötzlich, daß das Schlimmste hinter mir lag. Was mich zum Lachen brachte, war der Gedanke an Peter. Vor einer Stunde erst hatte ich ihn bemitleidet, weil er nur noch ein gesundes Bein hatte, und jetzt befand er sich in der lebenden atmenden Welt, lagen noch Jahre vor ihm, während ich, reglos und leblos, in der Tiefe eines Kellers lag und nichts ändern konnte.

Ich begann an das kalte Wasser unter dem Eis zu denken, wohin ich verschwinden konnte, wenn ich es wollte. Ich beabsichtigte jedoch nicht, diesen Weg zu wählen, denn man hat erst dann keine Chance mehr, wenn man mausetot ist; allerdings war ich froh, daß es diesen Ausweg gab ... Und dann blickte ich auf die Wand vor mir, und ganz hoch oben sah ich ein kleines viereckiges Fenster.

Die Sterne waren von Wolken verdeckt gewesen, als ich

dieses verfluchte Haus betrat, aber der Dunst mußte verschwunden sein, denn ich sah meinen alten Freund Orion, das Sternbild der Jäger, das durch das Gitter schaute. Und das brachte mich plötzlich auf einen Gedanken. Peter und ich hatten nachts die Sterne beobachtet, und ich kannte den Standort aller wichtigen Sternbilder in Beziehung zum Tal von St. Anton. Ich glaubte, in einem Raum zu liegen, der sich auf der Seeseite des Rosa Chalet befand: das mußte er, wenn Ivery die Wahrheit gesagt hatte. Wenn dies jedoch der Fall war, konnte ich den Orion unmöglich durch dieses Fenster sehen ... Demnach gab es nur eine logische Schlußfolgerung: daß ich in einem Raum an der Ostseite des Hauses lag und Ivery gelogen hatte. Er hatte schon gelogen, als er damit prahlte, wie er mich in England und an der Front überlistet hätte. Vielleicht log er auch hinsichtlich Marys ... Nein, diese Hoffnung wischte ich beiseite. Seine Worte hatten echt geklungen.

Eine Minute lang überlegte ich und kam zu dem Schluß, daß er gelogen hatte, um mich in Entsetzen zu versetzen, damit ich ruhig bliebe; deshalb mußte diese teuflische Vorrichtung vermutlich eine schwache Stelle haben. Ferner fiel mir ein, daß ich ziemlich kräftig war, wahrscheinlich weitaus kräftiger, als Ivery sich vorstellte, denn er hatte mich nie unbekleidet gesehen. Da es stockfinster war, konnte ich nur vermuten, wie das Ding funktionierte; deutlich fühlte ich jedoch die Querbalken über Brust und Beinen und die Seitenbalken, die mir die Arme an die Seiten preßten ... Ich atmete tief ein und versuchte, die Ellenbogen nach außen zu schieben. Nichts rührte sich, noch konnte ich die Balken über meinen Beinen auch nur ein winziges Stück anheben.

Wieder versuchte ich es, und noch einmal. Der Seitenbalken zu meiner Rechten schien weniger fest als die übrigen zu sein. Es gelang mir, meine rechte Hand über die Hüfte zu schieben, und mit einem Ruck erwischte ich den Querbalken, so daß ich eine geringe Hebelwirkung ausüben konnte. Mit einer gewaltigen Anstrengung preßte ich den rechten Ellenbogen und die rechte Schulter gegen den Seitenbalken. Er schien leicht nachzugeben ... Ich nahm meine ganze Kraft zusammen und probierte es wieder. Es gab ein Knacken und dann ein Splittern, der massive Balken hob sich, und mein rechter Arm konnte sich seitwärts bewegen, obgleich der Querbalken verhinderte, daß ich ihn hochhob.

Mit einiger Schwierigkeit gelangte ich an meine Jakkentasche, in der die elektrische Taschenlampe und meine Pistole steckten. Nach unendlichen Mühen und erheblichen Schmerzen zog ich die Lampe heraus und schaltete sie ein, indem ich den Schalter am Querbalken entlangschob. Dann sah ich mein Gefängnis.

Es war eine kleine viereckige Kammer, sehr hoch, und zu meiner Linken die massive Tür, durch die Ivery verschwunden war. Die dunklen Balken des Gestells, das mich festhielt, waren einfaches Holz, und in groben Zügen konnte ich erkennen, wie die Vorrichtung funktionierte. Eine Feder war im Fußboden verborgen, und sie riß das Gestell von seinem Platz an der rechten Wand herunter. Wie ich feststellte, wurde es durch eine Vorrichtung im Fußboden festgehalten, die sich unmittelbar an der Tür befand. Wenn ich jenen Haken beseitigen konnte, bestand die Möglichkeit, daß ich mich befreite, denn für einen Mann mit meiner Kraft war es möglich, das Gewicht anzuheben.

Mein Mut war wieder zurückgekehrt, und ich lebte nur dem Augenblick, während ich jede Hoffnung auf ein endgültiges Entkommen noch erstickte. Meine erste Aufgabe bestand darin, jenen Haken zu zerstören, der das Gestell festhielt, und zu diesem Zweck hatte ich einzig und allein meine Pistole. Es gelang mir, die kleine Taschenlampe in einem Winkel des Querbalkens so festzuklemmen, daß sie den Fußboden vor der Tür beleuchtete. Es war verteufelt schwer, die Pistole aus der Tasche zu ziehen. Handgelenk und Finger waren fast steif, und ich hatte entsetzliche Angst, sie dort fallenzulassen, wo ich sie nicht wieder ergreifen konnte.

Ich zwang mich, ruhig über das Problem der Kammer nachzudenken, denn eine Pistolenkugel ist ein kleines Ding, und ich konnte es mir nicht leisten, das Ziel zu verfehlen.

Nach allem, was ich von Mechanik wußte, überlegte ich hin und her und kam zu dem Schluß, daß das Zentrum ein bestimmter heller Metallfleck sein mußte, den ich unterhalb der Querbalken gerade noch sehen konnte. Er war hell, folglich mußte die Vorrichtung an dieser Stelle gerade erst repariert worden sein, und das war ein weiterer Grund, ihn für wichtig zu halten. Die Frage war nur, wie ich ihn treffen sollte, denn ich konnte die Pistole nicht in eine Linie mit meinem Auge bringen. In meinem Revolver steckten ferner nur sechs Schüsse, und auf jeden Fall mußte ich zwei oder drei abgeben. Alle Patronen durfte ich nicht verbrauchen, denn eine benötigte ich, falls irgendein Diener plötzlich auftauchen sollte, und eine wollte ich für mich selbst aufheben. Aber ich war überzeugt, daß außerhalb des Raumes die Schüsse nicht zu hören waren; dazu waren die Mauern zu dick.

Ich hielt die Hand über den Querbalken und schoß. Die Kugel schlug einen Zentimeter rechts von dem leuchtenden Metallstück ein. Nach einer winzigen Korrektur schoß ich wieder. Das Metallstück bekam links eine Schramme. Mit schmerzenden Augen starrte ich auf das Ziel und versuchte es zum drittenmal. Ich sah irgend etwas abspringen, und plötzlich gab der Rahmen, unter dem ich lag, nach und bewegte sich ... Ich blieb äußerst kühl, steckte die Pistole in die Tasche und nahm die Taschenlampe in die Hand, bevor ich mich rührte ... Das Glück war mir wohlgesonnen gewesen, denn ich war frei. Ich drehte mich auf den Bauch, drückte den Rücken nach oben, und ohne große Schwierigkeit kroch ich unter der Vorrichtung hervor.

Ich erlaubte mir nicht, bereits an meine endgültige Befreiung zu glauben, denn das hätte mich lediglich irritiert, und ein Schritt zu seiner Zeit war genug. Ich erinnere mich, daß ich den Staub von meinem Anzug klopfte und feststellte, daß der Riß am Hinterkopf aufgehört hatte zu bluten. Ich holte meinen Hut, der bei meinem Sturz in eine Ecke gerollt war ... Dann wandte ich meine Aufmerksamkeit dem nächsten Schritt zu.

Der Tunnel war unmöglich, und der einzige Weg war

die Tür. Hätte ich länger darüber nachgedacht, hätte ich gewußt, daß die Chancen, ein derartiges Haus zu verlassen, tausend zu eins gegen mich standen. Die Pistolenschüsse waren zwar durch die höhlenartigen Mauern gedämpft worden, aber nach allem, was ich wußte, wimmelte das Haus von Bediensteten, und selbst wenn ich die erste Tür hinter mir ließ, würde man mir in irgendeinem Gang an den Kragen gehen. Ich hatte mich jedoch so gut in der Hand, daß ich mich mit der Tür beschäftigte, als wollte ich in Rhodesien einen neuen Bohrschacht in die Tiefe treiben.

Sie hatte keine Klinke und, soweit ich sehen konnte, auch kein Schlüsselloch ... Aber als ich auf den Fußboden leuchtete, fiel mir auf, daß von der Klammer, die ich zerschossen hatte, ein Messingrohr zu einem der Türpfosten führte. Offenbar funktionierte das Ding mit einer Feder und war mit dem Mechanismus des Gestells verbunden.

Eine wilde Vorstellung durchzuckte meinen Kopf und brachte mich auf die Füße. Ich stieß gegen die Tür, und langsam ging sie auf. Das Geschoß, das mich befreit hatte, hatte auch die Feder freigegeben, die die Tür hielt.

Entgegen allen Grundsätzen der Klugheit begann ich zum erstenmal, Hoffnung zu schöpfen. Ich nahm meinen Hut ab und spürte ein Brennen auf der Stirn, so daß ich sie einen Augenblick gegen die kühle Wand preßte ... Vielleicht hielt mein Glück noch an. Plötzlich überschwemmten mich Gedanken an Mary, an Blenkiron, an Peter und an alles, für das wir gearbeitet hatten, und mein größter Wunsch war der Sieg.

Ich hatte keine Ahnung vom Inneren des Hauses oder wo der Hauptausgang zur Außenwelt lag. Meine Lampe zeigte einen langen Gang, an dessen Ende sich so etwas wie eine Tür befand, aber sie strich ich vorerst aus meinen Überlegungen, denn ich wagte nicht, sie jetzt zu öffnen. Im Hause war es totenstill. Während ich lauschte, schien ich zu hören, wie weit entfernt eine Tür geöffnet wurde, und dann war alles wieder still.

Ich tastete mich durch den Gang, bis meine Hände gegen die Tür am anderen Ende stießen. Ich hoffte, daß sie in die Diele führte, von wo aus ich durch ein Fenster oder über einen Balkon entkommen konnte, denn die Haustür war sicherlich versperrt. Ich lauschte, hörte jedoch keinen Laut. Es hatte keinen Sinn, noch länger zu zögern; so bewegte ich den Türgriff und öffnete sie einen Spalt.

Sie knarrte, und mit klopfendem Herzen wartete ich darauf, entdeckt zu werden, denn jenseits der Tür sah ich Licht. Aber nichts rührte sich, so daß der Raum leer sein mußte. Ich schob meinen Kopf und dann meinen Körper durch den Türspalt.

Es war ein großes Zimmer; in einem Ofen dröhnten Holzscheite, und der Fußboden war mit Teppichen bedeckt. An den Wänden standen Bücher, und auf einem Tisch in der Mitte des Zimmers brannte eine Leselampe. Auf dem Tisch standen mehrere Kuriertaschen, und außerdem entdeckte ich einen kleinen Stapel Papiere. Noch vor einer Minute hatte ein Mann hier gesessen, denn eine zur Hälfte gerauchte Zigarre lag qualmend am Rand des Schreibzeuges.

In diesem Moment hatte ich meinen Verstand vollständig zurückgewonnen, und dazu auch meine Selbstbeherrschung. Überdies kehrte auch ein Teil jener alten Gleichgültigkeit zurück, die mir früher so oft geholfen hatte. Ivery war weggefahren, aber das hier war sein Heiligtum. Wie auf den Dächern von Erzerum, als ich darauf brannte, die Papiere von Stumm in meinen Besitz zu bringen, so mußte ich jetzt um jeden Preis die auf dem Tisch liegenden Papiere sehen.

Ich ging zum Tisch und nahm das oberste Papier in die Hand. Es war ein kleiner, mit Schreibmaschine beschriebener blauer Zettel, und in einer Ecke befand sich ein seltsamer roter Stempel. Der Text lautete:

»Die Wildvögel müssen heimkehren.«

Im gleichen Augenblick hörte ich Schritte, und die Tür auf der anderen Seite des Zimmers öffnete sich. Ich wich zum Ofen zurück und tastete in der Tasche nach meiner Pistole.

Ein Mann trat ein, leicht gebeugt wie ein Gelehrter, mit ungekämmtem Bart und Augen, die groß, müde und dunkel waren. Bei meinem Anblick richtete er sich auf, und sein ganzer Körper spannte sich. Es war der portugiesische Jude, dessen Rücken ich zuletzt in der Tür der Schmiede von Skye gesehen hatte und der, zu meinem großen Glück, mein Gesicht noch nie erblickt hatte.

Ich hörte auf, nach meiner Pistole zu tasten, denn mir fiel etwas ein. Bevor er ein Wort äußern konnte, sprach ich bereits.

»Die Vögelein schweigen im Walde«, sagte ich.

Sein Gesicht verzog sich zu einem freundlichen Lächeln, und er erwiderte: »Warte nur, balde ruhest du auch.«

»Ach«, sagte er dann auf deutsch und streckte mir die Hand entgegen, »Sie sind den anderen Weg gekommen, obgleich wir annahmen, Sie kämen über Modane. Ich heiße Sie willkommen, denn ich weiß, was Sie geleistet haben. Sie sind Conradi, der in Italien so Hervorragendes leistete?«

Ich verneigte mich. »Ja«, sagte ich, »ich bin Conradi.«

17

DER BERG DER SCHWALBEN

Er deutete auf den Zettel, der auf dem Tisch lag.

»Haben Sie die Befehle gesehen?«

Ich nickte.

»Der langen Tage Arbeit ist vorüber. Sie müssen sich freuen, denn meiner Ansicht nach war Ihre Rolle die schwerste. Eines Tages müssen Sie mir davon erzählen.«

Das Gesicht des Mannes war ehrlich und freundlich, sehr ähnlich dem des Ingenieurs Gaudian, den ich zwei Jahre zuvor in Deutschland kennengelernt hatte. Aber seine Augen faszinierten mich, denn es waren die Augen eines Träumers und Fanatikers, der von der Suche nicht abließ, solange er lebte. Meiner Ansicht nach hatte Ivery diesen Mitarbeiter sehr gut ausgesucht.

»Meine Aufgabe ist noch nicht erledigt«, sagte ich. »Ich bin hergekommen, um Chelius zu sprechen.«

»Morgen abend ist er zurück.«

»Das ist zu spät. Ich muß ihn sofort sprechen. Er ist nach Italien gefahren, und ich muß ihn einholen.«

»Sie müssen am besten wissen, was Ihre Pflicht ist«, sagte er ernst.

»Aber Sie müssen mir helfen. Ich muß ihn in Santa Chiara einholen, denn es geht um Leben und Tod. Gibt es hier einen Kraftwagen?«

»Nur meinen. Aber ein Chauffeur ist nicht da. Chelius nahm ihn mit.«

»Ich kann selbst fahren und kenne die Straße. Allerdings besitze ich keinen Paß, um die Grenze zu überschreiten.«

»Dem ist leicht abzuhelfen«, sagte er lächelnd.

In einem Bücherregal befand sich eine Schublade, die mit Buchrücken verkleidet war. Er schloß sie auf und zog sie heraus, und dann entnahm er ihr einen kleinen Kasten. Aus verschiedenen Papieren wählte er eines, das bereits unterschrieben zu sein schien.

»Name?« fragte er.

»Schreiben Sie Hans Gruber aus Brieg«, sagte ich. »Ich will meinen Herrn abholen, der im Holzhandel tätig ist.«

»Und Ihre Rückkehr?«

»Ich komme auf dem alten Weg zurück«, sagte ich vieldeutig; und wenn er wußte, was ich meinte, war es mehr, als ich selbst wußte.

Er vervollständigte den Ausweis und gab ihn mir. »Damit kommen Sie bei den Grenzposten durch. Und jetzt zum Wagen. Die Diener sind bereits zu Bett gegangen, denn sie haben eine lange Reise vorbereitet; aber ich werde Ihnen den Wagen selbst zeigen. Im Tank ist genügend Benzin, um bis Rom zu fahren.«

Er führte mich durch die Diele, schloß die Haustür auf, und über den verschneiten Rasen gingen wir zur Garage. Abgesehen von einem großen Wagen, dessen Verschmutzung darauf schließen ließ, daß er aus dem verschlammten Flachland kam, war die Garage leer. Zu meiner Freude sah ich, daß es ein Daimler war, ein Typ, der mir vertraut war. Ich schaltete die Scheinwerfer ein, warf den Motor an und fuhr auf die Straße.

»Sie werden einen Mantel benötigen«, sagte er.

»Ich trage nie einen.«

»Lebensmittel?«

»Ich habe Schokolade bei mir. Frühstücken tue ich in Santa Chiara.«

»Also gut – Gott schütze Sie!«

Eine Minute später raste ich am See entlang nach St. Anton.

Vor dem Häuschen auf dem Hügel hielt ich. Peter war noch nicht im Bett. Ich fand ihn neben dem Feuer sitzend vor, wo er zu lesen versuchte, aber seinem Gesicht sah ich an, daß er besorgt auf mein Eintreffen gewartet hatte.

»Wir stecken ganz schön drin, Alter«, sagte ich, als ich die Tür schloß. Mit einem Dutzend Sätzen erzählte ich ihm die Ereignisse der Nacht, von Iverys Plan und von meinem verzweifelten Auftrag.

»Du wolltest dabei sein«, sagte ich. »Gut – jetzt hängt

alles allein von dir ab. Ich muß hinter Ivery her, und Gott weiß, was dabei geschieht. Inzwischen mußt du versuchen, Blenkiron zu erreichen, und ihm berichten, was ich dir erzählt habe. Irgendwie muß er die Nachrichten an das Generalhauptquartier weitergeben. Er muß die Wildvögel fangen, bevor sie ausfliegen. Wie, weiß ich auch nicht, aber er muß es. Sage ihm, daß alles von ihm und dir abhängt, denn ich bin jetzt nicht mehr dabei. Ich muß Mary retten, und wenn es Gottes Wille ist, werde ich mit Ivery abrechnen. Die Hauptaufgabe hat jedoch Blenkiron – und hast du. Irgendwie hat er etwas falsch gemacht, und der Feind ist ihm voraus. Er muß alles tun, um den Vorsprung einzuholen ... Mein Gott, Peter, das ist der ernsteste Augenblick unseres Lebens. Noch sehe ich zwar kein Licht, aber wir dürfen uns keine Möglichkeit entgehen lassen. Ich überlasse alles dir.«

Ich redete wie ein Mensch im Fieber, denn nach allem, was ich durchgemacht hatte, war ich nicht mehr ganz bei Sinnen. Die Kühle, die ich noch im Rosa Chalet gezeigt hatte, war einer wahnwitzigen Ruhelosigkeit gewichen. Noch heute sehe ich Peter vor mir, wie er im Lichtkreis der Lampe stand, sich auf eine Stuhllehne stützte, die Stirn runzelte und sich, wie immer in Momenten der Erregung, langsam am linken Ohrläppchen kratzte. Sein Gesicht war glücklich.

»Keine Angst, Dick«, sagte er. »Alles kommt schon in Ordnung. *Ons sal'n plan maak.*«

Und dann, immer noch vom Teufel der Unruhe besessen, war ich wieder auf der Straße und fuhr in Richtung des Passes, der nach Italien führte.

Der Dunst war vom Himmel verschwunden, und die Sterne funkelten hell. Der Mond, der am Ende seines ersten Viertels war, verschwand gerade hinter den Bergen, als ich die leichte Steigung von St. Anton zum größeren Staubtal hochfuhr. Es fror, und der harte Schnee knirschte unter den Rädern, aber in der Luft lag auch etwas, das auf Sturm hindeutete. Ich überlegte, ob ich in der Höhe in Schnee geraten würde. Das ganze Land lag in tiefem Frieden. In den Ortschaften, durch die ich kam, brannte kein Licht, und auf der Straße war keine Menschenseele.

Im Staubtal stieß ich auf die Hauptstraße und bog nach links in das immer enger werdende Tal ein. Die Straße war in ausgezeichnetem Zustand, und der Wagen lief großartig, als ich durch die verschneiten Tannenwälder langsam in höhere Lagen kam, wo die Berge zusammenrückten und die Straße sich um große Felsvorsprünge wand oder gefährlich an tiefen Schluchten entlangführte, wo nur Holzpfosten vor dem Abgrund schützten. Stellenweise türmte der Schnee sich zu Mauern, wo die Straße von Menschenhand freigeschaufelt worden war; an anderen Stellen bildete er nur eine dünne Schicht, und im schwachen Licht hätte man glauben können, durch flaches Weideland zu fahren.

Langsam wurde mein Kopf klarer, und ich konnte mich mit meinem Problem gründlich beschäftigen. Aus meinen Gedanken verbannte ich jene Situation, die ich hinter mir gelassen hatte. Blenkiron mußte tun, was ihm möglich war. Ihm blieb es überlassen, mit den Wildvögeln fertigzuwerden, denn meine Aufgabe war jetzt allein Ivery. Irgendwann würde er am frühen Vormittag Santa Chiara erreichen, und dort würde er Mary vorfinden. Darüber hinaus reichte meine Phantasie nicht. Sicherlich war sie allein – so viel traute ich seiner Klugheit jedenfalls zu; er würde sie zu zwingen versuchen, ihn zu begleiten, oder vielleicht überredete er sie auch mit irgendeiner erlogenen Geschichte. Aber ich würde noch rechtzeitig zum Schluß dieser Unterhaltung kommen, und bei diesem Gedanken verfluchte ich die Steigungen, die ich hochfuhr, und wünschte mir ein Wunder herbei, durch das der Daimler über den Gipfel getragen und auf der anderen Seite wieder abgesetzt würde, um dann nach Italien hinunterzurasen.

Meiner Ansicht nach war es etwa halb vier, als ich die Lichter des Grenzposten sah. Die Luft schien milder als in den Tälern, und auf meiner rechten Wange spürte ich das leichte Schneegestöber. Zwei verschlafene schweizerische Posten stolperten, die Gewehre in der Hand, heraus, als ich hielt.

Sie gingen mit meinem Paß in die Baracke, und ich verbrachte eine sorgenvolle Viertelstunde, in der sie ihn prüften. Der Vorfall wiederholte sich fünfzig Meter weiter beim italienischen Posten, wo die Männer zu meiner Sorge die Absicht hatten, sich mit mir zu unterhalten. Ich spielte die Rolle des mürrischen Dieners, antwortete nur einsilbig und heuchelte unendliche Einfalt.

»Sie kommen gerade noch rechtzeitig, Freund«, sagte einer auf deutsch. »Das Wetter wird schlecht, und der Paß wird bald gesperrt. Mensch, es ist fast so kalt wie letzten Winter am Tonale. Weißt du noch, Giuseppe?«

Aber schließlich ließen sie mich weiterfahren. Eine Zeitlang tastete ich mich vorsichtig voran, denn auf dem Gipfel hatte die Straßen viele Kehren, und Schneefall verschlechterte die Sicht. Dann kam ein steiles Gefälle, und ich ließ den Daimler laufen. Es wurde kälter, und ich fror: der Schnee verwandelte sich in einen nassen weißen Nebel, der das Licht der Scheinwerfer dämpfte. Und ständig führte die Straße bergab, einmal in weit ausholenden Kurven, das andere Mal in steilen Kehren, bis ich ein enges Tal erkannte, das sich in südlicher Richtung öffnete. Da ich lange in der Wildnis gelebt habe, besitze ich eine Art Sinn für die Landschaft, auch ohne das Zeugnis der Augen, und so wußte ich genau, wann der Hohlweg enger oder breiter wurde, obgleich es stockfinster war.

Trotz meiner Unruhe mußte ich langsam fahren, denn nach dem ersten Gefälle hatte ich gemerkt, daß ich den Wagen zuschanden fahren und alles verderben würde, wenn ich nicht aufpaßte. Die Straße am Südhang der Berge war tausendmal schlechter als auf der Nordseite. Ich schleuderte und rutschte, und einmal streifte ich den Rand des Abgrunds. Es war viel anstrengender als bergauf, denn da mußte der Wagen sich ständig mühen, während ich ihn hier zurückhalten mußte, weil mir die Gewandtheit fehlte. Ich vermute, daß die Zeit, die ich vom Gipfel des Staub hinunterfuhr, zu den mühsamsten Stunden gehört, die ich jemals verbrachte.

Ganz plötzlich kam ich aus dem schlechten Wetter in ein völlig anderes Klima. Der Himmel über mir war klar, und ich sah, daß die Morgendämmerung nahte. Die ersten Tannenwälder begannen, und endlich kam eine gerade Strecke, wo ich den Wagen ausfahren konnte. Meine Stimmung begann sich zu erholen, denn sie war sehr bedrückt gewesen, und ich schätzte die Entfernung ab, die noch vor mir lag ... Und dann, ohne jede Warnung, tat eine neue Welt sich um mich auf. Aus der blauen Dämmerung erhoben sich weiße Gestalten wie Gespenster, Gipfel, Nadeln und Dome aus Eis, deren unterer Teil in nebligem Schatten lag, während die Spitzen so hoch ragten, daß sie wie Edelsteine glühten. Einen ähnlichen Anblick hatte ich noch nie erlebt, und dieses Wunder vertrieb für einen Augenblick jegliche Besorgnis aus meinem Herzen. Überdies bekam ich dadurch einen Vorgeschmack des Sieges. Wieder war ich in klarer Luft, und mit Sicherheit stand fest, daß hier die faulenden Dinge, die die Dunkelheit liebten, vergehen mußten ...

Und dann sah ich, eine Meile vor mir, das kleine, viereckige und rotgedeckte Gebäude, das – wie ich wußte – der Gasthof von Santa Chiara war.

Ausgerechnet hier traf mich ein Mißgeschick. Ich war sorglos geworden und achtete mehr auf das Haus als auf die Straße. An einer Stelle war der Berghang abgerutscht – es mußte gerade passiert sein, denn sonst war die Straße gut gehalten –, und den Erdrutsch sah ich erst, als ich mittendrin war. Ich riß den Wagen nach rechts, holte zu weit aus, und bevor ich etwas ändern konnte, kippte der Wagen über die äußere Kante. Ich trat auf die Bremsen, aber um mich nicht zu überschlagen, mußte ich mit dem Wagen von der Straße hinunter. Ich rutschte einen steilen Abhang hinunter bis auf eine Wiese, wo ich zur Strafe mit einem Stoß, der mich aus meinem Sitz riß und mir fast den Arm brach, gegen einen umgefallenen Baumstamm prallte. Bevor ich den Wagen noch untersucht hatte, wußte ich, was geschehen war. Die Vorderachse war verbogen, und das rechte Vorderrad war erheblich beschädigt.

Ich hatte keine Zeit, meine Dummheit zu verfluchen. Ich kletterte zur Straße zurück und rannte, so schnell ich konnte, bergab. Ich war sehr steif, denn Iverys Falle hatte meinen Gelenken nicht gerade gut getan, aber ich empfand es lediglich als Behinderung des Tempos und nicht als eigentliches Hindernis. Meine ganzen Gedanken waren auf das Haus vor mir und auf das gerichtet, was möglicherweise dort geschah.

In der Tür des Gasthofes stand ein Mann, der, als er mich erblickte, mir entgegenzugehen begann. Ich sah, daß es Launcelot Wake war, und sein Anblick gab mir neue Hoffnung.

Aber sein Gesicht erschreckte mich. Es war erschöpft und hager wie das eines Mannes, der nie schläft, und seine Augen glühten.

»Hannay«, rief er, »um Gottes willen, was hat das zu bedeuten?«

»Wo ist Mary?« keuchte ich, und ich erinnere mich, daß ich mich an seinem Rockaufschlag festklammerte.

Er zog mich zu einer niedrigen Steinmauer am Straßenrand.

»Ich weiß es nicht«, sagte er heiser. »Wir erhielten Ihren Befehl, heute morgen hierherzukommen. Wir waren in Chiavagno, wo wir auf Anordnung Blenkirons warten sollten. In der vergangenen Nacht verschwand Mary ... Ich stellte fest, daß sie einen Wagen gemietet hatte und losgefahren war. Sofort folgte ich ihr, und als ich vor einer Stunde hier ankam, stellte ich fest, daß sie weg war ... Die Frau, die die Gastwirtschaft betreibt, ist nicht da, und im Haus sind nur zwei alte Frauen. Sie erzählten mir, daß Mary spät angekommen wäre, und sehr früh am Morgen wäre ein geschlossener Wagen über den Staub gekommen, in dem ein Mann saß. Sie sagen, er hätte nach der jungen Dame gefragt, und die beiden hätten sich eine Zeitlang unterhalten, und dann wäre sie mit ihm im Wagen talabwärts gefahren ... Unterwegs muß er an mir vorbeigekommen sein ... Hier muß es sich um irgendeine finstere Teufelei handeln, der ich nicht folgen kann. Wer war der Mann? Wer war dieser Mann?«

Er sah aus, als wollte er mich erdrosseln. »Das kann ich Ihnen sagen«, erwiderte ich. »Es war Ivery.«

Eine Sekunde lang starrte er vor sich hin, als begriffe

er nicht. Dann sprang er auf und fluchte wie ein alter Soldat. »Sie sind schuld daran, und das habe ich schon immer gewußt. Ich habe gewußt, daß aus Ihren teuflischen Spitzfindigkeiten nichts Gutes entstehen kann.« Und er wünschte mich und Blenkiron und die britische Armee und Ivery und überhaupt alles zum Teufel.

Über den Ärger war ich bereits hinaus. »Setzen Sie sich, Mann«, sagte ich, »und hören Sie zu.« Ich erzählte ihm, was im Rosa Chalet passiert war. Den Kopf in den Händen vergraben, hörte er mir zu. Die Sache stand zu schlimm, um noch zu fluchen.

»Die Untergrundbahn!« ächzte er. »Der Gedanke daran macht mich verrückt. Warum sind Sie so ruhig, Hannay? Sie ist in den Händen des klügsten Teufels der Welt, und Sie nehmen es ruhig hin. Wie ein Wahnsinniger müßten Sie jetzt toben!«

»Das würde ich, wenn es irgendeinen Nutzen hätte, aber getobt habe ich vergangene Nacht im Hause Iverys genug. Wir müssen uns jetzt zusammenreißen, Wake. Vor allem vertraue ich Mary über alles. Sie ist aus freiem Willen mit ihm gegangen. Warum, weiß ich nicht, aber einen Grund muß sie gehabt haben, und sicherlich war es ein guter Grund, denn sie ist weit klüger als Sie und ich ... Irgendwie müssen wir ihr folgen. Ivery will nach Deutschland, aber sein Weg führt über das Rosa Chalet, denn er hofft, mich dort noch vorzufinden. Er ist talabwärts gefahren; folglich kehrt er über den Marjolana in die Schweiz zurück. Das ist ein weiter Umweg und kostet ihn fast einen Tag. Warum er diesen Weg wählt, weiß ich nicht, aber jedenfalls benutzt er ihn. Wir müssen über den Staub zurück.«

»Wie sind Sie hergekommen?« fragte er.

»Das ist unser verdammtes Pech. Ich bin mit einem erstklassigen Daimler-Sechszylinder gekommen, der jetzt eine Meile bergauf als Wrack auf einer Wiese liegt. Wir müssen es zu Fuß schaffen.«

»Das geht nicht. Es würde zu lange dauern. Abgesehen davon müßten wir über die Grenze.«

Reuevoll erinnerte ich mich, daß der portugiesische Jude

mir vielleicht auch einen Paß für die Rückkehr gegeben hätte, wenn ich weiter gedacht hätte als nur an mein Ziel, Santa Chiara zu erreichen.

»Dann müssen wir den Umweg über die Berge nehmen und den Posten ausweichen. Es hat keinen Sinn, Wake, Schwierigkeiten zu machen. Viel Zeit haben wir nicht mehr, und deswegen müssen wir es versuchen, bis wir umfallen. Sonst befolge ich noch Ihren Rat und werde verrückt.«

»Und angenommen, Sie kehrten nach St. Anton zurück, dann würden Sie das Haus verschlossen vorfinden, und die Reisenden wären bereits Stunden zuvor mit der Untergrundbahn abgefahren.«

»Sehr wahrscheinlich. Aber, Mann, es besteht immer noch die Möglichkeit einer Chance. Es hat keinen Sinn, die Hände zu ringen, bis das Spiel vorüber ist.«

»Hören Sie endlich mit Ihren dummen Redensarten auf, und sehen Sie dort hinauf.«

Er hatte einen Fuß auf die Mauer gestellt und starrte zu einem Spalt in der Schneelinie, die quer durch das Tal führte. Die Kuppe eines hohen Berges fiel scharf ab, bildete eine Art Nische und stieg dann wieder in einer langgeschwungenen verschneiten Kurve nach oben. Alles unterhalb der Nische lag noch in tiefem Schatten, aber aus der Art der Hänge schloß ich, daß ein Nebengletscher vom Hauptgletscher bis zum Fluß verlief. »Das ist der Colle delle Rondini«, sagte er, »der Berg der Schwalben. Über ihn führt der Weg ins Staubtal, nahe Grünewald. An einem guten Tag habe ich es in sieben Stunden geschafft, aber im Winter ist der Paß nicht zu begehen. Natürlich ist es schon gemacht worden, aber nicht häufig ... Wenn das Wetter hält, könnte es dennoch gehen, und dann würden wir gegen Abend in St. Anton sein. Ich überlege gerade ...« Mit abschätzendem Blick betrachtete er mich von oben bis unten. »Ich überlege gerade, ob Sie es durchhalten würden.«

Meine Steifheit war verschwunden, und ich brannte darauf, meine Rastlosigkeit in körperliche Anstrengung zu verwandeln.

»Wenn Sie es schaffen, kann ich es auch«, sagte ich.

»Das ist Unsinn. Jetzt irren Sie sich. Sie sind zwar kräftig, aber kein Bergsteiger, und das Eis des Colle delle Rondini verlangt Erfahrung. Es wäre Wahnsinn, es mit einem Neuling zu riskieren, wenn es eine andere Möglichkeit gäbe. Aber ich sehe keine, und daher werde ich es riskieren. Seil und Pickel können wir im Gasthof bekommen. Machen Sie mit?«

»Selbstverständlich. Sieben Stunden, sagten Sie? Dann müssen wir es in sechs schaffen.«

»Sie werden bescheidener sein, wenn wir erst auf dem Eis sind«, sagte er verbissen. »Am besten frühstücken wir jetzt, denn Gott weiß, wann wir wieder etwas zu essen bekommen.«

Fünf Minuten vor neun verließen wir das Gasthaus, während der Himmel wolkenlos war und aus Nordwesten ein steifer Wind wehte, den wir selbst im tief eingeschnittenen Tal verspürten. Wake ging mit einem langen und langsamen Schritt, der meine Geduld erschöpfte. Ich wollte vorwärts, aber er forderte mich auf, mit ihm Schritt zu halten. »Befehle bekommen Sie jetzt von mir, denn ich habe diese Sache schon einmal gemacht. Vergessen Sie nicht die Disziplin des Soldaten!«

Die Schlucht, in der der Fluß schäumte, überquerten wir auf einer mit Planken belegten Brücke, und dann mühten wir uns am rechten Ufer hoch, an der Moräne vorüber, bis zum Ausläufer des Gletschers. Das Gehen fiel schwer, denn der Schnee verbarg die Felsen, und häufig stolperte ich in Löcher. Wake verlangsamte seinen Schritt nie; hin und wieder blieb er jedoch stehen, um die Luft tief einzuziehen.

Ich meinte, daß das Wetter gut aussehe, aber er war anderer Ansicht. »Es ist zu klar. Auf dem Berg wird es erheblich stürmen, und nachmittags wird es vermutlich schneien.« Er deutete auf eine dicke gelbe Wolke, die über den nächsten Gipfel zu kriechen begann. Danach hatte ich das Gefühl, als würde sein Schritt länger.

»Ein Glück, daß ich meine Stiefel in Chiavagno besohlen und benageln ließ«, war das einzige, das er dann noch sagte, bis wir die *séracs* des Hauptgletschers überquert und uns dem kleineren Eisstrom des Colle delle Rondini zugewandt hatten.

Um halb elf hatten wir den Gipfel fast erreicht, und deutlich sah ich das Band aus reinem Eis zwischen schwarzen Felsen, die so steil waren, daß der Schnee auf ihnen nicht liegen blieb; dieses Band war der Zugang zum Berg. Der Himmel hatte sich bewölkt, und ein häßliches Licht lag auf den hohen Hängen. Am Fuß des Bergschrundes seilten wir uns an, obgleich er wegen des winterlichen Schnees leicht zu passieren war. Wake ging natürlich voraus, und wenig später kamen wir zum Gletscherhang.

In meiner Jugend war ich viel in Felsen herumgeklettert und hatte mir fest vorgenommen, einmal in die Alpen zu fahren, um mich auch an hohen Gipfeln zu erproben. Sollte es jemals dazu kommen, werde ich die ehrlichen Felstürme um Chamonix ersteigen, denn mit verschneiten Bergen möchte ich nie wieder etwas zu tun haben. Jener Tag am Colle delle Rondini hat mir ein für alle Male genügt. Ich wage zu behaupten, daß es mir vielleicht Spaß gemacht hätte, wenn es im Urlaub passiert wäre, mit genügend Zeit und in guter Laune. Aber diese Rinne mit wehem Herzen und dem verzweifelten Zwang zur Eile hochzukriechen, war schlimmer als jeder Alptraum. Die Wand war steil wie eine Mauer und bestand aus glattem schwarzem Eis, das hart wie Granit zu sein schien. Wake schlug die Stufen, und ich bewunderte ihn ungeheuer. Viel Kraft schien er dabei nicht anzuwenden, und dennoch war jede Stufe sauber und in der richtigen Größe geschlagen, und auch der Abstand stimmte. Hierbei zeigte sich, daß er ein wahrer Könner war. Dankbar war ich, daß Blenkiron uns nicht begleitete, denn selbst ein Eichhörnchen wäre schwindlig geworden. Die Eisstücke rutschten zwischen meinen Beinen hindurch, und ich konnte sie beobachten, bis sie unmittelbar über dem Bergschrund zerschellten.

Das Eis lag im Schatten, und es war bitterkalt. Während wir langsam hochstiegen, hatte ich keine Gelegenheit, den Pickel zu benutzen, um mich aufzuwärmen, denn während ich auf einem Bein stand und auf die nächste Stufe wartete, wurde ich langsam taub. Schlimmer noch war, daß meine Beinmuskeln sich verkrampften. Ich war zwar körperlich in guter Verfassung, aber die Zeit, die ich unter Iverys Gestell gelegen hatte, hatte meinen Gliedmaßen nicht gerade gut getan. Meine Wadenmuskeln verkrampften sich und wurden hart, bis ich vor Schmerzen beinahe winselte. Todesangst hatte ich davor, irgendwann auszurutschen, und sobald ich mich bewegte, rief ich Wake an, um ihn zu warnen. Er merkte, was passierte, und schlug seinen Pickel in das Eis, bevor ich mich bewegen durfte. Häufig redete er mit mir, um mich aufzumuntern, und seine Stimme hatte ihre Schärfe völlig verloren. Er ähnelte jenen verdrießlichen Generalen, die, wie ich wußte, in einer Schlacht sehr freundlich sein können.

Schließlich setzte Schneefall ein, ein sanftes Schneegestöber wie die Überreste eines Sturmes, der jenseits des Kammes tobte. Unmittelbar darauf rief Wake mir zu, daß wir den Kamm in fünf Minuten erreicht haben würden. Er blickte auf seine Armbanduhr. »Eine verdammt gute Zeit. Nur fünfundzwanzig Minuten hinter meiner schnellsten. Es ist noch nicht ein Uhr.«

Als nächstes weiß ich nur noch, daß ich der Länge nach auf einem Polster aus Schnee lag und meine verkrampften Waden massierte, während Wake mir ins Ohr brüllte, daß uns jetzt einiges bevorstünde. Ich merkte den jagenden Schneesturm zwar, dachte jedoch nur daran, daß endlich die Schmerzen aufhörten. Minutenlang lag ich auf dem Rücken, die Beine in die Luft gestreckt und die Füße einwärts gedreht, während die Muskeln sich langsam entspannten.

Sicherlich war es nicht der geeignete Ort, länger zu verweilen. Wir blickten in ein Tal mit treibendem Nebel, der manchmal beiseite wirbelte und den Blick auf einen schwarzen Felsen freigab, der tief unter uns lag. Wir aßen von meiner Schokolade, während Wake mir ins Ohr brüllte, daß wir jetzt nicht mehr so viele Stufen hauen müßten. Er tat sein Möglichstes, um mich aufzumuntern, konnte jedoch seine Besorgnis nicht verbergen. Unsere

Gesichter waren eisverkrustet, ähnlich einem Hochzeitskuchen, und das Stechen des Windes schmerzte auf den Augenlidern wie Peitschenhiebe.

Der erste Teil war leicht; es ging einen Hang mit festem Schnee hinunter, wo wir keine Stufen benötigten. Dann kam wieder Eis, und wir mußten die Stufen unter dem frischen Schnee schlagen. Das war so mühsam, daß Wake sich auf der rechten Seite der Rinne am Felsen hielt, wo wir Schutz vor der Hauptkraft des Sturmes hatten. Das fiel mir leichter, denn bei Felsen kannte ich mich aus, obgleich es schwierig genug war, da jeder Halt für Hand oder Fuß vereist war. Wenig später wurden wir wieder auf das Eis hinausgetrieben und hackten uns mühsam durch einen Engpaß, an dem die Seitenwände aneinanderrückten. Dort war der Wind entsetzlich, denn die Enge bildete eine Art Trichter, und beim Abstieg wurden wir gegen die Wand gepreßt und konnten kaum atmen, während der Sturm an unseren Körpern zerrte, als wollte er uns wie Grasbüschel in den Abgrund schleudern.

Danach weitete die Schlucht sich wieder, und wir kamen an einen leichteren Abhang, bis wir uns plötzlich an eine große Felszunge gepreßt wiederfanden, um die der Schnee wie der Schaum in einem Wasserstrudel wehte. Während wir stehenblieben, um Luft zu holen, schrie Wake mir ins Ohr, daß dies der Schwarzstein wäre.

»Der was?« brüllte ich.

»Der Schwarzstein. Die Schweizer nennen den Paß Schwarzsteinthor. Von Grünewald aus kann man ihn sehen.«

Jeder Mensch trägt wahrscheinlich einen Rest Aberglauben in sich. Diesen Namen an diesem grausamen Ort zu hören, gab mir plötzlich Zuversicht. Ich schien alles, was ich bisher getan hatte, als Teil eines großen vorbestimmten Planes zu sehen. Sicherlich war es nicht ohne Absicht, daß die Worte, die in dem langen Spiel den Schlüssel zu meinem ersten Abenteuer gebildet hatten, in seiner letzten Phase wieder auftauchten. Ich fühlte neue Kraft in Beinen und Lungen. »Ein gutes Omen«, schrie ich. »Wake, Menschenskind, wir schaffen es.«

»Das Schlimmste kommt noch«, sagte er.

Und er hatte recht. Um diese Felszunge herum zum niedrigen Schnee der Rinne zu gelangen, war eine Aufgabe, die uns fast den letzten Rest unserer Kraft kostete. Noch heute spüre ich den säuerlich faden Geruch von nassem Fels und Eis und die grausamen Schmerzen der Nerven in meiner Stirn. Die Kaffern sagten immer, daß auf dem Hohen Berg die Teufel wohnten, und die Gegend, in der wir uns jetzt befanden, war sicherlich den Mächten der Luft überlassen worden, die menschliches Leben nicht kannten. Ich schien in einer Welt zu stehen, die seit jener Ewigkeit bestand, die vom Menschen noch nicht einmal geträumt hatte. Gnadenlos ging es hier zu, und die Elemente erprobten ihre unsterbliche Kraft an zwei Zwergen, die ihr Heiligtum geschändet hatten. Ich sehnte mich nach Wärme, nach dem Schein des Feuers, nach einem Baum oder einem Grashalm oder irgend etwas, das ein Zeichen für den Schutz der Sterblichen war. Jetzt wußte ich, was die Griechen mit Panik meinten, denn die Apathie der Natur jagte mir Entsetzen ein. Aber das Entsetzen war für mich auch eine Art Trost. Ivery und das, was er getan hatte, wirkten weniger schrecklich. Wenn ich aus dieser Eishölle herauskam, konnte ich ihm mit neuer Zuversicht entgegentreten.

Wake ging voran, denn er kannte den Weg, und der Weg erforderte Kenntnisse. Unter anderen Umständen wäre er, der mit mir angeseilt war, hinter mir gegangen, denn das ist beim Abstieg der Platz des besseren Mannes. Ich erlebte schreckliche Augenblicke, während ich ihm folgte, wenn das Seil sich spannte, weil es mir nicht helfen konnte. Im Zickzack stiegen wir die Felsen hinunter, manchmal auf das Eis der nahegelegenen Rinne getrieben, manchmal am Außenrand des Schwarzsteins, manchmal kleine Spalten hinunterkletternd und über bösartige glatte Platten tastend. Der Schnee blieb dort zwar nicht liegen, aber das dünne Eis knisterte auf dem Gestein, oder das Gestein schwitzte Eiswasser. Häufig verdankte ich es nur der Gnade Gottes, daß ich nicht kopfüber abstürzte und Wake zum weit unter uns liegenden Bergschrund mitriß.

Mehr als einmal rutschte ich aus, aber wie durch ein Wunder fand ich mein Gleichgewicht stets wieder. Noch schlimmer war allerdings, daß Wake müde wurde. Ich spürte, wie er am Seil hing, und seine Bewegungen hatten nicht mehr die Präzision, die sie am Vormittag gehabt hatten. Er war der Bergsteiger, ich der Neuling: wenn er aufgab, würden wir das Tal nie erreichen.

Der Bursche bestand durch und durch aus Tapferkeit. Als wir den Fuß der Wand erreichten und zusammengekauert dort saßen, die Gesichter dem Wind abgewandt, sah ich, daß er dicht vor einer Ohnmacht stand. Was die Anstrengung ihn gekostet haben muß, kann man nur vermuten, aber er machte erst schlapp, als das Schlimmste hinter uns lag. Aus seinen Lippen war jede Farbe verschwunden, und er kämpfte gegen die Übelkeit der Erschöpfung. In seiner Tasche fand ich ein Fläschchen Cognac, und ein Schluck belebte ihn.

»Ich bin fertig«, sagte er. »Der Weg ist jetzt leichter, und ich kann ihn Ihnen beschreiben ... Lassen Sie mich lieber hier. Ich bin doch nur eine Belastung. Wenn es mir besser geht, komme ich nach.«

»Das kommt nicht in Frage, Sie Idiot. Sie haben mich über diesen teuflischen Berg gebracht, ich bringe Sie dafür nach Hause.«

Ich massierte ihm Arme und Beine und gab ihm von meiner Schokolade. Aber als er wieder auf den Füßen stand, zitterte er wie ein Greis. Glücklicherweise führte ein leichter Weg über einen verschneiten Hang, den wir in ausgesprochen unorthodoxem Stil hinabrutschten. Die schnelle Bewegung erfrischte ihn ein wenig, und so konnte er unsere Fahrt noch mit dem Eispickel bremsen, damit wir nicht in hohem Bogen in den Bergschrund stürzten. Den Bergschrund überquerten wir auf einer Schneebrücke und machten uns auf den Weg zu den *séracs* des Schwarzstein-Gletschers.

Ich bin kein Bergsteiger – jedenfalls nicht bei Schnee und Eis –, aber ich besitze doch erhebliche Kräfte, und jetzt brauchte ich sie. Denn diese *séracs* waren eine Erfindung des Teufels. Dieses Labyrinth in einem Schnee-

Topor

sturm zu durchqueren, der die Sicht nimmt, mit einem fast ohnmächtigen Begleiter, der zu schwach war, um den schmalsten Spalt zu überspringen und wie Blei am Seil hing, wenn wir es benutzen mußten, war mehr, als ich bewältigen konnte. Abgesehen davon steigerte jeder Schritt, der uns dem Tal näher brachte, mein Verlangen nach Eile, und das Gehen in diesem Irrgarten aus Eisklumpen ähnelte dem Alptraum, bei dem man auf den Gleisen steht und der Zug heranbraust und man selbst zu schwach ist, um auf den Bahnsteig zu klettern. Sobald wie möglich verließen wir den Gletscher und gingen auf Gestein weiter, und obgleich auch das mühsam genug war, hatte ich doch die Möglichkeit, einen geraden Weg einzuschlagen. Wake schwieg. Als ich mich nach ihm umblickte, war sein Gesicht trotz des Sturmes, der seine Wangen hätte röten müssen, aschfahl, und seine Augen waren halb geschlossen. Er taumelte am Rande der Erschöpfung entlang ...

Schließlich befanden wir uns auf der Moräne, und nachdem wir durch ein Dutzend kleiner aufspritzender Gletscherbäche gewatet waren, stießen wir auf einen Pfad, der bergauf führte. Wake nickte schwach, als ich fragte, ob wir richtig wären. Zu meiner Freude entdeckte ich eine knorrige Tanne.

Ich löste das Seil, und Wake fiel wie ein Klotz zu Boden. »Lassen Sie mich hier«, stöhnte er, »ich bin ziemlich erledigt. Ich komme nach ... später.« Und er schloß die Augen.

Meine Uhr zeigte mir, daß es fünf vorbei war.

»Ich nehme Sie auf den Rücken«, sagte ich. »Ich trenne mich erst von Ihnen, wenn wir ein Haus gefunden haben. Sie sind ein Held. Sie haben mich im Schneesturm über diese verdammten Berge geführt, und das hätte in England kein anderer getan. Stehen Sie auf.«

Er gehorchte, denn er war zu schlapp, um zu widersprechen. Mit einem Taschentuch band ich seine Handgelenke unter meinem Kinn zusammen, denn mit den Armen wollte ich seine Beine festhalten. Seil und Pickel ließen wir unter der Tanne in einem Loch zurück. Dann begann ich, den Pfad zur nächsten Behausung hinabzutrotten.

Meine Kräfte schienen unerschöpflich, und das Quecksilber in meinen Knochen trieb mich vorwärts. Immer noch fiel Schnee, aber der Wind legte sich, und nach dem Inferno auf dem Paß war es hier wie im Sommer. Der Weg wand sich am Berg entlang und dann durch ein Gelände, das im Sommer Weideland sein mußte. Schließlich verlief er zwischen Bäumen hindurch, und weit unter mir hörte ich auf meiner rechten Seite den Gletscherfluß, der durch das Tal schäumte. Dann tauchten kleine leere Hütten auf, dazu mit Brettern umzäunte Weiden, und schließlich standen wir auf einer Fläche oberhalb des Flusses, und ich roch den Holzqualm einer menschlichen Behausung.

In dem Häuschen stieß ich auf einen Bauern mittleren Alters, im Sommer Bergführer von Beruf, im Winter Holzfäller.

»Ich habe meinen Herrn von Santa Chiara herübergebracht«, sagte ich, »über das Schwarzsteinthor. Er ist sehr erschöpft und muß schlafen.«

Ich setzte Wake in einen Sessel, und der Kopf fiel ihm auf die Brust. Aber seine Gesichtsfarbe war besser.

»Sie und Ihr Herr sind Dummköpfe«, sagte der Mann bärbeißig, wenn auch nicht unfreundlich. »Er muß schlafen, sonst kriegt er Fieber. Das Schwarzsteinthor bei diesem Wetter! Ist er Engländer?«

»Ja«, sagte ich, »wie alle Verrückten. Aber er ist ein guter Herr, und ein tapferer Bergsteiger dazu.«

Wir zogen Wake die Rotkreuz-Uniform aus, die nur noch aus nassen Fetzen bestand, legten ihn zwischen Dekken und stellten an seine Füße eine riesige irdene Wärmeflasche. Die Frau des Holzfällers wärmte Milch, und mit einem Schuß Cognac flößten wir sie ihm ein. Seinetwegen war ich erleichtert, denn diesen Zustand kannte ich bereits. Am nächsten Morgen würde er steif wie ein Schürhaken, aber erholt aufwachen.

»Ich gehe jetzt nach St. Anton«, sagte ich. »Heute abend muß ich dort sein.«

»Sie sind ein ganz Zäher«, sagte der Mann lachend.

»Ich zeige Ihnen den schnellsten Weg nach Grünewald, wo die Eisenbahn durchkommt. Wenn Sie Glück haben, bekommen Sie vielleicht noch den letzten Zug.«

Im Namen meines Herrn gab ich ihm fünfzig Francs, ließ mir die Richtung zur Straße zeigen, und nach einem Schluck Ziegenmilch ging ich los, wobei ich mein letztes Stück Schokolade aß. Meine Bewegungen waren immer noch fast mechanisch, und ohne ein Gefühl von Müdigkeit lief ich die drei Meilen bis zum Staubtal. Der Zug ging erst zwanzig Minuten später, und als ich auf dem Bahnsteig auf einer Bank saß, ließen die Kräfte mich plötzlich im Stich. Ich sehnte mich nach Schlaf, und als der Zug einlief, kroch ich wie ein Mann mit einem Schlaganfall in einen Wagen. Meine Gliedmaßen schienen völlig kraftlos geworden zu sein. Ich merkte, daß ich beinmüde war, ein Zustand, den man bei Pferden häufig, bei Menschen aber nur selten erlebt.

Während der ganzen Bahnfahrt lag ich wie ein Klotz in einer Art Koma, und nur mit Schwierigkeit erkannte ich mein Ziel und verließ stolpernd den Zug. Aber kaum hatte ich den Bahnhof von St. Anton verlassen, bekam ich wieder Auftrieb. Seit gestern war viel Schnee gefallen, aber jetzt hatte es aufgehört, der Himmel war klar und der Mond schien. Der Anblick des vertrauten Ortes brachte jedoch sämtliche Sorgen wieder zurück. Der Tag am Berg der Schwalben war aus meiner Erinnerung gestrichen, und ich sah lediglich das Gasthaus von Santa Chiara und hörte Wakes heisere Stimme, der von Mary erzählte. Aus dem tiefer gelegenen Ort funkelten die Lichter, und rechts sah ich die Baumgruppe, hinter der das Rosa Chalet lag.

Ich nahm eine Abkürzung über die Felder, um den Ort zu meiden. Ich rannte, stolperte häufig, denn obgleich ich meine geistige Energie zurückgewonnen hatte, waren meine Beine noch unsicher. Die Bahnhofsuhr hatte gezeigt, daß es fast halb zehn war.

Bald war ich auf der Landstraße und stand vor den Toren des Chalets. Wie in einem Traum hörte ich, was drei schrille Pfiffe auf einer Trillerpfeife zu sein schienen. Dann fuhr ein großer geschlossener Wagen an mir vorbei in Richtung St. Anton. Eine Sekunde lang wollte ich ihn anhalten, aber dann war er schon vorüber. Andererseits war ich überzeugt, daß meine eigentliche Aufgabe in dem Hause lag, denn ich glaubte, Ivery wäre dort, und Ivery war das einzige, was zählte.

Ohne irgendeinen Plan im Kopf marschierte ich die Auffahrt entlang, nur im blinden Vertrauen auf das Schicksal. Dunkel erinnerte ich mich, daß ich noch drei Patronen in meinem Revolver hatte.

Die Haustür stand offen, ich betrat das Haus und ging auf Zehenspitzen den Gang entlang bis zu dem Zimmer, in dem ich auf den portugiesischen Juden gestoßen war. Niemand hinderte mich, wenngleich der Grund nicht darin lag, daß kein Personal im Hause gewesen wäre. Vielmehr hatte ich den Eindruck, daß Menschen in der Dunkelheit dicht neben mir standen, und ich glaubte, irgend jemanden leise deutsch sprechen gehört zu haben. Jemand war vor mir, vielleicht jene Leute, die sich unterhielten, denn ich hörte vorsichtige Schritte. Es war sehr dunkel, aber unter der Tür des Zimmers drang Licht hindurch. Dann hörte ich hinter mir das Zuschlagen der Haustür und das Geräusch, mit dem der Schlüssel im Schloß umgedreht wurde. Ich war direkt in eine Falle gegangen, und jeder Rückweg war abgeschnitten.

Meine Gedanken begannen klarer zu arbeiten, obgleich meine Absichten mir immer noch unklar blieben. Ich wollte zu Ivery und glaubte, daß er irgendwo vor mir war. Und dann fiel mir die Tür jenes Ganges ein, an der auch die Kammer lag, in der man mich gefangengehalten hatte. Wenn ich den Raum durch diese Tür betrat, hatte ich den Vorteil der Überraschung.

An der rechten Seite des Ganges tastete ich mich entlang und entdeckte einen Türgriff. Die Tür führte in einen Raum, anscheinend ein Eßzimmer, denn es roch ganz schwach nach irgendwelchen Speisen. Wieder hatte ich den Eindruck, daß Menschen in meiner Nähe waren, die mich aus irgendeinem unbekannten Grund nicht belästigten. Am anderen Ende fand ich eine weitere Tür, die zu einem zweiten Raum führte, und dieser mußte meiner

Vermutung nach neben der Bibliothek liegen. Dahinter mußte dann der Gang sein, der von der Kammer mit dem Gestell kam. Im ganzen Hause war es totenstill.

Ich hatte richtig vermutet. Ich stand auf dem Gang, wo ich am Abend zuvor gestanden hatte. Vor mir lag die Bibliothek, und unter der Tür sah ich Licht. Vorsichtig drückte ich den Türgriff hinunter und öffnete die Tür einen Spalt . . .

Das erste, was ich erblickte, war das Profil Iverys. Er blickte zum Schreibtisch, wo irgend jemand saß.

18

DIE UNTERGRUNDBAHN

Das ist die Geschichte, die Mary mir später erzählte: Sie war am neuen Anglo-Amerikanischen Hospital in Mailand, als sie Blenkirons Brief erhielt. Santa Chiara war schon immer der vereinbarte Ort gewesen, aber in diesem Brief wurde Santa Chiara besonders erwähnt und das Datum festgelegt, an dem sie dort sein sollte. Das erstaunte sie ein wenig, denn von Ivery, dem sie zweimal an jene Deckadresse in Frankreich geschrieben hatte, die Bommaerts ihr gegeben hatte, hatte sie bisher nichts gehört. Sie glaubte nicht, daß er nach Italien kommen würde, wenn alles normal verlief, und wunderte sich über die Bestimmtheit, mit der Blenkiron den Zeitpunkt nannte.

Am folgenden Vormittag kam ein Brief von Ivery, in dem er sie dringend um ein Treffen bat. Es war der erste Brief von mehreren, voll von seltsamen Bemerkungen über eine aufziehende Krise, in dem die Ahnungen des Propheten mit der Sorge des Liebhabers vermischt waren. »Der Sturm wird bald ausbrechen«, schrieb er, »und ich kann nicht nur an mein eigenes Schicksal denken. Ich habe Ihnen etwas mitzuteilen, das für Sie von lebenswichtiger Bedeutung ist. Sie schreiben, Sie seien in der Lombardei. Das Tal von Chiavagno ist nicht weit entfernt, und an der Talspitze liegt der Gasthof von Santa Chiara, wo ich am Vormittag des 19. März eintreffen werde. Ich flehe Sie an – erwarten Sie mich dort, und sollte es auch nur für eine halbe Stunde sein. Wir haben bereits Hoffnungen und Vertrauen geteilt, und jetzt möchte ich mit Ihnen Kenntnisse teilen, die in Europa nur ich allein besitze. Sie haben das Herz eines Löwen, würdig dessen, was ich Ihnen bringen kann.«

Wake wurde von der Einheit des Roten Kreuzes angefordert, bei der er in Vicenza arbeitete, und der von Blenkiron ausgearbeitete Plan wurde genau durchgeführt. Vier Alpini-Offiziere sollten ihn am Vormittag des 18., in der derben Kleidung von Bergbauern, in Chiavagno erwarten. Es war geplant, daß die Wirtin von Santa Chiara den Sohn ihrer Schwester besuchen sollte, so daß der Gasthof, der während der winterlichen Ruhezeit geschlossen war, nur der Obhut von zwei ehemaligen Bediensteten anvertraut blieb. Die Stunde von Iverys Ankunft am 19. war von ihm für Mittag festgesetzt, und am gleichen Vormittag sollte Mary talaufwärts fahren, während Wake und die Alpini unauffällig andere Wege benutzten, um gegen Mittag ihre Posten außerhalb des Gasthofes eingenommen zu haben.

Aber am Abend des 18. erhielt Mary im Hotel Vier Könige in Chiavagno eine weitere Mitteilung. Sie stammte von mir, und ich teilte ihr mit, daß ich den Staub um Mitternacht überquerte und vor Anbruch der Dämmerung im Gasthaus sein würde. In dem Schreiben wurde sie gebeten, mich dort zu erwarten, und zwar ohne die anderen, weil das, was ich ihr zu sagen hätte, vor dem Eintreffen Iverys gesagt werden müßte. Ich habe den Brief gesehen. Er war in einer Handschrift geschrieben, die ich von meinem eigenen Gekritzel nicht unterscheiden konnte. Er enthielt genau das, was ich selbst geschrieben hätte, und die Redensarten konnten, nach Ansicht Marys, einzig und allein von mir sein. Ich gebe ohne weiteres zu, daß der Brief sehr geschickt gemacht war, insbesondere die Liebeserklärung, die genauso unbeholfen war, wie ich sie geschrieben hätte, hätte ich versucht, meine Gefühle zu Papier zu bringen.

Jedenfalls zweifelte Mary nicht an seiner Echtheit. Nach dem Abendbrot verschwand sie, mietete einen Wagen mit zwei asthmatischen Rössern und fuhr in das Tal. Für Wake hinterließ sie einen Zettel, mit dem sie ihm mitteilte, ihr entsprechend dem Plan zu folgen – ein Zettel, den er nie erhielt, denn als er feststellte, daß sie losgefahren war, veranlaßte seine Sorge ihn, ihr sofort zu folgen.

Gegen zwei Uhr am Morgen des 19., nach einer langsamen und eisigen Fahrt, traf sie am Gasthof ein, klopfte die Bediensteten heraus, bereitete sich aus den mitgenommenen Vorräten eine Tasse Schokolade und setzte sich hin, um auf mein Eintreffen zu warten. Die Wartezeit hat sie mir selbst geschildert. Eine selbstgemachte Kerze, die in einem großen tönernen Kerzenhalter steckte, erleuchtete den kleinen *salle-à-manger*, den einzig benutzten Raum. Die Welt war sehr still, der Schnee dämpfte die Geräusche auf der Straße, und die durchdringende Kälte der ersten Stunden einer Märznacht ließ sie frösteln. Wie sie mir sagte, wird der Geschmack einer Tasse Schokolade und der Geruch von brennendem Talg ihr immer die Erinnerung an jenen seltsamen Ort und das Flattern des Herzens heraufbeschwören, mit dem sie wartete. Denn sie stand am Vorabend der Krise unserer ganzen Arbeit, war noch sehr jung, und Jugend besitzt eine sprühende Phantasie, die sich nicht kontrollieren läßt. Überdies war ich es, den sie erwartete, und abgesehen von dem Gekritzel, das sie am Abend zuvor erhalten hatte, hatten wir wochenlang keinen Kontakt gehabt ... Sie versuchte, ihre Gedanken dadurch abzulenken, daß sie Gedichte aufsagte, und dabei kam ihr ›Nightingale‹ von Keats in den Kopf, ein seltsames Gedicht für jene Zeit und jenen Ort.

Zu den Möbeln des Raumes gehörte ein Korbliegestuhl, und in ihren Pelzmantel gehüllt legte sie sich hin. Im Gasthof waren Geräusche von Bewegungen zu hören. Die alte Frau, von der sie eingelassen worden war und die, wie alle Frauen ihres Berufs, ein besonderes Gespür für Intrigen besaß, strahlte, als sie erfuhr, daß noch ein weiterer Gast käme. Schöne Frauen reisen um Mitternacht nicht für nichts und wieder nichts. Auch sie war wach und wartete.

Dann erklang plötzlich das Geräusch eines Wagens, der draußen bremste. Zitternd vor Erregung sprang sie auf. Es war wie in dem Schloß der Picardie: der nur trübe erleuchtete Raum und ein Freund, der aus der Nacht auftauchte. Sie hörte, wie die vordere Tür geöffnet wurde, und dann in der kleinen Diele einen Schritt ...

Sie sah sich Ivery gegenüber. Bei seinem Eintritt zog er seinen dicken Mantel aus und verneigte sich feierlich. Er trug einen grünen Jagdanzug, der im Halbdunkel fast wie eine Khaki-Uniform wirkte, und da er etwa meine Größe hatte, irrte sie sich im ersten Moment. Dann erkannte sie sein Gesicht, und ihr Herzschlag setzte aus.

»Sie?« rief sie. Dann sank sie wieder auf den Korbstuhl zurück.

»Ich bin gekommen, wie ich versprach«, sagte er, »nur etwas früher. Verzeihen Sie mir mein Verlangen, bei Ihnen zu sein.«

Sie achtete nicht auf seine Worte, denn ihre Gedanken waren fieberhaft tätig. Mein Brief war also eine Fälschung gewesen, und dieser Mann hatte unsere Pläne aufgedeckt. Sie war mit ihm allein, denn es würde Stunden dauern, bevor ihre Freunde aus Chiavagno einträfen. Er hatte sämtliche Fäden in der Hand, und von unserer Gruppe blieb sie allein, um ihm entgegenzutreten. Marys Tapferkeit war nahezu vollkommen, und im Augenblick dachte sie weder an sich selbst noch an ihr eigenes Schicksal. Das kam erst später. Sie war von beißender Enttäuschung über unser Versagen besessen. Alle Anstrengungen waren vergeblich gewesen, und mit Geringschätzigkeit und Leichtigkeit hatte der Feind gesiegt. Ihre Nervosität wich heftigem Bedauern; ihr Verstand begann kühl und geschäftig zu funktionieren.

Es war ein neuer Ivery, der ihr gegenüberstand, ein Mann mit Energie und Vorsatz in jedem seiner Züge und erfüllt von der gelassenen Zuversicht der Macht. Er sprach mit feierlicher Höflichkeit.

»Die Zeit für Vorspiegelungen ist vorbei«, sagte er gerade. »Wir haben miteinander gespielt. Ich habe Ihnen nur die halbe Wahrheit erzählt, und Sie haben mich immer auf Armeslänge von sich entfernt gehalten. Aber in Ihrem Herzen wissen Sie, daß eines Tages völlige Aufrichtigkeit zwischen uns herrschen muß, und dieser Tag ist gekommen. Ich habe Ihnen oft gesagt, daß ich Sie liebe. Ich bin jetzt nicht gekommen, um diese Erklärung zu wiederholen. Ich bin gekommen, um Sie zu bitten, sich mir anzuvertrauen, Ihr Schicksal mit meinem zu verbinden, denn ich kann Ihnen jenes Glück versprechen, das Sie verdienen.«

Er zog sich einen Stuhl heran und setzte sich neben sie. Was alles er sagte, kann ich nicht niederschreiben, denn nachdem Mary seine Absichten begriffen hatte, beschäftigte sie sich nur noch mit ihren eigenen Gedanken und hörte ihm nicht mehr zu. Nach allem, was sie erzählte, vermute ich jedoch, daß er sehr offen war und sowohl in geistiger als auch in moralischer Hinsicht zu wachsen schien, während er sprach. Er erzählte ihr, wer er war und was er geleistet hatte. Für sich beanspruchte er dieselbe Absicht wie sie: Haß auf den Krieg und leidenschaftliches Verlangen, die Welt zu Anstand wiederaufzubauen. Er zog daraus jedoch eine andere moralische Folgerung. Er war Deutscher: allein durch Deutschland waren Frieden und Wiedergeburt möglich. Sein Land war von allen Mängeln gereinigt, und die wunderbare deutsche Disziplin würde sich in den Augen der Götter und der Menschen selbst rechtfertigen. Er erzählte ihr, was er auch mir im Rosa Chalet erzählt hatte, wenn auch anders gefärbt. Deutschland wäre weder rachsüchtig noch eitel, sondern lediglich geduldig und gnädig. Gott würde ihm die Macht geben, das Schicksal der Welt zu entscheiden, und bei ihm und Menschen seiner Art läge es, dafür zu sorgen, daß die Entscheidung nützlich wäre. Die große Aufgabe seines Volkes begönne erst.

Das etwa war der Kern seiner Worte. Sie schien ihm zuzuhören, aber ihre Gedanken waren weit entfernt. Sie mußte ihn aufhalten, zwei Stunden, drei Stunden oder gar vier Stunden. Wenn das nicht ging, mußte sie bei ihm bleiben. Sie war von uns die einzige, die direkten Kontakt mit dem Feind hatte ...

»Ich fahre jetzt nach Deutschland«, sagte er gerade. »Und ich möchte, daß Sie mich begleiten – um meine Frau zu werden.«

Er wartete auf eine Antwort und erhielt sie in Form einer verblüfften Frage.

»Nach Deutschland? Wie?«

»Das ist sehr einfach«, sagte er lächelnd. »Der Wagen, der draußen wartet, ist die erste Etappe eines Reisesystems, das wir vervollkommnet haben.« Dann erzählte er ihr von der Untergrundbahn – nicht wie mir, um sie zu erschrecken, sondern als Beweis seiner Macht und Vorsorge.

Seine Manieren waren vollkommen. Er war respektvoll, ergeben und in allen Dingen besorgt. Er war der Bittende, nicht der Herr. Er bot ihr Einfluß und Pracht, eine blendende Karriere, denn er hatte sich um sein Land verdient gemacht, dazu die Hingabe des zuverlässigen Liebhabers. Er wollte sie in das Haus seiner Mutter bringen, wo sie wie eine Fürstin willkommen geheißen würde. Ich zweifle nicht, daß es ihm ernst war, denn er hatte viele Gesichter, und der Wüstling, der sich im Rosa Chalet mir gegenüber gezeigt hatte, war dem ehrenhaften *gentleman* gewichen. Er konnte sämtliche Rollen so hervorragend spielen, weil er in allem an sich selbst glaubte.

Dann sprach er von Gefahr, jedoch nicht, um ihren Mut einzuschüchtern, sondern um seine eigene Vorsorge zu betonen. Die Welt, in der sie gelebt hätte, stünde dicht vor dem Zerfall, und er allein könnte ihr eine Zuflucht bieten. Unter dem Gewebe des Samthandschuhs spürte sie genau die eiserne Faust.

Die ganze Zeit hatte sie verzweifelt überlegt, wie früher das Kinn in die Hand gestützt ... Sie konnte sich weigern, ihn zu begleiten. Zweifellos konnte er sie zwar dazu zwingen, denn Hilfe von den beiden alten Bediensteten war nicht zu erwarten. Aber es konnte schwierig sein, eine widerstrebende Frau durch die ersten Etappen der Untergrundbahn zu bringen. Möglicherweise ergaben sich Chancen ... Angenommen, er akzeptierte ihre Weigerung und ließ sie hier. Dann wäre er für immer verschwunden, und unser Spiel hätte mit einem Fehlschlag geendet. Der große Gegner Englands wäre freudig in die Heimat zurückgekehrt und hätte seine Beute behalten.

Zu diesem Zeitpunkt fürchtete sie ihn persönlich noch nicht. Das menschliche Herz ist eine so seltsame Sache, daß sie sich in ihren Gedanken hauptsächlich mit unserem Auftrag und weniger mit ihrem eigenen Schicksal beschäftigte. So restlos zu versagen, schien unerträglich. Angenommen dagegen, sie begleitete ihn: erst einmal mußten sie Italien verlassen und die Schweiz durchqueren. Blieb sie bei ihm, würde sie Vertreterin der Alliierten im feindlichen Lager sein. Sie fragte sich, was sie tun konnte, und sagte sich: »Nichts.« Wie ein kleiner Vogel in einem sehr großen Käfig kam sie sich vor, und ihr stärkstes Gefühl war das ihrer eigenen Machtlosigkeit. Aber sie hatte Blenkirons Evangelium gut gelernt und wußte, daß der Himmel dem Kühnen erstaunliche Möglichkeiten bietet. Und selbst als sie sich entschloß, spürte sie den dunklen Schatten, der hinter ihren Überlegungen lauerte, den Schatten der Furcht, der – wie sie wußte – auf sie wartete. Denn sie ging in das Unbekannte mit einem Mann, den sie haßte und der behauptete, sie zu lieben.

Es war das Tapferste, was ich je gehört habe, und ich habe mein ganzes Leben unter tapferen Menschen verbracht.

»Ich komme mit«, sagte sie. »Aber Sie dürfen mit mir nicht sprechen, bitte. Ich bin müde und besorgt und brauche Ruhe, um nachzudenken.«

Als sie sich erhob, wurde sie von Schwäche übermannt, und sie schwankte, bis sein Arm sie ergriff.

»Ich wünschte, ich könnte Ihnen noch etwas Ruhe gönnen«, sagte er fürsorglich, »aber die Zeit drängt. Der Wagen ist gut gefedert, und Sie können während der Fahrt schlafen.«

Er rief eine der Bediensteten, der er Mary anvertraute. »Wir fahren in zehn Minuten«, sagte er und ging hinaus, um sich um den Wagen zu kümmern.

Das erste, was Mary in dem Schlafzimmer tat, wohin man sie gebracht hatte, war, sich die Augen zu kühlen und das Haar zu bürsten. Verschwommen spürte sie, daß sie den Kopf klar behalten mußte. Das zweite war, einige Zeilen an Wake zu schreiben, in denen sie ihm mitteilte, was geschehen war, und diesen Zettel der Bediensteten, zugleich mit einem Trinkgeld, zu geben. »Der Herr wird vormittags kommen«, sagte sie. »Sie müssen es ihm sofort geben, denn es geht um das Schicksal unseres Landes.« Die Frau grinste und versprach es. Nicht zum erstenmal hatte sie für hübsche Damen Aufträge erledigt.

Ivery setzte sie behutsam in den großen geschlossenen Wagen und machte es ihr mit Decken bequem. Dann kehrte er für einen Augenblick in den Gasthof zurück, und Mary sah ein Licht, das sich im *salle-à-manger* bewegte. Dann kam er wieder zum Wagen und redete auf deutsch mit dem Fahrer, während er sich neben ihn setzte.

Vorher übergab er Mary jedoch ihre Mitteilung an Wake. »Ich glaube, das hier haben Sie vergessen«, sagte er. Geöffnet hatte er das Kuvert nicht.

Allein im Wagen, schlief Mary. Vor sich sah sie in der Dunkelheit, deutlich vom Licht der Scheinwerfer abgehoben, die Gestalten Iverys und des Chauffeurs, und dann versank sie in Träume. Die Strapaze war doch größer gewesen, als ihr bewußt gewesen war, und sie sank in den tiefen Schlaf nervlicher Erschöpfung.

Als sie aufwachte, war es hell. Sie waren immer noch in Italien, wie der erste Blick ihr verriet, so daß sie also nicht über den Staub gefahren waren. Sie schienen in den Bergausläufern zu sein, denn es lag kaum Schnee, während sie hin und wieder durch Seitentäler einen Blick auf hohe Gipfel werfen konnte. Verzweifelt versuchte sie zu überlegen, was das bedeuten könnte, und dann fiel ihr der Marjolana ein. Wake hatte alles getan, um sie über die Topographie der Alpen zu informieren, und sie hatte die Tatsache begriffen, daß es zwei offene Pässe gäbe. Aber der Marjolana bedeutete einen großen Umweg, und damit würden sie erst abends in der Schweiz sein. Sie würden bei Dunkelheit eintreffen und die Schweiz bei Dunkelheit wieder verlassen, so daß keine Aussicht auf Hilfe bestand. Sie fühlte sich sehr einsam und sehr schwach.

Während des Vormittags wuchs ihre Furcht. Je hoffnungsloser ihre Chance wurde, Ivery noch zu besiegen, desto beharrlicher legte der dunkle Schatten sich langsam über ihre Gedanken. Sie versuchte, sich dadurch in die Hand zu bekommen, daß sie aus den Fenstern auf den Schnee hinaussah. Der Wagen kam durch kleine Ortschaften, an Weingärten, Tannenwäldern und blauen Seen vorbei und überquerte die Schluchten der Gebirgsflüsse. Bei den Kontrollen schien es keine Schwierigkeiten zu geben.

Die Posten winkten ab, als sie eine Karte erkannten, die der Chauffeur mit den Zähnen festhielt. An einer Stelle hielten sie länger, und sie hörte, wie Ivery auf italienisch mit zwei Offizieren der Bersaglieri sprach, denen er dann Zigarren gab. Sie hatten frische Gesichter, waren aufrichtige Burschen, und eine Sekunde lang kam sie auf die Idee, die Wagentür aufzureißen und die Männer zu bitten, sie zu schützen. Aber das wäre fruchtlos gewesen, denn fest stand, daß Ivery auch für diesen Fall gerüstet war. Sie überlegte, welche Rolle er jetzt spielte.

Die Route über den Marjolana war mit Absicht gewählt worden. In einer Stadt traf Ivery sich mit einem Beamten, und mehr als einmal hielt der Wagen, und am Wegrand tauchte jemand auf, sprach ein paar Worte und verschwand. Sie war dabei, als die letzten Fäden eines großen Planes geknüpft wurden, bevor die Wildvögel zu ihrem Nest zurückkehrten. Meistenteils schienen die Unterhaltungen auf italienisch geführt zu werden, aber ein- oder zweimal schloß sie aus den Bewegungen der Lippen, daß deutsch gesprochen wurde und dieser derbe Bauer oder jener schwarzbehutete Bürger nicht italienischer Abstammung waren.

Am frühen Vormittag, kurz nach ihrem Erwachen, hatte Ivery den Wagen anhalten lassen und ihr einen wohlgefüllten Frühstückskorb gereicht. Sie konnte nichts essen, beobachtete jedoch, wie er neben dem Fahrer sein Frühstück aus belegten Broten verzehrte. Nachmittags bat er sie um Erlaubnis, sich zu ihr setzen zu dürfen. Der Wagen hielt an einer einsamen Stelle, und der Chauffeur holte einen Korb hervor, in dem alles für eine Teemahlzeit vorbereitet war. Ivery machte Tee, denn sie schien zu gleichgültig, um sich zu bewegen, trank jedoch eine Tasse mit ihm. Danach blieb er neben ihr.

»In einer halben Stunde werden wir Italien verlassen haben«, sagte er. Der Wagen fuhr ein langes Tal zu einem seltsamen Einschnitt zwischen Schneesätteln hoch, dem Kamm des Marjolana. Er zeigte ihr den Ort auf einer Straßenkarte. Während sie immer höher kamen und die Luft kälter wurde, wickelte er die Decken enger um sie und entschuldigte sich für das Fehlen eines Fußwärmers. »In kurzer Zeit«, sagte er, »werden wir in einem Land sein, wo Ihr leisester Wunsch Befehl ist.«

Sie döste wieder vor sich hin, und so verpaßte sie den Grenzposten. Als sie aufwachte, fuhr der Wagen durch die weiten Kurven des Weißtales, bevor es sich zu einer Schlucht verengt, durch die man bei Grünewald herauskommt.

»Wir sind jetzt in der Schweiz«, hörte sie seine Stimme. Vielleicht hatte sie es sich eingebildet, aber sie hatte den Eindruck, daß seine Stimme anders klang. Er sprach zu ihr mit der Sicherheit des Besitzers. Sie waren außerhalb des Gebietes der Alliierten und in einem Land, das von seinem Netz dicht überzogen war.

»Wo bleiben wir heute nacht?« fragte sie bescheiden.

»Ich fürchte, daß wir uns nicht aufhalten können. Auch heute nacht müssen Sie mit dem Wagen vorliebnehmen. Unterwegs habe ich noch einen kleinen Auftrag zu erledigen, der uns einige Minuten aufhalten wird, aber dann fahren wir sofort weiter. Morgen werden die Strapazen jedoch beendet sein.«

Es bestand kein Irrtum, daß er jetzt einen besitzergreifenden Ton in der Stimme hatte. Marys Herz begann heftig und wild zu schlagen. Die Falle hatte sich hinter ihr geschlossen, und jetzt erkannte sie die Torheit ihrer Tapferkeit. Auf diese Weise war sie ihm ausgeliefert und in die Hände eines Mannes geraten, den sie mit jedem Augenblick mehr verabscheute, dessen Nähe ihr weniger willkommen als die einer Schlange war. Um nicht zu schreien, mußte sie sich fest auf die Lippen beißen.

Das Wetter hatte sich geändert, und es herrschte dichter Schneefall – derselbe Sturm, der uns auf dem Berg der Schwalben begrüßt hatte. Das Tempo wurde langsamer, und Ivery wurde unruhig. Häufig sah er auf seine Uhr und griff nach dem Sprachrohr, um sich mit dem Fahrer zu unterhalten. Dabei hörte Mary das Wort ›St. Anton‹.

»Fahren wir denn über St. Anton?« hörte sie sich fragen.

»Ja«, erwiderte er knapp.

Dieses Wort gab ihr einen ganz leisen Hoffnungsschimmer, denn sie wußte, daß Peter und ich in St. Anton gewohnt hatten. Sie versuchte aus den beschlagenen Fenstern zu sehen, konnte jedoch nur feststellen, daß es langsam dunkel wurde. Sie bat um die Straßenkarte, und soweit sie erkennen konnte, waren sie immer noch im breiten Tal von Grünewald, und um St. Anton zu erreichen, mußten sie den niedrigen Paß zum Staubtal überqueren. Das Schneetreiben war immer noch dicht, und der Wagen kroch langsam dahin.

Dann spürte sie die Steigung, als sie zum Paß hochfuhren. Hier war das Fahren schwierig, ganz anders als bei dem trockenen Frost, bei dem ich in der Nacht zuvor denselben Weg gefahren war. Überdies tauchten merkwürdige Hindernisse auf. Irgendein sorgloser Holzwagen hatte auf der Straße Teile seiner Ladung verloren, und mehr als einmal mußten sowohl Ivery als auch der Chauffeur aussteigen, um sie wegzuschaffen. An einer Stelle hatte es einen kleinen Erdrutsch gegeben, der kaum Platz zum Passieren ließ, und Mary mußte aussteigen und ihn zu Fuß überqueren, während der Fahrer mit dem Wagen allein nachkam. Iverys Laune schien schlechter zu werden. Zur Erleichterung des Mädchens setzte er sich wieder neben den Fahrer, mit dem er sich ständig stritt.

Auf der Paßhöhe stand ein Gasthof, die komfortable Herberge des Herrn Kronig, allen Kletterern wohlbekannt, die die kleineren Gipfel des Staubtales besteigen. In der Mitte der Straße stand dort ein Mann mit einer Laterne.

»Die Straße ist durch Verwehungen gesperrt«, rief er. »Sie wird bereits geräumt. In einer halben Stunde ist es soweit.«

Ivery verließ seinen Platz und lief in das Hotel. Er kümmerte sich darum, die Arbeiten zu beschleunigen, und Herr Kronig persönlich begleitete ihn zum Schauplatz der Katastrophe. Mary blieb im Wagen, denn plötzlich war ihr eine Idee gekommen. Sie verscheuchte sie als Torheit, aber immer wieder kehrte sie zurück. Warum hatten die Baumstämme an verschiedenen Stellen auf der Straße gelegen? Warum war ein leichter Paß nach einem bescheidenen Schneefall plötzlich gesperrt worden? Vom Hof des Gasthauses kam ein Mann und sprach mit dem Chauffeur. Er schien ihm anzubieten, sich zu erfrischen, denn der Chauffeur verließ seinen Platz und verschwand im Haus. Einige Zeit blieb er weg und kehrte dann zurück, frierend und über das Wetter schimpfend, den Kragen seines weiten Mantels bis zu den Ohren hochgeschlagen. In die Veranda hatte man eine Laterne gehängt, und als der Mann an ihr vorüberging, sah Mary ihn. Während der langen Fahrt hatte sie aus Langeweile seinen Hinterkopf betrachtet und festgestellt, daß es ein Rundschädel war, ohne Hals, wie er im Vaterland des Chauffeurs häufig vorkommt. Jetzt konnte sie den Hals wegen des hochgeschlagenen Kragens zwar auch nicht sehen, hätte jedoch schwören können, daß der Schädel eine andere Form hatte. Der Mann schien sehr unter der Kälte zu leiden, denn er knöpfte den Kragen vor dem Kinn zu und zog die Mütze tief in die Stirn.

Ivery kehrte zurück, gefolgt von einer langen Reihe müder Männer mit Schaufeln und Laternen. Er warf sich auf den Beifahrersitz und gab dem Fahrer mit einer Kopfbewegung das Zeichen zur Weiterfahrt. Der Mann hatte den Motor bereits angelassen, als wollte er keine Zeit verlieren. Holpernd passierte der Wagen die Reste der Schneeverwehung, und dann ließ der Fahrer ihn laufen. Ivery wünschte zwar, daß schnell gefahren wurde, wollte sich jedoch auch nicht den Hals brechen und schrie dem Fahrer zu, er solle aufpassen. Der Fahrer nickte und bremste den Wagen ab, aber wenig später fuhr er wieder in demselben Tempo.

Wenn Ivery unruhig war, so erging es Mary noch schlimmer. Plötzlich schien sie auf die Spuren ihrer Freunde geraten zu sein. Im Tal von St. Anton hatte der Schneefall aufgehört, und sie ließ das Fenster hinunter, um Luft zu schöpfen, denn die Ungewißheit verursachte ihr Übelkeit. Der Wagen rollte schnell am Bahnhof vorbei, hügelabwärts an Peters Häuschen vorbei, durch das Dorf und am Seeufer entlang zum Rosa Chalet.

Ivery ließ ihn am Tor halten. »Sorgen Sie dafür, daß Benzin nachgefüllt wird«, sagte er zu dem Mann. »Bitten Sie Gustav, den Daimler zu holen; in einer halben Stunde soll er uns folgen.«

Mit Mary sprach er durch das offene Fenster.

»Ich halte Sie nur kurze Zeit auf. Meiner Ansicht nach warten Sie lieber im Wagen, denn hier ist es bequemer als in einem ausgeräumten Haus. Ein Diener wird Ihnen etwas zu essen und weitere Decken für die Nachtfahrt bringen.«

Dann verschwand er auf der dunklen Auffahrt.

Marys erster Gedanke war, den Wagen vorsichtig zu verlassen und zum Dorf zurückzulaufen, um dort jemanden zu suchen, der mich kannte oder sie zu Peter bringen könnte. Daran würde der Fahrer sie jedoch hindern, denn er war als Wache zurückgelassen worden. Besorgt betrachtete sie seinen Rücken, denn er allein stand zwischen ihr und der Freiheit.

Der Fahrer schien jedoch eigene Absichten zu verfolgen. Kaum waren Iverys Schritte verklungen, fuhr er mit dem Wagen rückwärts in die Auffahrt und wendete, so daß er jetzt in Richtung St. Anton stand. Sehr langsam setzte der Wagen sich in Bewegung.

Im gleichen Augenblick erklangen drei grelle Pfiffe einer Trillerpfeife. Die rechte Wagentür öffnete sich, und irgend jemand, der im Schatten gewartet hatte, stieg mühsam ein. Mary sah, daß es ein kleiner Mann, ein Krüppel war. Sie reichte ihm die Hand, um ihm zu helfen, und er fiel auf die Polster neben ihr. Der Wagen wurde immer schneller.

Bevor sie erkannte, was geschah, hatte der Neuangekommene ihre Hand ergriffen und streichelte sie.

Etwa zwei Minuten später trat ich durch das Tor des Rosa Chalet.

19

DER KÄFIG DER WILDVÖGEL

Bitte, Mr. Ivery, kommen Sie näher«, sagte die Stimme am Schreibtisch.

Vor mir stand ein Wandschirm, der bis zum Kamin reichte, um den Zug von der Tür abzuhalten, durch die ich eingetreten war. Er war höher als mein Kopf, aber durch seine Spalten konnte ich den Raum beobachten. Ich fand auch einen kleinen Tisch, gegen den ich mich lehnen konnte, denn vor Müdigkeit fiel ich beinahe um.

Blenkiron saß am Schreibtisch, und vor ihm waren Patiencekarten ausgebreitet. Holzasche glomm im Kamin, und neben seinem rechten Arm stand eine Lampe, die die beiden Gestalten beleuchtete. Buchregale und Schränke lagen im Halbdunkel.

»Ich habe schon eine ganze Weile gehofft, Sie kennenzulernen.« Blenkiron war damit beschäftigt, kleine Kartenhäufchen aufzubauen, und sein Gesicht war zu einem gastfreundlichen Lächeln verzogen. Ich erinnere mich, daß ich überlegte, warum er dem eigentlichen Hausherrn gegenüber den Gastgeber spielte.

Ivery stand aufrecht vor ihm. Er hatte eine großartige Figur, nachdem er endlich alle Masken abgelegt hatte und an der Schwelle seines Triumphes stand. Selbst durch den Nebel, in dem mein Verstand arbeitete, wurde mir zwangsläufig klar, daß hier ein Mann stand, der zu einer großen Rolle geboren war. Er hatte das Profil eines römischen Cäsaren auf einer Münze und zornige Augen, die gewohnt waren zu herrschen. Er war jünger als ich, verdammt, und man sah es ihm auch an.

Er blickte den Sprecher starr an, während ein Lächeln seinen Mund umspielte – ein ausgesprochen häßliches Lächeln.

»So«, sagte er, »die alte Krähe haben wir also auch gefangen. Auf so viel Glück hatte ich kaum gehofft, und um ehrlich zu sein: allzusehr hatte ich mich bisher für Sie nicht interessiert. Aber jetzt werden wir Sie ebenfalls in den Beutel stecken. Ziemlich viel Ungeziefer befindet sich bereits darin!« Er warf den Kopf zurück und lachte.

»Mr. Ivery ...«, begann Blenkiron, wurde jedoch unterbrochen.

»Vergessen Sie diesen Namen. Gott sei Dank gehört er der Vergangenheit an! Ich bin Graf Schwabing, kaiserlicher Gardeoffizier. Und ich bin die nicht unwichtigste Waffe, die Deutschland einsetzte, um seine Feinde zu zerschmettern ...«

»Was Sie nicht sagen«, meinte Blenkiron in seiner lässigen Art und spielte immer noch mit seinen Patiencekarten.

Für diesen Mann war jetzt der große Augenblick gekommen, und er hatte nicht die Absicht, sich auch nur ein Jota seines Triumphes entgehen zu lassen. Seine Gestalt schien sich zu strecken, sein Blick wurde umgänglich, und in seiner Stimme klang Stolz mit. Es war ein Melodrama bester Art, und dementsprechend ließ er es förmlich auf der Zunge zergehen. Ich glaube nicht, daß ich es ihm mißgönnte, aber ich tastete mit den Fingern nach meiner Jakkentasche. Er hatte gewonnen, würde seinen Sieg jedoch nicht lange genießen können, denn in Kürze würde ich ihn erschießen. Ich heftete meinen Blick auf die Stelle über seinem rechten Ohr, wo ich ihn treffen wollte ... Denn mir war klar, daß sein Tod die einzige Möglichkeit war, Mary zu schützen. Die siebzig Millionen Deutsche fürchtete ich weniger als diesen einen Mann. Und das war der einzige Gedanke, der sich gegen jene Müdigkeit behauptete, die mich zu Boden drückte.

»Ich habe wenig Zeit«, sagte derjenige, der sich Ivery genannt hatte. »Aber einen Augenblick will ich doch erübrigen, um Ihnen einige Tatsachen mitzuteilen. Ihr kindisches Spiel hatte nie die geringste Chance. Ich habe mit Ihnen in England gespielt, und ich habe seitdem mit Ihnen gespielt. Nicht einen Schritt konnten Sie tun, ohne daß ich in aller Ruhe den Gegenzug tun konnte. Und dann haben Sie mir auch noch Ihr Vertrauen geschenkt. Mr. Donne, der Amerikaner ...«

»Was ist mit Clarence?« fragte Blenkiron. Sein Gesicht war eine Studie unverhüllter Verwirrung.

»Der interessante Journalist war ich.«

»Unvorstellbar!« sagte Blenkiron mit trauriger und freundlicher Stimme. »Ich dachte, mich in Clarence nicht zu irren. Dabei brachte er mir einen Brief meines alten Freundes Joe Hooper mit und kannte in Emporia sämtliche Leute.«

Ivery lachte. »Ich fürchte, daß Sie mir nie gerecht geworden sind. Aber jetzt werden Sie es wohl sein. Ihre Bande befindet sich hilflos in meinen Händen. General Hannay ...« Und ich wünschte, ich könnte jene Verachtung auch nur andeutungsweise wiedergeben, mit der er das Wort ›General‹ aussprach.

»Ja – was ist mit Dick?« sagte Blenkiron gespannt.

»Er ist seit vierundzwanzig Stunden mein Gefangener. Und die hübsche Miss Mary ebenfalls. Sie alle werden mich in Kürze in meine Heimat begleiten. Wie, werden Sie kaum erraten. Wir nennen es die Untergrundbahn, und Sie werden das Privileg genießen, ihr Funktionieren zu beobachten ... Ihretwegen hatte ich mir nie große Sorgen gemacht, denn ich empfand für Sie keine besondere Abneigung. Sie sind nur ein ungeschickter Tor oder das, was man in Ihrem Land als ›easy fruit‹ bezeichnet.«

»Ich danke Ihnen, Graf«, sagte Blenkiron feierlich.

»Aber da Sie nun einmal hier sind, werden Sie sich den anderen anschließen ... Noch ein Wort. Untüchtige Leute wie Sie zu besiegen, ist nichts. Es gibt etwas sehr viel Größeres. Mein Land hat gesiegt. Sie und Ihre Freunde werden in einem Triumphzug mitgeführt, wie Rom ihn nie erlebt hat. Dringt das in Ihren Dickschädel? Deutschland hat gesiegt, und in zwei Tagen wird der ganze Erdball von seiner Größe geblendet werden.«

Während ich Blenkiron beobachtete, schien ein grauer Schatten der Hoffnungslosigkeit sich über sein Gesicht zu legen. Sein schwerer Körper sank in sich zusammen, sein Blick wurde stumpf, und seine linke Hand schob schlaff die Karten durcheinander. Ich konnte meinen Verstand nicht zwingen, sondern wunderte mich lediglich über

Blenkirons verblüffende Fehler. Blindlings war er in jene Grube gestolpert, die seine Feinde ihm gegraben hatten. Peter mußte es nicht gelungen sein, ihm meine Nachricht zu übermitteln, und so wußte er nichts von den Ereignissen der vergangenen Nacht oder von meiner wahnwitzigen Fahrt nach Italien. Wir alle hatten gepfuscht, die ganze verdammte Bande, Peter und Blenkiron und ich selbst ... Im Hinterkopf hatte ich ein Gefühl, als gäbe es gewisse Dinge, die ich nicht begreifen konnte, daß die Katastrophe nicht ganz so simpel sein konnte, wie es schien. Aber ich hatte keine Kraft zum Denken, solange die unverschämte Gestalt Iverys das Zimmer beherrschte ... Gott sei Dank besaß ich für ihn noch eine Kugel. Das war der einzige feste Punkt im Chaos meiner Gedanken. Zum erstenmal in meinem Leben war ich entschlossen, einen besonderen Menschen zu töten, und dieser Entschluß war für mich ein entsetzlicher Trost.

Plötzlich wurde Iverys Stimme scharf. »Nehmen Sie die Hand aus der Tasche, Sie Idiot, von drei Stellen in den Wänden kann man Sie unter Feuer nehmen. Eine Bewegung, und meine Männer machen aus Ihnen ein Sieb. Schon vor Ihnen haben andere im gleichen Sessel gesessen, und ich bin es gewohnt, Vorsichtsmaßnahmen zu ergreifen. Los! Beide Hände auf den Tisch.«

An Blenkirons Niederlage bestand kein Zweifel. Er war erledigt, und die einzige Trumpfkarte besaß ich. Müde stützte er sich auf die Arme, die Handflächen auf die Tischplatte gelegt.

»Wahrscheinlich haben Sie ein gutes Blatt, Graf«, sagte er, und vor Verzweiflung klang seine Stimme matt.

»Ich habe einen Royal Straight Flush«, lautete die Antwort.

Und dann trat plötzlich eine Veränderung ein. Blenkiron hob den Kopf, und seine schläfrigen und nachdenklichen Augen blickten Ivery scharf an.

»Dann decken Sie Ihre Karten auf«, sagte er.

Ich glaubte meinen Ohren nicht trauen zu können. Ivery übrigens auch nicht.

»Die Zeit des Bluffens ist vorbei«, sagte er.

»Trotzdem decken Sie Ihre Karten auf.«

Im gleichen Augenblick merkte ich, daß irgend jemand sich hinter mir durch den Türspalt zwängte und sich neben mich stellte. Die Beleuchtung war so schlecht, daß ich nur eine untersetzte stämmige Gestalt erkannte, aber eine vertraute Stimme flüsterte mir ins Ohr: »Ich bin's – Andrew Amos. Mann, ist das ein großes Spiel. Ich bin bloß gekommen, um den Schluß mitzuerleben.«

Kein Angeklagter, der auf das Urteil des Gerichts wartet, kein Kommandeur, der Nachrichten über eine große Schlacht erwartet, harrte jemals mit verzweifelterer Ungewißheit aus, als ich es während der nächsten Sekunden tat. Meine Müdigkeit hatte ich vergessen; mein Rücken brauchte keinen Halt mehr. Wie gebannt starrte ich durch den Spalt des Wandschirms, und gierig nahmen meine Ohren jede Silbe in sich auf.

Blenkiron saß jetzt kerzengerade, das Kinn auf die Hände gestützt. Auf seinem hageren Gesicht lag kein Schatten von Melancholie mehr.

»Ich habe gesagt, Graf Schwabing, Sie sollen Ihre Karten aufdecken. Ich möchte Sie über einige Kleinigkeiten aufklären. Sie haben keine Waffe bei sich, so daß ich Sie nicht darauf hinzuweisen brauche, nicht mit einem Revolver herumzuspielen. Mit Recht sagten Sie eben, daß es in diesen Wänden drei Stellen gäbe, von denen aus man mich erschießen könnte. *Well*, zu Ihrer Information möchte ich Ihnen sagen, daß an allen drei Stellen tatsächlich Männer mit Revolvern stehen, aber in diesem Augenblick zielt man auf Sie. Es wäre also besser, wenn Sie sich vernünftig benähmen.«

Ivery stand steif wie ein Ladestock. »Karl!« rief er. »Gustav!«

Wie auf einen Zauberspruch hin standen plötzlich zu seinen beiden Seiten zwei Gestalten wie die Wächter eines Verbrechers. Es waren nicht die glatten deutschen Diener, die ich im Chalet gesehen hatte. Einen erkannte ich nicht. Der andere war mein Bursche, Geordie Hamilton.

Er sah die beiden an, blickte sich wie ein gehetztes Tier

um und wurde dann wieder vernünftig. Der Mann besaß eine eigene Art von Tapferkeit.

»Ich habe Ihnen etwas zu sagen«, erklärte Blenkiron in seiner lässigen Sprechweise. »Es war ein zäher Kampf, aber ich vermute, daß unser Pokerspiel zu Ihren Ungunsten ausgeht. Zu Clarence Donne gratuliere ich Ihnen. In diesem Punkt haben Sie mich tatsächlich getäuscht, und nur der Gnade Gottes ist es zu verdanken, daß Ihnen dann doch noch das Handwerk gelegt wurde. Wissen Sie, einer von uns ließ sich von Ihnen nicht täuschen, mochten Sie Ihr Gesicht auch maskieren, wie Sie wollten, und das war Dick Hannay. Zu Clarence muß ich Ihnen, wie gesagt, mein Kompliment machen ... Aber im übrigen sind Sie in allen Punkten unterlegen.«

Er sah Ivery unentwegt an. »Sie glauben mir nicht? *Well*, dann werde ich es Ihnen beweisen. Ihre Untergrundbahn habe ich eine ganze Weile beobachtet. Meine Männer waren daran beteiligt, und ich vermute, daß der größte Teil des Streckennetzes inzwischen wegen Reparaturarbeiten stillgelegt wurde. Eine Ausnahme bildet die Strecke nach Frankreich. Sie halte ich offen, denn sie wird noch benötigt.«

In diesem Augenblick sah ich, daß Iverys Augenlider zitterten. Trotz seiner Selbstbeherrschung verlor er an Haltung.

»Ich gebe zu, daß wir einen Rückschlag erlebten, als Sie mich mit Clarence täuschten. Aber General Hannay war für Sie, Graf, ein zu großes Hindernis. Ihre innige Unterhaltung mit ihm war dumm. Sie glaubten, ihn sicher zu haben, aber bei einem Mann wie Dick nahmen Sie damit ein zu großes Risiko auf sich; bei ihm wären Sie nur sicher gewesen, hätten Sie ihn umgebracht ... Es gelang ihm, von hier zu entkommen, und heute früh erfuhr ich alles, was er wußte. Danach war alles ganz einfach. Ich erhielt das Telegramm, daß Sie heute vormittag als Clarence Donne abgeschickt hatten, und mußte darüber nur noch lachen. Gegen Mittag hatte ich alles in der Hand. Ihre Diener sind bereits mit der Untergrundbahn abgefahren – nach Frankreich. Und Ehrlich – *well*, Ehrlich tut mir leid.«

Damit hörte ich zum erstenmal den Namen des portugiesischen Juden.

»Er war kein schlechter Mensch«, sagte Blenkiron bedauernd, »war jedoch von plumper Anständigkeit. Ich konnte ihn nicht zur Vernunft bringen, und deshalb wollte er mit seiner Pistole Unsinn anrichten. Deswegen mußte ich ihn erschießen.«

»Tot?« fragte Ivery scharf.

»Ja. Ich verfehle mein Ziel nie, und es ging um ihn oder mich. Er liegt jetzt unter dem Eis – dort, wo Sie Dick Hannay hinschicken wollten. Er war anders als Sie, Graf, und vermutlich hat er die Möglichkeit, in den Himmel zu kommen. Wäre ich nicht ein dickfelliger Presbyterianer, würde ich für seine Seele beten.«

Ich sah nur Ivery. Sein Gesicht war leichenblaß geworden, seine Augen waren unruhig. Ich bin überzeugt, daß sein Verstand mit Lichtgeschwindigkeit arbeitete, aber er war eine Ratte in einer Stahlfalle, und die Federn hielten ihn fest. Wenn ich jemals einen Menschen sah, der die Hölle erlebte, dann ihn. Seine Papierfestung war über ihm zusammengestürzt, und das beraubte ihn seiner Sicherheit. Der Mann bestand nur aus Hochmut, und jeder seiner Nerven vibrierte.

»So viel zum Allgemeinen«, sagte Blenkiron. »Dann ist da noch die Geschichte mit einer bestimmten Dame. Allzu nett haben Sie sich in diesem Fall nicht betragen, Graf, aber das will ich Ihnen nicht ankreiden. Vielleicht hörten Sie die Pfiffe, als Sie das Haus betraten? Nein? In Ihren Ohren hätten sie wie die Trompete Gabriels klingen müssen. Peter dürfte mit aller Kraft seiner Lungen gepfiffen haben. *Well,* die Pfiffe waren jedenfalls das Signal, daß Miss Mary sicher in Ihrem Wagen saß ... aber in unserer Obhut. Begreifen Sie?«

Er begriff. Wie ein Schatten huschte Röte über seine Wangen.

»Sie möchten wissen, was aus General Hannay geworden ist? Ganz sicher bin ich mir nicht, wo Dick sich in diesem Augenblick aufhält, aber meiner Ansicht nach dürfte er in Italien sein.«

Mit einem Tritt kippte ich den Wandschirm beiseite, so daß Amos fast der Länge nach hingeschlagen wäre.

»Ich bin schon zurück«, sagte ich, zog mir einen Sessel heran und ließ mich in ihn fallen.

Ich glaube, daß mein Anblick für Ivery der entscheidende Schlag war. Er sah meine verwilderte Gestalt, grau vor Erschöpfung, durchnäßt, verdreckt und in der Kleidung des Dienstmannes Josef Zimmer, die von dem scharfen Gestein des Schwarzsteinthors zerfetzt war. Als seine Augen meinem Blick begegneten, wurden sie unsicher, und deutlich sah ich Entsetzen in ihnen. Er wußte, daß sein Todfeind ihm gegenübersaß.

»Nanu, Dick«, sagte Blenkiron mit strahlendem Gesicht, »das paßt mir sehr gut. Wie, um Himmels willen, sind Sie hierher gelangt?«

»Zu Fuß«, sagte ich. Ich wollte nicht sprechen müssen, denn dazu war ich zu müde. Ich wollte nur Iverys Gesicht beobachten.

Blenkiron griff nach seinen Patiencekarten, steckte sie in ein kleines Lederetui und schob dieses in die Tasche.

»Nur eines möchte ich Ihnen noch sagen. Die Wildvögel sind aufgefordert worden, in die Heimat zurückzukehren, aber das wird ihnen nicht gelingen. Wir haben sie eingefangen – Pavia, Hofgaard und Conradi. Ehrlich ist tot. Und Sie werden sich zu den übrigen in unserem Käfig gesellen.«

Während ich meinen Freund betrachtete, schien seine Gestalt nachdrücklicher zu werden. Er saß aufrecht in seinem Sessel, das Gesicht ähnelte dem eines Richters, und seine Augen waren nicht mehr schläfrig, sondern hielten Ivery wie in einem Schraubstock. Auch seine lässige Art zu sprechen hatte er fallenlassen, und seine Stimme klang scharf und hart wie das Klirren von Granitgestein.

»Sie stehen jetzt vor Gericht, Graf Schwabing. Seit Jahren haben Sie den Anstand des Lebens mit allen Kräften bekämpft. Um Ihr Land haben Sie sich verdient gemacht; daran zweifle ich nicht. Aber wie hat Ihr Land sich um die Welt verdient gemacht? In Kürze wird Deutschland dafür bezahlen müssen, und die erste Rate sind Sie.«

»Ich appelliere an das schweizerische Recht. Ich befinde mich auf schweizerischem Boden und verlange, den schweizerischen Behörden ausgeliefert zu werden.« Ivery sprach mit trockenen Lippen, und auf seiner Stirn standen Schweißperlen.

»Aber nein«, sagte Blenkiron besänftigend. »Die Schweizer sind nette Leute, und deswegen möchte ich es vermeiden, einem kleinen neutralen Land irgendwelche Sorgen aufzuhalsen ... Außerdem standen beide Seiten bei diesem Spiel immer außerhalb des Gesetzes, und dabei wollen wir es belassen. Wir halten uns weiter an die Spielregeln, und das müssen Sie auch ... Jahrelang haben Sie Schwache und Unwissende gemordet, entführt und verführt, aber Ihre moralische Haltung wollen wir hier nicht beurteilen. Das überlassen wir dem Allmächtigen, sobald Sie den Jordan überqueren. Wir möchten Sie nur, so schnell es geht, loswerden. Sie werden also mit der Untergrundbahn nach Frankreich fahren, und dort werden Sie der französischen Regierung übergeben. Soviel ich weiß, liegt gegen Sie genügend vor, um Sie zwölf Monate lang, Tag für Tag, stündlich zu erschießen.«

Ich glaube, daß er damit gerechnet hatte, von uns an Ort und Stelle verurteilt und zu Ehrlich unter das Eis geschickt zu werden. Jedenfalls zeigte sich ein Flackern der Hoffnung in seinen Augen. Ich möchte fast behaupten, daß er bereits eine Möglichkeit sah, den französischen Behörden zu entkommen, sobald er die Chance hatte, seinen ungeheuerlichen Verstand zu benutzen. Jedenfalls verneigte er sich in einer Art, die so etwas wie Selbstbeherrschung war, und bat um die Erlaubnis, rauchen zu dürfen. Wie ich schon sagte, besaß dieser Mann eine eigene Art von Tapferkeit.

»Blenkiron«, sagte ich, »genau das werden wir nicht tun.«

Er neigte den Kopf in meine Richtung. »Was haben Sie sich vorgestellt, Dick?«

»Wir müssen dafür sorgen, daß die Strafe dem Verbrechen entspricht«, sagte ich. Ich war so müde, daß es mir schwerfiel, meine Sätze zu bilden, als spräche ich in einer Fremdsprache, die ich nur zur Hälfte beherrschte.

»Und das bedeutet?«

»Es bedeutet, daß er bei seiner Auslieferung an die Franzosen entweder irgendwie wieder verschwindet oder auf anständige Weise erschossen wird, was für ihn viel zu gut ist. Dieser Mann und andere seiner Art haben Millionen anständiger Menschen in den Tod geschickt. Wie eine große Spinne hockte er irgendwo und knüpfte sein Netz, und jeder Faden bedeutete ein Meer von vergossenem Blut. Leute seiner Art führen den Krieg – nicht die tapferen, einfältigen Deutschen an der Front. Männer seiner Art sind für sämtliche Bestialitäten verantwortlich ... Und noch nie ist er in den Bereich einer Granate geraten. Ich bin dafür, ihn an die Front zu bringen. Ich möchte ihm eine sportliche Chance lassen, wie jeder sie dort hat. Aber, bei Gott, er soll am eigenen Leibe erfahren, was dadurch entstanden ist, daß er so zufrieden an seinen Drähten zog ... Er hat mir erzählt, daß Deutschland unsere Armeen in zwei Tagen zur Hölle schicken wird. Er hat sich gebrüstet, daß er dafür die meiste Verantwortung trägt. Also gut – soll er es persönlich miterleben.«

»Das halte ich auch für gerecht«, sagte Blenkiron.

Iverys Augen starrten mich an, fasziniert und entsetzt wie die eines Vogels angesichts einer Klapperschlange. Wieder sah ich die formlosen Züge des Mannes im U-Bahnhof, den Rest seiner schrumpfenden Moral hinter seiner Maske. Er schien irgend etwas aus der Tasche in den Mund zu stecken, aber Geordie Hamilton packte noch rechtzeitig zu.

»Was soll das?« sagte die empörte Stimme meines Burschen. »Sir, der Gefangene wollte sich anscheinend vergiften. Soll ich ihn durchsuchen?«

Danach stand Ivery vor uns, beide Arme von je einem Posten festgehalten.

»Mr. Ivery«, sagte ich, »in der vergangenen Nacht, als ich mich in Ihren Händen befand, haben Sie Ihre Eitelkeit dadurch befriedigt, daß Sie sich an mir weideten. Damit hatte ich gerechnet, denn Leute Ihrer Art sind eben keine Gentlemen. Wir behandeln unsere Gefangenen anders; es ist daher nur gerecht, daß Sie Ihr Schicksal vorher kennen.

Sie werden nach Frankreich gebracht, und ich werde dafür sorgen, daß Sie in die Stellungen der britischen Armee gebracht werden. Bei meiner alten Division werden Sie vielleicht merken, was Krieg bedeutet. Seien Sie sich jedoch darüber im klaren, daß es für Sie nicht die geringste Fluchtmöglichkeit geben wird. Tag und Nacht werden Männer zu Ihrer Bewachung abgestellt, die auch dafür sorgen, daß Sie die ganze Härte des Schlachtfeldes spüren. Sie werden dasselbe erleben wie andere, nicht mehr und nicht weniger. Ich glaube an einen gerechten Gott und weiß, daß Sie früher oder später den Tod finden werden – den Tod durch Ihre eigenen Landsleute, einen ehrenhaften Tod, der weit über das hinausgeht, was Sie verdienen. Bevor es aber dazu kommt, sollen Sie am eigenen Leibe spüren, was anständige Menschen Ihnen verdanken.«

In Augenblicken großer Erschöpfung springt – wie in Augenblicken großer Krisen – der Verstand ein und funktioniert unabhängig vom Willen. Nicht ich war es, der sprach, sondern eine unpersönliche Stimme, die ich nicht kannte, eine Stimme, in der eine seltsame Autorität mitschwang. Ivery erkannte deutlich die eisige Endgültigkeit, und sein Körper schien zu verfallen. Nur der Griff der beiden Posten hinderte ihn, zu Boden zu sinken.

Auch ich war am Ende meiner Kräfte. Verschwommen merkte ich, daß im Zimmer nur Blenkiron und Amos zurückgeblieben waren und daß Blenkiron versuchte, mir Cognac aus dem Becher einer Taschenflasche einzuflößen. Mühsam stand ich auf, um zu Mary zu gehen, aber meine Beine wollten mich nicht tragen ... Wie im Traum hörte ich Amos, der sich bei einem Allmächtigen bedankte, an den er offiziell nicht glaubte. »Was sagte der alte Mann in der Bibel? ›Jetzt laß Deinen Diener in Frieden ziehen.‹ Dasselbe Gefühl habe ich jetzt auch.« Und dann übermannte mich der Schlaf, und im Sessel neben der langsam verglimmenden Holzasche schlief ich, bis die Schmerzen meiner Glieder, die Anspannung meiner Nerven und die Verwirrung meiner Gedanken schwanden.

Topor

20

DER STURM BRICHT LOS

Am folgenden Abend – es war der 20. März – fuhr ich nach Einbruch der Dunkelheit in Richtung Frankreich. Ich steuerte Iverys großen geschlossenen Wagen, und im Fond saß, gefesselt und geknebelt wie andere, die dort vor ihm gesessen hatten, der Besitzer. Geordie Hamilton und Amos waren seine Begleiter. Nach allem, was Blenkiron selbst herausbekommen hatte, und nach den Papieren, die im Rosa Chalet gefunden worden waren, verfügte ich über sämtliche Einzelheiten des Weges und seiner geheimnisvollen Etappen. Es war wie eine Reise in einem verrückten Traum. In einer Nebenstraße einer kleinen Stadt wechselte ich die Losung mit einer namenlosen Gestalt und erhielt Anweisungen. In einer Gastwirtschaft am Wegrand gab eine Stimme zu festgesetzter Zeit mir in kehligem Deutsch den Rat, daß diese Brücke oder jene Eisenbahnkreuzung geräumt worden wäre. In einem Dorf zwischen Tannenwäldern kletterte ein Unbekannter neben mich und brachte mich an einer Kontrolle vorbei. Die Maschinerie lief glatt wie ein Uhrwerk, bis ich in der Dämmerung eines Frühlingsmorgens in ein breites Tal einbog, durch kleine Obstgärten kam, die gerade anfingen zu blühen, und wußte, daß ich in Frankreich war. Danach begannen die Vorkehrungen, die Blenkiron selbst getroffen hatte, und wenig später trank ich Kaffee mit einem jungen Leutnant der Chasseurs und konnte Ivery den Knebel abnehmen. Die Soldaten in ihren blauen Uniformen betrachteten neugierig den Mann im grünen Ulster, dessen Gesicht lehmfarben war und der sich mit zitternder Hand eine Zigarette an der anderen anzündete.

Der Leutnant telefonierte mit einem Divisionsgeneral, der bereits Bescheid wußte. In seinem Hauptquartier erläuterte ich meine Absicht, und telegraphisch bat er in einem Armeehauptquartier um Erlaubnis, die gewährt wurde. Nicht umsonst hatte ich im Januar mit bestimmten hohen Persönlichkeiten in Paris gesprochen, während Blenkiron mir den Weg mit Telegrammen vorbereitet hatte. Hier übergab ich Ivery und seine Wächter, denn ich wollte, daß sie unter französischer Oberaufsicht nach Amiens gebracht würden, da ich genau wußte, daß die Männer der Großen Armee nicht verschwinden lassen, was sie einmal in Händen haben. Es war ein Frühlingsmorgen mit strahlendem Sonnenschein, als wir in jener kleinen rotbedachten Stadt zwischen Weingärten frühstückten, wo ein leuchtender Fluß sich zu unseren Füßen dahinwand. Der Divisionsgeneral hatte am Feldzug in Algerien teilgenommen, hatte kurzgeschnittenes ergrauendes Haar, und sein Blick wanderte immer wieder über die an der Wand hängende Karte, wo Stecknadeln und straff gespannte Fäden ein Spinnennetz bildeten.

»Irgendwelche Nachrichten aus dem Norden?« fragte ich.

»Noch nicht«, sagte er. »Aber der Angriff kommt bald. Er wird gegen unsere Armee in der Champagne gerichtet sein.« Mit hagerem Finger zeigte er auf die feindlichen Aufmarschstellungen.

»Warum nicht gegen die britische?« fragte ich. Mit Hilfe eines Messers und einer Gabel bildete ich einen rechten Winkel und stellte einen Salzstreuer in den Mittelpunkt. »Das ist der deutsche Aufmarsch. Auf diese Weise können sie ihre Truppen so massieren, daß wir erst dann wissen, welcher Schenkel des Dreiecks angreift, wenn der Schlag fällt.«

»Das stimmt«, erwiderte er. »Aber überlegen Sie folgendes. In Richtung Somme anzugreifen, würde für den Feind bedeuten, viele Meilen ehemaliger Schlachtfelder zu überqueren, die noch verödet sind und von denen ihr Briten jeden Fußbreit kennt. In der Champagne dagegen marschiert er durch unberührtes Gebiet. Nach Amiens ist es ein langer und schwieriger Weg, nach Châlons ist er kürzer. Das ist die Ansicht von Pétain. Sind Sie überzeugt?«

»Die Begründung ist gut. Trotzdem wird der Feind bei Amiens zuschlagen, und meiner Ansicht nach wird es heute geschehen.«

Er lachte und zuckte die Schultern. »*Nous verrons.* Sie sind sehr beharrlich, mein General, wie jeder Ihrer hervorragenden Landsleute.«

Als ich sein Hauptquartier gerade verließ, übergab eine Ordonnanz ihm eine Mitteilung auf einem rosa Zettel. Er las sie und wandte sich dann mit ernstem Gesicht an mich.

»Sie haben ein *flair,* mein Freund. Ich bin froh, daß wir nicht gewettet haben. Heute früh, bei Einbruch der Dämmerung, ist es bei St. Quentin zu schweren Kämpfen gekommen. Aber trösten Sie sich – durchkommen werden sie nicht. Ihr *Maréchal* wird sie aufhalten.«

Das waren die ersten Nachrichten, die ich von der Schlacht erhielt.

Entsprechend dem Plan stieß ich in Dijon zu den anderen. Den Zug nach Paris erwischte ich gerade noch, und Blenkiron zerrte mich mit seinen großen Händen in das Abteil, als der Wagen bereits rollte. Im Abteil saß auch Peter, eine fügsame Gestalt in einer sorgfältig ausgebesserten Uniform des Royal Flying Corps. Wake las in einem Stapel französischer Zeitungen, und die Füße auf die Bank gelegt, lehnte Mary in einer Ecke und schlief fest.

Wir sprachen nicht viel, denn das Leben der letzten Tage war so hektisch gewesen, daß keiner den Wunsch verspürte, sich seiner zu erinnern. Blenkirons Gesicht hatte einen Ausdruck der Zufriedenheit, und während er auf die sonnige Frühlingslandschaft hinausblickte, summte er die einzige Melodie vor sich hin, die er kannte. Selbst Wake hatte seine Unruhe verloren. Er trug eine große Schildpattbrille, und als er von seiner Zeitung aufblickte und merkte, daß ich ihn ansah, lächelte er. Mary schlief wie ein Kind, die Wangen leicht gerötet, während ihr Atem die Haare des Pelzmantels, dessen Kragen vor ihrem Kinn geschlossen war, kaum bewegte. Ich erinnere mich, daß ich mit einer Art Scheu die Linien ihres jungen Gesichtes und die langen Wimpern betrachtete, die so sanft auf ihren Wangen lagen, und überlegte, wie ich die Sorge der letzten Monate überhaupt hatte ertragen können. Wake hörte auf zu lesen und hob den Kopf, blickte Mary an, sah dann zu mir herüber, und sein Blick war freundlich, fast herzlich. In den Bergen schien er seinen Seelenfrieden gewonnen zu haben.

Nur Peter paßte nicht in das Bild. Er war eine merkwürdige und betrübliche Gestalt, als er hin und her rutschte, um sein Bein richtig hinzulegen, oder gleichgültig aus dem Fenster starrte. Den Bart hatte er wieder abrasiert, aber dadurch wirkte er nicht jünger, denn sein Gesicht war zu gezeichnet, seine Augen wirkten zu alt. Als ich mit ihm sprach, sah er zu Mary hinüber und legte den Finger auf die Lippen.

»Ich kehre nach England zurück«, flüsterte er. »Deine kleine *mysie* wird sich um mich kümmern, bis ich etwas Passendes gefunden habe. Gestern haben wir in meinem Häuschen alles besprochen. Ich suche mir eine Wohnung und warte dann, bis der Krieg vorüber ist. Und du, Dick?«

»Ich gehe wieder zu meiner Division. Gott sei Dank ist diese Geschichte beendet. Mir ist jetzt leichter zumute, und so kann ich meine Aufmerksamkeit wieder darauf verwenden, Soldat zu sein. Aber ich möchte dir doch sagen, daß ich froh bin, wenn du und Mary und Blenkiron zu Hause in Sicherheit seid. Was ist mit Ihnen, Wake?«

»Ich kehre zu meinem Arbeitsbataillon zurück«, sagte Wake fröhlich. »Wie Ihnen ist mir jetzt leichter zumute.«

Ich schüttelte den Kopf. »Darüber müssen wir noch sprechen. Eine derart sündhafte Vergeudung gefällt mir nicht. Wir beide hatten eine Zeitlang gemeinsam zu tun, und ich kenne Ihre Qualität.«

»Für mich ist das Bataillon gerade gut genug«, sagte er und versenkte sich dann wieder in die *Temps* vom vorigen Tage.

Mary war plötzlich aufgewacht und saß aufrecht, wie ein kleines Kind die Fäuste vor den Augen. Dann strich sie sich über das Haar, und ihre Augen wanderten von einem zum anderen, als wollte sie sich überzeugen, daß alle da waren. Als sie uns gezählt hatte, schien sie erleichtert.

»Jetzt fühlen Sie sich wahrscheinlich etwas frischer, Miss Mary«, sagte Blenkiron. »Ein beruhigender Gedanke, daß wir alle wieder in Ruhe schlafen können. In Kürze werden Sie in England sein, der Frühling beginnt, und so Gott will, wird es auch der Beginn einer besseren Welt sein. Unsere Arbeit ist jedenfalls beendet.«

»Das wüßte ich gern genau«, sagte des Mädchen ernst. »Ich glaube nicht, daß man aus diesem Krieg entlassen werden kann. Dick, hast du Neues über die Schlacht gehört? Heute war doch der Stichtag.«

»Sie hat begonnen«, sagte ich und berichtete das Wenige, das ich von dem französischen General erfahren hatte. »Ich werde jetzt als Prophet angesehen, denn er glaubte, der Angriff erfolge in der Champagne. Tatsächlich wird in der Gegend von St. Quentin gekämpft, obgleich ich nicht weiß, was nun genau passiert ist. In Paris werden wir es erfahren.«

Mary war mit einem verstörten Gesichtsausdruck aufgewacht, als hätte sie sich ihres früheren Gefühls erinnert, daß unsere Arbeit ohne ein Opfer nicht beendet sein würde, und dieses Opfer würde der Beste von uns sein. Diese Vorstellung kehrte mit unangenehmer Beharrlichkeit immer wieder zurück. Aber wenig später schien sie ihre Besorgnis vergessen zu haben. An jenem Nachmittag, als wir angenehm durch Frankreich reisten, war sie in Urlaubsstimmung, und uns anderen zwang sie diese Stimmung auf. Es war ruhiges, strahlendes Wetter, die langen Wellen des Ackerlandes begannen sich leicht grün zu färben, und über die Weiden an den Wasserläufen legten die Kätzchen einen blauen Schleier, während die Blüten in den Obstgärten um die rotbedachten Ortschaften aufbrachen. Angesichts eines derartigen Bildes war es schwer, ernste und graue Gedanken zu hegen, und der Mantel des Krieges glitt von uns ab. Mary bemutterte und versorgte Peter wie eine ältere Schwester einen zarten kleinen Jungen. Sie sorgte dafür, daß er sein verletztes Bein lang auf der Bank ausstrecken konnte, und als sie für uns Tee bereitete, war es der protestierende Peter, der das letzte Zuckerbisquit bekam. Wir waren tatsächlich beinahe eine fröhliche Reisegesellschaft, denn Blenkiron erzählte Jagdgeschichten und berichtete über seine Erlebnisse als Ingenieur im amerikanischen Westen, Peter und ich fühlten uns verpflichtet, ihn mit unseren Erzählungen zu übertreffen, Mary stellte herausfordernde Fragen, und Wake hörte mit amüsiertem Interesse zu. Es war gut, daß wir das Abteil für uns hatten, denn seltsamer gekleidete Menschen waren noch nie beisammen. Marys Kleidung war, wie immer, ordentlich und sachlich, Blenkiron sah in seinem rotbraunen Anzug mit hellblauem Hemd und blankgeputzten braunen Schuhen großartig aus, während Peter und Wake Uniformen trugen, die einmal erheblich bessere Zeiten erlebt hatten, und ich trug noch die Stiefel sowie die unförmigen und zerfetzten Kleidungsstücke des Josef Zimmer, Dienstmann aus Arosa.

Wir schienen den Krieg zu vergessen, taten es jedoch nicht, denn er stand im Hintergrund unserer Gedanken. Irgendwo im Norden tobte ein verzweifelter Kampf, und bei ihm ging es darum, ob wir Erfolg haben oder versagen würden. Mary verriet sich dadurch, daß sie mich bei jedem Aufenthalt bat, Neuigkeiten zu erfragen. Ich erkundigte mich bei Gendarmen und *permissionaires*, erfuhr jedoch nichts. Kein Mensch hatte von der Schlacht überhaupt etwas gehört. Das Ergebnis war, daß wir während der letzten Stunde schwiegen, und als wir Paris gegen sieben Uhr erreichten, führte mein erster Weg mich zum Zeitungsstand.

Ich kaufte einen Stapel Abendzeitungen, die wir in den Taxis zu lesen versuchten, die uns zu unserem Hotel brachten. Es war klar, daß die Schlagzeilen von der Schlacht berichteten. Mit großer Stärke hatte der Feind südlich von Arras bis zur Oise angegriffen; aber überall war er zurückgeschlagen oder in unserer Kampfzone aufgefangen worden. Die Leitartikel strotzten von Zuversicht, und die Kommentare der verschiedenen Militärkritiker waren fast prahlerisch. Endlich waren die Deutschen zu einer Offensive gezwungen worden, und damit hatten die Alliierten die langersehnte Gelegenheit, ihre überlegene Kampfkraft zu beweisen. Alles in allem sei es der Beginn der letzten Kriegsphase.

Ich gestehe, daß mir bei der Lektüre der Mut sank. Wenn die Zivilisten so auffallend zuversichtlich waren –

konnten dann die Generale nicht in dieselbe Falle gegangen sein? Allein Blenkiron blieb unberührt. Mary sagte nichts, hatte jedoch das Kinn in die Hände gestützt, bei ihr ein sicheres Zeichen dafür, daß sie völlig mit ihren Gedanken beschäftigt war.

Am nächsten Morgen konnten die Zeitungen nur wenig mehr berichten. Der Hauptangriff war zu beiden Seiten von St. Quentin erfolgt, und obgleich die Briten Gelände aufgeben mußten, waren nur die Vorposten verlorengegangen. Der Nebel hatte den Feind begünstigt, und sein Trommelfeuer war entsetzlich gewesen, besonders die Gasgranaten. Jede Zeitung brachte den uralten Kommentar – daß der Feind seine Verwegenheit mit schweren Verlusten bezahlt hatte, die die der Verteidiger weit überstiegen.

Zum Frühstück erschien Wake in der Uniform eines einfachen Soldaten. Er wollte sich seinen Marschbefehl besorgen und sofort abfahren, aber als ich hörte, daß Amiens sein Ziel war, befahl ich ihm zu bleiben und mit mir nachmittags loszufahren. Ich selbst trug ebenfalls wieder Uniform und hatte das Kommando übernommen. Ich bereitete alles vor, daß Blenkiron, Mary und Peter nach Boulogne fahren und dort übernachten konnten, während Wake und ich in Amiens aussteigen wollten, um weitere Anweisungen abzuwarten.

Ich verbrachte einen geschäftigen Vormittag. Noch einmal suchte ich mit Blenkiron das kleine Nebenzimmer am Boulevard St. Germain auf und berichtete in allen Einzelheiten über unsere Arbeit während der letzten beiden Monate. Noch einmal saß ich in dem flachen Gebäude neben dem Invalidendom und unterhielt mich mit Stabsoffizieren. Aber einige der Männer, die ich bei meinem ersten Besuch kennengelernt hatte, fehlten diesmal. Die Befehlshaber der französischen Armee waren nach Norden gefahren.

Wir vereinbarten, was mit den Wildvögeln geschehen sollte, die sich jetzt sicher in Frankreich befanden, und erhielten die Genehmigung für das, was ich für Ivery vorgeschlagen hatte. Er und seine Wächter waren auf dem

Weg nach Amiens, und am folgenden Morgen sollte ich sie dort treffen. Die vorzüglichen Männer waren uns gegenüber so höflich, daß meine Kenntnisse der französischen Grammatik spurlos verschwanden und ich nur stotternd antworten konnte. Das Telegramm, das Blenkiron am Abend des 18. mit den Informationen abgeschickt hatte, die ich im Rosa Chalet erhalten hatte, hatte bei der Klärung der Lage Wunder gewirkt.

Als ich mich bei ihnen jedoch nach der Schlacht erkundigte, konnten sie mir nur wenig berichten. Es wäre ein sehr schwerer Angriff in gewaltiger Stärke, aber die britische Front wäre stark, und die Reserven dürften ausreichen. Pétain und Foch wären nach dem Norden gefahren, um sich mit Haig zu beraten. Die Lage in der Champagne wäre immer noch unklar, aber französische Reserven rückten von dort bereits in Richtung des Somme-Abschnitts. Eines zeigte man mir, und das waren die britischen Stellungen. Als ich die Karte betrachtete, sah ich, daß meine alte Division im Mittelpunkt der Kämpfe stand.

»Wo fahren Sie jetzt hin?« wurde ich gefragt.

»Nach Amiens, und dann, wenn Gott will, an die Front«, sagte ich.

»Viel Glück. Sie lassen Körper und Geist nicht gerade viel Ruhe, mein General.«

Danach ging ich zur Mission Anglaise, aber bis auf das *communiqué*, das Haig herausgegeben hatte, und eine telefonische Mitteilung vom Generalhauptquartier, daß der kritische Abschnitt sich wahrscheinlich zwischen St. Quentin und der Oise befände, gab es nichts Neues. Die nördliche Säule unserer Verteidigung, südlich von Arras, über die man sich Gedanken gemacht hatte, hatte wie ein Fels standgehalten. Das freute mich, denn dort befand sich mein altes Bataillon, die Lennox Highlander.

Als wir den Place de la Concorde überquerten, stießen wir auf einen mir bekannten britischen Stabsoffizier, der aus seinem Pariser Urlaub mit einem Wagen gerade zum Generalhauptquartier zurückkehren wollte. Er machte ein längeres Gesicht als die Leute am Invalidendom.

»Mir gefällt die ganze Geschichte überhaupt nicht«,

sagte er. »Sorgen macht mir der Nebel. Vor zehn Tagen habe ich den ganzen Abschnitt zwischen Arras und der Oise besichtigt. Die Stellungen waren großartig angelegt, das Klügste, was es bisher gab. Die vorderste Linie bestand zum größten Teil aus einer Kette von Nestern – aus Unterständen mit Maschinengewehren –, die so angelegt war, daß sie den vorrückenden Feind unter flankierendes Feuer nehmen konnte. Aber bei Nebel ist dieses Vorhaben natürlich sinnlos, denn der Feind kann ungesehen vorgehen und so das flankierende Feuer unterlaufen, ehe wir etwas merken ... Oh, ich weiß genau, daß wir gewarnt worden sind und daß die Kampfzone rechtzeitig besetzt wurde, aber die vorderste Linie sollte so lange halten, bis hinten alles geordnet war, und ich begreife einfach nicht, warum beim ersten Angriff bereits große Abschnitte verlorengingen ... Vergessen Sie nicht, daß wir in dieser Kampfzone alles befestigt haben. Sie ist wirklich großartig, aber wenn sie bereits verlorengegangen ist ...« Er zuckte mit den Schultern.

»Haben wir gute Reserven?« fragte ich.

Wieder zuckte er mit den Schultern.

»Sind hinter der Kampfzone Stellungen vorbereitet worden?«

»Mir sind keine aufgefallen«, sagte er trocken und war verschwunden, bevor ich noch mehr von ihm erfahren konnte.

»Sie machen einen beunruhigten Eindruck, Dick«, sagte Blenkiron, während wir zum Hotel gingen.

»Anscheinend habe ich jetzt endlich kapiert. Es ist lächerlich, aber ich habe ein übleres Gefühl als jemals seit Kriegsbeginn. Sehen Sie sich diese Stadt hier an. Die Zeitungen nehmen es leicht, und die Leute laufen herum, als wäre nichts passiert. Selbst die Soldaten machen sich keine Gedanken. Meinetwegen können Sie mich als Idiot bezeichnen, daß ich alles so tragisch nehme, aber irgendwie habe ich das Gefühl, daß jetzt der blutigste und finsterste Kampf unseres Lebens begonnen hat und daß man in Paris die deutschen Geschütze, wie 1914, bald deutlich hören kann.«

»Sie sind ein fröhlicher alter Jeremias. *Well*, ich bin froh, daß Miss Mary bald nach England fährt. Meiner Ansicht nach ist das für sie das richtige, denn unser Spiel scheint noch nicht ganz beendet zu sein. Ein bißchen beneide ich Sie, denn auf Sie wartet an der Front ein Platz.«

»Sie müssen Mary nach Hause bringen und dafür sorgen, daß die Leute nicht den Kopf verlieren. Das ist nämlich das schwache Glied in unserer Kette, und auf Sie wartet eine ganze Menge Arbeit.«

»Vielleicht«, sagte er geistesabwesend, den Blick auf die Spitze der Vendôme-Säule gerichtet.

Der Nachmittagszug war mit Offizieren vollgestopft, die aus dem Urlaub zurückgerufen waren, und es bedurfte der gemeinsamen Anstrengungen von Blenkiron und mir, um für unsere kleine Gruppe ein eigenes Abteil zu bekommen. Im letzten Augenblick öffnete ich die Tür, um einen erhitzten und aufgeregten Captain des Royal Flying Corps hereinzulassen, in dem ich Archie Roylance, meinen Freund und Wohltäter, wiedererkannte.

»Als ich gerade sauber und rasiert war und es mir bequem machte, kam ein Telegramm, daß ich sofort mein Gepäck wieder schnüren müßte, wegen einer neuen Schlacht. Ein grausamer Krieg, Sir.« Der betrübte junge Mann wischte sich die Stirn ab, grinste Blenkiron fröhlich an, betrachtete kritisch Peter, erblickte dann Mary und brachte sofort seine äußere Erscheinung in Ordnung: er fuhr sich über die Haare, rückte die Krawatte zurecht und wurde verzweifelt still.

Ich machte ihn mit Peter bekannt, und sofort vergaß er Marys Anwesenheit. Wäre Peter auch nur eine Spur eitel gewesen, hätten ihm das offene Interesse und die unverhüllte Bewunderung in den Augen des Jungen geschmeichelt.

»Ich bin heilfroh, Sir, daß Sie wieder zurück sind. Ich habe immer gehofft, einmal die Chance zu bekommen, Sie kennenzulernen. Jetzt brauchen wir Sie dringend an der Front. Lensch wird langsam ziemlich frech.«

Dann fiel sein Blick auf Peters abgemagertes Bein, und er merkte, daß er sich tölpelhaft benommen hatte. Er wurde dunkelrot und stotterte irgendwelche Entschuldigungen. Sie waren jedoch nicht nötig, den Peter freute sich, jemanden kennengelernt zu haben, mit dem er über die Möglichkeit sprechen konnte, wieder als Pilot zu fliegen. Bald waren die beiden tief in irgendwelche technischen Probleme versunken, eine schreckliche Eigenart der Flieger. Es hatte keinen Sinn ihnen zuzuhören, denn verstehen konnte man doch nichts; aber Peter regte es an wie Wein. Archie schilderte ihm genau die letzten Taten von Lensch und dessen neue Methoden. Auch er hatte das Gerücht gehört, das Peter mir gegenüber in St. Anton erwähnt hatte, daß die Deutschen ein neues Flugzeug mit kräftigem Motor und kurzen geschwungenen Tragflächen besäßen, das ungeheuer schnell steigen könnte; bis jetzt war über der Front jedoch noch kein Exemplar aufgetaucht. Sie sprachen über Ball, Rhys Davids, Bishop, McCudden und alle Helden, die sich seit der Somme ihre Sporen verdient hatten, sowie über die neuen britischen Typen, die Peter zum größten Teil noch nicht gesehen hatte und die er sich genau erklären ließ.

Mit dem Zwielicht hatte sich draußen Dunst über die Wiesen gelegt. Ich wies Blenkiron darauf hin.

»Das ist der Nebel, der uns zu schaffen macht. Dieses Märzwetter ist wie Oktober, morgens und abends Nebel. Ich wünschte, wir bekämen einen anständigen, alles durchnässenden Frühlingsregen.«

Archie hielt gerade einen Vortrag über die Maschine des Typs Shark-Gladas.

»Ich habe sie immer gemocht, denn auf ihre Weise ist sie ein Wunder, aber das Herz hat sie mir doch fast gebrochen. Der General kennt ein paar ihrer Eigenarten. Stimmt es, Sir? Wann immer es richtig aufregend wird, muß man damit rechnen, daß der Motor stehenbleibt und sich ausruht.«

»Die Biester sollte man öffentlich verbrennen«, sagte ich angesichts düsterer Erinnerungen.

»So weit würde ich nicht gehen, Sir. Die alte Gladas hat überraschende Vorzüge. Im Augenblick kann es keine andere mit ihr an Geschwindigkeit und Steigfähigkeit aufnehmen, und steuern läßt sie sich so leicht wie eine Segeljolle. Der Ärger bei ihr ist nur, daß sie zu kompliziert ist. Darin ähnelt sie bestimmten Wagentypen – man müßte ein mechanisches Genie sein, um sie zu verstehen ... Wenn man sie nur ein bißchen einfacher und sicherer machte, könnte es keine andere Maschine mit ihr aufnehmen. Ich bin so ungefähr der einzige, der Geduld mit ihr hat und ihre Vorzüge kennt, aber manchmal hätte ich mir mit ihr auch schon fast das Genick gebrochen. Trotzdem: wenn ich es bei einem Luftkampf mit einem Mann wie Lensch zu tun bekäme, wo es um Leben oder Tod geht, würde ich bestimmt die Gladas nehmen.«

Archie lachte entschuldigend. »In der Messe darf ich über dieses Thema nicht mehr reden. Ich bin nämlich der einzige, der für diese Maschine eintritt, denn sie ähnelt einem Gaul, den ich früher geritten habe und der mich so liebte, daß er immer versuchte, mir den Arm auszureißen. Ich wünschte nur, ich könnte andere Piloten überreden, sie gerecht zu beurteilen. Schließlich gehöre ich nur in das zweite Glied.«

Wir befanden uns gerade nördlich von St. Just, als das Rattern des Zuges von einem seltsamen dumpfen Geräusch übertönt wurde. Es kam von Osten und ähnelte dem gedämpften Grollen eines Gewitters auf dem Veld oder dem unaufhörlichen Klang gedämpfter Trommeln.

»Hören Sie die Kanonen?« rief Archie. »Meine liebe Tante, irgendwo ist ein ganz schönes Trommelfeuer in Gang.«

Seit drei Jahren hatte ich nun schon Geschützdonner gehört. Vor Loos, der Somme und Arras war ich bei den großen Vorbereitungen dabeigewesen, und den Lärm der Artillerie hatte ich langsam als etwas Natürliches und Unvermeidbares wie Regen oder Sonnenschein hingenommen. Aber diesmal war es mir irgendwie unheimlich, obwohl ich nicht weiß warum. Vielleicht lag der Grund darin, daß ich nicht damit gerechnet hatte, denn ich wußte genau, daß man in diesem Gebiet seit der Marne-Schlacht keinen Kanonendonner mehr gehört hatte. Wahrscheinlich drang der Lärm durch das Oise-Tal, und daraus schloß ich, daß irgendwo in der Umgebung von Chauny oder

La Fère schwere Kämpfe im Gange waren. Das bedeutete, daß der Feind auf breiter Front angriff, denn auf seinem äußersten linken Flügel machte er ganz deutlich gewaltige Anstrengungen. Oder aber es war unser Gegenangriff. Aber irgendwie glaubte ich es nicht.

Ich ließ das Fenster hinunter und steckte meinen Kopf in die Nacht hinaus. Der Nebel war bis zu den Geleisen gekrochen, ein feiner Nebel, durch den Häuser, Bäume und Vieh im Mondschein nur verschwommen sichtbar waren. Der Lärm ging weiter – es war nicht ein Murren, sondern ein ständiges Rumpeln und so deutlich wie Trompetenstöße. Als wir uns Amiens näherten, ließen wir es hinter uns, denn das Somme-Tal besteht aus seltsamen Formationen, die jedes Geräusch dämpfen. Die Leute auf dem Lande nennen es daher ›Schweigendes Land‹, und während der ersten Phase der Somme-Schlacht konnte man in Amiens nicht einmal die Kanonen hören, die zwanzig Meilen entfernt bei Albert standen.

Als ich mich wieder hinsetzte, merkte ich, daß alle still geworden waren, selbst der redselige Archie. Marys Blick begegnete meinem, und im halbdunklen Licht des französischen Abteils entdeckte ich in ihnen deutlich Erregung – ich wußte, daß es Erregung und nicht Angst war. Noch nie hatte sie den Lärm eines starken Trommelfeuers gehört. Blenkiron war unruhig, und Peter war in seine eigenen Gedanken versunken. Ich selbst war ziemlich deprimiert, denn in kurzer Zeit mußte ich mich von meinen besten Freunden und dem von mir geliebten Mädchen trennen. Aber mit der Depression vermischte sich merkwürdige Hoffnung, die fast erfreulich war. Die Kanonen hatten mich an meinen Beruf erinnert; ich bewegte mich in Richtung ihres Getöses, und nur Gott wußte, wie alles ausgehen würde. Der glückliche Traum von den Cotswolds und einem Heim mit Mary an meiner Seite schien plötzlich in unendliche Ferne gerückt. Wieder einmal spürte ich, daß ich auf der Messerschneide des Lebens stand.

Während des letzten Teils der Reise versuchte ich mich an die Landschaft zurückzuerinnern. Wieder sah ich den zertrommelten Abschnitt zwischen Serre und Combles, wo wir im Sommer 1916 gekämpft hatten. Beim Vormarsch im folgenden Frühling war ich nicht dabeigewesen, hatte jedoch Cambrai miterlebt und kannte die ganze Gegend zwischen Lagnicourt und St. Quentin. Ich schloß die Augen, versuchte mir die Landschaft und die zur Front verlaufenden Straßen vorzustellen und überlegte, welche Stellen dem größten Druck ausgesetzt sein könnten. In Paris hatte man mir gesagt, daß die Briten in südlicher Richtung bis zur Oise ständen, so daß das Trommelfeuer, das wir gehört hatten, an unsere Adresse gerichtet sein mußte. Als ich an Paschendaele, Cambrai und die Schwierigkeit dachte, die wir immer bei der Rekrutierung hatten, überlegte ich erstaunt, wo wir überhaupt genügend Truppen hergenommen hatten, um die neue Front zu besetzen. Auf diesem langen Abschnitt mußte sie verdammt dünn besetzt sein. Und dann dieses entsetzliche Trommelfeuer! Und die Massen von Soldaten und die neue Taktik, deren Ivery sich gebrüstet hatte!

Als wir in die winzige Höhle einfuhren, die den Bahnhof von Amiens bildet, schien mir, als bemerkte ich eine neue Erregung. Ich spürte es eher, als daß ich es von irgendwelchen Dingen hätte ableiten können, ausgenommen vielleicht, daß auffallend viele Zivilisten sich auf dem Bahnsteig drängten und die meisten ungewöhnlich viel Gepäck bei sich hatten. Und ich überlegte, ob die Stadt in der vergangenen Nacht vielleicht beschossen worden war.

»Wir wollen uns jetzt noch nicht verabschieden«, sagte ich zu den anderen. »Der Zug fährt erst in einer halben Stunde. Ich werde versuchen, irgend etwas zu erfahren.«

Begleitet von Archie, suchte ich einen mir bekannten Transportoffizier auf. Auf meine Fragen gab er fröhlich Antworten.

»Oh, Sir, es läuft großartig. Heute nachmittag erfuhr ich von einem Mann aus der Operations-Abteilung, daß das Generalhauptquartier restlos zufrieden ist. Die Deutschen haben erhebliche Verluste, und wir haben nur ein paar Kilometer aufgeben müssen ... Fahren Sie wieder zu Ihrer Division? Soviel ich weiß, ist sie in der Gegend von Péronne, zumindest war sie es heute nacht. Cheyne und

Dunthorne sind bereits aus dem Urlaub zurück und versuchten, einen Wagen zu stehlen, um hinzukommen ... Oh, bei mir geht es hoch her. Die verdammten Zivilisten haben irgend etwas gerochen, und ein großer Teil versucht wegzukommen. Die Idioten behaupten, die Deutschen wären in einer Woche in Amiens. Wie heißt es doch noch? ›Pourvu que les civils tiennent.‹ Leider muß ich jetzt weitermachen, Sir.«

Mit diesen Neuigkeiten schickte ich Archie zurück und machte mich auf den Weg zum Haus eines Presseoffiziers, der vermutlich einiges wissen mußte, als ich am Bahnhofseingang auf Laidlaw stieß. Er war Abwehroffizier jenes Korps gewesen, zu dem meine frühere Brigade gehört hatte, und war jetzt im Stab irgendeiner Armee. Er ging gerade zu einem Wagen, als ich ihn am Arm packte, und sein Gesicht, mit dem er mich ansah, wirkte enttäuscht.

»Guter Gott, Hannay! Wo kommen Sie denn her? Was es Neues gibt?« Er senkte die Stimme und zog mich in eine ruhige Ecke. »Die Meldungen sind miserabel.«

»Mir hat man gesagt, wir hielten die Stellung«, bemerkte ich.

»Alles Unsinn! Die Deutschen sind auf breiter Front glatt durch. Heute sind sie bei Maissemy und Essigny durchgebrochen. Ja, die Kampfzone. Wie Hammerschläge schicken die Deutschen eine Division nach der anderen in die Schlacht. Konnten wir etwas anderes erwarten?« Und erbittert hielt er meinen Arm fest. »Wie, in Gottes Namen, konnten elf Divisionen einen Frontabschnitt von vierzig Meilen halten? Bei einem Zahlenverhältnis von vier zu eins? Das ist kein Krieg, das ist blanker Wahnsinn.«

Damit wußte ich das Schlimmste, und es erschreckte mich nicht, denn ich hatte gewußt, daß es so kommen würde. Laidlaws Nerven waren ziemlich schlecht, sein Gesicht war blaß, und seine Augen funkelten wie bei einem Fieberkranken.

»Reserven!« Und er lachte verbittert. »Wir hatten drei Divisionen Infanterie und zwei Divisionen Kavallerie. Sie sind schon lange eingesetzt. Rechts von uns kommen die Franzosen heran, aber sie haben noch einen ganz schönen

Marsch vor sich. Deswegen bin ich schließlich hier. Außerdem bekommen wir Unterstützung von Horne und Plumer. Aber das alles dauert Tage, und inzwischen gehen wir wie damals bei Mons zurück. Und dazu noch um diese Zeit ... Ja, die ganze Front geht zurück. Teilweise war sie sehr gut ausgebaut, aber die Truppen mußten zurück, weil sie sonst eingekesselt worden wären. Wenn ich nur wüßte, wo unsere rechten Divisionen geblieben sind! Soviel ich weiß, müssen sie inzwischen bei Compiègne sein. Heute morgen waren die Deutschen diesseits des Kanals, und aller Wahrscheinlichkeit nach sind sie inzwischen über die Somme gesetzt.«

Daraufhin sagte ich erregt: »Soll das heißen, daß wir Péronne aufgegeben haben?«

»Péronne!« sagte er. »Wenn wir Glück haben, brauchen wir Amiens nicht aufzugeben! ... Zu allem Unglück habe ich außerdem noch einen Fieberanfall. In einer Stunde werde ich wie ein Wilder toben.«

Er wollte weiter, aber ich hielt ihn fest.

»Was ist mit meinem früheren Haufen?« fragte ich.

»Ach, dem geht es gut, nur daß er schwer mitgenommen ist. Alle Divisionen waren großartig. Es ist ein wahres Wunder, daß sie nicht völlig aufgerieben sind, und wie ein leuchtendes Fanal wird es sein, wenn sie eine Linie finden, die sie halten können. Westwater ist am Bein verwundet. Er wurde heute abend hergebracht, und jetzt liegt er im Lazarett. Fraser ist tot, Lefroy in Gefangenschaft geraten – zumindest ist das das letzte, was ich von ihm hörte. Wer die Brigaden führt, weiß ich nicht, aber die Division hat Masterton übernommen ... Versuchen Sie, möglichst schnell an die Front zu kommen und ihn abzulösen. Sprechen Sie mit dem Armee-Oberbefehlshaber. Morgen vormittag ist er zu einem Palaver in Amiens.«

Müde lehnte Laidlaw sich in seinem Wagen zurück und verschwand in der Nacht, während ich zum Zug eilte.

Die anderen standen inzwischen auf dem Bahnsteig und umringten Archie, der irgendwelchen optimistischen Unsinn von sich gab. Ich trieb sie wieder in das Abteil und schloß die Tür.

»Es steht ziemlich schlecht«, sagte ich. »Die Front ist an verschiedenen Stellen durchbrochen, und wir gehen auf die obere Somme zurück. Allerdings fürchte ich, daß das noch nicht das Ende ist. Sobald ich meine Befehle habe, fahre ich an die Front. Wake, Sie begleiten mich, denn jetzt wird jeder gebraucht. Blenkiron, Sie sorgen dafür, daß Mary und Peter sicher nach England gelangen. Wir sind gerade noch rechtzeitig gekommen, denn morgen dürfte es schwierig sein, Amiens zu verlassen.«

Noch heute sehe ich die verstörten Gesichter in dem schlecht beleuchteten Abteil vor mir. Nach britischer Art verabschiedeten wir uns ohne viel Aufhebens. Ich erinnere mich, daß Peter meine Hand ergriff, als wollte er sie nicht mehr loslassen, und daß Marys Gesicht sehr blaß geworden war. Hätte ich noch eine Sekunde gezögert, hätte ich wahrscheinlich geheult, denn Marys Lippen bebten, und Peters Augen erinnerten mich an ein angeschossenes Tier. »Gott segne euch«, sagte ich heiser, und beim Weggehen hörte ich Peters Stimme, die leicht gebrochen sagte: »Gott segne dich, mein alter Freund.«

Mehrere mühselige Stunden brauchte ich, um Westwater zu finden. Auf der großen Verwundetensammelstelle war er nicht, aber schließlich entdeckte ich ihn in dem neuen Lazarett, das gerade in dem Ursulinen-Kloster eingerichtet worden war. Westwater war ein äußerst patenter kleiner Mann und im gewöhnlichen Leben ziemlich trocken und dogmatisch, und außerdem hatte er eine scharfe Zunge, was ihn nicht gerade beliebt machte. Jetzt lag er reglos auf dem Lazarettbett, und seine blauen Augen blickten so ernst und ergreifend wie die eines kranken Hundes.

»Mir ist nicht viel passiert«, sagte er als Antwort auf meine Frage. »Neben mir krepierte eine Granate und lädierte meinen Fuß. Die Leute behaupten, sie müßten ihn abnehmen ... Seit Sie hier sind, Hannay, ist mir wohler. Sie müssen sofort Masterton ablösen. Er ist zwar ein guter Mann, aber dieser Aufgabe nicht ganz gewachsen. Der arme Fraser – von Fraser haben Sie sicherlich gehört. Ihn erwischte es gleich zu Anfang. Ja, eine Granate. Und

Lefroy. Er lebt, und wenn es ihn nicht allzu schlimm erwischt hat, werden die Deutschen mit diesem Gefangenen noch allerhand erleben.«

Er war zu schwach, um zu sprechen, wollte mich jedoch nicht weglassen.

»Die Division war in Ordnung. Glauben Sie nichts, wenn irgendwer behauptet, wir hätten nicht wie Helden gekämpft. Unsere vorderste Stellung hat die Deutschen sechs Stunden lang aufgehalten, und nur rund ein Dutzend Männer ist zurückgekommen. Wir hätten die Kampfzone gehalten, wenn wir nicht an beiden Flanken umgangen worden wären. Links von Crabbe sind sie durchgebrochen und dann das Verey-Tal heruntergekommen, und eine große Welle überschwemmte den Shropshire Wood ... Wir haben jeden Meter verteidigt und nicht aufgegeben, bis wir sahen, daß hinter uns das Munitionsdepot von Plessis in die Luft flog. Da war es dann Zeit zum Verschwinden ... Von den Bataillonskommandeuren sind nicht viele übriggeblieben. Watson, Endicot, Crawshay ...« Stammelnd nannte er eine Liste tapferer Leute, die gefallen waren.

»Machen Sie, daß Sie hinkommen, Hannay. Man braucht Sie. Über Masterton bin ich nicht glücklich. Er ist für diese Aufgabe zu jung.« Und dann trieb eine Schwester mich hinaus, und als ich wegging, redete er noch mit der seltsam gezwungenen Stimme großer Schwäche.

Am Fuß der Treppe stand Mary.

»Ich habe dich hineingehen sehen«, sagte sie, »und habe deshalb auf dich gewartet.«

»Ach, Liebes«, sagte ich, »du solltest doch schon lange in Boulogne sein. Welcher Wahnsinn hat dich hierher gebracht?«

»Hier kennt man mich, und man hat mich sofort eingesetzt. Du konntest nicht erwarten, daß ich wegführe. Du hast selbst gesagt, daß jeder gebraucht würde, und ich bin wie du im Dienst. Sei bitte nicht ärgerlich, Dick.«

Ich war nicht ärgerlich, nicht einmal besonders besorgt. Die ganze Geschichte schien vom Schicksal seit der Erschaffung der Welt geplant gewesen zu sein. Das Spiel, an dem wir beteiligt waren, war noch nicht zu Ende, und deshalb war es richtig, daß wir gemeinsam weitermachten. Zu diesem Gefühl kam die Überzeugung, daß wir doch noch siegen würden. Irgendwie oder irgendwann würden wir das Ende unserer Pilgerschaft erreichen. Aber ich dachte dabei auch an Marys Vorahnung, daß dazu ein Opfer nötig wäre. Der Beste von uns! Damit war ich ausgeschlossen; aber was war mit ihr?

Ich nahm sie in die Arme. »Auf Wiedersehen, mein Liebes. Sorge dich nicht um mich, denn meine Aufgabe ist nicht schwierig, und ich kann selbst auf mich aufpassen. Aber sieh dich bitte vor, denn für mich bist du die Welt.«

Sie küßte mich ernsthaft wie ein altkluges Kind.

»Um dich habe ich keine Angst«, sagte sie. »Du wirst in die Bresche springen, und ich weiß – ich weiß, daß du siegen wirst. Vergiß nicht, daß hier jemand ist, dessen Herz so voller Stolz über dich ist, daß für Angst kein Platz ist.«

Als ich durch das Tor des Klosters ging, hatte ich das Gefühl, wieder einmal einen Befehl erhalten zu haben.

Es überraschte mich nicht, daß ich – als ich mein Zimmer in einer oberen Etage des Hôtel de France aufsuchte – Blenkiron im Gang stehen sah. Er war bester Laune.

»Mich können Sie nicht abschieben, Dick«, sagte er, »also brauchen Sie gar nicht anfangen sich aufzuregen. Das hier ist für John S. Blenkiron nämlich die größte Chance seines Lebens. Unsere kleine Auseinandersetzung in Erzerum war nur ein Kinderspiel – hier aber geht es nun wirklich um die Entscheidung. Wahrscheinlich werde ich eine Möglichkeit finden, mich nützlich zu machen.«

Daran hegte ich keinen Zweifel, und ich war froh, daß er geblieben war. Meinem Gefühl nach war es für Peter jedoch schwer, zu diesem Zeitpunkt allein nach England zurückzukehren – nutzloses Strandgut, das von der Flut angeschwemmt wird.

»Sie brauchen sich darüber keine Gedanken zu machen«, sagte Blenkiron. »Im Augenblick fährt Peter noch nicht nach England. Soviel ich weiß, hat er diese Stadt durch irgendeine Hintertür bereits verlassen. Er redete eine Weile mit Sir Archibald Roylance, wenig später tauchten weitere Herren des Royal Flying Corps auf, und das Ergebnis war, daß Sir Archibald sich mit Peter einigte und beide verschwanden, ohne sich zu verabschieden. Ich kann mir vorstellen, daß er ein paar Worte mit seinen alten Freunden auf irgendeinem Flugplatz gewechselt hat. Vielleicht hatte er auch die Vorstellung, per Flugzeug nach England zurückzukehren und auf diese Weise noch einmal zu fliegen, bevor er seine Flügel endgültig zusammenfaltet. Jedenfalls machte Peter einen verdammt glücklichen Eindruck. Als ich ihn zuletzt sah, rauchte er seine Pfeife inmitten einer Gruppe junger Burschen auf einem Wagen des Flying Corps und fuhr in Richtung Deutschland.«

21

EIN EMIGRANT KEHRT ZURÜCK

Am nächsten Vormittag traf ich den Armee-Oberbefehlshaber auf dem Weg nach Doullens.

»Sie übernehmen sofort die Division!« sagte er. »Das ist klar. Leider ist von ihr nicht viel übrig. Ich werde Carr Bescheid sagen, daß er beim Hauptquartier des Korps anfragt, wo sie zu finden ist. Sie werden mit den Resten pfleglich umgehen müssen, denn wir können sie noch nicht herausziehen, nicht morgen und nicht übermorgen. Mein Gott, Hannay, stellenweise wird unsere Front von ganz wenigen Leuten gehalten. Sie müssen durchhalten, bis die Franzosen uns ablösen. Es geht jetzt nicht mehr um Haaresbreite, sondern um Messers Schneide.«

»Was ist mit rückwärtigen Stellungen, Sir, auf die wir notfalls zurückgehen können?« fragte ich.

»Wir tun unser Möglichstes, haben aber nicht genügend Leute, um sie vorzubereiten.« Er faltete eine Karte auseinander. »Hier graben wir Stellungen – und dort. Wenn wir dieses Stück zwei Tage halten können, werden wir eine anständige Stellung haben, die sich an den Fluß anlehnt. Aber vielleicht reicht die Zeit nicht.«

Da erzählte ich ihm von Blenkiron, von dem er natürlich bereits gehört hatte. »In den Vereinigten Staaten gehörte er zu den bedeutendsten Technikern, und er kann ein Gelände großartig beurteilen. Irgendwie wird er es schon schaffen, wenn Sie ihn dabei helfen lassen.«

»Gerade der richtige Mann«, sagte er und schrieb einen Befehl aus. »Bringen Sie das hier Jacks, und er wird die entsprechenden Papiere ausstellen. Eine Uniform wird Ihr Mann schon irgendwo in Amiens auftreiben.«

Danach ging ich zur Frontleitstellung und stellte fest, daß Ivery tatsächlich eingetroffen war.

»Der Gefangene hat keine Schwierigkeiten gemacht, Sir«, meldete Hamilton. »Aber irgendwie hat er Angst.

Wie es heißt, sollen die Deutschen gut vorankommen, und da habe ich zu ihm gesagt, er könne auf seine Landsleute stolz sein. Aber gefreut hat es ihn nicht.«

Drei Tage hatten bei Ivery eine völlige Verwandlung bewirkt. Das einst so kühle und fähige Gesicht war eingefallen wie das eines gehetzten Tieres. Seine Phantasie plagte ihn, und die Qualen konnte ich mir ausmalen. Er, der immer an der Spitze der Maschinerie gestanden hatte, war jetzt nur noch ein unbedeutendes Rädchen. In seinem ganzen Leben hatte er immer Macht besessen; jetzt war er völlig machtlos. Er befand sich in einer harten, ihm unbekannten Welt, im Griff einer Entwicklung, die er fürchtete und nicht begriff, in der Obhut von Männern, die auf keine Weise für seine Überredungskünste zugänglich waren. Er ähnelte einem stolzen und glänzenden Manager, der plötzlich gezwungen war, in einer Gruppe von Gaunern zu arbeiten, und noch schlimmer, denn hinzu kam die quälende physische Angst vor dem, was ihm bevorstand.

Er appellierte an mich.

»Foltern die Engländer ihre Gefangenen?« fragte er. »Sie haben mich besiegt. Daran läßt sich nichts deuteln, aber ich flehe um Gnade. Wenn Sie wollen, falle ich vor Ihnen auf die Knie. Ich habe keine Angst vor dem Sterben – auf meine Art.«

»Nur wenige Menschen fürchten sich vor dem Sterben – auf ihre Art.«

»Warum degradieren Sie mich? Ich bin ein Gentleman.«

»Aber nicht das, was wir darunter verstehen«, sagte ich. Sein Gesicht verfiel. »Was haben Sie mit mir vor?« fragte er mit bebender Stimme.

»Sie sind Soldat gewesen«, sagte ich. »Sie werden daher die Kämpfe beobachten – mit den Augen des einfachen Soldaten. Brutalität werden Sie nicht erleben, Sie werden eine Waffe erhalten, falls Sie sich verteidigen wollen, und Sie werden dieselbe Überlebenschance haben wie die Männer um Sie herum. Vielleicht haben Sie schon gehört, daß Ihre Landsleute sehr gut vorankommen. Es ist sogar möglich, daß sie diese Schlacht gewinnen. Was haben Sie mir damals vorausgesagt? Amiens binnen zwei Tagen, Abbéville in drei. Leider sind Ihre Landsleute etwas in Verzug geraten, aber sie kommen weiter. Sie erzählten mir, Sie wären bei der Planung maßgeblich beteiligt gewesen, und deswegen erhalten Sie die Möglichkeit, die Vorgänge selbst zu beobachten und vielleicht an ihnen teilzunehmen – wenn auch auf der anderen Seite. Reizt das Ihr Gerechtigkeitsgefühl nicht?«

Er stöhnte und wandte sich ab. Ihm gegenüber empfand ich nicht mehr Mitgefühl als für eine Schwarze Mamba, die meinen Freund vergiftet hat und mit einer Astgabel festgehalten wird. Merkwürdigerweise empfand Wake dasselbe. Hätten wir Ivery in St. Anton sofort erschossen, bin ich überzeugt, daß Wake uns als Mörder bezeichnet hätte. Jetzt war er mit allem völlig einverstanden. Dank seinem leidenschaftlichen Haß auf den Krieg freute es ihn, daß einer der wichtigsten Kriegsplaner gezwungen wurde, das Entsetzen des Krieges selbst mitzuerleben.

»Heute morgen hat er versucht, mich zu überreden«, berichtete er mir. »Er behauptete, auf meiner Seite zu stehen, und sagte dasselbe, was ich im vergangenen Jahr immer gesagt habe. Fast schämte ich mich dessen, was ich damals aufgeführt habe, als dieser Lump es nachplapperte ... Übrigens, Hannay, was haben Sie eigentlich mit mir vor?«

»Sie kommen zu meinem Stab. Sie sind ein zäher Kerl, und ohne Sie schaffe ich es nicht.«

»Vergessen Sie nicht, daß ich kein Gewehr in die Hand nehme.«

»Das wird auch niemand von Ihnen verlangen. Wir versuchen uns gegen eine Flut zu stemmen, die uns ins Meer schwemmen will. Sie wissen selbst, wie die Deutschen sich in besetzten Gebieten aufführen, und Mary ist in Amiens.«

Bei dieser Mitteilung biß er sich auf die Lippen.

»Trotzdem ...«, begann er.

»Trotzdem werde ich Sie nicht auffordern, einen Ihrer geheiligten Grundsätze aufzugeben«, sagte ich. »Sie brauchen keinen Schuß abzugeben. Ich dagegen brauche einen

Mann, der meine Befehle weiterleitet, denn eine Front gibt es nicht mehr, nur noch einzelne Widerstandsnester, wie Quecksilber. Für diese Aufgabe brauche ich einen klugen und tapferen Mann, und ich weiß, daß Sie keine Angst haben.«

»Nein«, sagte er, »das glaube ich auch – fast keine. Gut, ich bin einverstanden!«

Blenkiron setzte ich in einen Wagen, der ihn zum Hauptquartier des Korps fuhr, und nachmittags machte ich mich selbst auf den Weg. Ich kannte jeden Fußbreit der Gegend – den Hang der Hügel östlich von Amiens, die Römerstraße, die pfeilgerade nach St. Quentin führte, die Sümpfe der Somme und jenen breiten Landstreifen zwischen Dompierre und Péronne, den der Krieg verwüstet hatte. Als ich im Januar nach Amiens fuhr, war ich dort durchgekommen, denn ich hatte die Stellungen besucht, bevor ich nach Paris weiterfuhr, und damals war es dort friedlich gewesen: die Bauern hatten ihre Felder bestellt, auf dem Schlachtfeld waren neue Gebäude entstanden, Zimmerer errichteten die Dachstühle, und kaum ein Lastwagen erinnerte an den Krieg. Jetzt war die Hauptroute genauso verstopft wie die Straße bei Albert, als damals die Somme-Schlacht begann: Truppen marschierten an die Front, Truppen kamen von der Front, zu Tode erschöpft; ein unaufhörlicher Verkehr von Krankenwagen einerseits und Munitionswagen andererseits, Stabswagen, die versuchten, sich durch die Massen zu schlängeln, Gruppen von Gespannen der Artillerie, versprengte Teile der Kavallerie sowie hier und dort blaue französische Uniformen. Das alles kannte ich bereits; aber eines war mir neu. Kleine Bauernwagen mit verhärmten Bäuerinnen und verstörten Kindern sowie Bergen von Hausrat fuhren nach Westen oder standen wartend an den Dorfausfahrten. Daneben gingen alte Männer und Knaben zu Fuß, meistens im Sonntagsanzug, als wollten sie zur Kirche. Dieses Bild kannte ich noch nicht, denn bisher hatte ich noch nie erlebt, daß die britische Armee sich zurückzog. Der Damm, der das Wasser gestaut hatte, war geborsten, und die Bewohner der Täler versuchten nun, ihre kläglichen

Schätze zu retten. Und über Roß und Mann, Wagen und Schubkarren, Straße und Acker lag der weiße Märzdunst, während der Himmel so blau wie im Juni war, kleine Vögel in den Büschen herumhüpften und ich in den Winkeln der verlassenen Gärten die ersten Veilchen entdeckte.

Als wir wenig später einen Hügelkamm erreicht hatten, hörten wir ungehindert den Lärm der Geschütze. Auch das war für mich neu, denn es war kein gewöhnliches Artilleriefeuer. Irgendwie klang es anders, abgehackt, verstreut und in Abständen, wie ich es bisher nicht gekannt hatte. Es war das Zeichen, daß das Gefecht beweglich geführt wurde und der Kampf hin und her wogte.

Bei Péronne, dessen gerade zurückgekehrte Bewohner zum zweitenmal flohen, schien die Schlacht vor den Toren zu stehen. Dort erhielt ich Nachrichten über meine Division. Sie befand sich weiter südlich in Richtung St. Christ. Auf schlechten Straßen tappten wir dorthin, wo das Hauptquartier angeblich liegen sollte, während die Stimme der Geschütze lauter wurde. Wie sich herausstellte, waren es die einer anderen Division, die sich darauf vorbereitete, über den Fluß zu setzen. Dann sank die Dunkelheit herab, und während Flugzeuge nach Westen in den Sonnenuntergang flogen, zeigte ein sehr viel röterer Sonnenuntergang sich im Osten, wo das unaufhörliche Aufblitzen des Geschützfeuers sich fahl von der wütenden Glut brennender Munitionslager abhob. Als ich das Zeichen der Scots Fusiliers an einer Feldmütze entdeckte, hielt ich an, und es stellte sich heraus, daß der Mann zu meiner Division gehörte. Eine halbe Stunde später löste ich den sehr erleichterten Masterton in den Ruinen einer früheren Zuckerfabrik ab.

Zu meiner Überraschung fand ich dort auch Lefroy. Genau acht Stunden hatte er sich in deutscher Gefangenschaft befunden. Während dieser Zeit hatte es ihn höchst interessiert, die Art und Weise zu beobachten, wie der Feind einen Angriff durchführte, so daß er seine jammervolle Lage völlig vergaß. Mit lästerlicher Bewunderung schilderte er den endlosen Zug, in dem Nachschub und Reserven nach vorn gebracht wurden, daneben aber auch die Stille, die Reibungslosigkeit und die vollkommene Disziplin. Plötzlich war ihm eingefallen, daß er in Gefangenschaft war, daß er zudem nicht verwundet war, und das hatte ihn wahnsinnig gemacht. Da er ein anerkannter Schwergewichtsboxer war, hatte er seine beiden Wächter mit einem Schlag in einen Graben rollen lassen, war den ihm nachgeschickten Schüssen ausgewichen und hatte sich dann im Schutz eines brennenden Munitionslagers versteckt, wohin seine Verfolger ihm nicht zu folgen wagten. Eine Stunde voller Ängste hatte er ausgestanden, als er versuchte, durch eine Vorpostenlinie zu gelangen, die er für die der Deutschen hielt. Erst als er Flüche in einem schottischen Dialekt hörte, merkte er, daß es eigene Leute waren ... Es war tröstlich, daß Lefroy wieder da war, denn er war sowohl tapfer als auch findig. Dann stellte ich jedoch fest, daß meine Division nur noch auf dem Papier bestand. Sie hatte etwa die Stärke einer Brigade, während die Brigaden zu Bataillonen und die Bataillone zu Kompanien zusammengeschmolzen waren.

Es ist hier nicht die Stelle, die Geschichte der folgenden Woche niederzuschreiben. Ich könnte es auch nicht, selbst wenn ich es wollte, denn ich kenne sie nicht. Irgendwo gab es einen Plan, den man sicherlich in Geschichtsbüchern finden wird, aber für mich war alles völliges Chaos. Befehle trafen ein, aber lange bevor ich sie erhielt, hatte die Lage sich geändert, und ich konnte sie genausowenig ausführen, wie ich auf den Mond fliegen konnte. Häufig verlor ich den Kontakt mit den beiden Nachbardivisionen. Feindnachrichten trafen regellos aus dem Nichts ein, und die meiste Zeit mußten wir uns ohne sie zurechtfinden. Ich erfuhr, daß wir den Franzosen unterstellt wären – zuerst hieß es, es wäre Foch, und dann wurde Fayolle genannt, den ich in Paris kennengelernt hatte. Aber das Oberkommando schien weltenweit entfernt zu sein, und so mußten wir uns allein auf unseren Mutterwitz verlassen. Mein Problem war, so langsam wie möglich zurückzuweichen und gleichzeitig nicht zu lange zu zögern, denn zurückziehen mußten wir uns, da die Deutschen jeden

Morgen nagelneue Divisionen in den Kampf schickten. Es war eine Art von Krieg, die nichts mit den alten Grabenkämpfen zu tun hatte, und da ich nichts anderes gelernt hatte, mußte ich ständig neue Kampfregeln erfinden. Wenn ich auf diese Zeit zurückblicke, scheint es ein Wunder zu sein, daß überhaupt jemand von uns zurückkam. Nur die Gnade Gottes und die ungewöhnliche Zähigkeit des britischen Soldaten irritierten die Deutschen und hinderten sie, durch die Einbruchstelle nach Abbéville und zur Küste zu marschieren. Wir glichen einem Moskitovorhang, den man vor den Eingang gehängt hat, um einen wütenden Stier aufzuhalten.

Der Armee-Oberbefehlshaber hatte recht; es stand auf Messers Schneide.

Sicherlich sind wir der schwächste Punkt der ganzen Front gewesen, denn wir hielten einen Abschnitt von nicht weniger als zwei und meiner Ansicht nach häufiger fast fünf Meilen, und als Reserven verfügten wir nur über Reste der Kavallerie, die dank unklarer Befehle über das ganze Schlachtfeld jagten. Für uns war es ein Glück, daß die Deutschen Fehler begingen. Vielleicht kannten sie unseren Zustand nicht, denn unsere Piloten waren großartig, und tagsüber sah man nie ein deutsches Flugzeug über der Front, obgleich wir nachts fröhlich bombardiert wurden. Hätten die Deutschen unseren Bluff durchschaut, wären wir erledigt gewesen, aber so massierten sie ihre Truppen nördlich und südlich von uns. Im Norden bedrängten sie die Dritte Armee, wurden jedoch nördlich von Bapaume von den Guards aufgehalten und konnten bei Arras keine Geländegewinne erzielen. Südlich stießen sie bis zur Bahnlinie nach Paris und durch das Tal der Oise vor, aber dort waren inzwischen die Reserven von Pétain eingetroffen, und die Franzosen kämpften großartig.

Das soll nun nicht heißen, daß der Deutsche in der Mitte, wo wir standen, nicht erbittert kämpfte, aber es handelte sich hier nicht um seine besten Truppen, und nachdem wir westlich der Somme-Schleife standen, besaß er nicht mehr genügend schwere Geschütze. Dennoch war es eine verzweifelte Angelegenheit, denn unsere Flanken wichen ständig zurück, und wir mußten uns Bewegungen anpassen, die wir nur vermuten konnten. Schließlich standen wir auf dem direkten Weg nach Amiens, und unsere Aufgabe war es, den Feind so hinzuhalten, daß Haig und Pétain Zeit fanden, Verstärkungen heranzuführen. Ich geizte mit jedem Fußbreit Boden, denn jeder Fußbreit und jede Minute waren kostbar. Wir allein standen zwischen dem Feind und der Stadt, und in der Stadt war Mary.

Wenn man mich nach unseren Plänen fragt, kann ich darauf keine Antwort geben. Stündlich hatten wir neue. Vom Korps erhielt ich Anweisungen, aber, wie gesagt, waren sie gewöhnlich überholt, bevor sie mich erreichten, und den größten Teil meiner taktischen Züge mußte ich mir selbst ausdenken. Ich hatte einen einfachen Auftrag, und um ihn zu erfüllen, mußte ich sämtliche Methoden anwenden, die der Allmächtige mir zugestand. Ich schlief kaum, aß wenig, war Tag und Nacht unterwegs, hatte mich in meinem ganzen Leben jedoch noch nie so kräftig gefühlt. Anscheinend konnte Müdigkeit mir nichts ausmachen, und seltsamerweise war ich glücklich. Wenn das ganze Wesen eines Mannes gezwungen ist, sich auf ein einziges Ziel zu konzentrieren, hat er für irgendwelche Sorgen keine Zeit ... Ich erinnere mich, daß wir alle damals ausgesprochen höflich und friedlich miteinander umgingen. Lefroy, der sonst für seine scharfe Zunge bekannt war, gurrte wie eine Taube. Die Soldaten wußten nicht ein noch aus, standen jedoch wie ein Fels. Man hatte uns mit dem Rücken an die Wand gedrängt, und in dieser Situation findet ein Mann neue Kraft ...

Tag für Tag sah dasselbe Schauspiel. Ich hielt meinen wankenden Abschnitt mit einer Vorpostenlinie, die jeden neuen Angriff so lange aufhielt, bis ich seine Richtung erkennen konnte. Ich hatte besondere Kompanien für Gegenangriffe an ausgesuchten Stellen eingesetzt, wenn ich den Rest der Division zurückziehen wollte. Wahrscheinlich haben wir mehr als ein Dutzend derartiger Gefechte erlebt. Die ganze Zeit hatten wir zwar Verluste, aber der

Feind kam nicht zu einem durchschlagenden Erfolg, obgleich er immer dicht davor stand. Wenn ich zurückblicke, ähnelt das Ganze einer Folge von Wundern. Häufig war ich an einem Ende eines Dorfes, wenn die Deutschen am anderen waren. Unsere Batterien wechselten ständig die Stellung, und die Leistung der Kanoniere war über jedes Lob erhaben. Manchmal zeigte unsere Front nach Osten, manchmal nach Norden und einmal, in einer äußerst kritischen Situation, sogar nach Süden, denn die Front wellte und bewegte sich wie eine Flagge am Mast ... Gott sei Dank entfernte der Feind sich immer mehr von seinem Ausgangspunkt, und die durchschnittlichen Truppen waren erschöpft und von schlechter Qualität. Erst als frische Angriffsbataillone herangeführt wurden, hielt ich den Atem an ... Die Deutschen verfügten über Unmengen von Maschinengewehren und setzten sie vorzüglich ein. Wirklich, angesichts dessen, was sie zeigten, ziehe ich den Hut. Sie machten genau das, was wir an der Somme, an der Aisne und bei Ypern versucht hatten, nur daß sie mehr oder weniger Erfolg damit hatten. Und der Grund war, daß sie um jeden Preis den Sieg suchten.

Die Männer waren, wie ich bereits sagte, auch in der schwersten Prüfung, die ein Soldat durchmachen kann, ungeheuer standfest und geduldig. Meine Division bestand aus allen möglichen Leuten – Altgediente, neu Eingezogene und Territorials –, aber unterscheiden konnte man unter ihnen nicht. Sie kämpften wie Trojaner, und obgleich verdreckt, müde und hungrig, fanden sie in ihren Leiden immer noch eine Spur Humor. Das alles war ein Beweis für die durch und durch gesunde Veranlagung des menschlichen Wesens. Allerdings hatten wir einen Mann bei uns, der keineswegs gesund war.

In dem Durcheinander jener Tage sah ich hin und wieder auch Ivery. Zu jeder Zeit mußte ich überall sein und besuchte häufig die Reste der Scots Fusiliers, bei denen sich der gescheiteste Kopf Europas befand. Er und sein Wächter waren nie als Vorposten eingeteilt und beteiligten sich auch nie an einem Gegenangriff. Sie gehörten zu der Masse derjenigen, deren einzige Aufgabe darin bestand, sich unbemerkt zurückzuziehen. Für Hamilton, der seit Mons dabei war, war es ein Kinderspiel; und nachdem Amos sich einen Tag lang eingewöhnt hatte, hüllte er sich in seine grimmige Philosophie, und fast machte es ihm Spaß. Amos konnte man genausowenig übertölpeln wie einen Türken. Aber jener Mann, den sie bei sich hatten und den sie nie aus dem Auge ließen – dieser Mann war ganz anders.

»Zu Anfang«, meldete Hamilton, »dachten wir schon, er wäre verrückt geworden. Bei jedem Einschlag in der Nähe sprang er wie ein junges Fohlen hoch. Und dann das Gas! Wir mußten ihm die Gasmaske aufsetzen, denn seine Hände flatterten zu sehr. Es gab Zeiten, wo wir ihn fast nicht daran hindern konnten, einfach aufzustehen und Reden zu schwingen, obwohl die Kugeln nur so pfiffen. Er war das, was man demoralisiert nennt ... Seitdem tut er so, als höre oder sehe er nichts. Er tut, was man ihm sagt, und wenn er darf, setzt er sich hin und verzieht keine Miene ... Komisch, Sir, aber die Deutschen treffen ihn nie. Ich hab schon mehrmals Kugeln aus meiner Uniform geschüttelt, habe ein Loch in der Schulter, und Andrew kriegte einen Querschläger gegen seinen Stahlhelm, daß jeder andere nicht wieder aufgestanden wäre. Aber der Gefangene, Sir, hat noch keinen Kratzer. Unsere Jungens haben Angst vor ihm. Ein Ire hat gesagt, er hätte den bösen Blick, und daß bei ihm nicht alles stimmt, merkt man sofort.«

Ich sah, daß seine Haut pergamenten geworden und seine Augen glasig waren. Ich glaube nicht, daß er mich erkannte.

»Ißt er wenigstens?« fragte ich.

»Keinen Bissen. Aber Durst hat er dauernd. Immer ist er hinter den Feldflaschen der anderen her.«

Sehr schnell lernte er, was jener Krieg bedeutete, mit dem er so zuversichtlich gespielt hatte. Ich glaube ein barmherziger Mensch zu sein, aber als ich ihn betrachtete, empfand ich keine Spur von Mitleid. Er erlebte nur jenes Schicksal, das er anderen zugedacht hatte. Ich erinnerte mich an Scudder, an die tausend Freunde, die ich verloren hatte, an die Meere von Blut und die Berge von Sorgen, für die dieser Mann und Leute seiner Art verantwortlich waren. Aus den Augenwinkeln konnte ich die langgezogenen Höhenzüge oberhalb von Combles und Longueval erkennen, bei deren Eroberung das Salz der Erde gefallen war und die sich jetzt wieder unter dem Stiefel der Deutschen befanden. Ich dachte an die hinter uns liegende verstörte Stadt, was sie für mich bedeutete, und an den dünnen, den jammervoll dünnen Schirm, aus dem ihre Verteidigung bestand. Ich dachte an die Gemeinheiten, dank derer der deutsche Name zu Lande und zu Wasser gen Himmel stank, Gemeinheiten, die vor allem auf das Konto dieses Mannes gingen. Er war dabei, wahnsinnig zu werden, aber Wahnsinn war für ihn sehr viel passender als geistige Gesundheit.

Ich hatte noch einen weiteren Mann, den man möglicherweise nicht als normal bezeichnen konnte, und das war Wake. Er war das Gegenteil eines Mannes, der durch Granaten einen Schock erlitten hatte – um es einmal so auszudrücken. Noch nie hatte er bisher im Feuer gestanden, aber es kümmerte ihn überhaupt nicht. Dasselbe hatte ich auch schon mit anderen Männern erlebt, und gewöhnlich endete es damit, daß sie zusammengerollt irgendwo liegenblieben, denn es ist unnatürlich, daß eineinhalb Meter menschlichen Fleisches sich nicht vor dem fürchten, was ihm Qualen zufügt und es schließlich vernichtet. Natürlich ist vielmehr, daß man immer etwas Angst hat, wie ich, aber sich durch Willen und Aufmerksamkeit zwingt, sie zu vergessen. Wake dagegen verschwendete anscheinend nie auch nur einen Gedanken darauf. Er war nicht tollkühn, sondern nur gleichgültig. Er ging mit einem Lächeln auf dem Gesicht umher, einem Lächeln der Zufriedenheit. Selbst das blanke Entsetzen – und davon erlebten wir genügend – blieb bei ihm wirkungslos. Seine Augen, die früher einmal hitzig gewesen waren, blickten nun mit einer seltsam unverhüllten Unschuld wie die Augen Peters. Mir wäre wohler gewesen, wenn irgend etwas ihn einmal aus seiner Ruhe aufgestört hätte.

Eines Abends, nachdem wir einen schlimmen und sorgenvollen Tag hinter uns hatten, sprach ich mit ihm, als wir rauchend in den Resten eines früheren französischen Unterstandes saßen. Für mich bedeutete er zusätzlich eine rechte Hand, und das sagte ich ihm auch. »Für Sie muß das alles ein merkwürdiges Erlebnis sein«, sagte ich.

»Das stimmt«, erwiderte er, »es ist wirklich wunderbar. Ich habe nicht geglaubt, daß ein Mensch durch so etwas hindurchkann und bei Verstand bleibt. Aber jetzt kenne ich viele Dinge, die mir vorher unbekannt waren. Ich weiß, daß die Seele wiedergeboren werden kann, ohne den Körper zu verlassen.«

Ich starrte ihn an, und ohne mich anzusehen, fuhr er fort.

»Sie gehören wohl nicht zu den klassischen Gelehrten, nicht wahr, Hannay? Früher gab es einen merkwürdigen Kult, die Verehrung der *Magna Mater* – der Großen Mutter. Um in ihre Mysterien zu gelangen, mußte der Jünger durch ein Bad von Blut ... Ich glaube, daß ich dieses Bad hinter mir habe. Ich glaube, daß ich wie die Eingeweihten *renatus in aeternum* sein werde – in der Ewigkeit wiedergeboren.«

Ich gab ihm den Rat, einen Schluck zu nehmen, denn sein Gerede beängstigte mich. Anscheinend wurde er das, was die Schotten ›fey‹ nennen. Lefroy bemerkte dasselbe und redete ständig mit mir darüber. Er war selbst so tapfer wie ein Stier und besaß auch ziemlich dieselbe Art von Mut; Wakes Tapferkeit dagegen irritierte ihn. »Ich kann den Kerl einfach nicht begreifen«, sagte er zu mir. »Er führt sich auf, als hätten seine Gedanken Besseres zu tun, als sich um die deutschen Kanonen zu kümmern. Idiotische Gefahren geht er zwar nicht ein – das meine ich nicht; aber er tut, als hätten Gefahren keine Bedeutung. Ich finde es unheimlich, wie er sich mit ruhiger Handschrift Notizen macht, während die Granaten wie Hagel einschlagen und jeder von uns glaubt, seine letzte Stunde hätte geschlagen. Achten Sie ein bißchen auf ihn, Sir. Er ist ein Mann, der für uns ungeheuer wertvoll ist.«

In diesem Punkt hatte Lefroy recht, denn ich weiß nicht, was wir ohne ihn hätten anfangen sollen. Der schlimmste Teil unserer Aufgabe bestand darin, in Verbindung mit unseren Flanken zu bleiben, und das war Wakes Aufgabe. Wie ein Waldläufer war er unterwegs, manchmal auf einem verrosteten Fahrrad, häufiger zu Fuß, und nichts konnte ihn ermüden. Gern hätte ich gewußt, was man in den anderen Divisionen über diesen verdreckten einfachen Soldaten dachte, der unser wichtigstes Verbindungsmittel war. Von militärischen Angelegenheiten hatte er zuvor nichts verstanden; aber er begriff die Bedeutung dieser ungeordneten Kämpfe, als wäre er dafür geboren. Nicht ein einziges Mal gab er einen Schuß ab. Nie trug er eine Waffe bei sich. Seine einzige Waffe blieb vielmehr sein Kopf. Und etwas Besseres konnte man sich nicht vorstellen. Nie bin ich einem Stabsoffizier begegnet, der das Wesentliche so schnell begriff oder eine Situation so schnell erkannte. Er hatte diese Aufgaben auf sich genommen, und Talent ist nicht überall vorhanden. Eines Tages besuchte mich ein Stabsoffizier einer benachbarten Division.

»Wo, zum Teufel, haben Sie diesen Wake her?« fragte er.

»Wake ist Kriegsdienstverweigerer aus Gewissensgründen und Nichtkombattant«, sagte ich.

»Dann wünschte ich, wir hätten bei dieser Affäre noch ein paar Kriegsdienstverweigerer. Er ist der einzige, der sich in dieser verdammten Schlacht auszukennen scheint. Mein General läßt Ihnen zu diesem Mann gratulieren.«

»Vielen Dank«, sagte ich lachend. »Aber ich kenne seinen Wert selbst. Er ist ein alter Freund von mir.«

Für mich war Wake die Verbindung mit dem Hauptquartier des Korps und besonders mit Blenkiron. Nach etwa sechs Tagen fing ich langsam an zu verzweifeln. So konnte es einfach nicht weitergehen. Wir hatten uns etliche Meilen zurückgezogen, standen inzwischen hinter der einstigen Front von 1917, und als wir uns mit einer Flanke an den Fluß lehnten, wurde die Lage etwas leichter. Aber ich hatte eine Menge Männer verloren, und die Übriggebliebenen konnten vor Müdigkeit kaum mehr aus den Augen sehen. Die großen Frontvorsprünge des Feindes im Norden und Süden hatten die gesamte Front noch verlängert, und ich merkte, daß ich meine wenigen Soldaten auf einen noch breiteren Abschnitt verteilen mußte. Immer noch hielt der Druck der Deutschen an, obgleich er deutlich schwächer geworden war. Wenn man drüben gewußt hätte, wie wenig in meinem Abschnitt übriggeblieben war, um ihn aufzuhalten, hätte man vielleicht angegriffen und wäre auf diese Weise bis nach Amiens gekommen. Nur die großartige Leistung unserer Piloten hatte bisher verhindert, daß die Deutschen genau Bescheid wußten – aber ewig konnten wir dieses Geheimnis nicht für uns behalten. Eines schönen Tages würde ein feindliches Flugzeug die Front überqueren, und dann brauchten die Deutschen nur noch ein oder zwei frische Sturmbataillone einsetzen, um uns aufzureiben. Ich brauchte gut vorbereitete Stellungen mit anständigen Gräben und dichtem Stacheldrahtverhau. Vor allem aber brauchte ich Verstärkung – Verstärkung. Dieses Wort lag mir den ganzen Tag auf den Lippen und quälte mich in meinen Träumen. Ich erfuhr zwar, daß die Franzosen uns ablösen würden, aber wann – wann? Meine Meldungen an das Korps-Hauptquartier waren nichts anderes als die ständige Bitte um weitere Truppen. Ich wußte, daß hinter uns eine Auffangstellung vorbereitet worden war, brauchte jedoch Männer, um sie zu besetzen.

Eines Tages brachte Wake einen Brief von Blenkiron mit. »Wir warten auf Sie, Dick«, schrieb Blenkiron, »und haben für Sie eine ganz hübsche Wohnung eingerichtet. Seit er 1892 in Montana Kupfer geschürft hat, hat der alte Mann nicht mehr so schwer gearbeitet. Wir haben drei Grabenlinien vorbereitet und eine ganze Menge Unterstände gebaut, und vermutlich ist die ganze Sache auch gut angelegt, denn sie wurde vom Stab der Armee überwacht, und diese Leute sind keine Pfuscher. Sie hätten gelacht, hätten Sie die von uns eingesetzten Arbeiter erlebt. Alle möglichen Leute gehörten dazu, sogar Ihre eigenen Schwarzen aus Südafrika, und die Burschen haben so gearbeitet, daß sie sogar vergaßen, zu Bett zu gehen. Früher galt ich als eine Art Sklaventreiber, aber bei dieser Angelegenheit wurden meine besonderen Talente gar nicht benötigt. Von nun an werde ich in unsere Auslandsmissionen eine Menge Geld stecken.«

Ich antwortete ihm: »Ohne Soldaten haben Ihre Gräben keinen Sinn. Um Himmels willen, kratzen Sie alles zusammen, was ein Gewehr halten kann. Meine Leute sind fix und fertig.«

Dann überließ ich Lefroy die Division und fuhr mit einem Verwundetentransport nach hinten, um mir alles selbst anzusehen. Ich fand Blenkiron, ein paar Pioniere und einen Stabsoffizier aus dem Korps-Hauptquartier, und schließlich fand ich auch Archie Roylance.

Sie hatten eine verdammt gute Stellung vorbereitet und sie durch Unmengen von Stacheldraht geschützt. Sie verlief vom Fluß bis zum Wald von La Bruyère auf dem kleinen Hügel oberhalb des Ablain. Sie war irrsinnig lang, aber ich erkannte sofort, daß sie kürzer nicht angelegt werden konnte, denn die südlich von uns stehende Division hatte alle Hände voll mit den Kämpfen zu tun, die am Rande des großen Angriffs auf die Franzosen stattfanden.

»Es hat keinen Sinn, die Tatsachen zu verschweigen«, sagte ich zu den Männern. »Ich habe keine tausend Mann mehr, und was ich noch habe, ist am Ende seiner Kraft. Wenn ihr meine Leute in diese Gräben stellt, schlafen sie im Stehen ein. Wann können die Franzosen uns ablösen?«

Ich erfuhr, daß die Ablösung für den nächsten Vormittag geplant gewesen war, daß sie jedoch um vierundzwanzig Stunden verschoben werden mußte. Es wäre nur eine vorübergehende Maßnahme, die vom Eintreffen der britischen Divisionen aus dem Norden abhinge.

Archie machte ein ernstes Gesicht. »Die Deutschen ziehen in diesem Abschnitt frische Truppen zusammen. Diese Nachricht erhielten wir, bevor wir die Staffel verließen. Es sieht so aus, als stünde bald wieder einiges bevor, Sir.«

»Es sieht nicht nur so aus; es ist eine absolute finstere Gewißheit. Meine Leute können keinen Tag länger durchhalten. Großer Gott, vierzehn Tage lang haben sie jetzt die Hölle erlebt! Schaffen Sie Leute herbei, oder wir sind beim nächsten Angriff erledigt.« Meine schlechte Laune erreichte langsam ihre Grenzen.

»Die ganze Gegend haben wir gründlich durchgekämmt, Sir«, sagte einer der Stabsoffiziere. »Und wir haben auch einiges zusammenbekommen. Fast zweitausend Mann. Gute Leute, obwohl die meisten vom Infanteriekampf nichts verstehen. Wir haben sie in Züge eingeteilt und alles versucht, um sie noch ein wenig auszubilden. Maschinengewehre besitzen wir genügend. In der Nähe befindet sich eine Maschinengewehr-Schule, und wir haben sämtliche Kursteilnehmer wie auch das gesamte Personal herangeholt.«

Ich glaube nicht, daß jemals eine derartige Truppe in den Kampf geschickt worden ist. Seit der ersten Schlacht bei Ypern hatte es bestimmt keinen bunter durcheinandergewürfelten Haufen gegeben. Bei den Männern handelte es sich um Urlauber, die zurückgekehrt waren und die die meisten Regimenter der britischen Armee vertraten. Dazu kamen die Männer von der Maschinengewehr-Schule. Dazu kamen ferner Korps-Truppen-Pioniere, eine Handvoll Kavalleristen und sonstiges. Vor allem aber gehörte auch eine Gruppe amerikanischer Pioniere dazu, die von Blenkiron bevatert wurden. Ich inspizierte sie beim Exerzieren, und mir gefielen sie. ›Noch achtundvierzig Stunden‹, sagte ich mir. ›Mit etwas Glück könnten wir es gerade noch schaffen.‹

Dann lieh ich mir ein Fahrrad und kehrte zur Division zurück. Bevor ich abfuhr, sprach ich jedoch noch mit Archie. »Das, was wir hier machen, ist ein gewaltiger Bluff, und nur ihr gebt uns Gelegenheit, dieses Spiel zu machen. Sagen Sie Ihren Leuten, daß alles von ihnen abhängt. In diesem Abschnitt dürfen Sie nicht mit Maschinen sparen, denn wenn die Deutschen erst einmal ahnen, wie wenig ihnen gegenübersteht, ist das Spiel verloren. Die Deutschen sind keine Dummköpfe und wissen, daß dies der kürzeste Weg nach Amiens ist, sie glauben jedoch, daß wir hier über starke Kräfte verfügen. Wenn wir diese Fiktion noch zwei Tage aufrechterhalten können, haben wir es geschafft. Sagten Sie vorhin nicht, hier würden Truppen zusammengezogen?«

»Ja, und außerdem ziehen die Deutschen ihre Tanks vor.«

»Das wird noch einige Zeit dauern. Die Deutschen sind langsamer als noch vor einer Woche, und außerdem haben sie es mit einem verdammt schwierigen Gelände zu tun. Wir haben immer noch die Chance eines Außenseiters, dennoch zu siegen. Fahren Sie jetzt zurück und berichten Sie dem Royal Flying Corps, was ich Ihnen gesagt habe.«

Er nickte. »Übrigens, Sir, ist Pienaar bei der Staffel. Er hätte Sie gern einmal besucht.«

»Archie«, sagte ich ernst, »seien Sie so nett und tun Sie mir einen Gefallen. Wenn ich mir vorstelle, daß Peter sich in der Nähe der Front aufhält, werde ich vor Sorgen wahnsinnig. Hier ist nicht der geeignete Platz für einen Mann mit einem lädierten Bein. Vor Tagen schon hätte er in England sein sollen. Können Sie ihn nicht abschieben – vielleicht nach Amiens?«

»Das möchten wir nicht. Wissen Sie, uns allen tut er entsetzlich leid, wo er nun keinen Spaß mehr hat, seine Laufbahn vorüber ist und was weiß ich. Er ist gern bei uns und hört sich unsere Geschichten an. Ein oder zwei Mal ist er sogar schon oben gewesen. Mit einer Shark-Gladas. Er schwört, daß die Maschine großartig ist, und bestimmt kann er mit dem kleinen Teufel jetzt schon glänzend umgehen.«

»Lassen Sie ihn, um Himmels willen, nicht noch einmal fliegen. Ich nehme Sie beim Wort, Archie – vergessen Sie das nicht. Versprechen Sie es mir.«

»Komisch, aber er wiederum macht sich dauernd Sorgen Ihretwegen. Er hat eine Karte, auf der er täglich die Stellungsveränderungen einträgt, und humpelt eine Meile weit, um einen Ihrer Leute auszufragen, der mit Ihnen zusammen war.«

In jener Nacht zog ich die Division im Schutz der Dunkelheit auf die neuen vorbereiteten Stellungen zurück. Es ging ganz einfach, denn der Feind hatte mit eigenen

Angelegenheiten zu tun. Meiner Ansicht nach handelte es sich um die Ablösung durch frische Truppen.

Es war keine Zeit zu verlieren, und ich kann behaupten, daß ich alles tat, um die Sache abzuschließen, bevor es hell wurde. Am liebsten hätte ich meine Männer nach hinten geschickt, damit sie sich endlich ausruhen konnten, aber noch konnte ich sie nicht entbehren. Ich brauchte sie zur Unterstützung der Neulinge, denn sie waren kampferprobt. Die neue Stellung war nach denselben Grundsätzen gebaut wie die alte, die am 21. März durchbrochen worden war. Es gab eine vordere Zone, die aus einer Vorpostenlinie und Unterständen bestand, die äußerst geschickt angelegt waren, sowie einer Widerstandslinie. Weit dahinter lagen die Gräben, die die eigentliche Kampfzone bildeten. Beide Zonen waren mit dichten Drahtverhauen geschützt, und wir besaßen genügend Maschinengewehre; mir wäre es lieber gewesen, ich hätte sagen können, wir hätten auch genügend Männer gehabt, die sich mit Maschinengewehren auskannten. Die Vorposten sollten lediglich Alarm geben und dann auf die Widerstandslinie zurückgehen, die bis zum Letzten gehalten werden sollte. In die vorderste Zone legte ich die frischesten meiner eigenen Männer, jene Einheiten, die durch Urlauber wiederaufgefrischt worden waren. Hinzu kamen die amerikanischen Pioniere, teils in den Unterständen, teils in den Kompanien für Gegenangriffe. Blenkiron hatte mitgeteilt, sie schössen wie Indianer und sehnten sich danach, endlich in die Schlacht geworfen zu werden. Der Rest meiner Truppen lag in der Kampfzone, die unsere letzte Hoffnung war. Wenn der Deutsche sie durchbrach, konnte er ungehindert nach Amiens marschieren. Zusätzliche Feldartillerie war herangeschafft worden, um unsere sehr geschwächte Divisions-Artillerie zu unterstützen. Die Front war so lang, daß ich die drei mir verbliebenen dezimierten Brigaden einsetzen mußte und praktisch über keine nennenswerten Reserven verfügte. Es war ein äußerst gewagtes Spiel.

Das Beziehen der neuen Stellungen erfolgte gerade noch rechtzeitig. Am nächsten Tag – zur Abwechslung war es ein klarer Morgen, wo Wolken sich im Westen zusammenballten – zeigten die Deutschen uns um 6.30, daß sie noch am Leben waren. Sie bepflasterten uns mit Gasgranaten, die nicht viel Schaden anrichteten, und belegten dann unsere vordere Zone mit dem Feuer ihrer Grabenmörser. Um 7.20 kamen sie, zuerst kleine Gruppen mit Maschinengewehren und dann die Infanterie in Wellen. Deutlich zu erkennen war, daß es sich um frische Truppen handelte, und von Gefangenen erfuhren wir später, daß es Bayern waren – die 6. oder die 7. Division, genau weiß ich es nicht mehr, aber wenigstens jene Division, mit der wir schon bei Monchy zu tun gehabt hatten. Gleichzeitig dröhnte über den Fluß hinweg der Lärm eines gewaltigen Trommelfeuers. Anscheinend hatte der Schwerpunkt der Schlacht sich von Albert und Montdidier auf einen direkten Vorstoß nach Amiens verlagert.

Häufig habe ich versucht, die Ereignisse jenes Tages niederzuschreiben. Ich versuchte es in meiner Meldung an das Korps; ich versuchte es in meinem eigenen Tagebuch; ich versuchte es, weil Mary es wünschte, aber es gelang mir nicht, einen zusammenhängenden Bericht zu verfassen. Vielleicht war ich geistig zu erschöpft, um deutliche Eindrücke zu behalten, obgleich ich damals von besonderer Müdigkeit nichts spürte. Wahrscheinlicher ist, daß es bei diesem Gefecht so durcheinanderging, denn nichts entsprach den bisherigen Erfahrungen, und wahrscheinlich haben die Deutschen dabei ihre ordnungsliebende Seele geopfert ...

Zuerst lief alles, wie ich es erwartet hatte. Die Vorpostenlinie wurde eingedrückt, aber das Feuer aus den Unterständen brach den Angriff und gab der Widerstandslinie in der vorderen Zone Gelegenheit, sich bemerkbar zu machen. Darauf folgte eine Pause, und dann kam die nächste große Welle, unterstützt von einem Sperrfeuer aus Feldkanonen, die ziemlich weit nach vorn gebracht worden waren. Diesmal gab die Widerstandslinie an mehreren Punkten nach, und Lefroy unternahm mit den Amerikanern einen Gegenangriff. Es war ein großartiger Anblick. Heulend wie Derwische stürmten die

Pioniere mit aufgepflanztem Bajonett; andere benutzten ihre Gewehre wie Keulen. Es war ein äußerst verlustreicher Kampf, aber er hatte Erfolg. Die Deutschen wurden aus einem zerstörten Bauernhof geworfen, den sie besetzt hatten, ferner aus einem kleinen Gehölz, und die Front verlief damit wieder an alter Stelle. Blenkiron, der dabei zusah, denn er hatte seine Amerikaner begleitet – und dabei riß ihm das Geschoß eines Maschinengewehrs ein Ohrläppchen ab –, fand keine Worte. »Und ich habe einmal gesagt, die Kerle wären zu aufgedunsen«, stöhnte er.

Die nächste Phase, die gegen Mittag einsetzte, bildeten die Tanks. Den deutschen Typ hatte ich noch nie gesehen, hatte jedoch gehört, daß er zwar schneller und schwerer als unserer, aber auch schwerfälliger war. Von ihrer Geschwindigkeit sahen wir nicht viel, aber hinter ihre Schwerfälligkeit kamen wir sehr schnell. Wären die Tanks richtig eingesetzt worden, hätten sie uns wie einen morschen Zaun niederwalzen müssen. Aber der ganze Angriff war verpfuscht. Im Grunde schien das Gelände für sie geeignet zu sein, aber die Männer, die unsere Stellungen angelegt hatten, hatten auch mit dieser Möglichkeit gerechnet. Die riesigen Ungeheuer, die unter anderem auch über eine Feldkanone verfügten, waren nur auf festen Straßen glücklich. Sobald das Gelände etwas schwieriger wurde, waren sie nutzlos. Diejenigen, die die Landstraße benutzten, kamen zuerst gut voran, aber Blenkiron hatte die Straße geschickt vermint, und so sprengten wir einen Krater, der so groß wie eine Diamantengrube war. Ein Tank lag hilflos auf der Sohle, und die Besatzung nahmen wir gefangen; ein anderer schob seine Nase über den Rand und blieb liegen, bis unsere Feldgeschütze die Entfernung gefunden hatten und ihn abschossen. Und der Rest – neben dem Gehöft Gavrelle befindet sich ein Sumpf mit Namen Patte d'Oie, der nach Norden bis zum Fluß reicht, obgleich er meistens nur wie eine Wiese mit einigen sumpfigen Stellen aussieht. Diesen Streifen mußten die Tanks überqueren, um unsere Stellungen zu erreichen, und sie schafften es nicht. Die meisten blieben stecken und boten unseren Kanonieren ein leichtes Ziel. Einer oder zwei rollten zurück, und an einen krochen die Amerikaner im Schutz eines kleinen Flüßchens heran und sprengten ihn mit einem Zeitzünder in die Luft.

Um die Mitte des Nachmittags war mir wohler. Zwar wußte ich, daß der große Angriff noch bevorstand, aber meine vordere Zone war unversehrt, und ich hoffte das Beste. Ich erinnere mich, gerade mit Wake gesprochen zu haben, der zwischen den beiden Zonen hin- und hergependelt war, als ich den ersten Hinweis auf eine neue und unerwartete Gefahr erhielt. Nur wenige Meter von mir entfernt schlug ein Blindgänger ein.

»Diese Idioten jenseits des Flusses schießen zu kurz oder können nicht zielen«, sagte ich.

Wake untersuchte die Granate. »Nein, es ist eine deutsche«, sagte er.

Dann kamen weitere, und über die Richtung, aus der sie kamen, gab es keinen Zweifel, denn ihnen folgte aus derselben Richtung der Feuerstoß eines Maschinengewehres. Wir warfen uns an einer Stelle in Deckung, von der aus wir das Nordufer des Flusses einsehen konnten, und ich nahm mein Fernglas. Dort befand sich eine leichte Bodenerhebung, von der das Feuer kam. Wir sahen uns an, und in unseren Gesichtern stand dieselbe Überzeugung. Die Deutschen waren am Nordufer entlanggestoßen, und wir hatten mit unseren Nachbarn keine Verbindung mehr. Der Feind war in der Lage, uns von der Flanke her mit Feuer einzudecken und in unseren Rücken zu gelangen. Zurückgehen konnten wir nicht, denn das bedeutete, die vorbereitete Stellung aufzugeben.

Das war in unseren Sorgen der letzte Schlag, und einen Augenblick lang wußte ich nicht mehr weiter. Ich wandte mich an Wake, und dessen ruhiger Blick war der Grund, daß ich mich wieder zusammennahm.

»Wenn wir dieses Stück nicht zurückerobern, sind wir erledigt«, sagte ich.

»Das sind wir. Deswegen müssen Sie es zurückerobern.«

»Ich muß sofort Mitchinson anrufen.« Aber während

ich noch sprach, erkannte ich die Nutzlosigkeit eines Telefongesprächs mit einem Mann, der sich selbst seiner Haut erwehren mußte. Nur ein dringender persönlicher Appell konnte irgend etwas ausrichten ... Ich mußte selbst hin ... Nein, das war unmöglich. Ich mußte Lefroy hinschicken ... Aber ihn konnte ich nicht entbehren. Und meine Stabsoffiziere steckten bis zu den Ohren in der Schlacht. Abgesehen davon kannte niemand die genaue Stellung so wie ich ... Und wie sollte ich hinkommen? Über die Brücke von Loisy war es ein großer Umweg.

Plötzlich hörte ich Wakes Stimme. »Schicken Sie mich«, sagte er. »Es gibt nur einen Weg – etwas weiter unten den Fluß zu durchschwimmen.«

»Das ist zu gefährlich. Ich schicke niemanden in den Tod.«

»Ich tue es freiwillig«, sagte er, »und das ist, soviel ich weiß, im Krieg immer erlaubt.«

»Aber bevor Sie drüben sind, hat man Sie abgeschossen.«

»Dann geben Sie mir einen Mann mit, der mich beobachtet. Komme ich hinüber, können Sie sicher sein, daß ich zu General Mitchinson komme. Wenn nicht, schicken Sie jemand anderes über Loisy. Eile tut verzweifelt not, und Sie wissen selbst, daß es die einzige Möglichkeit ist.«

Für Auseinandersetzungen war keine Zeit. Als Beglaubigung gab ich ihm ein paar Zeilen an Mitchinson mit. Mehr war nicht erforderlich, denn Wake kannte die Lage genausogut wie ich. Ich ließ ihn von einem Melder bis zu der Stelle begleiten, wo er durch den Fluß schwimmen wollte.

»Auf Wiedersehen«, sagte er, als wir uns die Hand gaben. »Sie werden sehen, daß ich heil zurückkomme.« Ich erinnere mich, daß sein Gesicht ungewöhnlich glücklich wirkte.

Fünf Minuten später eröffneten die deutschen Geschütze den endgültigen Angriff.

Ich glaube einen kühlen Kopf behalten zu haben; zumindest waren Lefroy und alle anderen dieser Ansicht. Sie behaupteten, ich wäre den ganzen Nachmittag mit einem Grinsen herumgelaufen, als machte es mir Spaß, und wäre nicht ein einziges Mal laut geworden. (Es gehört zu meinen Fehlern, daß ich bei einem Streit anfange zu schreien.) Aber ich weiß, daß ich keineswegs ruhig war, denn dazu war das Problem zu gespenstisch. Alles hing von Wake und Mitchinson ab. Das Flankenfeuer war so schlimm, daß ich den linken Teil der vorderen Zone aufgeben mußte, der unter Beschuß lag, und die Männer von dort auf die Kampfzone zurücknahm. Diese Zone war besser geschützt, denn zwischen ihr und dem Fluß lag ein Wäldchen, und das steil aufragende Flußufer fiel langsam zu uns ab.

Dieser Rückzug bedeutete eine Änderung, und jede Änderung ist nicht schön, wenn sie während eines Gefechts improvisiert werden muß.

Die Deutschen hatten auf dieses Flankenfeuer gesetzt. Ihr Plan war es, an den beiden Flügeln durchzubrechen – der alte deutsche Plan, der bei jedem Gefecht wieder auftauchte. Die Mitte ließen die Deutschen zuerst einigermaßen in Ruhe, und statt dessen stießen sie am Fluß und am Wald von La Bruyère vor, wo wir Verbindung mit der rechts von uns stehenden Division hatten. Im erstgenannten Gebiet war Lefroy, im zweiten Masterton, und drei Stunden lang war die Lage so verzweifelt, wie ich sie bisher kaum kennengelernt hatte ... Die improvisierte Änderung klappte, und die vordere Zone wurde zu einem großen Teil aufgegeben. Es war ein heißer, klarer Frühlingsnachmittag, und bei diesem Angriff kam der Feind wie bei einem Manöver näher. Links geriet er in die Kampfzone, und ich sehe noch die große Gestalt von Lefroy, der persönlich einen Gegenangriff führte, das Gesicht durch eine Schädelverletzung blutverschmiert ...

Meine Seele hätte ich dafür gegeben, an zwei Stellen gleichzeitig zu sein, aber ich mußte das Risiko eingehen, den linken Abschnitt sich selbst zu überlassen und in enger Verbindung mit Masterton zu bleiben, der mich am meisten brauchte. Der Wald von La Bruyère bot einen wahnwitzigen Anblick. Immer wieder waren die Deutschen fast durchgekommen. Man wußte nie, wo sie steckten, und die Kämpfe waren zumeist Duelle zwischen

Maschinengewehr-Gruppen. Einige feindliche Soldaten gelangten sogar in unseren Rücken, und nur der großartige Einsatz einer Kompanie Cheshires bewahrte uns vor dem vollständigen Durchbruch.

Bei Lefroy weiß ich nicht, wie er es schaffte, und er selbst weiß es ebenfalls nicht, denn die ganze Zeit ärgerte ihn das verdammte Feuer aus der Flanke. Gegen halb fünf erhielt ich eine Meldung, daß Wake den Fluß durchschwommen hätte, aber dennoch vergingen anstrengende Stunden, bevor das Feuer nachließ. Ich pendelte zwischen meinen beiden Flügeln hin und her, und wenn ich nach Norden ging, rechnete ich damit, daß der Feind bei Lefroy durchgebrochen war. Aber dank irgendeinem Wunder hielt er durch. Immer wieder drangen die Deutschen in seine Kampfzone ein, aber immer warf er sie wieder zurück. Ich erinnere mich Blenkirons, der, völlig verrückt geworden, seine Amerikaner mit merkwürdigen Worten anfeuerte. Als ich einmal an ihm vorbeikam, sah ich, daß sein linker Arm verbunden war. Sein geschwärztes Gesicht grinste mich an. »Diese Gegend ist für eine Demokratie verdammt unsicher«, krächzte er. »Um Himmels willen, lassen Sie unsere Kanonen doch endlich auf diese Teufel schießen. Sie machen es meinen Jungs verdammt schwer.«

Ich glaube, es war gegen sieben Uhr, als das Feuer aus der Flanke nachließ, aber nicht dank unserer Divisions-Artillerie. Auf dem Nordufer war deutlich ein kurzer und sehr heftiger Feuerüberfall zu hören, und ich wußte, daß es britische Geschütze waren. Dann passierte eines nach dem andern. Eines unserer Flugzeuge – sie waren den ganzen Tag großartig gewesen und waren wie Falken mit Stößen aus ihren Maschinengewehren auf die deutsche Infanterie hinuntergestoßen – meldete, daß Mitchinson energisch angriffe und gut vorankäme. Das erleichterte mich sehr, und ich machte mich auf den Weg zu Masterton, der in größten Schwierigkeiten steckte, denn der feindliche Druck schien am Flußufer nachzulassen, während der Hauptdruck sich jetzt gegen unseren rechten Abschnitt richtete ... Einer meiner Stabsoffiziere hielt mich jedoch auf der Straße an. »Wake«, sagte er. »Er möchte Sie sprechen.«

»Nicht jetzt«, rief ich.

»Er hat nur noch Minuten zu leben.«

Ich drehte mich um und folgte ihm zu den zerschossenen Kuhstall, der meinen Divisionsgefechtsstand bildete. Wie ich später erfuhr, hatte Wake den Fluß dort durchschwommen, wo die rechte Flanke von Mitchinson stand, und das andere Ufer sicher erreicht, obgleich die Wasseroberfläche von Geschossen gepeitscht wurde. Kaum war er jedoch an Land, wurde er durch ein Schrapnell an der Hüfte schwer verletzt. Zuerst von Männern gestützt, dann auf einer Bahre gelang es ihm, zum Divisionsgefechtsstand durchzukommen, wo er meine Meldung abgab und die Lage erklärte. Seine Verwundung ließ er erst verbinden, als er seinen Auftrag erledigt hatte. Mitchinson erzählte mir später, daß Wakes Gesicht vor Schmerzen grau gewesen wäre, aber Wake hätte ihm unsere Stellungen genau skizziert und ihm erklärt, daß wir dicht vor dem Ende stünden ... Danach hatte er gebeten, zu mir zurückgebracht zu werden, und bis Loisy hatte ihn ein überfüllter Krankenwagen mitgenommen, von da an war er in einem leeren Wagen gefahren. Der Truppenarzt, der seine Wunde versorgte, sah sofort, daß der Fall hoffnungslos war, und rechnete nicht damit, daß Wake Loisy lebend erreichte. Er hatte innere Blutungen, und kein Chirurg auf Erden hätte ihn retten können.

Als er uns erreichte, war er fast ausgeblutet, erholte sich jedoch für einen Augenblick und fragte nach mir.

Mit blauen Lippen und blutleerem Gesicht lag er auf meinem Feldbett. Seine Stimme war schwach und fern.

»Wie klappt es?« fragte er.

»Wenn Gott will, schaffen wir es ... dank Ihnen, alter Freund.«

»Gut«, sagte er, und seine Augen schlossen sich. Er öffnete sie noch einmal. »Komische Sache, das Leben. Vor einem Jahr habe ich Frieden gepredigt ... ich predige ihn immer noch ... es tut mir nicht leid.«

Ich hielt seine Hand, bis er zwei Minuten später tot war.

Unter dem Druck eines Gefechtes erkennt man nur selten den Tod, und sei es der Tod eines Freundes. An mir lag es jetzt, die Versicherung wahr zu machen, die ich Wake gegeben hatte, und wenig später war ich auf dem Weg zu Masterton. In den Trümmern von La Bruyère wurde im schwindenden Tageslicht verzweifelt und mit großen Verlusten gekämpft. Es war ein letztes Aufbäumen. Noch zwölf Stunden, so sagte ich mir immer wieder, dann sind die Franzosen hier, und wir haben unsere Aufgabe erfüllt. Also! Aber wie viele kehren von uns noch zurück? . . . Kaum noch in der Lage zu gehen, stürzten die Kompanien, die für Gegenangriffe bestimmt waren, sich wieder in den Kampf. Die Grenzen sterblicher Ausdauer hatten sie längst überschritten, aber der menschliche Geist kann sämtlichen Naturgesetzen trotzen. Die Waage zitterte, schwankte und senkte sich dann auf der richtigen Seite. Der feindliche Druck wurde schwächer, hörte auf, und die Ebbe begann.

Ich wollte meinen Auftrag vollenden. Unsere Artillerie schoß Sperrfeuer, und mit den wenigen noch verhältnismäßig frischen Leuten ließ ich zum Gegenangriff antreten. Die meisten meiner Männer waren nicht ausgebildet, aber sie verfügten über etwas, das keine Ausbildung vermittelt, und wir überraschten den Feind im Augenblick völliger Erschöpfung. Wir drängten ihn aus La Bruyère, wir drängten ihn über unsere vordere Zone hinweg, wir drängten ihn aus jener Zone heraus auf die Stellungen zurück, aus denen er an diesem Tag zum Angriff angetreten war. Aber die Erschöpften fanden noch keine Ruhe. Mindestens ein Drittel unserer Stärke hatten wir eingebüßt, und trotzdem mußten wir denselben breiten Abschnitt wiederbesetzen. Das taten wir, so gut es ging, und begannen die Drahtverhaue auszubessern, die zerstört worden waren, fanden wieder Verbindung mit der rechts von uns stehenden Division und stellten Vorposten auf. Nach einer Besprechung mit meinen Brigadekommandeuren ging ich dann zu meinem Gefechtsstand zurück, zu erschöpft, um Befriedigung oder Sorge zu empfinden. In acht Stunden würden die Franzosen hier sein.

Diese Worte erklangen in meinen Ohren wie eine Art Litanei.

In dem Kuhstall, in dem Wake gelegen hatte, erwarteten mich zwei Gestalten. Die mit Puder bestäubte Kerze beleuchtete Hamilton und Amos, unbeschreiblich verdreckt, qualmgeschwärzt, blutbefleckt und mit komplizierten Verbänden. Beide standen stramm.

»Sir, der Gefangene«, sagte Hamilton. »Ich habe zu melden, daß der Gefangene tot ist.«

Ich starrte die beiden an, denn Ivery hatte ich vergessen. Er schien die Kreatur einer Welt zu sein, die vergangen war.

»Sir, es war folgendermaßen. Seit heute früh schien der Gefangene aufzuwachen. Die ganze Woche war er wie in einem Traum gewesen. Aber plötzlich schien ihm etwas eingefallen zu sein, und als die Schlacht begann, zeigte er Anzeichen von Unruhe. Manchmal lag er lang im Graben, und manchmal wollte er in den Unterstand zurück. Entsprechend den Anweisungen gab ich ihm ein Gewehr, aber er schien damit nicht umgehen zu können. Ihr Befehl, Sir, lautete, daß er die Möglichkeit zu seiner Verteidigung haben sollte, falls der Feind näher kommen sollte, und deshalb gab Amos ihm ein Grabenmesser. Aber dann sah es so aus, als wollte er sich den Hals durchschneiden, und da habe ich es ihm wieder abgenommen.«

Hamilton unterbrach sich, um Luft zu holen. Er redete, als sagte er irgend etwas auswendig auf, ohne Pause zwischen den Sätzen.

»Ich merkte, Sir, daß er den Tag nicht überstehen würde, und Amos war derselben Ansicht. Das Ende kam zwanzig Minuten nach drei – ich weiß den Zeitpunkt genau, weil ich meine Uhr gerade mit der von Amos verglichen hatte. Zu dieser Zeit begannen die Deutschen mit dem Großangriff. Wir waren im vordersten Graben der sogenannten Kampfzone, und Amos und ich beobachteten den Feind, und wir sahen, wie er über die Fläche kam. In diesem Moment sah auch der Gefangene den Feind und sprang auf den Grabenrand. Amos versuchte, ihn festzuhalten, aber er trat ihn ins Gesicht. Dann sahen wir, wie er sehr schnell dem Feind entgegenrannte, beide Hände hoch über dem Kopf hielt und laut in einer ausländischen Sprache schrie.«

»Es war Deutsch«, sagte der gebildete Amos zwischen seinen Zahnstummeln hindurch.

»Es war Deutsch«, fuhr Hamilton fort. »Anscheinend bat er den Feind, ihm zu helfen. Aber sie achteten nicht auf ihn, und er geriet in das Feuer ihrer Maschinengewehre. Wir sahen, wie er sich wie ein Kreisel drehte, und wußten, daß er erledigt war.«

»Sind Sie sicher, daß er tot ist?« fragte ich.

»Yes, Sir. Beim Gegenangriff fanden wir seine Leiche.«

Dicht neben dem Gehöft Gavrelle liegt ein Grab, und ein Kreuz an seinem Kopfende trägt den Namen des Grafen Schwabing sowie das Datum seines Todes. Die Deutschen eroberten Gavrelle wenig später. Der Gedanke, daß sie die Inschrift lasen, macht mich froh.

22

DIE BEWÄHRUNG

Eindreiviertel Stunden schlief ich in jener Nacht, aber als ich aufwachte, schien ich aus einem Schlaf aufzutauchen, der Tage gedauert hatte. So etwas passiert manchmal bei großer Müdigkeit und geistiger Anspannung. Selbst ein kurzer Schlummer errichtet Barrieren zwischen Vergangenheit und Gegenwart, die erst niedergerissen werden müssen, bevor man an das anknüpfen kann, was zuvor geschehen ist. Während meine Gedanken sich noch unklar mit dem Vergangenen beschäftigten, fielen Regentropfen durch das beschädigte Dach auf mein Gesicht. Sie waren für mich der Anlaß, nach draußen zu eilen. Die Morgendämmerung hatte gerade begonnen, und am Himmel türmten sich dicke Wolken, während ein feuchter Wind aus Südwesten wehte. Der langersehnte Wetterumschlag schien endlich gekommen zu sein. Ein Sturzregen war das, was ich mir wünschte, ein Regen, der die Erde aufweichte, die Straßen in Flüsse verwandelte und den feindlichen Nachschub behinderte, vor allem aber die Augen des Feindes blendete ... Denn ich erinnerte mich, daß das Ganze bisher ein lächerlicher Bluff gewesen war und daß nur eine Handvoll Männer zwischen den Deutschen und ihrem Ziel standen. Wenn sie das wüßten, wenn sie es nur ahnten, würden sie uns wie Fliegen beiseite fegen.

Während ich mich rasierte, blickte ich auf die Ereignisse des gestrigen Tages wie auf etwas zurück, das vor langer Zeit geschehen war. Ich schien sie unpersönlich zu beurteilen und kam zu dem Schluß, daß wir uns ziemlich gut geschlagen hatten. Eine zusammengewürfelte Truppe, zur Hälfte todmüde, zur Hälfte nicht ausgebildet, hatte wenigstens zwei frische Divisionen aufgehalten ... Aber noch einmal würden wir es nicht schaffen, und dennoch lagen vor uns Stunden verzweifelter Gefahr. Wann, hatte das Korps gesagt, würden die Franzosen eintreffen? ... Gerade wollte ich Hamilton rufen, damit Wake das Hauptquartier des Korps anriefe, als ich mich erinnerte, daß Wake tot war. Ich hatte ihn gemocht und sehr bewundert, aber die Erinnerung verursachte mir fast keinen Schmerz. Wir alle mußten sterben, und er war uns nur einen Schritt vorausgewesen.

An diesem Morgen fehlte auch das sonst übliche Störfeuer, wie wir es in der vergangenen Woche erlebt hatten. Ich ging ins Freie und stand unter einem niedrigen Himmel in einer lautlosen Welt. Der Regen hatte wieder aufgehört, der Wind der Morgendämmerung hatte nachgelassen, und ich fürchtete, daß das Unwetter ausbleiben würde. Dabei brauchte ich es dringend, damit es uns über die nächsten Stunden der Spannung hinwegbrächte. Waren es noch sechs Stunden, bis die Franzosen kamen? Nein, es konnten nur noch vier sein. Mehr als vier konnten es nicht sein, es sei denn, irgend jemand hätte eine teuflische Verwirrung angestiftet. Ich überlegte, warum alles so ruhig war. Auf beiden Seiten war jetzt Frühstückszeit, aber auf dem Geländestreifen, der eine halbe Meile entfernt war, schien kein Mensch sich zu rühren. Nur von weit hinten, aus den rückwärtigen Gebieten der Deutschen, schien ich den Lärm des Nachschubs zu hören.

Plötzlich stand eine unausgeschlafene und unrasierte Gestalt neben mir, und es zeigte sich, daß es Archie Roylance war.

»Ich bin die ganze Nacht aufgewesen«, sagte er fröhlich und zündete sich eine Zigarette an. »Nein, gefrühstückt habe ich noch nicht. Der Chef meinte, wir sollten lieber noch eine weitere Flugabwehr-Batterie herbringen, und ich habe die Angelegenheit beaufsichtigt. Er fürchtet, die Deutschen könnten unsere Front überfliegen und dann feststellen, daß das Land dahinter völlig leer ist. Denn Sie wissen selbst, Sir, daß hinten nichts ist. Außerdem«, und dabei wurde Archies Gesicht ernst, »verlegen die Deutschen frische Divisionen in diesen Abschnitt. Meiner Ansicht nach bereiten sie einen gewaltigen Vorstoß auf beiden Seiten des Flusses vor. Gestern haben unsere Leute gesagt, die Gegend hinter Péronne wimmele von frischen Truppen. Und die schweren Geschütze werden ebenfalls nach vorn gebracht. Bis jetzt haben Sie sie noch nicht zu spüren bekommen, aber die Straßen sind mittlerweile ausgebessert, dazu kommt eine Menge neuer Bahnstrecken, und jeden Augenblick können die Biester Ihnen einen guten Morgen wünschen ... Gebe der Himmel, daß Sie rechtzeitig abgelöst werden, Sir. Stimmt es, daß heute vormittag die Gefahr eines neuen Angriffs nicht sehr groß ist?«

»Das finde ich. Die Deutschen haben gestern schwer eins auf die Nase bekommen, und nach unserem Gegenangriff stellen sie sich wahrscheinlich vor, daß wir ziemlich stark sind. Ich glaube nicht an einen Angriff, bis die Deutschen auf beiden Seiten des Flusses angreifen können, und dazu brauchen sie noch Zeit. Das ist wohl auch der Grund für die frischen Divisionen ... Aber vergessen Sie nicht, daß die Deutschen jederzeit angreifen können, wenn sie wollen. Wenn sie wüßten, wie schwach wir sind, genügt ihre Stärke, um uns alle in den nächsten drei Stunden zum Teufel zu jagen. Und daß die Deutschen das erfahren – das müßt ihr unbedingt verhindern. Wenn ein einziges deutsches Flugzeug die Front überquert und zurückkehrt, sind wir hier ein für allemal erledigt. Seit die Geschichte begann, Archie, habt ihr uns großartig geholfen. Macht um Himmels willen bis zum Schluß weiter und verlegt jede Maschine, die ihr übrig habt, in diesen Abschnitt.«

»Wir tun unser Möglichstes«, sagte er. »Aus dem Norden haben wir ein paar Jagdflugzeuge hergeholt, und im übrigen passen wir auf. Aber Sie wissen genausogut wie ich, Sir, daß es eine absolute Sicherheit nicht gibt. Wenn die Deutschen eine ganze Staffel losschicken, besteht immer die Möglichkeit, daß wir alle abschießen – mit einer einzigen Ausnahme, und dieser eine könnte genügen. Glück muß man eben haben. In der Luft haben Sie bisher nicht viel zu bestellen gehabt, und das kreide ich den armen Teufeln nicht an. Dagegen glaube ich fast, daß sie hier noch lange nicht aufgegeben haben. Jennings meint, in Flandern kämen die Deutschen gut voran, und man nimmt an, daß schon sehr bald ein gewaltiger neuer Angriff erfolgt. Mit den Maschinen, die die Deutschen in letzter Zeit hierher geschickt haben, werden wir meiner Ansicht nach schon fertig; aber wenn Lensch oder ein ebenso Tüchtiger hier aufkreuzt, kann alles anders werden. Der Luftkrieg ist wie eine große Lotterie.« Und Archie hob sein verdrecktes Gesicht und sah zum Himmel, wo zwei unserer Flugzeuge in großer Höhe Richtung Osten flogen.

Als er Lensch erwähnte, erinnerte er mich damit an Peter, und ich fragte, ob er weg wäre.

»Er will nicht«, sagte Archie, »und wir haben nicht den Mut, ihn dazu zu zwingen. Er ist ausgesprochen glücklich und beschäftigt sich dauernd mit dem Gladas-Einsitzer. Ständig redet er von Ihnen, Sir, und das Herz würde ihm brechen, wenn wir ihn abschöben.«

Ich fragte nach seiner Gesundheit und erfuhr, daß er keine großen Schmerzen zu haben schien.

»Aber ein bißchen komisch ist er«, sagte Archie und schüttelte betrübt den Kopf. »Zu den Gründen, aus denen er nicht weg will, gehört, daß er behauptet, Gott hätte für ihn noch eine Aufgabe. Das meint er ganz ernst, und seit er diese Vorstellung hat, geht es mit ihm erstaunlich bergauf. Außerdem erkundigt er sich immer nach Lensch – nicht aus Rache, verstehen Sie, sondern ganz freundschaftlich. Anscheinend hat er für ihn so etwas wie das Interesse eines Eigentümers. Ich habe ihm erzählt, daß Lensch jetzt schon erheblich länger flöge als sonst irgend jemand und daß er nach dem Gesetz des Durchschnitts bald an der Reihe sei, und das machte ihn richtig traurig.«

Ich hatte keine Zeit, um mir über Peter Gedanken zu machen. Archie und ich verschlangen unser Frühstück, und anschließend hatte ich ein Palaver mit meinen Brigadekommandeuren. Inzwischen war ich auch zum Hauptquartier des Korps durchgekommen und erhielt die neuesten Mitteilungen über die Franzosen. Es stand schlechter, als ich erwartete. General Péguy würde zwar gegen zehn eintreffen, aber seine Männer konnten uns erst weit nach Mittag ablösen. Das Korps machte darüber genaue Angaben, und ich sah auf der Karte nach. Die französischen Truppen hatten noch ein erhebliches Stück vor sich, und dann erst folgte die länger dauernde Ablösung. Ich blickte auf meine Uhr. Noch sechs Stunden lagen vor uns, in denen die Deutschen uns überrollen konnten, sechs Stunden wahnsinnig machender Sorgen ... Lefroy teilte mir mit, daß an der Front alles ruhig wäre und die neuen Stacheldrahtverhaue am Bois de la Bruyère fertiggestellt wären. Während der Nacht hatten Patrouillen gemeldet, daß eine frische deutsche Division anscheinend eine jener Divisionen abgelöst hätte, die wir gestern so stark angeschlagen hatten. Ich fragte ihn, ob er noch einen Angriff durchstehen würde. »Nein«, sagte er ohne zu zögern. »Wir sind zu wenige und zu erschöpft, um weiter durchzuhalten. Für je drei Meter habe ich nur noch einen Mann.« Das beeindruckte mich, denn gewöhnlich war Lefroy ein äußerst unbekümmerter Optimist.

»Verdammt, die Sonne geht auf«, hörte ich Archie rufen. Das stimmte, denn die Wolken wichen zurück, und das Zentrum des Himmels war strahlend blau. Das Unwetter zog herauf – ich roch es förmlich –, aber wahrscheinlich würde es erst gegen Abend ausbrechen. Wo, so überlegte ich, würden wir um diese Zeit sein?

Es war jetzt neun Uhr, und ich riß mich zusammen, denn ich sah, daß in den nächsten Stunden die Hölle los sein würde. In gewisser Hinsicht bin ich ein ziemlich schwerfälliger Mensch, aber wenn es schwierig wurde, bin ich immer geduldig gewesen und habe durchgehalten; meine Nerven waren von den ständigen Rückzügen jedoch ziemlich angegriffen. Ich ging nach vorn und sprach mit den Bataillonskommandeuren. Dort war alles unheimlich still. Dann kehrte ich zu meinem Gefechtsstand zurück, um die Meldungen zu lesen, die von den Flugzeugpatrouillen eingingen. Alle besagten dasselbe: ungewöhnliche Tätigkeit hinter der deutschen Front. Alles schien auf einen neuen 21. März hinzudeuten, und wenn wir Pech hatten, mußten die armseligen Reste meiner Division auch diesen Schlag durchstehen. Ich telefonierte mit dem Korps und merkte, daß man dort ebenso nervös war wie ich. Ich gab Einzelheiten meiner Stärke durch und hörte am anderen Ende der Verbindung ein gequältes Pfeifen. Ich war sehr froh, daß ich in diesem Fegefeuer nicht allein war.

Dann merkte ich, daß ich nicht stillsitzen konnte. Hätte es irgendeine Arbeit gegeben, ich hätte mich darin vergraben, aber es gab keine. Nur dieses entsetzliche Warten. Mich friert selten, aber jetzt schien mein Blut dünner zu werden, und ich verblüffte meinen Stab damit, daß ich mir eine Jacke überzog und sie bis zum Hals zuknöpfte. Wie ein hungriger Wolf rannte ich ständig um das zerstörte Gehöft, mit eisigen Füßen, einem merkwürdigen Gefühl im Magen und voller peinigender Zweifel.

. . .

Plötzlich wich die Bedrückung, und das Blut schien in meinen Adern wieder normal zu pulsieren. Ich erlebte einen Stimmungsumschwung, wie man ihn manchmal empfindet, wenn man völlig am Boden war und nach langer Zeit wieder alles deutlich vor sich sieht. Welche Risiken waren wir eingegangen, und wie hervorragend hatten wir sie gemeistert! Mein Herz erwärmte sich bei dem Gedanken an meine alte Division, an diese zerlumpten Männer, die sich nicht geschlagen gaben, solange sie noch atmen konnten. Und dazu die Amerikaner und die Jungen von der Maschinengewehr-Schule und alle übrigen, die uns unterstellt worden waren! Und der alte Blenkiron, der wie ein gutmütiger Löwe getobt hatte! Es war gegen jede Vernunft, daß derart tapfere Männer nicht siegten. Fauchend und knurrend hatten wir so um uns geschlagen, daß die Deutschen für eine Weile genug hatten. Sie würden zwar wieder kommen, aber bald würde man uns ablösen, und die tapferen Franzosen, die taufrisch waren und auf Rache brannten, würden ihnen dann die Hölle heiß machen.

Ich besaß keine Tatsachen, auf denen mein Optimismus beruhte, nur einen neuen Gesichtspunkt. Und damit kam auch die Erinnerung an andere Dinge. Der Tod von Wake hatte mich bisher unberührt gelassen, aber jetzt versetzte der Gedanke daran mir einen Stich. Er war der erste unserer kleinen Gruppe, der gestorben war. Aber er hatte ein großartiges Ende gefunden, und wie glücklich war er in dieser wahnwitzigen Zeit gewesen, als er sein Podest endlich verlassen hatte und nur einer von vielen geworden war! Zuletzt hatte er zu sich selbst gefunden, und wer sollte ihm dieses Glück neiden? Wenn der Beste fallen sollte, hätte man ihn an erster Stelle erwählt, denn er war ein großer Mensch, vor dem ich meinen Hut abnahm. Der Gedanke an ihn löste in mir ein Gefühl der Demut aus. Nie in meinem Leben hatte ich seinen Schwierigkeiten gegenübergestanden, und sein Mut ging weit über den meinen hinaus. Er war von uns Pilgern der Faithful, der seine Pilgerfahrt vor den übrigen vollendet hatte. Mary hatte es vorausgesehen; alles hätte seinen Preis, hatte sie gesagt, »den Besten von uns«.

Und bei dem Gedanken an Mary schien ein ganzer Schwarm wärmender und glücklicher Hoffnungen sich auf meinen Gedanken niederzulassen. Wieder sah ich über den Krieg hinaus in jenen Frieden, den sie und ich eines Tages erleben würden. Vor mir sah ich eine grüne englische Landschaft, erfüllt von Düften aus Holz, Wiese und Garten ... Und dann das Gesicht meiner Träume, mit den so kindlichen, tapferen und ehrlichen Augen, als blickten auch sie über die Düsternis hinweg in ein strahlendes Land. Zeilen eines alten Liedes, das mein Vater besonders geliebt hatte, drangen mir plötzlich in die Ohren:

»There's an eye that ever weeps and a fair face will be fain
When I ride through Annan Water wi' my bonny bands again!«

...

Wir standen auf dem zerborstenen Gatter des Schafpferches, der zum Gehöft gehört hatte. Ich sah Archie an, und er lächelte, denn er merkte, daß mein Gesichtsausdruck sich verändert hatte. Schließlich wandte er seinen Blick wieder zu den sich auftürmenden Wolken.

Ich fühlte, daß Finger sich in meinen Arm gruben.

»Da oben!« sagte seine verbitterte Stimme, und sein Doppelglas war himmelwärts gerichtet.

Ich sah ebenfalls nach oben, und ganz hoch am Himmel sah ich so etwas wie einen Keil von Wildgänsen, die aus dem feindlichen Gebiet in unsere Richtung flogen. Deutlich erkannte ich die kleinen Striche, aus denen der Keil zusammengesetzt war, und das Fernglas verriet, daß es Flugzeuge waren. Aber nur Archies geübter Blick sah, daß es feindliche Maschinen waren.

»Deutsche?« fragte ich.

»Deutsche«, sagte er. »Mein Gott, jetzt wird es ernst.«

Wie ein Stein lag mir das Herz in der Brust, aber ich blieb einigermaßen kühl. Ich blickte auf meine Uhr und sah, daß es zehn Minuten vor elf war.

»Wie viele?«

»Fünf«, sagte Archie. »Vielleicht auch sechs – nein, nur fünf.«

»Hören Sie zu!« sagte ich. »Fahren Sie sofort zu Ihrer Staffel. Sagen Sie den Leuten, daß wir hier erledigt sind, wenn auch nur eine einzige Maschine zurückkehrt; man soll sie in unser Gebiet hineinlassen, je tiefer, desto besser, aber sagen Sie Ihren Leuten, sie sollten jede Maschine hochschicken und alle Deutschen abschießen. Sagen Sie ihnen, es ginge um Leben oder Tod. Nicht ein einziges Flugzeug darf zurückkehren. Beeilen Sie sich!«

Archie verschwand, und in diesem Augenblick bellten unsere Flugzeugabwehr-Kanonen los. Die hoch oben dahinziehende Formation fiel auseinander und flog im Zickzack, aber sie waren zu hoch, um gefährdet zu sein. Nicht zu hoch waren sie allerdings, um das zu erkennen, was wir vor ihnen geheimhalten mußten, um nicht hinweggefegt zu werden.

Das Dröhnen unserer Batterien erstarb, während die Eindringlinge weiter nach Westen flogen. Solange ich sie beobachtete, schienen sie langsam niedriger zu gehen. Dann stiegen sie wieder und verschwanden hinter einer Wolkenbank.

Ich spürte die fürchterliche Gewißheit, daß sie unser Geheimnis entdeckt haben mußten, daß einige auf jeden Fall zurückkehren würden. Sie hatten nicht nur unsere dünnen Linien, sondern auch die Straßen hinter uns gesehen, auf denen kein Nachschub rollte. Weiter westlich würden sie die blauen Kolonnen der französischen Soldaten erkennen, die sich uns aus südwestlicher Richtung näherten, und dann würden sie zurückfliegen und melden, daß man mit einem Schlag den Weg nach Amiens und zur Küste freikämpfen könnte. Die Deutschen waren dazu stark genug, und in Kürze würde ihre Stärke überwältigend sein. Nur eine Lanzenspitze war erforderlich, um den schlecht gebauten Damm einstürzen zu lassen, so daß das Wasser freie Bahn hatte ... In zwanzig Minuten würden sie zurückfliegen, und gegen Mittag würden wir erledigt sein. Es sei denn – es sei denn, es geschähe das Wunder aller Wunder und keiner von ihnen kehrte zurück.

Archie meldete, daß sein Chef alles versuchen würde und daß unsere Maschinen gerade starteten. »Wir haben noch eine Chance, Sir«, sagte er, »eine gute sportliche Chance.« Es war ein neuer Archie mit harter Stimme, hagerem Gesicht und sehr alten Augen.

Hinter den gezackten Mauern des Gehöfts befand sich ein Erdhügel, der früher zu der Straße gehört hatte. Dort ging ich allein hin, denn ich wollte niemanden in meiner Nähe haben. Ich brauchte einen günstigen Standplatz, und ich brauchte Ruhe, denn vor mir lag eine fürchterliche Zeit. Von jenem Erdhügel aus hatte ich einen weiten Überblick. Im Osten sah ich unsere Stellungen, zwischen denen hin und wieder eine Granate detonierte, und deutlich hörte ich das Knattern der Maschinengewehre. Im Westen war Frieden, denn die Wälder lagen wie ein Vorhang vor dem Land. Im Norden, so erinnere ich mich, war ein gewaltiges Feuer zu erkennen, als brennte ein Munitionslager, und im Tal der Ancre schien schwere Artillerie an der Arbeit zu sein. Aus dem Süden drang das dumpfe Grollen einer großen Schlacht. Aber um mich herum, in der Lücke, an der todbringendsten Stelle, herrschte eine merkwürdige Stille. Deutlich konnte ich die verschiedenen Geräusche unterscheiden. Im Gehöft hatte irgend jemand einen Witz erzählt, gefolgt von kurzem Gelächter. Ich beneidete den Erzähler um seine Haltung. Mit Klappern und Klirren nahm eine Batterie einen Stellungswechsel vor.

Auf der Straße tuckerte eine Zugmaschine entlang – deutlich hörte ich die Rufe des Fahrers und das Quietschen einer nicht geölten Achse.

Meine Augen waren an das Fernglas gepreßt, aber meine Hände zitterten so, daß ich kaum etwas erkennen konnte. Ich biß mir auf die Lippen, um mich zu beruhigen, aber das Zittern hörte nicht auf. Von Zeit zu Zeit blickte ich auf meine Armbanduhr. Acht Minuten waren vergangen – zehn – siebzehn. Wenn nur die Flugzeuge endlich wieder auftauchen würden! Selbst die Gewißheit, daß alles umsonst gewesen war, würde leichter als dieser quälende Zweifel zu ertragen sein. Jetzt mußten sie zurückkommen, es sei denn, sie waren nach Norden abgedreht und überflogen den Frontvorsprung, oder das Wunder aller Wunder ...

Dann ertönte in der Ferne das Bellen einer Flugzeugabwehr-Kanone, in das im nächsten Augenblick andere einfielen, bis der weite blaue Himmel mit Rauchwölkchen übersät war. Wolken standen mitten am Himmel, aber im Westen war der Himmel klar, und dort detonierten die Schrapnells. Mechanisch zählte ich sie: eins – drei – fünf – neun – und Verzweiflung trat an die Stelle meiner Sorge. Meine Hände waren jetzt wieder ruhig, und durch das Doppelglas sah ich den Feind.

Fünf dünne Striche zeigten sich hoch über den Sprengwölkchen, hoben sich deutlich vom Blau des Himmels ab und verschwanden in einem Dunstschleier. Sie kehrten zurück, ruhig, verächtlich, und hatten gesehen, was sie sehen wollten.

Die Stille war jetzt verschwunden, und das Getöse war enorm. Flugzeugabwehr-Kanonen, einzeln und in Gruppen, feuerten von allen Seiten. Soweit ich erkennen konnte, war es die reinste Verschwendung von Munition. Der Feind kümmerte sich überhaupt nicht darum ... Aber eine Maschine mußte abgeschossen worden sein. Ich erkannte nur noch vier. Nein, da war der Fünfte, der aus einer Wolke herauskam. In zehn Minuten würden alle die Front wieder überflogen haben. Ärgerlich stampfte ich mit dem Fuß auf. Die Kanonen waren genauso nutzlos wie

Kopfschmerzen. Wo, in Gottes Namen, waren unsere eigenen Flugzeuge?

In diesem Augenblick kamen sie, waren deutlich zu erkennen, vier Jagdmaschinen, auf deren Tragflächen die Sonne sich spiegelte und deren metallene Motorhauben im Licht funkelten. Deutlich sah ich die roten, weißen und blauen Ringe. Noch vor ihrem Angriff bildeten die feindlichen Maschinen einen weiten Fächer.

Ich beobachtete die Ereignisse nun mit bloßem Auge und wollte nicht allein sein, denn die Zeit des Wartens war vorüber. Automatisch muß ich den Erdhügel verlassen haben, denn als ich wieder gen Himmel starrte, stand Archie neben mir. Instinktiv schienen die Gegner sich paarweise zu bekämpfen. Im Sturzflug, in engen Kurven und durch steiles Hochziehen lösten die Paare sich aus dem Durcheinander oder verschwanden hinter einer Wolke. Selbst aus dieser Höhe konnte ich das methodische Rattern der Maschinengewehre hören. Dann flammte es plötzlich auf, und eine Rauchfahne entstand. Trudelnd und sich überschlagend stürzte ein Flugzeug zur Erde.

»Ein Deutscher!« sagte Archie, der durch das Fernglas blickte.

Fast unmittelbar darauf folgte eine weitere Maschine. Dieses Mal fing der Pilot die Maschine einige hundert Meter über dem Boden ab und versuchte, die feindlichen Linien im Gleitflug zu erreichen. Plötzlich schwankte die Maschine, sackte durch und stürzte in den Wald hinter La Bruyère.

Weiter östlich, fast über den vordersten Gräben, lieferten ein zweisitziger Albatros und ein britischer Pilot sich einen verzweifelten Kampf. Das Dröhnen der Kanonen war verstummt, und von unserem Platz aus konnten wir jede Bewegung verfolgen. Zuerst zog der eine und dann der andere steil nach oben, ging in den Sturzflug, beschrieb einen weiten Bogen und zog wieder hoch, so daß die beiden Flugzeuge nur Zentimeter voneinander entfernt zu sein schienen. Dann sah es aus, als wären sie zusammengestoßen. Ich rechnete damit, daß beide abstürzten, als plötzlich die Tragflächen der einen Maschine wegklappten und das Flugzeug wie ein Stein zur Erde fiel.

»Ein Deutscher«, sagte Archie. »Das sind drei. Gut gemacht, Leute! Gut gemacht!«

Dann sah ich etwas, das mir den Atem verschlug. In weiten Kurven kam eine deutsche Maschine im Gleitflug herunter, und dahinter, etwas über ihr, folgte eine britische. Zum ersten Mal erlebte ich, daß ein Pilot sich ergab. Verblüfft sah ich die beiden herunterkommen, bis der Feind auf einer großen Wiese jenseits der Straße landete, unser eigener Mann auf einem Acker in der Nähe des Flusses.

Als ich wieder zum Himmel hochblickte, war er leer. Weder im Norden noch im Süden, Osten oder Westen war ein Flugzeug zu sehen, weder ein deutsches noch ein britisches.

Ein heftiges Zittern übermannte mich. Archie suchte den Himmel mit seinem Doppelglas ab und murmelte vor sich hin. Wo war der Fünfte geblieben? Er mußte sich durchgekämpft haben, und dann war es zu spät.

Aber war es das wirklich? Aus dem Ausläufer einer riesigen Wolkenbank schoß eine Flamme zur Erde, gefolgt von einer Rauchfahne. Brite oder Deutscher? Brite oder Deutscher? Lange brauchte ich auf die Antwort nicht zu warten, denn am jenseitigen Ende der Wolken tauchten zwei unserer Jagdflugzeuge auf.

Ich versuchte kühl zu bleiben, und schob das Glas in das Futteral, obgleich ich als Reaktion am liebsten geschrien hätte. Mit einem nervösen Lächeln und zitternden Lippen wandte Archie sich zu mir um. »Ich glaube, wir haben es geschafft«, sagte er.

Er griff nach meiner Hand, den Blick immer noch gen Himmel gerichtet, und ich erfaßte sie, als sie mir wieder entrissen wurde. Mit kalkweißem Gesicht sah Archie nach oben.

Dort erkannten wir ein sechstes feindliches Flugzeug.

Es war hinter den anderen zurückgeblieben und flog erheblich tiefer, und mit großer Geschwindigkeit steuerte es gen Osten. Durch das Doppelglas erkannte ich einen völlig anderen Typ – eine große Maschine mit kurzen Tragflächen, die so bedrohlich wie ein Falke für einen Schwarm

Rebhühner aussah. Sie befand sich unterhalb der Wolkenbank, und darüber, äußerst befriedigt und erleichtert nach ihrem Kampf, ohne etwas von diesem Feind zu ahnen, flogen die beiden britischen Maschinen.

Eine Flugzeugabwehr-Kanone in der Nähe feuerte plötzlich, und für diese Eingebung dankte ich dem Himmel. Neugierig über diese neue Entwicklung, kehrten die beiden Briten um, erblickten den Deutschen und stürzten sich auf ihn.

Was in den nächsten Minuten passierte, kann ich nicht berichten. Die drei kurvten in engen Kreisen umeinander, so daß ich den Freund nicht vom Feind unterscheiden konnte. Meine Hände zitterten nicht mehr; dazu war ich viel zu verzweifelt. Das Knattern der Maschinengewehre drang zu uns herunter, und plötzlich löste eine Maschine sich von den übrigen und stieg steil nach oben. Die anderen versuchten zu folgen, aber binnen einer Sekunde war sie aus ihrem Feuerbereich, denn mit Leichtigkeit konnte sie sie abschütteln. War es der Deutsche?

Mit ausgedörrten Lippen sprach Archie.

»Das ist Lensch«, sagte er.

»Woher wissen Sie das?« antwortete ich ärgerlich.

»Ein Irrtum ist nicht möglich. Sehen Sie, wie er die anderen hinter sich zurückläßt. Das ist sein großer Trick.«

In jenem quälenden Augenblick erstarb in mir jegliche Hoffnung. Zwar war ich jetzt völlig ruhig, denn die Zeit der Besorgnis war vorbei. Immer weiter blieben die britischen Piloten zurück, während Lensch in der Vollendung seines Triumphes mehr als einen Looping drehte, als riefe er ihnen ein beleidigendes Lebewohl zu. In weniger als drei Minuten würde er sicher hinter den eigenen Linien sein, und er besaß jene Kenntnisse, die für uns den Tod bedeuteten.

. . .

Irgend jemand brüllte mir ins Ohr und zeigte nach oben. Es war Archie, und sein Gesicht war verzerrt. Ich sah ebenfalls hin und hielt den Atem an – griff nach meinem Fernglas und sah wieder hin.

Einen Augenblick zuvor war Lensch noch allein gewesen; jetzt waren es zwei Flugzeuge.

Ich hörte Archies Stimme. »Mein Gott, das ist die Gladas – die kleine Gladas.« Seine Finger krallten sich in meinen Arm, und sein Gesicht lag an meiner Schulter. Dann ebbte seine Erregung ab und wurde zur Ehrfurcht, die seine Stimme fast erstickte, als er stammelte: »Es ist . . .«

Aber er brauchte mir den Namen nicht zu nennen, denn ich hatte es geahnt, als ich das neue Flugzeug zum erstenmal aus den Wolken stürzen sah. Ich hatte jenes seltsame Gefühl, das man manchmal empfindet, wenn ein Freund in der Nähe ist, ohne daß man ihn sieht. Irgendwo, hoch oben in der Leere, kämpften zwei Helden ihren letzten Kampf – und einer von ihnen hatte ein verkrüppeltes Bein.

Am Ergebnis hatte ich nicht den geringsten Zweifel. Lensch sah seinen Gegner erst, als dieser fast hinter ihm war, und gern hätte ich gewußt, ob er instinktiv seinen größten Widersacher erkannte. Weder gab er einen Schuß ab, noch schoß Peter . . . Ich sah, daß der Deutsche seitlich abkippte, um dem Schicksal zu entgehen, das von oben auf ihn herunterstürzte. Ich sah Peter senkrecht nach unten ziehen und wußte, daß das Ende gekommen war. Peter wollte den Sieg sichern, und dazu wählte er die einzige Möglichkeit . . . Die Maschinen kamen sich näher, dann ertönte ein Krachen, das ich genau spürte, obwohl ich es nicht hören konnte, und im nächsten Augenblick trudelten beide der Erde entgegen.

Unmittelbar vor den feindlichen Linien stürzten beide in den Fluß, aber ich sah es nicht mehr, denn meine Augen waren blind, und ich lag auf den Knien.

. . .

Alles war wie in einem Traum gewesen. Ich spürte die Umarmung eines französischen Divisionsgenerals und sah die ersten Kompanien der blaubemantelten Franzosen, nach denen ich mich so gesehnt hatte. Mit ihnen kam der Regen, und am frühen Abend marschierte ich mit dem, was von meiner Division übriggeblieben war, unter einem tiefhängenden Aprilhimmel, aus dem der Regen herunterstürzte, vom Schlachtfeld. Hinter uns hatten die feindlichen Geschütze ihre Arbeit wieder aufgenommen, aber ich achtete nicht darauf. Ich wußte, daß das Tor jetzt wieder bewacht war, und glaubte, daß es dank der Gnade Gottes für immer verriegelt war.

Peter wurde aus dem Wrack gezogen, und abgesehen von dem seitlich verdrehten Bein hatte er kaum eine Schramme. Der Tod hatte die Falten des Alters zum Teil geglättet, so daß sein Gesicht dem ähnelte, das ich in den Bergen von Mashonaland gekannt hatte. In seiner Tasche steckte das zerlesene Exemplar von *Pilgrim's Progress*. Während ich dies niederschreibe, liegt es vor mir, und daneben – denn ich war sein einziger Erbe – ein kleines Etui, das ihm Wochen später zugeschickt wurde und die höchste Auszeichnung enthielt, die einem britischen Soldaten zuteil werden kann.

Aus *Pilgrim's Progress* las ich am folgenden Vormittag, als Mary, Blenkiron und ich im Schutz von Apfelbäumen im sanften Frühlingsregen an seinem Grabe standen. Und was ich las, war die Erzählung des Endes – nicht von Mr. Standfast, den er sich zum Gegenspieler ausersehen hatte, sondern von Mr. Valiant-for-Truth, dem zu gleichen er nicht gehofft hatte. Diesen Absatz zitiere ich hier als Gruß und zugleich als Lebewohl:

»Dann sagte er: ›Ich gehe jetzt zum Hause meines Vaters; und obgleich ich unter großen Schwierigkeiten hierher gelangt bin, bereue ich doch nicht jene Schmerzen, unter denen ich eingetroffen bin, wo ich jetzt bin. Mein Schwert gebe ich demjenigen, der mir auf meiner Pilgerfahrt nachfolgt, meinen Mut und meine Geschicklichkeit demjenigen, der sie nötig hat. Meine Male und Narben trage ich mit mir als Zeugnis dafür, daß ich die Schlachten dessen geschlagen habe, der mich jetzt belohnen wird.‹

So ging er hinüber, und alle Trompeten erklangen für ihn auf der anderen Seite.«

John Buchan im Diogenes Verlag

Die neununddreißig Stufen
Roman. Aus dem Englischen von Marta Hackel
Mit Zeichnungen von Edward Gorey
detebe 20210

Grünmantel
Roman. Deutsch von Marta Hackel
Mit Zeichnungen von Topor
detebe 20771

Mr. Standfast oder Im Westen was Neues
Roman. Deutsch von Marta Hackel
Mit Zeichnungen von Topor
detebe 20772

Die drei Geiseln
Roman. Deutsch von Marta Hackel
Mit Zeichnungen von Tatjana Hauptmann
detebe 20773

Der verhaßte Gegner
In *Das Diogenes Lesebuch englischer Erzähler*
detebe 20272

Basilissa
Roman. Deutsch von Otto Bayer
detebe 21249